MARIANNE
OU L'OMBRE GALANTE

JACQUELINE DE SARIGNY

MARIANNE
OU L'OMBRE GALANTE

belfond
12, avenue d'Italie
75013 Paris

Si vous souhaitez recevoir notre catalogue
et être tenu au courant de nos publications,
envoyez vos nom et adresse, en citant ce livre,
aux Éditions Belfond,
12, avenue d'Italie, 75013 Paris.
Et, pour le Canada, à
Édipresse Inc., 945, avenue Beaumont
Montréal, Québec, H3N 1W3.

ISBN 2.7144.3518.1

A P. et J. D.

Il n'est pas plus surprenant de naître deux fois qu'une.

VOLTAIRE

1

Ai-je jamais su de qui était l'enfant ? Je ne m'en souviens plus. La mort, qui nous dévoile le cœur de tous ceux qui nous ont aimés, ne livre pas tous ses secrets.

Marianne. J'étais Marianne, rondeurs de pêche et dents de nacre agacées par l'impatience de vivre. Morte jeune, je m'en souviens. Trop jeune. C'est la vie. 1752. Guerres, épidémies, médecins — particulièrement ces derniers s'ils étaient de l'acabit du Dr Anthénor —, tout favorisait plutôt les vies brèves. Quand tout est fait et dit, cela importe peu, mais mourir à vingt-deux ans n'est jamais chose facile.

D'autant qu'à cette époque-là nous vivions plus intensément. Nous percevions encore les moindres frémissements de nos émotions, aujourd'hui étouffés par un fatras de stimulations étrangères à notre nature.

Que me reste-t-il de cette vie trop brève ? Des souvenirs qui perdurent. Un tourbillon d'images et de sons dont les contours s'estompent vers l'oubli ; l'écho bourdonnant de lointaines passions, et les visages qui les ont inspirées.

Visages. Vaguement remémorés ou saisissants de clarté — inquiétants —, tels des vaisseaux fantômes émergeant d'un brouillard, et qui menacent de m'entraîner encore dans leur sillage.

Images et sensations.

Brûlant ma mémoire d'un feu plus ardent que tout autre : Thomas. L'image de Thomas par un matin de printemps. La flamme de désir qui éclaire son visage et me fait enfin discerner sa beauté.

Que tout cela est limpide ! Je nous revois dans le parc, au pied

11

de la grande terrasse, face au vaste panorama de collines encore voilées par les brumes matinales. Une brise légère fait danser des remous de soleil et des parfums de roseraie sur le sable des allées. Une euphorie s'empare de moi.

Deux palefreniers s'en retournent aux écuries, écrasant le gravier blanc sous leurs bottes poussiéreuses. L'un des deux sifflote en balançant à bout de bras l'escabelle sur laquelle je grimpe pour atteindre ma selle d'écuyère sans exhibition malséante de bas blancs. Je regarde fixement les garçons d'écurie pour ne pas voir Thomas. Il lâche la bride de ma jument, ses doigts nerveux enserrent ma cheville avec délicatesse et guident mon pied vers l'unique étrier. Il se recule pour juger de l'effet et baisse les yeux pour me cacher son trouble, mais l'étrange douceur qui noie ses regards me caresse et me brûle.

Ma jument piaffe et rejette en arrière sa tête fine, partageant mon impatience. Thomas s'attarde. Il ajuste la sangle de ma selle et promène une main tiède sur les plis de mon habit de chasse. Les boucles brunes de sa chevelure sans poudre exhalent un parfum d'iris. Sa nuque est blanche et fine sous le lourd catogan.

Nos regards se croisent. Il se détourne brusquement pour enfourcher d'un bond l'étalon noir que Bertrand mon mari ne monte jamais.

Peut-être devrais-je commencer par le commencement.

Commencer par Philippe de Santenoges, comte de Saint-Onges, notre voisin. Voisin qui n'avait guère l'heur de plaire à ma mère, mais la censure de cette dernière s'étendait à quiconque s'écartait de la bienséance. Les mœurs de l'époque étant ce qu'elles étaient, il n'y eut bientôt plus que notre chère reine, Marie Leszczyńska, pour trouver grâce à ses yeux. Sa Majesté personnifiait pour elle la Vertu féminine sacrifiée sur l'autel de la dépravation mâle.

Or, le comte Philippe ressemblait fort à Louis XV, notre souverain — sans aller jusqu'à invoquer le droit divin pour justifier ses égarements.

Confondant son roi et son voisin en un même mépris, ma mère qui avait horreur des faux-semblants reprochait à Louis XV de se poser en parangon de vertu alors que le royaume se gaussait de ses frasques, et au comte de se comporter en aristocrate alors que ses prétentions nobiliaires s'appuyaient sur quatre misérables quartiers de noblesse. Philippe n'était à ses yeux qu'un vulgaire roturier dont les ancêtres étaient encore attachés à la glèbe au temps des Croisades.

Le comte n'ignorait rien de ce dédain et s'en amusait fort. Veuf, généreux avec nonchalance, il partageait son immense château, Saint-Onges, avec ses deux malveillantes sœurs, des jumelles de cinq ans ses aînées. Elles lui épargnaient l'effort de gérer son domaine et d'élever Bertrand, son fils unique.

Bertrand.

Bertrand aux yeux célestes. Limpides comme une eau peu profonde, sereins comme un soir d'été. Pour une raison connue de lui seul, le comte l'avait surnommé Jason. Ce surnom mythique lui convenait du reste. Bien qu'il ne se prît jamais au sérieux, il donnait souvent l'impression qu'une mystérieuse quête occupait ses pensées, et qu'il avait découvert l'existence d'un trésor plus précieux que toute Toison d'Or. Le bonheur.

Il avait pourtant une forte présence physique, peut-être par le degré d'attention qu'il portait aux autres.

Bertrand-Jason, dispensateur de joies éphémères et de vibrantes illusions. La lecture du triste récit des amours de Jason et Médée me fit passer une nuit de larmes. J'avais dix ans, j'idolâtrais Bertrand depuis toujours et je refusais de croire aux amours malheureuses.

La première fois que je le vis, je faillis m'embrouiller les pieds dans ma révérence. J'avais quatre ans à peine. Il en avait treize ou quatorze et portait un uniforme de dragon, d'un vert profond relevé de parements blancs. Son père, le comte, venait de lui acheter sa première charge de lieutenant. Une pierre verte, sertie dans la garde de son épée, brillait à la lueur d'innombrables bougies. Ses cheveux blonds poudrés, dont les triples rouleaux élégants cachaient ses oreilles, étaient retenus en arrière par un ruban moiré. Je me redressai et relevai les yeux pour le contempler en silence jusqu'à ce que ma mère toussote et fronce les sourcils. Son parfum de bergamote me faisait défaillir.

Il était depuis sa naissance l'idole de ses tantes, Caroline et Pauline, qui l'entouraient de leurs maternels entrechats. Je les imaginais plutôt en quelque satanique sabbat, et c'est encore ainsi qu'elles s'ébattent dans ma mémoire, sorcières jumelles, engoncées de noir bombasin, leurs mèches grises confinées sous des coiffes de dentelle *à la reine*. Elles me percent toujours de leurs regards hostiles, et c'est à peine si je puis interrompre leur ballet fantomatique pour mieux les observer. Il y a si longtemps pourtant que je leur ai pardonné !

Sans aucun doute, elles adoraient Bertrand, orphelin d'une mère qu'elles avaient conduite au tombeau par d'implacables tracasseries. A leur grand soulagement, Philippe, leur frère bien-aimé, ne s'était pas remarié.

Bertrand se prêtait à leur adoration avec la gentillesse exquise d'un élu du Ciel, un de ces êtres nés pour être aimés. Sans s'étonner d'inspirer de l'amour — car l'amour était pour lui la raison d'être de la vie même —, jamais il n'abusa de celui qu'on lui portait.

Non content d'avoir épargné à ses sœurs un sort à ses yeux pire que la mort, le couvent, Philippe de Santenoges, comte de Saint-Onges, avait abandonné à leur régie tatillonne le magnifique château et l'immense domaine : fermes, pâturages et forêts.

Alors qu'elles avaient établi somptueuse résidence dans le nouveau corps de logis, il se cantonnait lors de ses brefs séjours au château dans de petits appartements attenant à l'ancienne bibliothèque. Il y conservait encore certains ouvrages fort sulfureux.

Elles y vivaient fort bien, les tantes, à Saint-Onges. La réalité de leur existence n'avait que de lointains rapports avec l'idée qu'elles s'en faisaient. S'il fallait en croire leurs geignantes complaintes à ma mère, leur vie n'était qu'une succession d'épreuves et de tracas.

Elles avaient connu de beaux jours après le décès de leur regrettée belle-sœur, canonisée par leurs bons soins. Dans le chatoiement des dorures fraîches et la blancheur des nouveaux lambris, elles faisaient en minaudant les honneurs de la demeure à tout ce qui portait culotte. Tirant un éclat emprunté des lustres miroitants, des bronzes et des ors, elles rabattaient les galants avec autant d'astuce que de succès.

Mais la réussite de leurs stratégies concertées était de courte durée ; les oiseaux finissaient toujours par s'envoler — non sans y avoir laissé quelques plumes. Un moment aveuglés par le miroitement des cent mille livres de rentes, les prétendants s'esquivaient

14

un à un, incapables d'envisager une vie auprès de cette double laideur.

Lorsque je fus présentée aux tantes, ces demoiselles étaient, sur le retour, résignées au célibat et confites en dévotion. Leur vertu de fraîche date n'en était que plus intransigeante. Je les soupçonne d'avoir tenu rigueur à ma mère de pratiquer cette vertu qu'elles prêchaient. Elles se défiaient de moi, me suspectant à juste titre d'indifférence envers prêche tout autant que vertu.

Enfant, leur aversion ne me touchait guère. Saint-Onges était pour moi un palais enchanté où régnait Bertrand, l'objet de mon adoration, celui qui s'était substitué tour à tour à chacun des membres de la Sainte Trinité. J'aurais enduré mille supplices plutôt que de révéler aux regards inquisiteurs des tantes le culte secret que je portais à leur propre idole. Lorsqu'il m'arrivait de rencontrer Bertrand en leur présence, j'affectais une indifférence hautaine et puérile, bien proche à leurs yeux du sacrilège.

Sophie n'arrangeait rien par sa présence.

Il va sans dire que je souffrais de la comparaison avec elle, qui avait su trouver grâce aux yeux de ses grand-tantes. Sophie était, ainsi que son frère Thomas, enfant d'une fille illégitime du comte Philippe et vivait au château depuis la mort de ses parents. Pieuse, modeste, toujours prête à adopter la volonté d'autrui, elle songeait moins à plaire qu'à faire valoir les agréments des autres.

A chacun de mes nombreux défauts correspondait une qualité de Sophie. Elle me vouait au reste une admiration flatteuse dont la mièvrerie m'importunait. Elle me considérait comme sa meilleure amie.

Bien que ma mère réprouvât les fastes ostentatoires de Saint-Onges, qu'elle n'appelait jamais que « ce lieu », elle nous y menait à la moindre occasion, surtout en l'absence du comte Philippe qui passait le plus clair de son temps à Paris ou à Versailles. Lorsque le comte était présent au château, la mise de ma mère ne laissait pas de m'intriguer par l'attention qu'elle y portait : une sombre élégance soulignait sa qualité de veuve altière, tandis qu'un décolleté audacieux mettait en valeur des charmes encore fort désirables.

De la blancheur éclatante de sa façade à la précise ordonnance des verts massifs de son parc, Saint-Onges avait la perfection d'un rêve. Pour nous y rendre, dans notre noir carrosse qui puait le purin, il nous fallait traverser de grands bois. Je n'étais jamais sûre,

15

quand nous en émergions au dernier détour du chemin, que le château se dresserait devant nous. Je croyais fermement qu'il se serait évanoui sans la prière fervente que je marmonnais chaque fois. Il était là pourtant, au bout de son allée majestueuse, resplendissant de confiance en sa propre magie.

Notre demeure caverneuse et glaciale n'avait pour attrait que sa proximité de Saint-Onges ; nos tours croulantes s'élevaient précairement sur un éperon rocheux à moins d'une lieue des domaines du comte. Il faut avouer que le sommet du donjon offrait à qui survivait à son ascension un splendide panorama. Pour des raisons purement stratégiques, nos belliqueux ancêtres s'étaient assuré une vue imprenable sur les sombres vallées et les collines verdoyantes où s'égrenaient des troupeaux blancs.

Le château — ou ce qu'il en restait — ne se prêtait guère qu'aux divagations féodales de mon frère Charles. Affublé de vieux étendards arrachés aux murs de pierre, se prenant tour à tour pour Roland, le roi Artus ou Guillaume d'Orange, il déambulait, traînant de vieilles épées d'adoubement qu'il soulevait à peine et qui sonnaient — cling, cling, cling — sur les dalles humides.

Notre domaine n'était plus qu'une succession de salles vides où les souris mêmes prenaient peur à l'écho de leurs propres sarabandes. Elles abandonnaient la place aux termites, pour qu'ils achèvent de réduire en poussière quelques vieux arcs-boutants ouvragés, vestiges des splendeurs familiales révolues. Nous occupions, dans l'aile plus récente, des chambres médiocres. D'étroites fenêtres à meneaux nous y privaient de la vue sur la vallée tout en nous protégeant du vent glacial des nuits d'hiver.

Lorsqu'il soufflait, mon frère Charles me rejoignait parfois dans ma chambre, tout ébouriffé de froid et de terreur. Il se glissait sous mes draps et demeurait blotti contre moi, claquant des dents. Puis il haletait « chut ! » dans mon oreille et murmurait que le fantôme du Croisé borgne arpentait la grande salle de son pas métallique. J'avais beau prêter l'oreille, je n'entendais que le sifflement du vent. J'avais trois ans de moins que lui et, du haut de son grand corps maigre, il me dominait d'un bon pied. Je le traitais de couard et m'efforçais de le repousser hors de mon lit ; pourtant, j'aimais qu'il vînt ainsi quérir tiédeur et réconfort auprès de moi. Il était inoffensif, et bien trop transi pour songer au péché. Je m'endormais dans ses bras, goûtant confusément son étreinte osseuse et l'étrange odeur mâle de sa chemise de nuit. Dans la grisaille de l'aube, il s'esquivait, et je rêvais de Bertrand.

Quand il eut treize ans, Charles ne vint plus dans ma chambre. Ou bien les Croisés restaient en Terre sainte, ou bien ma mère avait découvert les incursions nocturnes de mon frère. Charles fut expédié à Louis-le-Grand, où les fils de la noblesse recevaient une utile instruction et nouaient des relations encore plus utiles. C'est alors que ma mère se décida — à contrecœur — à confier mon éducation à ce couvent de Langres recommandé par mes Némésis, les tantes. Que Sophie fût condamnée au même sort ne m'était que maigre consolation. Sophie me faisait bâiller, et j'allais être privée de mes seules vraies joies : visites à Saint-Onges et chevauchées sauvages.

Depuis que Charles m'avait hissée en selle le jour de mes six ans, je ne vivais plus que pour l'euphorie du galop. L'état de la fortune familiale ne nous permettait guère d'entretenir une grande écurie, mais ma mère jugea opportun de sacrifier quelques prés afin que mon frère disposât d'une monture digne de ce nom.

Charles entrerait dans la carrière militaire et suivrait les traces glorieuses de notre père. Jusqu'à un certain point.

Notre père était mort en 1734 au siège de Trarbach — quelque part au fin fond de la Prusse, durant une quelconque campagne contre un quelconque monarque germanique. Or, ma mère n'avait nul besoin d'un second héros mort au champ d'honneur. Charles se devait de survivre à ses éventuels faits d'armes afin de regagner la faveur royale et de rendre à la famille son lustre passé.

Mon père m'avait laissé le souvenir d'un homme falot, écrasé sous le poids de sa lignée et de sa perruque à l'ancienne, et qui poussa sans doute un profond soupir de soulagement le jour de son décès.

A Trarbach, au côté de Maurice de Saxe, il avait eu la présence d'esprit de recevoir en pleine poitrine un boulet destiné au maréchal. Ce dernier lui en avait exprimé sa reconnaissance en recueillant son dernier soupir, et avait largement prouvé sa gratitude à la veuve. Avait-il alors fait preuve de cette sollicitude particulière dont il avait le secret auprès des femmes ? Je ne l'ai jamais su.

Quoi qu'il en fût, ma mère avait une double dette envers le Beau Maréchal. Non seulement pour avoir adouci la nouvelle de son

17

veuvage avec un pesant d'or approprié, mais encore pour avoir été la cause indirecte de ce veuvage. Elle qui n'avait épousé mon père que pour son nom se voyait dispensée de la pénible nécessité de partager la vie de celui qui le portait. Qu'elle se retrouvât sans ressources avec deux enfants ne semblait pas devoir mitiger son soulagement.

Nous étions pauvres.

Alors qu'à Saint-Onges une livrée nombreuse veillait aux moindres désirs des maîtres, nous devions nous contenter d'un vieux cocher bougonneux, et d'une demi-douzaine de paysannes rougeaudes et mal dégrossies qui, avant de nous servir en balbutiant, essuyaient leurs avant-bras humides sur des tabliers douteux.

Les munificences royales ne pleuvaient guère sur nos têtes depuis que nous n'avions pour appui à la cour qu'un vieil oncle ruiné par le jeu — chevalier du Saint-Esprit — poudré, fardé et vérolé, trop occupé de sa survie pour songer à nous porter secours. La monarchie a courte mémoire. Il ne nous servait plus de rien que notre ancêtre, Antoinette d'Aubeterre, eût fait don au roy d'alors de la terre de Soubise à la mort de son époux, Jean de Parthenais.

Bien peu de terres entouraient encore les ruines où nous logions. Mais nous avions un nom.

Drapée dans cette dignité toute faite, ma mère se décida à engager avec le destin une partie d'échecs dont l'enjeu était la fortune de mon frère. Elle fondait ses espoirs sur lui, en tant que dernier rejeton d'une race où alternaient les cuistres et les héros.

Un orgueil insatiable écarta bientôt de sa vie tout ce qui ne servait pas cette ambition.

Elle passa outre à la vulgarité des Saint-Onges et aux avances ironiques du comte Philippe — qu'elle avait toujours repoussées de sa vertu dressée en rempart — pour me donner en mariage à Bertrand, en s'assurant que Charles serait le grand bénéficiaire de cette union. Ses narines chatouilleuses ne sentirent plus le fumet de roture que quatre quartiers de noblesse n'avaient pas dissipé. Elle me livra aux Saint-Onges, cédant ainsi aux attraits d'un luxe et d'une luxure qu'elle feignait de mépriser.

Non seulement l'établissement de mon frère Charles était assuré, mais encore Bertrand serait mon époux et Saint-Onges mon domaine. Je crus alors détenir la preuve que la joie était le but de l'existence et que j'étais sur le point de l'atteindre.

Je serais à Bertrand.

La désapprobation évidente des tantes ne troublait nullement mon exultation. J'avais quinze ans, et mes années de couvent se terminaient. Au grand soulagement des nonnes.

Le regard du comte lorsqu'il saluait déjà bien bas sa future bru, la petite Marianne, troublait ma mère. J'avais intercepté de brefs coups d'œil ; Philippe la narguait de son sourire oblique, elle baissait les yeux. Mal à l'aise, elle me ramenait brusquement vers elle, me serrait contre les plis soyeux de sa robe.

L'argent l'avait emporté sur ses préjugés. Il y en avait trop, grâce au Mississippi et à d'autres lointains eldorados qui avaient enrichi le comte avec le prince de Conti et le duc d'Antin.

Philippe avait tout d'abord agioté rue Quincampois, aux beaux temps de Law, manifestant à vingt-quatre ans un remarquable talent pour les opérations équivoques et les spéculations douteuses. Lui qui plus tard ferait preuve d'un manque de mesure en tout s'était arrêté à temps. Ayant su percevoir les signes avant-coureurs de la débâcle, il n'avait pas souscrit à la dernière émission d'actions et s'était prudemment retiré dans ses terres en y escortant les charrettes remplies de l'or de ses gains. Il en avait consacré une bonne part à l'agrandissement du château que lui avait légué son père dans cette région ingrate de l'est de la France.

A vrai dire, c'est à treize ans que j'avais percé à jour les subtiles tractations concernant ma personne et celle de Bertrand. Cette découverte orienta vers une voie plus charnelle les rêveries romantiques dont j'entourais mon idole. Il me semble que je m'enfermai dans une chrysalide de songes et de désirs inexprimables qui avaient tous Bertrand pour objet ; une sorte de latence qui m'isolait des autres pensionnaires du couvent. Aucune d'elles — pas même Sophie — ne pouvait comprendre que je retinsse mon souffle en attendant le bonheur. Sophie riait d'un mariage qui ferait de moi sa tante, puisque Bertrand était son oncle par la main gauche.

En 1710, la femme d'un métayer avait jugé opportun pour la fortune de son ménage d'offrir à son jeune maître sa première paternité. Une sage initiative que son discret mari n'avait jamais eu l'heur de regretter. Philippe n'avait que seize ans, il était de nature généreuse, et il en avait gardé à la commère une profonde reconnaissance. Lui qui par la suite se soucierait fort peu du sort de ses

19

bâtards avait veillé à l'éducation de la petite, l'avait dotée sans ostentation et mariée à un hobereau des environs.

L'honorable nobliau n'avait eu que le temps de lui faire deux enfants avant d'être emporté par la petite vérole. La veuve ne lui ayant guère survécu, Thomas et Sophie s'étaient retrouvés à la charge de leur grand-père. Thomas avait dix ans et Sophie sept ; j'en avait huit à l'époque. La société des alentours, pas plus royaliste que le roy, avait adopté envers le frère et la sœur la même bienveillance circonspecte que leur témoignait l'aïeul, qui les avait accueillis à Saint-Onges.

Une fois rassurées sur le degré de soumission auquel elles pouvaient s'attendre de la part des timides orphelins, les tantes approuvèrent du bout des lèvres leur arrivée, et s'occupèrent d'eux une journée entière. Bertrand, leur oncle de dix-huit ans, se gagna leur affection sans effort. Quant au comte Philippe, lors de ses rares visites à Saint-Onges, il accordait à Thomas une indifférence bénigne, et à Sophie la pitié qu'il réservait aux filles maigres. Tout à ses conquêtes parisiennes, il repartait aussitôt.

Mes fiançailles se prolongèrent une année entière. Il y a fort à présumer que les tactiques dilatoires des tantes, plutôt que les obligations militaires de Bertrand, furent la cause de ce délai.

Mon fiancé revenait assez régulièrement à Saint-Onges. Lors de ses brefs séjours, nous nous rendions plus souvent au château, et mon bel officier nous accueillait lui-même devant les marches du perron. La petite lueur de désir qui brillait dans ses yeux augurait bien de l'avenir et illuminait la grisaille qui suivait son départ, tout en attisant mon impatience. Il repartait toujours trop vite, me laissant à mes chevauchées et au plaisir aigre-doux d'écouter les tantes chanter ses louanges lorsque je cajolais ma mère afin qu'elle me menât au château. Pour la chance d'entendre parler de Bertrand, j'acceptais en effet volontiers d'endurer d'interminables heures en la fastidieuse compagnie de Pauline et Caroline.

Lorqu'elles avaient épuisé leur répertoire de médisances, elles se résignaient à aborder les nouvelles de leur neveu. Non sans répugnance, sachant que j'y prenais plaisir.

Dans l'attente qu'elles capitulent, je suivais d'une oreille distraite leurs fascinants propos et je les détaillais sans pitié, fouillant leur laideur pour y découvrir ce qui les distinguait l'une de l'autre. Identiquement engoncées dans leur robe de brocart jaune assortie à leur teint, elles trônaient symétriquement sur deux bergères semblables, nous observant de leurs petits yeux, tendant parfois vers un guéridon chargé de sucreries une main gourmande et paresseuse. Je finis par les départager sans peine ; Pauline louchait de l'œil gauche et Caroline du droit.

Par les hautes fenêtres nous parvenaient, avec le parfum des lilas, les cris et les rires qui fusaient du côté de l'orangerie, du côté des garçons. Mon frère Charles et son ami Thomas démontraient à leur maître d'armes que ses leçons avaient porté fruit. C'est en vain que j'avais imploré ma mère d'y accompagner Charles. Elle consentait tout juste à me laisser monter à cheval. En amazone.

Les jumelles poursuivaient leur contrepoint.

« Ne vous rendrez-vous donc point à Langres pour y faire vos pâques, Madame ? » s'enquérait benoîtement Caroline, une flamme de dévotion dans l'œil gauche tandis que son œil droit lorgnait les friandises. Elle savait fort bien que ma mère n'avait ni les moyens ni l'inclination de séjourner en ville pour y passer des heures dans une église glaciale à entendre les inanités d'un prédicateur bègue.

« L'abbé Mouchel prêchera le carême... », surenchérissait Pauline. Ma mère souriait sans répondre. Carême. J'aimais la riche sonorité du mot. Il évoquait bombance plutôt que jeûne et pénitence. J'imaginais le gros abbé Mouchel avouant en chaire à ses ouailles : « J'aime la crème, même au carême. »

Des valets impassibles traversaient en silence un parquet trop vaste où se reflétaient des meubles trop neufs. Ils déposaient devant nous des sucreries, du vin doux et du chocolat dans des porcelaines délicates. Je buvais mon chocolat à petites gorgées, humant son arôme doux-amer pour qu'il dissipât la torpeur de mon ennui. Le fumet du chocolat masquait un moment le doux parfum de citronnelle que ma mère avait fait venir de Paris à mon intention. Elle adorait les senteurs et n'appréciait ses roses que pour leur parfum.

C'était au tour de Pauline d'ânonner : « Et Monseigneur m'a confié que Leurs Altesses royales... Et la marquise des Ormeaux s'est fort mal comportée... Et Sa Majesté ne se rendra pas à... », tandis que Caroline mâchonnait quelque confiserie en me lançant des regards venimeux.

21

Je détournais les yeux et contemplais ma mère.

Elle était belle encore. Son abondante chevelure, poudrée à blanc pour la circonstance, encadrait un visage bien modelé dont la chair n'avait rien perdu de sa fermeté. Ses rares sourires illuminaient ses yeux pers, et je souhaitais alors lui ressembler. Elle savait à merveille manœuvrer la conversation et lancer les jumelles dans d'interminables monologues qui n'exigeaient d'elle-même qu'une moindre attention.

Quant à moi, je n'écoutais bientôt plus.

Je laissais mes regards errer sur les dorures, effleurer les jeux de soleil sur le cristal des lustres, s'attarder sur la tapisserie des fauteuils où des scènes de séduction me faisaient rêver. On y voyait de sottes bergères y repousser sans conviction d'ardents bergers dont je n'aurais certes point dédaigné les avances. Je fermais les yeux pour m'évader vers ces bucoliques, acceptant les baisers de ces garçons joufflus, les rendant au centuple. Je caressais la soie de ma robe neuve et sentais soudain la douceur du printemps envahir le vaste salon avec le parfum des lilas.

Entre deux bouchées de gâteau aux épices, Caroline me jetait des coups d'œil réprobateurs, observant la manière dont je tenais mon verre de vin doux ou ma tasse de chocolat, cherchant à y déceler les signes d'une nature perverse. Puis elle se tapotait les yeux de son petit mouchoir de dentelle, comme en proie à un irrésistible et mystérieux chagrin. Au reste, les deux sœurs avaient — tels de nombreux cœurs secs — les larmes faciles.

Elles en versèrent d'abondantes le jour de mes noces.

2

Je paierais bien de quelque misérable vie la félicité de revivre un retour de Bertrand à Saint-Onges.

Un de ses retours nocturnes. Inopiné, inespéré. Comme il m'en gratifiait durant les premières années de notre mariage.

Pour chacune de ces fêtes, combien de veillées solitaires dans la chambre carrée tendue de damas vert ?

Tristes nuits d'hiver. De gros billots achevaient de se consumer dans la cheminée d'angle, irisant de leurs flammes le givre des fenêtres, sombres échelles de miroirs où la lueur vacillante de ma bougie de chevet se reflétait sans percer les ténèbres. Je pleurais l'absence de Bertrand sur les pages d'un livre, et finissais par glisser dans un sommeil trouble.

Le son de ses pas me réveillait. Je sautais du lit pour courir à la porte ; le bronze froid de la poignée brûlait ma main moite. Il était là, encore haletant de sa course, dans l'air glacé du corridor. Son odeur de cuir et de laine mouillée, de sueur et de chevauchée, me faisait défaillir. Parfum de désir et d'absence. Il me serrait si fort que son étreinte réveillait mes sens ensommeillés, qui s'égaraient à la pensée du festin à venir. Je voulais tout de Bertrand, son souffle et sa chaleur, sa force et sa tendresse, et l'odeur enivrante de son corps mâle. Étourdis de passion, nous restions collés l'un à l'autre, puis, sans effort, il me portait sur le grand lit, écartait dentelles et linons froissés. Son haleine tiède attisait les feux de mon attente, ses lèvres m'embrasaient d'une frénésie que son ardeur mâle allait assouvir.

Bertrand avait le talent de la chair, savait en dispenser les bienfaits, ces plaisirs qui laissent un goût de joie. Loin d'être débauché,

23

il respectait le corps et le considérait comme l'expression des véritables aspirations de l'âme. Bien qu'il fût, je le crois, fort intelligent et qu'il usât à bon escient de son sens logique, il se défiait de la Raison et tenait son instinct pour un guide plus fiable.

Il me mettait souvent en garde contre ce culte de la Raison, si souvent dénaturée au gré des folies humaines. Il s'était toujours fié à sa nature, et avait simplement cultivé au cours des ans un talent inné pour Eros autant que pour Agapé. Il ne tirait nulle vanité de ses prouesses amoureuses. Il aimait les femmes. Sincèrement. Et le leur prouvait sans imposer de bornes à ses propres émotions. Il partageait joyeusement le festin érotique, s'abandonnant tout entier aux délices de l'amour avec tendresse et passion.

L'amour avec Bertrand était à la fois charnel et serein.

Bertrand n'était, hélas, presque jamais là.

De Metz, où son régiment était cantonné en temps de paix, ou de quelque campagne militaire en cours, il m'écrivait pour ainsi dire chaque jour des lettres fort amoureusement explicites qui m'incitaient à rougir de honte et à pâlir de nostalgie. Il mentionnait parfois la guerre, lorsqu'elle faisait rage entre Français, Anglais, Hollandais et quelques autres nations. Entre les lignes, je lisais sa compassion et sa bravoure. J'entrevoyais alors ce qui l'avait poussé à choisir la carrière militaire, lui qui abhorrait la violence. Espérait-il la tempérer par sa présence et détacher d'elle ceux qui la pratiquaient ? Il éprouvait une grande pitié envers les hommes qui ne connaissaient pas de plus noble activité que l'entrechoquement des armes. Sans se poser en saint, il leur servait l'exemple d'une conduite chevaleresque.

Si la chasteté est mesure de la sainteté, Bertrand n'était certes pas un saint. Il me donnait mille raisons de mettre en doute sa fidélité. Pourtant, la jalousie était le moindre motif de mes griefs envers le sort. Il est vrai que ma mère, noblement cynique, avait jugé bon de me sermonner souvent à ce sujet avant mon mariage.

« Ne tente jamais de restreindre la liberté de ton époux, mon enfant. La jalousie est un sentiment mesquin qu'il vaut mieux abandonner au peuple. Les hommes sont différents de nous... » Elle interrompait son sermon pour s'égarer dans des souvenirs qu'elle ne me faisait jamais partager. « Il faut comprendre qu'un officier retenu loin de son épouse par son devoir envers son roi peut prendre maîtresse sans que son épouse y trouve à redire. » Et elle ajoutait pour bonne mesure : « Je préférerais te voir respecter les limites de ton propre devoir, ma chère enfant ; mais, quoi que tu fasses, ne t'abaisse jamais à devenir possessive. »

Je crois sincèrement qu'en la matière elle partageait l'avis de M. de Montesquieu, selon lequel un mari aimant sa femme est un homme qui n'a pas assez de mérite pour se faire aimer d'une autre, et un mari qui voudrait seul posséder sa femme serait un perturbateur de la joie publique.

Les rares présences de Bertrand me causaient trop de bonheur pour que je m'inquiétasse de ce qui occupait ses absences.

Sans lui, ma vie n'était qu'une toile à peine ébauchée, abandonnée dans l'atelier d'un artiste fantasque. Elle était non pas vide mais privée des couleurs de la joie, et j'étais incapable de peindre mon propre tableau. Je passais le plus clair de mon temps à me languir de ses yeux rieurs, de sa peau lisse, de la force harmonieuse de son corps viril.

Plus que tout me manquait sa tendre sérénité.

Il ne me restait que Saint-Onges.

J'en tirais certes quelque satisfaction, mais le titre de châtelaine n'égayait ni mes jours ni mes nuits.

La demeure était pourtant splendide. Pour agrandir le vétuste château acheté par son trisaïeul, le comte Philippe avait fait appel à Robert de Cotte, le prestigieux architecte dont il avait admiré la fameuse galerie de Guermantes. Ce grand artiste avait masqué l'ancienne bâtisse d'une nouvelle façade de pierres blanches, l'avait flanquée de deux ailes qui formaient devant l'entrée principale une majestueuse cour d'honneur. Le long de la façade arrière courait une large terrasse, où je me promenais souvent à la brunante pour admirer la calme perspective du parc et des vallons boisés qui le prolongeaient. Je m'y retrouvais seule, les tantes jugeant l'endroit par trop venteux. M'accoudant au balustre de marbre blanc, je laissais les rayons du soleil couchant caresser mon visage. Je humais les senteurs humides de la forêt en déplorant que cette beauté ne suffît pas à mon bonheur.

Chacune des ailes abritait des salons en enfilade, tous richement — trop richement — meublés ; une somptueuse bibliothèque dont les ouvrages, choisis par le comte lui-même, emplissaient mes heures creuses ; des appartements et cabinets fort bien agencés. Bertrand et moi occupions, au premier étage de l'aile droite, une chambre tapissée de damas vert, tandis que celle du comte, tendue de soie rouge, lui faisait pendant à l'angle de l'aile gauche. Philippe n'y avait plus remis les pieds depuis la mort de son épouse.

Pour rendre justice aux tantes, il faut avouer qu'elles menaient Saint-Onges de main de maître. Sous leur régie vétilleuse, les parquets luisants fleuraient bon la cire d'abeille ; les hautes vitres et les lustres étincelaient tout autant que les miroirs ; les porcelaines de Chine débordaient de fleurs fraîches, et des vastes cuisines ne s'échappait que le fumet délicat de sauces élaborées. Caroline et Pauline régnaient sur une population docile et quasi invisible de servantes proprettes et de grands laquais silencieux. Je me gardais bien d'intervenir dans leurs démêlés quotidiens avec cette valetaille, me contentant d'une seule servante que j'avais amenée de chez nous. Elle se nommait Toinon, et son naturel enjoué ensoleillait ma solitude.

Saint-Onges était aussi mon domaine, mais un orgueil pervers — peut-être hérité de ma mère — m'en gâtait les splendeurs. Je trouvais la demeure trop parfaite, voire vulgaire, au point de dédaigner jusqu'à ces meubles gracieux qui portaient l'estampille de Pothier et de Saint-Georges. Leurs ors me semblaient trop clinquants.

Je m'attendrissais au souvenir de nos vieux murs croulants, désormais abandonnés aux soins de quelques serviteurs fidèles, ma mère ayant pris pension dans un couvent de Versailles pour mieux se consacrer aux multiples intrigues qu'elle ourdissait autour de la carrière de mon frère Charles. Son absence me pesait. La discrète chaleur de son ironie aurait réchauffé la blancheur de Saint-Onges. Dans notre forteresse, nous avions vécu plus près de la terre. Crasse et misère nous entouraient, et nous n'avions jamais fermé les yeux sur leur existence. Saint-Onges s'en détournait avec ombrage pour s'isoler dans sa splendeur stérile.

Quant à mes toilettes, linges et accoutrements, ils m'avaient tour à tour émerveillée, occupée et lassée.

Je partageais mon temps entre les chevauchées et la lecture. La bibliothèque du comte offrait mille occasions de parfaire ma rudimentaire instruction, par des voies fort éloignées des sentiers battus du couvent.

La compagnie de Sophie m'importunait, et les tantes fuyaient la mienne.

Sophie rejetait toutes les demandes en mariage, refusait toute occasion de quitter Saint-Onges et s'obstinait à me vouer une amitié indéfectible. Quant à Pauline et Caroline, depuis que je me dispensais de leur témoigner la moindre déférence, elles se cantonnaient dans leurs appartements, comme si je les avais chassées des salons.

Nous nous croisions souvent dans le grand escalier. Moi, cravache en main ; elles, harnachées pour la messe. Elles me gratifiaient d'un signe du menton, baissaient les yeux et, serrant leur missel contre leur sein flétri, s'esquivaient dans un froissement de soie raide, laissant derrière elles une âcre odeur de corps mal lavés aspergés d'eau de senteur.

Il me fallut cinq ans pour découvrir le prix de l'amour : la dépendance.

Je compris alors que, de m'être livrée corps et âme à Bertrand, j'avais cessé de m'appartenir et n'existais plus que par lui.

Lorsqu'en 1748 la paix d'Aix-la-Chapelle eut mis fin aux absurdes campagnes de notre bien-aimé souverain, il devint évident que ses devoirs militaires ne justifiaient plus l'éloignement prolongé de mon époux. Il me fallut bien accepter la réalité : Bertrand était seul responsable de ses absences. La vie de garnison offrait des attraits plus irrésistibles que les miens.

Constatation dégrisante.

Certes, j'étais soulagée de le savoir sain et sauf, de n'être plus hantée — comme je l'avais été durant ces années de guerre — par l'affreuse évocation de mon beau guerrier volage ensanglanté sur un champ de bataille.

Nos joies éphémères brillaient encore d'un éclat aussi vif et me rassérénaient tant qu'il était près de moi, mais je ne trouvais plus en moi la force de supporter ses désertions.

Et je me montrais incapable de lui donner un enfant.

Il repartait toujours, me livrant au souvenir de nos béatitudes, m'abandonnant sans regret à l'hostilité de ses tantes, à l'insipide Sophie, aux regards brûlants du comte.

Car il fallait compter avec Philippe, dont les visites au château

27

se faisaient plus fréquentes malgré les rigueurs du voyage. L'indigence générale du royaume, dont le long trajet en carrosse lui fournissait mille preuves, déchaînait ses indignations de physiocrate voltairien. L'incurie des nobles propriétaires le révoltait. Ses propres terres nourrissaient grassement leurs fermiers tout en lui assurant des rentes considérables. Pourquoi les autres laissaient-ils leurs champs incultes et leurs paysans affamés ?

Pour ne pas s'infliger le spectacle désolant de la misère, il fermait les rideaux de son carrosse en bougonnant : « Au diable ! Puisque je n'y puis rien changer, pourquoi ferais-je un malheureux de plus en gâtant ma paix d'esprit ? »

Il criait au cocher de presser l'allure, mais gardait sombre humeur jusqu'à Saint-Onges.

De ses coffres de voyage, il tirait des soieries peintes de mille fleurs par de lointains Orientaux — afin que j'aie des robes à la mode de Versailles —, de beaux livres reliés en cuir de Cordoue et de nouvelles partitions. Les tantes se jetaient sur la dernière gavotte ou sonate de MM. Rameau et Leclair pour les mettre à mal au luth et au clavecin.

Ai-je parfois manifesté trop de joie à la venue du comte Philippe ? Un jour, sans nouvelles de Bertrand depuis plus d'une semaine, je fondis en larmes à son entrée. Il me serra contre son cœur, et je m'y trouvai bien. A la fois apaisée et ranimée par son étreinte.

Le père et le fils se ressemblaient fort. Aussi grand que Bertrand — sans l'être trop pour ma petitesse ; les couples mal assortis par la taille frisent, à mon avis, le grotesque —, Philippe rassurait par sa force tranquille. Il avait la placidité d'un fauve repu. La passementerie de son habit de voyage griffait ma joue ; son odeur d'homme, à peine masquée par la poudre d'iris, me troublait.

Le charme du père égalait sans nul doute celui du fils. Tous deux aimaient les femmes et ne le cachaient guère. Cette inclinaison légère de la tête, ce regard qui s'attarde sur nos lèvres, ce sourire triste qui semble mendier un peu de joie, autant de signes que nous reconnaissons sans peine. Mais le charme de Bertrand était pur de toute équivoque. On ne pouvait guère en dire autant de celui du comte.

Lorsque Philippe résidait au château, je fuyais Saint-Onges à travers les halliers. Tandis que j'enlaçais le cou de ma belle jument d'Yvetot, mes larmes coulaient dans sa crinière soyeuse. Son odeur chaude se mêlait aux senteurs de l'automne — feuilles qui brûlent et terres labourées —, emplissant mes narines et chassant de mon esprit les rancœurs inutiles. Je galopais à travers les vallées familières du Bassigny, parcourant herbages, combes et champs emblavés, sautant haies et murets avec de grands cris de triomphe qui faisaient se retourner les manants sur mon passage. J'aimais le mystère des bois, et leur odeur de vie et de mort ; j'aimais, à travers la magie de leurs sombres tunnels, déboucher sur l'éclat soudain d'une clairière ensoleillée et la fuite d'un cerf.

Alors que Bertrand ne trouvait rien à redire à mes galops effrénés tant qu'ils me consolaient de ses absences, le comte Philippe — qui préférait pourtant ses femmes et ses juments la bride sur le cou — n'approuvait pas ces randonnées solitaires à travers la campagne.

Le jour vint où il refusa tout net de me laisser partir sans escorte, arguant que la contrée environnante était par trop infestée de bandits de grand chemin. Ou bien je renonçais à mes randonnées sauvages ou bien Thomas, le frère de Sophie, m'accompagnerait. J'avais toute raison de croire qu'il n'avait pas demandé l'avis de son petit-fils avant de lui assigner cette tâche. Je lui objectai qu'un palefrenier armé suffirait à me protéger des mandrins du comté. Mais Philippe tint bon. Désormais, Thomas, indifférent et taciturne, me suivit à trente pas, retenant parfois d'un grognement son étalon impatient de rejoindre ma jument. Nous ne fîmes jamais une mauvaise rencontre, mais la distance entre nous jour après jour s'amenuisa.

Je piquais de temps à autre un galop infernal pour sortir Thomas de son mutisme. Il m'accompagnait en silence, tendu et attentif aux obstacles que nous franchissions d'un bond, témoin muet de mes humeurs, et sa morosité s'accentuait à mesure qu'il se rapprochait de moi.

Bien que je n'eusse nulle raison de le croire mon ennemi, je fus surprise de découvrir en lui un ami.

A la vérité, je ne le connaissais guère. Ce que je savais de lui me venait de mon frère, dont il était le meilleur ami ; mais Charles était

29

bien loin, tout occupé de sa brillante carrière militaire à la tête du régiment que lui avaient procuré les deniers du comte Philippe.

Thomas semblait préférer la compagnie de ses chevaux à celle de ses proches. Il avait quitté sa chambre au château l'année de mon mariage, et n'y reparaissait que rarement. Il parcourait souvent l'Europe à la recherche de pur-sang dignes du haras de son grand-père.

Lors d'un voyage en Pologne, il avait persuadé le prince de Craon de se séparer du turc de Belgrade. Pour loger ce roi des étalons, le comte avait ouvert toute grande sa bourse et fait construire de magnifiques écuries circulaires, *à l'anglaise* comme tout ce qui concernait l'élevage des pur-sang.

Thomas y avait ses appartements depuis qu'il ne logeait plus au château. Lorsque le comte séjournait à Saint-Onges, Thomas assistait aux réunions familiales, mais il semblait toujours pressé d'en partir. A peine franchies les portes du petit salon bleu où nous nous tenions quand Philippe nous honorait de sa présence, le visage de Thomas se figeait, et ses yeux perdaient leur éclat.

C'était un autodidacte qui ne se séparait jamais du traité équestre de M. de la Guermière ; on ne lui connaissait pas d'autre lecture, mais son instinct était infaillible, et Philippe et Bertrand s'inclinaient volontiers devant son surprenant savoir, qui leur assurait des montures splendides, objets d'envie à la cour et dans les garnisons. Thomas ne montait que de magnifiques étalons ; courbettes, croupades et cabrioles n'avaient plus de secrets pour lui.

Avec l'assentiment du comte, il m'avait fait présent le jour de mes noces d'une superbe jument d'Yvetot.

Il régissait le haras de son aïeul avec l'autorité incontestée d'un *master of horse*, et pouvait à loisir y régenter une armée de valets et de palefreniers qui craignaient autant sa colère que les ruades de ses étalons.

Je m'attendais donc qu'il trouvât indigne de son rang la tâche que lui avait assignée le comte, et croyais voir en sa morosité une punition qui m'était infligée. Tout à ses griefs secrets, il chevauchait sans parler, me jetant parfois des regards flous comme si une rancune longtemps distillée l'enivrait.

La première fois que nous échangeâmes plus qu'une simple salutation, je découvris qu'il était fort capable de converser agréablement et qu'il ne me gardait nulle rigueur de le tenir éloigné de son domaine. Naturellement curieux de divers sujets, outre les chevaux, il savait écouter, l'œil attentif, ce que j'avais à dire.

Nous prîmes bientôt l'habitude d'interrompre notre chevauchée en quelque endroit plaisant et de deviser ainsi sans témoins.

A la vérité, je ne lui avais jamais longuement parlé, ne l'avais même jamais bien regardé auparavant ; aveuglée par le rayonnement de Bertrand, je n'avais pas remarqué qu'il était beau. A sa façon. Une beauté sombre que le charme de mon époux éclipsait aisément. Sa chevelure brune et drue blanchirait sans doute précocement, comme celle du comte. Il avait le sourcil sévère et une belle bouche dédaigneuse. Ces rares sourires révélaient pourtant de parfaites dents blanches et le faisaient ressembler à Bertrand beaucoup plus qu'à Philippe.

La taille bien prise et élancée, l'épaule solide, la jambe nerveuse, il aurait rendu des points à Bertrand s'il s'était départi de son air chagrin. Mais Thomas n'était qu'un simple mortel auprès d'un apollon. Au reste, il en avait conscience et vouait à Bertrand un culte un peu naïf.

Il ne parlait guère de lui-même, mais ses propos me révélèrent vite son ambition militaire déçue. Je n'osais trop le questionner à ce sujet et supposais que, privé des moyens d'acquérir une charge militaire, il était trop fier pour s'adresser au comte.

Sa compagnie me devint bientôt aussi réconfortante que nos chevauchées. Jusqu'au jour où ses regards trop éloquents me dévoilèrent enfin la véritable nature des sentiments qu'il me portait. J'en fus à la fois touchée et inquiète, mais je m'étais déjà trop bien accoutumée à sa présence pour que la révélation de cette passion discrète me poussât à la prudence d'y renoncer.

Un beau matin de printemps, je m'éveillai d'un rêve attristant. Bertrand m'abandonnait pour l'amour d'une femme qui ne m'était pas inconnue ; elle était belle, et ses traits me semblaient familiers sans que je les reconnusse pour autant. La pensée qu'il pût ne jamais me revenir m'avait transpercée d'angoisse, et je m'étais éveillée en sursaut, empreinte d'une profonde mélancolie. Au lieu de revêtir en hâte ma tenue équestre pour un galop matinal à travers prés et bois, je passai une matinée dolente en peignoir de dentelle, à feuilleter les pages d'un livre que je ne lisais pas.

Pourquoi refusai-je alors d'accompagner les tantes et Sophie ? Elles se rendaient à Langres en grand équipage pour s'y adonner à quelques fastidieuses dévotions et comptaient passer plusieurs jours dans ce bourg médiéval qui me rappelait trop mes années de couvent. Le répit de leur absence me tentait certes, mais était-ce ma seule tentation ?

Vers midi, Toinon, chargée d'un large plateau, poussa la porte de ma chambre. Se plantant devant moi, elle souleva le couvercle d'argent du plat qui s'y trouvait, révélant un agencement délicat de viandes enrobées de sauces fort appétissantes.

« Voilà. Madame se doit de goûter ce chapon afin de ne point froisser le nouveau maître de cuisine qui l'a préparé à son intention. »

Comme je ne répondais pas, elle ajouta avec malice : « Madame ne souhaite sûrement pas que, de dépit, il se transperce d'une épée comme ce cuisinier du Vieux Roy... Cette histoire est-elle vraie, Madame ?

— Assurément, Toinon, répondis-je en riant, et je me garderai bien de vouer à un tel sort notre chef cuisinier. »

Elle s'affaira à disposer près de mon fauteuil une table ronde qu'elle dressa en un tournemain, tout en chantonnant faux une romance dont elle déformait les paroles autant que la musique. Elle insista pour me servir, et le fit avec une telle célérité que je finis par lui demander ce qui la pressait tant.

Elle haussa les épaules. « C'est grande pitié de voir ainsi faire fi d'un beau jour du Seigneur. Ce n'est point l'heure d'emplir sa tête avec des mots. Si Madame veut entendre mon conseil... » J'eus beau secouer la tête, elle continua. « ... Elle me laissera préparer son habit vert galonné d'or et s'en ira rejoindre Monsieur Thomas, qui est déjà venu trois fois prendre de ses nouvelles.

— Non, Toinon. Pas de cheval aujourd'hui. » Le chapon était savoureux, et je sentais mon humeur s'alléger un peu plus à chaque bouchée délectable. « Mais j'irai volontiers prendre l'air du parc. Prépare ma robe de linon rose et mon fichu fleuri ; ensuite tu coifferas mes cheveux ; je n'ai guère le cœur à le faire moi-même aujourd'hui. »

Prise d'un soudain dégoût, je repoussai l'assiette.

Éblouie par l'éclat du soleil de midi, c'est à peine si je distinguai le comte qui arpentait la terrasse, un livre à la main. Il m'accueillit le sourire aux lèvres. « Ma chère belle ! Que voici plaisante surprise ! Vous ne m'accordez pas souvent la faveur de votre compagnie... qui m'est pourtant précieuse. »

Il saisit ma main droite et la porta brièvement à ses lèvres. Je souris sans répondre, détournant quelque peu la tête pour mieux voir le titre de l'ouvrage qu'il s'apprêtait à faire disparaître dans l'ample poche de son gilet de brocart fleuri.

Interceptant mon regard, il me tendit le livre. « Tenez, prenez-le. J'ai mieux à faire que de lire, et vous tirerez sans nul doute quelque agrément de l'esprit de l'auteur. C'est l'ouvrage qui a valu à Diderot d'être jeté en prison pour avoir démontré fort judicieusement que la foi en Dieu nuit non seulement au bonheur, mais encore à la morale même. Lisez-le, ma chère enfant, et dites-moi ce que vous inspire sa philosophie... Mais, pour lors, profitons de cette journée radieuse. »

Sans me donner le temps de m'esquiver, il avait attrapé mon coude d'une main ferme et me guidait vers les allées ombreuses qui menaient à l'étang. Entre les haies de buis, il glissa son bras autour de ma taille, laissant une main légère reposer sur ma hanche. Nous marchions en silence sur le sable bien ratissé, conscients des cris d'oiseaux affolés par le printemps et du parfum entêtant des lilas. Au détour du chemin, un miroir d'eau tranquille nous apparut, où des nénuphars s'ouvraient à la tiédeur du jour. Longeant la rive herbeuse, nous dirigions nos pas vers une folie de marbre blanc que Philippe avait fait ériger sur un petit monticule. Lorsque nous l'atteignîmes, le comte se pencha soudain pour effleurer ma joue d'un baiser.

Assis à mon côté sur le banc de marbre, il observa un instant d'un regard lointain ce qu'on voyait de son domaine : une partie de l'étang et du château, l'orée du bois, les collines reverdies, et dans le bleu du ciel un autour planant. Puis il se tourna vers moi avec un bref sourire, me reprit des mains son livre et, tout en le feuilletant machinalement, commença à deviser de philosophie comme s'il s'adressait à un égal. Fière de relever ce défi, je m'efforçai alors de lui prouver que j'avais tiré quelque profit des ouvrages de sa bibliothèque. Il me considéra avec une surprise flatteuse qui m'encouragea au débat ; pourtant, nos conclusions se trouvèrent en accord : il fallait se libérer des entraves de la pensée toute faite.

Cette plaisante joute, tout autant que la beauté du jour, avait eu raison de l'emprise mélancolique de mon rêve.

En me raccompagnant au château, Philippe s'exclama soudain : « Il me vient une idée ! Pourquoi souperiez-vous en solitaire ce soir, chère belle ? Sophie et mes sœurs ne seront de retour que dans trois jours au moins, et leur absence vous laisse bien seule... » J'allai lui rétorquer que ce n'étaient ni l'absence des tantes ni celle de Sophie qui causaient ma solitude, mais sans m'en donner le temps il ajouta : « Je le suis tout autant... et si vous acceptez de souper en ma compagnie, vous me donnerez l'occasion de vous montrer un autre ouvrage de Diderot. »

Je n'hésitai qu'un instant. Le comte savait écouter aussi bien que discourir, et son attention me flattait. Il fut donc convenu que nous souperions ensemble dans l'ancienne bibliothèque. Je le quittai sur une révérence de pure forme pour regagner ma chambre et lire le petit volume qu'il m'avait confié.

En chemin, j'aperçus Thomas qui se dirigeait vers les écuries. Je l'appelai, mais il ne parut pas m'entendre. Ou du moins il ne se retourna pas.

La vieille bibliothèque, dont les sombres lambris et les rayons à demi vides me paraissaient sinistres à l'ordinaire, s'égayait ce soir-là d'un grand feu dans la cheminée et de deux candélabres à multiples branches chargées de longues bougies de la plus fine cire blanche. Une table ronde, que recouvrait une longue nappe précieuse, était dressée de deux couverts entre lesquels des mets délicats attendaient notre appétit. Les hauts verres de cristal étaient déjà pleins d'un vin du plus beau rubis.

En s'inclinant pour m'accueillir, Philippe indiqua la table d'un geste. « J'ai commandé ce modeste souper pour nous épargner la présence importune des laquais. »

Après m'avoir conduite au fauteuil qu'il me destinait, il prit place en vis-à-vis et, l'œil brillant, leva son verre à ma santé. Je bus quelques gorgées et me réjouis de son invitation.

J'avais presque terminé la lecture de l'essai de Diderot et le commentai sans modestie, faisant grand étalage de mon savoir livresque et des idées d'autrui.

Philippe m'observa avec indulgence, en opinant de temps à autre, pour finalement s'écrier : « Certes ! Vous l'avez compris, ma chère belle, Diderot a vu juste. Ces bigots qui se targuent d'ascétisme, déprécient la chair et condamnent le désir, l'amour et le plaisir, sont des contempteurs de la Création ! Bah, la nature humaine étant ce qu'elle est, on ne la bafoue pas impunément, et ces cagots qui se voudraient des saints ne sont pour la plupart que de pervers et grotesques hypocrites. »

Entre deux bouchées d'écrevisse ou de gélinotte, nous devisions agréablement. Je me sentais fort bien, quoiqu'un peu étourdie et échauffée par la grande chaleur que dégageait le feu dans l'âtre.

A la fin du repas, Philippe se leva pour quérir sur un des rayons presques vides un ouvrage assez volumineux qu'il posa à mes pieds sur le tapis. Il écarta ensuite sans effort mon fauteuil de la table, il reprit le livre, le posa sur mes genoux et se pencha pour mieux en tourner les pages.

« Voici l'œuvre dont je vous ai touché mot... Diderot y met fort plaisamment en pratique sa philosophie, ce me semble. Qu'en dites-vous, ma colombe ? Ne devrions-nous pas suivre son exemple... ? »

L'impudique paillardise des illustrations m'arracha une exclamation de surprise affolée ; je n'avais jamais contemplé d'images aussi licencieuses. Elles me fascinaient, me privaient de la force de repousser le livre et de m'enfuir, sinon du désir même de le faire. Philippe tournait lentement les pages, révélant d'autres scènes encore plus lascives, tandis que mon visage brûlait de honte et de trouble.

Enfin, décidée à la fuite, je fermai les yeux dans un effort de volonté, sachant d'instinct que Philippe ne ferait rien pour me retenir. Lorsque je les rouvris, son bras musclé entourait ma taille, et ses lèvres étaient sur les miennes.

Je ne sais toujours pas ce qui me fit succomber à sa séduction et céder avec tant de fougue à son charme. Était-ce honnête désir charnel ? Était-ce curiosité du mâle ou du Mal ? Ressentiment envers Bertrand ? Un vin trop capiteux ? Quelque aphrodisiaque ? De la cantharide, peut-être. Il en était capable... Qu'importe, puisque j'en ai payé le prix.

Je ne cherche pas à justifier ma conduite. J'aimerais simplement comprendre aujourd'hui pourquoi, alors que j'adorais Bertrand, je m'abandonnai si vite aux pervers attouchements de son père, qui m'avait toujours intimidée...

Quoi qu'il en fût, Philippe avait semé la honte en moi, et elle y croissait à loisir, envahissant mon âme comme une herbe nocive, étouffant foi, espérance et charité.

Hélas, il était aussi un mage de la volupté, et me tenait en son pouvoir. Son exploration silencieuse de mes désirs secrets, ses étreintes furtives et violentes faisaient déferler sur mon corps les vagues d'un plaisir saumâtre. Nous attendions le silence de la nuit pour nous retrouver dans la chambre rouge. Il en avait décidé ainsi, comme s'il avait voulu profaner la mémoire de sa femme, qu'il avait tant aimée, tout comme il profanait son amour paternel.

Bien que sa trahison ne semblât lui causer aucun remords, il tenait à la garder secrète pour éviter à son fils la peine et l'humiliation qu'il m'infligeait par ailleurs fort libéralement, avec la volupté.

Je regagnais ma chambre avant l'aube — Toinon, qui dormait dans un cabinet mitoyen, ne donna jamais signe de l'avoir remarqué —, pour sombrer dans un sommeil agité dont je sortais fermement résolue à repousser Philippe. Mais, le lendemain, ma résolution faiblissait avec la lumière du jour et, la nuit venue, j'allais le rejoindre.

Les matins avaient un goût de fiel.

Pour effacer de ma mémoire ces nuits empoisonnées, je passais des jours entiers à parcourir la campagne, entraînant Thomas de plus en plus vite, de plus en plus loin. Au point qu'il ne savait plus que penser de mes folles humeurs, et que dans ses yeux l'admiration avait cédé la place à l'inquiétude. Nous nous parlions à peine, mais sa présence m'était si douce qu'il m'arrivait parfois de connaître des instants de paix lorsqu'il chevauchait à mon côté.

Philippe s'attarda à Saint-Onges jusqu'à la fin juillet. Mais la nouvelle du retour imminent de son fils le décida brusquement à regagner Versailles, et il partit le jour même.

J'attendis Bertrand partagée entre l'espoir et le ressentiment. Je le jugeais presque aussi responsable que Philippe et moi-même de la perte de mon innocence. A tort ou à raison, je me considérais comme la victime de l'un et de l'autre. Pourtant, je voulais croire encore que la force sereine de mon mari effacerait de mon corps et de mon âme les souillures qu'y avait laissées son père.

Hélas, il est malaisé de croire en quoi que ce soit lorsqu'on ne croit plus en soi-même.

3

Nous étions à des lieues de Saint-Onges. Jamais encore nous
n'avions ménagé aussi peu nos montures. Dans notre folle caval-
cade, nous avions sauté des ruisseaux où ne coulaient plus que de
minces rigoles, contourné les meules dorées de la dernière moisson, respiré l'enivrant parfum de la luzerne fraîchement coupée.
Appuyés sur leur faux, les paysans nous regardaient passer sans
ôter leur bonnet crasseux, fronçant le sourcil si quelque femme
nous faisait révérence. J'avais entraîné Thomas jusqu'au plateau
dénudé, où un soleil de canicule dardait les emblavures entre de
rares bouquets d'arbres.

Haletante et poudrée de terre sèche, j'arrêtai mon galop devant
un bosquet de frênes. L'immobilité soudaine me saisit et, tandis
que le rythme de la course s'apaisait en moi, je savourai ce moment
de paix.

Thomas sauta de son cheval pour tenir ma bride et attendit,
enfermé dans son silence, fixant de ses yeux sombres l'horizon
estompé par une brume de chaleur.

Les yeux mi-clos, attentive au bourdonnement des insectes, à
l'odeur des foins coupés et au souffle rêche de Thomas, je prolon-
geai ce répit. Je voulais oublier, ne fût-ce qu'un instant, le père
comme le fils. Oublier Philippe, dont le souvenir me hantait depuis
son départ. Oublier Bertrand, et la promesse de retour qu'il n'avait
pas tenue : il faisait route vers la lointaine Russie et la cour de
l'impératrice Élisabeth. Combien de mois durerait sa mission ? Il
en avait informé son épouse moins que quiconque.

Lorsque je rouvris les yeux, Thomas avait lâché la bride. Saisissant tout à coup ma taille de ses mains fortes, il me souleva de ma

selle et me planta à terre devant lui. Au lieu de me libérer quand mes pieds touchèrent le sol, il enroula d'un geste brusque ma longue jupe autour de mes jambes et, me soulevant sans effort, me porta jusqu'à l'ombre du bosquet pour me déposer doucement sur l'herbe sèche.

Sans trop savoir pourquoi, je m'accrochai avec un rire à son gilet de peau et, le tirant vers moi, portai mes lèvres vers son cou lisse et doux comme une soie de Gênes. Il se redressa d'un bond tandis qu'un son étrange, une sorte de gémissement étouffé, s'échappait de ses lèvres. Puis il s'écarta sans mot dire pour attacher les chevaux à l'arbre le plus proche.

Pendant que je me dépouillais de mon surcot galonné, insupportable par cette chaleur vibrante, je le suivis des yeux, regrettant mon geste maladroit sans comprendre ce qui avait pu m'y pousser.

Il me tournait obstinément le dos. Je l'appelai. « Thomas ! Revenez, je vous en prie ! Vous aurais-je offensé ? »

Il me refit face alors que je soulevais ma lourde jupe d'amazone pour m'en éventer les chevilles. L'embarras qui empourpra son visage me fit sourire et me toucha ; je n'avais plus guère l'usage d'une telle délicatesse. Il semblait hésiter à me rejoindre sous l'ombrage ; la sueur coulait comme des larmes le long de ses joues. Il avança à pas lents vers le bosquet, et brusquement se laissa tomber à genoux à mon côté, fixant sur moi la sombre intensité de son regard.

« Ne vous jouez pas de moi, Madame. Ne vous suffit-il point de m'attacher à vos caprices et à ceux de votre monture sans faire de moi l'objet de votre séduction perverse ? »

Son hostilité était si manifeste que j'en ressentis au cœur un vide douloureux ; surprise et confuse, ne sachant trop que dire, je pris le parti de rire.

« Que voilà de bien grands mots, Thomas ! Loin de moi l'intention de vous séduire ! Ne me retirez donc point si vivement votre estime. » A cette pensée, des larmes me vinrent aux yeux, et je détournai un instant la tête pour lui cacher mon émoi. « Faut-il que pour cela vous vous adressiez à moi comme à une étrangère ? Suis-je donc "Madame" pour vous désormais ? Désirez-vous me voir suivre l'exemple de nos chères tantes et vous donner du "Monsieur mon neveu" ? » L'idée était si comique que j'en ris à travers mes larmes.

Mais Thomas ne riait pas. Une flamme brillait sans discontinuer au fond des yeux qu'il fixait sur les miens.

« Ne me tentez pas pour mieux vous moquer, Marianne ! » Sa voix rauque, qui se brisait de rage étouffée, me glaça. « Ne comprenez-vous pas ? Je ne veux désirer que ce qui peut être mien... Mais vous... jamais vous ne serez mienne ! Et pourtant... »

Je tentai de lui prendre la main, mais il la retira et regarda ailleurs.

Je murmurai doucement : « Vous n'avez donc que faire de mon amitié, Thomas ?

— Amitié ? » Il eut un rire bref, où s'exprimait tant d'amertume que j'en éprouvai une profonde compassion. Son regard s'adoucit, et il ajouta d'une voix assourdie : « Amitié est un vain mot, Marianne. Il ne me satisfait point. Je ne puis être simplement votre ami, chère Marianne, et c'est bien là mon malheur. »

Je voulais lui dire combien je lui savais gré de sa présence, combien elle m'était précieuse. Je voulais lui exprimer affection et respect. Je ne trouvai que des mots informes et sans substance. « Pourquoi parles-tu ainsi, Thomas ? Le temps s'écoule si plaisamment lorsque nous sommes ensemble... Je... »

Mais il secouait la tête comme s'il refusait mes paroles avant de les entendre. Il posa soudain ses mains sur mes épaules et me répondit avec douceur : « Je ne blâme personne d'autre que moi-même pour les tourments que j'endure, Marianne. Je sais que vous ne partagez pas ma... ma... » Il laissa soudain glisser ses mains le long de mes bras, soupira et, se penchant vers moi, enfouit son visage dans les plis de ma robe. J'en restai saisie de surprise. Enserrant mes genoux dans une étreinte fébrile, il murmura : « Marianne... Marianne... Je t'adore ! Tu dois m'appartenir ! Il y a si longtemps que je t'aime, Marianne ! »

Le poids de sa tête sur mes jambes ne suffisait pas à me convaincre de la réalité de cette scène. J'étouffais d'indignation. Ne me suffisait-il donc pas d'avoir si longtemps enduré les absences du fils et d'avoir succombé aux désirs du père ? Fallait-il que me fût infligée la passion malvenue d'un troisième Saint-Onges ?

Certes, des liens de confiance s'étaient tissés entre Thomas et moi, mais je ne l'aimais pas pour autant, et cet assaut d'émotions m'était proprement insupportable. Raidie contre une insidieuse pitié et révoltée contre cette nouvelle tyrannie, je tentai de repousser Thomas.

Il redressa la tête et desserra son étreinte, mais il n'avait nulle intention de s'écarter. Son regard empreint d'un profond désir rivé à moi, il m'enlaça et, pesant d'une douce force, m'allongea sur l'herbe. Ses lèvres cherchaient ma gorge ; son corps pesant et dense sur le mien écrasait ma résolution. La langueur qui me pénétrait me semblait une trahison de mon corps même ; plus je luttais contre l'idée de l'abandon, plus ma chair me portait à la tentation...

Pourtant, je ne cédai point et me défendis avec vigueur. Thomas s'écarta de moi brusquement et cacha son visage dans ses mains brunes, en murmurant : « Pardonnez-moi, Marianne ! Je suis fou ! J'aurais dû savoir que vous n'aviez cure de mon malheur ! »

L'amour malheureux que je portais à Bertrand m'aidait à comprendre le désespoir de Thomas. Je le sentis bien proche, à cet instant. Plus proche, sans nul doute, que ne l'était Bertrand dont la lointaine radiance était celle d'un dieu indifférent. Néanmoins, je refusais encore de toute ma volonté de me laisser emporter par la tempête des désirs confus de Thomas. Ou des miens.

Les yeux fermés, je respirai profondément, cherchant à regagner mon calme.

Thomas me regardait, attendant en silence quelque réponse à la question qu'il n'avait pas posée. Dans la campagne écrasée de chaleur, seules les cigales se faisaient encore entendre.

« Votre malheur, Thomas ? Je m'en soucie, assurément ! C'est pourquoi je ne céderai pas à votre dangereux égarement ! »

Je me soulevai sur un coude, impatiente de couper court à cette troublante confrontation en remontant au plus vite en selle ; mais Thomas ne l'entendait pas ainsi. Il emprisonna mes deux bras de ses doigts nerveux et s'écria avec véhémence : « Écoutez-moi une dernière fois, Marianne ! Je vous aime depuis toujours. Oui, je vous désire envers et contre ma raison depuis le premier instant où je vous ai aperçue ! (Il soupira et reprit d'un ton résigné.) Mais vous ne m'avez jamais regardé. Vous étiez trop éblouie par le soleil pour voir celui qui vous adorait dans l'ombre. » Son calme me rassurait ; l'emprise de ses mains me semblait légère. Il continua : « Je savais que vous ne seriez jamais mienne, alors j'inventai des raisons de vous haïr, et j'ai cru bien des fois y avoir réussi. Mais... »

Thomas avait résolu de mépriser ce qu'il ne pouvait posséder !

Ce refus des richesses de la vie me causa une telle détresse qu'un mouvement de pitié impulsive me porta vers lui. Je posai mes lèvres sur les siennes.

Un éclair de surprise triomphante illumina son visage ; murmurant entre deux baisers des mots dénués de sens, il se jeta sur moi avec une ardeur sauvage.

J'avais peine à croire ce qui m'arrivait.

J'avais cru trouver en Thomas le réconfort d'une affection sans équivoque, et j'étais plongée dans les affres d'une passion partagée. Car la fougue de mes abandons ne le cédait en rien à la fureur de ses assauts. Par mes gestes irréfléchis, j'avais déchaîné une tornade qui nous emportait tous deux.

Je vécus les semaines qui suivirent dans un état de confusion fébrile ; je ne mangeais ni ne dormais plus, ne tirant vitalité que de la passion de Thomas. Sans savoir la cause de mon tourment, Sophie et Toinon, qui me voyaient dépérir, en étaient consternées et me poussaient à consulter notre Dr Anthénor, afin qu'il me prescrivît quelque calmant. Je refusai.

Puis, un matin, je cessai de me torturer de remords. Je fis taire une fois pour toutes la voix aigre de ma conscience. Délaissée par Bertrand, avilie par Philippe, pourquoi ne prendrais-je pas désormais mon plaisir dans les bras de Thomas ? Plus rien n'avait d'importance, et je les vouai tous les trois au diable.

Nos chevauchées galantes et nos fureurs amoureuses se poursuivirent ainsi jusqu'aux premières neiges de novembre. Notre région est rude, et ses hivers sont longs.

Le sang fouetté par la passion et les bourrasques, nous nous réfugiions dans les granges désertes. Tremblants de désir et de froid, nous y goûtions des instants de brutale tendresse.

Dans nos moments de paix, entre les balles de foin qui fleuraient bon l'été, Thomas me disait son amour, mais aussi sa grande déception. Il avait rêvé de la gloire militaire, et estimait sa vie gâtée parce qu'il élevait des chevaux au lieu de tuer des cavaliers.

Je trouvais ses plaintes si viciées de vanité et d'envie que je prenais souvent les devants et lui fermais la bouche d'un baiser pour ne plus les entendre.

42

Je lui demandai un jour pourquoi, si le métier des armes lui tenait tant à cœur, il n'avait pas prié son grand-père, le comte Philippe, de lui acheter un commandement. « Ce qu'il a fait pour mon frère, pourquoi ne l'aurait-il pas fait pour toi, son petit-fils ? »

Il eut cette réponse amère : « Je l'en ai prié maintes fois. Il n'a jamais voulu entendre raison, disant qu'un *master of horse* mort au champ d'honneur ne lui serait d'aucune utilité, et qu'il valait mieux laisser l'art de la guerre aux imbéciles qui en tirent agrément ! »

Cette réponse me surprit. « Est-ce donc ainsi qu'il juge son propre fils ? Et mon frère ? »

Thomas eut une moue d'amère ironie. « Ils prouvent tous deux la justesse de son jugement. Ton mari est un imbécile qui préfère la compagnie des filles de mauvaise vie à la tienne, ma belle tante ! »

Peut-être. Pourtant, Bertrand régnait toujours sur mon cœur, et je croyais à la magie de son charme avec d'autant plus de ferveur que la passion de Thomas m'étouffait. La joie de vivre et la tendre ironie de Bertrand me semblaient un remède à tous les maux. Il avait l'art de simplifier la vie, alors que Thomas la compliquait à plaisir. Autant Thomas avait su se montrer d'agréable compagnie lorsque nous étions amis, autant il se révélait ennuyeux entre deux étreintes. Ses innombrables griefs et regrets étaient à mes yeux tous injustifiés.

Son corps me plaisait. J'appréciais la douceur de sa peau ambrée, ses caresses fougueuses, et surtout son insatiable appétit de moi ; mais loin de lui j'oubliais mon désir, et son emprise me pesait.

Je poussais un soupir de soulagement en rentrant au château. Dans mon habit crotté où des brins de paille demeuraient collés, les joues brûlantes de froid et de fièvre apaisée, je croisais parfois les tantes. Elles avaient devant moi des reculs furtifs, portaient à leur nez pointu des mouchoirs de dentelle comme si des relents de soufre se mêlaient à mon odeur d'écurie. Elles se signaient sans doute derrière mon dos.

Assise dans la pénombre de ma chambre devant la cheminée d'angle, Sophie m'attendait en contemplant les braises. Quelque ouvrage interrompu par une rêverie traînait sur ses genoux, et elle m'accueillait par ce sourire des Saint-Onges dont elle avait hérité, mais qui était de loin le plus radieux de tous.

Elle appelait Toinon pour me dévêtir et me racontait sa journée.

Les tantes veillaient à bien la remplir car elles se déchargeaient désormais sur ses minces épaules de la plupart des tâches afférentes à la régie du domaine.

Toinon apportait les brocs d'eau chaude pour mon bain parfumé. Je pénétrais dans la baignoire avec un soupir d'aise tandis qu'elle s'affairait autour de moi, ramassant un à un mes vêtements maculés. Nous bavardions à loisir. Jamais Sophie et elle ne s'enquéraient de mes chevauchées.

Je m'attardais dans l'eau devenue tiède, les yeux fermés, caressant ma peau qui gardait le souvenir des lèvres de Thomas. Puis j'étirais mes bras vers le drap de lin que Toinon me présentait. « Dis-moi, Toinon, suis-je belle aujourd'hui ? Assez pour faire les délices d'un homme ? » Elle sortait du cabinet avec un petit rire.

Le soir, Sophie et moi soupions souvent seules. Bien que nous les en priions fort régulièrement, Caroline et Pauline ne partageaient jamais notre repas. Elles dînaient — ou jeûnaient, c'était selon — dans leurs appartements, prétextant des malaises si nombreux que j'en vins à caresser l'espoir qu'elles ne tarderaient point à faire bénéficier un autre monde de leur aimable présence.

Mais j'eus bientôt de plus pressants soucis que la santé des tantes. Ma passion pour Thomas me pesait de plus en plus. Il devenait cruellement possessif, et sa jalousie m'effrayait. Mon corps répondait sans nul doute à son désir, mais mon cœur et mon esprit se révoltaient contre cette servitude. Ensemble, notre exaltation était quasi surnaturelle ; mais, loin de Thomas, mon orgueil reprenait ses droits, et je lui échappais chaque jour un peu plus.

J'avais découvert l'arme des faibles : la dérision. Incapable de lui résister, je finis par me convaincre que je le méprisais, et ne perdis plus une occasion de l'humilier. Ses visites au château devenant de plus en plus fréquentes — il venait à tout propos s'enquérir de la santé des tantes ou de Sophie —, j'en profitais pour le narguer impunément devant témoins. Sa seule vengeance consistait, lorsque nous étions seuls, à m'arracher des cris de plaisir et d'amour.

Sophie fut d'abord enchantée de voir son frère si soucieux de son bien-être, mais elle s'affligea vite de ce qu'elle prenait pour notre antipathie mutuelle. Elle s'étonnait de ma rigueur et de mes condescendances cruelles qui faisaient pâlir Thomas d'humiliation.

Elle abordait parfois le sujet pendant nos longues soirées en tête à tête et m'adressait de douces remontrances. « Thomas vous a-t-il offensée de quelque manière, chère Marianne, pour que vous l'ayez si vertement rabroué ce midi ? »

Elle baissait les yeux sur sa broderie, et je posais mon livre — les poèmes galants de M. de Grécourt. « Non, ma chère, il ne m'a point offensée, mais ses airs de carême m'irritent au dernier point ! Il nous présente une face perpétuellement chagrine. Fi donc ! Ne peut-il point prendre sur lui d'être de bonne compagnie ? »

Elle hochait la tête avec tristesse et soupirait. « Était-ce raison suffisante pour lui dire que les chevaux sont des animaux stupides, et que tous ceux qui vivent en leur compagnie finissent par leur ressembler ? » Le souvenir de l'air furieux de mon amant m'amusait un instant, mais Sophie ajoutait : « Vous faut-il toujours affirmer que la carrière militaire est la seule digne d'un homme brave, alors que, vous le savez, Thomas n'eût rien souhaité de mieux que de servir son roy sous les armes ? »

Je haussais les épaules. « Eh bien, qu'il s'engage donc comme soldat ! Il se trouverait vite au cœur d'une bataille, au lieu de parcourir l'Europe entière en grand seigneur grâce à la bourse de son aïeul ! »

Sophie reprenait sa broderie en silence.

Eût-elle deviné notre secret qu'elle n'eût ni jugé ni trahi. J'en avais l'assurance. Mais, si je lui faisais parfois quelques petites confidences pour sauver les apparences de notre amitié, les relations que j'entretenais avec les hommes de la famille n'étaient pas du nombre. Dans son innocence, elle était à cent lieues d'imaginer les débordements de son grand-père ou la fureur amoureuse de son frère. Et je n'avais nulle intention de l'en éclairer.

Après un long silence entre nous, je laissais mon livre glisser de mes mains et tomber sur le tapis d'Aubusson. Je me levais pleine d'impatience et tournais dans la chambre sans dessein précis, cherchant un reproche à faire à Toinon, cherchant...

Où étaient Bertrand et sa force joyeuse ? Pourquoi m'avait-il abandonnée à deux loups, à leur faim cruelle et à ma faiblesse ?

Je m'approchais de la fenêtre pour contempler la nuit de pleine lune, claire et limpide. Une nuit de gel. Appuyant mon front à la vitre glacée, je contemplais le parc, beau comme une estampe dans sa grisaille nocturne. Et je reculais brusquement : presque chaque soir, collé au tronc du chêne, Thomas était là. Sous mes fenêtres. Son visage clair se détachait de l'ombre, et il me regardait.

4

Cet asservissement passionnel me devint enfin insupportable.

Lorsque le comte reparut au château, à la mi-novembre, j'avais mis fin depuis une semaine à nos folles escapades, et j'évitais Thomas autant qu'il se pouvait.

Thomas rôdait autour du château, errait dans les salons et les galeries, comme un fauve affamé, me dévorant du regard lorsque nous tombions nez à nez. Je faisais la sourde oreille à ses reproches chuchotés, et prétextais divers malaises qu'il n'osait trop mettre en doute.

Philippe, quant à lui, me parut abattu et repentant. Me trouvant seule un matin dans la bibliothèque, il me prit les mains d'un air contrit, me demanda pardon d'une voix brisée par l'émotion et m'implora d'avoir pitié de lui. Sans craindre d'outrepasser les bornes de ma crédulité, il m'affirma l'œil humide qu'il s'était morfondu à Versailles loin de moi. Si je persistais à lui témoigner tant de froideur, ajouta-t-il, il ne tarderait pas à rendre l'âme. Prenant le ciel à témoin de sa sincérité — sans pour cela en être foudroyé —, il murmura que j'étais sa dernière grande passion et qu'il sentait sa fin approcher, ce qui ne manqua pas de déchaîner mon hilarité car l'insigne roué ne s'était jamais si bien porté.

Si fallacieux et étrangers à son caractère qu'aient pu être ses arguments — mais, qui sait ? —, les larmes abondantes qu'il versa finirent par me toucher. Ou me lasser. J'allais le soir même le rejoindre dans la chambre rouge. Et puis, plus rien n'avait d'importance.

Je jurai pourtant le lendemain qu'il ne m'y reprendrait plus. Et je tins parole, l'abandonnant sans regret à ses caprices pervers. Je mentirais en affirmant que renoncer à Thomas me fut aussi facile. Après une semaine sans lui, je me languissais ; l'exaltation sauvage de notre *folie à deux* me manquait.

Pour oublier son corps viril, ses yeux quémandeurs et la fièvre qu'il faisait courir dans mes veines, je m'accrochais à l'image de Bertrand et priais pour son retour.

Soit que le Ciel eût entendu mes prières, soit que Bertrand eût épuisé les ressources féminines de Saint-Pétersbourg, il nous annonça ce retour pour les festivités de l'an nouveau.

Il arriva à Saint-Onges le matin du 1er décembre.

Il avait chevauché toute la nuit et éreinté trois chevaux de poste. Il escalada le grand escalier sans se faire annoncer et fit irruption dans notre chambre. J'étais encore à ma toilette et je ne l'avais pas entendu venir. Je restai un instant saisie, retenant mon souffle, n'osant croire à cette apparition. Mais il était bien là, épuisé, transi, maculé de boue du tricorne aux éperons, et il me contemplait. Je courus me jeter dans ses bras. La gorge serrée, les yeux fermés, je laissai mon corps savourer la bienfaisante paix de ce refuge, comme si c'était moi qui revenais d'un périlleux voyage.

Entre deux baisers, il me pria d'excuser sa hâte, qui l'avait poussé à se présenter devant moi si crotté de la boue du royaume. Je le fis taire d'un baiser. Il me sourit. La magie de sa tendre présence effaçait doutes et désespoirs. A la lumière de ses yeux, tout reprenait couleur.

Je crus un instant que la vie reprendrait aussi son cours heureux.

Mais Bertrand avait changé. Les rides de son sourire plus fortement gravées dans le bronze de son visage amaigri accentuaient l'éclat de son regard : il brillait désormais d'une flamme tranquille dont la bonne humeur fantasque semblait s'être retirée.

Je surprenais ce regard pensif posé sur moi ; Bertrand avait alors un bref sourire, comme pour me rassurer sur l'état de mes charmes, mais la gravité un peu triste de son visage demeurait. Un frisson d'angoisse me paralysait soudain à la pensée qu'il pût soupçonner ma double infidélité. Un jour, je lui demandai plaisamment : « Ber-

48

trand, vous m'observez avec autant d'attention qu'un spectateur à la comédie. Le spectacle que j'offre est-il à votre goût ? »

Il hocha la tête en souriant. « Marianne, ma colombe, la vie est en effet un fascinant théâtre où chacun de nous a son rôle à jouer. Comédie ou tragédie ? C'est à nous d'en décider, et c'est pourquoi rien de ce que les hommes ont écrit ne sera jamais aussi passionnant que notre propre vie. (Prenant mes mains dans les siennes, il chercha mon regard et ajouta :) C'est à nous d'en faire un drame ou une farce grossière.

— Suis-je l'héroïne de votre propre spectacle, Bertrand ? »

Il se pencha vers moi pour déposer un léger baiser sur mon front. « Assurément, ma douce amie... dans les scènes que nous partageons ; tout comme j'espère en être pour vous le héros.

— Et dans les autres ? »

Il eut un geste évasif. « La vie est faite d'une multitude de scènes, Marianne... Il nous est loisible d'improviser notre propre rôle, non de dicter le leur aux autres acteurs. Chacun est toujours seul — à la fois acteur et spectateur de sa propre existence. (Il me contempla pensivement quelques instants avant de poursuivre :) Certes, la trame en est déjà écrite, et certains n'y peuvent rien changer ; mais nous, que la fortune a favorisés, jouissons d'une plus grande liberté.

— En quoi sommes-nous donc différents des autres ? »

Il haussa les épaules, une moue indulgente aux lèvres. « Le destin nous a libérés des contraintes de la survie qui gouvernent la vie de tant de nos semblables. Nous sommes libres, Marianne. Et pourtant, loin de profiter de cette liberté pour faire de notre vie un plaisant spectacle, nous inventons des règles arbitraires qui en font trop souvent une tragédie. (Il soupira.) La liberté implique un choix, et choisir à bon escient n'est point aisé. »

Je ne résistai pas à la tentation de lui demander : « Ai-je été pour vous un choix heureux, Bertrand ? Vos longues absences me donnent parfois raison d'en douter.

— N'en doutez point, ma belle Marianne ! Nous avons tous deux la sagesse de respecter nos instincts, sachant que la séparation ne change rien aux sentiments que nous éprouvons l'un pour l'autre. »

Ces mots qui me parurent dénués de sens me rassurèrent pourtant, comme s'ils m'absolvaient de mon double adultère.

Les exploits de Bertrand à la cour de Sa Majesté Élisabeth, impératrice de toutes les Russies — un sujet sur lequel il ne tenait pas à s'appesantir —, lui ayant valu un congé prolongé, il décida de rester à Saint-Onges jusqu'à Pâques.

Nos nuits me ravissaient.

Il n'avait rien perdu de ses joyeux talents amoureux, y ajoutait même une sensibilité qui lui faisait deviner mes moindres désirs. Après nos ébats, je contemplais pendant de longs instants son beau visage endormi, et j'y lisais son pardon et ma paix. Le bonheur auprès de lui était si simple, en vérité.

Quant à nos jours...

Inséparables durant les premières semaines, nous découvrîmes assez vite que nous n'avions rien à nous dire.

Une fois épuisés les récits de batailles auxquelles il avait survécu, les descriptions des pays étrangers qu'il avait visités et des hommes étranges qui les peuplaient, nous ne trouvâmes plus de sujets d'intérêt commun.

Bertrand ne s'intéressait que fort peu aux chevaux. Or, en dépit de mes remarques acerbes à Thomas, ces splendides animaux m'avaient toujours fascinée, et j'en parlais volontiers. Surtout depuis que mon amant avait parfait mon éducation à leur sujet.

Mes années de lecture solitaire m'avaient amenée à consommer force volumes philosophiques plus ou moins digestes. Combien j'aurais aimé impressionner mon époux de cette érudition ! Mais Bertrand n'appréciait guère les discussions abstraites, qu'il considérait comme une activité oiseuse ; il se défiait des idées arbitraires autant que des théoriciens, et seuls les actes et leurs conséquences retenaient son attention. Il disputait volontiers des mérites des puissants et de la pratique du pouvoir, de diplomatie et de stratégie militaire. Pour moi, la guerre était une abomination — défaites et victoires n'ayant pour résultat qu'un plus grand nombre de veuves et d'orphelins.

Nous avions donc peu de goûts communs, à l'exception peut-être d'une appréciation de Saint-Onges et de sa contrée fort rude en hiver.

Bertrand passait des heures à parcourir à pied les allées du parc, pataugeant dans la neige épaisse, relevant le col de sa houppelande contre le vent glacial. Il semblait heureux de ma compagnie lorsque je décidais de le suivre, emmitouflée dans ma pelisse à capuche et mon large manchon de castor ; mais il revenait tout aussi satisfait d'une promenade solitaire. Ce qui ne manquait pas de m'irriter profondément.

Il m'emmena un jour en traîneau à travers bois. Le noir enchevêtrement des taillis dénudés révélait par endroits le velours vert d'un sapin ou d'un épicéa ; sur la neige vierge, de petits animaux invisibles avaient laissé leurs traces. Rien ne troublait le silence que le *glissando* de notre traîneau et le craquement soudain d'une branche gelée. Nos souffles mêlés, tièdes et humides. Le goût de sa bouche sur la mienne. Enchantement.

Bertrand partait souvent à cheval pour les villages des environs — où les paysans périssaient en grand nombre de la mauvaise récolte et du manque de pain. Il y escortait des charrettes pleines de vivres qu'il remettait à des curés faméliques afin que ceux-ci soulagent quelques misères.

Il ramena un jour d'un de ces villages une paysanne en haillons, délurée et manifestement nubile. De ma fenêtre, je les vis arriver : Bertrand si beau dans son habit de chasse, très droit sur sa monture, la fille en croupe. Elle lui enserrait la taille de ses bras nus et crasseux, et reposait sa tête contre le dos généreux de mon époux. Elle était orpheline, serait morte de faim et de froid, me dit-il, en donnant des ordres pour qu'on la vêtît décemment et qu'on lui trouvât quelque tâche aux cuisines. Il ne manqua pas par la suite de s'intéresser de fort près à son sort.

La charité, pour Bertrand, avait toujours un petit côté plaisant.

Trop choyée par la fortune pour en tirer de grandes satisfactions, la splendeur quotidienne de ma demeure ne m'éblouissait plus, et la richesse de ma parure n'était plus à mes yeux qu'un menu plaisir parmi bien d'autres. Bertrand, lui, redécouvrait avec émerveillement demeure et parure à chaque retour, et me les faisait voir d'un regard neuf.

La richesse et le charme muet des beaux objets qu'elle procure ne sauraient contenter longtemps ceux qui vivent pour leur seul bon plaisir ; le pouvoir devient vite une source de plaisirs autrement puissants. Mais Bertrand ne recherchait pas le pouvoir, et n'abusait pas de son prestige et de sa fortune. Je crois sincèrement que sa sérénité eût survécu à leur perte.

Le léger sourire entendu qu'il avait parfois aux lèvres éveillait en moi une colère impuissante que j'étouffais à grand-peine. C'était comme s'il avait découvert en lui-même une source inépuisable de contentement et refusait d'en partager le secret.

En l'honneur du retour de Bertrand, Philippe décréta que nous célébrerions la saison avec un faste des grands jours en conviant à Saint-Onges une grande affluence de voisins et d'amis.

Cette décision soudaine ne manqua pas de surprendre, car il ne voisinait guère avec les nobles des alentours, et se contentait de giboyer dans leurs terres en courant leurs cerfs ou leurs épouses.

Au grand soulagement des tantes, c'est à Sophie que Philippe confia le soin de préparer la fête. Pauline et Caroline se virent chargées des invitations, et protestèrent en chœur qu'il ne serait pas séant d'allouer si peu de temps aux invités pour y répondre ; le bal ne pouvait décemment avoir lieu avant la fin de janvier. Philippe céda à leurs instances, ordonna au majordome de mobiliser la livrée tout entière, et se retira dans ses appartements.

Je témoignais au comte une froideur polie. De son côté, il semblait avoir renoncé à renouer notre liaison et me traitait avec une indifférence étudiée. Pourquoi la ressentais-je comme un affront ? Aucune tâche ne m'avait été confiée. Je boudais la pauvre Sophie, qui avait pourtant d'autres préoccupations que mes humeurs.

Le matin de la fête, il neigeait. A gros flocons légers qui étouffaient l'envie de quitter la tiédeur du lit. Mais Bertrand l'avait abandonné avant l'aube pour une partie de chasse, et sans lui j'y trouvais peu d'attraits.

J'avais depuis la veille un souci en tête : la nécessité d'aborder Philippe en privé sans donner matière à son imagination. J'appelai Toinon, cherchai non sans peine parmi mes innombrables robes une tenue assez sévère pour la circonstance, et m'en allai frapper discrètement à la porte du comte.

Ah, le soir du bal... je m'en souviens si bien !
La lumière ! Cette lueur dorée. La flamme de milliers de bou-

gies, multipliée par les miroirs des trumeaux, diffusée par le cristal des girandoles, embrasant la nuit noire par les hautes fenêtres incandescentes.

Neige, sons et couleurs mêlent leurs tourbillons dans la cour d'honneur. Le crissement des traîneaux, le lourd roulement des carrosses qui y déversent un flot de joyeux visiteurs. Les appels, les rires et les cris d'admiration, car Saint-Onges brille de tous ses feux ; de tous ses lustres, de tous ses candélabres tenus bien haut par de vigoureux laquais en livrée bleu-de-nuit galonnée d'or et en perruque poudrée.

La richesse des atours d'hiver, satins et velours, brocarts et fourrures. En groupes rieurs, ils gravissent les marches du perron. Les hommes tapent leurs bottes luisantes et secouent la neige de leurs épaules sur le marbre blanc du seuil ; les femmes attendent qu'on les débarrasse de leur cape pour sourire de l'effet que va produire leur éblouissante parure. Pour ne point souiller leurs souliers brodés, certains choisissent de se faire transporter de leur carrosse à la porte par deux laquais en livrée. Elles font une entrée remarquée, accrochées d'un bras au cou solide d'un beau valet, retenant de l'autre les plis volumineux de leur robe ; elles allument dans le regard des hommes — et de mon époux en particulier — de petites flammes de désir.

Les femmes ne sont pas toutes jolies, tant s'en faut. Nous avons notre contingent de laiderons et de douairières. Mais les beautés présentes me causent assez de doutes pour que je coure chercher dans les miroirs un fréquent réconfort.

Ce qui explique que ma propre image ce soir-là soit restée si profondément gravée dans ma mémoire. Je me revois attardée devant les grandes glaces pour y mieux surprendre les regards des hommes et jouir comme eux de mes joues lisses, de mes lèvres fruitées et de la flamme taquine de mon regard. De ma coiffure sage et des boutons de rose piqués dans mes cheveux poudrés, de ma taille si fine dans son corselet de satin fleuri. Je relevai mes bras déliés pour sentir la caresse de mes manchettes, des engageantes de Valenciennes et je souriais. Satisfaite.

Mais Bertrand riait trop fort, au centre d'un cercle de beautés papillonnantes qui ne quittaient pas des yeux ses lèvres. Il riait comme il n'avait jamais ri depuis son retour. Splendide dans cet habit de velours bleu-de-nuit constellé de pierreries dont lui avait fait don l'impératrice. L'or de ses cheveux brillant sous la poudre, l'œil étincelant, il laissait voleter son sourire de l'une à l'autre.

Les autres hommes, pour la plupart, ne retenaient guère l'attention. Les jeunes nobles du voisinage avaient presque tous embrassé la carrière militaire ; beaucoup étaient absents. Il nous restait nombre de vieux hobereaux qui roulaient encore leurs bas sur les genoux de leurs culottes. Quelques agréables exceptions relevaient ce maigre ragoût : trois ou quatre galants — le fils d'un proche voisin, entre autres. Un libertin en habit de satin rose ; il avait récemment hérité d'un fort beau domaine qu'il s'efforçait déjà de grever de dettes. Je ne l'avais pas revu depuis mon mariage, et tirai quelque amusement de ses regards appuyés qui frisaient l'insolence.

Des notes joyeuses s'échappaient du grand salon ; quelque gavotte de M. Rameau, dont l'air me revient parfois encore. Les hôtes dressaient l'oreille, humaient cette allégresse et se pressaient vers les portes largement ouvertes.

Philippe les y accueillait un à un, gratifiant les hommes d'un bref salut, et les femmes d'une profonde inclination et d'un clin d'œil. Il portait un habit de cour en brocart rouge et un gilet brodé que barrait une chaîne agrémentée de deux montres d'acier, à la dernière mode de Paris. Des diamants brillaient aux boutons de ses larges manchettes au-dessus des poignets volantés. Un ruban moiré retenait pour une fois son abondante chevelure blanche qu'il portait pourtant plus volontiers sur les épaules, à la mode de Versailles.

Que tout ceci revit dans ma mémoire !

Les tantes trônent sur d'identiques fauteuils de chaque côté de la cheminée, attendant l'hommage de leurs hôtes, agitant leur éventail sans prix devant leur décolleté fané que les perles ne suffisent pas à masquer. Elles promènent sur l'assistance des regards écarquillés, des sourires étrangement juvéniles.

Vivant kaléidoscope de joyaux et de brocarts ; harmonies changeantes des couleurs, des musiques et des parfums enivrants.

Le parquet dénudé de ses Aubusson attend les jeunes danseurs aux pieds impatients qui fleurettent le long des lambris blancs. Le quatuor de musiciens perruqués entame doucement une musique qui les anime soudain, et le ballet commence. Ils dansent — les yeux qui pétillent, les visages graves — tandis que les rires et les mots d'esprit continuent à fuser autour d'eux.

Le salon blanc et or à l'apogée de sa splendeur, justifiant son existence même par le raffinement de ceux qui s'y pressent. L'impression exaltante — et peut-être trompeuse — d'avoir atteint un sommet. La conviction d'avoir su maîtriser l'art de vivre et d'en avoir hautement mérité les bienfaits.

Philippe. S'emparant soudain de mon bras, il me guida vers un coin plus tranquille du grand salon.

« Il me fallait vous redire, chère belle... (Son regard brûlant glissa vers mon décolleté.) ... combien me réjouit la nouvelle que vous m'avez annoncée ce matin. Et cela d'autant plus que je vous craignais bréhaigne... »

Je dus réagir à ce mot trop évocateur de haras et de jument poulinière, car ses doigts nerveux se refermèrent sur mon poignet tandis qu'il ajoutait : « Et pour quand pouvons-nous espérer cet heureux événement que sera la naissance de mon petit-fils et héritier ? Vous ne m'en avez pas précisé la date. »

J'hésitai. Ma grossesse n'était pas un sujet sur lequel je souhaitais m'appesantir. Trop de questions embarrassantes eussent exigé réponse. « Je ne saurais vous dire précisément, Monsieur. Sans nul doute avant l'automne... »

Il opina d'un air grave. « Fort bien. (Puis, plus bas, presque dans un murmure et resserrant l'étreinte de ses doigts secs :) Ah, ma charmante ! J'en suis tout guilleret ! »

Impatiente de me libérer de sa présence, je suivis le regard ironique qu'il portait sur ses hôtes ; tour à tour dédaigneux, indulgent ou moqueur, son sourire s'anima d'un éclair de malice à la vue de Thomas. Il murmura : « Fort bien, en vérité ; car nous voici désormais assurés de vous voir donner le jour à un Saint-Onges ! »

J'ouvris toute grande la bouche sans qu'aucun son en sortît. Philippe reprit très vite : « Bertrand partage ma joie, ma précieuse. Dès que l'enfant sera né, nous persuaderons mon Jason de renoncer à la Toison d'Or de la gloire militaire et de se contenter d'une occupation plus sensée que le massacre de ses semblables. »

Sans me laisser le temps d'articuler un mot, Philippe lâcha mon bras et, pirouettant sur ses talons rouges avec un clin d'œil à mon intention, s'en fut en droite ligne rejoindre la belle marquise qui l'aguichait depuis le début de la soirée.

Je me retrouvai seule, abasourdie de confusion, face à Thomas. Il se tenait près de la porte, un peu en retrait de la foule étincelante,

55

très droit dans son habit de velours vert suranné. Ses cheveux bruns proprement roulés pour la circonstance.

Sur le point de défaillir, je cherchai des yeux Bertrand. Je l'aperçus près de la cheminée, penché vers une jolie personne tout de blanc vêtue, que d'abord je ne reconnus pas. Sophie. Elle était si belle que j'en eus le souffle coupé. Je découvris avec surprise ses cheveux poudrés à blanc, tel un halo autour de son visage délicat ; ses joues rosies par la chaleur du foyer ; ses yeux brillants fixés sur ceux de mon époux.

Thomas les contemplait aussi. Impassible. Il eut un léger mouvement, nos regards se croisèrent, et je sentis la brûlure du désespoir et de la haine qui le consumaient.

5

Bertrand escomptait repartir le lundi de Pâques.

Il n'avait que trop tardé, m'expliqua-t-il, et se devait de rejoindre son poste à la tête de son régiment. Sa place était à Metz tant qu'il n'aurait pas renoncé à sa carrière militaire. Ce qui selon toute apparence n'était point son intention.

Le comte et Thomas avaient quitté Saint-Onges depuis la fin de janvier. Philippe pour Versailles et sa maîtresse en titre — une dame d'honneur de la marquise de Pompadour —, et Thomas pour l'Angleterre, où il avait mission d'acheter quelque pur-sang qui lui vaudrait les louanges de son aïeul. Cet aïeul si distant qui — nonobstant son indifférence — avait décidé un jour de sa vocation en le félicitant de son assiette en selle.

Thomas s'en était allé sans me dire adieu.

Bertrand et moi nous retrouvâmes donc en tête à tête, car les tantes et Sophie s'étaient faites fort discrètes et avaient rarement délaissé leurs appartements. Cette douce intimité m'eût ravie, s'il n'avait fallu la partager avec l'enfant qui grandissait en moi. Loin de m'en réjouir, je me pris à détester chaque jour un peu plus cette créature envahissante.

Nous eûmes pourtant quelques mois de bonheur — sans nul doute les plus heureux de cette courte vie. Une félicité tranquille qui me portait presque à écouter mon âme. Bertrand avait le don de faire éclore les âmes, même la mienne.

Les hédonistes méritent mieux que leur réputation. Ils ont en partage la joie de vivre, et font souvent en sorte de la communiquer à leur entourage. Qui plus est, ils se prennent rarement au sérieux.

La légèreté de Bertrand — un de ses traits les plus attachants —, telle une brise rafraîchissante, dissipait les brouillards et les miasmes de mes amours adultères.

Après le départ de Philippe et de Thomas, nous ne tardâmes pas à adopter un *modus vivendi* fort satisfaisant. D'un tacite accord, nous vaquions l'un sans l'autre à nos occupations durant l'avant-midi. Nous ne nous retrouvions que vers deux ou trois heures de l'après-midi pour un léger repas, et passions ensemble le reste de la journée.

Les satisfactions, chaque nuit renouvelées, que nous tirions l'un de l'autre nous portaient au respect mutuel de notre indépendance. Vers la fin de son séjour, Bertrand réussissait même à m'intéresser à la diplomatie et prêtait une oreille attentive à mes dissertations philosophiques.

Je me rengorgeais particulièrement lorsque quelque aphorisme que je venais de lire lui arrachait une exclamation de surprise admirative et un « Voilà qui est fort bien dit » des plus flatteurs.

Il me déclara un jour d'un ton mi-sérieux : « Vous devriez écrire, Marianne.

— Écrire ? » Mon rire fut sincère. « Ne vous ai-je donc point écrit chaque jour durant vos absences, Monsieur, produisant ainsi une œuvre aussi volumineuse que celle de M. de Voltaire ? Que pourrais-je produire d'autre que des lettres à mon époux ? Mes brillantes idées ne sont que gibier braconné. »

Il secoua la tête. « Qu'importe, vous avez l'art de l'accommoder d'une sauce fort savoureuse. Vous inventeriez quelque conte... L'imagination ne vous fait point défaut. »

Je haussai les épaules. « Peut-être. Mais je préfère vivre plutôt que de créer la vie. Écrire une histoire ressemblerait à la mort... » Bertrand haussa les sourcils sans interrompre la pensée que je tentais d'exprimer. « J'entends par là que l'écrivain devient le simple spectateur de la vie qu'il crée, et je n'imagine pas de sort plus cruel que d'être témoin d'une existence sans y participer... » Je réprimai un frisson.

Intrigué, Bertrand insista. « En tant qu'auteur, vous seriez maîtresse de vos personnages et libre de les faire agir à votre guise.

— En vérité, mais sans pour cela partager leur vie. Pourrais-je créer un superbe héros... (Je marquai une pause et, malicieux sourire aux lèvres, fis mine d'observer attentivement son beau visage.)

... à votre image, par exemple, et supporter de le voir étreindre une autre que moi ? »

Toujours en riant, il m'enlaça et me serra très fort contre son cœur. Je ne l'avais jamais senti si proche et si lointain à la fois.

« Ah, Marianne, ma précieuse ! Que les hommes soient ou non votre création, il ne vous faut point prendre ombrage de leur manque de fidélité. (Il caressa mes cheveux d'une main experte.) Les hommes sont de faibles gousses trop chargées de graines... Ils en crèvent, poussés par le besoin de se multiplier comme ces plantes que nous observions dans les bois et qui dispersent leur semence sans discernement. » Il soupira et déposa sur ma joue un tendre baiser.

Je priais en silence, cultivant l'espoir qu'il renoncerait à partir. J'eus toutefois la force de ne pas chercher à l'en dissuader et acceptai sa décision avec la meilleure grâce. Je crois qu'il en fut surpris.

En sa présence, les souvenirs troublants se seraient estompés si l'enfant qui prenait forme en moi n'avait incarné la question même à laquelle je n'osais répondre.

En vérité, je détestais mon enfant avant même qu'il fût né. J'étais fort consciente de cette répulsion tout en veillant avec soin à la cacher à mon époux.

Après le départ de Bertrand, j'exprimai ouvertement le dégoût que m'inspirait la maternité prochaine. Les tantes se contentèrent de hocher la tête d'un air satisfait — leur aversion enfin justifiée.

Le sentimentalisme débordant de Sophie ne fit qu'empirer le mal. Dans l'espoir d'éveiller mon instinct maternel, elle surgissait dans ma chambre, les bras chargés de nourrissons morveux et puants — empruntés à quelque servante ou fermière — et guettait en vain l'instant où je m'attendrirais sur ces répugnants petits êtres.

Mes jours devinrent longs. De plus en plus longs. Sans même la satisfaction des chevauchées, à défaut d'autres plaisirs plus vifs, je n'avais plus rien à attendre des lendemains.

Je lisais. Tant de livres. Tant de mots qui, à la fin, étaient dépourvus de sens car ils ne m'appartenaient pas.

Juin 1752 ramena Thomas et le comte. Et une pluie de sauterelles qui dévora le plus clair des récoltes avant la moisson.

Ce mois-là, une touffeur inusitée écrasait la campagne, incommodant hommes, femmes, enfants, bétail et châtelaine grosse d'enfant. A la chaleur torride s'ajouta bientôt une odeur nauséabonde qui pesa nuit et jour sur le château sans qu'on en pût découvrir l'origine. Quelque charogne sans doute, jetée dans les fourrés, ou quelque fosse mal récurée... Aucun des serviteurs ne se montra capable de nous en débarrasser. Les mouches nous harcelaient sans cesse.

Thomas semblait avoir perdu la tête.

Je l'apercevais presque chaque jour sous mes fenêtres. Il avait repris ses factions nocturnes, sans se cacher cette fois. Hâve et gesticulant, il marchait à grands pas, interrompant de temps à autre ses allées et venues pour lever les yeux vers mes fenêtres et les contempler d'un air farouche. Ou bien encore il m'envoyait Martin, son fidèle et insolent valet, porteur de lettres enflammées que je brûlais aussitôt. Mes forces m'abandonnaient.

J'étais lourde, laide et lasse.

Lasse surtout de ces souffles d'homme, de leurs regards de mendiants tyranniques. Les désirs dépravés du comte me donnaient la nausée. Vexé d'être repoussé, il m'accordait au moins le soulagement de s'enfermer dans son cabinet. Thomas, lui, me hantait sans répit. Sa tristesse déchaînait en moi des tempêtes cruelles et méchantes, que je laissais crever sur la tête de Sophie qui n'en pouvait plus. Je surprenais parfois ses larmes sans en être attendrie.

J'avais toujours considéré la mélancolie des autres comme un fardeau déposé sur mes épaules et un affront envers Dieu. Je ne tolérais point la tristesse, même celle que j'avais causée.

Les lettres de Bertrand n'annonçaient aucun nouveau séjour avant deux mois au moins.

J'étais dolente et somnolente, et c'est en vain que Sophie s'efforçait de me distraire. Elle me semblait infiniment plus jeune, et parfois ô combien plus sage que moi ! Elle me gourmandait gentiment, tentait encore d'éveiller un instinct maternel toujours inexistant, et ne réussissait qu'à rendre plus aiguë mon aversion pour cet homuncule qui avait envahi mes chairs.

Je sentais approcher l'heure de ma délivrance.

Un matin de juillet, un rayon de soleil qui s'était glissé entre les tentures closes me tira d'un sommeil moite. Je restai immobile, laissant cette tiédeur dorée caresser mon visage, insensible à mon corps autant qu'à mes pensées, savourant la paix de cet étrange vide. Je ne saurais dire combien de temps dura cette quasi-béatitude.

De furieux éclats de voix me ramenèrent soudain à la réalité. Les échos d'un affrontement violent me parvenaient du grand escalier : deux hommes s'y défiaient avec rage. Je me redressai, cherchant des yeux Toinon ou Sophie. Je reconnus la voix de Philippe ; son ton impérieux me pétrifia.

Je m'arrachai avec effort à ma couche, glissai mes pieds dans mes mules, m'emparai d'un châle pour en couvrir mon difforme négligé et me précipitai en trébuchant hors de la chambre.

Dès le corridor, j'entendis les pas des valets qui accouraient de toutes parts. Je m'élançai vers le balustre, le souffle coupé par l'angoisse, et je m'y agrippai.

Au pied du grand escalier, Philippe et Thomas se battaient.

Dans un terrible effort qui rendait saillantes les veines de ses tempes, le comte tenait Thomas à bras-le-corps pour l'empêcher de gravir les marches. On n'entendait plus que leurs souffles mêlés. Les valets indécis faisaient cercle au bas de l'escalier. Un brouillard troubla ma vue, et ma bouche s'emplit de bile.

Le comte était plus grand, mais Thomas plus fort ; ils s'arc-boutaient tous deux, ahanaient sous l'effort. Une servante poussa un cri aigu et j'y répondis par un gémissement.

C'est alors qu'ils levèrent vers moi leurs yeux pleins d'amertume. Thomas, plus agile que le comte, profita de cette diversion pour se dégager brusquement et réussit à escalader quatre marches avant d'en être empêché. Le comte s'était jeté à sa suite pour le saisir ; mais Thomas, d'un saut leste, l'évita. Il tira soudain de sa ceinture un pistolet d'arçon et en menaça Philippe en s'écriant : « Laissez-moi passer, Monsieur, Marianne m'appartient ! Mon fils ne naîtra pas sous ce toit ! »

Le comte le contempla quelques instants bouche bée et partit d'un grand éclat de rire. Si cruel que mon sang se glaça. « Ton fils ? Ton fils, en vérité ! Mais, pardieu, j'ai autant de chances que toi d'être le père de cet enfant, pauvre jocrisse ! Ta belle tante aurait-elle préféré taire cette éventualité ? »

Je poussai un grand cri qu'ils n'entendirent point. Ils se regardaient en silence, prisonniers de leur haine.

D'abord frappé de stupeur, Thomas redescendit lentement les marches.

61

Philippe se passa la main sur les yeux comme pour échapper à ce cauchemar et ne plus voir le visage de son petit-fils. Il se ressaisit, balaya d'un sourire méprisant le cercle des valets et des filles, et, rajustant son habit, fit face à Thomas quand celui-ci pointa sur lui son arme.

L'instant dura une éternité.

Je me jetai dans l'escalier, trébuchai et perdis l'équilibre. Lorsque le coup partit, tout explosa dans ma tête.

Dans le silence aveugle de ma douleur, je n'eus d'abord conscience que de la froideur du marbre sous ma nuque. Un murmure confus de lamentations me parvint. Je tentai en vain de chasser ces voix, comme on écarte des insectes importuns : je ne savais plus où étaient mes mains, et j'en avais perdu l'usage.

Mes yeux s'ouvrirent sur ceux de Thomas, que deux valets et Toinon s'efforçaient d'écarter. Je ne comprenais pas pourquoi. Son visage près du mien, il balbutiait des mots sans suite, et des larmes coulaient sur ses joues brunes. Une telle pitié déferla sur moi à son endroit que je tentai de détourner la tête pour ne plus le voir, mais n'y parvins pas. C'est alors que j'aperçus le comte, adossé à la rampe. Assis sur une marche, le menton baissé, il contemplait la tache rouge qui envahissait sa poitrine.

Je perdis connaissance.

Quand je revins à moi, Thomas et le comte avaient disparu, et j'étais dans mon lit.

Une brume étrange, troublée par des formes grotesques, m'entourait. J'avais peine à distinguer Toinon, Sophie et les tantes : elles sanglotaient dans la ruelle en si parfait unisson que je voulus en rire, mais une douleur atroce me déchira les flancs. Ma main droite se mit à battre l'air comme celle d'un noyé en train de sombrer. Sophie mouillait l'autre de ses larmes en murmurant des prières.

Des souvenirs absurdes, tel un tourbillon, m'entraînaient vers un abysse de terreur. Des contractions démentes tordaient mon corps et, pour leur échapper, je me laissais descendre dans un gouffre noir peuplé de chuchotements étranges ; impitoyablement, les douleurs de l'enfantement m'en arrachaient et me rendaient à ceux qui s'agitaient autour de moi.

Les femmes s'écartèrent soudain pour qu'approche Anthénor, le médecin du château. Les tantes tentèrent alors, je crois, d'éloigner Sophie, arguant qu'il n'était pas séant qu'une jeune fille assistât à une naissance. Elle dut leur tenir tête, car je perçus sa présence à mon chevet. Les tantes s'esquivèrent.

Anthénor palpa sans douceur mon corps à travers la chemise, tout en secouant la tête. La pensée que ses lunettes rondes, toujours perchées au bout de son nez, allaient choir sur mon ventre distendu me causa un étrange amusement.

Je ne saurais dire combien d'heures dura mon supplice. Je revenais à moi à la moindre contraction, replongeais dans le tumulte de mon cauchemar à chaque bref répit. Anthénor, scrutant d'un œil myope le globe de sa montre, faisait les cent pas dans la ruelle. Il avait renvoyé les servantes.

Il en rappela quatre. Étouffant leurs sanglots et détournant la tête, elles me tinrent bras et jambes pendant qu'il opérait.

Après un spasme plus violent encore, je sentis sur mon ventre le froid du scalpel qui me délivrait de mon fardeau et de ma vie.

Le silence de ma chair.

Le soulagement. Intense et infini.

La douleur s'était retirée et, avec elle, la tourmente insensée qui avait fait rage dans mon esprit. Une profonde paix m'envahit. J'ouvris les yeux et me découvris debout au centre de la chambre.

Je considérai l'étrange scène de carnage et de désolation qui se jouait sous mes yeux sans bien comprendre que je n'y participais plus.

Je vis mon corps ensanglanté, mes entrailles béantes dont un vieillard tirait un enfant maculé et silencieux. Je vis Toinon qui soutenait Sophie, tombée sans connaissance à mon dernier hurlement.

L'idée de ma mort effleura mon esprit sans en être acceptée ; je ne me sentais nullement différente, simplement étonnée. J'avais déjà vu des morts ; ma mère m'emmenait parfois dans ses rondes charitables jusques aux plus pauvres masures des villages environnants. Les morts étaient vieux ou laids, et le tombeau leur paraissait sans nul doute plus doux que leur âpre vie... Tel n'était point mon cas.

Sophie reprenait ses sens. Je m'approchai du fauteuil où Toinon l'avait assise, m'agenouillai près d'elle et m'efforçai de la rassurer en murmurant des mots de réconfort. Je tentai de lui prendre les mains, et c'est alors que je compris — avec quelle consternation ! — que jamais plus je ne tiendrais une autre main dans la mienne.

Je n'existais plus pour elle.

Saisie de panique, je cherchai des yeux autour de moi un regard familier, un signe de reconnaissance. Enfin, je criai à l'aide. Sans attirer la moindre attention.

Quatre ou cinq servantes se tenaient autour du lit ; Toinon s'efforçait de les en écarter, en essuyant machinalement d'un revers de main les larmes qui inondaient ses joues rondes. Anthénor secouait, sans trop d'espoir, l'enfant prématuré. Lorsqu'un faible vagissement s'échappa des lèvres pâles, il se hâta de le tendre à l'une des femmes et de quitter la chambre sans un autre regard pour le corps que Toinon recouvrait du drap ensanglanté.

Les tantes reparurent à la porte et s'avancèrent vers mon lit avec tant de précipitation que je n'eus pas le temps de m'écarter de leur chemin. Dans sa grande hâte, Caroline me traversa littéralement le corps — étrange sensation qui me laissa le souffle coupé, face à la réalité de ma mort. Reculant d'horreur à la vue du drap sanglant, les sœurs tombèrent dans les bras l'une de l'autre ; un masque sévère sur le visage et les yeux débordant de larmes. J'en fus surprise. Pauline se prit à sangloter dans un large mouchoir. Caroline détourna la tête pour cacher sa peine.

Sur qui pleuraient-elles donc ? Sur le comte, leur frère ? Tout en la formulant, je savais cette idée fausse car je me découvrais le pouvoir de déchiffrer sans effort leurs pensées et leurs émotions. Dans leur esprit confus, je lisais le regret, les remords, une profonde tristesse. J'avais peine à le croire, et pourtant c'était vrai : elles pleuraient ma mort, déploraient la fin d'une si jeune vie et notre longue inimitié.

Cette surprenante découverte fut suivie presque aussitôt d'un autre phénomène non moins extraordinaire. La pensée que j'eus pour Philippe évoqua aussitôt une vision d'une grande netteté : il était étendu inerte sur son lit, et Anthénor lui tâtait le pouls.

L'idée de ma mort s'imposa définitivement à moi.

6

J'avais cru trop longtemps que la mort était une fin pour l'accepter d'emblée comme un commencement, pour y voir une porte qui se ferme sur un espace et s'ouvre sur un autre.

Je restais là, indécise, dans cette chambre familière, à contempler les vivants qui s'agitaient autour de moi dans le triste rituel du deuil. Incapable encore de m'arracher à ce spectacle poignant pour chercher à satisfaire ma croissante curiosité de l'inconnu. Retenue en ces lieux moins par l'appréhension de ce qui m'attendait que par mon attachement pour ces choses et ces gens.

J'avais toujours accepté le monde tel qu'il était — rien de louable en cela : comme tous ceux de ma classe, j'en étais la bénéficiaire —, et j'étais prête à faire de même pour cette nouvelle forme d'existence. Cette résignation me servit sans doute, car les nuages d'incertitude se dissipèrent bientôt, laissant mon esprit aussi clair qu'un ciel d'été après l'orage. Ma raison, que ne brouillait plus aucune émotion ; mes émotions, que n'entravait plus ma raison ; mes sens d'une merveilleuse acuité, tout en moi s'harmonisait. Je fus soudain purement moi-même, et profondément seule.

Ma vie tout entière m'apparut alors dans sa réalité, car harmonies et discordances entre mes intentions et mes actions me furent révélées dans leur vérité. Triste contrepoint de vanité et d'égoïsme où se faisaient parfois entendre les accents d'un imparfait amour. Fascinée, je suivis une à une les notes de cette partition que je pouvais lire et relire à loisir, mais que jamais plus je ne pourrais rejouer.

La gamme des émotions que fit naître en moi cette illumination se fondit bientôt en un profond accord de compassion pour les vivants. Je fus prise d'un irrésistible espoir, celui de leur épargner les funestes conséquences de leur aveuglement. Impuissante à changer mon propre destin, j'espérais influer sur celui des autres.

Je me mis en quête de Thomas. Le simple désir de le voir fit surgir à mes yeux son image, à cheval, galopant à bride abattue sur une route poudreuse, tandis que son fidèle valet Martin peinait à ses trousses. Il ne courait pourtant aucun danger : Philippe, magnanime, avait épuisé ses dernières forces à fulminer contre les domestiques qui tentaient de le retenir, et lui avait enjoint de prendre au plus tôt la fuite.

Tant que le comte ne rendrait pas son dernier soupir, son petit-fils avait des chances d'échapper aux conséquences de son acte. Philippe en était conscient ; aussi, pour le sauver il s'accrochait à la vie avec autant de détermination qu'il en avait mis à la dissiper.

De toute ma volonté, je souhaitai que le comte échappe à la mort, et me retrouvai aussitôt à son chevet, en compagnie des tantes et de Sophie.

La beauté de Sophie, que ne voilait plus ma propre vanité, m'éblouit. Nimbée d'une lueur diaprée, elle ne se préoccupait que du sort de son grand-père. Captivée par sa lumière, je ne pouvais me résoudre à porter mes yeux sur celui-ci.

Le vieux roué était fort mal en point. Ma mort ne m'avait pas transformée au point de m'en faire éprouver une grande affliction. Il me fallait pourtant l'aider à survivre.

La balle avait traversé son poumon droit, fracassant une côte au passage, et il avait perdu beaucoup de sang. Anthénor, mortifié que ses talents ne fussent pas requis pour extraire la balle — et faire ainsi d'un scalpel deux coups en envoyant *ad patres* le beau-père après la bru —, avait pansé les plaies sans endiguer l'hémorragie. Le souffle presque imperceptible, les yeux clos, Philippe avait sur sa couche la rigidité d'un gisant sur une tombe. Il était pourtant conscient et souffrait mille morts.

Je sentais son esprit tâtonner dans l'obscurité du doute. Ses maigres croyances, il les avait depuis fort longtemps sacrifiées sur le bûcher de son scepticisme. Mais cette flamme ne suffisait plus à illuminer les ténèbres qui le guettaient, et il tremblait maintenant. Il s'était toujours obstiné à ne croire que ce qu'il jugeait prouvé à sa satisfaction — et avait en conséquence passé une bonne partie de sa vie en quête de certitudes spirituelles. Sans, bien sûr, en

66

découvrir une seule, et sans comprendre qu'une seule eût suffi à abolir son libre arbitre.

Aucune aide ne pouvait lui être apportée, j'en eus la triste conviction. Pourtant, s'il m'était donné de déchiffrer pensées et sentiments des vivants, peut-être me serait-il possible de leur venir en aide ? Je résolus de m'y efforcer.

« Va-t-il trépasser bientôt ? » murmura soudain Pauline, penchée sur le visage grimaçant de son frère, tiraillée entre la douleur de le perdre et la satisfaction de lui survivre.

Caroline haussa les épaules. « Dieu seul le sait. J'ai envoyé quérir l'abbé... Il devrait arriver tantôt. » Elle toussota, et éclaircit sa voix enrouée de larmes fermement contenues avant d'ajouter : « Si Philippe revient à lui, il m'en tiendra rigueur... mais peut-être m'en sera-t-il reconnaissant s'il vient à mourir... » Pauline s'écarta du lit comme si la mort était contagieuse.

L'ombre d'un sourire se joua sur les lèvres exsangues de Philippe. Les sœurs n'y prêtèrent nulle attention, mais Sophie s'en aperçut aussitôt et quitta d'un bond la chaise qu'elle occupait au chevet du blessé. Avec un linge humecté de citronnelle, elle essuya doucement le front emperlé de sueur. Le frais parfum emplit mes sens du poignant souvenir des étés innocents.

« Que ferons-nous s'il meurt avant le retour de Bertrand ? » Pauline insista, baissant à peine le ton. « On ne peut guère l'espérer avant dimanche, même si le palefrenier que nous lui avons dépêché est aussi bon cavalier qu'il le prétend. »

Caroline lui fit signe de la suivre et tourna le dos au blessé. Elles sortirent en chuchotant de la chambre rouge — on avait en effet transporté Philippe jusqu'à sa chambre d'apparat, pour l'y déposer sur le grand lit à baldaquin qui évoquait pour moi tant de souvenirs scabreux...

Je demeurai au côté de Sophie. Les yeux fixés sur le blessé, elle laissait ses pensées voler au-devant de Bertrand, s'affligeant de la peine qu'il allait éprouver. Des sentiments confus l'animaient, que je partageais sans les bien comprendre. Elle songeait aussi à mes funérailles, et s'inquiétait de ma mise au tombeau, qui pressait — la chaleur de juillet était intense. Par les croisées entrouvertes nous parvenaient les bruissements du parc qui avaient adouci mes soirs de solitude ; nul autre n'y prêtait attention.

Ni Sophie ni les tantes ne soupçonnaient la véritable cause de la tragédie, et le rôle que Philippe avait joué dans mes chassés-croisés amoureux. Elles se trouvaient à la chapelle lors du drame. Lorsqu'un domestique avait été dépêché pour les en prévenir et qu'elles avaient regagné précipitamment le château, les marches de l'escalier avaient déjà été lavées, les victimes transportées dans leurs chambres respectives, et l'agresseur était en fuite. Des serviteurs bavards s'étaient bien fait un joyeux devoir de rapporter la tentative d'enlèvement de Thomas et l'intervention du comte ; mais — pour une raison que j'ignore — personne n'avait répété leurs propos. Pas même les mots terribles de Philippe qui avaient déchaîné la rage meurtrière de Thomas.

Aux yeux des tantes, le crime de Thomas était donc d'autant plus atroce qu'il était gratuit.

Quant à Sophie, elle s'abstenait de juger son frère tout en priant pour son salut.

Sachant que seule la survie de Philippe pouvait sauver Thomas, je m'approchai de son lit pour lui chuchoter des mots d'encouragement et de pardon qui ne parvinrent pas à ses oreilles. Puis je passai la nuit à son chevet, auprès d'une Sophie somnolente qui sursautait au moindre grognement du malade.

Le lendemain, son corps affaibli fut pris d'une fièvre qui le précipita dans le délire. D'étranges ricanements le secouaient, effarouchant ses sœurs qui fuirent la chambre avec de petits cris. Sophie, épuisée, refusa d'abandonner sa place à Toinon, qui seule vint pour la relever de sa garde. Anthénor reparut de temps à autre, mais se garda bien d'approcher trop du lit. Il hochait la tête d'un air entendu ; on lui avait refusé la permission de saigner le patient.

Le retour de Bertrand me prit par surprise. Je l'avais oublié.

Si j'avais toujours su qu'il n'avait nul besoin de moi, je découvris alors que je n'avais plus besoin de lui.

Il m'avait appris la valeur du plaisir, et je lui en gardais une profonde gratitude, mais j'avais trop longtemps fait dépendre mon bonheur de ses caprices. J'étais libre à présent, et mon salut ne tenait plus qu'à moi-même.

Il versa sur mon cercueil, scellé à la hâte avant sa venue, des pleurs de circonstance et ne cacha pas son chagrin. A sa douleur se mêlait toutefois une bonne part d'exaspération. Tel un maître qu'attristent des élèves réfractaires à son enseignement, il se demandait pourquoi l'orgueil, la peur et la vanité des hommes transforment si souvent le bienfaisant désir en malfaisante passion. Profondément affligé par le malheur d'autrui mais sincèrement détaché du sien, il souffrait — de ma perte, de la folie de Thomas, du danger que courait son père — sans que cette souffrance semblât entamer sa sérénité. Son attitude ne laissait pas de m'intriguer.

Une fois mon cercueil descendu dans la crypte et la lourde dalle replacée au-dessus de mon corps, Bertrand quitta la chapelle à grands pas, sans attendre la fin de l'oraison, et retourna voir l'enfant. Penché sur le berceau, plongeant son regard dans l'eau sombre des yeux, il y chercha pendant de longs instants la réponse aux questions qu'il refusait de formuler. L'enfant vagissait faiblement et fermait ses paupières ridées lorsque la grosse nourrice agitait machinalement son berceau.

« Dieu lui prêtera vie, Monseigneur, assura la femme. Il le tiendra en Sa Sainte Garde, comme les trois autres que j'ai nourris. »

Philippe se débattit dix jours durant contre la mort, brûlé par la fièvre, tourmenté par ses démons.

Mon mari remplaçait Sophie chaque fois qu'elle y consentait. Il fit venir à grands frais de Versailles deux médicastres, qui grimacèrent à l'unisson à la vue des emplâtres infligés par Anthénor au blessé, se contredirent doctement, proposèrent deux traitements opposés et se retirèrent sans avoir soulagé le malade.

Bertrand supportait mal d'être réduit à l'impuissance, et je sentais son impatience croître un peu plus chaque jour. Non qu'il songeât à partir, mais son inaction lui pesait. Il aurait donné sa vie pour prolonger celle de son père — non sans regret, sans doute, car il aimait trop son existence pour la quitter de gaieté de cœur.

Ma présence auprès de Philippe était étrange, car je n'avais aucune raison de croire qu'elle contribuait à prolonger sa vie.

J'avais passé au pied de son lit dix jours d'une veille morose que n'interrompaient ni sommeil ni repas. Minuit approchait. Par les hautes fenêtres entrouvertes, une faible brise nous apportait les sons de l'été : bruissements de feuilles, bourdonnements d'insectes attirés par la lueur des chandelles, lointains aboiements de la meute. Les odeurs fétides du mois précédent avaient cédé la place aux parfums de la roseraie. Sophie gardait non sans peine ses yeux ouverts et ses pensées rationnelles. Des souvenirs de nos années de couvent égayaient par instants sa veille. Un tardif élan d'affection me porta vers elle, et je fis un pas dans sa direction.

Soulevant soudain la tête de ses oreillers, Philippe ouvrit grands les yeux et me regarda fixement. « Pourquoi es-tu si pâle, Marianne ? Qu'as-tu donc à me regarder ainsi ? »

Tout à la joie d'entendre sa voix, Sophie ne prêta pas attention à ses paroles. Elle s'avança vers lui et prit sa main décharnée dans les siennes. « Grâce à Dieu, Monsieur ! Vous êtes bien vivant ! »

Le comte tourna vers elle un regard ironique. « Il faut le croire puisque tu es là, mon enfant. Ce n'est donc pas l'enfer... mais pas non plus le paradis, car je n'y ai point ma place ! (Laissant sa tête retomber sur les oreillers, il me chercha des yeux.) Et que nous en dit Marianne ?... Mais où donc est-elle ? Pourquoi partir si vite, sans même une parole ? »

Il fronçait les sourcils. Je retins mon souffle.

Sophie poussa un cri d'oiseau blessé, atterrée à la pensée que la fièvre avait eu raison de l'esprit du comte. Elle s'en désolait d'autant plus qu'elle avait toujours admiré son intelligence. Dans son désarroi, elle souhaitait vivement que Bertrand vînt la tirer d'embarras et lui épargner le devoir d'annoncer ma mort à Philippe.

Le comte la questionnait du regard ; elle hésita. « Marianne n'est pas ici, Monsieur... Je vous en conjure, ne vous troublez point de cette absence ! » Elle se leva pour placer une main réconfortante sur le front du malade. La fièvre s'était dissipée ; le regard qu'il portait autour de lui brillait d'une inquiétante lucidité. Il me dévisagea sans pourtant me voir.

« Pourquoi donc est-elle venue pour repartir aussitôt ? Et pourquoi pleurez-vous, ma douce enfant ? Je ne suis pas encore mort. Votre frère est un sot doublé d'un fort mauvais tireur qui manque ses cibles à bout portant. (Son petit rire sec le fit grimacer de douleur.) Mais laissons cela, ma douce enfant. J'ai faim. Envoyez donc Lafleur aux cuisines me quérir une ou deux bécasses proprement rôties et une bouteille de bordeaux. J'ose espérer que vous vous joindrez à moi... »

Sophie le contemplait bouche bée. Il fronça de nouveau les sourcils et fit mine de se redresser seul. Elle se précipita pour l'aider, ajustant les oreillers de dentelle derrière son dos, cherchant en vain quelque objection avant de tirer le cordon de la cloche. Le laquais qui apparut aussitôt reçut l'ordre de transmettre sans délai à Lafleur les volontés de son maître.

Sophie était sur le point de lui dire d'aller quérir les tantes lorsque le comte s'empressa de la devancer. « Et assurez-vous surtout que mes sœurs ne soient pas dérangées... Ce serait pitié que d'interrompre un sommeil si bénéfique à leur beauté. »

Avec un petit soupir de satisfaction, Philippe s'installa plus confortablement parmi ses coussins de dentelle ; mais les linges raidis de sang brunâtre qui lui enserraient la poitrine lui causaient une gêne évidente. Glissant ses doigts maigres entre les toiles et ses côtes, il tenta de les en écarter ; il me sembla alors éprouver la terrible douleur qui le fit pâlir et qui ramena Sophie tremblante à son chevet. Il l'éloigna d'un geste impérieux, ferma les yeux, les rouvrit aussitôt sur un clin d'œil. « Ce n'est rien, ce n'est rien. La douleur est rassurante, crois-moi ! C'est une preuve de vie. »

Il me cherchait toujours des yeux, à la fois désireux de me voir et offensé de ma brusque disparition. Son regard errait sur les objets familiers de la chambre rouge lorsque son fils y entra sans bruit.

Bertrand s'arrêta net. Un sourire illumina son visage. Il s'avança lentement vers le lit sans quitter des yeux son père et, tombant à genoux à son chevet, se saisit de la main du comte pour y reposer son front pendant quelques secondes.

Philippe retira brusquement sa main avec un rire saccadé. « Hé oui. Je suis vivant. Ne te hâte donc point de t'en réjouir, mon fils. Tu le regretteras peut-être avant longtemps... »

Bertrand releva la tête pour le contempler avec surprise. Il allait protester, le comte ne lui en laissa pas le temps. « Pour lors, mon Jason, réjouissons-nous avec notre hypocrisie habituelle... Fais donc chercher ton épouse, va, je ne lui garde point rancune de s'être esquivée ainsi sans un mot... Ce manque de courtoisie n'est guère dans ses habitudes. Bah, qu'elle se joigne donc à nous... Bertrand ? As-tu donc perdu l'usage de tes sens, pour rester ainsi bouche bée devant moi ? »

Bertrand se tourna vers Sophie. Ils échangèrent un regard dont le comte intercepta le sens. Il s'en indigna. « Pour votre gouverne, sachez que j'ai tous mes esprits ! Allez sans plus tarder quérir Marianne. (Il secouait la tête avec impatience.) Êtes-vous donc tous devenus muets ? »

Bertrand se redressa lentement et dit d'une voix qui me parut bien lasse : « Marianne n'est plus, Monsieur. Elle est morte voici dix jours déjà en donnant le jour à... notre fils. Il nous a fallu l'inhumer sans attendre votre guérison... Je regrette de devoir vous affliger par cette triste nouvelle. »

Il n'y eut nul besoin de déchiffrer les pensées du comte : elles se peignirent sur son visage creusé par la fièvre, dans ses yeux soudain agrandis par la surprise, la douleur et la peur que l'idée de ma mort faisait naître en lui. « Mais... c'est impossible ! Elle était là ! Au pied de mon lit ! Il y a à peine... elle me regardait droit dans les yeux !

— Oh, doux Jésus ! (Sophie couvrit sa bouche d'une main tremblante, et s'efforça encore d'exorciser mon fantôme en s'accrochant à l'idée que son grand-père avait perdu la tête.) Vous déliriez, Monsieur. Je n'ai pas vu Marianne, je vous le jure ! (Elle prit Bertrand à témoin pour ajouter, la voix éteinte :) Je ne l'ai pas vue ! »

Philippe redoubla d'agitation. A sa consternation se mêlait une frayeur nouvelle. Il se demandait avec alarme s'il perdait l'esprit ou si l'esprit de sa bru le hantait — hypothèses qui lui répugnaient autant l'une que l'autre.

Il m'avait aperçue ! Cette constatation suscitait en moi une absurde allégresse. Pourtant, je ne souhaitais à Philippe ni mal ni frayeur, tout au contraire. Je tenais à sa survie, non seulement pour le bien de Thomas mais aussi pour son propre bien ; comme si j'avais senti confusément qu'il lui restait beaucoup à apprendre, et que sa mort ne devait pas encore interrompre cet apprentissage comme elle avait interrompu le mien. N'éprouvant plus le besoin de renier mes faiblesses, je ne lui gardais pas rancune pour m'avoir séduite ; peut-être l'avais-je souhaité tout autant que lui.

Je murmurais son nom, finis par le crier à tue-tête. Mais il n'entendit rien. Il se raccrocha au regard calme de son fils, en insistant : « Pourtant, je l'ai vue... comme je vous vois... Morte, Marianne ? Pardonne-moi, mon Jason, d'avoir tant de peine à le croire. »

Perplexe, Bertrand se taisait. Il se tourna vers la table de chevet et, débouchant une carafe de cristal remplie d'un liquide verdâtre, en versa deux doigts dans une timbale d'argent qu'il tendit à son père. Mais le comte secoua la tête avec vigueur. Il se passa la main sur les joues, que son valet Lafleur avait délicatement rasées pendant son sommeil, et rejeta d'un brusque mouvement de tête les mèches blanches emmêlées qui lui tombaient sur les épaules. Il gardait le silence, mais ses mains nerveuses se crispaient sur la dentelle des draps, et lorsqu'on frappa à la porte il sursauta.

Lafleur entra, suivi d'une accorte servante que je n'avais jamais vue. Elle portait un large plateau chargé de victuailles odoriférantes et d'une bouteille encore empoussiérée.

Philippe la toisa d'un coup d'œil et se redressa sur son séant, non sans une grimace de douleur. Il ferma à regret les yeux sur ces hanches rebondies pour mieux humer le fumet des oiseaux encore grésillants, et s'écria en les rouvrant : « Que voici donc une aimable vision ! Quel est ton nom, belle enfant ? »

Les grosses joues de la fille s'empourprèrent. Elle se hâta de déposer le plateau sur la table que le valet venait de placer près du lit, et fit une révérence en répondant d'une voix douce : « Émilie, monsieur le Comte... pour vous servir. »

Le deuil de Marianne venait de se terminer pour Philippe.

L'aube du lendemain me retrouva dans la chambre rouge.

Je n'avais pas quitté Philippe de la nuit. Le sommeil m'était dénié, et hanter Saint-Onges ne me tentait guère. J'en avais déjà fait l'expérience en errant une nuit entière dans le silence du château et l'obscurité du parc, laissant sur mon passage une meute affolée qui aboyait et des étalons qui ruaient contre les parois de leur stalle — sans en tirer la moindre satisfaction.

Je n'en tirais guère plus de voir Philippe retomber dans ses habitudes ; toutefois il fallait bien admettre qu'un verre de bon vin et la vue d'une belle gironde valaient tous les secours spirituels que j'eusse pu lui apporter. Il avait passé une nuit calme et me semblait malgré sa faiblesse en voie de guérison, mais une douce mélancolie

73

s'était emparée de lui. Encore novice dans l'art de déchiffrer les pensées des vivants, je n'aurais su dire s'il était triste de se savoir mortel ou de me savoir morte.

Lorsque Sophie et Bertrand vinrent le saluer au petit matin, il se tourna vers sa petite-fille avec un regard affectueux. « Sophie, ma douce enfant, laissez-nous, je vous en prie. Ce que j'ai à dire blesserait vos chastes oreilles... Il faut pourtant le dire. »

Il fit signe à Bertrand de s'asseoir tandis qu'elle se retirait. Un spasme douloureux tordit ses lèvres en un rictus ironique. « Te rappelles-tu mes paroles d'hier ? » Bertrand hocha la tête sans répondre, l'œil inquiet. « Eh bien, mon fils, je suis prêt à miser ton affection filiale sur la vérité... toute la vérité, cette fois. Tu en connais déjà une partie, et je te félicite de ton honorable réserve... Ton cocufiage aurait pu déchaîner chez toi un orgueil jaloux. Tu pourrais être le premier à chercher vengeance... Non, non, ne proteste pas, je sens bien que tu n'en feras rien et que, tout au contraire, tu encourageras Thomas à revenir... Certes, les commérages ne manqueront pas de croître sur tes pas, semés dru par nos serviteurs ; mais tu n'es pas homme à t'en préoccuper. Non, ne n'interromps pas encore... » Une toux sèche secoua sa maigre carcasse, et il fit signe à Bertrand de lui donner à boire.

Il vida le verre et le lui tendit, reprenant le fil de ses pensées. « Avant tout, il faut sauver Thomas. Pauvre dindon de la farce. Le sauver de lui-même et de ses remords. Le sauver de la vindicte de mes sœurs, qui dans leur zèle finiront par lancer la justice à ses trousses... Tu t'étonnes que je le sache ? Mais j'ai surpris leurs propos alors qu'elles me croyaient privé de mes sens. Les imbéciles ! » (Une nouvelle quinte de toux fit perler la sueur à son front. Il se ressaisit pour ajouter d'une voix plus faible :) Elles croient Thomas coupable.

— N'est-il pas vrai qu'il a tiré sur vous, Monsieur ? »

Philippe écarta l'objection d'un revers de main. « Certes. Mais le coupable, c'est moi. Vois-tu, c'est moi qui leur ai — si je puis dire — forcé la main... Oui. A Thomas et à Marianne. Je savais trop bien ce qu'il adviendrait s'ils chevauchaient côte à côte jour après jour. »

J'observais Bertrand. La pâleur de ses joues creusées me touchait. Il eut un soupir étouffé plus éloquent qu'une violente indignation.

Philippe évita de le regarder et poursuivit : « Réserve ton jugement, tout n'est pas dit. Bien que tu gardes le silence, tu te demandes sans doute ce qui m'a poussé à encourager l'infidélité de ton épouse. Je voulais un héritier pour Saint-Onges, et Marianne n'était pas femme à se satisfaire longtemps de tes rares séjours en son lit. Non, laisse-moi parler... Ne valait-il pas mieux que le bénéficiaire de ses heureuses... dispositions soit un Saint-Onges ? »

Bertrand se leva si brusquement qu'il faillit renverser sa chaise. Je le sentais en proie à une colère froide dont je ne l'aurais jamais cru capable.

« Thomas ! Vous avez incité Thomas à... »

Le comte eut une moue. « "Inciter"... "inciter" est un bien grand mot. » Les yeux fixés sur son fils, il cherchait en tâtonnant un linge quelconque pour étancher le filet de sang qui s'écoulait sous les bandages fraîchement changés. « Les conventions sociales ne sont somme toute que des conventions, Bertrand. Il convient d'en faire usage tant qu'elles nous sont utiles, mais non de les ériger en lois sacrées et inviolables ! (Le besoin de se justifier échauffait son humeur ; il haussa le ton pour ajouter :) Et ne venez surtout pas, mon fils, invoquer les liens sacro-saints du mariage, alors que vous vous occupez fort joyeusement à les distendre depuis longtemps déjà. » Pourtant, sa voix sembla se briser lorsqu'il murmura : « Et puis, Marianne était une flamme trop vive qui en attirait plus d'un... Ah, Bertrand, la flamme sent-elle la brûlure qu'elle inflige ? Je ne le sais, mais j'en ai moi-même souffert... et j'en souffre encore ! »

˙Bertrand se retourna. J'entendais l'écho des paroles de son père résonner dans son esprit comme un glas. « Vous ? Vous et Marianne ! »

Le comte se permit un modeste sourire.

« Oui. Je n'aurais pas dû jouer avec le feu. »

7

La mort, un repos ? Que nenni. Si c'est là votre croyance, détrompez-vous bien vite. La mort n'est ni repos ni évasion. Hamlet avait vu juste en doutant du sommeil d'outre-tombe, car il est absent de la mort.

Non seulement je ne dormais plus, mais je consacrais mes interminables veilles soit à revivre les épisodes de ma vie, soit à partager les pensées et les pulsions de tous ceux dont j'avais partagé le destin.

Qu'il me fallût subir la cacophonie de leurs esprits confus, passe encore ; mais l'impuissance où j'étais de leur venir en aide me causait mille tourments. Attentive à leurs moindres impressions, à leurs sentiments les plus vagues, je retenais mes propres émotions comme on retient son souffle pour mieux entendre celui de l'être aimé.

Dès que Philippe me parut hors de danger, je me forçai à veiller sur l'enfant. C'est près de son berceau que j'en vins à prier. A prier pour qu'une étincelle d'amour maternel embrase enfin mon cœur. Je ne ressentais, hélas, pour ce petit être qu'une triste pitié qui me remplissait de remords inutiles.

Je finis par renoncer à cet acte de contrition pour concentrer mon attention sur les autres acteurs du drame.

Hors du temps et de l'espace, j'observais de mes yeux dessillés le théâtre de leur vie, le jeu de leurs affinités, le ballet de leurs aversions.

Impuissante et fascinée, je ne parvenais ni à intervenir ni à me retirer.

Les tantes, après m'avoir surprise par l'attachement sincère qu'elles portaient à leur frère, me causaient quelque appréhension par la hargne qu'elles vouaient à Thomas. Il leur fallait à tout prix une vengeance, et pour ce faire on devait d'abord rattraper le coupable.

De leurs anciennes amours, elles n'avaient conservé que quelques rares amis. Parmi ces fidèles se trouvait un honorable procureur du roi, M. d'Obernai, conseiller assesseur de la maréchaussée de Langres.

Caroline et Pauline avaient eu jadis des bontés pour le bonhomme. Sans doute ne s'était-il pas montré digne de cet insigne honneur, car elles lui avaient promptement signifié son congé, lui épargnant ainsi la nécessité de s'expatrier en quelque Amérique pour échapper à leurs insatiables étreintes. Il leur en avait voué une durable reconnaissance, qui n'avait cessé de grandir avec les ans : rencontrer les jumelles de temps à autre dans le monde suffisait à lui faire apprécier son état de célibataire.

C'était un homme placide et corpulent que le droit ennuyait. Plus occupé du faire-valoir de ses terres que de la poursuite des criminels, il n'avait qu'une passion : la botanique. Il préférait passer le plus clair de ses jours à parcourir prés et guérets en quête de nouveaux spécimens pour en remplir son herbarium, plutôt que de confondre les truands pour en emplir la prison de Langres.

Malgré d'interminables conciliabules — qui dégénéraient le plus souvent en querelle —, les tantes n'avaient pas réussi à établir un plan d'action. Comment traîner Thomas en justice sans ébruiter le cocufiage de leur cher neveu, Bertrand, et contribuer à la disgrâce familiale ? Elles se résignèrent donc à demander conseil — sous le sceau du secret — à M. d'Obernai, et l'envoyèrent quérir aussitôt.

Il vint. Non sans l'appréhension habituelle que lui causaient ses rencontres avec les jumelles.

Dès que le grand laquais s'effaça pour qu'il pénétrât dans le petit salon privé de ces dames, elles se levèrent d'un bond et se précipitèrent à ses côtés. Caroline lui prit le bras gauche et Pauline le droit pour le conduire *manu militari* jusqu'à un sofa fort dur où il se laissa choir en tremblant. Après avoir informé le domestique qu'elle ne souhaitait pas être dérangée, Caroline prit place près de sa sœur et décocha au procureur une œillade enjôleuse qui le fit pâlir d'angoisse.

Non sans lui avoir fait jurer dix fois le secret, les sœurs se décidèrent enfin à lui confier leur version du drame. D'après elles, Thomas avait conçu pour Marianne, la femme de son oncle Bertrand, un sentiment coupable. Cette odieuse passion n'étant pas partagée, il avait dans sa folie projeté un enlèvement. Il eût sans nul doute mené à bien — ou à mal, interjecta Pauline avec un petit gloussement — cette ignoble entreprise si le comte Philippe lui-même ne s'était interposé. Thomas l'avait alors froidement abattu d'un coup de pistolet. Passant sous silence les prétentions de Thomas à la paternité — elles ignoraient tout de celles du comte — et ma chute dans l'escalier, elles attribuèrent ma mort à une fièvre puerpérale.

M. d'Obernai, décemment outré par le crime, s'enquit poliment de la santé du comte.

Caroline s'empressa de le rassurer : cette santé s'améliorait chaque jour, au grand soulagement de tous... « bien qu'il faille déplorer une légère rechute et un regain de fièvre, sans nul doute attribuables au départ précipité de son cher fils, qui nous a quittés pour rejoindre son régiment à Metz ».

Les deux sœurs levèrent au ciel des yeux de vierges et martyres tandis que Pauline ajoutait : « Nous prions beaucoup et n'abandonnons pas l'espoir d'une complète guérison. »

Après avoir adressé au magistrat maints compliments, qu'il écouta d'une oreille prudente tout en redressant ses rondes épaules sous cette flatteuse ondée, Caroline se décida à en venir au vif du sujet et à lui demander son aide. Il fallait, lui dit-elle, retrouver le petit-fils coupable et lui faire subir un châtiment digne de son abominable crime...

« La potence ? s'enquit le brave homme affolé en les dévisageant l'une et l'autre. Vous souhaitez qu'on le pende ou qu'on le décapite ? »

Il y eut un instant de flottement chez les sœurs, qui se consultèrent du regard avant de lui répondre. Sur un signe de sa sœur, Pauline prit la parole : « Eh bien, voyez-vous, cher ami, ce n'est point la vengeance que nous cherchons, ni la mort du pécheur... quoique... mais nous jugeons de notre devoir non seulement de punir ce jeune forcené, mais encore de prévenir le mal qu'il pourrait encore causer à autrui... tout autant qu'à lui-même. (Baissant les yeux, elle ajouta d'une voix à peine audible qui me toucha étrangement :) Caroline estime que... nous estimons qu'une détention prolongée serait salutaire à son âme... »

Le magistrat les contemplait toutes deux d'un air lugubre. Assez fin pour sentir qu'on lui avait caché une bonne part de la vérité, il ne désirait rien moins qu'être mêlé à cette affaire, qui pourtant l'intriguait.

« En vérité, Mesdames, j'ose espérer que vous ne songez pas à la Bastille. Cela exigerait que le comte en personne fît demande d'une lettre de cachet à Sa Majesté le Roy... (Il marqua une pause comme s'il s'adressait à des jurés crédules et les gratifia d'un sourire entendu avant d'ajouter :) Ce qui ne manquerait pas d'ébruiter l'affaire et de vous causer bien du tracas. (Les sentant vacillantes, il trancha enfin d'un ton sec :) Aucun bien ne peut advenir d'une telle procédure ! »

Caroline n'était pas femme à capituler sans combattre. « Ce crime doit-il donc rester impuni ? Notre frère est...

— Bien vivant, l'interrompit le magistrat d'un ton conciliant.

— Certes, mais si faible que le pire est encore à craindre. » Elle pinçait les lèvres sur son courroux.

« Assurément... Quoi qu'il en soit, c'est au comte lui-même qu'il appartient de requérir une lettre de cachet ou d'exiger une intervention de la police royale. En a-t-il exprimé le désir ? Je souhaiterais fort le consulter dès maintenant à ce sujet. »

Les sœurs étaient sur le point de regretter leur zèle intempestif. Le matin même, Philippe avait réitéré — avec une énergie surprenante chez un homme si faible — sa volonté d'épargner Thomas. Caroline s'empressa de devancer sa sœur, qui ouvrait la bouche pour répondre : « Je crains que la fièvre dont il souffre aujourd'hui ne rende cette visite impossible. Un autre jour, peut-être... Nous comptions sur votre conseil, très cher ami, dans cette délicate affaire... »

Le malheureux magistrat cherchait désespérément un moyen inoffensif de satisfaire les harpies. Leur requête le plongeait dans un embarras d'autant plus aigu qu'il portait à Thomas une sincère estime pour avoir mis en échec un maquignon qui s'apprêtait à lui vendre quatre chevaux boiteux, et pour lui avoir ensuite procuré de magnifiques montures à meilleur prix. Certes, un gentilhomme ne devait pas envoyer son aïeul *ad patres*, mais ledit aïeul avait si souvent outrepassé les bornes de la bonne conduite que M. d'Obernai s'étonnait qu'on ne lui eût pas fait goûter plus tôt le fruit amer de la vengeance.

Conscient de nombreuses lacunes dans le récit des sœurs, il était plus que jamais partisan du laisser-faire. « Ma chère Caroline, je serais tenté d'accorder au pécheur le temps de reprendre ses esprits et de faire pénitence. Laissez-le donc revenir et demander pardon... de son propre chef. »

Il n'en était pas question.

Sans autre moyen de se dégager de leurs griffes, le magistrat finit par suggérer aux jumelles de lancer un homme fiable aux trousses du fugitif. Il fallait avant tout le retrouver ; leur décision quant à son sort en serait grandement facilitée.

« Il est même possible qu'un homme de ma connaissance — un certain Cormier, greffier à ses heures — accepte de se charger de cette affaire et de rechercher votre petit-neveu, moyennant, certes... euh..., rémunération. Une rémunération considérable, je le crains. »

Les jumelles échangèrent des regards inquiets sans oser l'interrompre. D'Obernai ajouta : « C'est un homme assez énigmatique, ancien gabelou — peut-être faux-saulnier, mais je n'en jurerais point. Nous avons parfois recours à ses services comme prévot... » et comme mouchard, mais d'Obernai ne jugea pas opportun de mentionner ce détail « ... et nous n'avons eu qu'à nous en louer. Il semble beaucoup voyager, mais accepte à l'occasion de se charger de délicates enquêtes privées, qu'il mène d'ordinaire à bien ».

Les pensées du magistrat m'alarmèrent.

Il se gardait de mentionner aux jumelles la dernière investigation de Cormier. Elle avait été entreprise pour un marquis dont le jeune cocher s'était enfui en emportant les joyaux de famille que lui avait remis la marquise dans un moment d'égarement passionné. Deux semaines avaient suffi à Cormier pour repérer la trace du domestique et en aviser le marquis. On ne pouvait, certes, lui imputer la fin du cocher — on avait retrouvé son corps dans la Seine —, mais ce Cormier m'inquiétait.

« Faudra-t-il qu'il apprenne pour quelle raison nous souhaitons qu'on arrête... je veux dire qu'on retrouve Thomas ? » s'enquit Pauline dont les joues s'empourprèrent sous le regard hostile de sa sœur.

80

D'Obernai se tapotait le bout des doigts et contemplait ses mains blanches d'un air dubitatif. « Il n'est pas indispensable de le mettre au courant... Il ne tardera guère à l'apprendre par ses propres moyens. Il est toujours fort bien informé... et très sûr de lui. Je le crois protégé en haut lieu, à Paris sans doute et peut-être à Versailles. »

L'œil gauche de Caroline était fixé sur lui. « Vous n'incitez guère à avoir confiance en cet individu, mon ami. Est-il malhonnête ? »

D'Obernai haussa les épaules. « Ah, ma chère, c'est fort possible ; mais, la nature humaine étant ce qu'elle est, vous avez le choix entre un habile coquin et un imbécile honnête. En vérité, je le crois consciencieux à la tâche qu'il accepte d'entreprendre. »

Il fut décidé que, si l'homme se déclarait prêt à les servir, les jumelles lui accorderaient une entrevue et jugeraient de ses aptitudes à l'honnêteté.

D'Obernai accorda un discret soupir à la corruption si répandue dans l'univers en général et dans le monde des hommes de loi en particulier, et se disposa à se retirer. Mais les sœurs insistèrent pour qu'il les charmât de sa présence le temps de goûter un fameux malvoisy dont elles n'étaient pas peu fières. D'Obernai se résigna donc à bavarder de tout et de rien pendant dix minutes, refusa le malvoisy, accepta un chocolat qu'il avala bouillant pour être plus tôt élargi, et s'esquiva après force courbettes et la promesse de dépêcher Cormier à la première occasion auprès des jumelles.

A la pensée du parfait spécimen d'*Hylocomium splendens* qui venait de lui arriver de Nouvelle-France et qu'il allait de ce pas insérer dans son herbarium, il se sentit l'envie de siffloter un petit air en suivant le laquais dans le grand escalier.

Sa promesse aux tantes n'augurait rien de bon.

Leur vindicte en elle-même restait inoffensive ; mais, secondée par un scélérat intrigant, elle pouvait s'avérer dangereuse pour Thomas. D'autant que la guérison de Philippe semblait fort compromise.

Le départ précipité de Bertrand lui avait sans nul doute causé grand tourment. Je n'en blâmais pas Bertrand. En vérité, je m'étais sentie bien proche de lui au moment où sa colère faisait rage. Avec une retenue digne d'admiration, il avait tourné le dos à son père et était sorti de la chambre rouge sans ajouter un mot ; aveuglé par les sombres tourbillons d'une indignation telle qu'il n'en avait jamais éprouvé, il avait regagné sa propre chambre et s'y était enfermé.

Sans conserver d'illusions quant aux débordements de son père, il lui avait toujours gardé sa confiance et ne pouvait concevoir aucun mal susceptible d'advenir de lui. La remise en question de cette confiance aveugle lui causait une grande douleur qu'un examen approfondi de sa propre conscience ne soulageait guère. Pauvre Bertrand, pensais-je avec une tendre pitié.

Que je fusse pour une bonne part responsable de son accablement présent n'entrait pas en ligne de compte ; je n'étais qu'un exemple de plus de la folie humaine.

Bertrand quitta Saint-Onges en proie à une forte mélancolie.

J'étais très tentée de l'accompagner, sans même savoir si ma présence invisible était susceptible de le rasséréner, mais une contrainte plus pressante m'en empêcha. Je sentis que, le moment venu, je quitterais Saint-Onges, mais pour suivre Thomas. Cette décision tenait plus de l'obligation que du choix ; mais elle n'avait d'autre origine que mon âme même.

J'attendis donc la visite de l'équivoque greffier.

Il se présenta dès le lendemain. Vêtu d'un sévère habit noir de coupe judiciaire, de taille et de corpulence moyennes, il avait un visage long et pâle, un air chafouin. La sobriété de sa mise et ses manières confites en déférence firent bonne impression. Après quelques vacillations chuchotées, on décida de l'engager sur-le-champ. Il n'exigea pas moins de dix livres par jour.

Étourdies de leur propre audace et de l'ampleur de ses prétentions, tremblantes sous ce regard noir qui les transperçait, les tantes accédèrent à toutes ses demandes et le congédièrent, les basques chargées d'or, avant que le bon sens — dont elles n'étaient pas totalement dépourvues — ne reprît le dessus.

Il était entendu qu'il se lancerait aussitôt aux trousses du fugitif.

Dès que je me trouvais devant Cormier, je compris le danger qu'il présentait.

Son apparence inoffensive cachait une nature opaque et rebutante que j'avais peine à percer. Ses pensées m'échappaient ; je n'en saisissais que des bribes, comme s'il me fallait lire un livre ouvert au hasard et sitôt refermé.

Il me faudrait désormais compter avec Cormier.

Je supposais — à tort — que les traces de Thomas seraient faciles à suivre.

Son projet d'enlèvement, conçu avec la logique démentielle des obsédés, aurait pu réussir avec mon consentement. Il en avait établi les moindres détails avec une grande ingéniosité et s'était concentré sur cette stratégie au point de perdre de vue les deux obstacles majeurs à son entreprise : ma grossesse avancée et la violente aversion que j'avais fini par nourrir à son endroit.

Il faut comprendre que Thomas avait découvert très jeune, dans ses rapports avec le monde, le parti qu'il pouvait tirer du prestige de la famille. Il en usait avec d'autant plus d'aise qu'il souffrait de n'appartenir à la maison que par des liens illégitimes.

Loin du château, il avait la bénigne arrogance d'un gentilhomme accompli. Il s'appropriait la sobre richesse de son équipage avec toute la désinvolture d'un « Noblesse oblige » un peu las — sans manquer de s'assurer que la finesse du drap, les détails de la coupe et la qualité des boucles proclamaient assez haut son rang et sa fortune.

Ses grands airs lui valaient, comme il se doit, l'obséquiosité des aubergistes qui y trouvaient leur compte et l'hostilité muette des manants. Thomas n'était pas fâché lorsque, sur son passage, elle ranimait leurs yeux éteints.

Grâce à la munificence du comte, le haras avait contribué à son prestige général, car les chevaux suscitaient alors un engouement égal à la passion pour les tulipes qui avait agité l'Europe entière quelques années auparavant. Il lui avait permis d'établir un important réseau de loyautés temporaires et flatteuses.

A la vérité, la science équestre de Thomas méritait bien le respect qu'on lui portait, et on restait difficilement insensible aux éclairs de charme qui perçaient à bon escient l'opacité de sa morgue. Au fil des ans, il avait fini par entrer en rapport avec tous ceux qui consacraient leurs loisirs et leur fortune à l'élevage des pur-sang anglais, et les avait grandement impressionnés par son savoir précoce et sa modestie.

Ces innombrables satisfactions d'amour-propre n'avaient pourtant jamais suffi à le tirer de sa morosité atrabilaire, en lui faisant oublier ses origines illégitimes et ses ambitions militaires bafouées. Le visage ordinairement chagrin, il riait peu. Il ne se déridait qu'en compagnie de mon frère Charles — et parfois en la mienne, aux premiers temps de notre passion. C'était peut-être là ma seule réussite.

Un Anglais fort riche du nom de Joshua Mauger tenait Thomas en grande amitié. Il lui avait d'abord vendu une superbe jument parfaitement stérile ; mais, pris de remords peut-être, il avait ensuite redoublé d'amabilité envers lui, et lui avait remis une lettre de passage sur tous les bateaux de sa flotte, *gratis pro deo*, avec tous les honneurs dus à son rang.

Or, cet astucieux bourgeois-gentilhomme commerçait fort honnêtement avec ses compatriotes établis à Halifax, aux Amériques, et fort profitablement avec les Français de Louisbourg qui tenaient tête à ces mêmes compatriotes.

Ses rapides goélettes sillonnaient l'océan pour trafiquer entre l'Angleterre, la France et les établissements du Nouveau Monde. Mauger y fournissait aux Micmacs, Indiens alliés des Français, les couteaux à scalper et les haches de guerre dont ils usaient contre ses compatriotes anglais. Il était donc riche et respecté en son pays.

Par un caprice de la justice immanente, la dot considérable de sa fille finirait par attirer un duc et pair de France. Et c'est ainsi que la famille de Mauger s'éteindrait sur l'échafaud des sans-culottes. Mais c'est là une tout autre histoire.

Pour l'heure, Thomas avait assuré notre passage sur une goélette de fort tonneau devant faire voile de Saint-Malo pour l'Angleterre lorsque la marée lui serait favorable, trois jours après l'enlèvement.

Il avait minutieusement préparé notre fuite terrestre. Une chaise de poste des plus rapides avait été retenue — un valet ayant pour mission de partir en tête au triple galop afin de nous assurer des chevaux frais à chaque relais de poste. Deux jours nous auraient suffi pour atteindre le port. Thomas avait veillé à ce que le cabriolet fût garni de coussins moelleux pour mon confort et celui de l'enfant que je portais et qu'il s'obstinait à croire sien.

Quant à notre refuge éventuel, ce n'était autre qu'une modeste demeure de métayer du Devonshire, gîte retiré et plaisamment discret que Thomas avait loué au *squire* de l'endroit et où il comptait cacher notre bonheur. Il avait même engagé deux filles proprettes pour m'y servir.

Malheureux Thomas, aveugle à l'affligeante prétention de sa maîtresse ! Ne comprenait-il pas que j'abhorrais toute forme de médiocrité susceptible de refléter la mienne ? Seuls les honneurs et la richesse pouvaient pallier la pauvreté de mon esprit.

T'eussé-je suivi dans cet Éden, pauvre bâtard, que mon mépris railleur en aurait fait un enfer. Ma vie n'avait-elle donc servi qu'à causer ton malheur, Thomas ? La mort me permettrait-elle de me racheter auprès de toi ?

8

J'errai des jours et des nuits dans Saint-Onges.

La crainte d'abandonner Philippe à son sort — comme si ma présence seule pouvait prolonger ses jours — me retenait au château, alors qu'une impatience croissante me poussait à rejoindre Thomas où qu'il se trouvât.

Lorsque l'image de mon jeune amant en supplanta tout autre en mon esprit, il m'apparut enfin. Non pas à cheval cette fois — tel que je l'avais vu après ma mort —, mais à bord d'un navire voguant en haute mer. Et, aussitôt, je perçus également les événements qui avaient précédé ce voyage, comme si j'en avais été moi-même témoin. Cette nouvelle faculté s'accompagnait d'une conviction tout aussi surprenante : pour exercer une influence sur les vivants, il me fallait être près d'eux. Je décidai alors de rejoindre Thomas sur son navire. Ce qui ne présentait aucune difficulté à l'esprit que j'étais devenue, puisque ma volonté suffisait, semblait-il, à me transporter d'un lieu à un autre.

Encore peu accoutumée à cet étrange pouvoir, ce n'est point sans hésitation que j'en usai, et que je narguai ainsi le temps et l'espace. Mais le temps et l'espace ne sont après tout que simples inventions de nos faibles esprits mortels, sans plus d'existence que les chimères peuplant nos imaginations d'enfant. Et moins encore même, car les enfants ont parfois le don de percer à jour la réalité sous ces apparences qui nous la cachent — faculté que nous perdons hélas bien vite.

Insensible à la douleur physique et ne percevant en moi-même nul changement — sinon que le manque de sommeil et de nourriture n'affectait en rien un corps en apparence réel, même si personne d'autre que moi n'en avait conscience —, j'étais émerveillée par l'acuité de mes sens. Quant à la possibilité de traverser des murailles, les fantômes tels que moi ne s'en prévalent pas souvent : il nous suffit de souhaiter être ailleurs pour nous y trouver aussitôt transportés...

Quoi qu'il en fût, m'affranchir ainsi des entraves de la matière ne me causait aucune satisfaction ; je me languissais encore trop de celles que m'avait procurées la chair.

Anéanti par son infortune, Thomas était monté à bord du *White Halcyon* à Saint-Malo, douze heures avant l'heure prévue pour l'appareillage de ce vaisseau vers l'Angleterre. Il était suivi d'un seul valet, fidèle et fourbu.

Si le capitaine éprouva quelque surprise à voir arriver son noble passager en si pauvre équipage, il se garda de l'exprimer. Il accueillit fort civilement Thomas à son bord et ordonna à un marin de le conduire à sa cabine.

Thomas s'y enferma aussitôt et, tout à ses sombres pensées, sans même un regard pour l'habitacle exigu qui lui était alloué, alla s'asseoir sur la courtepointe brodée qui recouvrait l'étroite couchette. Il n'en bougea point lorsque Martin, son valet, frappa à la porte basse de la cabine et entra traînant un lourd coffre de bois richement ouvragé. Ce coffre, qui contenait les effets nécessaires à notre fuite hors de France, Thomas l'avait confié aux bons soins d'un aubergiste de Saint-Malo lors de son dernier retour d'Angleterre. Il avait méticuleusement arrêté les moindres détails de son projet insensé.

Épuisé par sa chevauchée à travers la France, accablé par le souvenir des événements qui l'avaient précédée, il contemplait sans les voir les quelques meubles de qualité qui relevaient l'étroitesse des lieux. Toute émotion l'avait fui, de même que sa passion pour moi et son admiration pour le comte. Il ne trouvait plus en lui-même que le vide affreux du remords ; ses pensées s'y engouffraient avant même qu'il les formulât.

De son côté, Martin avait rejoint son maître dans l'étroite cabine moins pour le réconforter que pour se soustraire à la vue d'éventuels poursuivants. En accompagnant Thomas dans sa folle équipée à travers la France, il avait en effet porté assistance à un criminel, et cette complicité lui vaudrait sans nul doute quelque horrible châtiment s'ils venaient l'un et l'autre à être capturés, car un homme de son état ne pouvait espérer l'indulgence de ses juges. Tremblant de peur et de fatigue, le valet regrettait amèrement de s'être laissé entraîner dans cette funeste aventure.

Par une petite croisée entrouverte leur parvenaient les bruits du navire à l'ancrage : crissements des drisses et des amarres, cris et piétinements des hommes sur le pont, grincements du plat-bord et des espars ; ainsi que les odeurs du havre : goudron, vase et poisson pourri, que Martin reniflait en fronçant les narines. Tout en jetant à son maître — toujours figé dans son désespoir — des regards de compassion mitigée d'impatience, il déballait en soupirant les effets que Thomas avait serrés dans le coffre. Il s'abstint toutefois d'en sortir la superbe cape de soie écarlate achetée par mon amant à mon intention.

Une cruelle pensée plongea soudain Thomas dans une folle hilarité : son destin lui parut n'être qu'une absurde succession de faux espoirs et d'illusions. Pourquoi se retrouvait-il donc ainsi, proscrit à la conscience chargée de deux morts probables et ne pouvant espérer d'autre avenir que l'exil ou l'échafaud ? Pour avoir trop aimé. L'amour était-il donc la pire de ces absurdités dont la suite ininterrompue constitue notre vie ? Son rire amer redoubla, et il souhaita que la mort vînt sur-le-champ l'en délivrer.

De violents coups frappés à la porte firent sursauter le maître et le valet, sans tirer pourtant le premier de son apathie. Il n'y aurait point accordé réponse si le second n'avait timidement demandé :

« Dois-je ouvrir, Monsieur ? »

Thomas acquiesça d'un signe de tête, cherchant vaguement des yeux l'épée qu'il avait débouclée et laissée choir en entrant dans la cabine.

Un maître d'équipage hirsute passa la tête par l'entrebâillement de l'huis et dit d'un air important :

« *If it pleases 'is lordship, captain Maedows wishes to speak with 'im urgently.* Capitaine... veut... voir vous. Tout' suite ! »

Thomas se leva, d'un air impassible, indifférent à son sort. Que la justice du royaume fût déjà à ses trousses ne lui causait plus aucune alarme. Il songeait simplement qu'il serait malséant d'attirer les foudres de la loi sur le capitaine avec lequel il était convenu d'un passage discret sur les côtes d'Albion, et qu'il lui faudrait persuader ses juges que le malheureux Anglais ignorait tout de son crime. Avec un soupir, il rajusta sa tenue, reboucla son épée et sortit de la sombre cabine. La tête haute, il monta d'un pas ferme vers le château arrière et l'ultime absurdité que lui réservait son destin. Martin suivit, secoué de frissons plus violents que ceux d'une fièvre quarte.

Le capitaine les salua avec une affabilité qui leur parut forcée. Il n'était entouré que de son second et de deux matelots. Thomas fronça les sourcils, cherchant des yeux quelque représentant de la police royale ou des milices locales.

Le capitaine toussota, hésitant entre l'anglais et le français, qu'il pratiquait sans finesse et qu'il jugea inapproprié pour la circonstance.

« *My lord... I am most sorry to report that our orders have been changed.* Nos ordres sont... changés. *We are now to sail directly for Halifax and Louisbourg without calling in at Portsmouth on the way.* »

L'air absent de son passager, qu'il prit à tort pour une ignorance de la langue anglaise, le poussa à traduire ses paroles.

« Nous avons ordre de faire voile vers le Nouveau Monde sans plus tarder... et sans faire escale à Portsmouth. *If you still wish to secure passage to England, you must disembark at once...* Si vous désirez vous rendre en Angleterre... vous devez quitter mon bord tout de suite et attendre le *Jonathan*, qui vous mènera à Portsmouth dans une semaine. »

Thomas comprenait un à un les mots du capitaine sans en saisir la portée. Un bref silence régna ; on entendit les pas d'un homme sur le pont, le cri des mouettes dans la rade.

« Vous voulez dire que vous n'appareillez plus pour Portsmouth, mais pour le Nouveau Monde ? »

Le capitaine opina si vigoureusement que je crus voir glisser sa perruque jaunâtre sur son crâne chauve.

« Mais... ne pourriez-vous donc, avant de faire voile vers les Amériques, relâcher en rade d'un port anglais et me débarquer avec mon valet ? Il n'est point dans mes intentions d'abuser de votre générosité, capitaine, et croyez bien que je serais prêt à vous dédommager de ce détour. »

Le visage rougeaud du capitaine s'assombrit.

« Oh, *my lord*, il n'en est pas question ! *We cannot afford any more delays...* Le temps presse. »

Meadows se détourna à demi, comme si la courtoisie ne tempérait plus son impatience. Attribuant la consternation de Thomas à ce changement d'itinéraire, il se crut obligé de lui fournir un semblant d'explication sans lui révéler des détails jugés délicats.

« Les ennemis de lord Mauger... s'efforcent de mettre un terme à notre commerce avec les Indiens. Je dois lever l'ancre sans plus tarder pour Halifax et ne puis contrevenir aux ordres de lord Mauger pour vous obliger, *my lord... Whatever my desire to do so...* Quelque inclination que j'en aie. *You must leave this ship if your wish is to reach England !* »

L'étrange impassibilité de Thomas eut raison de sa discrétion, et il se résigna enfin à révéler à ce passager indécis le réel motif de son refus.

« Les ennemis de lord Mauger sont des hommes puissants qui... feront saisir ce bateau et nous jetteront tous en prison si nous approchons des côtes anglaises. Il m'est impossible de vous obliger, *my lord*. »

Un marin aux pieds nus venait d'entrer. Il s'approcha de Meadows pour lui parler à voix basse. Les cinq hommes se tournèrent simultanément vers Thomas, qui n'avait pas saisi le sens des paroles prononcées.

Martin les fixait de ses yeux inquiets, cherchant sur leur visage les signes avant-coureurs d'un malheur imminent. Il se voyait déjà enchaîné sur le banc d'une galère ou montant les marches d'un gibet, pour avoir porté assistance à un parricide.

Redressant sa médiocre taille, le capitaine se tourna vers Thomas et le contempla un moment avec une certaine bienveillance avant de s'adresser à lui d'un ton patient :

« Monsieur, l'heure du départ a sonné. La marée nous est favorable, et nous ne pouvons plus guère tarder. Si tel est votre souhait, j'enverrai deux hommes vous escorter jusqu'à votre auberge, mais il vous faut quitter mon bord immédiat. *Time is running out.* »

Il répéta, comme pour lui-même : « *Time is running out.* »

Thomas respira profondément et s'éveilla de sa torpeur, accordant pour mieux se ressaisir une attention aussi brève qu'aiguë aux détails de la scène. Il prit soudain conscience des effluves viciés du navire, des ahans des hommes à leurs quartiers, des crissements de cordages, et de la ridicule perruque de Meadows. Avec l'usage de ses sens, il recouvra celui de sa raison.

D'un geste, il arrêta les hommes qui s'apprêtaient à l'escorter.

« Non, capitaine. Avec votre permission, je resterai à bord. *If you will allow it, I shall remain on board.* Je débarquerai en Nouvelle-France, à Louisbourg, si vous y relâchez. »

Le capitaine ouvrit la bouche sans qu'il en sortît la moindre expression de son évidente surprise. Il se contenta d'un bref salut et d'un non moins bref « *very well* ». Mais lorsque Thomas se tourna pour regagner sa cabine, il ajouta calmement :

« Veuillez ne point quitter votre cabine durant l'appareillage, *my lord* », tout en décochant à Martin un regard curieux, comme s'il venait seulement de remarquer sa présence.

Le valet retenait son souffle, sans trop savoir s'il devait se réjouir ou se lamenter du tour que prenait leur affaire. Sans demander son reste, il se précipita sur les talons de son maître.

Tandis qu'il regagnait sa cabine à grands pas. Thomas se tourna vers lui.

« Tu es libre de me quitter, Martin, si tel est ton désir. Va, ne te crois pas tenu de m'accompagner aux Amériques. Je te sais gré de ta loyauté ; tu t'es bien mérité une juste part de l'or dont je dispose. »

Martin pressa le pas.

« Monsieur entend-il donc pour sûr traverser l'océan ! Partir en Nouvelle-France ? Qu'adviendra-t-il de la maison que Monsieur avait aménagée en Angleterre ? Et les deux servantes, que deviendront-elles ? »

Une note de regret perçait dans sa voix : en passant outre leur cuisine, l'exil chez les Anglais n'aurait rien eu d'intolérable à ses yeux.

Thomas fronça les sourcils.

« Qu'importe désormais... N'attache pas tes pas aux miens, Martin : pars. Je te le répète, tu es libre. Tiens... » Il fouilla dans une des vastes poches de ses basques et en tira une bourse remplie de louis d'or.

Mais Martin rit nerveusement, niant du chef tout désir d'affranchissement.

« Non ! Non ! Monsieur sait bien que j'ai moi aussi d'importantes raisons de quitter Saint-Onges sans regret... Et la fille du meunier n'est pas la moindre... Son père menace déjà de recruter toute sa maudite parenté pour m'escorter à l'église, si je n'y vais point de mon plein gré ! »

Mais l'alternative offerte ne lui agréait guère. Le visage plus chagrin encore, il ajouta :

« Seulement... la Nouvelle-France... N'est-ce point là lieu bien peu accueillant, où les sauvages se plaisent à séparer les chrétiens de leur chevelure ? » Saisissant les bords de son large feutre, il l'enfonça un peu plus sur ses rares cheveux.

Thomas s'impatientait. Il tendit une nouvelle fois la bourse à Martin.

« Prends donc ceci et débarque sur-le-champ ! Retourne à Saint-Onges, et dis que je t'ai menacé de mort pour te forcer à m'accompagner ; tu n'en seras ni blâmé ni puni. »

Martin continua de secouer la tête sans faire mine d'accepter la bourse. Thomas lui tourna brusquement le dos.

Cinq secondes suffirent au valet pour arrêter sa décision.

« Je vous suivrai en Nouvelle-France, Monsieur. Au diable les fautes passées ! Vous êtes bon maître, et mieux vaut les sauvages que la fille du meunier — une maigrichonne fort acide que je n'aurais jamais dû baiser et qui ne manquerait pas de produire une tribu morveuse qu'il me faudrait nourrir. »

Thomas haussa les épaules. « Fort bien. Tu m'accompagneras donc au Nouveau Monde. »

Martin ne jugea pas à propos de mentionner qu'il avait ouï-dire que Louisbourg n'abritait ni gibet ni bourreau.

Lorsque je me retrouvai à bord du *White Halcyon*, Thomas voguait depuis douze jours. Ma présence ne manqua pas de provoquer une violente attaque nerveuse chez un marin sensible aux effluves de l'autre monde. Le chien de Meadows se hérissa de terreur à ma vue et se mit à courir sur le tillac en gémissant pitoyablement.

M'étant assurée qu'aucun danger immédiat ne menaçait Thomas, je me pris à explorer le navire et à étudier avec une curiosité croissante ceux qui le peuplaient.

Le capitaine Meadows me sembla insignifiant ; rusé et cupide, certes, mais dans des limites acceptables. Certains membres de l'équipage étaient sans nul doute de fieffés coquins, mais ils ne menaçaient en rien mon amant. Pourtant, quelque chose à bord m'intriguait ; maintes fois, je me surpris à regarder par-dessus mon épaule, poussée par le sentiment qu'on m'examinait, par l'intuition qu'on me suivait. Je ne vis rien, ni personne — ou, tout du moins, je n'eus pas l'impression d'avoir aperçu qui que ce fût — sans réussir à me débarrasser de la conviction qu'une autre présence hantait le *White Halcyon*.

Et observait Thomas.

Thomas restait des heures sur le gaillard d'avant ou sur le pont de teugue, le visage fouetté par les embruns, tenant tête aux bourrasques comme si son honneur même en dépendait. Le vaisseau et son âme vibraient à l'unisson sous les assauts des vagues et des remords.

Mais, emporté dans sa course par la goélette, il n'avait d'autre choix que de laisser loin derrière les tempêtes et d'ouvrir grands les yeux sur l'immensité de l'horizon ; il respirait à pleins poumons un vent de liberté.

Au fil des jours, il faisait de nouvelles découvertes : les mille et une nuances de la mer, les mille et une formes des nuages, les mille et une saveurs de l'air marin. Il se prenait à lever les yeux vers la voilure, à admirer cet entrelacs magique de vergues, de haubans et de toiles. Il savourait sur ses lèvres le goût du sel ; respirait sans grimacer les relents de goudron, de suif et du soufre dont en enduisait la coque pour la préserver des tarets. Il entendait enfin le claquement des voiles dans les bordées, et les chants nostalgiques des marins qui ravaudaient leurs toiles. Il percevait un sens à tout cela.

Martin ne s'aventurait guère sur le pont depuis qu'une bourrasque avait failli arracher son couvre-chef, ce feutre à larges bords dont il ne se séparait jamais ; il passait le plus clair de son temps dans la cambuse du maître coq, à ses yeux plus accueillante que l'étroite cabine de son maître ou le recoin puant qui lui était dévolu à l'entrepont.

Si Thomas ne portait aucune attention à l'ordinaire du *White Halcyon* et avalait machinalement tout ce qu'on voulait bien lui servir, Martin se comportait en fin gourmet. Révolté par le régime des marins — qu'il lui fallait partager, alors que son maître soupait

93

à la table du capitaine —, il refusait catégoriquement de faire son ordinaire de biscuits verdis par la moisissure et de bœuf tanné dans le sel. Il s'était immiscé dans la routine et les bonnes grâces de l'aide cuisinier, et consacrait de longues heures à grappiller des restes à la coquerie pour les accommoder à sa façon. Il les dégustait faute de mieux, tout en se remémorant avec nostalgie la cuisine raffinée de Saint-Onges.

Thomas avait accès aux diverses parties du navire.

Les premiers jours, Meadows s'était contenté d'observer son passager tout en respectant son évident désir de solitude. Mais un beau matin, alors qu'il replaçait avec soin dans leur coffret d'acajou le chronomètre et le sextant dont il venait d'user pour faire le point, il se décida à entamer la conversation.

« Vous aimez la mer, *my lord*, je m'en suis aperçu. J'ai du reste remarqué qu'une appréciation des chevaux allait de pair avec une attirance pour la mer. La légende ne dit-elle pas que le dieu de la mer lui-même, Poséidon, fit don aux Athéniens du premier cheval afin qu'ils donnent son nom à leur cité ? »

Thomas posa sur lui le regard pensif de ses yeux lumineux, embrumés de tourmente, et sourit tristement.

« Si fait. Et c'est pourtant Athéna qui remporta le prix en leur faisant don de l'olivier... Certes, capitaine, j'aime la mer et j'admire chaque jour davantage votre navire... si rapide et léger. Il semble voler sur les vagues ! »

Meadows donna libre cours à son enthousiasme.

« Ah, *my lord* ! la goélette est la reine des vaisseaux ! Croyez-en mon expérience. Depuis quarante ans que je sillonne les mers, aucun commandement ne m'a procuré tant de satisfactions ! »

Il s'était rapproché de Thomas, comme pour lui parler en confidence.

« Un des avantages de ce navire est qu'il n'exige qu'un petit équipage. Et, *upon my word*, ce n'est point négligeable car la presse qui recrute pour la marine de Sa Majesté ne nous laisse plus que gibier de potence. »

Thomas sursauta. Le regard inquisiteur que lui jeta Meadows ne fit rien pour alléger son trouble. Le capitaine s'enquit d'un air inquiet :

« Vous avez froid, *my lord* ?

Thomas avala sa salive et secoua vivement la tête. Meadows reprit le fil de ses idées et continua son panégyrique du *White Halcyon*.

« Ce navire sort des chantiers de la Nouvelle-Angleterre. Ces *colonists* ont, il faut l'avouer, quelques qualités ; mais c'est, à mon avis, une gent insoumise et qui sème le trouble. Quoi qu'il en soit, lord Mauger m'a d'abord dépêché avec ce navire vers les côtes de l'Afrique occidentale pour profiter de la demande en bois d'ébène... *Slaves, that is...* »

Meadows avait détesté la touffeur de ces rivages exotiques tout autant que les maladies répugnantes qui frappaient ses cargaisons humaines. Il s'était senti soulagé de retrouver le froid, les brouillards et le crachin des climats septentrionaux dès que la paix avait été rétablie entre la France et l'Angleterre. D'autant que le commerce — légal ou illégal — y était en plein essor entre la Nouvelle-Angleterre et la Nouvelle-France.

Thomas et le capitaine finirent par s'asseoir sur une écoutille pour y converser plus à leur aise. Meadows, las d'endiguer le flot de son récit par son français incommode, continua dans sa propre langue sans que son passager parût s'en apercevoir. Thomas maîtrisait à merveille l'anglais, ce que le capitaine ne tarda pas à reconnaître avec des compliments appropriés.

Le claquement des vagues, le sifflement du vent et le grincement des hunes rendaient ses paroles peu intelligibles ; j'en saisissais pourtant le sens sans en perdre la moindre nuance. J'entendais l'anglais tout aussi bien qu'eux, sans l'avoir pratiqué de ma vie, et je suivais leur conversation avec grand intérêt !

Ils prirent l'habitude de deviser ainsi chaque jour après le point. Ils parlaient de la mer, du Nouveau Monde et des occasions qui s'y présentaient aux jeunes gens audacieux et désireux de faire fortune.

Meadows, qui approchait l'âge de la retraite, énumérait pour Thomas les périls de la mer, auxquels tant de capitaines n'avaient pas eu l'heur de survivre : ses traîtres courants, ses marées tyranniques, ses tempêtes effroyables. Il décrivait les côtes dangereuses de l'Amérique du Nord et les contrées lointaines riches en plantes étranges, en fleurs capiteuses et en femmes impudiques. Des rivages de l'Afrique aux récifs d'Hispaniola, du chenal de La

Rochelle aux mornes sables de Guinée, Thomas laissait son imagination l'entraîner au côté du capitaine.

Il apprit vite à se servir de la boussole, de l'astrolabe et du quadrant.

Chaque nouvelle découverte contribua à alléger la souffrance que lui causait encore son crime ; mais le repentir et la mélancolie étaient désormais si profondément ancrés dans son cœur que je désespérais de le ramener sur le chemin du bonheur. Ses jours s'écoulaient, paisibles en apparence ; mais ses nuits étaient rarement calmes. Je l'entendis un soir, alors que je veillais près de sa couche, prier en rêve pour le repos de l'âme de Philippe. Son remords se nourrissait de la conviction que son aïeul était damné à jamais.

L'amour seul pouvait le guérir, mais il ne m'appartenait plus ni de l'aimer ni d'être aimée de lui.

Si certaines remarques de Martin, rapportées par son second au capitaine, portèrent ce dernier à supposer quelque événement tragique dans la vie de son passager, il n'aborda jamais le sujet de front durant ses entretiens avec Thomas. Il n'hésita cependant point à lui confier certains détails de sa propre vie et à lui révéler par quels moyens il arrondissait la maigre solde que lui allouait Mauger.

Tout en veillant scrupuleusement aux intérêts du bourgeois-gentilhomme, Meadows ne voyait aucun mal à pratiquer un petit commerce pour son propre compte, car ses nombreux enfants lui coûtaient fort cher à établir.

La contrebande entre les établissements français et les colonies de la Nouvelle-Angleterre était plus que jamais florissante. Les autorités en place en tiraient trop de profits illicites pour y mettre bon ordre. Les colonies américaines s'étaient découvert une soif inextinguible de rhum en provenance des Antilles françaises, et s'approvisionnaient — plus ou moins ouvertement — à Louisbourg. Meadows se faisait un plaisir d'être leur fournisseur pour le compte de Mauger. Il déchargeait à Louisbourg thé, épices, tissus, couteaux et haches ; et repartait chargé de rhum et de mélasse à destination de Boston.

« Je transporte aussi, pour mon propre compte, une petite cargaison de soierie de Lyon et de fins lainages anglais qui se vendent fort cher à Boston et à Louisbourg même, et je rapporte vers l'Europe quelques balles de ginseng.

— Du ginseng ? Qu'est-ce donc que cela ?

— C'est une plante sauvage qui pousse abondamment en Nouvelle-France et que les Chinois prisent fort... »

Une requête du maître d'équipage interrompit ses propos. Meadows pria Thomas de l'excuser, se leva avec un soupir las et suivit l'homme, me laissant seule auprès de Thomas.

Le matin ensoleillé où j'avais été frappée par sa beauté me revint en mémoire ; il me sembla que je découvrais maintenant mon amant, que je décelais en lui ce qui auparavant m'avait échappé. Sa profondeur. Quels que fussent les sentiments régnant dans son cœur, ils n'auraient jamais rien de superficiel : Thomas ne pouvait éprouver que des émotions profondes, et il leur avait trop longtemps subordonné sa fine intelligence.

A la pensée de la peine que je lui avais causée, une profonde tristesse s'empara de moi. Refusant d'y céder, je rassemblai les forces de mon esprit en un faisceau d'amour pour Thomas, et souhaitai de tout mon cœur que de nouvelles épreuves lui soient épargnées.

Son visage me parut s'éclairer.

C'est alors que cette autre présence me sembla se manifester de nouveau. Je me retournai brusquement et crus entrevoir une brume diaprée. Qui se dissipa aussitôt.

9

Dans un brouillard de la fin d'octobre, Thomas débarqua donc à Louisbourg, cette forteresse de la Nouvelle-France où son aberration amoureuse l'avait conduit.

Cinq interminables semaines passées à Halifax avaient aiguisé son impatience. Halifax n'était qu'un poste stratégique établi à la hâte par les Anglais dans la baie de Chibouctou pour tenir en échec la puissance croissante de Louisbourg. Tandis qu'on radoubait le *White Halcyon*, Thomas avait parcouru à loisir les ruelles fangeuses de ce misérable établissement peuplé d'êtres aussi maussades que leur climat ; pour en conclure que la potence serait préférable à l'exil en des lieux si peu hospitaliers.

Je partageais sa répugnance. Je n'avais durant ma courte vie connu du monde que Saint-Onges, mais, à en juger par Halifax, je pouvais m'en considérer fortunée.

La côte que la goélette longea ensuite n'était guère plus engageante : une succession d'anses rocailleuses et de sombres forêts sous un ciel morne et bas.

La rade de Louisbourg offrit un contraste de bon aloi.

Dès que l'ancre y eut été jetée, Thomas sentit croître sa curiosité. Je le vis tiraillé entre le désir de fouler la terre ferme et l'appréhension de rejoindre ses compatriotes.

Le havre naturel abritait déjà une multitude de navires : superbes frégates, massifs vaisseaux de ligne richement décorés, élégantes goélettes et bateaux de pêche de tout acabit. Les échos d'une activité incessante se mêlaient aux cris de goélands. Si Louisbourg était avant tout le centre des pêcheries de la Nouvelle-France, c'était aussi un grand comptoir de commerce. Grâce à l'essor de son négoce avec la France, les Antilles et les colonies de la Nouvelle-Angleterre, Louisbourg rivalisait d'importance avec des ports tels que New York, Boston et Philadelphie.

Si la justice du roy n'était pas toujours exécutée à Louisbourg, les officiels cupides y percevaient un tribut qui coûtait fort cher aux négociants. Mais, d'après l'animation constante qui régnait dans le port, ceux-ci y trouvaient sans doute encore leur compte.

Peuplée d'une garnison maussade sous les ordres d'officiers aigris par cet exil brumeux, la puissante forteresse était encore plus détestée de ses occupants que de leurs ennemis. Tous ceux qui s'y voyaient confinés n'avaient qu'une hâte : s'enrichir et quitter au plus tôt les froidures du Saint-Laurent pour regagner les ciels plus cléments de leur doulce France.

Louisbourg n'impressionnait guère que les colons de Nouvelle-Angleterre, qu'elle narguait de ses remparts et de ses canons ; ces *colonists* étaient bien les seuls à souhaiter s'y établir. De peine et de misère, ils s'en étaient emparés en 1746, pour devoir rendre gorge deux ans plus tard, en vertu d'un lointain traité de paix qu'on ne leur avait pas demandé de contresigner et qui rétablissait les Français dans la place. Depuis quatre ans, ces derniers s'efforçaient de surélever leurs murailles, d'approfondir leurs fossés et d'étendre leurs glacis. Louisbourg était désormais aux yeux des colons américains une place forte imprenable.

Les hommes de la garnison en jugeaient autrement : ils avaient été témoins de la fortune rapide des entrepreneurs chargés de reconstruire les fortifications. Ces bastions remblayés à la hâte ou requinqués à peu de frais n'inspiraient guère confiance aux soldats chargés de les défendre.

Leur moral était au plus bas. Les mercenaires suisses s'inquiétaient perpétuellement de leur solde ; les troupes régulières l'arrondissaient par de petits travaux manuels et des commerces louches avec les Micmacs. La milice rechignait, mais faisait ses choux gras en tenant les nombreux estaminets. Quant aux officiers — qui ne pouvaient décemment devenir taverniers —, ils en étaient réduits à extorquer les fèves, le lard et la solde de leurs soldats. Certains tiraient parti de cette main-d'œuvre captive pour se lancer dans de lucratifs négoces.

En surcroît de ces activités, les nobles officiers — désargentés et sans vergogne pour la plupart — entouraient les gouverneurs successifs d'une cour quémandeuse, avide de bénéfices autant que de raffinement. Ces gouverneurs oscillaient entre la corruption et l'incurie.

Les Français de qualité rongeaient leur frein, assurant de mauvaise grâce la liaison entre Québec et la France. Ils ruminaient leur infortune, face aux brouillards de l'île Royale, aux glaces du Saint-Laurent et aux Indiens.

Un vent de prospérité soufflait pourtant sur la Nouvelle-France, et Louisbourg en était balayé — comme si chacun se hâtait de tirer profit d'une paix précaire. Personne ne savait quand les colons de la Nouvelle-Angleterre — qui avaient gardé de leur première conquête un certain goût de « revenez-y en force » — se décideraient à une nouvelle attaque ; sur la place pesait encore la menace d'un siège meurtrier, dont le petit peuple ferait certes les frais, mais qui dérangerait fort messieurs les négociants.

Jamais la rade n'avait connu telle affluence. C'était tout juste si les nouveaux arrivants y trouvaient ancrage. Une multitude de bâtiments l'encombraient ; les lourds vaisseaux de ligne côtoyaient les robustes brigantins ; d'énormes navires marchands intimidaient de leurs sept cents tonneaux les impertinentes flûtes hollandaises ; au centre de la presse trônaient toujours quelques frégates de l'escadre royale, au château arrière plus enluminé qu'un grimoire.

Autour de ces bâtiments s'affairaient d'innombrables barques, canots et chaloupes dans un constant va-et-vient de chargement et de déchargement, comme autant de fourmis nécrophages autour d'une hécatombe de hannetons.

De sa vie, Thomas n'avait vu tant de navires assemblés.

Quant à moi, je m'attardais à son côté sur le pont, étourdie de sons et d'odeurs, fascinée par le spectacle que nous offrait la rade.

Plût au Ciel qu'il me fût possible de serrer sa main dans la mienne ! Mais c'était en vain que je m'y efforçais ; toucher les vivants ne m'était point permis. Je pouvais les voir et les entendre, saisir leurs pensées et leurs émotions ; mais il me fallait renoncer à ce contact charnel qui avait été pour moi l'amour même.

Nous n'appartenions plus, hélas ! à la même réalité.

L'heure de quitter le navire avait sonné. Thomas éprouvait une soudaine répugnance à l'idée de retrouver la société des hommes, après la relative solitude de la traversée. Au cours des semaines passées en mer, les impressions nouvelles s'étaient déposées sur ses tristes souvenirs, tels les limons sur une épave, sans pourtant en effacer la trace dans sa mémoire. Il n'était que trop conscient du mépris que lui témoigneraient les gens de Louisbourg si son crime venait à leur être connu.

Meadows avait résolu de le prendre sous son aile ; non sans quelque raison, ainsi que je le pressentais. Thomas ayant recherché son conseil en vue de monnayer une lettre de change tirée sur une banque de Londres pour une somme considérable, le capitaine lui avait expliqué comment il convenait de procéder et s'était enquis benoîtement :

« Vous n'avez donc ni parent ni ami au Canada, *my lord* ? » Question dont il connaissait d'avance la réponse.

« Non, capitaine. Mon intention est de satisfaire ma curiosité en séjournant quelques semaines à Louisbourg avant de me rendre à Québec et Montréal. »

Se gardant de l'interrompre, le capitaine opina. Il savait pourtant fort bien que d'ici quelques semaines l'hiver aurait mis fin à la navigation dans l'embouchure du Saint-Laurent, et que Thomas ne pourrait se rendre à Québec avant le printemps.

« Je vous serais donc obligé, capitaine, de me conseiller sur le choix d'un gîte à Louisbourg. Y connaissez-vous quelque auberge de qualité ? »

Le visage rond du capitaine refléta sa satisfaction.

« Rien de plus aisé, *my lord*. Nous allons sans délai vous conduire à un logement digne de votre état, et je me ferai ensuite un plaisir de vous présenter à quelques membres influents de notre petite société. »

Une chaloupe venait de les déposer au pied d'une large rampe de maçonnerie qui s'élevait en pente douce des eaux du port jusqu'à la porte Frédéric, massive arche de pierre donnant accès à la ville. Les deux hommes gravirent la rampe et se retrouvèrent bientôt sur un vaste quai fort achalandé que bordait le long de la rade un mur de pierre peu élevé ; ils s'y arrêtèrent un moment pour attendre Martin, qui déchargeait le coffre de Thomas.

Dès que le valet se fut relevé de sa chute — en vouant à tous les diables ceux qui faisaient débarquer les voyageurs sur une rampe visqueuse — et qu'il eut récupéré le coffre gisant dans un pied d'eau, Thomas lui fit signe de les suivre en direction de la ville.

Meadows prit bonnement le bras de son passager, sans paraître se formaliser du sursaut de recul qu'une telle familiarité provoqua chez Thomas, et le guida avec assurance à travers la foule qui se pressait sur le quai. Se frayant un chemin entre les piles de caisses et de cageots, contournant les gros cordages lovés en rouleaux tels de monstrueux serpents sur la tête desquels de vieux marins fumaient avec calme leur pipe, le capitaine évita prestement les porte-balles écrasés sous le poids des barriques et les soldats trop joyeux qui bousculaient la foule. Bientôt, Thomas, Martin et lui atteignirent les maisons rangées face au port. L'odeur du poisson stagnait au-dessus de la ville, et on apercevait à l'autre bout de l'esplanade d'innombrables claies où la morue achevait de sécher devant des brasiers fumeux.

Les raisons qui poussaient Meadows à garder Thomas à Louisbourg ne me semblaient pas des plus claires, et je n'en tirai qu'une certitude : il y trouverait son compte. L'attention que je portais à cet esprit médiocre ne me donnait pourtant à entrevoir aucune malveillance envers son passager, tout au contraire. Je n'en résolus pas moins de surveiller le jovial capitaine.

En ville, ou plutôt dans les tavernes, où il savait à merveille abreuver les gosiers assoiffés de mauvais *claret*, le vin rouge bordelais, Meadows s'était fait beaucoup d'amis et quelques connaissances utiles. Un de ses parents éloignés, un Français qui se trouvait être hydrographe du roy, l'avait même introduit auprès du gouverneur, et ce dernier l'avait un jour prié à souper. Le capitaine ne manquait pas de rappeler souvent cette mémorable circonstance.

Mgr le Gouverneur de l'île Royale, souffrant avec impatience son exil canadien, s'informait des nouveaux arrivés et accueillait avec empressement tout gentilhomme — ou, mieux encore, toute dame — susceptible d'égayer sa table. La compagnie des voyageurs s'avérait toujours plus distrayante que celle de ses officiers, dont la conversation stagnait aussi bas que les brouillards de l'île Royale. Le visiteur était d'autant mieux accueilli qu'il n'avait pas eu l'heur de plaire à M. l'Intendant ; le gouverneur détestait son intendant, qui le lui rendait bien.

Tout en lui décrivant la ville qu'ils traversaient, le capitaine jetait des regards furtifs au visage ombrageux de Thomas ; il comptait bien satisfaire enfin cette curiosité que leurs longs entretiens n'avaient fait qu'attiser à son endroit.

« Je vais vous mener de ce pas chez mon ami Duhaget. *He has a goodly house and he rents rooms.* Il loge les voyageurs de qualité. »

Thomas ayant acquiescé d'un vague signe de tête, Meadows pressa le pas.

Martin suivait, haletant sous le poids du coffre et de son propre baluchon. Son grand chapeau rabattu sur les yeux, il pestait rondement contre le sort qui l'avait fait valet et contre sa propre stupidité, en venait à regretter la fille du meunier...

Thomas frissonnait dans son habit de drap trop léger pour le froid humide et le vent insidieux qui balayait l'avant-port. Tout en marchant au côté de Meadows, il découvrait le panorama de la ville. A gauche, sur les hauteurs, on apercevait la citadelle et le château Saint-Louis, résidence du gouverneur ; entre les créneaux des hautes murailles, des soldats en capot bleu galonné d'or gardaient, mousquet à l'épaule, le chemin de ronde.

Dérouté par la foule singulière des citadins de Louisbourg, Thomas ne savait trop où porter ses regards. Officiers et soldats en uniforme bleu se mêlaient à des Indiens au crâne rasé, tandis que des Indiennes à demi nues bavardaient sans vergogne avec des dames encapuchonnées de fourrures qu'escortaient des servantes presque aussi richement vêtues qu'elles. Des pêcheurs au visage érodé par les intempéries trébuchaient sous le poids de longues perches chargées de morues, jurant contre quiconque leur barrait le chemin ; des marchands de fromages offraient aux passants leurs derniers arrivages de France à humer.

« Ces soldats en habit rouge... ce pourrait-il qu'ils fussent

103

anglais ? s'étonna Thomas en désignant un groupe à l'attention de Meadows.

— Oh, que non, *my lord*, ce sont les canonniers de la garnison ! (Meadows renifla de dédain en ajoutant :) Ils se prennent pour un corps d'élite et toisent leur monde de haut, tout comme les officiers de la Marine royale. Ces autres soldats vêtus de bleu sont des troupes détachées de France, qui portent l'uniforme des compagnies franches de la Marine... *Good lads*... Braves garçons ! »

Je lisais sans peine dans l'esprit de Thomas l'admiration mêlée d'envie que lui inspiraient encore les officiers dans leurs beaux uniformes et leurs hausse-cols rutilants, et il me faut avouer que leur prestance virile ne me laissait point insensible... Mais les sauvages — et surtout les sauvagesses — retenaient l'attention de mon amant ; il s'étonnait autant que moi de leur accoutrement bizarre et de leur mine féroce que semblait démentir leur paisible comportement. Certains hommes avaient le crâne rasé ; d'autres portaient les cheveux longs sous un bonnet de laine ; leurs traits basanés semblaient sculptés dans quelque matière dure. Ils me paraissaient d'autant plus étranges que la plupart de leurs pensées m'échappaient, ou que je n'en tirais aucun sens. Cet échec me contrariait fort.

Moins toutefois que l'effet produit sur Thomas par les impudiques Indiennes.

La ville fortifiée formait un quadrilatère dont les rues se recoupaient à angle droit. Le capitaine marchait d'un pas vif ; il s'engagea dans une des rues perpendiculaires au quai principal et entraîna Thomas et Martin vers une rue bordée de quelques maisons d'assez bonne apparence, quoique bâties de pierres grossières et de planches blanchies à la chaux. La plupart semblaient abriter tavernes et cabarets ; fort bien achalandés, du reste.

C'était moins l'animation de cette ville qui ne laissait pas de nous surprendre, Thomas et moi, que la familiarité qui y régnait entre les gens de tous états. Je découvrais à son côté un univers bien différent de celui que nous avions connu ; notre société statique et provinciale — où chacun connaissait sa place et s'y tenait — ne nous avait guère accoutumés à ce commerce si ouvert et si déconcertant. Thomas en oubliait le froid mordant, la grisaille du ciel et la puanteur de la morue.

Meadows avançait à grands pas tout en discourant :

« La fin de la saison approche. Il me faudra bientôt repartir car l'hiver s'en vient et, fors quelques chaloupes de pêcheurs, il n'y aura bientôt plus un seul bateau dans la rade. Le carénage ne m'a que trop retardé à Halifax, et j'ai moins d'une semaine pour charger mon rhum et mon ginseng... Je n'aurai donc pas l'heur de jouir fort longtemps de votre compagnie, *my lord*, mais vous serez en bonnes mains chez Duhaget. Ah, nous y voilà ! *Here we are, indeed !* Suivez-moi, je vous prie. »

Il s'était arrêté devant une maison de deux étages dont le toit pentu était percé de plusieurs lucarnes. Ses murs de bois ne la privaient pas d'une certaine élégance. Meadows en contourna la façade pour aller cogner à une petite porte de côté.

Une servante bien nourrie ouvrit la porte et s'effaça. Les visiteurs pénétrèrent un à un dans une salle assez spacieuse. Duhaget, assis près de l'âtre, fumait une pipe à long tuyau. A l'entrée de Meadows, il bondit de son fauteuil et son visage aux traits rudes s'éclaira d'un sourire ; les deux hommes se saluèrent fort cordialement.

Robert Tarride du Haget, ou Duhaget, était le seul ami et associé de Meadows à Louisbourg. Jeune officier, il avait quitté le soleil de sa Provence natale pour faire carrière sous les cieux incléments de la Nouvelle-France ; il s'y était établi, y avait prospéré grandement. La demeure qu'il avait fait construire rue Royale, bien qu'en planches de baston comme la plupart des habitations de la ville, était de dimensions respectables, et proprement peinturée et aménagée. Restée vide d'enfants, elle contribuait à la prospérité du ménage puisque Duhaget y louait des logements, peut-être moins pour le revenu qu'il en tirait que pour la société de ses logeurs et l'information qu'ils lui procuraient. Agé de cinquante-trois ans, il semblait en tous points satisfait de son sort.

Le jovial Anglais et le chaleureux Méridional avaient beaucoup de traits communs. Opportunistes et sagaces, ils n'hésitaient pas à faire profiter autrui de leur expérience si le sujet leur paraissait apte à contribuer aux gains de ses mentors. C'était dans cet esprit que Meadows avait décidé de présenter Thomas à Duhaget.

105

« M. de Lodigny cherche logis à Louisbourg pour lui et son serviteur. Seul votre logis peut satisfaire un gentilhomme tel que lui. »

Duhaget et Thomas partirent à rire en même temps, se regardèrent, satisfaits l'un de l'autre, et se gratifièrent d'une brève inclination du buste.

Écartant le fourneau de sa pipe pour ne point en incommoder ses visiteurs, Duhaget les pria de prendre place devant la vaste cheminée où rougeoyait un tronc d'arbre entier. Avec un profond soupir de soulagement, Martin déposa son lourd fardeau près de la porte et s'assit dessus sans en être prié. Duhaget tira de sa pipe quelques bouffées gourmandes avant de répondre à Meadows.

« Il se trouve justement qu'un de mes locataires quitte sous peu ses quartiers de Louisbourg pour rejoindre un détachement à Port Dauphin. Vous pourrez donc d'ici quatre ou cinq jours disposer des appartements qu'il occupe... s'ils vous agréent, Monsieur. Entretemps, je vous recommande L'Épée Royale. Le tenancier y est honnête et ne coupe pas trop son vin. Et, pour ce qui est du souper de ce soir, j'ose espérer que vous me ferez l'honneur d'accepter mon invitation et que vous vous joindrez à notre petite compagnie. »

Il fut donc convenu que Thomas et son valet logeraient à L'Épée Royale en attendant de s'installer chez Duhaget.

Au grand regret de Martin, qui serait bien demeuré sur son coffre quelques heures de plus sans demander son reste malgré la faim qui le tenaillait, Meadows jugea préférable de remettre au soir même le récit de tout ce qui lui était advenu depuis sa dernière visite à Louisbourg.

Thomas, quelque peu étourdi par la rapidité des événements, se laissa mener à l'auberge recommandée. Le capitaine dut s'arrêter par trois fois en chemin pour saluer des officiers et riches négociants de sa connaissance et leur présenter Thomas de Lodigny ; ces notables prêtèrent une oreille attentive à ce nom, étudièrent sa tenue d'un œil avisé et en conclurent qu'il était le bienvenu à Louisbourg.

Martin, ravi de fouler la terre ferme sans risquer les galères, trouva L'Épée Royale fort à son goût ; les fumets du rôt y titillaient agréablement les narines, et les servantes lui parurent dévergondées à souhait. Mais il inspecta d'un œil critique la chambre mansardée de son maître et fronça le sourcil devant les meubles de pin mal équarris et les tentures fanées : tout cela ne valait guère mieux que l'étroit cabinet dont il devrait lui-même se satisfaire.

Plongé dans ses pensées, Thomas se tenait devant l'unique fenêtre et contemplait sans le voir le potager de l'auberge.

Tout en fredonnant une romance, Martin se mit à déballer leur maigre bagage. Sa chanson s'étrangla soudain dans sa gorge : les eaux du port avaient maculé la cape écarlate de taches sombres comme le sang. Le valet leva des yeux inquiets vers son maître, qui n'avait pas bougé de la fenêtre et dont le souffle embuait les carreaux glacés. Des nuées blanchâtres fuyaient à travers le ciel gris, chassées par un vent du nord qui fouettait les murs de l'auberge.

Lorsque vint l'heure de se vêtir pour souper chez son hôte, Thomas n'eut plus aucun désir de s'y rendre. Assis sur l'unique fauteuil de la chambre, il s'abandonnait peu à peu à la pénombre qui l'environnait.

C'était torture pour moi de le voir prostré de lassitude et de tristesse, déchiré entre sa vitalité naturelle qui le poussait à vivre et le cruel repentir qui lui en refusait le droit.

Martin entra de nouveau dans la chambre, déposa sans douceur sur le dressoir un pichet d'eau fumante et s'approcha de son maître une chandelle à la main.

Thomas cligna les yeux et étira ses bras musclés, entrouvrant sa chemise sur son torse lisse et perturbant ainsi mes sens au point que je dus fermer les yeux. Ma mémoire trop fidèle, hélas ! ne m'épargnait point le souvenir des joies que son corps m'avait procurées.

« Est-il donc temps que je me prépare pour ce dîner, Martin ? Où est mon habit de velours ? »

Qu'il eût songé à s'encombrer pour notre fuite de cette tenue de velours vert sombre discrètement rebrodé d'or qu'il portait aux grands soirs du château me toucha, comme s'il avait voulu me dire que seul un habit de cour était digne de moi.

« M'as-tu entendu, Martin ? Sors mon habit de velours et mes culottes blanches. »

Martin s'éclaircit la gorge.

« Hum... Si Monsieur porte ce soir un tel habit, que lui restera-t-il pour les soupers de Mgr le Gouverneur, où il ne manquera pas d'être convié ? Ce Duhaget mérite-t-il un vêtement de cour ? Tout officier qu'il est, sa noblesse sent la roture... »

Le valet grimaçait si drôlement que Thomas concéda le point en riant. « Ah, Martin, tu es bien fou à tes heures, et fort sensé parfois.

— Ah, ça, pour être fou, Monsieur, il faut que je le sois pour vous avoir suivi jusqu'en ces terres peuplées de sauvages nus ! (Martin secoua la tête en riant à son tour)... quoique les sauvagesses soient fort à mon goût. »

Thomas fronça les sourcils « C'est bon. Que dois-je donc porter, à ton avis ? »

Martin fit mine de réfléchir.

« Votre habit de drap gros bleu et le gilet de brocart. La coupe en est fort belle, et les boutons d'or fin. C'est un habit digne d'un grand seigneur forcé par des circonstances malheureuses à dîner en médiocre compagnie. »

Thomas hocha la tête, gagné malgré lui par la bonne humeur de son valet.

Lorsque Martin eut disposé sur la couche la tenue en question, il se retira, et je restai seule avec mon amant, qui se dévêtit sur-le-champ pour procéder à ses ablutions. Les mots me manquent pour décrire le trouble qui s'empara de moi, me laissant tremblante de désir et de désespoir à la pensée que ce corps fougueux ne serait plus jamais mien, que je ne connaîtrais plus ni l'embrasement de notre passion ni la joie de son assouvissement.

Est-ce donc le souffle vital de l'autre que nous cherchons à nous approprier dans l'acte d'amour ? J'avais toujours eu la conviction qu'un couple forme un tout, une entité dépassant les amants qui la composent. Ce qui est vrai de l'union charnelle l'est-il encore plus de la communion des âmes ?

Je gardais les yeux fixés sur les boucles lustrées des cheveux sans poudre qui caressaient la nuque de Thomas comme j'aurais tant voulu le faire. Je me tourmentais à humer l'odeur fraîche et mâle de sa peau dorée, si douce et soyeuse sur ses muscles si durs.

Ah, Thomas, je n'avais aimé que ton corps, et mon âme s'en trouvait vouée à une éternité de désir inassouvi...

Duhaget était un hôte généreux.

Logeurs, pensionnaires et amis se rassemblaient dans la grande salle du rez-de-chaussée, sous le plafond bas qui y maintenait la chaleur du vaste foyer. Les viandes et les breuvages ne faisaient pas défaut, et Mme Duhaget veillait à ce que le nombre de plats reflétât la qualité des hôtes présents. Elle achetait sa venaison aux chasseurs indiens ou à leurs squaws, son poisson aux pêcheurs ; elle ne manquait jamais de chevreuil, de lièvre, d'outarde ou de saumon. Son garde-manger regorgeait de régals délicats venus tout droit de France : terrines de canard ou d'oie confite en graisse onctueuse ; blanches rouelles de brie normand ; noires pépites de truffes du Périgord et champignons savoureux de sa Provence natale. C'était une femme affable et gironde aux petits yeux très vifs.

A en juger par le repas princier que Mme Duhaget fit servir ce soir-là, Thomas avait produit sur son époux une impression des plus favorables. Une savoureuse bisque fut suivie d'un majestueux saumon relevé d'une sauce aux herbes à laquelle Martin, s'il en eût goûté, n'aurait certes rien trouvé à redire.

Thomas accordait une oreille attentive aux propos échangés autour de la table. Parmi les quatorze convives, on ne comptait que quatre femmes ; une proportion qui, lui dit-on, reflétait la situation de la colonie. Insignifiantes à mes yeux, elles gardaient le silence, écoutant les hommes et n'ouvrant la bouche que pour partager leur inquiétude quant au sort de la colonie.

Un des officiers, assis en vis-à-vis de Thomas, lui expliqua la faiblesse des forces armées chargées de défendre Louisbourg.

« Il faut comprendre, Monsieur, que nos "habitants" de Nouvelle-France, nos paysans, n'obéissent à personne et n'en font qu'à leur tête. Ils refusent la corvée et ne paient la dîme que contraints et forcés. Quant à servir dans la milice, il n'en est pas question ! »

L'homme hocha la tête tandis que les autres opinaient tout aussi gravement.

Duhaget s'adressa lui aussi à Thomas pour déclarer : « Bon nombre de ceux qui sont arrivés de France ont choisi la mer et la forêt aux dépens du défrichage et des labours. L'agriculture est ingrate et ne les attire point autant qu'une vie libre de sauvage... avec ce qu'elle comprend d'ivresse et de libertinage ! Et j'ai ouï-dire que c'est bien pire à Montréal, encore qu'il leur faille pratiquer quelque culture et élevage pour survivre. »

Un jeune officier d'artillerie, dont le brillant uniforme rouge avait fait grande impression sur Thomas, s'écria : « Survivre ! Bah, leurs chances de survie sont bien meilleures que les nôtres ! Croyez-vous que les nouveaux canons de dix-huit livres qui protègent nos remparts suffiront à décourager ces messieurs de Boston ? Qui leur boutera feu ? La France ne nous envoie plus de canonniers ! »

Plusieurs convives se prirent à rire, et Duhaget le gourmanda gentiment. « Ah, Mortagne, ne monte donc point sur tes grands chevaux pour impressionner notre nouvel hôte, il va te croire cavalier plutôt qu'artilleur ! L'artillerie, ce corps d'élite dont tu es si fier et qui ne saurait se satisfaire des canonniers recrutés ici même... Allons donc, qu'avons-nous besoin de canonniers de France ? Tu ne me feras pas accroire que nos Canadiens ne sont pas bons artilleurs ! On ne peut que mettre le blâme sur ton enseignement ! »

Les rires redoublèrent. Le fringant officier haussa les épaules et, vidant son verre d'une lampée, s'écarta quelque peu de la table comme s'il ne portait plus intérêt ni à la conversation ni à l'issue d'une guerre éventuelle.

Des perdrix dorées à la broche succédèrent au saumon, accompagnées d'un quartier de sanglier aux pruneaux d'Agen et d'un salmis de lièvre. Deux servantes s'affairaient à remplir les verres d'un bordeaux généreux, se penchant à plaisir sur les épaules des hommes pour incliner leur lourd pichet, et s'arrangeant pour les frôler de leurs bras rondelets et de leurs seins dodus.

Entre deux bouchées de perdrix, un des négociants dont Thomas n'avait pas saisi le nom résuma en un mot la situation. « Précaire, en dépit de la paix. Que pouvons-nous opposer aux colons de la Nouvelle-Angleterre ? Une population faible et clairsemée, qui n'a que trop à faire pour survivre aux mortels hivers de notre Nouvelle-France. Ces colons anglais sont si nombreux, quand nous ne sommes qu'un petit nombre ! Et de ce petit nombre, combien s'occupent à faire leur fortune aux dépens de celle de la colonie ? »

Meadows manifesta son approbation en hochant vigoureusement la tête ; il arborait ce soir-là une perruque d'apparat mieux ajustée à son crâne chauve. Prenant rarement part aux discussions qui exigeaient par trop d'efforts de son français, il préférait déguster son vin en observant les autres, un sourire permanent sur son visage rubicond. Quoique anglais, il semblait accepté par les autres convives comme l'un des leurs. Peut-être en raison de son hostilité évidente envers les colons de la Nouvelle-Angleterre.

La conversation s'orienta vers les différentes formes de commerce en Nouvelle-France et les profits qu'il était possible d'en tirer, chacun renchérissant sur son voisin pour citer des exemples de fortune rapide. Thomas en conclut que le négoce pouvait mener à de grandes richesses sur ce continent — à cela près qu'il était entre les mains des militaires.

Du gouverneur général lui-même — qui ne croyait pas déroger en se réservant le monopole du commerce de la pelleterie de castor des Grands Lacs — jusqu'au plus humble des lieutenants se livrant à quelque mesquine transaction, les officiers ne songeaient qu'à faire affaires et fortune. Le hausse-col d'officier et l'épée au côté ne constituaient pas d'obstacles à ces pratiques, bien au contraire : il semblait en être la condition sine qua non.

Alors que le repas se terminait par des sabayons de lait caillé battu avec du vin et des tartelettes au sucre d'érable, Duhaget fit écho aux préoccupations de ses convives.

« Nous manquons de colons, certes, mais nous manquons surtout de bons soldats. Quant aux officiers... (Son regard averti fit le tour de la table.) Qu'ils préfèrent le commerce à la guerre, je m'en accommode en temps de paix ; mais si une guerre advient... sauront-ils encore commander ? Saurons-nous encore nous battre ? »

Un concert de protestations accueillit ses paroles. Les femmes elles-mêmes y prirent part, jurant qu'aucun Anglais n'approcherait des murailles sans essuyer le feu de leur arme.

Thomas se tourna avec surprise vers sa voisine de gauche, qui avait proclamé bien haut ses belliqueuses intentions. « Possédez-vous donc un mousquet, Madame ?

— Non, Monsieur, un pistolet que mon père m'a légué et que je peux manier aussi bien qu'un homme. (Elle souriait à Thomas ; ses lèvres rouges et charnues s'entrouvraient sans pudeur.) Mon père a péri durant le siège de Louisbourg en 1745. »

Thomas laissa ses yeux s'attarder sur les charmes replets qui débordaient d'un corselet démodé et fort étroit. Il les détailla d'un regard appuyé, tandis que son instinct de mâle lui soufflait que la belle ne se contentait point de regards appuyés.

Je compris alors, consternée, que la tendre naïveté de Thomas qui l'avait poussé à croire en mon amour avait fait place à un cynisme de séducteur. Bien décidé à tirer de toutes les femmes vengeance, pour la douleur que je lui avais infligée, il regardait sa jeune voisine tel un prédateur sa proie.

10

Que la personnalité de Sophie s'affirmât après ma mort était dans l'ordre des choses : de mon vivant, je l'avais éclipsée — souvent sans malice — de bien des façons. Les changements que je découvris en elle ne laissèrent pourtant pas de me surprendre. L'épanouissement de sa beauté tenait du miracle.

Mon décès avait du moins servi à quelque chose.

Loin de moi l'intention de prétendre que je le prenais à la légère, ou que je m'en accommodais avec résignation. Dire que j'en étais fort affligée serait m'en tenir en deçà de la vérité. Et, pourtant, je ne ressentais aucune amertume envers le Ciel qui en avait décrété ainsi. Car n'est-il pas vrai que notre vie est un cadeau de Dieu — une joyeuse fête charnelle où nous sommes conviés et dont j'avais joui durant vingt-deux ans ? De quel droit aurais-je exigé plus ? Si un hôte généreux vous convie à un savoureux festin, est-il séant d'exiger de lui le vivre et le couvert pour l'éternité ?

Durant les heures passées à veiller sur le sommeil agité de Thomas, ou à suivre ses pas dans Louisbourg, j'avais eu loisir de réfléchir à mon sort. Étais-je vouée à hanter ainsi à jamais le monde en ombre solitaire ? J'avais acquis la certitude qu'il me faudrait chercher en moi-même la sortie du labyrinthe où la mort m'avait enfermée, sans toutefois me résoudre à le faire. Je me sentais encore attachée à ce monde, attachée au jeu des passions humaines et à ceux qui les vivaient — surtout ceux que j'avais aimés et qui m'avaient aimée en retour. Je n'avais d'autre désir que de leur épargner de nouvelles souffrances.

L'esprit tout à Thomas, je n'avais guère songé à Sophie en Nouvelle-France. J'étais bien retournée quelquefois à Saint-Onges — il me suffisait de souhaiter y être pour m'y retrouver aussitôt —, le temps de m'assurer que Philippe survivait. J'avais avec autant d'aisance suivi la trace de Cormier, ce sbire que les tantes avaient lancé aux trousses de Thomas et qui, pour le moment, semblait trop occupé à mener grand train avec l'argent qu'elles lui fournissaient pour avoir le temps de le gagner.

Une fois que Thomas fut installé chez les Duhaget, ses résolutions devinrent aussi nébuleuses que les ciels de Louisbourg ; il écoutait des heures durant les conseils de ses nouveaux amis sans parvenir à arrêter de projet précis. Novembre avait succédé à octobre, et l'activité du havre se ralentissait chaque jour davantage. J'avais tout lieu de croire que Thomas hivernerait à Louisbourg, où il était déjà fort bien reçu par les notables. Et surtout par leurs femmes.

Je jugeais le moment venu de laisser mon amant en compagnie de ses nouvelles connaissances et de retourner à Saint-Onges pour un temps, afin de veiller à la santé de Philippe ; ce qui m'épargnerait également d'être témoin de la galanterie dont il faisait preuve envers les effrontées Canadiennes.

J'étais donc de retour à Saint-Onges pour encourager Philippe au pardon et à l'oubli.

Sophie s'en était déjà chargée avec douceur et fermeté durant la convalescence du roué. Elle avait pris soin de lui avec un dévouement remarquable et l'avait encouragé à vivre de toute la force de son innocente affection. Si la nouvelle soubrette n'était pas étrangère au retour de ses forces physiques, c'était sa petite-fille que le comte devait remercier pour avoir chassé les démons de son esprit. Elle avait le don de soigner les âmes.

Sophie s'alarmait d'être sans nouvelles de son frère et cette inquiétude égalait bien le souci que lui avait causé son aïeul. Ses prières ferventes — à Dieu et au comte — n'avaient d'autre objet que le pardon et le retour de Thomas à Saint-Onges.

Elle murmurait à Philippe : « Pardonner, c'est donner à Dieu. »

A quoi il répondait invariablement qu'il n'accordait jamais aumône à un inconnu.

En réalité, il avait déjà pardonné à Thomas.

113

Bien qu'elle ignorât tout du rôle que Philippe avait joué dans notre tragédie, Sophie devinait en lui un sombre et cruel secret, qui le rongeait et faisait obstacle aux efforts qu'elle déployait pour le ramener à la sérénité.

Il se remettait pourtant. Dès que Lafleur, son valet, avait chargé la coquine chambrière de lui servir tous ses repas, l'appétit était revenu au comte, et une petite flamme avait éclairé d'expectative le velours de ses yeux bruns.

Quand il eut regagné assez d'autorité sur son entourage, Philippe exigea d'être transporté dans ses appartements, près de l'ancienne bibliothèque. Sans l'avouer à personne — et encore moins à lui-même —, il considérait la chambre rouge comme un endroit hanté, que ce fût par mon fantôme ou par ses propres regrets. De retour dans ce lieu qu'il avait aménagé à sa convenance, il passa des nuits entières penché sur des livres poudreux qui ne lui apprirent rien qu'il ne sût déjà de l'âme humaine.

Sophie frappait souvent à sa porte aux petites heures du jour. Elle apportait avec précaution un réchaud de porcelaine sur lequel fumait une tasse de chocolat dont l'arôme doux-amer emplissait la chambre et ma mémoire.

Un matin que je me trouvais là, invisible présence auprès du comte, elle entra. De derrière sa table, Philippe lui sourit. Il me sembla plus vulnérable dans son vaste fauteuil — don du Roi-Soleil à son aïeul. Son visage avait gagné en noblesse ce qu'il avait perdu en sensualité.

Il posa ses besicles carrées sur le grand livre ouvert devant lui et se frotta les yeux pour mieux contempler sa petite-fille. Le soleil répandait par la haute fenêtre des reflets dorés sur les cheveux bruns de Sophie, et ses yeux brillaient d'un éclat qui ne devait rien à ce halo de lumière.

« Ma chère enfant ! Puisses-tu éclairer ma raison comme ta présence illumine cette sombre pièce ! (Il massa son cou endolori en soupirant.) Hélas, la raison humaine est si obscure et réfractaire à la lumière... tout juste capable de formuler des questions, et impuissante à y répondre ! »

Sophie lui tendit la tasse tandis qu'il l'invitait d'un geste à s'asseoir dans le fauteuil placé face à sa table.

« Merci, merci... ma douce enfant. Je dirais bien "Que Dieu te bénisse" si j'avais ta foi, mais elle m'a quitté depuis fort longtemps.

— Elle ne vous a point abandonné, Monsieur, et il ne tient qu'à vous de la retrouver. Ce que vous ne manquerez pas de faire un jour. »

Philippe leva la main. « Le prêche est superflu, mon enfant. Tu es le meilleur sermon... tu es un prêche vivant... Ne ris pas. Un sermon plus convaincant que tous ceux de Mgr Bourdaloue ! »

Sophie leva un instant ses beaux sourcils bien dessinés, sans pourtant l'interrompre.

« Vois-tu, Sophie, la chose est plus ardue à comprendre pour toi qui jouis d'une claire conscience. Ne proteste pas ! Je te connais trop bien pour que tu prétendes le contraire. Or, le principal avantage de ta conscience pure est que, n'ayant pas la prétention d'être unique, tu peux en déduire que le genre humain compte en vérité quelques mortels épargnés par le Mal. »

Sophie hocha la tête et le laissa poursuivre.

« Tandis que moi... la noirceur de mon âme m'interdirait une telle déduction optimiste, si je n'avais l'heur de te connaître. Saisis-tu mon raisonnement ? Pouvons-nous en conclure que le Bien absolu est possible puisque tu existes ? »

Il avala une rapide gorgée de chocolat. Sophie souriait pour cacher son embarras.

« Je suis confuse... et flattée que vous me citiez en exemple, Monsieur ; mais j'en connais bien d'autres qui seraient plus dignes que moi de cet honneur. (Elle sembla hésiter, et ses joues lisses se colorèrent.) Votre fils Bertrand... Jason, puisque vous préférez ce nom, n'est-il pas par excellence un homme de bien ? »

La question parut exiger de Philippe une certaine réflexion. « Si fait, si fait... à sa manière. Loin de moi l'intention de dénigrer ses nombreuses qualités, mais je n'ai jamais découvert si son charme serein reflétait la sainteté ou l'insensibilité...

— Oh, Monsieur ! (Sophie haletait, rouge d'une indignation que je partageais du reste.) Comment pouvez-vous douter de sa noblesse... de son excellence ? Bertrand est... »

Le regard surpris que lui jeta le comte suffit à l'interrompre. Elle se leva d'un bond et, se rendant à la fenêtre, fit mine d'en rajuster les tentures. Elle s'y attarda un instant, cherchant à regagner son calme par la contemplation du jardin en novembre : les branches noires drapées de rubans de brume, le vert sombre des ifs et, devinée plutôt que sentie, une odeur de terre humide. Sa robe d'indienne fort seyante, bien que trop légère pour la saison, moulait la taille fine de Sophie ; sur ses épaules, elle avait drapé le châle de laine blanche dont je lui avais un jour fait présent.

« Veux-tu sonner pour qu'on remette du bois sur le feu, mon enfant ? Où est donc passé ce mâtin de Lenoir ? Il en prend à ses aises. Ce cabinet est froid, et faible le soleil d'hiver, comme moi. Ah, Sophie, la malédiction qui pèse sur l'homme n'est pas la mort, mais la vieillesse. Je dirais même que la mort nous aide à supporter la vieillesse en nous en garantissant la fin ! »

Philippe avait assurément vieilli ; mais, en perdant leur empâtement de jouisseur, ses traits s'étaient empreints d'une dignité tragique qui ne les rendait que plus attirants. Il avait senti le souffle de la mort et la nécessité de faire un choix : croire à la survie de l'âme et se réformer, ou opter pour le néant et tout perdre dans son dernier soupir. Il en était encore à chercher l'impossible preuve. Dans ses livres. Là où elle ne se trouvait point.

Plutôt que d'appeler un serviteur, Sophie tisonna vivement les braises et ajouta deux bûches sur la grille du foyer avant de reprendre sa place en face de son grand-père.

« Vos propos, Monsieur, sur notre conscience et la preuve qu'elle nous fournit du Bien me semblent vrais. Je ne crois pas en grand-chose, à la vérité... si ce n'est en moi-même, et cette foi suffit à mon bonheur. »

Elle jetait des regards timides vers la porte, comme si ses dévotes tantes allaient surgir dans la chambre et surprendre ces malséantes confidences.

« Peut-on, Monsieur, avoir la foi sans le secours de la religion ?

— Et pourquoi non, morbleu ? Les religions ne sont que des inventions utiles aux hommes pour opprimer leurs semblables, ma chère enfant... Tu es heureuse, dis-tu, j'en suis bien aise ; mais que fais-tu des larmes que tu as versées en abondance dernièrement ? Ces épreuves n'ont-elles pas mis fin à ton bonheur ? A ta foi, comme tu dis ? »

Il l'observait, une lueur d'espoir dans le regard. Elle secoua la tête. « Il est vrai que j'ai pleuré... pour les autres... pour vous, Monsieur, mais jamais sur mon sort ! Je trouve toujours au fond de moi-même assez de paix, de force... et de joie. »

Philippe se leva brusquement et, non sans un effort apparent qui tendit ses traits, repoussa le lourd fauteuil. Il se mit à faire les cent pas entre sa table et la cheminée, les épaules un peu voûtées, sa robe de chambre de brocart vert entrouverte sur sa chemise à jabot de dentelle et ses culottes froissées.

« Tout cela est bel et bon, mais tu n'as pas vécu... Que peux-tu savoir du Mal ? Ton cœur est pur et tu ne connais rien du péché. Sais-tu pourquoi l'Église a dressé la liste des sept péchés capitaux ? (Sans attendre de réponse, il ajouta aussitôt :) Parce qu'ils sont les composantes de la nature humaine, mon enfant. Voilà pourquoi. »

Sophie sourit. A ma surprise, il me sembla même déceler dans ses yeux une lueur d'ironie. « Je ne m'avancerais pas à disputer votre compétence en matière de péché, Monsieur, mais... »

Le comte se prit à rire et se planta devant le foyer pour regarder Sophie avec plus d'attention. Elle ajouta : « Ne faites point l'erreur de me croire innocente de toute tentation. Je suis femme, et n'aspire point à la sainteté. Pour ce qui est de vos sept péchés, je pourrais vous nommer autant de qualités humaines qui leur font échec... et mat ! »

Philippe s'inclina, le sourire aux lèvres.

Rassemblant d'un mouvement gracieux les plis de son ample jupe, Sophie se leva et, l'air mi-sérieux, soutint son regard.

« Nous attarder en pensées sur le Mal, Monsieur, ne nous sert de rien, tout au contraire. C'est donner au Malin plus d'importance qu'il n'en mérite... Il me faut vous quitter, car mesdames mes tantes requièrent ma présence pour la revue des comptes du domaine, et je ne saurais les faire attendre. »

Se hissant sur la pointe des pieds, elle déposa un léger baiser sur la joue grisonnante de son aïeul. Il lui tendit la main, mais sur une brève révérence elle s'esquiva, se retournant à la porte pour s'enquérir d'un air de mutine innocence : « Serait-ce votre bon plaisir de recevoir la visite de mesdames vos sœurs cet avant-midi ? »

Et, sur un léger éclat de rire, elle referma la porte sans attendre la prévisible réponse du comte. Elle m'intriguait.

Le visage aussi gris que le ciel, la respiration haletante, Philippe s'assit lourdement dans le fauteuil qu'elle avait occupé. L'effort qu'il avait fourni devant sa petite-fille pour lui faire croire au retour de ses forces le laissait plus faible encore. Je m'approchai de lui pour poser ma main sur son épaule. Il frissonna.

Je m'efforçai de peupler son esprit d'images bienfaisantes. Peu à peu, ses pensées s'allégèrent, et un sourire effleura ses lèvres au souvenir de la promenade que nous avions effectuée ensemble dans le parc, le jour où il avait fait de moi sa maîtresse ; plus qu'à mon visage, sa mémoire s'attardait au reflet du soleil sur les eaux calmes de l'étang.

Caroline et Pauline avaient toujours été pour moi « les tantes », double énigme déplaisante que je n'avais jamais eu le goût de résoudre. Mais la mort — ma mort — leur avait rendu leur individualité.

Je les distinguais désormais l'une de l'autre par les couleurs de leur âme.

Je découvrais chez Pauline les nuances vives de charitables élans que les noirs sarcasmes de Caroline assombrissaient aussitôt. Pauline avait timidement tenu tête à sa sœur pour défendre l'enfant.

L'*enfant* ? Oui, je me surprenais encore à penser en ces termes à mon propre fils. Il me fallait admettre que j'étais incapable de ressentir cette affection accapareuse que les jeunes mères éprouvent d'ordinaire pour leur rejeton. J'avoue cette froideur dénaturée, car elle n'était que trop évidente et j'en étais fort affligée. Je ne parvenais pas à combler le grand vide qui emplissait mon cœur.

Le faible nourrisson mal-aimé avait failli causer une rupture entre les jumelles. Caroline le tenait pour un bâtard, indigne de leur affection ; Pauline persistait à l'aimer, ne fût-ce que parce que c'était bel et bien un Saint-Onges. Leurs aigres querelles au-dessus du berceau mettaient les nourrices en colère et captivaient l'enfant. Entre deux vagissements, il fixait sur elles ses grands yeux sombres ; sa minuscule bouche rose semblait se tordre en un sourire.

Sa mort les soulagea. Elles versèrent force larmes sur son petit tombeau voisin du mien, et Pauline veilla à ce que des fleurs fraîches y fussent déposées.

Elles ne parlaient jamais de moi, et rarement de Bertrand,

comme si son infortune conjugale avait diminué son prestige à leurs yeux.

Je me demandai alors ce que serait devenu l'*enfant* s'il avait survécu ; mais j'aurais surtout voulu savoir ce qu'il était advenu de son esprit après un si bref séjour ici-bas. C'est en réfléchissant à cette question que j'eus la conviction soudaine d'avoir déjà vécu de nombreuses vies. Cette pensée m'effraya, et je l'écartai au plus tôt tout en sachant fort bien qu'elle ne m'abandonnerait plus jamais.

La guérison du comte était un autre motif de dissension entre Pauline et Caroline. La vengeance qu'elle espérait tirer de Thomas était pour Caroline une échappatoire de choix ; elle y déversait tout le venin distillé par ses frustrations de coquette fanée. C'était elle qui avait insisté pour payer Cormier afin qu'il se lance à la poursuite de Thomas et qu'il le ramène à Saint-Onges. Les velléités d'indulgence de Pauline avaient été balayées par la furie vindicative de sa sœur, et elle s'était laissé persuader d'envoyer Cormier aux trousses de leur petit-neveu.

Mais, à mesure que Philippe regagnait ses forces et proclamait bien haut qu'il n'avait pas la moindre intention de se venger de son petit-fils, cette initiative malvenue perdait toute raison d'être, Pauline en ressentait un malaise croissant.

Pour les tenir informées des progrès de son enquête, Cormier n'avait pas manqué d'adresser régulièrement aux jumelles de brefs rapports auxquels il joignait le plus souvent de longues listes de dépenses imprévues qu'il leur fallait assumer. Elles se demandaient comment s'y prendre pour lui annoncer qu'elles renonçaient au projet. D'une part, elles ne savaient jamais à l'avance où il leur faudrait envoyer des fonds ; d'autre part, l'homme lui-même les glaçait d'effroi — après de nombreuses semaines passées à Paris, où il prétendait avoir relevé une piste prometteuse, Cormier s'était rendu sur la côte normande.

Pauline pressait sa sœur de tout avouer à Philippe et de lui demander conseil. Caroline s'y refusait et la morigénait de son inconstance.

Sophie, intriguée par leurs fréquentes altercations en sourdine, n'avait pourtant aucune idée de leur objet. Elle s'efforçait d'amadouer les deux sœurs tout en les déchargeant en grande partie de la régie du domaine. La perte de l'*enfant* lui avait causé profonde peine ; elle avait fait preuve à son égard d'un instinct maternel plus chaleureux que le mien.

Bertrand reparut à Saint-Onges en décembre pour un bref séjour.

Ce retour ne lui avait pas été facile. Il s'était toujours considéré comme un hédoniste bienveillant, peu porté vers les sentiments extrêmes — une sorte de dilettante qui profitait des plaisirs de la vie avec une sagesse à fleur d'âme. C'était en grande partie vrai. Mais l'idée qu'il se faisait de lui-même n'avait pas résisté au déchaînement de son chagrin, de sa colère et de sa jalousie ; il n'en restait que des fragments de découragement, de culpabilité et de doute.

Son regret de ma perte s'était approfondi. Mon souvenir avait pris racine dans sa mémoire ; il y avait grandi, fleuri et porté fruit, nourri par son remords. Bertrand avait, pour la première fois de sa vie, souffert les affres de la jalousie et en éprouvait les tourments. Ce qui le portait à considérer sa propre conduite en se demandant enfin s'il m'avait fait endurer ces mêmes tourments, par ses innombrables infidélités.

Depuis son retour à Metz, il tentait de maîtriser sa colère envers le comte ; mais, si sincères que fussent ses intentions, il suffisait qu'une lettre de son père lui parvienne pour qu'il recommence à trembler de rage. Car Philippe, dès qu'il avait été en mesure d'écrire, n'avait pas laissé s'écouler un seul jour sans adresser de longues épîtres à son fils bien-aimé, lequel les avait jetées au feu sans les ouvrir, pour les regarder brûler les yeux fixes.

Mais Bertrand n'avait pas brûlé la missive que Sophie lui avait adressée. Il l'avait décachetée en hâte, le cœur transi à l'idée que son père venait de succomber.

Je ne sais plus trop quel argument Sophie invoquait en faveur du retour de Bertrand à Saint-Onges ; toujours est-il qu'il s'y rendit. Cette lettre arrivait-elle au bon moment, après des mois de lutte entre son orgueil et sa bonté naturelle ? Fut-il soulagé de savoir que son roué de père survivait ? Je l'ignore.

Bertrand revint donc à Saint-Onges.

L'esprit plein des douces réminiscences de notre dernier hiver, il arrêta ses pas au bas du grand escalier, comme si son recueillement pouvait évoquer une Marianne espiègle descendant les marches quatre à quatre pour se jeter dans ses bras.

Ce fut Sophie qui parut à ma place.

Bertrand fut saisi de surprise à sa vue. Il ne s'attendait ni à sa radieuse beauté ni à la distante froideur de son accueil.

11

Lorsque les marchands de la Nouvelle-Angleterre s'étaient vu accorder le monopole du commerce entre Louisbourg et les colonies américaines, le capitaine Meadows s'était associé à un prête-nom bostonien, pour s'assurer ses entrées dans le port de Boston aussi bien que dans la rade de Louisbourg. Meadows et son maître, Joshua Mauger, n'avaient eu qu'à se louer de cet arrangement lucratif et des profits qui en résultaient grâce à la contrebande du rhum.

A Louisbourg, Meadows chargeait ouvertement le *White Halcyon* de sucre et de café que les Bostoniens appréciaient fort — et discrètement de rhum antillais qu'ils prisaient plus encore.

Quant au ginseng qu'il transportait aussi, très prisé en Orient, il croissait en abondance dans les forêts de la Nouvelle-France, assurant à ceux qui en faisaient la cueillette — habitants, soldats et Indiens — quelque argent facilement gagné. Ils ratissaient les sous-bois chaque printemps, en ressortaient chargés de sacs pleins de ces racines étranges et les vendaient aux marchands. Ceux-ci réalisaient à gros profits leur transport jusqu'à des entrepôts français, d'où elles étaient expédiées aux Chinois de Canton moyennant des sommes fabuleuses.

Avant de lever l'ancre pour le départ, Meadows avait pressé Thomas d'investir dans des balles de ginseng une partie de son avoir, qui, à l'en croire, lui rapporterait trois fois le capital investi. Le capitaine s'engageait à lui verser ces profits lors de son retour à Louisbourg, au printemps suivant.

Thomas croyait fermement que Meadows tiendrait parole le cas échéant, mais certaines pensées du capitaine m'incitaient à douter de son honnêteté. Cependant comment pouvais-je m'interposer entre le rusé capitaine et mon naïf amant ? Je ne trouvais rien de mieux que de murmurer sans relâche dans l'oreille de Thomas : « Garde ton argent ! Ne donne rien à Meadows ! » sans grand espoir de succès.

Je m'inquiétais en vain. Thomas n'était pas porté à la prodigalité ; de nature frugale, il avait pourtant une certaine considération pour l'argent et ce qu'il permet d'acquérir. Des trois Saint-Onges, c'était lui qui en connaissait le mieux la valeur. De plus, il n'avait encore pris aucune décision concernant l'avenir, et ne tenait nullement à se séparer d'une partie de son bien. Il avait toujours géré sagement son modeste héritage, et il continuait de restreindre sa dépense personnelle autant qu'il lui était possible. Qu'il eût monnayé son patrimoine afin de préparer mon enlèvement et d'assurer notre survie me prouvait assez — s'il en était besoin — combien je lui avais été chère.

Ne s'intéressant qu'à ce qu'il se savait capable de maîtriser, il préférait s'en tenir à un domaine familier pour se lancer dans une entreprise commerciale. Le ginseng était une plante trop chimérique pour lui inspirer confiance.

Il déclina poliment l'offre de Meadows.

Le capitaine ne s'avoua pas vaincu. « *Look, my lord*, j'emporte cette année une double cargaison grâce à l'un de nos agents qui, l'an dernier, a eu l'idée de faire sécher le ginseng en étuve, ce qui le rend plus léger et le met à l'épreuve de l'humidité. Songez aux profits que vous en tireriez ! »

Mais mon amant resta sur ses positions, ce dont je fus fort aise. Meadows repartit, hochant tristement la tête à la pensée de la généreuse commission qu'il se serait octroyée sur les profits de Thomas. Il promit cependant de lui rendre visite lors du retour du *White Halcyon* à Louisbourg, au printemps de 1753, si Thomas y séjournait encore.

Or, la prudence de mon amant devait s'avérer justifiée. Les Chinois qui avaient acheté le ginseng séché au four l'année précédente n'avaient pas tardé à s'apercevoir que la plante perdait ainsi sa valeur médicinale et qu'ils perdaient, eux, non seulement leur argent, mais encore leur précieuse « face » auprès de leurs clients. Ils refusèrent la nouvelle récolte et jurèrent qu'ils n'achèteraient plus jamais de ginseng canadien. Ce commerce s'effondra donc soudainement, par la faute d'un marchand cupide.

A peine la rumeur de son invitation chez le gouverneur s'était-elle répandue de par la ville que tous les gens de qualité rivalisèrent d'hospitalité envers Thomas. Cette popularité lui causa quelques soucis. Le premier étant le danger présenté par ceux de ses hôtes qui correspondaient avec des parents restés en France et qui pouvaient avoir ouï-dire de son crime — il n'osait encore le qualifier de meurtre, espérant contre tout espoir que le comte avait survécu à sa blessure et soutenant cette espérance de ferventes prières. Thomas avait dû donner son véritable nom pour négocier une partie de sa lettre de change, et il se demandait souvent si la justice finirait un jour par repérer sa trace...

Les dépenses imprévues que lui occasionnaient les nombreuses invitations dont il était l'objet, pour flatteuses qu'elles fussent, constituaient par ailleurs une autre source d'inquiétude. Il lui fallait en effet les rendre, soit dans les meilleures auberges de Louisbourg, soit chez les Duhaget. Les dîners de Mme Duhaget étaient aussi dispendieux que plantureux. La crainte de se retrouver démuni — et privé des moyens de tenir son rang — troublait parfois son sommeil. Martin faisait alors les frais des sombres humeurs matinales de son maître.

Thomas avait apprécié la munificence de Mgr le Gouverneur de l'île Royale.

M. le Comte de Raymond — qu'on disait « fils malhonnête d'un père imbécile » — l'avait fort civilement accueilli, et ne manquait pas de le convier à ces fréquents dîners de quatre-vingts couverts qui avaient fait sa réputation — en bien ou en mal, selon qu'on y était prié ou non. Les convives, servis par une armée de serviteurs noirs en livrée blanche et perruque poudrée, s'y remplissaient la panse aux frais de Versailles.

Tenant pour acquis que Thomas avait choisi la Nouvelle-France afin d'y chercher fortune, les gens de Louisbourg essayèrent tous de l'associer à leur négoce. Cette générosité ne laissa pas de le surprendre, la méfiance et le mystère étant de règle en France en matière de commerce. Thomas en conclut que cette contrée-ci était si vaste et ses ressources si inépuisables qu'il y en aurait toujours assez pour tous.

Il s'attachait chaque jour un peu plus à cette terre ingrate et à ses habitants. Le froid ne l'incommodait pas ; les hivers dans l'est de la France ne sont guère moins rigoureux que ceux du Canada. Le site sauvage et désolé de la forteresse convenait à son humeur morose.

Souvent, il s'attardait jusqu'à la nuit sur le port, au pied de la porte Frédéric, à contempler les reflets lunaires sur la rade. Son souffle saupoudrait de frimas la fourrure de son collet ; il frissonnait par instants, tandis que je murmurais dans son oreille des mots d'amour et d'encouragement. De tous les bateaux qui l'avaient encombrée, il ne restait plus dans la rade que deux frégates et quelques barques de pêche. Thomas regagnait ensuite par les ruelles enneigées la maison Duhaget, songeant de moins en moins au passé et de plus en plus à l'avenir qui s'offrait à lui sur ce continent.

Lorsque la température s'y prêtait, il empruntait un cheval à un officier de sa connaissance et s'aventurait jusqu'à l'orée du bois. Une dense forêt recouvrait presque toute l'île Royale, et entourait les abords défrichés de la forteresse où les arbres avaient été abattus pour des raisons stratégiques aussi bien que pour construire les maisons et les chauffer.

Les officiers, qui observaient du haut des remparts le galop de ce cavalier solitaire à travers le terrain dénudé, admiraient à haute voix son assiette en selle et sa maîtrise d'une médiocre monture. Ses talents d'écuyer — et les quelques conseils qu'il avait prodigués au maître d'écurie du gouverneur — lui valurent bientôt une réputation qui poussa les cavaliers de Louisbourg à rechercher ses avis.

Un ami de Duhaget, du nom de Jolivet, avait servi dans la vallée de l'Ohio — la Belle Rivière — sous les ordres d'un officier français d'un certain renom, Paul Marin de Lamalgue. Ce Jolivet, qui séjournait quelques semaines à Louisbourg, ne manquait pas chaque soir de régaler ses hôtes du récit de ses nombreuses aventures dans ces contrées sauvages.

En tant que commandant d'un poste de traite, il avait, des années durant, perçu un tribut raisonnable sur les peaux de castor qu'il achetait aux trappeurs aussi bien que sur les marchandises qu'il leur vendait. Il avait ainsi amassé une fortune suffisante pour se faire construire sur une terre proche de Trois-Rivières un fort joli manoir et persuader le gouverneur de lui accorder le titre de seigneur.

Thomas trouvait l'homme assez rude, mais ses descriptions des Indiens et de leurs chevaux le fascinaient.

Un soir, Jolivet s'adressa à lui. « Vous qui semblez si féru de chevaux, monsieur de Lodigny, c'est au-delà de la Belle Rivière qu'il vous faut aller ! Vers les plaines qui bordent cet autre fleuve, le Mississippi. »

Thomas fronça les sourcils. « Et pourquoi donc devrais-je m'y rendre, Monsieur ? »

Duhaget, qui écoutait parler son ami en fumant sa pipe, répondit à sa place : « Parce que les Indiens qui peuplent ces régions sont les meilleurs cavaliers du monde ! Voilà pourquoi. »

Assis devant la grande cheminée, ils buvaient tous trois à petites gorgées un vin chaud à la cannelle dont l'arôme dominait l'odeur du feu de bois. Je n'avais jamais aimé le vin épicé ; j'aurais pourtant beaucoup donné pour partager le plaisir qu'y goûtait mon amant.

Jolivet hocha la tête. « Les exploits de ces sauvages ! Vous auriez peine à croire ce qu'ils peuvent faire sur leur monture... à cru, il va sans dire, car ils se passent fort bien de selle. Ils sont aussi éleveurs avisés, et fort habiles à dresser leurs bêtes. »

Il se tut, laissant ses paroles enflammer l'imagination de Thomas.

Depuis que les Espagnols avait involontairement fait découvrir le cheval aux Indiens, maintes tribus jadis sédentaires étaient devenues nomades et sillonnaient les immenses plaines du continent.

Bon nombre de chevaux échappés s'étaient multipliés en liberté, assurant ainsi une source inépuisable de montures aux tribus qui ne se fixaient jamais assez longtemps pour pratiquer l'élevage. Les Indiens du Sud préféraient se fournir chez les Espagnols, contre lesquels ils pratiquaient force razzias.

Au-delà de Québec, de Montréal et du grand lac des Iroquois s'étendaient de vastes territoires inconnus ou hostiles, peuplés de sauvages aux noms étranges et aux coutumes plus étranges encore : Algonquins, Naskapis, Culs-Coupés, Iroquois, Mandans, Assiniboines, Dakotas... Les récits de Jolivet transportaient Thomas vers ces plaines et vallées grandioses dont les échos lui renvoyaient les cris de guerre des sauvages sur leurs superbes étalons.

Du fourneau de sa pipe, Duhaget tapota la manche de Thomas. « Encore un peu de vin, Monsieur ? »

Il accepta d'un signe de tête, perdu dans ses rêves glorieux. Son hôte appela d'un geste la servante qui, abandonnant une pile d'assiettes qu'elle s'apprêtait à serrer dans l'armoire de pin, vint remplir les chopes d'étain du mélange fumant et odorant. Minuit approchait ; Mme Duhaget s'était depuis longtemps retirée dans son appartement. Des bourrasques intermittentes fouettaient de fine grêle les petits carreaux des croisées et s'engouffraient dans la cheminée. Trois énormes bûches y brûlaient avec des grésillements soudains, assurant près de l'âtre une bienfaisante chaleur qui fleurait bon la résine.

De mon vivant, j'aurais sans doute fort hésité à m'en éloigner, car la pensée de regagner les chambres glaciales dans les étages incitait à prolonger les veillées au coin du feu. Mais désormais je pouvais à loisir éprouver les mêmes sensations que les vivants ou m'en dispenser. Seul le contact avec eux m'était impossible ; ce qui n'empêchait pas mes sens de s'emballer auprès de Thomas.

Il réfléchit à voix haute, s'adressant à son hôte plutôt qu'à Jolivet : « Un tel voyage serait fort long et périlleux... et coûterait fort cher... n'est-il pas vrai ? »

Je comprenais la raison de son antipathie envers Jolivet, dont les récits l'intéressaient pourtant : sans l'admettre, Thomas lui enviait sa réussite. L'homme ne manquait pas d'allure et semblait jouir d'une forte constitution ; il avait traversé bien des épreuves et se retrouvait, à quarante ans à peine, seigneur et époux d'une jeune beauté de vingt ans dont il montrait volontiers le portrait en médaillon. Thomas ne se sentait plus digne d'une destinée aussi fortunée.

Ses deux interlocuteurs ouvraient la bouche pour répondre à sa question, mais Duhaget céda la parole à son ami. « Assurément, Monsieur, se rendre jusqu'aux plaines offre quelques dangers... mais moindres pourtant que ceux qui guettent les voyageurs en France, où brigands et voleurs de grands chemins les attendent à chaque tournant ! Les Indiens n'attaquent pas les voyageurs... Enfin... hum, disons qu'ils le font seulement poussés par de bonnes raisons. »

Je sentais croître chez Thomas une soif de pouvoir. D'abord pour se venger sur les femmes du mal et de l'humiliation que je lui avais fait subir ; mais aussi afin d'oublier peut-être ses années de soumission à la volonté du comte. Cette constatation m'attrista, car le besoin de dominer est à l'opposé de l'amour.

Thomas avait déjà causé bien des remous dans la société des dames de Louisbourg — voire des tempêtes dans le cœur de certaines d'entre elles. Les femmes ont un faible pour les prédateurs en amour.

Il s'était lancé dans les escarmouches galantes avec une ardeur qui m'arrachait des larmes de regret. Mais, après avoir forcé quelque belle jusqu'à ses derniers retranchements et emporté la place sans coup férir, il abandonnait sa conquête et portait ailleurs ses regards de conquérant.

Seules les belles Indiennes retenaient son attention. Et c'est à leur endroit que j'éprouvais les tourments d'une jalousie aussi violente qu'inexplicable.

Ses sens enflammés à leur vue, son désir attisé sans doute par la certitude qu'elles ne lui infligeraient jamais un dédain aussi cruel que le mien, il les contemplait en silence. Il dépêchait même parfois son valet quérir des renseignements sur quelque beauté micmac qui avait attiré son regard.

Martin, qui jouissait déjà des faveurs de quelques belles Indiennes, ne voyait pas d'un bon œil cette avancée de son maître sur ses brisées. Il découvrait immanquablement que la belle appartenait à quelque officier de rang supérieur et de tempérament jaloux, ajoutant — du seuil de la porte — que la poursuite de ces créatures était indigne de Monsieur.

Les nuits de Thomas étaient peuplées de rêves tumultueux et impudiques dont les grandes et belles sauvagesses ne sortaient pas indemnes.

Leur peau d'ambre poli luisant sous le pâle soleil, elles étaient dures comme les arbres d'hiver, douces et souples comme les roseaux de printemps ; l'échine prête à ployer sous les lourds fardeaux ou la puissance du mâle, mais le regard farouche et rieur à la fois.

Il en venait souvent chez les Duhaget, avec à leur suite quelque traîne chargée d'énormes quartiers de venaison. Parfois pieds nus dans la neige, le visage impassible mais à l'affût d'une occasion de rire à gorge déployée, certaines dévisageaient Thomas, l'évaluaient de leur regard sans pudeur ; il baissait les yeux le premier, troublé par ces aperçus de chair aussi lisse que l'écorce du bouleau doré.

Elles étaient tout ce que je n'avais jamais été. Sans artifices ni prétentions, sans cette vanité qui régit le comportement des femmes « civilisées ». Quels attraits les beautés poudrées de Louisbourg auraient-elles bien pu opposer au charme sauvage de ces créatures à la fois libres et captives ?

Mme Duhaget ne leur cachait pas son mépris et marchandait impitoyablement leur venaison, tout en leur reprochant de la vendre.

« Ces sauvages ne savent pas ménager ! s'indignait-elle. Quand la chasse est bonne, ils font grand festin nuit et jour tant qu'ils ont de quoi, au lieu d'en faire du *pemmican* ! Ah, j'oublie que vous n'êtes point d'ici et que vous ignorez de quoi je parle. Le pemmican est composé de lanières de viande séchée devant un feu, et devenue si dure qu'on la peut moudre en farine. Une petite poche de cette farine est d'un grand secours en cas de disette. Mais, par ma foi, ces Micmacs sont trop paresseux pour faire du pemmican ; ils dévorent ou vendent leur chasse, et s'en viennent pleurer chez nous quand ils sont démunis ! » Elle suivait d'un œil réprobateur les deux belles squaws qui repartaient dans la neige tirant derrière elles leur traîne vide.

Dix jours avant Noël, un capitaine du nom de Desambrois invita Thomas à une partie de chasse à l'orignal avec deux autres personnes. L'homme était imbu de sa personne ; il ne manquait jamais de rappeler à qui voulait l'entendre qu'il possédait du bien en Bourgogne et qu'il défendait Louisbourg à titre de *gentilhomme volontaire*. Il avait aussi la réputation d'être chasseur hors pair.

Ils partirent à l'aube d'une belle journée de décembre et durent marcher près de deux lieues pour atteindre le terrain de leur chasse, les étendues dénudées qui entouraient Louisbourg n'abritant que du petit gibier. Après de longues semaines de froidure, un vend chaud soufflait sur l'île ; ce bref répit entre grésil et neige provoquait un dégel presque printanier. Les raquettes laissaient sur leur passage de petits trous d'eau dans la neige fondante qui couvrait les champs. Les quatre Indiens qui accompagnaient les chasseurs auraient couvert la distance deux fois plus vite, si Desambrois ne les avait relégués en arrière-garde. Les visages pâles peinaient visiblement, incapables d'écarter assez les genoux pour s'éviter de pénibles crampes. Thomas avait vite compris ce qui différenciait leur démarche gauche de celle des Indiens, et s'efforçait d'imiter les mouvements de ces derniers.

Sa saine nature d'homme de la campagne le portait à humer l'air glacé, à savourer son goût d'océan et de résineux. Lorsqu'ils atteignirent la forêt, un vent s'était levé et poursuivait au-dessus des cimes des grands sapins de parfaits petits nuages blancs, en faisant tomber sur la nuque des marcheurs, depuis les hautes branches, des paquets de neige mouillée qui coulaient entre tuque et collet. Leurs pas brisaient la mince couche de glace sur les mares, et leurs raquettes glissaient sur les talus un peu raides.

Un des Indiens était en fait une Indienne, vêtue comme les hommes d'une longue tunique mais avec des chausses de peau seulement à mi-jambes. Elle avait jugé bon de ne point obéir à Desambrois et cheminait parmi les visages pâles. Thomas se laissa bientôt distancer par elle pour marcher à sa suite. Indifférent à la crampe qui gagnait ses jambes, à ses pieds transis dans les mocassins et à la sueur qui baignait son corps, il ne la quittait pas des yeux.

La sauvagesse portait sur son dos un long panier chargé de quatre mousquets ; pour en supporter le poids, une corde barrait son front, protégé par un morceau d'écorce. Chaque fois qu'elle se penchait pour éviter les basses branches, ses chausses révélaient des mollets fermes et lisses. Thomas ne voyait plus la forêt : il levait machinalement ses raquettes pour enjamber les arbres tombés en travers de la piste... Perdu dans une rêverie où, à ma grande confusion, il me fallait bien le suivre.

Forcée de partager ses divagations amoureuses, j'en étais d'autant plus outrée que, s'il n'avait jamais manifesté beaucoup d'imagination dans nos ébats, cette sauvagesse lui inspirait des variations que Philippe n'aurait pas désavouées !

Vers dix heures, le groupe atteignit la rive herbeuse d'un étang à demi gelé, d'environ deux cents pieds de large en son point le plus étroit, et y fit halte. Avec une efficience péremptoire, Desambrois assigna aussitôt à chacun des chasseurs un poste d'affût. Puis

130

il ordonna aux Micmacs d'ériger un écran de branches d'épicéa devant les divers postes, pour que les chasseurs s'y dissimulent sans perdre de vue le lac. Dès que ce fut fait — en un tournemain —, trois des guides se rendirent sur la rive opposée, en contournant le lac à vive allure, afin de rabattre les orignaux.

Ainsi que Desambrois l'avait expliqué à Thomas, les orignaux — ou élans du Canada — sont des sédentaires qui n'abandonnent pas volontiers leurs pâturages familiers. Incapables de sauter comme le cerf, ils peuvent toutefois couvrir d'un trot rapide de longues distances. Une neige épaisse eût gêné leur fuite ; mais ce qui avait résisté au dégel ne suffirait pas à ralentir leur allure. Les chasseurs devraient donc réagir promptement à leur apparition.

Thomas examina le mousquet qu'on lui avait remis et sourit : c'était une arme de qualité qui lui était familière, car la chasse avait été — avant mon entrée en scène — son passe-temps favori. Mais lorsqu'il épaula le mousquet pour en essayer la mire, un violent frisson lui parcourut tout le corps ; un sentiment d'horreur l'envahit, qui assécha sa bouche et fit trembler sa main. Il revécut si cruellement son crime que je crus qu'il allait jeter le mousquet dans l'étang, tourner le dos à la chasse et courir dans les bois cacher sa honte.

Je ne sus que partager son angoisse et murmurer des mots de consolation qui n'atteignaient pas ses oreilles. Les yeux fermés, les mains crispées sur le mousquet, luttant désespérément contre son trouble, il aspirait l'air froid à larges goulées.

Desambrois s'approcha de son poste. « Avez-vous déjà vu un orignal, Monsieur ?... Pardieu, vous êtes fort pâle. Seriez-vous pris d'un malaise ? »

Thomas secoua la tête, un faible sourire aux lèvres. « Non, non... ce n'est rien, merci. Je n'ai jamais vu d'orignal vivant, mais j'en ai mangé de bon appétit en plusieurs occasions. »

Les yeux fixés sur l'étang, Desambrois observait sur la rive opposée l'entrelacs de hautes herbes desséchées par l'hiver que le bref dégel avait libérées de leur manteau de neige.

« Les orignaux ressemblent à de gros mulets, et les mâles portent bois... des bois plats qui pèsent jusqu'à trois cents livres ! Leur chasse n'est point aisée par ce temps trop doux, mais leur venaison est si prisée qu'on s'y hasarde malgré tout. Les femelles sont plus grasses en cette saison-ci, alors que les mâles le sont en été. Souhaitons donc que nos guides nous rabattent une femelle... et bonne chasse, Monsieur ! »

Tandis que Desambrois regagnait son affût, Thomas soupira tristement sous l'emprise de la fatalité.

C'est alors que je perçus une nouvelle fois l'étrange présence qui me semblait nous observer. Me retournant vivement pour balayer du regard la clairière, les abords de l'étang et la sombre lisière de la forêt, je ne vis qu'un des guides indiens, occupé sur l'autre rive à vider un havresac. Aucun son ne se faisait entendre, pas même un cri d'oiseau dans le ciel bleu. Étrange silence, qui pesait sur la scène comme une attente. Je ne saurais dire combien de temps il dura.

Thomas avait recouvré ses esprits, et vérifié l'amorce dans le bassinet de son fusil tout en se demandant quelle partie de l'orignal il valait mieux viser.

Plus d'une heure s'écoula avant que les cris des rabatteurs micmacs ne se fissent entendre ; hululements et clameurs emplirent soudain les bois. Desambrois se dressa un instant de derrière son affût pour signaler aux autres que le moment était venu ; mais l'attente se prolongea sans que rien arrivât et Thomas, assis sur une bûche, se releva afin de se dégourdir les jambes.

Un bruit de branches brisées traversa alors l'étang. Thomas épaula son mousquet au moment même où l'énorme animal émergeait du bois, et évalua en un éclair la distance : il visait juste à trois cents pieds.

Il fit feu.

La déflagration résonna fort dans le silence ; étourdi, Thomas ferma les yeux. Lorsqu'il les rouvrit, deux autres orignaux sortaient du bois, et trois coups de mousquet simultanés étouffèrent les brames d'agonie de la proie qu'il venait d'abattre. L'animal lutta contre la mort avec de grands sursauts et des cris déchirants, avant de s'effondrer dans l'herbe sèche. C'était une femelle. Un mâle que Desambrois avait touché s'abattit à son tour sur la rive. Le troisième orignal avait rebroussé chemin vers les rabatteurs, leur donnant l'espoir de l'atteindre de leurs flèches.

Desambrois et les deux autres chasseurs s'approchèrent pour féliciter Thomas, suivis d'un des guides micmacs. Thomas les regarda venir avec un mélange de honte et d'orgueil.

« Un coup de maître, Monsieur ! s'écria Desambrois, la main

tendue, cédant au besoin d'étaler son érudition en écorchant Corneille. *Vos pareils à deux fois ne se font pas connaître et pour leur coup d'essai veulent des coups de maître !* »

Les deux autres officiers, qui avaient manqué leur coup, murmurèrent à leur tour de tièdes compliments. Quant au guide, il fixa Thomas de ses yeux sombres en prononçant dans sa langue natale des mots que je compris à grand-peine.

Desambrois s'en amusa. « Il dit que vous devez être protégé de Glooscap pour avoir tué une femelle du premier coup. Glooscap ? Bah, c'est un des faux dieux qu'ils adorent... Il y aura grande réjouissance parmi ces sauvages, car ils sont très friands du gras de la femelle. (Avec un sourire d'indulgent mépris, il ajouta :) Grand bien leur fasse ! Rechargeons nos mousquets et faisons le tour du lac pour inspecter nos prises. Ouvrez l'œil et soyez prêts à tirer... mais pas sur mes guides ! »

En chemin, le Micmac s'attacha aux pas de Thomas. D'âge indéterminé, il était grand et vigoureux, et ses raides cheveux noirs, coupés en frange sur son front bronzé, lui tombaient sur les épaules. Par-dessus sa tunique de laine grossière, il avait mis une cape de fourrure brune ; des chausses de peau couvraient ses jambes. Une douzaine de griffes d'ours suspendues à un lacet de cuir ballottaient à son cou au rythme de ses pas. Ses raquettes rondes étaient plus grandes que celles des officiers français. Et il portait un très long mousquet, ainsi qu'un arc et un carquois rempli de flèches.

Les hommes se frayèrent non sans mal un chemin à travers les hautes herbes sèches, les buissons épineux et les abattis, suivant dans la neige molle les traces des rabatteurs sans perdre de vue l'orée du bois où les orignaux étaient apparus. Aucun autre élan ne se montra.

Thomas jetait de temps à autre des regards curieux au Micmac qui marchait derrière lui. Il le vit tout à coup bander son arc avec la rapidité de l'éclair et viser un taillis. Le bruit sec de la corde fit se retourner les autres chasseurs ; le Micmac sautait déjà légèrement jusqu'au bosquet et se baissait pour ramasser sa prise, qui battait encore des ailes. Le visage impassible, il la leva bien haut et revint vers les autres. Puis il arracha la flèche des chairs de la perdrix moribonde, et la tendit à Thomas en s'inclinant devant lui.

Le geste fit impression sur Desambrois. « Voilà là un bel hommage, Monsieur. Votre renommée s'étendra à toute sa tribu. »

Thomas garda le silence, partagé entre vanité satisfaite et révulsion.

Ils passèrent deux jours au bord de l'étang, dans des huttes primitives qu'avait érigées la squaw tandis que les hommes s'affairaient à dépecer et découper les deux élans. Le froid s'intensifiait, et les Indiens entretenaient chaque soir trois ou quatre feux autour des dormeurs pour les protéger du gel et des loups.

Desambrois fit don aux guides des cœurs, des rognons et des langues, ainsi que de la graisse et d'une portion raisonnable des bas morceaux. Les Micmacs exprimèrent leur gratitude par de grands rires et des cris perçants. Ils se chargèrent mutuellement des quartiers de viande, empilant sur une traîne ce qu'ils ne pouvaient porter, tandis que les officiers se contentaient de prendre leur fusil dans leurs mains. Desambrois donna le signal du départ.

Tout au long du chemin, les Indiens chantèrent une complainte dont les funèbres accents m'attristèrent jusqu'au moment où je finis par comprendre qu'il s'agissait d'une joyeuse prière d'action de grâces à leur dieu Glooscap.

Bien avant d'atteindre la forteresse, Thomas avait arrêté sa décision. Coûte que coûte, il se rendrait jusqu'aux grandes plaines, jusqu'aux fabuleux chevaux des Indiens.

12

Après deux mois de vaines recherches, Cormier voua à tous les diables Thomas de Lodigny et s'accorda quelques semaines de repos à Paris pour y faire étalage de son opulence inusitée.

Le début de son enquête l'avait amusé. Suivre la piste du fugitif et de son valet à travers la France n'avait posé nul défi à sa sagacité. Les routes bien fournies en relais de poste — indispensables à une fuite rapide — n'étaient pas si nombreuses ; Cormier les avait parcourues une à une en élargissant peu à peu le rayon de ses recherches. A chaque relais susceptible de louer des montures, Cormier posait aux valets d'écurie des questions pertinentes tout en jonglant d'une main avec quelques pièces d'argent, et les rempochait sitôt qu'il avait obtenu réponse en tournant le dos à ses interlocuteurs — sans se soucier des jurons qui accompagnaient son geste. Lorsque trois relais successifs sur la route de l'Ouest eurent confirmé le passage d'un jeune gentilhomme et de son serviteur à la date en question, Cormier sut qu'il était sur la bonne voie et s'y tint — en prenant soin de s'assurer à chaque nouveau relais que les fuyards n'avaient pas changé de direction. C'est ainsi qu'il atteignit Saint-Malo.

Cormier en déduisit aussitôt que Thomas et son serviteur s'étaient embarqués sur quelque navire. Mais pour quelle destination ?

Les semaines suivantes, il offrit à boire dans toutes les tavernes du port et de la côte, espérant ainsi délier la langue à quelque bavard témoin de l'embarquement des fugitifs. Mais il se lassa vite de passer ses nuits dans ces bouges puants à boire la piquette qu'on y servait et à écouter les divagations de répugnants ivrognes qui n'avaient jamais rien vu. Par un matin pluvieux de la fin septembre, il décida tout de go qu'il avait meilleur usage à tirer de l'or des deux harpies Santenoges ; il prit le jour même la chaise de poste pour Paris, en se frottant les mains à l'idée de retrouver ses anciens compagnons de jeu et de les éblouir de sa prospérité.

J'avais suivi Cormier au gré de mes pensées : il me suffisait de le vouloir pour me tenir à son côté. Son esprit retors m'inquiétait, et son indolence ne me rassurait qu'à demi ; j'avais peine à suivre les méandres de sa tortueuse intelligence. Le sachant fort capable de découvrir la trace de Thomas s'il s'en donnait la peine, je me réjouissais qu'il parût si peu enclin à le faire depuis qu'il était repris par ses dissipations parisiennes.

Une lettre des jumelles vint, hélas ! lui rafraîchir la mémoire — comme le son du glas rafraîchit celle des pêcheurs en leur rappelant qu'ils sont mortels. En lieu de la somme considérable qu'il avait réclamée pour couvrir de récentes dépenses, les deux sorcières ne lui mandaient qu'une lettre de change dérisoire et un avertissement à peine voilé.

Il lui fallut bien en conclure que leur bêtise et leur libéralité n'étaient pas sans limites, et qu'un acte de contrition s'imposait ; d'autant que le vieux roué de comte ne semblait pas près de rejoindre ses ancêtres et s'accrochait encore indécemment à la vie. S'il venait à survivre, ses sœurs ne chercheraient peut-être plus à retrouver son agresseur. Cormier leur adressa sur-le-champ une longue lettre d'un style ampoulé pour les assurer de sa diligence et du progrès de son enquête qui aboutirait sous peu, il en faisait la promesse.

Non sans grincer des dents, il se résigna donc à poursuivre ses recherches. Abandonnant Paris et ses attraits, il reprit au début d'octobre le chemin de Saint-Malo.

Le soir même de son arrivée, il se rendit — lèvres pincées — dans un estaminet crasseux que fréquentaient surtout les marins anglais. Il y tomba nez à nez avec Pivert, un de ses anciens complices.

Celui-ci — qui avait mis fin à leur association en disparaissant avec la totalité des gains de leur dernière entreprise commune — crut sa dernière heure arrivée. Mais Cormier était si abattu à l'idée de continuer son enquête qu'il était prêt à passer l'éponge sur cette déloyauté afin de s'assurer une compagnie. De son côté, Pivert — qui vivait d'expédients quand ce n'était pas de rapines, et n'en tirait qu'une maigre pitance depuis que Cormier ne guidait plus ses pas — ne fut que trop heureux de s'en sortir à si bon compte et de renouer leur association.

Je lisais avec aisance dans la tête de Pivert ; bien que du même acabit que Cormier, il n'était auprès de lui qu'un élève peu doué, un simple coquin qui préférait s'en remettre à la fertile imagination de son maître à penser. Ensemble, ils constituaient toutefois une grande menace pour Thomas.

Ils décidèrent de se partager la tâche. Ainsi que Cormier l'expliqua à Pivert, il s'agissait de faire boire au plus grand nombre possible de marins assez d'eau-de-vie pour leur rafraîchir la mémoire, et non de les plonger dans l'oubli de l'ivresse. Ils furent donc deux désormais à écouter les interminables récits de voyage des loups de mer. Bon nombre de ces histoires avaient pour cadre le Nouveau Monde ; les deux complices commencèrent bon gré mal gré à y prêter oreille. Ces contrées semblaient offrir d'innombrables occasions de délester son pareil en toute impunité.

Un soir, Cormier engagea la conversation avec un marin anglais. L'homme venait de déserter son bord après avoir reçu pour quelque offense mineure un nombre important de coups de fouet. Entre deux imprécations, il se prit à gémir sur son sort, regrettant à haute voix d'avoir abandonné quelques mois plus tôt un bon navire, le *White Halcyon*, parce que ledit navire allait cingler vers la Nouvelle-France au lieu de l'Angleterre. Lorsqu'il mentionna la présence de deux passagers, Cormier, qui manœuvrait la conversation sans y prêter grande attention tout en buvant à petites gorgées un mauvais cognac, se redressa soudain. Quelques questions lui suffirent pour confirmer ses soupçons : Thomas et son valet avaient fait voile vers le Nouveau Monde.

Cormier en fut ravi. Non seulement il avait retrouvé la trace de sa proie, mais il entrevoyait la possibilité d'un voyage vers ces terres lointaines aux frais des deux vieilles folles.

Il se demanda tout d'abord s'il devait partager la nouvelle avec Pivert. Puisque l'occasion se présentait de voyager en grand sei-

137

gneur, pourquoi s'encombrerait-il de son maraud d'associé ? Mais Cormier avait l'hiver en sainte horreur ; le froid lui rappelait Langres et les maigres années qu'il venait d'y passer. S'embarquer pour la Nouvelle-France en octobre — à supposer qu'un navire s'y rendît encore — était hors de question. Pourquoi ne pas y dépêcher Pivert en éclaireur ? Le maroufle pourrait non seulement y suivre la piste du fugitif, mais encore y étudier de près les occasions permettant à deux compères astucieux de s'enrichir ; quant à lui, il le rejoindrait le printemps venu.

Pour ce faire, il lui faudrait bien sûr se séparer de quelques deniers des sœurs Santenoges, mais Cormier avait tiré bon parti de ses quelques semaines à Paris ; ses nuits assis aux tables de jeu lui avaient rapporté une somme confortable. Le prix d'un passage en fond de cale pour Pivert ne grèverait guère son budget — lui-même se réservant une traversée par temps plus clément.

Il informa donc son complice des révélations du marin anglais et lui fit part de son projet. Pivert ne manifesta guère d'enthousiasme à l'idée de traverser l'Atlantique à cette époque de l'année, pour atteindre une terre inconnue qu'on assurait fortement enneigée en hiver. C'était un homme long et osseux au long visage lugubre ; ses petits yeux perçants me rappelaient le furet que mon frère avait un jour pris au piège. Non dénué d'intelligence ni d'instruction, il était simplement trop paresseux pour en faire usage. Son talent de tricheur impavide s'appuyait sur la confiance qu'il savait inspirer à ses partenaires de jeu : on attribuait invariablement sa chance au hasard.

Pour Cormier, Pivert offrait aussi l'avantage de connaître Thomas de Lodigny et son valet Martin. Durant une période maigre de sa carrière, Pivert s'était en effet vu contraint, afin de survivre, de s'abaisser jusqu'à une place de garçon d'écurie à Saint-Onges ; il en avait été renvoyé ignominieusement quelques mois plus tard, pour avoir négligé une jument de grande valeur et s'être montré insolent envers M. de Lodigny, *master of horse*.

Ce n'est point le désir de vengeance qui poussa Pivert à braver les tempêtes d'octobre, mais bien plutôt la somme que Cormier se résigna à investir dans l'entreprise. Chargé des deniers et des recommandations de Cormier, Pivert embarqua avec le sourire à bord d'un navire marchand qui levait l'ancre pour son dernier voyage de la saison vers Louisbourg ; il jura de rester loyal tant qu'il serait payé pour l'être et d'écrire sitôt qu'il aurait des nouvelles.

Cormier poussa un soupir de soulagement et retourna derechef à Paris, où il reprit le cours d'une agréable existence de dissipations. Il rédigea une longue lettre à l'intention des sœurs pour leur annoncer sa découverte et aborder la question de son voyage vers le Nouveau Monde — un voyage qui le tentait de plus en plus, dans la mesure où il se ferait en grand style.

Tant que Cormier s'attardait à Paris, il ne présentait guère de danger pour Thomas ; mais je sentais qu'il me faudrait un jour me mesurer à lui. Comment ? Je n'avais aucune raison de croire qu'il me serait possible d'entraver ses projets malintentionnés. Je refusais pourtant de perdre espoir ; je trouverais bien le moyen d'influer sur ses pensées et ses actes afin de prévenir le mal qu'il était susceptible de causer à mon ancien amant. Dans l'intervalle, je pouvais en toute sécurité abandonner Cormier à ses tables de jeu et continuer de veiller sur Thomas.

Le 6 janvier 1753, jour de l'Épiphanie, Thomas fut convié à un bal que le gouverneur donnait au château Saint-Louis, sa résidence. Martin en profita pour lui demander une soirée de repos, qui lui fut volontiers accordée.

Thomas, d'humeur impatiente depuis le matin, sortit de chez les Duhaget dans de sombres dispositions. Sous sa longue houppelande de gros drap, il portait le nouvel habit de velours de Gênes qu'il avait dû commander à un tailleur de Louisbourg et dont la coupe accusait un peu le provincial. L'idée de se rendre à pied comme un manant jusqu'au château ne lui souriait guère ; les rues enneigées atténuèrent pourtant son vague mécontentement. Le joyeux son des festivités s'y mêlait au fumet alléchant des volailles rôties à point et des galettes aux amandes encore chaudes. L'air était froid et cristallin.

Lorsqu'il franchit l'étroite porte du bastion, le respectueux salut des sentinelles acheva de mettre fin à sa contrariété, et c'est la tête haute qu'il fit son entrée chez le gouverneur.

Les appartements, illuminés pour la circonstance, résonnaient des rires et des propos enjoués de la petite cour de Mgr le Gouverneur, et brillaient du modeste éclat des parures et des uniformes d'apparat.

Comment ne pas évoquer le souvenir doux et cruel de cet autre bal — mon dernier ? Mais cette comparaison ne pouvait que me faire regretter davantage ce que j'avais perdu. Ma mémoire me rendait Saint-Onges intact : blanc et or à la lueur de milliers de bougies ; les appartements du gouverneur me semblaient oppressants avec leurs plafonds bas et leurs sombres lambris, et trop étriqués pour la foule qui s'y pressait. Je reconnais cependant qu'on n'avait pas lésiné sur les chandelles, et que les serviteurs noirs portaient avec élégance leur nouvelle livrée blanche.

Thomas était plus séduisant que jamais dans son nouvel habit ; sa beauté m'échauffait le cœur... et les sens. Il se fraya un chemin à travers la presse pour présenter ses respects à son hôte, s'arrêtant au passage pour saluer ses connaissances et s'incliner devant les belles qu'il courtisait avec cette désinvolture qui lui valait tant de succès. Les jeunes filles agitaient leurs éventails pour cacher leur trouble à son passage, mais les femmes mariées lui lançaient de franches œillades. Il y avait quelques élégantes ; la plupart se contentaient toutefois d'une mode qui avait régné à Versailles vingt ans plus tôt. Certaines portaient même encore une pièce d'estomac, brodée de leur main sans aucun doute.

Thomas ne dansait pas. Sans s'attarder aux tables de jeu, il gagna un petit salon où devisaient deux vieux officiers et se joignit à leur exaltante conversation : ils évoquaient leurs souvenirs de la vallée de l'Ohio.

Les occasions de festoyer n'étant pas des plus fréquentes à Louisbourg, les invités du gouverneur étaient bien décidés à boire, manger et danser à satiété, et à retarder leur départ jusqu'aux petites heures de la nuit. Lorsque Thomas retourna au grand salon — laissant les deux officiers endormis chacun dans son fauteuil —, une gaillarde endiablée faisait trembler le parquet. Vivante, j'aurais sans doute accueilli d'une moue de dédain une danse aussi démodée, la trouvant plus appropriée à une noce villageoise qu'à une noble assemblée. Mais la mort m'avait délivrée de cette arrogance ; au côté de Thomas, je regardai les danseurs s'abandonner à la cadence enlevée et j'enviai la lueur de joie qui brillait dans leurs yeux. Marquant la cadence de leurs gros souliers, les quatre musiciens jouaient avec assez d'entrain pour faire oublier la faiblesse de leur talent.

Quelqu'un d'autre que moi s'était approché de Thomas. Une femme. Belle, hélas ! Le tirant discrètement par la basque de son habit, elle eut tôt fait de l'entraîner derrière les rangs des spectateurs. C'était la plus effrontée de ses admiratrices. Elle avait bien dix ans de plus que lui, mais ses yeux impudents, sa bouche humide et ses rondeurs — qui ne devaient rien perdre à être examinées de plus près — n'en laissaient rien paraître. D'un signe de tête elle indiqua à Thomas la porte et, portant à ses lèvres un doigt délié pour lui enjoindre la discrétion, le précéda dans un couloir désert jusqu'à un escalier. Elle descendit les marches avec des rires étouffés, pour déboucher dans une petite chambre à peine meublée et fort glaciale. Tandis que son vieux mari s'assoupissait dans le grand salon, ouvrant de temps à autre un œil sur les danseurs, Madame s'affaira à démontrer à Thomas que son apprentissage de la galanterie n'avait pas été négligé.

Jupes et jupons furent troussés en un clin d'œil, et ce qui s'ensuivit me prouva que les Saint-Onges étaient décidément fort doués, et que Thomas chassait de race.

A la fois confuse et furieuse, je ne parvenais cependant pas à m'arracher à leur présence. Jalouse ? Certes, mais non envieuse. La scène évoquait pour moi trop de souvenirs. J'avais honte ; non de la fureur de mes abandons passés, mais de ce qu'ils n'avaient été qu'égoïste convoitise. Thomas méritait mieux. Nous méritions mieux. Si seulement j'avais pu encore lui offrir les trésors d'amour que recelait désormais mon cœur !

Trop tard. Trop tard, Marianne. Ces mots résonnaient en mon esprit comme un glas d'enfer.

Au petit matin, alors que l'aube pointait sur l'océan, Thomas regagna l'auberge des Duhaget. Il était gorgé de vin, d'humeur moelleuse, et empestait le parfum.

Martin l'attendait dans sa chambre en somnolant sur une chaise, à la lueur d'une chandelle presque consumée. Dès que Thomas entra, il se leva d'un bond, et la couverture de laine dont il s'était emmitouflé glissa à terre. Le visage pâle et défait, la voix sans force, il ne réussit qu'à murmurer : « Oh, Monsieur ! Oh, Mon-

141

sieur ! (Il avala son souffle comme un noyé.) Pivert ! J'ai vu Pivert... ici, à Louisbourg ! »

Thomas fronça les sourcils. « Pivert ? Qui est Pivert ? Et pourquoi trembles-tu ainsi, Martin ? Calme-toi.

— Pivert est ce paresseux de palefrenier, ce vaurien qui prenait de grands airs, et avait insulté Monsieur quand Monsieur l'avait renvoyé pour avoir laissé pendant trois jours sans eau une jument... ou un étalon, que sais-je ?... Monsieur ne s'en souvient-il pas ? »

Thomas hocha la tête, sentant sa belle humeur s'envoler avec ses dernières vapeurs d'alcool. « Eh bien ? Pourquoi t'alarmer d'une telle rencontre ? » Mais ses mots cachaient mal son inquiétude. « Où l'as-tu rencontré ? T'a-t-il vu ? Lui as-tu parlé ? »

Martin se passa la langue sur les lèvres. « Dans une taverne... où je vais à l'occasion. Oui... je veux dire, oui, il m'a vu et... et il a cligné de l'œil ! Cligné de l'œil, Monsieur ! C'est un coquin qui me fait grand peur. Il va peut-être aller de ce pas rapporter aux... » Sans oser poursuivre, il implora son maître du regard.

Thomas se débarrassa calmement de son lourd manteau ; le valet se hâta de l'aider à retirer habit et gilet, tout en lui jetant des regards avides de réconfort.

« C'est possible, lui répondit Thomas. Mais encore faudrait-il qu'il eût quelque chose à rapporter aux... autorités. Qui te dit qu'il n'est point arrivé à Louisbourg avant nous ? »

Martin soupira, se forçant à le croire.

Quant à moi, je battais ma coulpe. Rassurée de savoir Cormier en train de s'emplir les poches de l'or des Parisiens victimes de ses tricheries, je n'avais guère prêté attention à son complice, qui s'efforçait d'en faire autant à Louisbourg et dont l'indifférence envers le sort de Thomas m'avait rassurée.

Pivert n'avait eu aucun mal à vérifier la présence de Thomas à Louisbourg. Il avait en hâte annoncé la nouvelle à Cormier, dans une lettre qu'il avait réussi à confier au second du dernier navire en partance pour la France. Une fois ce devoir accompli, il s'était cru libre de tirer parti des ressources de la ville.

Il avait loué une chambre dans le misérable logis d'un pêcheur de morue. L'homme était un Basque qui pêchait le long des côtes et qui, à force de parcimonie, avait acquis une chaloupe et une masure en rondins verticaux dans le quartier le plus pauvre. La mansarde que Pivert y occupait sous le toit de bardeaux était pourtant plus propre et accueillante que les taudis qu'il avait connus à Paris.

On n'en pouvait dire autant des tavernes qu'il se mit à fréquenter, non pour y boire mais pour y inciter les buveurs à jouer aux cartes. La plupart étaient des trous sombres et enfumés qui puaient la vinasse, le poisson et la crasse ; Pivert lui-même ne s'y attardait pas sans raison. Le froid en devint bientôt une aussi pressante que le jeu.

Il avait bien, pendant un certain temps, surveillé discrètement la proie de Cormier ; mais le quotidien du jeune Lodigny s'était bientôt avéré si prévisible que Pivert s'était vite lassé de le suivre et s'en était tenu à son élément, les estaminets. L'appât du gain l'emportant sur sa répugnance pour ces lieux misérables.

Le jour de l'Épiphanie, grâce à un tour de main chanceux au cours d'une partie d'écarté, il s'était retrouvé en fonds et avait résolu de fréquenter désormais des établissements moins sordides. Il s'était rendu à l'auberge que Martin favorisait parfois de sa présence.

Son clin d'œil à Martin n'était en réalité qu'une marque de malice instinctive, qu'il regretta aussitôt en se jurant de ne pas mentionner l'incident à Cormier, le jour où il lui faudrait lui faire rapport, pour ne pas provoquer son courroux. Mais Cormier était encore loin, et il n'entrerait pas en scène avant avril ou mai ; entretemps, Pivert se sentait libre et fort satisfait : ces manants de Louisbourg n'avaient attendu que sa venue pour se laisser tondre.

La vie aux colonies n'était pas sans attraits.

Cette nuit-là, je veillai avec une particulière tendresse sur le sommeil agité de Thomas cherchant désespérément le moyen d'écarter le danger de son chemin.

Lorsqu'il fut endormi, je m'agenouillai à son chevet et j'approchai mon visage du sien, consumée par l'envie de percevoir son souffle chaud sur ma joue. Je ne sais combien de temps je restai ainsi ; désir et volonté s'estompèrent peu à peu, pour céder la place dans mon esprit à un amour pur et incandescent.

Thomas ouvrit soudain tout grands les yeux et me regarda.

« Marianne ? » Se redressant, il étendit si brusquement la main vers moi que j'en eus un mouvement de recul. Il balaya la chambre de ses yeux effarés en murmurant : « Marianne ! Marianne ! » Étrangement navré de ne me point trouver à son côté, comme si c'était là ma place. Comme s'il désirait m'y voir.

Il s'éveilla bientôt suffisamment pour recouvrer la mémoire. Avec un profond soupir, il laissa sa tête retomber sur les oreillers, en gémissant : « Oh, mon Dieu... Oh, mon Dieu ! »

A la fois intriguée et frémissante, je ne savais plus que dire ni que faire. Que Thomas m'eût aperçue, tout comme Philippe lorsqu'il s'était éveillé de son délire, me causait une étrange joie.

La respiration haletante, Thomas s'efforça de reprendre son calme. Il finit par se persuader que sa vision n'avait été qu'un rêve et sombra dans un sommeil plein d'angoisse.

Je regrettai de lui avoir causé quelque frayeur, mais non d'avoir découvert qu'il m'aimait encore.

13

Caroline et Pauline se trouvaient fort embarrassées. Cormier avait rompu trois mois de silence par une longue lettre dans laquelle il affirmait que Thomas s'était réfugié à Louisbourg. Il leur annonçait aussi son départ pour le Nouveau Monde à la poursuite du fugitif, en leur réclamant non seulement les arrérages de ses honoraires, mais encore une avance considérable qui devrait lui être adressée aux bons soins des sulpiciens de Montréal.

Elles se réjouirent de savoir Cormier si près du but, mais le vouèrent à tous les diables. Non que leur ladrerie rechignât sur les exigences de leur sbire — elles auraient pu entretenir dix Cormier sans que leur bourse s'en ressentît —, mais ce dernier envoi d'argent leur causait mille soucis et alimentait leurs chicaneries quotidiennes. Comment le lui faire parvenir en Nouvelle-France ?

Selon son habitude, Cormier n'avait donné aucune adresse en France. L'idée les effleura de ne tenir aucun compte de sa lettre et de l'abandonner à ses propres ressources ; mais l'homme les avait trop fortement impressionnées pour qu'elles osassent encourir son animosité. De plus, leur vindicte à l'endroit de Thomas ne désarmait pas. Cormier avait retrouvé la trace de leur neveu, il fallait bien se plier à ses exigences.

Envoyer une lettre de change dans le Nouveau Monde, malgré les instructions précises fournies par Cormier, n'était point affaire facile. Elles n'avaient qu'une vague idée de la procédure à suivre, et laissèrent s'écouler une semaine à se contredire allégrement avant de se décider à consulter une fois de plus M. d'Obernai — qui n'y entendait rien —, deux avocats et trois banquiers.

Elles y mirent tant de discrétion et de mystère que leur frère le comte ne tarda pas à avoir vent de l'affaire. Quelques questions judicieuses à ceux dont elles avaient recherché l'avis suffirent à lui révéler que ses sœurs venaient d'expédier en Nouvelle-France une somme considérable. Intrigué par cette nouvelle lubie, il les fit appeler.

J'étais de retour à Saint-Onges depuis quelques jours. Cormier voguait vers Louisbourg en proie à un terrible mal de mer et ne présentait aucun danger immédiat. Quant à Thomas, entre deux aventures galantes, il s'occupait à préparer son départ en bateau pour Québec et Montréal.

Philippe accueillit froidement ses sœurs.

D'un bref salut, il leur fit signe de prendre place sur un canapé ; ce qu'elles firent en lui jetant des regards furtifs.

« Mesdames, savez-vous ce qu'il en coûte au Trésor royal pour entretenir nos colonies du Nouveau Monde ? » Elles le fixaient chacune d'un œil — tandis que l'autre s'égarait —, sans comprendre. Debout devant elles, un sourire caustique aux lèvres, Philippe me semblait partagé entre la dérision et la colère. Sans leur laisser le temps d'exprimer leur ignorance, il répondit lui-même à sa question : « Des millions, mes chères sœurs ! Des millions ! Et sans que Sa Majesté en tire grande satisfaction... Me direz-vous donc, je vous prie, ce qui vous pousse à ajouter votre contribution aux munificences royales ? Pourquoi envoyez-vous vos deniers vers ces contrées barbares ? »

Les jumelles ouvrirent grande la bouche, mais aucun son n'en sortit. Philippe les foudroya du regard. Il tira des plis de sa robe de chambre de brocart jaune une lettre qu'il déplia en silence. « Je crois connaître le bénéficiaire de vos largesses, et je vous éviterai le trouble de me répondre en vous citant un passage d'une missive reçue ce matin même. Elle émane de votre ami, M. d'Obernai. Je cite : "J'ose espérer que Cormier a fait preuve de diligence pour retrouver votre petit-fils ainsi qu'il en avait reçu instruction, et que Mesdames vos sœurs et vous-même n'avez eu qu'à vous louer de ses services." (Philippe ferma un instant les yeux pour mieux dominer sa colère.) Je présume donc que c'est à ce misérable Cormier que vous destinez cet envoi d'argent ! Vous avez eu l'insigne audace de désobéir à mes ordres et d'envoyer aux trousses de

Thomas un scélérat de cet acabit ! Dans quel dessein, Mesdames ? Par Dieu, répondez-moi donc, sottes mégères ! »

Elles en étaient bien incapables. Des larmes coulaient sur leurs joues fripées ; elles se serraient l'une contre l'autre, et leurs mains se cherchaient à tâtons. Deux vieilles femmes pitoyables et bornées dont la détresse ne m'inspirait plus que pitié. Je leur pardonnai sans plus tarder d'avoir suscité en moi tant de vilaines pensées.

Philippe leur tourna le dos pour aller prendre place derrière sa table de travail, d'où il les maintint sous l'emprise de son regard glacial. « Je sais que vous ne faites cela que pour votre bien... Oui, vous m'avez entendu, j'ai dit *votre* bien. Car ce n'est pas pour le mien, et encore moins pour celui de Thomas que vous mandez à sa recherche un vilain bougre tel que Cormier ! Ce n'est que pour satisfaire votre mesquine vindicte... »

Pauline releva timidement la tête. « Nous pensions que la place de Thomas était à Saint-Onges. N'est-ce pas là votre souhait, mon frère ? »

Philippe haussa les épaules. « Si fait ! Je veux qu'il revienne, mais de son propre chef, et non point contraint et forcé par un coquin à la solde de ses tantes ! Je vous félicite de votre choix, Mesdames ! Je connais Cormier ; l'homme est passé maître dans l'art de l'extorsion... et compte plusieurs morts à son actif ! »

Je sursautai à l'unisson des jumelles, et poussai comme elles un petit cri d'effroi que personne n'entendit.

Philippe contempla ses sœurs. Sans plaisir ni acrimonie. Lui qui attendait tant des femmes n'avait jamais rien exigé d'elles. Il avait trouvé jadis réconfort et repos en leur compagnie ; elles ne stimulaient ni ses sens ni son esprit. Il soupira profondément.

« Cormier est un filou rapace qui vous fera payer jusqu'au plaisir qu'il prendra à se jouer de vous. Je doute qu'il ait retrouvé Thomas... »

D'un même mouvement de triomphe, elles se penchèrent en avant pour répondre avec empressement. Pauline laissa finalement à sa sœur le plaisir de marquer un point. « Thomas est à Louisbourg ! Cormier nous assure que son... associé l'a reconnu, ainsi que son valet, et a appris qu'ils comptaient se rendre à Québec en avril. Cormier est déjà en route pour la Nouvelle-France, et ne saurait tarder à rejoindre Thomas. » Elle pinça les lèvres et soutint le regard de Philippe.

147

Le calme de leur frère les rassura. Il garda le silence et leur cacha sans peine sa surprise. Au bout d'un moment, il se résigna à les congédier sur une note conciliante.

« La lettre de change est déjà envoyée. C'est sans conséquence. Je suis prêt à croire en la sincérité de vos intentions. Quant à Cormier, son avidité n'a d'égal que sa couardise, et je doute qu'il recoure à des moyens violents pour ramener contre son gré Thomas à Saint-Onges... » Les jumelles frissonnèrent avec autant de conviction que moi. Philippe les contempla froidement et ajouta d'une voix tonnante : « Par ma foi, vous serez bien avisées de me remettre aussitôt reçues toutes les lettres que vous adressera ce triste sire ! Nous déciderons alors du moment opportun de lui signifier son congé. » Se levant brusquement de derrière sa table, il leur accorda un raide salut, et en trois enjambées se retira dans sa petite chambre dont il ferma la porte.

Pauline et Caroline se regardèrent en silence ; les larmes avaient laissé des traînées de poudre sur leurs joues. Elles se levèrent en soupirant et quittèrent l'appartement à pas menus, refermant avec soin la porte de chêne derrière elles ; ses lourds panneaux sculptés n'étouffèrent pas tout à fait les échos d'une acrimonie qu'elles ne pouvaient contenir plus longtemps.

Philippe entrouvrit bientôt la porte de la bibliothèque et, après s'être assuré que ses sœurs n'y étaient plus, revint s'asseoir à sa table. Je pris place dans la bergère que j'occupais le soir où il m'avait séduite, et je l'observai sans animosité ; non comme un des auteurs de mes maux, mais comme un homme que j'avais — d'une certaine façon — aimé. J'avais tout loisir de constater les changements qui s'étaient opérés en lui : la vitalité dévorante qui avait fait son charme l'avait quitté, peut-être à jamais, comme si son appétit de vie était enfin satisfait. Il vivait désormais au jour le jour, sans espoirs ni désirs, fors celui de sauver Thomas.

Philippe lui avait pardonné son crime dès l'instant où la balle lui avait transpercé la poitrine. Il souhaitait maintenant du fond du cœur le retour du proscrit. Le savoir en Nouvelle-France l'aurait rassuré, si tout autre que Cormier eût été dépêché à ses trousses.

Du temps où ses désirs charnels justifiaient les moyens de les satisfaire, le comte n'avait eu qu'à se louer des services de Cormier. Le souvenir d'un certain épisode lui causait des frissons — remords ou plaisir remémoré, je ne saurais dire : les deux, sans doute. Philippe ne chérissait pas ces réminiscences ; il se forçait à les évoquer.

Rencontres furtives dans quelque ruelle fangeuse de Paris, à la grisaille de l'aube. Philippe penché hors de la portière de son carrosse, Cormier se hissant sur la pointe des pieds pour chuchoter à son oreille. Cormier, puant la cupidité crasseuse et la dépravation, jetant des regards de mépris aux mendiants qui se traînent le long des murs suintants et lèvent des yeux sans espoir vers le puissant seigneur dans son carrosse emblasonné.

Cormier avait enlevé pour le bon — et le mauvais — plaisir du comte la fille d'un boutiquier — quelque parfumeur ou gantier. C'était une jolie rousse bien en chair qui avait enflammé les sens de Philippe. Sa captivité avait d'abord plongé la belle dans le plus profond désespoir ; mais elle en était vite sortie pour se lancer à corps perdu, si j'ose dire, dans la volupté la plus débridée. Philippe avait été le bénéficiaire de cette soudaine vocation galante, jusqu'à la mort de la fille quelques mois plus tard : elle avait succombé à la petite vérole. Mais il doutait que l'enfant qu'elle portait fût de lui, car il ne suffisait déjà plus à la satisfaire.

Cormier avait extorqué aux parents de la fille une bourse d'or bien pesante pour leur révéler le nom de celui qui l'avait enlevée, et soutiré le double à Philippe pour acheter le silence desdits parents. Avait-il par excès de zèle envoyé *ad patres* le frère de la belle qui menaçait de chercher recours auprès de la justice royale ? Peut-être. On n'avait jamais retrouvé l'assassin.

Cormier n'était pas dénué d'habileté et faisait un fort bon policier ; la tournure criminelle de son esprit lui permettait d'anticiper les réactions de ses semblables — dont l'intelligence égalait rarement la sienne. Ce qui lui avait permis de mener fort longtemps la double vie de semi-magistrat et de maître chanteur.

D'un revers de main, le comte écarta de son visage amaigri une longue mèche blanche. Ce qu'il éprouvait n'était pas à proprement parler du repentir — il savait trop bien que ce qui est fait ne peut être défait —, c'était une sensation de vide. Il avait renoncé pour toujours à ses passions sans avoir rien trouvé qui pût les remplacer.

149

Je suivais avec une fascination horrifiée le cours de ses souvenirs. Dire que la révélation de ses débauches anciennes me surprenait serait mentir, mais son état d'esprit présent ne m'en semblait que plus encourageant. Certes, il n'était pas encore rendu à s'abattre de tout son long devant un autel pour y implorer le pardon du Seigneur... mais je sentais monter en lui une compassion bienfaisante pour la malheureuse qu'il avait jadis perdue...

Il apercevait par sa fenêtre le vert tendre du feuillage d'avril. Le printemps précoce ne faisait plus monter sa sève, ne ravivait plus en lui cette impatience de tout ce qui vit pour les joies de la belle saison.

La nuit tombait. Les ténèbres envahissaient la vaste pièce, et Philippe n'éprouvait nul besoin de lumière.

Des coups discrets frappés à sa porte le tirèrent de sa rêverie ; il releva le front. Sophie restait sur le seuil de la porte entrouverte, surprise par l'obscurité.

« Entre donc, ma chère enfant. »

Elle était suivie d'un laquais porteur d'un chandelier qui s'affaira aussitôt à allumer dans la bibliothèque toutes les bougies des innombrables candélabres.

Sophie prit place sur le canapé, arrangeant avec grâce les amples plis de sa robe de soie rose. En attendant que le serviteur se retire, Philippe examina sa petite-fille avec une curiosité silencieuse. Ses cheveux fraîchement poudrés, ses joues qu'il aurait juré rougies par le fard le déconcertaient soudain. A qui était destinée cette modeste tentative de séduction ?

Les sentiments du comte à l'égard de Sophie étaient sans aucun doute les seuls mouvements purs et désintéressés que son âme fût capable d'éprouver ; l'image de la jeune fille n'avait jamais été associée dans son esprit à la séduction — ne pourrait jamais l'être. Il contemplait sa beauté avec un détachement d'esthète, et elle l'intriguait.

Dès que le valet eut refermé la porte, Sophie s'écria : « Monsieur, je meurs d'inquiétude ! Ma tante Pauline vient de m'informer de leur malencontreuse initiative ! Cet homme qu'elles ont envoyé à la recherche de Thomas... vous le jugez dangereux ? Ne pouvons-nous le rappeler ? »

Philippe se pencha vers elle comme pour lui prendre la main, se ravisa, se rencogna dans son fauteuil et dit d'un ton léger : « Ma chère enfant, n'ajoutons pas à la sottise de mes sœurs en nous effrayant de chimères. Je connais assez l'homme pour savoir qu'il profitera de l'argent de tes tantes aussi longtemps qu'il lui sera possible sans courir le moindre risque. C'est un coquin, certes, mais c'est surtout un coquin lâche qui n'osera jamais se mesurer à ton frère... Thomas passe pour être fine lame. »

Sophie frissonna à l'idée d'un duel, ou d'un piège tendu à Thomas ; mais Philippe ajouta : « Nous trouverons moyen de faire prévenir Thomas avant que cet homme ne parvienne à lui. »

La découverte de leur petit complot avait plongé ses sœurs dans une confusion telle que Philippe n'avait pas eu le cœur de leur poser d'autres questions. Il jugeait préférable d'attendre le retour de Bertrand, qui avait dû se rendre à Langres pour y régler les formalités de ma succession et serait de retour le lendemain. Philippe aurait pu dépêcher un palefrenier pour le ramener sur-le-champ, mais il préférait se donner le temps de réfléchir à la question.

Ses regards retournèrent à Sophie. Les changements qui s'étaient opérés en elle étaient pour le moins surprenants, en vue du fait qu'elle refusait un à un les nombreux beaux partis qu'attiraient son énorme dot et son angélique beauté.

« Pourquoi refuser ainsi toutes ces offres de mariage, Sophie ? Ce sont là d'honorables gentilshommes... Tu as même congédié sans lui laisser le moindre espoir le fils de mon vieil ami, le marquis des Ormeaux ! Tu es en âge de prendre époux, mon enfant, et je me réjouirais grandement de te savoir mariée avant de quitter cette vallée de larmes... ce qui ne saurait tarder. »

Son sourire en coin démentait ses paroles ; Sophie ne sembla pas s'en apercevoir. « Oh, Monsieur ! Ne prononcez point de telles paroles ! (Avec une rougeur subite, elle baissa les yeux.) Je... je ne désire pas quitter Saint-Onges. »

Philippe haussa les épaules. « Si le mariage te répugne, ma chère, loin de moi la volonté de te l'imposer. N'écoute pas mes radotages, fais ce qu'il te plaît. Être femme est déjà un sort peu enviable sans qu'il faille vous faire passer d'une tutelle à une autre. Je ne vous envie point, Mesdames... (Il ruminait à voix haute, autant pour lui-même que pour sa petite-fille.) La triste vérité est

151

que nous autres hommes vous maintenons enchaînées et qu'il en sera ainsi tant que vous nous fournirez des otages. Les femmes sont en partie responsables du rang inférieur qu'elles occupent dans la société.

— Des otages, Monsieur ? Quels otages ? Je ne vous entends point.

— Les catins, Sophie. Les filles publiques nous donnent l'avantage. Les femmes ne seront jamais nos égales dans la société tant que certaines d'entre elles continueront de se vendre aux hommes, à l'ennemi ! Ah, bah... Je suppose que c'est un exemple de plus du pouvoir corrupteur de l'argent... et qu'est-ce que ça change, en fin de compte ? Va, ma chère enfant, et que le sort de ton frère ne te cause point de souci ; dès que Bertrand sera de retour de Langres, nous trouverons une solution. J'ai confiance en la justesse du jugement de mon fils. »

Les joues de Sophie s'empourprèrent. Philippe lui décocha un regard inquisiteur, mais la laissa se retirer sans ajouter un mot.

On nous enseigne que Dieu préfère les nonnes aux prostituées, les dévotes aux catins. Je n'avais jamais embrassé cette croyance, ayant toujours pensé que le Créateur désapprouvait les unes et les autres pour le mépris qu'elles portent à leur corps, qui nous vient de Lui. J'avais grand respect pour la chair ; le plaisir avait toujours été pour moi une action de grâces autant qu'une fête.

Sophie croyait au mérite de la chasteté. Enfants, Thomas et elle avaient dû porter le poids d'une honte injustifiée ; celle que leur mère nourrissait pour être née d'un adultère. La fille illégitime du comte — qui eût souhaité entrer en religion pour racheter le péché de sa naissance — avait fait en sorte que sa famille partageât ses dévotions outrancières. Dieu, dans sa grande miséricorde, l'avait rappelée à lui avant qu'elle eût irrémédiablement empoisonné la vie de ses enfants, mais le poids du dogme pesait toujours sur les frêles épaules de Sophie, quelque effort qu'elle tentât pour s'en débarrasser.

Le désir violent qu'elle éprouvait pour Bertrand, son oncle, la précipitait de l'exaltation à la honte. Son bon sens inné la portait cependant à juger les croyances de sa mère à leur juste valeur ; elle ne les partageait plus et refusait d'en faire une règle de vie. Elle eût réussi à s'en affranchir si sa passion pour Bertrand n'eût point été entachée d'inceste.

Elle ne disposait heureusement que d'un temps limité à consacrer à ses états d'âme ; la régie du domaine lui incombant presque entièrement, mille tâches occupaient ses journées. Bertrand s'était absenté si souvent depuis son retour à Saint-Onges qu'elle n'avait pas eu à fournir grand effort pour lui cacher ses sentiments ; mais il semblait décidé à s'attarder au château et recherchait maintenant sa compagnie. Or, elle adoptait en sa présence une raideur qui le troublait fort depuis qu'il l'avait remarquée.

De retour d'Autriche, où il avait séjourné à la cour de l'impératrice Marie-Thérèse, l'intention de Bertrand était de s'intéresser de près au domaine. Il insista donc pour partager le fardeau de sa nièce, qu'il jugeait trop jeune pour une telle responsabilité. C'est ainsi qu'ils prirent l'habitude de se rencontrer chaque matin dans un petit salon bleu que j'avais particulièrement affectionné. Je crois avoir décelé avant lui le plaisir que Bertrand tirait de ces discussions avec Sophie. Il n'était guère accoutumé au charme discret de la vertu.

Au bout d'une semaine, il remarqua la grâce de ses gestes, la noblesse de son port de tête, l'élégance de sa tenue et la façon dont sa coiffure mettait en valeur la noblesse de son front.

Après deux semaines, il en vint à attendre avec impatience l'heure de leur conversation ; toujours aussi surpris de trouver Sophie si changée. Et si froide.

A la fin de la troisième semaine, ils se croisèrent par hasard dans l'antichambre. Alors qu'elle retenait d'une main ses jupes volumineuses et baissait les yeux, Bertrand arrêta d'un geste la fuite qu'elle esquissait et, se plantant devant elle, lui barra le passage.

« Sophie ! Ma belle Sophie ! Pourquoi me fuir ainsi ? » Il souriait, brûlant la malheureuse du feu de son irrésistible séduction. Tout en les observant, je souriais aussi ; le charme de Bertrand avait un côté impromptu. Et désarmant.

Souvenirs doux-amers et pitié pour Sophie se partageaient mon esprit ; elle n'avait plus aucune chance de lui échapper.

D'une main douce, Bertrand lui prit le menton, chercha le regard qui se dérobait au sien. « Vous aurais-je offensée de quelque manière, ma Sophie, pour que ma présence semble ainsi vous importuner ? A Dieu ne plaise ! Dites-moi vite ce qu'il en est, afin que je puisse vous en demander pardon ! »

Tremblante, elle secouait la tête, cherchant encore à éviter son regard.

« Regarde-moi, Sophie ! Je ne chercherai jamais à tirer vengeance de Thomas, si c'est ce que tu crains... » Elle gardait le silence. Il ajouta : « Le comte souhaite son retour autant que moi. La place de Thomas est à Saint-Onges. »

— Je n'ai jamais douté de votre clémence, Monsieur. »

Pauvre Sophie. Le regard de Bertrand plongeait dans le sien, si révélateur de son secret ; j'avais peine à croire que ma vanité l'eût si longtemps dérobé à ma vue.

« Eh bien... d'où te vient donc ce trouble ? » Comme si le fripon l'ignorait !

Il avait placé une main légère sur son épaule ; Sophie défaillit sous la caresse. Le sursaut de recul qu'elle eut pour s'en dégager prit Bertrand par surprise ; il n'avait guère l'habitude de vertus si intransigeantes. Instinctivement, il l'enlaça, caressa son front lisse de ses lèvres tièdes, sentant monter en lui un imprévisible et tumultueux désir. « Ma Sophie ! Mon ange ! Je t'aime de tout mon cœur ! »

Elle le repoussa, affolée, tout en se cachant le visage contre son épaule.

Que n'aurais-je donné pour éprouver encore — dans les bras de Thomas, cette fois — ce merveilleux frisson qui précède l'abandon, et l'abandon lui-même, félicité contre laquelle Sophie luttait encore si vertueusement !

Je les enviais sans jalousie. Comme aux temps de mon mariage avec Bertrand, l'idée de son plaisir dans les bras d'une autre ne faisait qu'enflammer mes sens ; je ne souffrais alors que de ses absences. C'est de ma mort et de ma passion pour Thomas que je souffrais maintenant. Certes j'aimais encore Bertrand, mais d'un autre amour, plus simple et plus radieux que la sujétion qui m'avait liée à lui. Je lui souhaitais de retrouver sa sérénité sans pour cela cesser d'être lui-même. Envers et contre tout, je croyais encore à la sagesse de mon beau séducteur de mari ; je le savais incapable de vilenie. Ma mort lui avait ouvert les yeux sur ses propres désordres, et il y avait gagné en noblesse ce qu'il avait perdu en insouciance.

Le spectacle de leur ardeur m'attachait encore plus à la chair, comme ces joueurs que l'appât du gain enchaîne à la table de jeu.

Sa bouche sur les lèvres entrouvertes de Sophie, Bertrand se ressaisit soudain et s'écarta brusquement. Prenant la main de la jeune fille, il la guida vers un des lourds fauteuils qui gardaient la porte de notre chambre. Leurs yeux s'unirent, et ils pensèrent tous deux à moi. Leurs pensées étaient douces à mon âme. Tendres et remplies de regrets. Je leur enjoignis avec force d'accepter le passé sans remords et de ne point laisser mon souvenir empoisonner leur présent.

Bertrand s'agenouilla près de Sophie, gardant sa main dans la sienne, humant son léger parfum de rose. « Marianne ? J'aimais Marianne... je l'aime encore, sois-en sûre, Sophie. C'était une enfant trop tendre dont j'aurais dû prendre meilleur soin. » La tristesse de son sourire ne le rendait que plus dévastateur. « Marianne était un feu follet... mais toi, Sophie, tu es...

— Je suis votre nièce, Monsieur. » Elle se reprenait, tentait de retirer la main qu'il caressait doucement, et dont il porta soudain la paume à ses lèvres.

« Tu es une lueur d'espoir dans les ténèbres. Tu m'encourages à croire en la vertu. »

Elle l'écoutait, captive de ce regard si bleu.

Le souffle tiède qui caressait sa joue eut raison de la retenue de Bertrand : saisissant le visage de sa trop jolie nièce entre ses mains, il joignit ses lèvres aux siennes pour un nouveau baiser, aussi ardent que prolongé. Puis il se redressa d'un mouvement souple.

Ce fut elle qui dans un élan se jeta contre sa poitrine en versant des larmes silencieuses. Il la serra dans ses bras pendant de longues minutes, puis se dégagea doucement, tourna les talons et s'en fut, tête basse, tandis qu'elle s'appuyait contre le fauteuil pour ne point défaillir.

Les sentiments de Bertrand, qu'il avait cru si clairs et si ordonnés, se désintégraient en un trouble chaos aussi imprévisible qu'inquiétant.

Il avait toujours été maître de son sort. Le gré qu'il en savait à la Providence n'allait pas sans une certaine satisfaction de soi-même. Il croyait sincèrement qu'il suffisait aux voyageurs que nous sommes sur cette terre de choisir le bon itinéraire et de ne point s'encombrer d'un trop lourd bagage de croyances pour y jouir d'un parcours agréable. Il avait eu à surmonter bien peu d'obstacles dans son propre voyage ; bien peu d'hostilité aussi, car son rang et son charme désarmaient jusqu'aux jaloux.

Il avait réagi à ma mort avec une stoïque résignation. En se blâmant plus que quiconque.

La trahison de son père lui avait porté un coup beaucoup plus douloureux, parce qu'il n'avait rien fait qui pût la justifier. Plus il s'efforçait à l'indulgence et plus son ressentiment envers Philippe s'intensifiait ; il se sentait incapable de pardonner, et impuissant à étancher le flot d'amertume qui emplissait son cœur.

Et voilà qu'une vague de passion illicite le submergeait maintenant, sans qu'il cherchât à lui résister. Tout son être — en révolte ouverte contre la raison — désirait Sophie et la voulait faire sienne. Jusqu'alors, céder à ses désirs quand l'occasion s'en présentait n'avait que rarement troublé sa conscience. C'était là chose naturelle pour un homme. Ni dépravé ni cruel, il ne prenait jamais son plaisir sans le rendre au centuple ; mais la passion n'avait joué qu'un rôle mineur dans ses amours. En vérité, je tirais quelque satisfaction d'apprendre que j'avais été auparavant la seule à toucher son cœur autant que ses sens.

Bertrand découvrait les angoisses de l'amour. Je n'enviais pas son sort.

14

Depuis que Martin lui avait annoncé la présence de Pivert à Louisbourg, Thomas sentait grandir son impatience de départ. Il lui fallait pourtant la modérer, car il était hors de question de faire voile pour Montréal avant la fin de l'hiver. Il devait se contenter de préparer son voyage dans ses moindres détails tout en laissant son imagination le précéder vers l'Ouest.

Les loisirs ne manquaient pas pour ce faire ; les sauvages intempéries de l'île Royale rendaient souvent impossibles ses sorties à cheval. Le jeu ne l'avait jamais tenté, et ses lectures se bornaient à des traités sur l'art équestre dont les exemplaires étaient en nombre limité à Louisbourg. Quant à ses conquêtes — en particulier, l'effrontée libertine du bal —, les rendez-vous clandestins qu'elles lui accordaient exigeaient tant de rencontres préalables, tant de paroles furtives échangées à l'église, tant de billets discrètement glissés dans un manchon, qu'il restait peu de temps pour la consommation de l'adultère même. Il fallait toujours se méfier des maris, podagres pour la plupart, mais non séniles. Thomas avait fini par se lasser de ces aventures où il n'investissait ni sentiment ni passion. Les belles Indiennes occupaient toujours son imagination sans qu'il osât encore mettre ses désirs à exécution.

Avant même la fin de l'hiver, l'effrontée du bal se morfondait d'amour pour ce bel amant aussi fougueux que glacial qui venait de lui signifier son congé. Bien fait pour elle !

Thomas et Martin s'embarquèrent pour Québec et Montréal le premier dimanche de mai de l'an 1753. Juste avant que la plaie de moustiques qui fondait sur l'île Royale chaque printemps ne devînt insupportable.

Thomas avait retenu passage sur un vieux navire marchand, chargé surtout d'odeurs nauséabondes, pour avoir sans doute ramené aux Antilles plus d'une cargaison d'esclaves africains. Ils furent parmi les premiers à lever l'ancre pour Québec et Montréal.

Lorsqu'ils sortirent du port, l'activité y reprenait son cours ; de nombreux vaisseaux étaient déjà ancrés dans la rade. Au-delà des eaux vertes et froides de la baie, Louisbourg dressait ses murs que Thomas ne contemplait pas sans un certain regret. Il y avait été bien accueilli, y avait recouvré son assurance — sinon son innocence —, et en partait chargé de lettres de recommandation et de sages conseils.

Martin, debout à son côté, partageait son sentiment. « Ah, Monsieur, ce n'est point là mauvais endroit. Chacun s'y mêle de ses affaires sans mettre le nez dans celles du voisin. Si l'hiver n'y était pas si trempé... Morbleu, le diable lui-même y doit souffrir de la goutte ! »

Thomas suivait des yeux un vaisseau de ligne qui s'apprêtait à entrer en rade et que leur navire croisait lentement. De la dunette, un resplendissant officier, ceint de l'écharpe blanche de son commandement, observait le rivage avec une longue-vue. Je percevais l'admiration que mon amant portait encore au prestige militaire, mais sans y déceler l'amertume d'antan. Les chants des matelots qui raboutaient les énormes voiles lui parvenaient par bribes, au gré des bourrasques.

Le vent emportait vers la rive les paroles de Martin. « Au vrai, Monsieur, je me plaisais bien à Louisbourg, et j'y serais volontiers demeuré plutôt que d'aller découvrir Montréal. »

L'air chagrin de son valet fit sourire Thomas. « On m'assure que Montréal est une ville encore plus accueillante que Louisbourg, Martin, et qu'on y vit fort agréablement. C'est là que nous nous fixerons pour y faire notre fortune. »

Martin s'écarta du bastingage. « Monsieur a bien dit *notre* fortune ? C'est fort généreux de sa part, mais je ne suis qu'un pauvre valet sans...

— Martin ! Nous ne sommes plus à Saint-Onges ! Tu peux désormais aspirer à un état plus honorable que de servir un maître tel que moi ! » Thomas ferma un instant les yeux sous l'assaut des furies que lui dépêchait sa conscience. Tandis que Martin le contemplait bouche bée, il ajouta : « Je compte bien te donner les moyens de gagner ton indépendance et de profiter de ta liberté. »

Martin se gratta le crâne sous le rebord de son chapeau. « Indépendance ? Liberté ? Voilà bien des mots qui font peur au monde, Monsieur ! Mais qu'en ferais-je donc ? L'état de faquin n'est pas si mauvais qu'on le dit. » Sa curiosité était cependant éveillée. « Et comment donc Monsieur compte-t-il acquérir cette fortune ?

— Martin, avant d'atteindre Montréal, nous passerons trois semaines sur ce navire, et j'aurai loisir de t'expliquer par le menu de quelle façon nous allons prospérer. » Et Thomas retourna à sa contemplation de Louisbourg dont les remparts s'estompaient déjà dans la brume.

Tandis qu'ils contournaient l'île Royale pour traverser le golfe du Saint-Laurent, Thomas prit soin d'éclairer Martin sur son grand projet.

Les chevaux du Canada l'avaient surpris et enthousiasmé. Vigoureux, dociles, increvables, ils s'accommodaient — à ce qu'on lui en avait dit — tout aussi bien des cruelles froidures hivernales que des torrides chaleurs estivales. L'œil exercé de Thomas avait décelé leurs points forts, et il supputait les façons d'améliorer encore cette race issue des chevaux du Grand Roy.

Les hardies petites montures canadiennes avaient en effet de nobles ancêtres, sortis tout droit des écuries royales françaises, et donc sans doute de lignée anglaise. Don de Louis XIV aux nobles venus braver les rigueurs de la Nouvelle-France, les quarante chevaux qui — entre 1665 et 1670 — avaient survécu à la traversée s'étaient acclimatés avec bonheur. On en comptait à présent douze mille, indispensables et bien différenciés de leurs premiers ancêtres. Attelés aux charrues aussi bien qu'aux carrosses, tirant la malle-poste ou le traîneau de l'évêque, ces braves chevaux étaient aussi prisés que les grands morgans de la Nouvelle-Angleterre, avec lesquels on les croisait parfois. Leur endurance était telle qu'un seul d'entre eux pouvait couvrir la distance entre Québec et Montréal en moins de vingt heures.

Thomas avait donc formé le projet de mettre en pratique ses connaissances équestres pour se lancer dans l'élevage des chevaux et s'enrichir. La fascination qu'exerçaient sur lui les Indiens — ou plutôt les Indiennes — y trouvait sa part, puisqu'il ne se proposait rien moins que d'aller jusqu'aux grandes plaines quérir quelques-unes de leurs montures.

« Il nous faut d'abord obtenir concession d'une terre suffisante pour notre propos le plus près possible de Montréal. C'est chose possible, à ce qu'on m'a dit. » Martin hochait la tête sans grande ardeur.

La brume de ressentiment qui avait si longtemps voilé le regard de Thomas s'était dissipée comme les brouillards de Louisbourg. Ses yeux brillaient. Il avait renoncé une fois pour toutes à son ambition militaire, et le remords avait chassé l'amertume de son esprit. Sans le cruel harcèlement de sa conscience, il eût été pleinement satisfait.

Il tentait de gagner Martin à son enthousiasme. « Nous ne nous contenterons pas des chevaux canadiens, Martin ; nous irons jusqu'aux terres des Indiens pour y acheter ces prodigieuses montures dont tous ceux qui les ont vues m'ont vanté les mérites. » Son imagination le devançait ; il se voyait déjà marchandant quelque poulinière ou un bel étalon. « Et nous ramènerons ces superbes chevaux indiens, pour les croiser avec ceux d'ici. »

Martin faisait grise mine. Jouer les colons sur une terre ingrate était déjà bien peu dans ses goûts, sans qu'il fallût en plus s'aventurer dans des contrées où les voyageurs couraient grand risque d'être séparés de leur chevelure, de la peau de leur crâne et même de leur chapeau.

Thomas réfutait ses arguments en riant. Une expédition vers les plaines du Sud-Ouest ne présentait aucun danger, à ce que lui en avaient assuré ses amis officiers de Louisbourg ; nombreux étaient ceux qui avaient fait le voyage jusqu'à la vallée de l'Ohio et au-delà sans y perdre un cheveu.

Martin était loin de partager cette téméraire assurance. Son esprit fertile donnait forme à des fantasmes effrayants ; d'affreux sauvages s'y lançaient à sa poursuite sur des chevaux emballés en brandissant leur hache de guerre et en poussant des cris de mort à vous glacer le sang.

Les voyageurs arrivèrent devant Québec par une radieuse journée de printemps, les yeux encore pleins des merveilles du Saint-Laurent : outardes, dauphins, otaries et baleines blanches à l'entrée du Saguenay.

Thomas ne souhaitait pas s'attarder à Québec. Cette ville, qui abritait le siège du pouvoir royal et religieux, symbolisait pour lui la Justice du Roy. Et Montréal l'attirait.

C'était, de fait, un centre d'attraction pour tous ceux que tentaient l'aventure et la fortune. Non seulement dans le commerce des pelleteries, mais dans tous les négoces où les nations indiennes avaient leur rôle à jouer. Québec pouvait se vanter de compter l'évêque et le gouverneur général, M. le Marquis de Duquesne, parmi ses résidents ; mais c'était le gouverneur de Montréal, Charles Le Moyne, baron de Longueuil, qui exerçait la plus forte influence en matière de commerce.

Muni de plusieurs lettres d'introduction auprès de ce haut personnage, Thomas avait hâte de s'en servir au plus tôt. Il lui fallut pourtant contenir une fois encore son impatience, et attendre que le navire eût déchargé une partie de sa cargaison à Québec avant que le voyage jusqu'à Montréal se poursuive.

N'ayant aucun désir de mettre pied à terre, Thomas n'accorda au site pourtant magnifique de Québec qu'un regard indifférent. Du tillac du vaisseau à l'ancre, on voyait au premier plan des quais fort achalandés ; une solide rangée d'entrepôts et de logements de pierre avaient été construits au bas d'une falaise escarpée qui dominait de quelques centaines de pieds le port et la basse ville. Au sommet de ce promontoire s'étendait la haute ville ; le château du gouverneur et ses canons y faisaient pendant au palais de l'évêque et à ses croix. On y devinait une profusion de couvents et de séminaires sur lesquels veillaient nombre d'églises à clocher argenté. A main gauche, en amont du fleuve, les remparts du fort couronnaient la crête de la falaise.

Tandis qu'il laissait glisser des regards distraits sur la foule des quais, une petite chapelle en retrait de la place du marché retint l'attention de Thomas. Un grand vide se fit soudain dans sa poitrine, et il se sentit pris d'une étrange faiblesse. Un désir intense d'absolution s'emparait de lui, le poussait vers cette chapelle, vers un prêtre, vers la confession. Il était si las de se mépriser ! Impuissante à apaiser cette soif de pardon, je ne pouvais que le regarder

161

souffrir et lutter contre ce funeste besoin de se décharger de sa faute entre les mains d'un autre. Je priais en son nom, sans trop croire à la prière, d'autant que la mienne manquait d'humilité : j'y admonestais vigoureusement la Providence. Que je fusse vouée au fastidieux état de fantôme, soit. J'acceptais mon sort. Mais Thomas ne méritait pas ses souffrances, et elles m'étaient proprement intolérables.

Les yeux fermés, le cœur battant à grands coups, mon amant se forçait à recouvrer son calme. Sans un regard pour la chapelle, il s'écarta du bastingage et partit à grands pas sur le tillac afin de regagner sa malodorante cabine ; il s'y enferma sans même prêter attention aux relents d'eau croupie qui remontaient de la cale.

Il avait toujours compté sur lui-même avant de compter sur les autres. La tentation de se confesser s'évapora aussi soudainement qu'elle était venue, et il ne lui en resta bientôt plus qu'une certaine colère envers lui-même pour avoir failli y succomber. Il fit le vœu de ne jamais rejeter sur autrui le fardeau de ses propres fautes, et se sentit bientôt assez fort pour remonter sur le pont. Un instant, il songea même à visiter la ville. Ce qu'il eût fait sans doute, s'il n'avait ouï-dire que bon nombre de pères de famille chargés de filles à marier y rôdaient de l'aube au crépuscule. Ces pères se faisaient un devoir de fondre sur les voyageurs de bonne mine et leur infligeaient une hospitalité, généreuse certes, mais non dénuée de risques. Bertrand ne se sentait guère d'humeur à repousser les avances des pucelles de Québec, et encore moins celles de leurs parents.

Au reste, Martin qui avait obtenu sa permission d'explorer la ville s'en revenait, le visage fendu d'un large sourire et le dos arrondi sous le poids d'un énorme sac de victuailles.

Faisant à son maître un signe de conspirateur, il le mena jusqu'à un coin tranquille de la proue et le pria de prendre place sur un rouleau de cordages. Il déposa son sac à malice sur le pont crasseux, en tira un linge blanc et bien plié qu'il étendit aux pieds de Thomas et sur lequel il disposa avec soin une écuelle en étain, une chope, un couteau et une fourchette tirés de ses vastes basques.

« Voilà ! Si Monsieur veut bien me faire l'honneur... » En un tournemain, il tira du sac une miche dorée et croustillante qu'il huma un moment les yeux fermés avant de la déposer sur le linge, un énorme jambon, une perdrix encore rissolante qui lui brûla les doigts et un flacon de vin dont il avait déjà copieusement goûté.

Thomas rit de bon cœur, se sentant soudain une faim de jeune loup.

« Voilà qui est fort appétissant, Martin ! J'en goûterai volontiers, à condition que tu partages mon souper. Si fait, si fait ! Je te l'ordonne ! »

Martin partit d'un grand éclat de rire, s'agenouilla devant le festin et se frotta les mains en murmurant : « A nous deux ! »

Les paysages qu'ils traversèrent en remontant le fleuve Saint-Laurent auraient apaisé l'esprit le plus tourmenté. Le navire suivait la rive nord et longeait ses collines ondulantes reverdies par les couleurs du printemps. On y voyait dispersées maintes fermettes aux murs blanchis à la chaux, entourées de pâturages et de jardins soignés. Plus près du rivage, des hameaux proprets se serraient autour de solides églises. Les femmes et les filles qui travaillaient aux champs relevaient la tête sous leur grand chapeau de paille au passage du navire et agitaient les deux bras en criant leur plaisir à sa vue. Aucun doute n'était possible : ces gens vivaient mieux que nos misérables paysans de France.

Des vents favorables gonflaient les voiles, et l'air embaumait les fleurs de pommiers, en pleine floraison de long de la rive. Au sommet des coteaux boisés, le vert émeraude des feuilles nouvellement écloses contrastait de façon plaisante avec le bleu intense d'un ciel sans nuages. Je me tenais au côté de Thomas sur le tillac ; il faut avouer que la beauté du paysage m'émouvait autant que lui.

Il le contemplait d'un air placide, avec autant de sérénité qu'il en pouvait espérer.

Montréal lui fit fort bonne impression.

Construite sur une île du Saint-Laurent, entre le fleuve et une haute colline boisée, la ville s'étendait déjà au-delà de ses fortifications, empiétant sur les fermes, les vergers et les bois dont elle était entourée.

L'avant-garde d'entrepôts et d'habitations à l'entrée du port augurait bien du reste de la ville. Quoique de simple pierre des champs, ces constructions de trois ou quatre étages témoignaient d'une solide prospérité ; leurs toits d'ardoise grise brillaient sous le soleil printanier. Des nombreux vaisseaux à l'ancre émergeaient de longues files de bruyants portefaix chargés d'énormes balles ; à force de jurons sonores, ils se frayaient un chemin à travers la foule qui encombrait les quais.

Dès qu'ils eurent mis pied à terre et qu'ils se retrouvèrent sur le vaste débarcadère, au pied d'une place en pente douce, Thomas et Martin poussèrent un soupir de soulagement et se sentirent l'envie immédiate de visiter Montréal. Martin sur ses talons, Thomas se dirigea vers la place, longeant une succession de demeures qui ne manquaient pas d'une certaine élégance.

Je suivis, en proie à une curiosité aussi ardente que la leur. Mon existence entière résidait désormais dans ce que mes sens me livraient de l'instant immédiat. Certes, j'étais encore capable de réfléchir au passé, mais l'avenir m'était étrangement indifférent car la confiance innée que j'avais toujours eue en la Providence ne m'avait point abandonnée et me laissait libre de me consacrer au présent. Alors que, vivante, ma curiosité se bornait à vouloir mieux connaître ce ou ceux que je connaissais déjà, la mort me faisait découvrir l'attrait de l'inconnu, et je me repentais du peu d'intelligence que j'avais manifesté durant ma courte vie. Car n'est-il point vrai que le manque de curiosité est un signe de stupidité ?

Non seulement j'observais désormais les gens, mais j'écoutais ce qu'ils avaient à dire.

Les rues larges et propres qui débouchent à angle droit sur la place sont encombrées de riches équipages et de fines montures à la robe luisante, autour desquels se presse une foule pittoresque et prospère. Ou qui du moins en donne l'impression.

Thomas se rend bientôt à l'évidence : les Montréalais sont grands amateurs de chevaux. Ils ont, en vérité, une véritable passion pour ces animaux et font assaut d'extravagance dans le choix de leur monture ou de leur équipage. Au point que les prêtres en sont rendus à fulminer en chaire contre cette coupable — et dispendieuse — vanité sans que quiconque prête attention à leurs prêches.

Au reste, l'Église a bien d'autres motifs de se plaindre des Montréalais. Trop de banquets somptueux favorisent la gloutonnerie ; trop de jeux encouragent la cupidité et le gaspillage ; trop de bals entraînent au libertinage et à la débauche. Les religieux déplorent l'indifférence généralisée envers les dix commandements, et surtout la résistance envers la dîme.

Tout en cheminant vers l'auberge qu'on lui a recommandée, Thomas remarque la richesse de Montréal, qui se reflète dans son architecture. Nombre de résidences entre les toits desquelles on aperçoit les pentes verdoyantes du mont Royal sont bâties en pierre de taille et assez imposantes. De construction récente pour la plupart, elles ont remplacé les anciens logements en bois de pin, cause de tant d'incendies ravageurs.

En cette période de l'année, quantité d'étrangers convergent vers la ville des quatre points cardinaux : *voyageurs* à la recherche de contrats pour le transport des marchandises — jusqu'au lac Supérieur et au-delà — dans leurs gigantesques canots ; agents de la Couronne ou négociants en quête d'hommes fiables pour se charger de leurs marchandises ; seigneurs cherchant en vain à engager quelque *coureur de bois* à abandonner sa vie sauvage pour venir cultiver la terre ; Indiens, aussi fiers que peu vêtus...

Indiens de tous les horizons. De toutes les nations. D'un si grand nombre de tribus, en vérité, qu'il faut assigner une taverne particulière à chaque nation afin d'éviter les combats entre *braves* ennemis.

Il règne sur la place un air d'aise et de contentement. Certains — de riches négociants, sans doute — marchent du pas rapide de ceux qu'attend quelque profitable affaire. D'autres font montre de leurs beaux atours du pas lent de ceux qui n'appréhendent point leurs lendemains. Mais tout ce monde prend le temps de s'arrêter à l'occasion pour saluer des connaissances.

Thomas ne se lasse pas d'admirer les chevaux. Martin le suit, nez en l'air et bouche ouverte ; de dessous le large bord de son chapeau, il coule des regards gourmands aux jupes incroyablement courtes des femmes.

« Monsieur a-t-il remarqué les belles dames de cette ville ? La soie est-elle si rare en ce pays qu'elles ménagent ainsi l'étoffe et nous montrent ce qu'elles ont de mieux ? Leur curé n'y trouve donc point à redire ? »

Thomas sourit en suivant des yeux deux rieuses demoiselles en perruque poudrée et robe *à l'anglaise* dont le jupon révèle non seulement de fines chevilles, mais encore des mollets bien tournés. Leur senteur de rose se mêle à l'odeur du crottin. Que d'attraits dans cette ville...

Un gentilhomme de fière allure les dépasse, monté sur un superbe étalon anglais et escorté d'une livrée richement vêtue, dont certains laquais sont noirs comme l'encre.

Thomas se demande s'il lui faudra encore sacrifier une partie non négligeable de son avoir pour commander un nouvel habit. Depuis les Indiens dans leurs costumes bariolés jusqu'aux prêtres dans leurs soutanes propres et de bonne coupe, chacun ici semble se faire un devoir de paraître.

Lorsqu'ils débouchèrent enfin dans la rue Saint-Paul et que Thomas se présenta à l'auberge de M. La Grandeur, l'aubergiste en personne se confondant en excuses, lui expliqua qu'il venait de louer sa dernière chambre à un inspecteur du roy chargé de l'enregistrement des *voyageurs*. Mais il lui assura qu'il pourrait bientôt mettre cette chambre à sa disposition : en effet, l'inspecteur ne tarderait pas à se rendre à Lachine — à quelque distance à l'ouest de Montréal et en amont des rapides du Saint-Laurent — puisque c'était le point de départ des grands canots des *voyageurs*. Il conclut en lui recommandant l'auberge de M. Labonté : Thomas y serait logé plus modestement, certes, mais avec tous les égards dus à son rang, en attendant de faire à sa propre auberge l'extrême honneur de sa présence.

Dès qu'il fut installé dans un médiocre appartement de l'auberge Labonté, Thomas envoya Martin quérir de gros pichets d'eau chaude auprès du logeur lequel en fut fort surpris. Puis il se lava méticuleusement des pieds à la tête et attendit en grande impatience l'arrivée de son bagage pour se vêtir avec beaucoup de soin. Il avait décidé de se présenter sans tarder devant le gouverneur.

Il lui fallut pourtant attendre une semaine avant d'obtenir audience auprès de Charles Le Moyne, baron de Longueuil, gouverneur de Montréal.

Pour tromper son impatience et se distraire, Thomas se procura un cheval et parcourut la ville ainsi que ses environs. Au petit trot, il suivit les *rangs* de bordes bien régies et de vergers fertiles où chaque terre de trente arpents formait un long ruban étroit entre une route et un cours d'eau, afin qu'on y pût abreuver moutons et bétail. Il faisait parfois halte devant quelque plaisante seigneurie et contemplait en silence ces demeures de pierre grise avec leur toit pentu et leurs lucarnes, leurs haies fragrantes de lilas. L'envie que lui inspiraient alors leurs habitants ne laissait pas de me surprendre, car ce n'étaient là que bien modestes logis, auprès des splendeurs qu'il avait connues. Mais le vert si tendre des champs emblavés lui rappelait — comme à moi — les printemps de Saint-Onges et nombre de souvenirs doux-amers...

Thomas se rendit un jour jusqu'au sommet du mont Royal en contournant les villages indiens par une piste étroite à travers la forêt. A l'endroit où Jacques Cartier avait planté une croix de bois s'élevait un grand calvaire au milieu d'une clairière. La crête offrait une vue superbe sur la ville qui s'étendait au bord du fleuve ; plus loin, vers le sud, par-delà les eaux miroitantes du Saint-Laurent, l'œil suivait les moutonnements d'une dense forêt jusqu'aux premiers contreforts des Adirondacks.

C'est là, je crois, que nous perçûmes tous deux pour la première fois la puissance sur l'âme humaine des paysages sans bornes : admiration, ferveur, exaltation d'une conquête possible... Les paysages de notre enfance ne manquaient certes pas de charme, mais en y repensant ils me semblaient avoir confiné nos corps comme la société à laquelle nous appartenions avait confiné nos esprits.

Un autre jour, Thomas chevaucha jusqu'à Lachine pour assister au départ des *voyageurs*.

Les rives du Saint-Laurent, en amont des traîtres rapides qui avaient arrêté Jacques Cartier plus de deux siècles auparavant, étaient encombrées de véhicules de toutes sortes que des hommes se hâtaient de vider. Leurs marchandises étaient aussitôt chargées dans les *canots de maître* de trente-cinq pieds pour être transportées par voie d'eau jusqu'au lac des Hurons, et parfois bien au-delà, jusqu'au Mississippi.

Plusieurs de ces embarcations étaient déjà sur le départ, avec pour cinq mille livres de marchandises à destination des forts ou des postes de traite. Les indiens Chippewas construisaient, disait-on, les meilleurs canots — en écorce de bouleau jaune cousue à l'aide de racines d'épinette noire sur une armature de thuya — et assez légers pour que leurs douze rameurs puissent les porter sur leurs épaules.

Les équipages formaient d'étranges assortiments : Canadiens gaillards et truculents ; Indiens taciturnes et hautains ; squaws rieuses vêtues comme leurs hommes de courtes tuniques sur des braies de peau, mais tintant de leurs innombrables bracelets d'argent. Certaines étaient jeunes, souples et désirables...

Thomas observa pendant longtemps cette activité avant de regagner son logis au galop, tout en ressassant les arguments dont il allait user pour persuader Mgr le Gouverneur de lui concéder une terre près de Montréal.

Le jour de l'audience enfin arrivé, Thomas se vêtit avec un soin particulier. Martin avait passé plusieurs heures à polir les boutons de ses manchettes, qui brillaient d'un éclat de bon aloi. En vérité, lorsqu'il franchit le seuil de l'auberge, son maître était un modèle d'élégance patricienne. Le valet soupira de soulagement et s'apprêta tranquillement à aller courir la gueuse.

Charles Le Moyne reçut Thomas avec civilité et circonspection. Après avoir invité son visiteur à prendre place dans un fauteuil doré qui faisait face à sa table de travail, il se mit à parcourir les lettres d'introduction en hochant sa tête massive et carrée. Au bout de longues minutes, il leva les yeux et contempla Thomas par-dessus ses petites lunettes rondes. Son regard me rappela celui de Philippe : clairvoyant mais las.

« Ainsi, vous comptez vous établir au Canada, monsieur de Lodigny ? J'approuve votre décision. Nos contrées ont grand besoin de vos semblables, de jeunes hommes de qualité prêts à consacrer leurs talents au bien de la colonie. Puis-je connaître vos intentions ? »

Thomas s'éclaircit la gorge et se lança d'un trait dans l'exposition de son projet, non sans une discrète allusion au capital dont il disposait.

Le gouverneur n'était pas dépourvu d'ambition, mais n'y avait jamais sacrifié son sens pratique. Certain de ne pas occuper son

168

poste pour le restant de ses jours, il était porté à en tirer le plus de bénéfices possible. Ce jeune gentilhomme faisait montre d'encourageantes dispositions à se séparer volontiers de son or ; tout en réfléchissant aux divers moyens de l'y aider, Le Moyne écouta d'une oreille la conclusion de son exposé.

« ... et je vous serais donc très obligé de m'éclairer sur la meilleure façon d'acquérir une terre dans les environs de Montréal. Il m'en faudrait de préférence une défrichée en partie, et assez étendue pour produire le foin et l'avoine nécessaires à la nourriture de mes bêtes en hiver. »

Le gouverneur se frotta la bouche d'une main blanche, comme pour effacer de ses lèvres la moue dubitative que les prétentions de Thomas y avaient dessinée.

« Encore des chevaux, Monsieur ! Le bétail nous serait plus utile. Cette passion des chevaux dépasse l'entendement ! C'est aux dépens de nos vaches qu'on nourrit ces animaux en hiver ; le foin est rare ! »

Thomas eut l'air si déçu qu'il tempéra aussitôt son reproche. « Quant à aller quérir des chevaux indiens, je ne disputerais point le mérite de votre projet... »

On frappa à la porte du cabinet. Un officier en uniforme bleu entra sans attendre d'y être prié, déposa devant le gouverneur un pli cacheté de cire rouge et se retira à reculons.

Le Moyne brisa le cachet en gratifiant Thomas d'un demi-sourire d'excuses. Tandis qu'il parcourait la dépêche, mon amant regardait un à un les tableaux ornant les lambris gris pâle de la vaste pièce, qui avait dû être un salon. C'étaient pour la plupart des portraits d'un style suranné, mais il nota deux ou trois paysages de facture agréable. Sur la cheminée de marbre gris, le balancier de la belle pendule de bronze allait et venait avec une fascinante précision. Une grosse bûche se consumait dans l'âtre, tandis qu'une brise légère apportait par les hautes croisées ouvertes des senteurs printanières. Dans un jardin entrevu, une femme riait.

Le gouverneur plia son courrier, chercha des yeux où le poser sur sa table couverte de documents, et le jeta négligemment dans un tiroir. Il ôta ses lunettes et se mit à en nettoyer les verres avec un mouchoir brodé de dentelle, tout en gratifiant Thomas d'un sourire bonhomme.

« Pardonnez cette interruption, Monsieur : les affaires d'État exi-

169

gent une prompte attention. Nous disions donc... Je ne nie point la nécessité d'élever des chevaux. L'armée en a toujours besoin ; surtout depuis que le gouverneur, M. le Marquis de Duquesne, en envoie si grand nombre aux garnisons des forts de la Belle Rivière. Je connais la valeur des chevaux indiens, qui descendent de montures espagnoles. C'est là un heureux mélange d'andalous, d'arabes et de barbes. » Le salut de Thomas amena un sourire assez fat aux lèvres de Le Moyne. « Or ça, j'avoue de bien modestes connaissances en matière équestre, monsieur de Lodigny. Les chevaux indiens feront sans doute preuve d'une moindre résistance aux froids intenses de notre hiver et vous en perdrez quelques-uns, mais... »

Le Moyne était assez satisfait. Entre les besoins en viande de la colonie et ses propres besoins d'argent, le choix était aisé. Et l'armée avait effectivement besoin de montures. En aidant ce jeune homme à réaliser son projet d'élevage, il pourrait exiger que tous les animaux en résultant lui soient vendus. Il n'aurait plus qu'à les revendre aux militaires. A profit. Cela exigerait des années, mais Charles Le Moyne était un homme prévoyant.

« Accordez-moi quelque temps pour considérer votre requête et m'informer en votre nom. Avec l'aide de Dieu, nous vous trouverons une concession de dimensions appropriées à votre projet. »

En déplaçant quelques papiers sur sa table, Le Moyne découvrit une clochette d'argent qu'il agita sans même un regard pour son visiteur.

Thomas, impassible, ravala l'humiliation de ce congé et se leva précipitamment. Il gratifia le gouverneur d'un bref salut, tourna les talons et évita de justesse une collision avec l'officier en uniforme bleu qui venait d'entrer.

Le Moyne se leva à demi de son fauteuil. « Lieutenant, raccompagnez M. de Lodigny et assurez-vous de noter à quelle hôtellerie il loge. (Ses yeux rencontrèrent enfin ceux de Thomas, et il ajouta avec un soupir de lassitude :) Je vous prie de m'excuser, Monsieur, mon temps ne m'appartient plus... Mais vous aurez bientôt de mes nouvelles, soyez-en assuré. »

Sur un autre salut, Thomas suivit l'officier dans l'antichambre, partagé entre la déception, l'espérance et une sourde colère.

Jamais il n'avait été congédié de façon si cavalière, et l'affront lui restait sur le cœur. Moi qui savais que le gouverneur n'avait

170

nullement cherché à lui causer offense, je murmurais dans son oreille de vains mots d'encouragement. Hélas, à ma grande détresse, je sentais la mélancolie et les anciennes rancœurs, qui avaient si longtemps troublé son jugement, remonter à la surface pour obscurcir son esprit.

15

Dix jours s'écoulèrent avant que Le Moyne tînt parole et envoyât quérir Thomas.

Un laquais du gouverneur se présenta un matin à l'auberge La Grandeur, où Thomas et Martin étaient enfin logés, et lui remit une note de la main même du gouverneur, mandant de se présenter devant lui le plus tôt possible.

Thomas, qui rongeait son frein depuis plus d'une semaine et dont les humeurs inclémentes assombrissaient le ciel de son valet, se rendit en grande hâte au palais. A pied, mais escorté d'un Martin resplendissant dans son unique livrée et ses souliers proprement noircis, qui suivait respectueusement à trois pas derrière tout en lorgnant sans déplaisir les accortes servantes de retour du marché. Lorsqu'ils arrivèrent devant la résidence de Le Moyne, Martin se planta devant la grille du parc pour attendre son maître, tandis qu'on introduisait ce dernier auprès du gouverneur.

Charles Le Moyne accueillit Thomas avec une surprenante affabilité, allant jusqu'à se lever de son fauteuil pour lui indiquer un siège.

« Vous êtes un favori des dieux, Monsieur ! Et, s'il faut en juger par la bonne fortune qui vous échoit, je serais enclin à penser que tout ce que vous entreprendrez sera couronné de succès ! La Providence est votre alliée. »

Thomas le regardait sans comprendre. Je percevais sa curiosité et les prémices d'une timide joie.

Le Moyne ménageait ses effets. Affectant un ton lugubre, il reprit avec un hochement de tête : « Certes, le sort de cet infortuné jeune homme est bien cruel, que Dieu ait son âme ! Mais sa mort

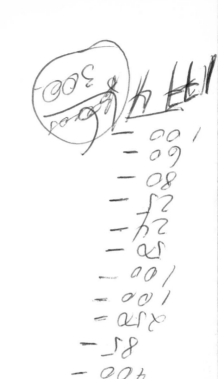

air transsat

Carte d'embarquement/Boarding pass

YMX 0047

NO VOL FLIGHT NO.	DATE	SIÈGE SEAT	PORTE GATE	HEURE À LA PORTE TIME AT GATE
777		16G		

DESTINATION

Mirabel

INFORMATIONS COMPLÉMENTAIRES
COMPLEMENTARY INFORMATIONS

DES.

Miral

n'aura pas été vaine si vous poursuivez son œuvre... Non, non, ne m'interrompez pas, je vais vous expliquer la situation. Ainsi que vous le savez peut-être déjà, nos paysans canadiens — nos *habitants* — n'aiment guère labourer pour autrui. Ils préfèrent parcourir le continent et adopter la vie des sauvages comme *coureurs de bois* ou *voyageurs*, et laissent des mois durant à leur femme le soin de cultiver la terre. Ceux d'entre nous qui possèdent de grands domaines sont ainsi fort en peine de les faire valoir. »

Il fouilla dans une poche de son habit de velours brodé, en sortit une tabatière en or, l'ouvrit, se ravisa et la remit dans sa poche. Saisissant une des plumes d'oie de son encrier, il se prit à la faire tourner entre le pouce et l'index de la façon la plus irritante du monde. Thomas attendait sans un soupir. Bouillant d'impatience.

Tout en continuant son agaçant petit manège, Le Moyne se décida à poursuivre :

« C'est pourquoi nous trouvons plus profitable de concéder de larges portions de nos terres à des fermiers indépendants qui en ont tenure à volonté et nous paient en nature ou en espèces sur les profits qu'ils tirent de leurs récoltes. La superficie des terres ainsi accordées est d'ordinaire de trente arpents. »

Insuffisante pour espérer y faire son foin, songea Thomas en se gardant d'interrompre.

« Il se trouve que je mentionnais hier votre requête à un capitaine de nos compagnies franches, qui me rappela le triste sort d'un de ses officiers. Ce jeune lieutenant avait donné sa démission pour s'établir sur une terre que lui avait concédée un de mes amis, le marquis de Vaudreuil. (Soulignant l'illustre nom d'un moulinet de sa plume, Le Moyne la reposa comme à regret sur sa table et se pencha vers Thomas pour ajouter :) Or, cet infortuné jeune homme est mort voici cinq semaines dans l'incendie qui détruisit en partie la maison qu'il venait de faire construire sur cette terre. Orphelin, il devait se marier sous peu, mais n'avait en Nouvelle-France aucune parenté susceptible d'hériter de son domaine... »

Le Moyne laissa se prolonger un silence prégnant avant d'ajouter : « M. de Vaudreuil est en France, mais je gère ses biens et domaines en son absence. Je jouis de sa confiance et n'entrevois aucun obstacle au transfert de la tenure dudit domaine en votre nom, Monsieur. C'est une bonne terre de deux cent quarante arpents, dont une dizaine sont déjà défrichés ; une partie de la demeure, dont une fort belle cheminée de pierre, à ce qu'on m'en a dit, a résisté aux flammes. Tout cela au bord du lac des Deux-Montagnes, à quelque sept ou huit lieues de Montréal. (Il gratifia Thomas d'un sourire paternel et conclut :) C'est à moi-même que vous verserez les redevances... jusqu'au retour de Vaudreuil. »

Thomas resta coi, comme si la moindre parole eût suffi à rompre le charme, à mettre fin au rêve qu'il était en train de vivre. Lorsqu'il retrouva sa voix — dont je remarquai pour la première fois le timbre riche et chaleureux —, il s'empressa d'exprimer sa gratitude en termes choisis.

C'était là, en vérité, un don généreux de la Fortune.

Et nullement attribuable à un caprice du destin.

Si la tournure des événements me transportait de joie — une joie telle que je n'en avais point connu depuis ma mort —, c'était en partie pour y avoir fortement contribué. L'intérêt que le gouverneur semblait désormais porter à Thomas m'en fournissait la preuve.

Pour peu que je voulusse m'en donner la peine, je pouvais exercer une influence sur les vivants ! J'avais en effet passé les dix dernières nuits dans la chambre à coucher du gouverneur. Agenouillée à son chevet, j'avais murmuré dans son oreille, de minuit au point du jour : « Portez assistance au jeune Thomas de Lodigny ! Venez-lui en aide ! » Et autres recommandations du même genre, lui enjoignant de se montrer honnête et de renoncer à son avidité coutumière en faveur de ce jeune gentilhomme. Cela avait exigé de ma part un effort considérable pour ne point hurler d'ennui.

De son côté, l'épouse du gouverneur avait trouvé son repos grandement perturbé par la fébrilité soudaine de son mari. Elle s'était plainte chaque matin des soupirs, sursauts et soubresauts qui agitaient son sommeil, et avait fini par lui interdire toute venaison et autres viandes échauffantes au souper.

Le Moyne souriait, jouissant de la satisfaction de se savoir généreux. Il se sentait de l'amitié pour ce jeune gentilhomme de bonne mine à qui il venait d'accorder une faveur.

« A votre place, monsieur de Lodigny, je ne m'attarderais point dans mon nouveau domaine. Notre été est court ; il vous faut en profiter pour mener à bien votre expédition. (D'un ton brusque, il demanda :) Que savez-vous de la vallée de l'Ohio ? »

Thomas abandonna à regret les hauteurs de son euphorie pour lui répondre :

« Je sais qu'un de vos prédécesseurs — M. de la Galissonière, je crois — établit des forts le long de la rivière Ohio, que certains nomment la Belle Rivière, et qu'il se gagna l'alliance des tribus indiennes. » Le Moyne opina gravement. « Il y a quatre ans de cela, en 1749, ce gouverneur y dépêcha le sieur Céloron de Blainville, accompagné d'une escorte militaire pour en chasser les négociants anglais.

— Hum, disons plutôt les trafiquants. Tout cela est exact... à ce détail près que M. de la Galissonière était gouverneur général, et que je n'ai jamais eu semblable honneur. (Le Moyne se frotta la joue. La fine dentelle du volant me parut quelque peu défraîchie.) Quoi qu'il en soit, son successeur s'efforça de consolider nos positions en renforçant les garnisons des forts autour des Grands Lacs, mais son problème — qui est aussi le nôtre — était le manque de soldats. Comment pouvons-nous espérer défendre la Nouvelle-France si Sa Majesté le Roy ne nous envoie pas de troupes ? M. de Vaudreuil, gouverneur de la Lousiane, ne peut compter pour défendre la vallée du Mississippi que sur deux mille hommes mal aguerris ! »

Le Moyne haussa ses massives épaules et se carra plus confortablement dans son fauteuil. Le soleil matinal s'enhardissait jusqu'à sa table et le faisait cligner les yeux. Par la croisée ouverte, Thomas aperçut un merle qui voletait vers son nid avec un brin de paille. Une myriade d'oiseaux perchés dans la ramure des jeunes érables du jardin dominaient de leurs pépiements les bruits de la rue.

Le Moyne rompit son silence. « C'est un état de choses affligeant... qui pourrait bien vous être utile. »

Thomas fronça les sourcils. « De quelle façon, Monseigneur ? Je ne vous entends point. »

Le Moyne sourit. « C'est que, voyez-vous, le manque de soldats nous force à cultiver l'amitié des Indiens. Ces alliances nous coûtent fort cher, il est vrai, mais en retour de nos largesses les Indiens accueillent très bien les voyageurs français. Il nous faut faire en sorte que les tribus apprécient notre générosité, admirent notre force et craignent notre justice. (Un petit rire de dérision lui échappa.) Ah, notre justice, ils la craignent effectivement. Surtout la potence. Savez-vous que les Iroquois, qui endurent sans broncher les atroces supplices qu'ils s'infligent entre eux, tremblent d'être pendus ? J'ai eu l'occasion de le constater. Pour qu'ils cessent de torturer ceux de nos soldats qui avaient le malheur de tomber entre leurs mains, j'ai ordonné la pendaison d'un prisonnier iroquois, en menaçant de faire subir le même sort à deux de ses congénères pour chaque soldat torturé. Ils n'ont point trouvé cela à leur goût et ont cessé de faire rôtir leurs prisonniers à petit feu. »

Figé, Thomas gardait le silence. Le gouverneur reprit la parole. « Je présume que vous voyagerez par voie de terre ; même les canots de maître ne pourraient se charger de vos bêtes. Vous vous rendrez donc au fort Frontenac, sur le lac Ontario, et de là à Detroit. »

Thomas opina du chef, l'esprit déjà en chemin.

Le Moyne fit la moue. « Le voyage terrestre est plus long et sans doute plus périlleux ; mais se rendre en Lousiane ne présente guère de difficultés, croyez-moi, nos gens y vont aussi volontiers qu'à Québec. Je vous remettrai une lettre pour faciliter votre passage dans nos forts. Les commandants des garnisons se feront un devoir et un plaisir de vous porter assistance et de vous offrir l'hospitalité. »

Thomas ouvrait la bouche pour lui exprimer une fois de plus sa reconnaissance ; Le Moyne le devança : « Non, non, ne me remerciez point. La Providence semble décidément vous sourire. Vous serez bien accueilli dans nos forts ; votre passage sera pour eux une plaisante diversion à la monotonie de leurs jours, et vous leur donnerez des nouvelles de Montréal... et de France. (Le regard perspicace de Le Moyne se fixa un instant sur Thomas, qui retint son souffle.) Il serait quand même prudent de ne point compter sur la seule protection de nos soldats. Vous savez sans nul doute manier une arme ; munissez-vous d'une paire de pistolets et d'une bonne lame. »

Sans laisser à Le Moyne le temps d'agiter sa clochette, Thomas se leva et s'apprêta à saluer son bienfaiteur, qui l'arrêta d'un geste. « Or ça, monsieur de Lodigny, mon secrétaire vous présentera les actes qui requièrent votre signature et vous indiquera le chemin de votre nouveau domaine. Il ne me reste qu'à vous souhaiter bon voyage. Pour ce qui est du contrat, vous noterez qu'il m'accorde l'exclusivité des ventes et achats. C'est par mon entremise que vous acquerrez tous les chevaux canadiens nécessaires à vos croisements, et c'est à moi que vous vendrez toutes les montures que produiront vos écuries ou votre haras — ce qui est, je crois, le terme qu'on emploie pour ce genre d'élevage... (Sans se départir de son sourire, il ajouta :) A bon prix, cela va sans dire. J'ose espérer que cette convention vous agrée... » Ses sourcils relevés attendaient confirmation.

Thomas hocha la tête avec une conviction qu'il était loin d'éprouver. Maudissant dans son for intérieur la cupidité des officiels, il exprima en peu de mots une approbation qui sembla satisfaire le rusé gouverneur.

« Fort bien, Monsieur. (Le Moyne agita sa sonnette.) Je vous prie de m'excuser, j'ai fort à faire. Il me faut assister à l'exécution d'un vil meurtrier qui subira demain le supplice de la roue sur la place du Marché pour avoir brutalement assassiné ses voisins de sang-froid. Ce Belisle recevra ce qu'il mérite et n'y goûtera point. » Le gouverneur ne sembla pas remarquer la pâleur soudaine de Thomas. « La roue est un supplice cruel que je n'approuve point, mais la justice l'exige. Si vous n'avez rien de mieux à faire et que le spectacle vous intéresse, je serai honoré de vous compter parmi les gens de ma suite. »

Enfonçant ses ongles dans la paume de ses mains, Thomas secoua la tête et salua rapidement. Le Moyne n'avait pas dit son dernier mot ; avant de confier Thomas aux bons soins de l'officier bleu, il l'invita derechef au bal qu'il comptait donner en l'honneur du retour de M. l'Intendant Bigot.

« Faites-moi tenir des nouvelles de vos progrès. Afin que la dette que vous encourez ne gêne point votre entreprise, j'ai fait spécifier dans le contrat que votre premier versement ne sera dû qu'en janvier de l'an prochain... Le 1er, bien sûr. Le 1er janvier 1754. »

Thomas se retira, laissant Le Moyne dans un état d'esprit qu'il avait peine à expliquer : un soulagement presque euphorique. La requête du jeune homme l'avait préoccupé pendant plus d'une semaine, s'immisçant dans ses pensées, entravant ses travaux et la bonne marche de ses affaires, sans lui accorder le moindre repos. Il en avait parlé tour à tour à tous les membres de son entourage ; au point que chacun avait fini par se demander ce que Thomas de

Lodigny pouvait bien avoir de si extraordinaire, hormis un gousset bien rempli.

Deux semaines plus tard, Thomas et un Martin bougonnant se rendaient à Vaudreuil pour prendre possession du domaine.

Thomas avait fait l'acquisition de deux bonnes montures et de deux mulets afin de transporter les fournitures qu'il jugeait nécessaires à leur installation. Une fois établi à Vaudreuil, il verrait à l'achat de provisions pour son expédition. Il vibrait de joyeuse impatience.

Depuis leur fuite au triple galop à travers la France, Martin avait pris les chevaux en horreur ; son grand corps maigre n'était pas conçu pour rester sur une selle inconfortable des heures durant. Par ordre de préférence, Martin aimait la bonne chère et les filles guillerettes. Point. Ses talents culinaires — et ses yeux rieurs dans une face lugubre — ne déplaisaient pas au beau sexe. Quant à lui, il résistait rarement à un sourire mutin.

Bien qu'il eût coutume de modérer sa langue en présence de son maître, sa retenue n'avait pas résisté devant la perspective d'un long et périlleux voyage à cheval vers le sud : de Montréal à Lachine, il n'avait cessé de protester contre un tel projet.

« Songez, Monsieur, que je suis de santé fragile et de faible constitution... » Mensonge manifeste : Martin n'avait pas connu un seul jour de maladie en trente ans d'existence. Il montrait ses bras maigres, comme si Thomas n'en connaissait pas la force. « ... et je serai bien incapable de me servir d'un fusil pour tirer sur les sauvages s'ils nous attaquent... et s'ils me blessent, je vous retarderai !

— Je t'ai déjà expliqué que ces Indiens sont nos alliés et que nous n'aurons point à les combattre, tout au contraire... Voyons, laisse-moi voir ce qu'indique ce poteau : Sainte-Anne. C'est bon, nous devrions bientôt atteindre une bifurcation ; nous prendrons à droite pour nous rendre jusqu'à l'embarcadère du bac, qui nous fera traverser le lac des Deux-Montagnes et nous débarquera à Vaudreuil. (Riant de la grimace de Martin, Thomas ajouta :) Saurais-tu apprêter les tourtes, Martin ? On les dit fort abondantes à Vaudreuil. Les gens d'ici en font des pâtés qu'ils nomment *tourtières*. »

La tentation de mettre son éloquence au service de cet oiseau délectable — dont il avait déjà goûté plusieurs fois à Montréal —

étant irrésistible, Martin se lança dans un exposé culinaire sur les diverses façons dont il comptait les accommoder. A la broche — faute de mieux — si l'infortuné prédécesseur de Monsieur avait eu la prévoyance d'en faire installer une.

Après la fourche, ils se trouvèrent bientôt sur une piste étroite dont les méandres s'enfonçaient dans une forêt de pins blancs et de bouleaux. Comparé à la presse qui avait encombré la route principale de Montréal à Lachine, ce sentier était un enchantement. Le sous-bois de verts arbustes et de fleurs sauvages surprenait, car les espèces qui y florissaient étaient inconnues dans les bois de Saint-Onges : fougères géantes dont les frondes encore enroulées ressemblaient à des crosses de violon ; trilles blancs et rouges à trois pétales ; minuscules orchidées sauvages... L'odeur piquante de l'ail des bois aiguillonnait leur faim ; ils n'avaient rien mangé depuis leur départ de l'auberge, six heures plus tôt. Sur les hautes branches, des volées d'oiseaux s'abattaient pour repartir aussitôt avec des cris rauques et de grands battements d'ailes.

Ils débouchèrent devant le quai de Sainte-Anne au moment où le batelier s'apprêtait à détacher les amarres. Le grand bac était déjà chargé de deux charrettes, de quelques voyageurs à pied et d'un homme rondelet qui tenait par la bride un bon cheval de selle.

Martin jetait à Thomas des regards inquiets. « Ne serions-nous pas avisés d'attendre le prochain passage, Monsieur ? Mieux vaut être rendu à Vaudreuil une heure plus tard qu'au fond du lac une heure plus tôt. »

Mais le gros batelier les encourageait d'un bras en poussant de l'autre ses passagers pour faire de la place aux nouveaux venus. Thomas mit pied à terre, et ils embarquèrent. Martin se serra contre sa monture sans lâcher les rênes pendant toute la traversée. Les chevaux sont bons nageurs.

Des arbres.
Des arbres gigantesques. Troncs vertigineux des pins blancs dont les cimes semblent caresser le ciel bleu de leurs délicates aiguilles vertes ; bouleaux, blancs comme la craie ou jaunes soyeux comme un satin, gracieusement courbés par le poids des neiges d'antan ; timides érables qui déplient leurs jeunes feuilles orangées dans

179

l'ombre du sous-bois. A travers l'entrelacs, on perçoit l'eau qui miroite, les coteaux embrumés d'Oka et le clocher d'un monastère.

Thomas avançait au pas, laissant son cheval continuer la route. *Sa* route. L'entrée de son nouveau domaine. Martin suivait avec les mules, réduit au silence, se tordant le cou pour distinguer le sommet des pins blancs.

Dix arpents avaient été défrichés, dont cinq au moins en bordure du lac, le long d'une petite baie sableuse que limitaient des escarpements de granite. Ici et là, d'énormes souches noircies témoignaient du travail ingrat des défricheurs. Du potager, il ne subsistait qu'un carré de terre presque envahi par les mauvaises herbes. A main droite, au centre de la clairière, s'élevait la maison, ou ce qu'il en restait. Deux pans de mur, en partie consumés, et la masse d'une cheminée de pierre des champs à l'âtre béant.

Thomas avait mis pied à terre ; rênes en main, il savourait du regard ce panorama qu'il pourrait désormais admirer à toute heure du jour. Il eut une profonde inspiration, tendit machinalement ses rênes à Martin qui l'avait rejoint, et prêta l'oreille au clapotis des vaguelettes qui venaient se briser sur le sable.

Lentement, comme en état de grâce, il se dirigea vers les ruines de la maison. Des souvenirs lointains — une rivière, la Marne ? — se mêlèrent un instant à ses impressions présentes. D'heureuses réminiscences du temps de sa petite enfance choyée ; longtemps oubliées, mais peut-être essentielles à son appréciation de ce grandiose paysage.

Il gravit les trois marches de ce qui avait dû être un porche donnant sur le lac ; le plancher de pin massif était à peine endommagé par les flammes, mais les colonnes qui avaient soutenu l'auvent s'étaient effondrées avec le toit et une partie des murs. Tels de gros jonchets, des poutres calcinées s'entremêlaient en tas au centre de la pièce principale. Lorsque Thomas en franchit le seuil, écrasant de ses bottes des fragments de charbon de bois, un merle roux abandonna précipitamment son nid avec des cris de protestation. Thomas étendit la main vers la cheminée, caressa de ses doigts la pierre grise. Une marmite pendait encore à la crémaillère. L'odeur des cendres imprégnait les ruines.

D'un soufflet, Martin écrasa un moustique sur sa joue. « Maudits soient ces maringouins ! (En hésitant à l'entrée de la pièce, il murmura d'une voix étouffée :) Euh, la demeure est peut-être hantée.

On dit que sa pipe a mis le feu à sa paillasse, Monsieur, et qu'il est mort *asphyxé* par la fumée.

— Asphyxié, Martin.

— Oui, bon... Que le bon Dieu ait son âme. » Le valet se croisa rapidement.

Thomas accorda une pensée au malheureux censitaire.

Où qu'il fût, l'esprit du jeune officier ne hantait pas son ancien domaine ; je n'y décelais la présence d'aucun fantôme, hostile ou non. Il y régnait au contraire une paix bienfaisante, une énergie sereine indéfinissable.

Les regards inquiets de Martin allaient des débris de la maison au cercle de forêt qui l'entourait.

« Par ma foi, Monsieur, voilà un endroit bien sauvage... qui me rappelle ces bois affreux où des loups affamés nous avaient attaqués pendant ce voyage en... en...

— En Prusse. »

De l'autre rive du lac leur parvenaient les battements sourds d'un tambour indien.

Thomas enjamba les madriers noircis pour inspecter de plus près le seul mur intact et s'émerveiller de sa construction. Il était fait de planches prenant appui sur de solides colonnes et maintenues en place par des clameaux. Ingénieux. Deux petites chambres avaient été aménagées ; une mince cloison les séparait de la grande salle. Le tout mesurait au plus vingt pieds sur trente ; les dimensions mêmes de la chambre à coucher de Thomas à Saint-Onges.

Tout en suivant ses pensées, je m'étonnai encore de sa satisfaction. Il avait connu une opulence princière, avait été maître — de fait sinon de droit — d'un haras assez splendide pour rivaliser avec celui du prince de Condé — lequel pouvait passer en carrosse dans l'allée centrale de l'écurie où logeaient ses deux cent cinquante chevaux. Oui, Thomas avait connu puissance et fortune. Et pourtant, aucune richesse ne l'avait jamais ravi autant que cet amas de bois calciné au fin fond d'une terrible solitude !

Il se tourna vers Martin, sourire aux lèvres. « Oui, fort sauvage en vérité, Martin. Nous sommes à l'orée d'un monde aussi vierge que l'Éden. N'est-ce pas merveilleux ? Au-delà de Vaudreuil et d'Oka, il n'y a plus que la forêt, des étendues immenses peuplées d'hommes libres ! (Emplissant ses poumons avec la brise du lac, il ajouta :) Au travail, Martin. Nous avons fort à faire avant la nuit.

Nous commencerons par dégager le plancher de toutes ces poutres. »

Martin le regarda, bouche bée. « Mais... Monsieur... N'irons-nous pas au village de Vaudreuil pour y souper et passer la nuit à l'auberge ? N'allez-vous pas engager quelques hommes de peine pour nous aider à... à... ? »

Thomas détourna la tête pour cacher son amusement. « En temps et lieu, Martin. Quant à passer la nuit à l'auberge de Vaudreuil, pourquoi donc ? La température est clémente, nous avons des victuailles en suffisance dans ce sac dont tu prends si grand soin. Nous ne manquons point de bois à brûler ; un bon feu éloignera les bêtes sauvages. Ce sera un excellent début à notre vie de colons. Déballe donc sans plus tarder nos outils. »

« Puisque je te dis qu'il n'est plus à Montréal ! Combien de fois faut-il donc te le répéter ? Il est parti depuis deux semaines ! Morbleu, Cormier, tu es plus entêté qu'un mulet... (Pivert se permit un sourire entendu.) ... ou plutôt qu'une mule ! Hi, hi, hi. Tu ne m'as jamais dit de le retenir de force, n'est-ce pas ? »

Cormier fronçait les sourcils. Mal remis de son affreuse traversée, il se sentait faible à mourir. Et ne voilà-t-il pas que son oiseau s'était envolé ? Pour quelques mois, s'il fallait en croire Pivert ; on ne pouvait, hélas, accorder aucune confiance à Pivert.

Cormier était bien décidé à prendre en main les opérations et à mettre un terme à leur association. Cette nouvelle façon que Pivert avait de le tutoyer ! Il regarda autour de lui, et ses lèvres se pincèrent de dégoût.

« Comment pouvez-vous vivre dans cette porcherie indigne du nom de cabaret ? Et pourquoi vous tenir si près du feu ? En juillet ! Vous êtes gras, malpropre et plus échauffé qu'un moine... (Cormier releva son long nez.) Ce pays ne vous vaut rien, Pivert. »

Pivert haussa les épaules. « Tout au contraire. » Cormier, à Montréal depuis deux jours à peine, le fatiguait déjà. Lui se plaisait bien dans cette ville. D'emblée, elle lui avait paru propice à une vie douillette. Ce gros bourg de sept mille âmes comptait pléthore de gibier facile à plumer.

En vérité, Pivert n'était pas scélérat dans l'âme, quoique en bonne voie de le devenir sous l'influence de Cormier. Inconstant, paresseux et superficiel, il était bien incapable de garder rancune à Thomas de l'avoir congédié et chassé de Saint-Onges. Tout au contraire, il lui en aurait plutôt tenu de la reconnaissance car, après son renvoi, il avait dû pour un temps se rabattre sur le jeu, et s'était aperçu qu'il vivait mieux de ses talents de tricheur que de ses gages de palefrenier.

Au reste, Pivert n'avait pas perdu son temps depuis son arrivée à Montréal. Ne tenant pas à répéter sa bévue de Louisbourg, il avait fait surveiller Thomas par personne interposée. Les tavernes des bas quartiers ne manquaient pas de vieux soldats avinés et autres pauvres hères prêts à se charger de la tâche, quitte à demeurer sobres le temps de gagner quelque obole.

Pivert s'était confortablement établi dans une auberge de la rue Saint-Joseph — peut-être moins propre qu'il eût été souhaitable —, où se succédaient voyageurs et traitants aux poches bien garnies qui ne refusaient jamais un jeu de hasard, de piquet ou de pharaon. Grâce aux faveurs des servantes qui lui donnaient toujours les morceaux de choix, il y vivait grassement de venaison et de chapons rôtis à la broche.

Il n'avait donc pas vu d'un bon œil arriver son compère. Prétentieux et tracassier comme une vieille fille, Cormier était doué d'une imagination fertile ; Pivert en convenait volontiers, sans pour autant en escompter grand profit. Cormier lui avait consenti une part si chiche du magot des deux vieilles qu'une fois payés son passage et son logement à Louisbourg Pivert se serait vite retrouvé démuni, sans le jeu. Il se tirait fort bien d'affaire à Montréal ; il avait même repris au prêteur la montre qu'il avait dû mettre en gage pour deux pistoles en débarquant. Cormier venait déranger ses habitudes et lui échauffer les oreilles de ses remontrances.

« Morbleu, Cormier, je n'ai pas, comme toi, de protecteur haut placé dans l'Église, et ne reçois pas d'invitation de messieurs les sulpiciens. Cette auberge me convient et, de plus, c'est la seule qui soit dans mes moyens. Avec la misérable obole que tu m'avais donnée en France... »

Cormier haussa les épaules. « Allons donc, Pivert, vous êtes parti de France les poches pleines d'or !

— Hum, il en coûte fort cher de se loger sur ce continent. (Pivert montra du doigt l'assiette de Cormier et le pâté qu'il n'avait

183

pas touché.) Si tu ne manges pas cette tourtière, je vais m'en charger. »

Cormier repoussa le plat d'un geste exagéré, et écarta autant que possible sa chaise de la table et de la vaste cheminée où des volailles à la fraîcheur douteuse tournaient lentement sur une broche.

« Pourquoi êtes-vous si certain qu'il reviendra ? Il peut très bien décider de s'établir dans la vallée de l'Ohio. »

Pivert soupira entre deux bouchées. « Pardieu, Cormier ! L'homme vient d'entrer en possession d'un superbe domaine.

— Comment avez-vous découvert cela ? »

Pivert se rengorgea discrètement en exposant sa contribution personnelle à l'entreprise. « J'ai cultivé... euh... l'amitié d'une fille de cuisine de la maison de Mgr le Gouverneur Le Moyne. La belle est promise à un laquais qui, moyennant quelques deniers, consent à écouter aux portes. Ce fut fort aisé dans le cas qui nous intéresse : il semble que le gouverneur ait rebattu les oreilles de son entourage une semaine durant pour trouver une terre à Lodigny. »

Cormier haussa les sourcils et s'essuya délicatement la bouche avec un mouchoir brodé.

Je ne parvenais qu'au prix d'efforts considérables à déchiffrer les pensées de Cormier, passé maître dans l'art de celer ses mauvaises intentions — aux autres aussi bien qu'à lui-même. Son visage, d'une pâleur déplaisante, évoquait la flaccidité d'une larve et me faisait frissonner.

Comme tous ceux qui s'adonnent à des commerces pervers, il avait croisé en chemin bon nombre d'ecclésiastiques. La haute hiérarchie religieuse offrait le triple avantage d'être riche, puissante et discrète ; cette dernière qualité portait ses membres — avec un minimum de persuasion de la part de Cormier — à une grande générosité.

Cormier évoluait sans obstacles à tous les niveaux de la société avec l'aplomb de celui qui détient assez de secrets pour inspirer la crainte sans même avoir à les révéler, mais qui n'hésite pas à le faire pour peu qu'il y trouve quelque intérêt.

Il songeait depuis quelque temps déjà à quitter Langres pour retourner s'établir à Paris, où résidaient ses protecteurs les plus influents ; mais il y comptait aussi bon nombre d'ennemis qui avaient été la cause de son exil à Langres, bourg par trop étriqué pour son ambition.

Montréal méritait considération. Les lettres de recommandation qu'il avait collectées lors de son récent séjour à Paris lui avaient valu un chaleureux accueil chez les sulpiciens, qui s'efforçaient déjà de le garder à leur service pour tenir leurs livres de comptes.

Voyant Pivert enfourner dans sa bouche un énorme morceau de tourtière, Cormier détourna les yeux. « Eh, bien, frère Antoine, vous efforcez-vous de rattraper les jeûnes du monastère ? »

Pivert pâlit et se retint à grand-peine d'interrompre d'un coup de poing le rire grinçant de Cormier, qui poursuivit :

« Et quand donc notre jeune parricide sera-t-il de retour, à votre avis ? »

Pivert haussa les épaules en avalant précipitamment la dernière bouchée de tourtière. « Comment le saurais-je ? Dans trois... quatre mois... Avant l'hiver. En octobre, sans doute. »

Cormier se congratula de sa prévoyance. Les deux harpies Santenoges lui avaient envoyé la somme ridiculement élevée qu'il avait exigée et qui lui permettrait de vivre fort à l'aise jusqu'au printemps suivant. Au reste, il songeait fort à accepter l'offre des bons pères : tenir les livres d'un si riche établissement valait bien un poste de greffier à Langres, et serait sans nul doute plus rémunérateur.

« A quelle distance de Montréal se trouve le domaine de Lodigny ? »

Pivert vida d'un trait son gobelet avant de répondre : « Oh, à sept ou huit lieues. J'ai jugé préférable de ne point m'y rendre en personne, et j'y ai dépêché un vieux soldat qui m'a décrit l'endroit... et m'a coûté fort cher ! Notre association n'est guère lucrative, Cormier ! »

Cormier se garda bien de riposter : Pivert pouvait encore servir sans qu'il fallût pour cela encourager sa cupidité. Il se leva brusquement. « Fort bien, Pivert. Mandez-moi vos nouvelles chez les bons pères sulpiciens. Dès que Lodigny sera de retour, nous irons lui rendre visite. »

Je soupirai. Combien de nuits allait-il me falloir passer au chevet de Cormier, à murmurer dans sa répugnante oreille qu'il ne devait causer aucun mal à Thomas ?

16

C'était là m'imposer tâche bien fastidieuse ; toute morte que je fusse, cent façons plus plaisantes d'occuper mes nuits s'offraient encore à moi. Non seulement les rêves de l'exécrable scélérat n'étaient que réminiscences scabreuses d'un passé dissolu, mais il les ponctuait de ronflements propres à faire grincer des dents un ange gardien.

Ce n'était point le pire. En lui résidait un élément obscur et répugnant que je n'osais aborder. Une partie de son esprit m'était inaccessible, tel un charnier aux portes mal closes dont les remugles m'incitaient à reculer de dégoût. Et de terreur.

Tremblante, je renonçai à savoir ce que recelait cette âme perverse ; les yeux fermés, je priai pour que la lumière n'abandonnât point la mienne. Ce que je percevais chez Cormier dépassait de loin la cruauté commune — hélas ! — à tous les hommes ; c'était une froide inhumanité qui me glaçait le sang. La pitoyable méchanceté qui rongeait les tantes, la vase graveleuse qui ensablait l'esprit de Philippe n'étaient que faiblesses bien humaines. Cormier, lui, incarnait la banalité du Mal, et je me sentais impuissante devant sa force. Incapable de le mettre en échec.

Dans l'espoir de garder Cormier à leur service, les sulpiciens lui avaient alloué une chambre confortablement aménagée dans une aile de leur vaste séminaire.

Le quidam qui s'était occupé de leurs livres de comptes pendant plus de deux décennies venait de les quitter. Las sans doute de contribuer à leur enrichissement par la longueur de ses heures de travail et la maigreur de son salaire, il s'était embarqué à la nuit tombée sur un vaisseau en partance pour des cieux plus cléments, et avait fait voile avec une bonne part des recettes et redevances de l'année en cours, laissant les bons pères s'y retrouver parmi des rayons entiers de livres comptables fort bien tenus... dont il avait pris soin d'intervertir les dates.

Dans cette colonie si peu peuplée, les cagots instruits et plaisamment obséquieux ne couraient pas les rues. Fiers et rebelles de nature, les Canadiens avaient mieux à faire que de compter les pistoles soutirées par les bons pères à leurs censitaires. En Nouvelle-France, on ne payait la dîme que contraint et forcé, on défiait ouvertement les prêtres. En bref, on contestait ouvertement l'autorité de tous ceux qui ne partageaient pas les dangers d'une vie de *coureur de bois*. Il va sans dire que messieurs les sulpiciens préféraient les conforts de la ville aux rigueurs de la vie rurale canadienne. Tandis que le peuple endurait le froid terrible des campagnes, les bons pères priaient pour lui *intra-muros* tout en comptant l'argent qu'ils en recevaient.

Loin d'y voir à redire, Cormier jugeait fort bon cet état de choses. Il n'avait pas manqué de rappeler à messieurs les sulpiciens l'admiration que suscitait leur sacerdoce auprès du haut clergé parisien. Et il y avait ajouté quelques remarques discrètement péjoratives à l'endroit des récollets et des jésuites, leurs ennemis jurés.

Une des nombreuses lettres de recommandation qu'il avait glanées à Paris faisait état de trois années de bons et loyaux services consacrés à tenir les livres d'un évêché. Aussi les sulpiciens s'étaient-ils empressés d'accueillir Cormier : ils considéraient déjà son arrivée comme un signe de la faveur divine et en rendaient grâces au Ciel.

Mes suggestions nocturnes suffiraient-elles à inciter Cormier à la bienveillance envers mon amant ? Dans le doute, je décidai de redoubler d'efforts, et je m'attachai à ses pas durant le jour, ne lui laissant d'autre répit que les instants où je me trouvais à Saint-Onges ou auprès de Thomas, lorsque l'envie me prenait de satisfaire ma curiosité. Quant à la vôtre, je m'engage à la contenter sous peu.

A force de me pencher sur les pensées de Cormier pour y semer quelques idées de mon cru, je découvris que ma seule évocation d'un de ses souvenirs personnels jetait le trouble dans son esprit et le détournait de sa préoccupation du moment. Je m'amusai donc à rechercher dans sa mémoire quelque incident fâcheux, en l'incitant à s'en remémorer les moindres détails. C'était là une assez plaisante diversion, dont la réussite valait bien le malaise que me causait la nature répugnante des faits évoqués.

Perplexe, Cormier interrompait soudain ses activités, secouait la tête comme pour en chasser l'importune réminiscence tout en se demandant ce qui avait bien pu la provoquer et finissait par oublier l'affaire qui l'occupait.

Quoique répugnant quelque peu à semer le désordre dans l'esprit de ceux que j'avais aimés, je décidai de recourir désormais à ce moyen pour détourner les pensées de quiconque se montrerait hostile à Thomas — y compris Thomas lui-même, car il était parfois son pire ennemi...

Cormier n'attendit pas la fin de sa première semaine à Montréal pour décider de s'y installer. Il accepterait l'offre des sulpiciens dès que les bons pères l'auraient rendue assez alléchante. Le peu d'enthousiasme dont il avait fait preuve lorsqu'ils lui en avaient touché mot avait déjà eu pour résultat une augmentation substantielle de la rémunération promise. Cormier comptait bien qu'elle s'arrondirait encore avant qu'il s'engageât.

Il avait employé la semaine à explorer le bourg et s'en montrait satisfait. Il était certes difficile de prévoir ce que réservait l'hiver canadien, mais neiges et glaces boréales ne pouvaient se révéler pires que vent et brouillards lorrains. L'air glacial de la Nouvelle-France aurait au moins une certaine saveur de liberté.

Au cours de sa tournée des meilleurs cabarets à Montréal, Cormier avait lié connaissance avec deux traitants métis.

Assis à une table voisine de la sienne, les deux hommes étaient accompagnés d'une créature fort attirante, que Cormier — assez surpris d'être attiré — avait prise au premier abord pour une Indienne. Une noire chevelure retombait en mèches soyeuses sur ses épaules rondes et son corselet haut lacé. Fasciné, Cormier ne parvenait pas à détacher ses regards de ce visage gracieux que ne déparait pas le fard dont on avait rougi les lèvres et les pommettes.

Ces regards insistants finirent par attirer l'attention d'un des traitants qui, se levant d'un bond, foudroya Cormier de son œil noir.

« Holà, Monsieur ! La mine de mon compagnon vous ferait-elle oublier la bienséance ? Faut-il qu'on vous demande réparation de cette impertinence ? » Sa main droite se posait déjà sur la garde de son épée. L'homme semblait prompt à la colère ; j'encourageai son courroux sans la moindre vergogne.

Il en fallait davantage pour effrayer Cormier. Levant une main conciliante, il eut un large sourire pour le second larron, qui avait posé sa chope sur la table et s'apprêtait à se lever afin de prêter main-forte à son compère ; le sujet de la discorde, quant à lui, baissait les yeux d'un air modeste et m'intriguait fort.

Cormier éleva son autre main blanche.

« Messieurs, messieurs ! Ne prenez point offense, je vous en prie... » De son ton le plus onctueux, il expliqua que, nouvellement arrivé en ce pays, il n'était point encore accoutumé à tant de merveilles et laissait parfois l'admiration l'emporter sur la discrétion. Ajoutant quelques tournures flatteuses à l'endroit des Canadiens en général et des intrépides négociants en particulier, il termina son panégyrique sur un petit salut à la créature, qui battit fort joliment des cils et lui adressa un timide sourire.

Le traitant se radoucit, hocha la tête, se rassit brusquement et invita Cormier à prendre place à sa table. Cormier ne se fit pas prier. Un dernier regard avait confirmé sa certitude : la créature de rêve était bel et bien un homme.

La soirée se poursuivit fort agréablement. Cormier paya le souper et le vin que les trois *voyageurs* semblaient consommer à la barrique entière, et ils convinrent avant de se quitter de souper en compagnie le lendemain même, pour fêter le départ des trois voyageurs. Bien qu'il eût très peu bu, Cormier regagna le séminaire dans un état quasi euphorique, l'esprit captivé par les charmes du *bardache* qu'il venait de rencontrer.

Les curieux hybrides que constituaient les hommes-femmes indiens décidaient dès leur plus jeune âge qu'ils n'étaient pas faits pour une vie de guerrier. Ils endossaient alors des vêtements féminins et, renonçant à l'honneur des rites d'initiation et au prestige réservé aux guerriers, ils adoptaient des occupations féminines. Quoique certains d'entre eux prissent les armes en temps de guerre, ils se contentaient pour la plupart d'un sort moins glorieux ; ils soignaient les blessés et s'employaient avec les femmes à torturer les prisonniers.

La belle humeur de Cormier dura jusqu'à ce que je lui eusse remis en mémoire la corvée qu'il repoussait depuis son arrivée. A savoir la lettre qu'il s'était juré d'écrire aux jumelles Santenoges. Mais il devait bien leur prouver son utilité et les encourager à dispenser leurs largesses en leur mandant des nouvelles fraîches de leur cher neveu.

Les tantes ne manifestaient guère d'impatience d'en recevoir. Leurs jours s'écoulaient fort paisiblement en plaisirs champêtres : visites de médisance et interminables dévotions.

Elles n'avaient pas tardé à remarquer que Sophie se dispensait souvent de les accompagner à la cathédrale.

Caroline commentait acidement ces absences. « Je ne m'étonne point qu'elle ne daigne plus se joindre à nous ; elle trouve sans doute plus de satisfaction à régenter nos gens ! Philippe se montre d'une indulgence fort coupable envers cette enfant... Hâtez-vous, Pauline, ou nous manquerons de nouveau l'introït ! Vous n'avez pas pris votre châle ? Mais qu'attendez-vous donc pour l'envoyer quérir, ma bonne ? Vous savez pourtant que votre catarrhe se ressent du froid ; la cathédrale est glaciale, et vous ronflerez encore de méchante façon ! »

Les tantes blâmaient Philippe d'abandonner à Sophie la régie du domaine, alors qu'elles-mêmes n'avaient été que trop heureuses de s'en décharger sur les épaules de la jeune fille.

Quant à leur soif de vengeance, qui avait tant occupé leurs pensées et servi de prétexte à leurs chamaillages, des mois durant, elles l'étanchaient d'autre manière. Non qu'elles eussent pardonné au coupable, tant s'en fallait, mais elles se gardaient d'encourir la colère de leur frère. Le temps émousserait peut-être la virulence de leur vindicte.

La croisade qui les mobilisait pour l'heure contribuait à me rassurer. Caroline s'était prise d'aversion envers un jeune curé dont les idées avancées le portaient à prôner l'éducation des filles et à préférer la charité chrétienne aux dévotions outrées. Les sœurs menaient donc campagne pour le faire chasser ignominieusement de Langres et tiraient moult satisfaction de l'entreprise. Comme à

190

l'accoutumée, Pauline suivait sa sœur ; ses velléités de douceur, promptement réprimées par Caroline, se changeaient vite en amère lassitude, tel un lait gâté par du fiel.

Bertrand de retour à Saint-Onges me faisait pitié.

Les hommes qui apprécient un peu trop les femmes sont bien mal considérés. Ils s'attirent — fort injustement — la hargne des femmes possessives et le mépris des hommes envieux. A mon sens, ils agissent en bienfaiteurs d'une bonne moitié de l'humanité.

Entendons-nous : je ne parle point ici de vulgaires trousseurs de jupons, que seule leur vanité de mâle pousse à la conquête et qui se glorifient du nombre de leurs victimes. Non. Le véritable amateur de femmes les aime pour elles-mêmes et ne souhaite rien moins que de les rendre heureuses. Il n'a nul besoin des artifices de la séduction : son regard éloquent exprime assez clairement ses intentions pour celles qui savent le lire, et il n'a que faire des autres. Son instinct infaillible lui suffit pour mesurer ses chances de succès.

C'était bien là ce qui troublait Bertrand. En serrant Sophie contre son cœur, il avait eu la double surprise de constater son propre désir et l'ardeur avec laquelle la jeune fille y répondait. Il se retrouvait pris entre le respect que lui avait toujours inspiré sa nièce et la passion soudaine qui le portait à lui en manquer. Il souhaitait sincèrement le bonheur de Sophie, et ne parvenait pas à se persuader que la séduire y contribuerait.

Comme tous ceux de son espèce, Bertrand avait le don de faire éclore chez ses maîtresses des qualités qu'elles s'ignoraient et de les quitter plus sereines et plus sages pour l'avoir aimé. Il pressentait toutefois que Sophie ferait exception à cette règle.

L'aveu de son amour pour Bertrand avait plongé la jeune fille dans la mélancolie la plus absurde, comme si la révélation d'un tel secret — si longtemps celé en quelque lieu paisible et lumineux de son âme — lui avait soudain barré l'accès de ce sanctuaire de paix. Ne trouvant plus en elle-même aucune source de joie, elle se retournait faute de mieux vers les sombres croyances de sa mère. Armée de ces rigides préceptes, elle luttait fanatiquement contre son propre bon sens autant que contre son amour, se repentant de ses péchés avant même de les avoir commis.

La présence de Bertrand à Saint-Onges rendait semblable combat d'autant plus ardu : sous son regard clair, le péché de la chair perdait sa noirceur, et il fallait à Sophie redoubler d'efforts pour n'y point succomber.

Bertrand ne songeait même plus à tirer parti de l'évidente faiblesse de Sophie pour satisfaire son propre penchant. Il lui marquait une tendre déférence, et sans rechercher sa compagnie il ne la fuyait pas non plus. Je ne pouvais qu'admirer une retenue si inusitée de sa part. Prendre sur lui pour le bien de sa nièce n'était au reste qu'une des nombreuses épreuves qu'il avait à endurer.

Il avait obtenu de l'armée un congé de semestre ; moins pour le passer à Saint-Onges — où il ne tenait plus guère à s'attarder — que pour échapper un temps à la triste réalité d'une vie de garnison.

On ne pouvait plus fermer les yeux sur la déchéance de l'état militaire.

Au vrai, depuis la paix de 1748, l'armée se désintégrait. Ce n'était plus qu'une horde de soudards avinés que commandaient — à peine — des officiers incompétents et dissolus.

Les hauts postes n'avaient pour titulaires que des baudruches ineptes et bien-nées que le moindre assaut ennemi eût suffi à crever. Quant aux charges intermédiaires, elles n'étaient plus accessibles qu'à des petits maîtres enrichis ne tolérant la vie de garnison que bien remplie de gloutonnerie, de débauche et de jeu.

Les dettes de jeu n'étaient plus des dettes d'honneur ; on ne jouait qu'avec des dés pipés. Les officiers trichaient sans vergogne et volaient leurs propres soldats, qui n'hésitaient pas à les provoquer en duel et se consolaient en hébergeant des filles de joie dans leurs casernes.

L'argent et les passe-droits déterminaient les promotions, et la notion de devoir devenait fort nébuleuse. Les riches — nobles autant que bourgeois — pouvaient seuls se permettre d'acheter à leurs fils une charge d'officier et de les entretenir en de dispendieux établissements dans les villes de garnison. Les jeunes hobereaux démunis se voyaient ainsi écartés de l'armée, pourtant l'unique carrière qui leur fût ouverte après la prêtrise.

Bertrand reconnaissait volontiers avoir amplement profité du système ; le comte lui avait acheté une charge après l'autre et continuait d'assumer le coût de son régiment. Mais vétéran de Fontenoy, Raucroux et Laufeld — sans en tirer la moindre vanité —, mon mari déplorait le spectacle que lui offrait la garnison d'élite de

Metz, qui s'enfonçait chaque jour davantage dans la fange. Son indulgence envers les faiblesses humaines y était mise à si rude épreuve que l'endroit lui devint bientôt insupportable.

L'idée de s'exiler aux colonies — les Indes-Orientales ou la Nouvelle-France — avait même effleuré son esprit. Mais il n'avait nul besoin d'aller chercher fortune dans le négoce ou au service de quelque *nabab* fabuleusement riche, comme bon nombre d'officiers désargentés.

Saint-Onges n'offrait cependant plus d'alternative plaisante. En dépit de sincères efforts, Bertrand ne pardonnait pas à son père, et ne parvenait qu'à grand-peine à dompter sa colère devant lui. A ma surprise, le chagrin que lui avait causé ma mort ne s'était point estompé ; souvenirs doux-amers et tendres regrets l'assaillaient plus souvent encore depuis son retour au château. Il avait voulu que notre chambre demeurât telle que nous l'avions connue — telle que je l'avais quittée —, et avait ordonné qu'on y laissât mes livres empilés près de l'âtre et mon châle négligemment jeté sur mon fauteuil. Mais il n'y couchait plus.

La passion soudaine que lui inspirait Sophie avait fondu sur lui comme foudre issue de ces multiples nuages noirs amoncelés sur sa tête. Ce désir importun achevait de troubler la belle sérénité que j'avais toujours admirée en lui.

Le sort de Thomas préoccupait les habitants de Saint-Onges sans qu'aucun d'eux osât aborder le sujet — à l'exception de Philippe, bien sûr. Sachant désormais où se trouvait son petit-fils, il était d'autant plus impatient de lui faire mander son pardon. Il avait à cette fin dicté à Caroline une longue missive à l'attention de Cormier — aux bons soins des sulpiciens de Montréal ; il lui ordonnait de prévenir immédiatement Thomas que son aïeul se portait à merveille et espérait son retour prochain à Saint-Onges. Il n'y faisait nulle allusion à ma mort ni à celle de l'enfant.

Il attendait donc fébrilement, sinon une lettre de son petit-fils, du moins de ses nouvelles fraîches. Le souvenir de la rouerie de Cormier éclipsait toutefois souvent ses espoirs.

Si, grâce à sa forte constitution, le corps de Philippe avait guéri, son esprit ne s'était point remis du drame. Il recherchait désormais la solitude et ne quittait même plus ses appartements pour aller chasser.

Les incessantes intrigues de cour, qui l'avaient amusé jadis tout en lui procurant quelques satisfactions, lui semblaient à présent dénuées d'intérêt. Il avait peine à croire qu'on pût ainsi se contorsionner pour attirer l'attention du roi au cours d'une chasse, ou la faveur d'une favorite au cours d'un dîner. Quelles stratégies dignes d'un Machiavel ne fallait-il pas déployer pour être des soupers intimes, ou pour tenir le bougeoir au petit coucher du roi — tout en acceptant de se loger dans les combles malodorants de Versailles avec le reste de la noble valetaille ! Valetaille. C'était bien le mot, car le désir avide d'approcher le roi ravalait ces courtisans au rang d'une livrée de maroufles.

Non. Décidément non, il ne serait plus courtisan. Il n'en avait plus le goût...

Peut-être fallait-il attribuer le désenchantement du comte à l'abandon de sa maîtresse en titre, qui ne s'était point dérangée pour le venir visiter durant sa convalescence, de crainte de perdre sa place auprès de la Pompadour. De plus, il avait toujours préféré le libertinage parisien à la routine fastidieuse de Versailles... Pourtant, beaux esprits et belles coquettes de la capitale ne l'attiraient plus. Le temps des soupers galants et des nuits friponnes était bien révolu.

J'observai Philippe sans amertume, et découvris aisément la cause de sa mélancolie. La politesse glaciale de Bertrand à son égard lui était un tourment quotidien. Il avait perdu la confiance de son fils, et trouvait cette perte intolérable. Ses pensées se tournaient souvent vers moi avec une nostalgie empreinte de tendresse — lui qui ne m'en avait guère témoigné de mon vivant. Ses regrets me touchaient, certes, mais ils ne contribuaient guère à alléger sa tristesse.

En vérité, seule Sophie avait le don de l'égayer, bien qu'il tirât aussi quelque amusement de la stupidité de ses sœurs.

C'est ainsi que s'écoulait la vie à Saint-Onges, et je la jugeais désormais fort étouffante. Otages de nos privilèges dans les confins de notre rang, nous avions fait du superflu notre ordinaire. Mais le plaisir est une musique subtile qu'il faut savoir composer sur les cinq notes de nos sens et qui ne suffit pas à combler les silences de l'ennui. Notre opulence nous emprisonnait comme leur misère emprisonne les pauvres, et nous n'avions même plus la décence de remercier le Ciel de nous avoir assigné — ne serait-ce que le temps d'une vie — si douce prison.

Mais nos aspirations spirituelles, demanderez-vous, qui nous empêchait de les satisfaire plutôt que nos besoins charnels ? D'aucuns s'y efforçaient — sans que je sois du nombre. Avec un dogme qui ne m'en imposait plus, j'avais rejeté tout ce qui n'était pas mélodie des sens. Le regrettais-je ? Je ne saurais dire. Je regrettais la vie.

Mes souvenirs de ce monde m'assurent encore qu'il n'était point dénué de valeur. Nous y respections la sensibilité d'autrui ; et ce n'était pas là façade trompeuse — comme l'hypocrisie qui aurait cours au siècle suivant —, mais esthétique altruiste, exquise délicatesse. Si l'on n'y pratiquait guère la vertu, on n'y étalait point ses vices.

Thomas avait déchaîné la hargne des tantes à son encontre non tant par son acte criminel en lui-même que par le non-respect de nos conventions que cet acte traduisait : tirer à bout portant sur son aïeul ouvrait une brèche dans les remparts de notre forteresse — à la fois prison et refuge —, et bien d'autres intolérables manquements à la civilité risquaient de s'y engouffrer.

Je me réjouissais que mon impétueux amant eût échappé aux contraintes de notre société. Ceux qui restaient à Saint-Onges m'inspiraient plus de compassion que d'envie. Sophie surtout : elle ne méritait en rien les tourments que lui causaient ses principes austères ; mais son dilemme était bien réel, et ses croyances retrouvées — si arbitraires qu'elles fussent — la mettaient au supplice.

« Votre affidé, Madame, est un fieffé menteur doublé d'un paresseux ! Pourquoi ne répond-il point à ma lettre ? »

D'humeur chagrine, Philippe déversait son courroux sur Caroline, qui se tenait prudemment entre la table de travail de son frère et la porte, prête à battre en retraite si le tonnerre venait à gronder trop fort. Elle se voulut conciliante.

« Mais, Philippe, son dernier courrier nous est parvenu il y a deux mois à peine, et c'est alors que vous m'avez dicté le vôtre !

Il n'est point raisonnable d'en espérer réponse si tôt ! Peut-être attend-il que Thomas soit de retour de... là où il est allé... »

Philippe lui jeta un regard noir. « Du Mississippi ! Thomas est parti vers la Lousiane pour acheter des chevaux aux sauvages. C'est du moins ce que prétend par écrit votre coquin. » Sans prier Caroline de prendre un siège — ce qu'elle fit néanmoins en soupirant —, il se mit à arpenter la bibliothèque avec tant de vigueur que les pans de sa robe de chambre de soie jaune volèrent. « Bah, je devrais me rendre en Nouvelle-France pour y quérir moi-même notre innocent, plutôt que d'entretenir grassement un drôle tel que Cormier. Il n'a cure de Thomas et fait, j'en jurerais, bombance à vos frais en compagnie de quelques gras abbés ! »

L'idée de ce voyage lui était venue depuis un mois déjà, mais elle s'était perdue dans les brumes de son apathie. Dépêcher Bertrand au Canada était hors de question : le père et le fils maintenaient à grand-peine un simulacre de courtoisie.

Caroline interrompit ses soupirs le temps de protester. « Cormier nous a assuré que Thomas s'était établi près de Montréal. Établi définitivement... » L'emphase qu'elle accorda à l'adverbe n'était peut-être pas délibérée, mais elle eut un petit sourire de satisfaction devant la grimace qu'il provoqua chez son frère. « Il est entendu que Cormier lui rendra visite à son retour et ne manquera pas de lui communiquer vos bonnes dispositions à son égard... Vous joindrez-vous à nous pour déguster un chocolat en compagnie de Son Éminence ? »

Philippe arrêta son va-et-vient pour la toiser, le sourcil relevé.

« Son Éminence, dites-vous ? Celui qui, selon M. de Voltaire, a cent mille livres de rente pour avoir fait vœu de pauvreté ? Non, merci, ma chère sœur. »

La saluant d'une brève inclination du buste, il attendit sans chercher à dissimuler son impatience que Caroline voulût bien se retirer. Rassemblant ses amples paniers de taffetas rose entre ses bras flétris, elle se leva lourdement et gagna la porte. Sans laisser au laquais le temps de la refermer derrière elle, elle se retourna cependant pour déclarer : « Votre absence ne manquera pas d'être remarquée. »

Philippe haussa les épaules en consultant sa montre d'acier. La visite de Sophie — moment privilégié — approchait. Il était d'autant plus troublé par le désarroi évident de la jeune fille qu'il en avait deviné la cause et se refusait à lui prodiguer le moindre conseil. Il s'était bien juré de ne plus jamais intervenir dans la vie de ses proches. Ce qui ne l'empêchait pas de vouloir ramener dans les confins du bercail son petit-fils épris de liberté. La logique des hommes est parfois boiteuse. Je me réjouissais néanmoins qu'il se fût engagé dans cette direction.

Sophie, quant à elle, avait déjà pris sa décision. Par une chaude nuit d'été, elle se glissa dans la chambre de Bertrand, bien décidée à s'abandonner enfin à ce péché qu'elle commettait chaque soir en pensée, se vouant ainsi à l'expier par des remords encore plus cruels. Son amour la précipita bientôt des sommets de la passion dans les abysses du repentir. Elle gémissait la nuit de plaisir, et le jour de honte.

J'avais connu ce genre de tourment dans les bras de Philippe et mesurais sa détresse. Non que je m'attardasse au chevet des amants, que je ne jalousais point. Je ne reprochais plus à Bertrand l'inconstance de sa nature. S'il m'avait peu donné, il m'avait beaucoup appris, et je lui en gardais une vive reconnaissance. En vérité, j'aimais fort tendrement Sophie et lui, et souhaitais leur bonheur. Mais sauraient-ils le soustraire à l'idée empoisonnée du péché de la chair ? Il m'était permis d'en douter.

Modestement voluptueuse, Sophie découvrait les extases charnelles. Dans les bras de son amant, elle savourait la paix d'une exquise harmonie ; sans lui, elle n'avait plus la force de chasser les furies. Le remords déchirait sa joie telle une bête répugnante dévorant une agnelle. Et, parce que c'était elle qui s'était glissée entre les draps de Bertrand — lequel, soit dit en passant, ne l'avait point repoussée —, elle se jugeait seule responsable de leur péché.

Vint pourtant le jour où elle ne chercha plus à cacher la honte qui la rongeait : elle s'en ouvrit à son amant, qui en avait déjà deviné la néfaste emprise. Le visage rosi de plaisir, elle murmura à l'oreille de Bertrand, tout en se serrant contre lui : « Comment expierons-nous un si terrible péché ? »

Bertrand ne put retenir un rire clair qui tinta dans le silence de la chambre.

« Ma douce belle ! Plût au Ciel que ce fut là le plus terrible des péchés ! Le monde s'en trouverait fort bien... Allons, ma mie, où donc est cette foi si douce en la beauté du monde que tu nous prê-

197

chais avec tant de conviction ? Pourquoi notre amour t'en priverait-il ? »

Pourquoi, en vérité ?

Bertrand doutait cependant presque autant que son amante, dont le désespoir le poussait chaque jour un peu plus vers l'idée d'un départ ; en délivrant la jeune fille de sa présence, il espérait alléger au moins son tourment.

Sophie ne répondit rien, mais son funeste projet en fut affermi.

17

Thomas retint sa monture et, d'un bref regard par-dessus son épaule, s'assura que la petite colonne suivait en bon ordre. La piste indienne était étroite et s'écartait par endroits de la rive nord du lac Ontario pour s'enfoncer plus avant dans la forêt. Il y régnait un silence que troublaient à peine le bruissement des feuilles et les rares cris d'oiseaux.

Une brise agitait parfois les hautes cimes, laissant entrevoir des trouées de ciel bleu et de soleil. Thomas eût préféré cheminer le long du lac aux eaux turbulentes plutôt qu'au cœur de cette dense sylve de hêtres, de pins et de bouleaux dont il trouvait la moiteur oppressante.

Paul Kenawa, le guide indien du père Piquet, pressait sa monture afin de rejoindre Thomas, se contentant d'un geste impérieux du menton pour exprimer une muette interrogation. Mon amant secoua la tête.

« Ce n'est rien, Kenawa. Nous allons bon train. Combien d'heures de marche nous faudra-t-il encore pour atteindre le fort Toronto ? »

Le guide leva trois doigts en guise de réponse et détourna son regard sombre. Thomas n'insista pas et incita son cheval à reprendre ses distances.

Kenawa le mettait mal à l'aise en lui inspirant une curiosité fortement teintée d'admiration — un sentiment que Thomas n'éprouvait jamais sans chercher aussitôt à l'étouffer. Au vrai, il ne savait trop comment traiter son guide qui, je l'avoue, m'intimidait tout autant. Grand, coulé dans le bronze, Paul Kenawa portait avec désinvolture l'uniforme bleu jadis galonné d'or de quelque officier français qu'il avait fort probablement dépêché *ad patres* du temps qu'il était encore *brave* chez les Iroquois. Il rappelait ce féroce passé en peinturant son visage des marques blanches et ocre de sa tribu. Ce masque étrange où luisait un regard sans fond déconcertait Thomas ; mais sans doute moins que ne me déconcertaient les pensées de l'homme, où je m'égarais sans y trouver de fil.

Je m'amusais pourtant de l'embarras de mon amant qui, tel un enfant devant lequel surgirait tout à coup un personnage de conte, était parfois tenté de demander à Kenawa s'il était bien réel. Il l'était assurément. A en croire le père Piquet, il était fiable autant qu'intelligent, pratiquait couramment plusieurs dialectes iroquois ainsi que le dakota et l'algonquien.

Thomas regrettait déjà l'absence du père Piquet.

Grâce à leur rencontre fortuite, la première étape du voyage avait paru moins longue.

La petite troupe de Thomas avançait sur le chemin poudreux longeant la rive nord du Saint-Laurent, en compagnie d'une douzaine de soldats mal embouchés qui se rendaient au fort Frontenac en traînant des pieds. Quatre Ojibwas accompagnés de leurs squaws leur avaient emboîté le pas.

A une lieue à peine de Vaudreuil, ils furent rattrapés dans un nuage de poussière par cinq cavaliers lancés au grand galop. Comme la colonne se serrait pour leur céder le passage, le cavalier de tête aperçut Thomas ; il tira brusquement sur les rênes et fit halte en travers de la route, freinant de la main le galop des quatre Indiens qui l'escortaient. C'était un homme rougeaud et corpulent, dont le chapeau noir enfoncé jusqu'à ses larges oreilles laissait échapper de longues mèches de cheveux grises ; il montait une bête aussi énorme qu'un percheron. L'amenant à touche-flanc du cheval de Thomas, il salua ce dernier d'un grand rire.

« Par ma foi, que voyons-nous ici ? Quelque jeune gentilhomme fraîchement débarqué, ce me semble ! Qu'il me permette de me présenter : abbé Piquet, pour le servir. Je regagne de ce pas La Présentation, ma mission établie sur la route du fort Frontenac. »

Le poitrail de l'homme était aussi massif que celui de sa monture, et nulle sourdine cléricale ne tempérait son rire. Il détaillait Thomas sans chercher à dissimuler l'amusement que lui causait l'élégance de son habit de voyage. « Et vous, monsieur le Gentil-homme voyageur, me direz-vous à qui j'ai l'honneur de m'adresser, et quel bon vent vous a poussé vers nos rives ? »

Thomas ouvrit la bouche pour répondre ; Piquet ne lui en donna pas le temps. « Poursuivons donc notre route, et nous deviserons à loisir. » Il observait Thomas de ses yeux vifs, sans paraître prêter attention aux imprécations des soldats qui, à grand renfort de tapes, brossaient leur uniforme tout en jurant entre leurs dents. Si mon ancien amant hésita à révéler son nom à ce curieux prêtre, il ne se fit point prier pour lui faire part du but de son expédition.

Le père Piquet opinait du chef ; il se retint aussi longtemps qu'il le put d'interrompre Thomas, puis s'enquit : « Voilà qui est fort bien, Monsieur, mais jusqu'où comptez-vous donc aller pour vous procurer ces montures ? Nos Indiens du Nord viennent à peine de découvrir le cheval... » D'un geste large, il désigna ses quatre compagnons, tous étrangement vêtus d'uniformes vétustes et montant à cru des hongres fort beaux.

Je sentais croître la contrariété de Thomas. Il ne lui déplaisait point, certes, d'expliquer son projet, mais toute question le troublait. Son naturel méfiant reprenait le dessus pour le pousser au mutisme. La bonhomie du prêtre en eut raison : de questions en réponses, Thomas lui eut bientôt révélé l'étendue de ses connaissances équestres. Piquet approuva tout cela d'expressifs « Ah, ah », de hochements de tête et de grognements éloquents. Il exhalait une forte odeur d'oignons.

« Ah, monsieur de Lodigny, vous me tentez fort ! J'ai eu l'occasion d'explorer les rives du lac Ontario, il y a de cela quelques années, et d'y convertir chemin faisant bon nombre d'âmes égarées. Un voyage par terre serait peut-être aussi fructueux... (Il soupira de regret en secouant sa grosse tête.) Hélas, mon établissement exige tous mes soins. La mission prospère, Le Seigneur en soit loué, mais la tâche est bien lourde, d'autant que nous préparons la visite de Mgr Pontbriand. Sans doute avez-vous ouï-dire de son voyage en Louisiane. Il fera halte à La Présentation à son retour pour y baptiser mes catéchumènes. (Un sourire de triomphe, à la mesure de la tâche accomplie, fendit les joues de Piquet.) Quel honneur, en vérité ! Le digne couronnement de nos efforts ! »

L'instant de silence qu'il observa était bel et bien une sincère action de grâces qui me rendit songeuse. Puis il secoua sa grosse tête derechef, comme s'il ne pouvait encore se résoudre à croire en sa propre réussite. « Après tant d'épreuves... Dans quelques semaines, plusieurs centaines d'Iroquois seront reçus au sein de Notre Sainte Mère l'Église ! »

Piquet étant lancé, Thomas n'eut d'autre choix que d'entendre de A à Z l'histoire de la mission : depuis la construction d'un fortin, entre la rive sud du Saint-Laurent et la rivière Osouégatchie, jusqu'aux campagnes de Piquet pour y attirer le plus grand nombre possible d'Iroquois, dont l'allégeance allait pourtant aux Anglais.

Sa persévérance et sa foi avaient porté fruit. Il avait réuni à La Présentation quelques centaines d'Onondagas, de Cayougas et de Senecas, désormais convaincus que le roy de France était le fils aîné de l'épouse de Jésus-Christ.

Tandis qu'il discourait sans relâche, j'étudiai l'abbé à loisir et m'efforçai de saisir, derrière le bourdonnement des mots, les sons de sa pensée. Je me laissais emporter malgré moi par l'extraordinaire vitalité de l'homme, qui en imposait autant par la force de son corps que par celle de son esprit. Si, de toute évidence, la foi était son nécessaire, il n'avait point renoncé au superflu et ne semblait pas cracher sur les plaisirs de ce monde.

Fort bien informé et porté à donner conseil sans en être prié, Piquet avait sur-le-champ décidé de prendre sous son aile de vieil oiseau migrateur ce jeune et naïf voyageur qui lui inspirait une soudaine et paternelle amitié.

Lorsque Thomas déclina l'offre d'un séjour à La Présentation, arguant l'urgence de sa quête pour refuser l'invitation, Piquet lui fit promettre de s'y arrêter à son retour et se mit en devoir de lui indiquer les meilleures pistes à emprunter pour se rendre vers les plaines.

L'abbé s'éveillait avant le lever du soleil. Avant Thomas même, qui pourtant disputait au sommeil les heures passionnantes de son aventure. Quelques prières vite expédiées, quelques bouchées de pain et d'oignon avalées à la hâte, et Piquet reprenait le fil de ses recommandations. De l'aube au crépuscule, assis sur la mousse devant un feu de camp qui sentait la résine, il parlait, brossant machinalement les plis de sa soutane blanchie de poussière, gesti-culant, se raclant la gorge, crachant. Pendant ce temps, Thomas qui somnolait gardait à grand-peine les yeux ouverts ; et je n'étais pas fâchée de les quitter à une heure avancée de la nuit étoilée pour retourner au chevet du détestable — mais plus discret — Cormier.

Thomas appréciait néanmoins les conseils du prêtre et l'écoutait sans déplaisir ; son imagination le suivait partout où il voulait bien l'entraîner.

« La route qui reliera le lac Érié à la vallée de l'Ohio est sur le point d'être achevée. Elle le serait déjà si l'argent n'était venu à manquer. Mgr le Marquis de Duquesne, notre gouverneur général, a la faveur de Sa Majesté le Roy ; peut-être parviendra-t-il à le per-suader de nous accorder les sommes nécessaires à la défense de la colonie... »

Un nuage de colère assombrit un instant le beau visage de mon amant. La mention d'argent lui rappelait les termes du contrat qu'il avait dû signer à Le Moyne.

Piquet poursuivit : « Que la route soit ou non achevée, vous n'en avez nul besoin. Vous progresserez avec plus de célérité en empruntant les pistes indiennes entre le fort Toronto et le détroit. Elles ont été élargies par les négociants, et sont praticables en cette saison-ci par bêtes et gens. Ouvrez l'œil, nonobstant, et gardez-vous des ours et des Anglais. Les ourses deviennent féroces lorsqu'elles ont des petits. Quant aux Anglais... Bah, passez au large d'Osouégo, où ils ont leurs tanières... »

Thomas sourit et s'enquit d'un air innocent : « Sont-ils donc plus féroces que les ourses ? »

Pour toute réponse, Piquet, rouge de colère, se racla vigoureu-sement la gorge, et son crachat manqua de peu l'un des soldats qui cheminait tête basse à l'ombre de l'énorme croupe de son cheval. Au bout d'un moment, il n'y tint plus.

« C'est, j'en jurerais, à l'instigation de ces fourbes d'Anglais que des païens d'Iroquois ont mis le feu au premier fort que j'avais érigé à La Présentation ! Que le diable... » Le reste se perdit dans une quinte de toux opportune qui secoua de soubresauts sa large poitrine. Essuyant sa bouche humide et charnue d'un revers de manche graisseuse, Piquet se mit à brosser un tableau de la situa-tion indienne. Il me parut plus réaliste que celui que le gouverneur avait peint pour Thomas. Ce dernier en fit la remarque à Piquet, qui en convint non sans regret.

« M. le Baron de Longueil pèche parfois par excès d'optimisme. S'il est vrai que nous nous efforçons de gagner à notre cause les Indiens de ces régions, ou à tout le moins de leur inspirer crainte et respect, il n'en demeure pas moins vrai qu'ils continuent de traiter avec les Anglais, et qu'on ne saurait dire quand ces derniers les inciteront à nous éliminer... (Il réprima un soupir et ajouta d'un ton joyeux :) Pour lors, ils semblent assez bien disposés envers les Français et préfèrent à juste raison notre eau-de-vie au rhum puant des Anglais.

— Est-ce à dire qu'on ne peut plus compter sur leur loyauté ? s'enquit Thomas en fronçant les sourcils. Faut-il s'attendre à des embuscades ? »

Le père Piquet haussa les épaules, tout en encourageant de la voix son cheval à négocier l'obstacle qui leur barrait le chemin — un fût de hêtre abattu par le vent d'hiver. Pour un homme aussi massif, il était remarquablement léger en selle.

« Ils n'ont nulle raison de vous attaquer. De quelles marchandises vous êtes-vous muni ?

— Haches, couteaux, douze mousquets, poudre, balles, couvertures de laine des Flandres, perles de pacotille, et deux grosses de plumes d'aigles que mes engagés iroquois m'ont fortement conseillé de prendre... »

Le prêtre approuva du chef. « Voilà qui est fort avisé. (Avec une moue dubitative, il reprit :) Votre chargement ne suffira pas à faire oublier aux maraudeurs leur crainte des représailles. Il va sans dire que la prudence est toujours de mise. Toutefois, les bonnes nouvelles que je viens de recevoir m'incitent à penser que votre voyage se fera sans incident fâcheux. (Ses petits yeux brillèrent de malice.) Il se trouve que notre ennemi juré en ces régions était le grand chef des Miamis, un brave que les Français avaient surnommé La Demoiselle — pour des raisons sur lesquelles je préfère ne pas m'étendre — et que les Anglais, eux, appelaient Old Britain. Or ça, cette terreur des négociants français vient de connaître une fin providentielle — pour nous autres, j'entends : il a été mangé le mois dernier. Rôti ? Bouilli ? Je ne saurais dire ; les rapports sont contradictoires. Mais mangé, assurément. »

Thomas, interdit, le regardait bouche bée. Piquet se mit à rire.

« Pas par nous autres, rassurez-vous ! Par quelque deux cents Outaouais qui attaquèrent de concert sa capitale. Non sans y avoir été fortement encouragés par nos traitants, il va sans dire... Oh, nous ne les avons pas poussés à manger La Demoiselle. Que Dieu prenne en pitié cette âme égarée ! (Piquet leva les yeux au ciel avec un sourire ambigu.) Hélas, la guerre parmi ces sauvages... Quoi qu'il en soit, ce sont là de bonnes nouvelles pour vous ; la défaite des Miamis va donner à réfléchir aux autres nations indiennes abouchées aux Anglais et faciliter votre passage dans leurs territoires. Rendez-vous donc directement au fort Toronto sans vous attarder à Frontenac ; l'endroit est morne, peuplé d'une garnison constipée qui n'a plus une goutte de vin buvable. Leurs affaires sont mal en point : les Indiens préfèrent vendre leurs pelleteries au fort Toronto ou à Osouégo, chez les Anglais.

— Devrions-nous faire halte au fort Toronto, ou nous rendre sans délai au détroit ? »

Le prêtre écarta d'un revers de main un moustique géant tout content d'avoir découvert un nez à sa mesure. « Je vous en toucherai mot plus avant à la veillée. »

Ils firent halte pour la nuit dans une clairière en bordure du fleuve. Thomas, envahi par une fatigue bienfaisante, se serait volontiers laissé bercer par le cricri des cigales et le murmure des remous ; mais rien ne pouvait endiguer la faconde de Piquet lorsque le feu de camp commençait à crépiter et que la flamme montait claire et rassurante.

« Le fort Toronto, disiez-vous ? Bah, passez-y donc une nuitée. Il leur reste quelques barriques d'un bordeaux médiocre. (Il fit claquer ses lèvres ; une profonde inspiration dilata son torse de centaure à en faire céder les coutures de sa soutane.) Le fort est prospère, et le commandant de la place vous y accueillera le mieux du monde ; c'est un homme de condition qui se languit de la compagnie de ses pairs. Mais plus tôt vous atteindrez les plaines au-delà du Mississippi et plus tôt vous serez de retour, n'est-il pas vrai ? N'oubliez pas que notre hiver est précoce. »

Thomas acquiesça. La lenteur du voyage aiguisait déjà son impatience. Il fallait ménager les mulets : incapables de couvrir à vive allure de telles distances, ils ralentissaient la marche de la colonne entière, et Thomas n'était pas fait pour aller l'amble. Afin de tromper son ennui, il entraînait parfois Piquet dans un bref galop, mais les montures aussi devaient être ménagées en vue des innombrables lieues qu'il leur faudrait encore parcourir.

Ils suivaient depuis quatre jours la rive nord du Saint-Laurent lorsque la piste boisée déboucha sur une avancée rocheuse au pied de laquelle s'étendait une grève de sable fin. De cette éminence, on distinguait sur l'autre rive le fortin, la chapelle et les entrepôts de la mission du père Piquet, ainsi que les wigwams occupés par ses catéchumènes. Ces cabanes en écorce de bouleau encerclaient le fortin. Au-delà s'étendaient des essarts où poussaient dru blé d'Inde et fèves. Quelques structures de grandes dimensions s'élevaient par endroits parmi les habitations des sauvages. Le prêtre les désigna du doigt à Thomas.

« Ce sont les *longues demeures* ; plusieurs familles y résident ensemble. »

De bon nombre de foyers s'élevait en volutes paresseuses une fumée bleue.

Tandis que les soldats grognons et les Ojibwas poursuivaient leur route en direction du fort Frontenac, Thomas décréta une halte jusqu'à ce que le père Piquet eût regagné son domaine.

Les quatre Indiens escortant le prêtre étaient déjà sur la grève. Ils mirent les mains en porte-voix et firent bientôt entendre un hululement modulé qui souleva une envolée cancanante de malards au-dessus des roseaux.

Un grand canot se détacha bientôt de la rive opposée et fendit le courant vers la plage où attendaient les voyageurs. Piquet quitta des yeux l'embarcation pour se tourner vers Thomas, qui me semblait bien peu enclin à prendre congé de lui. L'abbé perçut-il son désarroi ? Peut-être. C'est la voix en sourdine qu'il lui dit : « S'il vous est égal de patienter ici quelques heures, Monsieur, je crois pouvoir persuader l'un de mes convertis de vous accompagner. C'est un guide hors pair, doublé d'un excellent interprète. (Piquet frotta avec vigueur son grand nez.) Il est fiable, arrogant, ne manquera pas d'emmener ses deux femmes avec lui s'il consent à vous suivre ; mais il se montrera fort utile, et je peux me passer de sa présence durant quelques mois. »

Thomas accepta l'offre sans hésiter. Un guide fiable valait bien quelques heures d'attente. Les deux *voyageurs* canadiens et les deux Iroquois qu'il avait engagés ne s'étaient jamais aventurés jusqu'au Mississippi, ni même jusqu'à l'Ohio, et il ne savait rien de leur endurance.

Thomas et l'abbé arrosèrent généreusement leurs adieux, tandis que les Indiens de Piquet déchargeaient leurs chevaux de quelques sacs qu'ils déposèrent dans le canot en échangeant de grands rires avec son équipage.

Puis mon amant remercia avec émotion le jovial prêtre et renouvela sa promesse d'une visite sur le chemin du retour. Je le sentis frémir à la discrète bénédiction de Piquet. Je remarquais en lui, comme sur le bateau à Québec, cette soif de pardon et de réconfort qu'il espérait encore étancher par une confession sincère et une absolution. Lui eût-il confié le secret de son crime que Piquet ne l'eût point trahi, j'en avais acquis la certitude. Ce fut pourtant avec soulagement que je vis s'éloigner le canot ; le prêtre ponctua ses adieux de gesticulations propres à faire chavirer la légère embarcation que les chevaux suivaient à la nage.

Thomas avait mis pied à terre ; tenant sa monture par la bride, il suivit des yeux le canot. Ses engagés faisaient boire leurs chevaux en échangeant à mi-voix des niaiseries. Thomas confia ses rênes à l'un d'eux et alla s'asseoir sur un rocher moussu d'où la vue s'étendait jusqu'à l'orée de la forêt. Sans demander leur reste, ses deux Iroquois et leur chien — un maigre animal noir de lignée douteuse — s'étaient déjà enfoncés dans les bois en quête de gibier, tout heureux de cette occasion de se distraire.

La brise qui soufflait sur le fleuve mêlait des voix humaines aux mille cris des corneilles, huards et goélands. Il régnait pourtant sur l'endroit un calme qui évoquait une solitude empreinte de tristesse depuis que Piquet n'y était plus. Thomas s'étonnait d'avoir tant appris de l'abbé et se sentait en paix avec lui-même.

Trois heures plus tard, ses deux Iroquois reparurent, émergeant du bois aussi silencieusement qu'ils y avaient disparu. Leur chien famélique courait en cercle autour d'eux avec de grands sauts et de petits jappements, affolé par le sang des perdrix et des lièvres qui pendaient à leur ceinture.

Le guide promis par Piquet ne s'était toujours pas manifesté, et Thomas s'impatientait, trop conscient de la distance à couvrir et de la fuite du temps pour perdre une journée entière à attendre. Pourtant, il hésitait à donner le signal du départ.

Il allait s'y résigner lorsque les Canadiens s'exclamèrent à l'unisson en saluant de grands gestes le canot qui se détachait de l'autre rive. On distinguait à son bord quatre passagers ; trois chevaux suivaient à la nage.

Dès que l'embarcation eut fait crisser le sable de la grève, le guide et ses deux épouses en débarquèrent, trempant leurs braies de peau sans paraître s'en soucier. Une des femmes portait dans son dos un nourrisson attaché par un lacet à la planchette qui pendait de ses épaules. Ils attendirent, impassibles, que leurs montures s'ébrouent sur le rivage avant de se tourner vers Thomas et ses compagnons pour leur accorder un bref salut de la tête.

Paul Kenawa usait d'un français rudimentaire mais précis, comme s'il ne jugeait pas nécessaire de mieux faire quoiqu'il en fût capable. Son visage étrangement peinturé et ses manières peu amènes firent assez mauvaise impression ; Thomas était bien près de regretter sa décision. Quant à moi, j'avais peine à me forger une opinion sur l'homme, tant ses pensées m'étaient étrangères. La mort — ou l'idée qu'il en avait — semblait régner dans son esprit peuplé à profusion de créatures étranges, mi-dieux, mi-bêtes.

A mesure que la colonne s'enfonçait plus avant dans les bois, je sentais grandir en Kenawa une sourde appréhension. Un cruel géant, nommé Windigo, hantait la forêt. Il le croyait sincèrement et, plus nous avancions, plus la terreur l'envahissait, bien que l'expression de son visage n'en fût en rien altérée.

Sa peur finit par me gagner. Se pouvait-il que les profondeurs de la forêt recelassent des ogres assoiffés de sang ? Je me retournais sans cesse, craignant à tout moment de voir l'affreux monstre de Kenawa surgir du sombre sous-bois pour nous dévorer — morte et vivants — en un horrible festin.

Le guide se mit bientôt à psalmodier une prière à Kitchi Manitou, un puissant esprit dont il implora la protection pour lui-même et pour son fils nouveau-né, abandonnant apparemment ses femmes à l'appétit du Windigo. J'éprouvai le besoin soudain de suivre son exemple, et je priai à mon tour pour éloigner de tous les mauvais esprits, s'ils existaient.

Je décelai en Kenawa une grande loyauté envers le père Piquet. En dépit de ses manières abruptes, il ne semblait pas hostile à Thomas, mais je n'en aurais point juré. Ses services ne seraient pas requis durant la première partie du voyage, la piste qui reliait le fort Frontenac au fort Toronto étant assez fréquentée et facile à suivre d'un village indien à l'autre, par la rive nord du lac Ontario.

Aucun incident ne vint rompre la monotonie de notre lente avancée, si ce n'est, durant une halte nocturne, un combat entre un loup et le chien des Iroquois. Le chien — une brute hargneuse — mit à mal son frère sauvage qui disparut dans l'obscurité en poussant de pitoyables gémissements.

Chaque nuit, en s'étendant avec un soupir d'aise sur sa couche de branchettes de pin, Thomas prêtait l'oreille aux brames des cerfs, aux plaintes des coyotes et aux hurlements des loups. Il se sentait vibrer à l'unisson de ces clameurs de liberté lancées du fin fond des bois silencieux. Une liberté qu'il avait faite sienne.

J'écoutais aussi, fascinée par cette musique qui trouvait en moi son écho. Non point avec des mots, ni même avec des images, mais par des bouffées de désirs et de pulsions, de douleurs et de joies sauvages.

Le chien noir s'était attaché à Thomas — il le nourrissait mieux que son maître — et se couchait souvent à son côté plutôt qu'auprès des Indiens. Il geignait de terreur chaque fois que j'approchais, et mon amant le rassurait d'une caresse sans comprendre ce qui l'avait effrayé. Sa grosse tête entre ses pattes maigres, il se tenait coi, me surveillant du coin de l'œil comme s'il me voyait vraiment.

Le besoin de posséder — un des traits les moins admirables de Thomas — le poussa à acheter la bête à son maître. Il n'eut de cesse que l'Iroquois la lui cédât. Le marché fut conclu pour une poignée de poudre et quelques balles. L'Iroquois s'estima gagnant : le chien était trop vieux pour faire un ragoût en cas de disette, et la poudre lui assurait quelques chasses fructueuses. La satisfaction que Thomas retira de l'échange ne fit que confirmer l'opinion de l'Indien : les visages pâles étaient totalement dénués de sens pratique.

A quelques lieues à peine de fort Toronto, le temps se gâta ; un violent orage s'abattit sur la forêt.

Tandis que Thomas, les Canadiens et les Indiennes s'abritaient tant bien que mal en bordure du chemin, Kenawa et les deux Iroquois mettaient pied à terre sous la pluie torrentielle et, attachant sans hâte leurs montures à couvert de grands pins, retournaient sur la piste. Torse nu, indifférents aux longues mèches qui ruisselaient sur leurs épaules, ils levèrent vers le ciel noir leur visage et leurs bras ambrés, et de leur gorge sortit un chant, comme un bourdonnement rauque qui me toucha étrangement. Je distinguai à peine leurs corps dans la pénombre. Mais un éclair aveuglant suivi presque aussitôt d'un claquement de tonnerre les illumina soudain, et l'orage parut se les approprier. Le craquement d'un arbre foudroyé retentit tel un coup de mousquet tiré à bout portant, et Thomas tressaillit. Une odeur de forge et d'enclume dominait les senteurs d'herbe mouillée et de résine. Les deux Iroquois se turent, ouvrant toute grande la bouche comme pour en avaler le moindre effluve.

Je partageai les souvenirs qui peuplaient l'esprit de Thomas. J'en étais l'objet : il revivait soudain nos chevauchées d'automne, se remémorant dans leurs moindres détails nos sauvages étreintes et nos brefs élans de tendresse dans les granges où les glaciales pluies de novembre nous forçaient à chercher refuge. Comment ne pas regretter le bonheur de tels instants ? Nous y goûtions désir et assouvissement, passion et amitié, et surtout la paix qu'on ne connaît que dans les bras de l'aimé. Ces gouttes de félicité ne se perdraient jamais dans l'océan de l'éternité ; elles resteraient précieuses jusqu'à la fin des temps.

L'amour charnel que je portais à Thomas me faisait endurer mille morts.

Pleurs et prières ne m'étaient d'aucun secours. C'est en vain que je m'efforçais d'accepter la réalité de mon état de fantôme ; comment me résigner à ne plus jamais sentir sa bouche sur la mienne ? Il ne me servait de rien de lire ses pensées, d'entendre clairement sa voix, peut-être même à l'occasion d'être entendue de lui, si la consolation d'une caresse m'était refusée. Que m'importait de jouir du parfum de la rosée matinale sur la mousse, d'entendre le pépiement des oisillons dans les nids les plus haut perchés, ou de sentir sur ma joue la brise d'une aile de papillon, si je ne jouissais plus de nos souffles entremêlés, de nos corps... ?

Un mur invisible sépare les morts des vivants.

Je laissais la pluie couler sur mes joues, se mêler à mes larmes. La sensation n'était point déplaisante, et je m'y abandonnais faute de mieux, lorsque je perçus soudain à mon côté la présence de cette autre conscience qui semblait nous suivre depuis le *White Halcyon*. Bien décidée cette fois à tirer au clair cette mystérieuse impression, ouvrant tous grands les yeux, je scrutai les alentours. En vain. Mais quoique l'étrange présence fût pour moi aussi invisible que mon corps l'était pour les vivants, j'eus la conviction qu'il ne tenait qu'à moi de mettre un terme à cette invisibilité — sans pourtant savoir ce qu'on attendait de moi.

L'orage tonnait encore pour la forme ; la pluie ralentit son staccato, et bientôt le déluge cessa. La petite troupe reprit sa marche vers le fort Toronto. Je n'avais ni froid ni peur ; pourquoi alors tremblais-je de tous mes membres ?

Bien qu'on l'eût prévenu du nombre considérable de nations et de tribus indiennes qu'il rencontrerait au passage, Thomas était loin de s'attendre à une telle diversité de coutumes, de dialectes et de comportements. Les populations indiennes avec lesquelles il entra en contact différaient même parfois par leurs traits physiques.

Kenawa se montra digne de l'estime dans laquelle le tenait le père Piquet. Ses talents d'interprète le rendirent vite indispensable. Quant à moi, je m'émerveillais de comprendre sans la moindre difficulté les langues les plus obscures de ces sauvages.

Les pistes indiennes, qui serpentaient dans la forêt entre les énormes troncs des ormes, des hêtres et des frênes, reliaient entre eux d'innombrables villages de Delawares, Shawnees, Wyandottes et Wabash. Nous y croisâmes parfois des chasseurs itinérants descendus des tribus du Nord et qui y retournaient. La plupart des villages offraient aux voyageurs une généreuse hospitalité que Thomas, dans sa hâte d'atteindre les plaines, acceptait souvent à contrecœur. Au reste, il s'en remettait à Kenawa en ce qui concernait ses rapports avec les tribus. Pour ne point encourir l'hostilité de leurs hôtes, il ne refusait jamais de participer aux danses des Plumes et autres festivités décrétées en leur honneur. Il s'y prêtait d'assez bonne grâce, s'intéressant chaque jour un peu plus à ces humains si différents de ceux qu'il avait connus.

Il s'acquittait déjà fort bien du rituel attendu des visiteurs. Il savait présenter aux sachems couteaux, poudre, couvertures et plumes d'aigle avec les mots appropriés ; ses présents étaient invariablement acceptés avec des grognements — signes de profonde satisfaction.

Par trois fois, dans des camps misérables, ils décelèrent la présence de traitants anglais qui n'avaient point attendu leur arrivée pour décamper. Une autre fois, Thomas se trouva nez à nez avec deux trafiquants d'eau-de-vie irlandais qui appréciaient un peu trop leur marchandise. Adossés à leur misérable abri d'écorce de bouleau, secoués de ricanements et de rots, ils contemplaient de leurs yeux troubles les voyageurs. Thomas passa son chemin.

Ils ne s'attardèrent pas au fort Miami. La faible garnison de cette place morose y était décimée par une fièvre de mauvais aloi. Thomas persuada non sans mal son commandant de lui céder — pour le double de son prix — un rouan médiocre en échange de la monture boiteuse d'un des Canadiens.

La chaleur humide devenait chaque jour plus oppressante, mais Thomas refusait de faire halte pour se mettre à l'abri des pluies aussi violentes que fréquentes. Il chevauchait en tête dans la lumière glauque de la piste, indifférent au déluge. Sa chemise lui collait aux côtes. Il écartait machinalement de son front lisse les mèches ruisselantes qui lui tombaient devant les yeux.

A l'inverse des Indiens, qui ne s'épilaient la barbe que de temps à autre avec une patiente concentration, mon bel amant se rasait rapidement chaque matin. Les Canadiens en riaient sans oser exprimer à voix haute qu'il gaspillait son temps et son savon. Au reste, ces deux-là bougonnaient par principe : contre les chevaux et l'effet qu'ils produisaient sur leur cul de marcheurs et de pagayeurs ; contre les Indiennes et leur bruyante hilarité ; contre les moustiques qui semblaient goûter leur peau encore rose de Normands ; contre les bêtes de somme dont la longe leur distançait les bras. Ils suivaient pourtant, poussés par la curiosité autant que par l'appât d'une prime s'ils donnaient satisfaction.

C'étaient des hommes frustes que l'inconnu rendait méfiants et taciturnes, mais je savais leur cœur juste et loyal.

Les deux Indiennes ne signalaient leur présence que par leurs grands éclats de rire — ceux-là mêmes qui incitaient les Canadiens à se pousser du coude en échangeant quelques grivoiseries dont Kenawa faisait les frais.

Un gibier abondant et varié leur offrait la venaison grâce au talent des chasseurs et au savoir-faire des femmes. Avec une dextérité qui me stupéfiait, elles plumaient, vidaient et apprêtaient une outarde ; la rapidité avec laquelle elles débitaient un cerf tenait du miracle. Elles profitaient de la moindre halte pour s'égailler dans les sous-bois, en revenaient chargées de tubercules et de baies, dont elles agrémentaient le ragoût du soir — la sagamite. Son fumet me faisait regretter la faim.

Elles demandèrent un jour à goûter au poivre, dont les Canadiens usaient sans modération, et poussèrent des cris tels qu'ils réveillèrent le nourrisson de la plus jeune. Je me pris à leur vouer une franche admiration. Leur habileté, leur endurance, l'égalité de leur humeur me plongeaient dans une humilité fort affligeante. Comment ne pas mesurer l'oisiveté de mon existence face au labeur de la leur ?

Bien qu'il manifestât dans cette entreprise la détermination — frisant l'obsession — dont il avait fait preuve dans sa tentative d'enlèvement, l'état d'esprit de Thomas me rassurait. Il était presque heureux. Des souvenirs néfastes troublaient parfois encore son contentement, mais en lui grandissait une satisfaction qui lui venait autant de lui-même que de sa nouvelle vie. Il avait abordé ce monde nouveau avec une curiosité de bon aloi. Et rien encore ne l'avait déçu.

Il percevait confusément le respect qu'il inspirait aux hommes de sa suite, sans en tirer vanité. On admirait son audace, son endurance et son assiette en selle.

« Né sur un étalon », disait volontiers l'un des Canadiens. « Né d'un étalon, corrigeait l'autre en riant, non sans ajouter : Pas fait pour monter une ânesse ! »

La piste qui menait au fort Vincennes traversait des communautés prospères aussi bariolées qu'hétéroclites auprès desquelles Kenawa trouva matière à se distinguer. Métis senecas se pavanant en pourpoint de satin brodé, de lourds anneaux de laiton massif aux oreilles ; Iroquois en braguettes de peau, leurs corps nus peinturés d'ocre, de noir et de blanc ; Illinois, Cris et Dakotas, rivalisant d'élégance dans leurs uniformes arrachés à leurs victimes. Le tout assaisonné d'une poignée d'Outaouais itinérants que démangeait une perpétuelle envie de se battre. C'était miracle que cette saga-mite humaine ne bouillonnât pas plus violemment : tout ce beau monde semblait vivre en bonne intelligence.

Quoique la cacophonie de leurs pensées discordantes me rebutât, j'admirais leur tolérance mutuelle. Elle s'étendait même à quel-ques trafiquants français — de misérables gueux dépenaillés qui eurent l'audace d'aborder Thomas pour lui proposer quelque lou-che négoce ne manquant pas de nécessiter rapine et mort d'homme. Thomas déclina poliment l'invite.

A mesure que les voyageurs approchaient des plaines, son impa-tience croissait ; il était pris d'une hâte fébrile qui rappelait sa folie amoureuse. Ce fut tout juste s'il consentit à s'attarder deux jours au fort Vincennes pour y laisser reposer bêtes et gens. Le jovial commandant de la place et les hommes de sa garnison l'auraient volontiers fêté plus longuement, mais il n'en voulut rien savoir. Je me demandais si le nom du commandant — M. de Saint-Ange — avait attisé son désir de partir. Le brave homme avait pourtant débouché en son honneur ses trois dernières bouteilles de bourgo-gne.

En quelques jours de marche, ils atteignirent l'Ohio et convinrent qu'elle méritait bien le nom de Belle Rivière décerné par les Fran-çais. La riante majesté du paysage, la douceur du ciel et de la brise les mirent de belle humeur. Tout en chevauchant, les deux Canadiens se mirent à chanter des complaintes de voyageurs, et de vieilles ballades françaises qui ravivèrent pour Thomas et moi la nostalgie de Saint-Onges et de notre enfance.

Après cinq jours de piste le long de l'aimable vallée, ils débou-chèrent au confluent de l'Ohio et d'un fleuve majestueux qui rou-lait des eaux brunes.

18

Le Mississippi. Pour les Indiens, « le Père des Eaux ».

Quel que fût son nom, il fallait traverser ce fleuve. Les cartes n'indiquaient aucun gué dans les environs ; on dut se résoudre à suivre la rive gauche en contournant tourbières et marécages, après qu'un des mulets se fut embourbé dans la vase et brisé la patte. La bête fut abattue — les Indiens en firent festin ce soir-là —, et son chargement réparti entre les autres montures. Thomas et les Canadiens se contentèrent de fèves et de biscuits.

Le troisième jour d'une marche lente et pénible, ils tombèrent sur un groupe de chasseurs de bison. Ces Miamis qui reprenaient la route du Nord leur apprirent qu'à une journée de marche des passeurs pouvaient leur faire traverser le fleuve, ainsi qu'à leurs marchandises, dans leurs canots géants de vingt rameurs.

Ils le firent assurément, mais pour un prix en marchandises si exorbitant que Thomas jura qu'on ne l'y reprendrait plus. D'autant que les pagayeurs, ayant récemment acquis une grosse barrique d'eau-de-vie, naviguaient de façon tellement erratique qu'ils crurent verser cent fois et que deux sacs de pacotille finirent au fond du fleuve boueux. Thomas s'inquiétait fort pour les deux Canadiens ; voyageurs depuis vingt ans sur lacs et rivières, ils ne savaient pas nager et s'en tenaient à ce précepte : « Si tu connais ton canot, t'as pas peur de l'eau. » Les tourbillons bourbeux du Mississippi leur donnèrent, je crois, matière à réflexion.

Ils se retrouvèrent enfin sur l'autre rive. Thomas furieux d'avoir ainsi été délesté en partie de son pouvoir de troc par les passeurs, mais soulagé d'avoir atteint son objectif : la rive droite du fleuve, d'où on pourrait gagner les plaines du Sud-Ouest.

D'un palabre à l'autre, Kenawa avait appris en cours de route que les Sioux ne se séparaient plus de leurs montures, dont ils étaient à court. Il faudrait donc pousser plus loin que prévu. Cinq jours durant, ils se frayèrent un chemin à travers les hautes herbes d'une plaine sans fin, sous un ciel trop vaste dont le miroitement fatiguait le regard. Thomas dut se montrer intraitable avec les impétueux Iroquois, qui voulaient à chaque instant se lancer à la poursuite des bisons. L'immensité du paysage nous écrasait de solitude — moi autant, sinon plus que les autres —, et nous fûmes fort aises d'apercevoir enfin un campement nomade d'une trentaine de tipis autour desquels s'ébrouaient une cinquantaine de chevaux fringants.

Mais Kenawa enjoignit d'un geste la prudence. Il s'agissait sans doute, expliqua-t-il, d'un clan de Dakotas, également nommés Sioux, qui chassaient depuis peu le bison à cheval et n'avaient pas coutume d'accueillir courtoisement les étrangers. Il proposa d'aller seul palabrer avec leur chef avant que Thomas et les autres s'aventurent jusqu'au village.

Deux heures plus tard, il n'était pas de retour. Thomas décida de se rendre au village et chargea à contrecœur ses deux pistolets, qu'il glissa dans sa ceinture.

Alors qu'il écartait les hautes herbes, il aperçut Kenawa qui revenait en compagnie d'un maigre Dakota le dominant d'une tête. Tandis que l'homme les examinait d'un air soupçonneux, le guide expliqua rapidement pourquoi il avait tardé :

« Lui fils du chef... Son fils très malade, pas médecine. Moi donner bonne médecine de père Piquet pour guérir fièvre... Écorce de saule. Moi apporter encore médecine, vous attendre un jour, deux jours. (Il mesura Thomas d'un regard insondable et ajouta comme par défi :) Hommes pas vendre cheval... Cheval pour chasser buffalo. Pas vendre. »

Thomas soutint son regard, et soudain ce fut comme si une brève étincelle de solidarité passait entre eux. Thomas soupira : « Nous attendrons, Kenawa. Dois-je t'accompagner au camp ? »

Kenawa hésita. « Pas bon. Donne couverture pour enfant, mousquet pour sachem... et poudre pour mousquet. »

Ce fut au tour de Thomas d'hésiter. Un mousquet ? Il en pouvait tirer plus d'une bonne monture. En faire ainsi don sans rien espérer en retour lui semblait — surtout après l'épisode malheureux des

216

passeurs — fort mal augurer de son négoce. Sans trop savoir pourquoi, je me pris à lui souffler d'accéder à la requête de Kenawa. Je lui criai presque dans l'oreille : « Donne-lui le mousquet ! Donne-lui le mousquet ! »

Il le lui donna, ainsi que la couverture et la poudre.

Kenawa échangea quelques mots avec la plus jeune de ses squaws et disparut dans les hautes herbes, entraînant dans son sillage le fils du chef chargé des présents.

L'attente se prolongea. Le troisième jour, Kenawa n'avait toujours pas reparu. Thomas avait fait établir une sorte de campement ; mais ils se sentaient tous vulnérables, isolés par les graminées ondoyantes dans le petit cercle qu'ils avaient piétiné. La nuit, Thomas et les Canadiens se relayaient pour monter la garde, leur mousquet armé ; ils occupaient leurs heures de veille à tuer les moustiques qui les harcelaient de bourdonnements et piqûres. Les deux Iroquois finirent par les prendre en pitié et partagèrent avec eux la graisse d'ours dont ils enduisaient leur peau exposée afin de décourager ces maringouins.

Enfin, le soir, Kenawa fit irruption dans le cercle sans que quiconque eût soupçonné son approche. Les trois visages pâles le dévisagèrent, bouche bée : ils ne l'avaient encore jamais vu rire.

« Enfin guéri. Sachem content. Sachem dit si nous marcher cinq jours vers soleil couchant, Sioux vendre chevaux. »

C'était là matière à réflexion. Ou bien Thomas continuait de suivre le Mississippi — ainsi que le lui avait recommandé le père Piquet — jusqu'au fort Prud'homme, qu'il avait prévu d'atteindre en trois jours, ou bien il suivait le conseil du Dakota et faisait route vers l'inconnu. Il décida de se fier à l'Indien, et je l'en approuvai.

Six journées à travers l'immense plaine moutonnante ne les rapprochèrent d'aucune présence humaine. Il y avait beau temps que les Canadiens avaient cessé de chanter, et les Iroquois eux-mêmes montraient des signes de lassitude. Seuls Thomas et Kenawa — sans oublier les deux squaws — ne se laissaient pas abattre et chevauchaient en tête. Thomas sentait pourtant son enthousiasme fondre sous le soleil implacable.

Le matin du septième jour, ils aperçurent des tipis et des chevaux.

Kenawa fut dépêché en éclaireur. Il revint en moins d'une

heure ; sous les peintures guerrières, le bronze de son visage avait viré au plomb, et il ne riait plus.

« Clan malade... Beaucoup braves morts... Enfants aussi. Vieilles squaws restent. Et sachem. Deux, trois braves. Mauvais. »

Les deux Canadiens s'écartèrent de lui avec effroi. Le plus âgé des deux tira Thomas par la manche. « Et si c'était la petite vérole, Monsieur ? Il vaut mieux ne pas s'approcher, pour ne point avaler leur mauvais air... »

Thomas hocha la tête et demanda à Kenawa : « Serait-ce la petite vérole ? Saurais-tu reconnaître ce mal ? Comment pouvons-nous leur porter secours ? »

Le Canadien ouvrait la bouche pour protester, mais Kenawa ne lui en laissa pas le temps.

« Pas petite vérole... Autre mal, fièvre. Mauvaise médecine ? Mauvaise eau, mauvais esprits... (Il se tut, se rappelant sans doute qu'il avait renoncé à ces croyances le jour de son baptême.) Pas possible aider... Tous mourir. Pas besoin chevaux. Sachem dit lui vendre chevaux. Sachem besoin beaucoup eau-de-feu. »

Thomas ne transportait qu'un petit baril d'eau-de-vie, et n'avait pas songé à l'utiliser pour son troc. Il avait entendu trop de récits navrants pour imiter les trafiquants sans scrupules qui causaient tant de maux aux tribus.

Il se tourna vers les autres : « Attendez-moi ici. J'accompagnerai Kenawa afin d'offrir mon aide. (S'adressant aux deux Canadiens d'une voix calme, il ajouta :) Si vous craignez pour votre vie, vous êtes libres de me quitter sur-le-champ et de rentrer chez vous : le chemin vous est connu. Si vous restez, je doublerai votre salaire lors de notre retour à Vaudreuil. »

Le plus jeune des deux se hâta de répondre en leurs noms : « Pardieu, Monsieur, nous restons ! »

Je suivis Thomas et Kenawa jusqu'au village. La mort y régnait. Je sentais autour de nous comme une multitude de présences invisibles. Une sorte d'exaltation morbide s'empara de moi. Toutes ces morts conduiraient-elles une autre âme jusqu'au monde solitaire qui était le mien ?

Le chef dakota était étendu, entouré de ses trois derniers braves, sur des peaux de bison face à l'ouverture de son spacieux tipi richement orné — la place d'honneur. Pâles et immobiles, tous agonisaient. C'est à peine si l'arrivée de Thomas et Kenawa altéra les traits de leurs visages émaciés — lesquels, au reste, ne portaient nulle cicatrice due à la variole. En présentant au chef le baril d'eau-de-feu, Thomas s'enquit par la bouche de Kenawa de ses dernières volontés.

Depuis plus d'une lune, un mal mystérieux frappait la tribu, expliqua le sachem. Les enfants y avaient succombé les premiers ; les hommes avaient suivi, puis les femmes, à l'exception de deux vieilles squaws édentées qui ne mangeaient plus qu'un peu de grain. Ils avaient été emportés un à un au fil des jours. Les survivants avaient enterré leurs morts à mesure, sans même respecter les rituels d'usage ; ce qui expliquait qu'il n'y eût point de cadavres putrides dans le campement.

Entre deux gobelets d'eau-de-vie qui semblèrent lui rendre ses forces, le sachem assura Kenawa qu'il était prêt à se séparer de tous les chevaux de la tribu.

Kenawa traduisit d'une voix étouffée :

« Vous tuez cheval sachem. Sachem veut cheval pour chasser dans collines de sable. » Thomas le regarda sans comprendre. Le guide leva les yeux et indiqua le ciel du doigt. « Ciel. Sachem veut cheval pour chasser au ciel ; vous tuer cheval et laisser sachem dans tipi. Vous emmener vieilles squaws pas malades dans un autre clan. »

Il en fut fait selon les volontés du chef. Les Canadiens — dont la curiosité l'avait emporté sur leur appréhension — s'étant aventurés jusqu'au camp, ils eurent pour tâche d'abattre le splendide étalon du chef, Thomas ne pouvait en effet s'y résoudre. Le lendemain, ils mirent en terre deux des guerriers morts durant la nuit, tandis que les deux vieilles démantelaient les meilleurs tipis et les entassaient sur leur travois. Kenawa expliqua à Thomas que les tipis étaient toujours la propriété des femmes — ce n'était, à mon humble avis, que médiocre justice, car elles étaient les seules à travailler, les hommes n'occupant leur temps qu'à chasser, à fumer leur pipe de *kinikinik*, à s'entre-tuer et à forniquer.

Le chef et le troisième guerrier s'attardèrent sur cette terre un jour de plus pour finir l'eau-de-vie. Dès qu'il en eut avalé la dernière goutte, le chef dit qu'il était satisfait que fût venue son heure de partir pour la Grande Chasse, et il s'éteignit — aussitôt imité par le dernier brave.

Les yeux fixés sur eux, je suivis leur passage de vie à trépas. En vain : je crus voir briller une lueur sur le corps du chef mais elle se dissipa immédiatement, me laissant encore plus accablée par ma solitude. Combien de temps me faudrait-il encore l'endurer ?

Les morts eux-mêmes me fuyaient.

Le corps du chef demeura dans son grand tipi de peaux de bison. Thomas en attacha du mieux qu'il put le rabat, pour barrer l'entrée aux coyotes voraces lesquels finiraient néanmoins par y pénétrer tôt ou tard.

Et c'est ainsi que Thomas se retrouva, émerveillé par un résultat aussi inespéré, à la tête d'une cinquantaine de chevaux du meilleur sang entraînés à chasser le bison. Kenawa en oublia de cacher sa surprise et son admiration, et éclata de rire. « Bonne médecine ! Vous beaucoup fortuné ! » Thomas se serait abandonné à sa jubilation, s'il ne s'était reproché de devoir cette heureuse fortune à l'infortune de tout un village.

Sans savoir précisément ce qui avait provoqué la perte du clan des Dakotas, j'en attribuai la cause à quelque viande avariée. Que Thomas eût bénéficié de ce malheur ne me parut point alors de mauvais augure.

Ils prirent donc la longue route du retour. Et je suivis.

On confia en passant les deux squaws survivantes au village dakota — où l'enfant, guéri de sa fièvre, accepta en riant, des mains de Thomas, un arc et des flèches miniatures confectionnés par un des Iroquois. Le chef reçut en partage un autre mousquet ainsi qu'un étalon de fière allure ; Thomas laissa aux hommes poudre et balles en suffisance. Ce clan-là ne manquerait point de viande fraîche.

Se défiant des passeurs ivres et de leurs exigences, Thomas décida de remonter la rive droite du Mississippi jusqu'à un gué, pour ne pas avoir à le retraverser comme à l'aller. Et de pousser si nécessaire jusqu'au fort Chartres, afin de ménager bêtes et gens. Lasse de deux mois en selle, sa troupe n'était guère préparée à l'effort qu'exigeait d'elle l'acheminement de tous ces chevaux.

Pour éviter de s'embourber le long des rives marécageuses, ils chevauchaient à quelque distance du fleuve, à travers les hautes herbes de la plaine. L'un ou l'autre des Canadiens ou des Iroquois s'écartait de temps à autre et partait en reconnaissance jusqu'au

Mississippi, galopant à francs étriers pour s'assurer qu'ils en suivaient bien le cours.

Ils croisèrent un jour un groupe de chasseurs, des Assiniboins armés de petits arcs, qui indiquèrent à Kenawa l'emplacement d'un gué, à quatre journées de marche vers le nord.

Ils allaient l'atteindre lorsqu'ils rencontrèrent Nashawa.

Assise sur un tertre herbeux auprès de son travois, elle attendait, impassible, la mort de son homme. Celui-ci était étendu à ses pieds sur une peau de bison, deux flèches fichées dans la poitrine, le visage grisâtre grimaçant de douleur.

La femme ? Saisi par la radiance de sa beauté, Thomas resta figé en selle, les yeux rivés sur son visage.

Je les regardai l'un et l'autre, et me sentis emportée par le remous des émotions contradictoires qui m'agitaient ; déchirée entre une cruelle jalousie et une fâcheuse admiration pour la créature qui subjuguait ainsi mon amant.

Cette Indienne était en vérité extraordinairement belle, d'une beauté qui en appelait à l'esprit autant qu'aux sens. Ses yeux lumineux étaient de sombres puits au fond desquels on apercevait comme un reflet de ciel. Ou de soi-même. Sa bouche aussi ferme et charnue qu'un beau fruit gardait au repos un demi-sourire, fort rare chez une squaw. Mais, plus étrange encore, elle ne m'était pas inconnue. Sans que je l'eusse jamais vue, ses traits m'étaient familiers.

Un des Canadiens avait mis pied à terre ; il se pencha vers le blessé en secouant la tête d'indignation. « Par le Saint Tabernacle ! Qui t'a mis dans cet état, mon bonhomme ? T'es bien canayen, n'est-ce pas ? »

L'homme ouvrit les yeux et tenta vainement de répondre. Du haut de sa monture, Kenawa adressa en dialecte quelques paroles brusques à la femme, mais ce fut à Thomas qu'elle répondit. En français.

« Pas parler dakota. Ojibwas. (Sans détourner la tête, elle indiqua d'une main le blessé.) Mon maître traitant canadien. Lui mourir bientôt. Ici pour vendre eau-de-feu Albany. »

Les deux Canadiens hochèrent la tête d'un air entendu. Le commerce avec les Hollandais d'Albany était illégal, mais nombreux étaient ceux qui s'y risquaient en vue des énormes profits qu'on en pouvait tirer. Thomas sauta de selle pour s'approcher de

221

la femme et l'encouragea du geste à continuer. Sans la quitter du regard.

« Maître mordu par serpent. » Comme pour confirmer ses dires, l'homme levait sa main droite, horriblement tuméfiée ; l'odeur de la gangrène se répandit aussitôt. L'Indienne lui accorda un bref regard plein d'une compassion lointaine. « Maître très mal, nous voyager lentement... Nous rencontrer trois Dakotas... »

Répondant aux questions de Thomas, elle leur apprit que, quatre ans auparavant, des Assiniboins avaient attaqué son village et l'avaient capturée. Ils l'avaient vendue à ce Canadien du détroit qui se livrait à un négoce doublement illicite avec les Hollandais d'Albany et les sauvages alliés aux Anglais, échangeant de l'eau-de-vie contre leurs pelleteries.

L'homme buvait et jurait, mais n'avait jamais levé la main sur elle ; elle n'avait donc jamais cherché à s'enfuir. Il l'aimait à sa façon, la couvrait de bijoux et ne supportait pas d'être séparé d'elle un seul jour. Il l'emmenait dans tous ses voyages pour agrémenter son ordinaire et ses nuits.

Mais le mauvais sort s'était abattu sur lui. La morsure d'un serpent à sonnettes à sa main s'était envenimée, il délirait de fièvre en chevauchant et se tenait à peine en selle lorsqu'ils avaient croisé trois Sioux errants. L'homme avait compris qu'il leur fallait mettre le plus de distance possible par rapport à eux, mais ses forces l'avaient abandonné et ils avaient dû faire halte à la tombée du jour.

En pleine nuit, les trois guerriers avaient surgi de l'ombre, s'étaient emparés de leurs chevaux et avaient, pour bonne mesure, décoché quelques flèches au traitant. Sans le mousquet que l'homme lui avait enseigné à manier, la femme aurait été prise aussi ; mais elle avait tiré, blessé un des assaillants à l'épaule, et les avait mis en fuite.

Les deux Canadiens l'observaient d'un air méfiant. Kenawa, qui d'ordinaire ne frayait pas avec les deux Iroquois, leur parlait à voix basse ; ils l'écoutaient bouche bée. Je ne saisissais que les mots « Suka ! Suka ! » « Étrange ! étrange ! » qui revenaient dans ses propos. Thomas proposa à la femme de faire prendre au blessé le remède de Kenawa pour calmer sa douleur, mais cette poudre d'écorce de saule était bien connue des Indiens, et elle en avait déjà administré à l'homme.

Celui-ci geignit faiblement. L'Indienne s'agenouilla à son côté sur l'herbe rase du talus et se pencha pour lui murmurer quelques mots de réconfort.

J'y prêtai attention, et n'en crus pas mes oreilles ! Elle lui disait qu'il était temps de mourir.

Ce qu'il fit à l'aube du lendemain. Elle passa la nuit à le veiller, à lui chantonner une singulière mélopée jusqu'à ce que son visage s'apaisât et qu'il se laissât glisser dans le sommeil. Sa mort survint sans autre signe qu'un long soupir de la femme.

Elle arracha vivement les deux flèches de sa poitrine et y croisa ses deux mains, maniant avec une grande délicatesse la main droite gangrenée, comme si l'homme avait pu encore en ressentir la douleur. Elle glissa sa pipe entre les doigts de sa main gauche.

Elle aida les hommes à descendre le corps dans une fosse creusée à la hâte ; le visage impassible, le geste prompt et précis. Elle apporta même quelques grosses pierres qu'ils disposèrent sur la tombe, et contribua d'un morceau de bois arraché à son travois pour en faire une croix qu'ils fichèrent entre les pierres.

Après quoi, elle s'en fut trouver Thomas qui se tenait à l'écart, et lui tendit en silence la longue carabine Kentucky du défunt — une arme de grand prix, d'une portée de six cents pieds.

Enfin, elle prit sa place dans la colonne comme si c'était là chose toute naturelle. Thomas lui donna pour monture l'un des hongres dakotas, qu'elle monta à cru avec la superbe d'une reine en route vers son couronnement. Le comportement de cette femme me troublait d'autant plus que je ne parvenais pas à me souvenir où et quand je l'avais connue.

Les deux épouses de Kenawa, après lui avoir jeté des regards circonspects, ne tardèrent pas à l'inviter à chevaucher auprès d'elles. Les quelques mots qu'elles possédaient en commun furent bientôt prétexte à de nouveaux éclats de rire. Un jour, elle leur fit présent de deux bracelets d'argent qu'elle fit glisser de ses poignets ; la joie des deux squaws fit résonner les bois de leurs cris au point que Thomas lui-même s'en émut et se laissa distancer par la colonne pour découvrir ce qu'il en était. Nashawa — puisque c'était son nom — portait aux bras de nombreux autres bracelets, et une superbe ceinture d'argent fort bien ouvrée enserrait sa taille fine. Sa tenue tout entière témoignait d'une recherche et d'un raffinement inusités. Sa longue robe de peau frangée était ornée de perles et d'épines de porc-épic ; une large poche à médecines,

223

richement brodée, pendait par un cordon de peau de son cou gracile, autour duquel s'enroulait par deux fois un long collier d'une sorte d'ivoire.

Elle se gagna aussi l'amitié des autres femmes en s'extasiant sur le nourrisson qui s'était parfaitement accommodé des épreuves du voyage. Je dois avouer que je trouvais l'enfant aimable ; mais je ne pouvais le regarder sans éprouver aussitôt une honte cuisante de n'avoir pas aimé mon propre fils. Nashawa, que ne troublait évidemment point de tels regrets, berçait souvent le petit être balbutiant. Elle lui murmurait de tendres paroles, l'encourageant à devenir grand, fort et brave ; il souriait et semblait lui répondre en son langage, ce qui ne manquait pas de faire fuser les rires.

Elle me fascinait.

Je parvenais à suivre certaines de ses pensées ainsi qu'on suit le vol d'un autour dans un ciel clair. Jusqu'à l'éblouissement. Loin d'être opaque et sombre comme celui de Cormier, son esprit m'aveuglait de sa clarté. Et je tournais autour de cette lumière tel un papillon de nuit.

Tout au long du chemin, Thomas, qui chevauchait en tête avec Kenawa, regardait de temps à autre en arrière pour s'assurer de la présence de Nashawa, et donc avoir confirmation que cette vision de rêve ne s'était pas dissipée avec les brumes du matin. Elle s'en apercevait toujours, et soutenait son regard sans baisser les yeux, avec cet imperceptible sourire qui le faisait rougir, et moi grincer des dents.

A la fin du jour, autour du feu de camp, l'un ou l'autre des Iroquois entonnait un de ces chants de gorge qui plongeaient les femmes de Kenawa dans une sorte de transe. Elles se levaient à tour de rôle et se mettaient à danser avec des mouvements lents qui obéissaient à la voix de l'homme tels des roseaux soumis à la brise. Kenawa ne chantait jamais, mais il ne semblait nullement désapprouver la danse de ses épouses. Il fixait Nashawa de ses yeux insondables. Au reste, tous les regards étaient fixés sur elle, tous les corps masculins frémissaient dans l'attente de l'instant où elle danserait aussi. Mais elle se contentait d'observer depuis l'ombre.

Ils approchaient du lac Ontario ; l'étroitesse de la piste ralentissait leur avance. Ils atteignirent enfin la vallée de la Maumée ; Thomas abrégea l'étape afin de faire halte au bord de la rivière.

La nuit était fraîche — une nuit de pleine lune —, on sentait déjà venir la fin de l'été. Thomas, fébrile, tentait vainement de maîtriser les émotions qui s'étaient emparées de lui à la vue de Nashawa. Tout impatient qu'il fût d'atteindre Vaudreuil, il se surprenait à souhaiter que le voyage se prolongeât afin que l'enchantement qu'elle y apportait ne disparût point de sa vie.

Ce soir-là, Nashawa dansa pour lui.

Non contente de danser, elle s'approcha de lui alors qu'il se tenait un peu en retrait et murmura : « *Wacipo !* » « Viens danser ! »

Il secoua la tête, lui tourna le dos et s'écarta davantage du cercle de lumière. A la faveur de l'ombre, il reprit pied, s'ébroua pour se dégager de la vague de désir qui l'avait submergé. Il ne s'éloigna guère, pourtant ; juste ce qu'il fallait pour voir sans être vu, incapable de quitter des yeux ce corps qui attirait tant le sien.

La masse noire de sa chevelure — qu'elle n'enduisait pas de graisse d'ours comme les autres squaws — déferlait dans le dos de Nashawa pareille à une soie mouvante. Les perles de ses pendants d'oreilles dansaient sur ses épaules au rythme de ses pas.

Lorsque Thomas se décida à rejoindre les autres, le plus âgé des deux Canadiens ôta sa pipe de sa bouche — où la perte d'une dent accommodait fort bien le tuyau — pour exprimer sa méfiance.

« Je me défierais de cette créature, si j'étais que vous, Monsieur ! Bien trop insolente pour une sauvagesse ! » Les yeux très bleus de l'homme rappelaient à Thomas le regard de Bertrand. Il se raidit, mais le laissa poursuivre. « Ces Ojibwas sont une vilaine engeance qui fraient avec les diables, à ce qu'on dit, et adorent le Vilain... (Le Canadien se tut, le temps de se croiser rapidement, et fut surpris que Thomas ne suivît point son exemple.) Aux dernières pâques, un père récollet disait qu'il faut se défier des Ojibwas, et que les autres sauvages ont grand peur d'eux pour ce qu'ils leur jettent des mauvais sorts et leur envoient des maladies. (Réprimant un frisson, l'homme replaça sa pipe entre ses dents. Il baissa les yeux et marmonna :) Renvoyez cette gueuse dans sa tribu, si vous m'en croyez, Monsieur. Une sauvagesse ne vaut point de perdre son âme... ou que périssent de quelque mauvais mal vous et vos engagés. »

Thomas s'abstint de répondre. La familiarité de l'homme eût exigé une rebuffade qu'il lui répugnait curieusement d'administrer.

Les propos du Canadien avaient piqué sa curiosité ; il se promit d'en apprendre plus long sur les Ojibwas en questionnant Kenawa à la première occasion.

Nashawa ne dansait plus. Thomas prit sa couverture et alla s'étendre à quelque distance, derrière une avancée rocheuse qui l'isolait du camp. Les yeux tournés vers les étoiles, son regard errait d'une constellation à l'autre. A son côté, je contemplais aussi la voûte céleste, y cherchant espoir et réconfort.

Cette nuit-là, elle le rejoignit sur sa couche, et il ne la repoussa point.

Mon amant m'échappait doublement, et j'en fus doublement désespérée. Au lointain, un loup hurla longuement, comme j'aurais pu le faire.

19

L'empressement peu flatteur mis par Bertrand et Thomas — les deux hommes que j'avais le plus aimés — à me remplacer me causait un certain amusement amer.

D'autant que seul ce roué de Philippe me pleurait encore fort décemment, et restait fidèle — ou à tout le moins loyal — à ma mémoire. Il y avait bien l'accorte servante et sa maîtresse de Versailles ; mais la servante le servait, et sa maîtresse n'était plus qu'une vieille habitude dont il s'était sevré par la force des choses et qu'il avait fini par oublier. Lorsqu'il se promenait au côté de Sophie dans ses jardins à l'anglaise, tous ses souvenirs avaient Marianne pour objet. J'avais l'honneur ambigu d'être sa Némésis et de lui inspirer, au terme d'une vie de licence effrénée, remords et tendres regrets.

Sophie avait fini par le persuader d'abandonner chaque jour pour quelques heures ses appartements et ses sombres réflexions afin de venir avec elle le long des allées ombragées. Las de lui opposer une molle résistance, il s'était, un matin, laissé convaincre, à la condition qu'elle lui donnât le temps d'endosser une tenue plus digne de sa compagnie. Il avait reparu peu après en habit de drap vert, un catogan dans son épaisse chevelure, une cravate de soie blanche correctement nouée autour de son cou amaigri. Saluant bien bas, il avait tourné les talons, tel un petit maître, tandis que Sophie applaudissait en riant.

« Qu'en dites-vous, chère enfant ? Est-ce là tenue assortie à cette robe de taffetas vert pâle qui vous sied à ravir, tout comme à... (Il détourna la tête pour cacher son trouble.) Allons... »

Les massifs resplendissaient dans la douceur d'octobre — c'était un de ces automnes qui n'en finissent plus de s'attarder, avec leurs matins embrumés et leurs midis éclatants de soleil. Rare indulgence du climat que je revivais avec nostalgie. Il faisait si bon chevaucher vers ce soleil bas dont les rayons obliques caressaient mes joues fouettées par le vent de la course ! Je fermais les yeux, et les souvenirs se pressaient derrière mes paupières closes : un renard aux abois, éclair roux dans les chaumes ; des taillis mordorés qui virent au pourpre ; des amas de glands dans les arbres creux. Toutes ces merveilles que j'avais si mal appréciées !

Sophie, elle, lorsqu'elle consentait à prendre en compte ses sens, savait regarder les beautés de la nature et se pénétrer de leur paix.

Ce matin-là, Philippe s'arrêta devant un flamboyant massif de zinnias. « Chère enfant, tu m'obligeras d'instruire le maître jardinier de faire ôter ces fleurs dont l'ostentation offense le regard et affronte le goût. Vois-tu comme elles se pressent autour de ces nobles dahlias, telle canaille prétentieuse ? Fi donc ! »

Sophie hocha la tête, heureuse de voir le comte manifester quelque intérêt pour son domaine. Elle lui rendait visite chaque jour, s'efforçant de dissiper sa tristesse, et les heures qu'ils passaient ensemble leur étaient douces à tous deux.

Elle ne soupçonnait pas le rôle que son aïeul avait joué dans notre drame, mais tentait assidûment de réconcilier père et fils. Sa propre euphorie — quand elle ne laissait pas des scrupules ineptes la troubler — lui faisait naïvement souhaiter un bonheur universel, tout en la rendant sensible à la moindre contrariété chez ces deux hommes qu'elle aimait si profondément et si différemment.

Philippe désirait vivement retrouver l'affection de son fils, mais Bertrand se montrait réfractaire au moindre rapprochement. Lorsque Sophie l'interrogeait sur sa froideur envers le comte, il ne lui donnait que des réponses évasives ou refusait d'en discuter. Elle persistait, rendant compte au fils de ses visites quotidiennes au père, insistant sur la mélancolie croissante qui affligeait ce dernier.

Bertrant sentait sa foi en lui-même se retirer. L'assurance sans arrogance — fondement même de son caractère — qui tenait autant de l'instinct que de l'expérience, ce bel équilibre, l'abandonnait. Il se prenait à douter de tout. Qu'il en vînt même à remettre en question le plaisir que lui prodiguait Sophie me prouvait la profondeur de son malaise. De la part d'un bel inconstant, passé maître dans l'art de séduire et incapable de concevoir un amour platonique, c'était pour le moins surprenant. Il éprouvait une telle tendresse pour sa jeune amante — qui lui ressemblait par bien des traits — qu'il appréhendait la douleur susceptible de lui advenir de leur passion.

Thomas occupait aussi ses pensées, ce qui l'incitait à lui venir en aide et à réparer les dommages causés par la tragédie. Et Bertrand se reprochait aussi parfois sa rancune persistante envers son père. Je sentais en lui un désir croissant de pardon ; il était tenté de prendre la mélancolie de Philippe pour du repentir. Ce qui me semblait quelque peu prématuré : le comte était encore loin de battre sa coulpe et de se prosterner devant les autels en criant « Pardon ! »

Plus je m'attardais près des gens de Saint-Onges, et plus je prenais conscience de leur incapacité d'agir. Ou plutôt de s'aventurer dans des voies d'actions inconnues. Le contraste entre leur pusillanimité et l'audace de Thomas était frappant. Étaient-ils entravés par les exigences de leur classe ou par leur propre apathie ? Je ne saurais le dire ; mais ils se laissaient dériver au long de leurs conversations et emporter dans un flot de paroles sans qu'aucune décision en résultât jamais. En dépit de leur désir sincère de venir en aide à Thomas, ils se contentaient d'écrire une ou deux lettres et considéraient cette démarche comme une action concrète.

Philippe, que son penchant pour l'hyperbole poussait à rejeter désormais toute forme de spéculation intellectuelle, brûlait ce qu'il avait si longtemps adoré. La philosophie et la science subissaient le même sort que la religion sur le bûcher de sa dérision. Il ressassait son pessimisme aux oreilles de l'infortunée Sophie, tout en traversant une roseraie embaumée qui n'eût point déparé l'Éden.

« La science ? Bah ! Qu'est-ce donc que la science ? A quoi nous sert-il de savoir comment nous vivons — et c'est tout ce que la science peut nous promettre —, si nous ne savons point pourquoi nous vivons ? Oui, pourquoi, en vérité ? Qui nous le dira ? Pas la philosophie, et encore moins la science ! Je sais, je sais... nous détenons la réponse en notre cœur ; c'est du moins ce que tu me répétais jadis, mon enfant, quoique dernièrement... Et qu'en est-il de tous ceux qui n'ont point de cœur ? »

Sophie l'avait écouté avec un sourire indulgent. « De grâce, Monsieur, soyez moins sévère envers vous-même. Quant à la science, il ne m'appartient pas d'en juger, mais il me semble que toute contribution au savoir ne peut que nous mener à bien. Préféreriez-vous donc nous voir ignorants et asservis, tels ces infortunés sauvages que mènent de rapaces sorciers ? »

Philippe s'immobilisa pour mieux la dévisager. « Pardieu, mon innocente enfant, tu décris là notre propre société — qui est, en vérité, dominée par de rapaces sorciers tyrannisant les foules au nom de la foi ! Mais, ne nous abusons point, la tyrannie de la science sera autrement plus arrogante que celle de la religion. La religion se contente de plier les hommes à sa volonté, la science y voudra plier la nature même ! Ceux qui s'en réclament en sauront assez pour ouvrir une brèche dans le mystère qui entoure l'univers ; ils s'engouffreront dans cette brèche en criant victoire, persuadés qu'ils prennent d'assaut le secret de la Création. » Il se tut, reprit son souffle haletant et se laissa tomber lourdement sur un banc de marbre blanc.

Je partageais son inquiétude. N'étais-je point — dans cet état mystérieux que les vivants nomment la mort — aussi ignorante de ma raison d'être que je l'avais été de mon vivant ? Je ne savais toujours rien du sens de ma propre vie en particulier, et encore moins de la vie en général. J'inclinais toutefois à penser que Sophie avait raison. La vérité, nous la portions en nous-mêmes. Il nous suffisait de la chercher au plus profond de notre âme.

Seulement, je n'étais pas prête à le faire. Non. Décidément, non.

Sophie prêtait l'oreille au murmure des jets d'eau. Elle s'approcha d'un rosier et se pencha pour mieux humer le parfum poivré d'une rose jaune. Les yeux fermés, le sein palpitant, elle repensait au contact de la peau tiède de Bertrand. Cette peau satinée — un autre trait de famille, au reste — si douce à caresser, si délicieusement fragrante...

Philippe observait la jeune fille, admirant de l'œil détaché d'un connaisseur à demi repenti la grâce raffinée de ses gestes. Elle s'épanouissait de toute sa sensualité latente ; même lorsque son regard se voilait de honte au souvenir de ses félicités nocturnes, son visage reflétait l'éclat d'une passion partagée.

Il soupira. Des souvenirs longtemps oubliés lui revinrent en mémoire ; sa première maîtresse, l'épouse du garde-chasse complaisant, ressemblait à sa petite-fille Sophie ; mais elle n'avait jamais laissé ses principes lui gâter un seul plaisir. Grand bien lui

230

fasse, pensa Philippe, puisse-t-elle tirer autant de satisfactions de la mort qu'elle a su en tirer de la vie !

C'était beaucoup demander, à en juger par ma propre expérience.

Sophie vint s'asseoir à côté de son grand-père, disciplina de sa main blanche le taffetas rebelle de sa jupe. Son goût de la toilette avait singulièrement progressé depuis mon décès. Se tournant vers Philippe, elle relança le débat.

« Il n'est point juste de rejeter le bon avec le mauvais, Monsieur. La religion a...

— ... toujours écrasé l'homme, Sophie. C'est une puissance temporelle, crois-moi — la plus néfaste qui soit, car elle divise au lieu d'unir —, entre les mains de quelques vieillards qui sèment leurs vilaines doctrines pour mieux récolter le pouvoir. Mais le pouvoir détruit l'âme de celui qui le détient plus encore qu'il n'opprime ceux qui s'y soumettent. »

Grisé par son propre cynisme, Philippe se prenait une fois de plus au piège de ses mots. Deux pigeons, qui n'en avaient cure et s'ébattaient sur la statue de Cupidon au milieu du bassin, lui évoquèrent un instant les plaisantes sensations que lui avait procurées le matin même la petite chambrière — sans interrompre longtemps sa diatribe. Il avait souvent exprimé ainsi de grandes idées juste avant de délacer mon corset. Ou juste après l'avoir fait.

Mais Sophie s'en trouva mal à l'aise. Non qu'elle attachât tant d'importance aux notions abstraites, étant plutôt portée à écouter ses sentiments ; mais, dans son trouble, elle éprouvait le besoin de se tourner vers ces croyances religieuses que condamnaient sa raison autant que son instinct.

« A quoi faut-il donc croire ? A qui peut-on se fier ? »

Philippe haussa les sourcils. « Pour me l'avoir soufflée à maintes reprises... la réponse à ces questions me semblait t'être connue... A toi-même, pardieu ! Nous n'avons point d'autre guide que notre conscience, et dans mon cas ce n'est guère rassurant... Viens, mon enfant. (Lui prenant la main, il se leva.) Profitons de la splendeur du jour sans nous poser trop de questions. Écoutons la nature. »

Mais tout en cheminant vers cette folie de marbre blanc où l'idée de me séduire s'était précisée dans son esprit, il suivit à haute voix le cours de ses réflexions :

« Pourquoi les zélateurs de Dieu s'obstinent-ils à mépriser la chair ? Que diantre, personne ne me fera accroire que le cuisson blanc... — oh, pardon, mon enfant ! — ... que les charmes, veux-je dire, d'une jolie fille dodue puissent être l'instrument de Satan ! N'est-ce point là le comble de l'ingratitude envers le Créateur, que d'attribuer à son pire ennemi une de ses plus belles réussites ? »

Sophie rougit sans répondre.

A la brunante, ils regagnaient les appartements de Philippe pour y déguster un café ou un chocolat, dont l'arôme me rappelait le fastidieux rituel des visites de ma mère aux tantes, du temps de mes fiançailles.

Il arrivait parfois que Bertrand se joignît à eux. Fourbu après une longue chasse, impatient de retrouver Sophie en tête à tête, exaspéré de se sentir mal à l'aise pour la première fois de sa vie.

Les flammes du foyer faisaient danser des lueurs insolites sur les trois visages et éclairaient leur ressemblance. Même nez droit, même front généreux, mêmes lèvres conçues pour le sourire et le baiser. Il ne manquait que Thomas — mais il n'était point absent de leurs pensées, et chacun cherchait d'ordinaire un prétexte discret pour orienter la conversation jusqu'à lui.

Ce soir-là, Bertrand leur en fournit un. Debout dans l'embrasure de la porte, encore vêtu de son habit de chasse — bottes et éperons, culotte et veste de peau sur une chemise suffisamment échancrée pour inciter toute femme digne de ce nom à la pâmoison —, il hésitait à entrer.

Le comte l'y invita du geste. Saluant Sophie d'un signe de tête et d'un regard brûlant, Bertrand s'inclina devant son père. « Veuillez pardonner ma tenue, Monsieur. Madame Pauline, que j'ai croisée en rentrant à l'instant, m'a demandé si j'avais lu la lettre de ce Cormier arrivée ce matin et que Madame Caroline vous aurait remise aussitôt... Elle ne l'a point fait ? Vous m'en voyez surpris. »

Philippe fronça les sourcils. « Je ne le suis guère. »

Sophie intervint. « Nous nous sommes attardés au jardin. Peut-être est-elle venue en notre absence... »

Bertrand les suivit comme à regret dans la bibliothèque. « Il semblerait que Thomas soit de retour au Canada et qu'il se soit établi sur une terre pour y élever des chevaux. D'après Madame Pauline, la lettre était fort courte. Cormier l'aurait confiée à un sulpicien se rendant à Paris afin qu'elle nous parvînt plus vite et... »

Philippe l'interrompit d'un geste impérieux. « Passons. Le maraud a-t-il délivré mon message à Thomas ? »

Bertrand sursauta. Non sans effort, il répondit calmement : « Je ne saurais dire, Monsieur, n'ayant pas lu la lettre. »

Son père jura entre ses dents. Il se leva de son fauteuil et tira le cordon de sonnette avec plus de rigueur qu'il n'en fallait pour qu'un grand laquais ébaubi se présentât aussitôt.

« Ah, Colin... Où donc est encore passé ce maroufle de Lafleur ? Il en prend à ses aises. Qu'importe, va donc prier Madame Caroline de me faire l'honneur de sa visite... sur-le-champ. (Il crut devoir ajouter, non sans sourire :) A sa convenance, bien sûr... Et qu'on nous éclaire : on n'y voit goutte ! »

Le valet s'étant retiré, Philippe fit signe à Bertrand de s'asseoir ; mais il demeura debout derrière le fauteuil de Sophie, une main légère sur l'épaule de son amante qui tournait la tête pour lui sourire, et ne résista pas au plaisir de poser une main sur la sienne. Le comte, tête baissée sur ses pensées rageuses, ne sembla point y porter attention.

Pour rompre le silence, Sophie s'enquit d'un ton léger : « N'aviez-vous point mentionné que l'intendant général de la Nouvelle-France était jadis un familier de votre maison à Paris, Monsieur ? »

Philippe releva la tête. « Si fait. Bigot. J'étais souvent son commensal lors de ses passages à Paris, et lui laissais l'usage de ma maison et de mes gens lorsque quelque affaire me retenait à Versailles. Un fort plaisant convive, porté sur la galanterie autant que sur les prévarications... Pourquoi cette question, chère enfant ?

— C'est que... (Elle chercha l'encouragement de son amant d'une pression de main.) ... si cet homme, je veux dire Cormier, est aussi peu fiable, ne serait-il point préférable d'écrire à M. Bigot en lui demandant de vouloir bien transmettre une lettre à Thomas ?

— Peut-être. Quoique, tout bien considéré, passer de Cormier à Bigot serait tomber de Charybde en Scylla... Je le crois plus occupé de ses intrigues à Versailles que de l'intendance du Canada. Néanmoins, il se pourrait que je suive votre conseil, chère Sophie. »

Je n'en croyais pas mes oreilles. Pas plus tard que la veille, Philippe avait adressé une interminable épître à Thomas aux bons soins de l'intendant ! Dans une courte lettre, il priait ce dernier de faire remettre en mains propres sa missive à son petit-fils. Quel motif le poussait donc à garder secrète cette intervention ? J'optais pour l'orgueil, sans en jurer.

Sa petite-fille le contemplait avec affection. Son indulgence envers le vieux roué ne manquait pas de m'irriter. Je me demandai ce qu'elle aurait pensé de lui si elle l'avait vu en action. Pensée si vile que je la regrettai aussitôt — tout en mesurant soudain l'envie que me causait la bonté de Sophie. J'avais, je l'avoue, encore bien du chemin à parcourir dans cette direction, sans savoir même si j'étais sur la bonne voie. Ni où elle me mènerait.

« Ne retournerez-vous point à Versailles et à Paris en octobre, Monsieur ? » s'enquit Sophie.

Philippe avala les dernières gouttes de chocolat avant de répondre : « Non. Je suis las de Paris et de son kaléidoscope d'opinions. La vie y est aussi chatoyante et inutile que ce jouet captivant ; le spectacle qu'il nous offre, si joli soit-il, n'est qu'une illusion d'optique. Les Parisiens jugent, rient et oublient... »

Bertrand, toujours debout derrière Sophie, eut ce sec commentaire : « Il n'est point dans vos habitudes de refuser à quiconque le droit de juger, Monsieur.

— Asseyez-vous, mon cher fils, et honorez-nous de votre rare présence. Vous avez certes raison, et loin de moi l'outrecuidance de retirer à Paris son rôle d'arbitre du bon goût. Je déplore simplement qu'on y ait porté la dérision au rang d'art majeur. (Pianotant avec ses longs doigts, Philippe eut une moue désabusée.) Bah ! Les Parisiens sacrifient leur propre nature sur l'autel de la mode. Ils sont captifs de leur vanité, mais nous le sommes tout autant. »

Bertrand releva le menton, l'ombre d'un sourire sur sa belle bouche. Décidément, le ressentiment ne lui seyait point ; il était fait pour l'ironie indulgente, et non pour l'amertume boudeuse. Effleurant d'une main discrète le cou gracile de son amante, il s'écarta d'elle pour prendre place sur la bergère en vis-à-vis.

« Qu'entendez-vous par captifs, Monsieur ? En quoi sommes-nous captifs de notre vanité ? »

Philippe eut un haussement d'épaules fataliste. « Par un arrêt du sort... nous sommes ce que nous sommes, et nous le restons. Nous nous contentons de ressasser sans fin idées abstraites et autres inanités sans qu'une tragédie même nous puisse changer. Prisonniers de nous-mêmes, voilà ce que nous sommes... J'envie Thomas. Peut-être devrais-je le rejoindre, plutôt que de l'inciter à revenir ? »

Bertrand garda le silence. Je le sentais troublé. Il se leva et fit quelques pas vers la croisée entrouverte, non sans frôler Sophie d'une autre caresse qui fit courir un frisson de plaisir le long de son dos. Une odeur de terre humide noyait le parfum des roses. Bertrand laissa son regard sombrer dans l'obscurité du parc. Lorsqu'il se retourna, le visage de Sophie lui apparut nimbé de la lumière dorée des candélabres, et il retint son souffle. Une tendresse tranquille coulait sous leur passion ; les mènerait-elle à un havre de bonheur, comme c'était mon vœu le plus cher ? Ou leur amour se briserait-il sur les écueils de leurs idées reçues ?

« Allons, reprit enfin Philippe, l'enfer n'est point pavé de bonnes intentions : on en a menti. Quand tout est fait et dit, c'est l'intention qui compte. Nous souhaitons tous trois le retour de Thomas ; nous trouverons donc un moyen de le ramener. »

Sophie se redressa brusquement et, sans regarder Bertrand, qui se taisait toujours, tendit la main vers son aïeul d'un geste empreint de confusion. Puis elle s'approcha de son fauteuil et déposa sur son front un léger baiser. Philippe releva la tête avec un sourire de gratitude, et fut surpris de la voir se retirer précipitamment.

En dépit de ses qualités estimables — ou peut-être à cause d'elles —, Sophie m'agaçait parfois profondément.

Elle avait désormais coutume d'interrompre tout soudain ses activités du moment pour se précipiter dans sa chambre et s'agenouiller sur son prie-Dieu. Elle y débitait une urgente litanie de prières mouillées de larmes.

Ce jour-là, elle s'était une fois de plus effondrée devant un crucifix qu'elle distinguait à peine, se repentant d'avoir frissonné d'émoi sous la caresse de Bertrand. Elle reposait par instants son beau front sur ses mains jointes, implorait le pardon des péchés qu'elle ne manquerait pas de commettre le soir même.

Pareil manège me paraissait du dernier ridicule. Les croyances enfantines auxquelles Sophie s'accrochait si désespérément ne me rendaient pas la piété plus aimable. Quoique mon âme eût, certes, plus grand besoin que la sienne de pénitence.

Toinon, ma femme de chambre, qui entrait dans la chambre un bougeoir à la main, y découvrit Sophie toujours en prières. Elle fronça le sourcil et secoua la tête en murmurant des « Tst, tst, tst » éloquents.

Que Toinon se fût attachée à Sophie était aussi dans l'ordre des choses ; elles avaient plus en commun que les larmes qu'elles avaient versées sur moi : générosité, chaleur et bon sens. Pourtant, c'était moi qui les avais rapprochées ; ou plutôt le chagrin que leur avait causé ma mort. Ma femme de chambre avait tout naturellement pris sur elle pour égayer Sophie autant que la servir. Elle s'était établie dans un cabinet attenant à la chambre de la jeune fille, dans l'aile gauche du château.

Toinon avait vieilli ; quelques cheveux blancs striaient déjà ses boucles brunes. Lorsqu'elle était seule, ses épaules s'arrondissaient et, le menton dans la poitrine, elle soupirait en murmurant : « Ah, Seigneur ! » Elle me donnait alors l'envie de la serrer dans mes bras. De provoquer son rire. De faire tressauter ses seins généreux en lui contant quelque farce grivoise. Mais elle était toujours de belle humeur auprès de Sophie.

Bertrand aussi avait changé de quartiers. Je retournais parfois dans la chambre verte qu'il avait abandonnée comme son père avait délaissé la rouge. Et, assise sur la courtepointe de moire verte sans y créer le moindre pli, je regardais autour de moi.

La miniature de mon mari en uniforme écarlate était encore sur la table de chevet, avec le livre d'heures que je n'ouvrais jamais et la boîte d'argent des pastilles pour parfumer l'haleine. Les piles de livres autour de mon fauteuil étaient telles que je les avais laissées. La cape de dentelle que je portais pour me faire coiffer traînait encore sur le tabouret où je l'avais négligemment jetée.

J'imaginais dans le foyer d'angle un feu réjouissant à la place des cendres froides, et contemplais mon propre portrait qui surmontait la cheminée de marbre. L'obscur artiste, dont j'ai oublié le nom, avait fort bien saisi la tristesse de mon sourire de parade. J'avais seize ans et j'étais l'épouse de Bertrand depuis deux mois à peine. Il était déjà reparti à Metz.

J'avais investi tout mon bonheur en cet homme. La dépendance est assurément une forme d'amour, mais elle ne mène point à l'épanouissement. J'avais au moins appris cela.

Il me restait tant à apprendre !

20

Nashawa avançait à pas lents et mesurés. Par trois fois, elle fit le tour de la maison, fixant son attention sur les murs fraîchement blanchis à la chaux, sur les fenêtres en pin dont les petits carreaux étincelaient au soleil, sur le toit pentu en bardeaux de cèdre, sur le charmant arrondi des auvents.

Elle avait entonné une sourde mélopée, à voix si basse que seuls les oiseaux et moi l'entendions. Perchés sur les branches d'un grand pin, gros-becs et geais précoces se taisaient pour l'écouter.

Je la suivais de près, toujours curieuse de ce que cachait son esprit : ses pensées profondes, ses sentiments mêmes me demeuraient pour la plupart indéchiffrables. Ce que j'en découvrais ne faisait que me rendre plus consciente de mes propres faiblesses.

Elle s'arrêta si brusquement que je lui passai littéralement à travers le corps ! La sensation fut telle que j'en défaillis presque, et qu'il me fallut un long moment pour recouvrer mon souffle. Le jour où j'avais failli être foudroyée me revint en mémoire. J'avais huit ans et, lors d'un gros orage, je m'étais sottement abritée sous un grand chêne. Un éclair aveuglant avait frappé la plus haute branche, dressant mes cheveux sur ma tête et provoquant mille crépitements dans mon corps, tandis que mon haleine devenait vapeur bleutée.

Je venais de revivre l'expérience en traversant ainsi Nashawa.

Plus étrange encore, elle me parut se remettre d'une commotion similaire. Elle garda les yeux clos, ses longs cils caressèrent ses joues pâles ; j'entendis les battements de son cœur et sa respiration haletante. Elle ouvrit enfin les yeux, et il me sembla que nos regards se croisaient... Une impression si fugitive que je m'accusai de prendre mes désirs pour des réalités. Elle soupira, jeta un bref regard alentour et reprit sa procession solitaire autour de la nouvelle demeure.

Après un dernier tour, elle s'immobilisa face au lac, puis descendit jusqu'à la grève. Allongeant les bras vers l'eau, elle poussa soudain un long cri modulé, si retentissant que Thomas et Martin sursautèrent. Tout occupés à arrêter l'emplacement de la future écurie, ils n'avaient guère prêté attention au comportement étrange de la belle Indienne. Ils s'interrompirent pour la contempler : Thomas, l'image même d'un homme heureux ; Martin, la méfiance personnifiée.

« N'y prends point garde, Martin, tu t'accoutumeras vite à ses façons. »

Le long visage du valet refléta éloquemment son scepticisme. Thomas tourna ses regards vers l'enclos des chevaux, où deux engagés remettaient en place les longues perches de bouleau qui en fermaient l'entrée. Toutes les bêtes s'ébrouaient déjà au pâturage, et Martin se rengorgeait de son initiative : c'était de son propre chef qu'il avait décidé de clôturer le lopin défriché. Les bûcherons avaient, sur son ordre, abattu un grand nombre de jeunes bouleaux gris que le poids de la glace n'avait pas encore trop courbés, et les avaient entrelacés savamment — comme ils s'y entendaient si bien — pour en enclore le pré. Le résultat était du plus bel effet, et Thomas s'en était montré ravi. Il avait chaudement félicité son valet, qui avait accepté ces louanges avec le degré approprié de fausse modestie.

« Monsieur est trop bon. Je le répète, je ne mérite point tant de compliments. C'est la bourse de Monsieur qui a fait le travail ; j'ai engagé les charpentiers qui avaient bâti la maison pour ce pauvre gentilhomme, celui qui est mort dans le feu... Il s'appelait Jonzac, le chevalier de Jonzac. Que Dieu ait son âme ! Le maître charpentier est venu avec deux apprentis, et ils ont rebâti tel que c'était, sauf que je leur ai demandé de peinturer le dehors comme le dedans... Je pensais que Monsieur en serait plus satisfait... Oui ? J'en suis bien aise. Monsieur veut-il voir l'intérieur, maintenant ? »

Thomas acquiesça d'un sourire ; mais le plus âgé des engagés canadiens — celui qui avait décidé de demeurer au service de Thomas — arrivait en courant, soufflant comme un taureau, essuyant d'une guenille rouge la sueur qui lui coulait dans le cou. Une des juments indiennes était sur le point de pouliner. Thomas fut aussitôt en alerte ; laissant là Martin sur un geste vague, il tourna les talons pour suivre l'homme à grands pas. Trois poulains, un hongre et une poulinière avaient déjà été perdus en route ; il fallait assurer cette mise bas.

Martin resta seul à observer d'un air exaspéré une Nashawa enfin silencieuse qui marchait sur la grève. S'entendre dire que cette singulière créature aux yeux de louve serait sa nouvelle maîtresse avait quelque peu gâté la joie que lui avait procurée le retour de son maître. Néanmoins, il s'estimait assez chanceux d'avoir évité l'épuisant voyage jusqu'aux plaines et la rencontre des diables rouges qui les peuplaient pour tolérer d'en avoir un spécimen comme patronne. Tout bien considéré, il n'y avait point matière à complainte. Il était satisfait de la tâche qu'il avait accomplie et son maître l'était presque autant. Au vrai, depuis le départ de Thomas, Martin avait découvert sa voie : tenir les cordons d'une bourse bien remplie. Cela vous change un homme ; il se sentait fait pour donner des ordres, et s'exprimait déjà avec plus de recherche et d'autorité que trois mois auparavant. Non qu'il eût prélevé un seul denier pour son propre bénéfice ; tout au contraire, il avait veillé aux intérêts de son maître avec un zèle farouche. Mais la liberté d'user selon son gré d'une somme aussi considérable était proprement grisante. Presque aussi grisante que de commander les engagés. Et d'en être obéi.

Le vent qui soufflait sur le lac poussait des nuages attardés et des envolées d'outardes pressées d'aller au sud. Les eaux frissonnaient à l'approche du gel, et les feuilles des trembles bruissaient une dernière fois avant de se laisser emporter par les bourrasques d'automne.

Martin suivit un instant des yeux les oies sauvages en songeant qu'il serait bon d'avoir une broche dans la vaste cheminée ; une crémaillère y soutenait déjà une énorme marmite, bien propre à nourrir toute une maisonnée. Il se gratta la tête et haussa les épaules. Trouver des hommes valides dans la force de l'âge n'était point chose aisée ; il n'avait réussi à engager que deux vieux bûcherons de Vaudreuil pour continuer le défrichage. Si son maître pouvait faire mieux, grand bien lui fasse. Ce n'était plus son affaire. En un sens, il n'était pas fâché de se débarrasser des responsabilités liées à l'argent et à l'autorité.

Le valet se dirigea à pas lents vers la maison. Une dernière inspection s'imposait avant d'en faire les honneurs à son maître lorsqu'il reviendrait du pré. La demeure ayant été reconstruite — sur les ordres de Thomas — sans être agrandie, elle se visitait rapidement. On songerait, au printemps suivant, à se loger plus au large, avait décrété son nouvel occupant ; il fallait auparavant bâtir une écurie, ou, à tout le moins, une grange quelconque pour abriter les chevaux avant la venue de l'hiver. S'il n'avait tenu qu'à Martin, il aurait accoté l'écurie à la maison, afin que ses occupants puissent y prendre leurs quartiers d'hiver avec les bêtes, profitant ainsi de leur chaleur pendant les grands froids, comme c'était la coutume dans son village natal. Mais Thomas projetait au contraire d'ériger son écurie à trois cents pieds de la maison. Grave erreur, pensait Martin ; Dieu seul savait quelles mauvaises rencontres on pouvait faire entre maison et grange. Ours et loups s'aventuraient souvent hors des bois.

Il atteignit le porche et en monta les quelques marches avec un orgueil de propriétaire. La porte s'ouvrit sans grincer, ses gonds ayant été fraîchement huilés. Les cloisons intérieures avaient été remontées pour réaménager une salle commune de modestes dimensions et deux petites chambres. Des murs badigeonnés de plâtre blanc mêlé de poils de chèvre ; au sol, des planches de pin d'un bon pied de large ; une vaste cheminée en pierre des champs. Dans l'âtre, une pile de fagots et de bûches attendaient le briquet pour créer dans la salle de chaleureuses lueurs.

Martin restait sur le seuil, tirant de nouvelles satisfactions de la table en pin massif proprement ciré, des solides chaises cannées, et de l'armoire en érable à pointes de diamant qu'un père avait dû sculpter au siècle précédent pour y serrer le trousseau de sa fille. Le cuivre des pots suspendus brillait sous les rayons obliques du soleil automnal. Le tapis tressé de vives couleurs, c'était Emma — cette veuve gironde qui occupait tant les jours et les nuits de Martin — qui en avait fait don, sans vouloir accepter un liard en paiement. Et le linge, l'idée en était venue d'elle... Que penserait l'Indienne des draps de lin ?

Le valet se retourna pour voir si elle était encore sur le rivage et laissa échapper un cri de surprise ; Nashawa se tenait sur le seuil, à deux pas derrière lui, et il ne l'avait point entendue venir. Elle le regardait avec un sourire très doux qui lui fit honte de sa méfiance ; il s'écarta pour lui permettre d'entrer. Elle fit le tour de la salle commune sans montrer de réticence, portant à chaque objet une grande attention. Martin se prit à penser que, toute sauvagesse qu'elle fût, elle avait un port plus noble que bien des belles dames qu'il avait servies.

Elle trouvait à son goût la petite maison blanche — qui ne me déplaisait point non plus, car elle me rappelait une pauvre masure de notre domaine où ma mère me menait à l'occasion quand j'étais enfant. La veuve qui y logeait était bien pauvre, mais ne s'en plaignait jamais. Elle ne savait ni lire ni écrire, et nous accueillait pourtant dans l'unique pièce à la blancheur immaculée avec la dignité d'une souveraine. Les pâtés croustillants que ma mère apportait tout fumants, et qui avaient attisé mon appétit en chemin, elle les acceptait gracieusement, non sans nous remettre en échange quelque petit présent confectionné de ses mains à partir d'une pomme de pin, de brindilles ou d'écorce. Ils faisaient ma joie pendant des semaines ; peut-être conservaient-ils un peu de l'amour qu'elle y avait mis.

Nashawa poussa la porte d'une des chambres et y découvrit un grand lit carré, sans baldaquin ni courtines, auprès duquel on avait placé une baignoire de cuivre. Comme elle s'en approchait, curieuse, Thomas fit irruption dans la maison — suivi d'un Martin triomphant — et se hâta de la rejoindre. Il enlaçait la taille de sa belle d'un bras possessif lorsqu'il aperçut la baignoire.

« Or ça, Martin, où donc as-tu trouvé cette merveille ? Voici une très plaisante surprise, et tu mérites encore plus de louanges de me l'avoir procurée... »

Martin se contenta de renifler. Il prit un ton compassé pour expliquer : « Oh, une veuve de ma connaissance... une bien estimable personne... s'est chargée d'en débattre le prix... à votre avantage, Monsieur.

— Voilà qui est fort bon. (Thomas serrait davantage encore la taille de son amante. A m'en faire grincer des dents.) Or donc, puisque voici notre logis assuré, il nous faut sans tarder construire l'écurie. L'hiver approche... Pourquoi cet air chagrin, Martin ? Cette demeure est solide et confortable à souhait. Nous y logerons des plus plaisamment en attendant de faire bâtir un manoir digne de ma châtelaine. »

Je me rendis coupable d'une vilaine grimace à l'intention de la châtelaine qui s'approchait du lit carré, mais elle n'en parut pas autrement affectée. Elle décrocha de sa ceinture d'argent un objet bizarre — un cerceau de bois à peine plus grand que la main, ornementé d'une frange de peau et de plumes de diverses couleurs. Un réseau de fils y était tendu, et une pierre du plus beau bleu marquait son centre — le rendant comparable à une épeire de turquoise dans une toile multicolore.

« Quel est donc cet étrange objet, Nashawa, ma colombe ? s'enquit Thomas, tandis que Martin les regardait l'un et l'autre avec une expression où l'inquiétude l'emportait sur le doute.

— Bonne médecine pour capturer rêves. (Ses yeux lumineux étaient fixés sur Thomas, mais j'en subissais malgré moi le charme. Elle montra du doigt le mur derrière le lit.) Nous placer ici. Attirer bons rêves, capturer mauvais rêves... »

La qualité de son français s'améliorait chaque jour un peu plus... A la vérité, elle devait avoir le don d'absorber le langage de son amant par les pores de sa peau, car Thomas ne passait certes pas leurs nuits à lui enseigner les subtilités du français.

Ah, leurs nuits ! Je ne demandais qu'à m'enfuir lorsque je voyais poindre en leurs yeux cette flamme de désir qui les embraserait immanquablement, les consumerait dans des extases me mettant à la torture, mais une force me retenait près d'eux, m'enchaînait à leurs ébats.

Toute pécheresse que je fusse, c'était là bien cruelle punition. D'autant plus que Thomas n'était plus l'amant dépourvu de finesse que j'avais connu. Sans rien perdre de sa fougue, il avait gagné en délicatesse. Je ne pouvais que me lamenter devant les caresses expertes qu'il prodiguait à Nashawa et que je ne connaîtrais jamais. Mais lui n'avait eu avec moi qu'une maîtresse dédaigneuse et débridée, quand la belle Indienne lui offrait une tendre passion en partage. Hélas, trois fois hélas !

Au fil de leurs nuits, mon dépit s'apaisa ; j'en arrivai presque à me résigner, à renoncer à mon désir pour Thomas. Ils méritaient la joie qu'ils se donnaient, j'en convenais presque. Il ne me restait plus qu'un pas à franchir pour atteindre le renoncement. Mais c'était un bien grand pas...

Thomas se tourna vers Martin pour expliquer d'un ton où perçait un léger embarras : « Nashawa est ojibwas. Son père était shaman, une sorte de prêtre versé dans les arts magiques de leur nation... Il serait bon que tu ne parles point de cela, Martin. »

Martin, démangé par l'envie de se signer, opina d'un hochement de tête un peu raide. Thomas fronça les sourcils, regrettant déjà de s'être senti le besoin de justifier auprès de son valet le comportement de sa bien-aimée. Il quitta la chambre, Nashawa sur ses talons, et s'arrêta devant la porte du petit cabinet qui formait la troisième pièce de la maison.

« Est-ce là que tu vas coucher, Martin ? Je n'y vois point de lit... »

Martin fit tourner entre ses doigts nerveux l'unique bouton de sa veste usée.

« En vérité, Monsieur, s'il n'y a point de paillasse, c'est que... j'ai... je loge depuis votre départ chez une veuve de Vaudreuil, et j'espérais... »

Le sourire de Thomas le rassura. « Et tu espérais y rester ? Pourquoi pas ? Je n'aurai nul besoin de tes services après le coucher du soleil ; mais je serais fort marri de les perdre durant le jour, pourtant.

— A Dieu ne plaise, Monsieur ! Je ne vous abandonnerai point — oh, que non ! Comptez bien que je serai ici chaque jour que Dieu fait, au lever du soleil ! Si j'ai pris la liberté de serrer quelques provisions dans ce cabinet, c'est qu'il servait à pareil usage — que nous y avons même trouvé deux peaux de castor à peine roussies et une jarre de porc salé encore bon à manger. J'y ai ajouté quelques conserves faites par Emma — c'est la veuve chez qui je loge —, un sac de fèves, une poche de farine et... »

Thomas lui tournait déjà le dos pour sortir. « Parfait. Viens-t'en donc nous aider à décharger les mulets et me donner ton avis quant au meilleur emplacement pour notre écurie. »

Trois semaines plus tard, je suivais avec appréhension les pas de Cormier et de Pivert sur la route de Vaudreuil.

Mes visites nocturnes à Cormier — que je m'étais efforcée de poursuivre par intermittence — me semblaient produire un certain effet sur son esprit ; il se montrait de moins en moins enclin à se rendre jusqu'au domaine du fugitif. Il avait certes reçu la dernière lettre du comte, et l'avait aussitôt déchirée. Il ne gagnerait rien à se hâter de délivrer le message de pardon au petit-fils prodigue. Mieux valait attendre le courrier suivant : qui sait si le comte n'y promettrait pas une récompense ? Mais la curiosité de Cormier — curiosité à laquelle je n'étais peut-être pas étrangère — eut finalement raison de son apathie. Il se résolut un beau jour à faire l'effort de se rendre à Vaudreuil, ne fût-ce que pour y rencontrer sa proie.

Ce projet s'avéra presque au-dessus de ses forces. Douillettement installé au séminaire, tout occupé des plaisantes relations qu'il avait nouées dans la bonne ville de Montréal, Cormier renâclait fort à l'idée de préparer si long trajet : il fallait se procurer des chevaux de louage, se renseigner sur la route et persuader Pivert de l'accompagner.

Pivert, devenu aussi gros et gras dans sa taverne crasseuse qu'une araignée dans un cellier à fruits, nageait dans l'opulence suspecte que lui procuraient ses gains de tricheur. Il se fit longuement prier — et brièvement menacer — avant d'accepter de prendre part à cette fastidieuse expédition.

Ils se mirent finalement en route par une de ces belles journées d'octobre qui trompent la méfiance des Canadiens en leur faisant douter de l'hiver : bronzes et ors des hêtres, rubis et grenats des érables, tels des joyaux sur le sombre velours vert des grands pins. Outardes et malards attardés sillonnnaient encore un ciel d'un bleu si intense qu'il semblait vibrer.

Je rejoignis les deux hommes comme ils approchaient du quai de Sainte-Anne. Pivert donnait voix à ses craintes, une fois de plus.

« Crois-tu qu'il soit prudent de te présenter ainsi à Lodigny ? Il est de tempérament colérique, et on le dit fine lame. J'opinerais plutôt pour...

— Il n'est point dans mes intentions de lui révéler le but de ma visite aujourd'hui, Pivert. Je vous l'ai déjà dit. Je tiens à faire la connaissance de ce jeune homme. J'aviserai ensuite. Ne vous en mêlez point, je ne vous ai demandé de venir que pour m'indiquer le chemin... et parce que je n'aime pas voyager seul. Pour le reste, fiez-vous à moi. »

En réponse, Pivert secoua la tête et bâilla. Ils avaient pris la route avant l'aurore, et Cormier ne lui avait pas même laissé le temps d'avaler le repas substantiel auquel il s'était désormais accoutumé.

En selle depuis trois heures déjà, avec pour tout potage une croûte de pain rassis retrouvé dans ses basques, il était d'humeur bien sombre. Mais pas au point de défier Cormier. Au vrai, Cormier lui avait toujours inspiré une peur secrète.

Cette crainte m'intriguait : plus que tout, Pivert semblait appréhender un retour à Paris. En partageant les souvenirs qu'il en avait gardés, je compris sans peine le pourquoi d'une telle appréhension. Jamais je n'avais soupçonné l'abjecte misère qui semblait régner dans certains quartiers de Paris : l'horreur en était si intense que j'en tremblais, et versais des larmes de pitié pour tous ces malheureux condamnés par un sort ingrat à semblable misère. Quant à Pivert, il frissonnait en se remémorant les ruelles fangeuses où rampaient des mendiants aveugles horriblement mutilés ; où des vieilles ricanantes vidaient leurs seaux d'aisances du haut des trous béants percés dans les murs noirs des taudis ; où des enfants souffreteux pataugeaient dans des ruisseaux puants sous les yeux de mères qui avaient perdu tout espoir. Partout régnait la puanteur des vidanges, du mal et de la mort.

Pivert avait connu l'univers des scrofuleux, et s'en était échappé grâce à quelque crime que sa conscience même refusait d'évoquer.

Pour chasser semblables miasmes de sa mémoire, il ouvrit la bouche et aspira goulûment la fraîcheur de la brise qui agitait les branches des grands pins blancs.

Les deux drôles s'égarèrent à Vaudreuil.

Ils avaient fait le mauvais choix au croisement où se dressait un grand calvaire érigé par quelques rares dévots, et s'étaient ainsi enfoncés dans la forêt. Une vieille ramasseuse de fagots les avait remis sur la bonne voie, ayant ouï-dire du nouveau colon et de ses chevaux.

Cormier s'en prit à Pivert et le tança vertement pour n'avoir pas su tirer de ses espions davantage de précisions sur le chemin à suivre. Pivert se contenta de maudire Cormier entre ses dents. Ils étaient donc l'un et l'autre de fort méchante humeur lorsqu'ils atteignirent le domaine de Thomas. Une route plutôt étroite s'y enfonçait à travers bois. Cormier ordonna à son compère de retourner au croisement pour l'attendre au pied de la croix et, sans lui accorder le temps d'une réponse, engagea son cheval au pas dans le chemin sableux que les roues des charrettes avaient creusé de deux profondes ornières. A l'orée du bois, Cormier mit pied à terre et, rênes en main, balaya du regard la scène paisible qui s'offrait à sa vue. Il ne s'attarda pas à admirer le pré verdoyant dont la pente douce glissait jusqu'au lac, ni les énormes souches dont la hache des défricheurs n'avait pas eu raison et que couvrait déjà une vigne vierge écarlate. L'air sentait le feu de bois et l'écurie. On devinait derrière les taillis un enclos où s'ébrouaient des chevaux ; on entendait leur galop, ponctué des coups de cognée des bûcherons qui œuvraient parmi les arbres. La monture de Cormier se prit à hennir furieusement. Cormier frissonna dans son manteau de drap noir et pressa le pas vers la maison blanche qui avait retenu son attention.

En débouchant dans la clairière, il s'arrêta, ébloui par le soleil. Cherchant la porte de la demeure, il en fit précautionneusement le tour... et tomba sur Thomas, qui fumait sa pipe assis sur la première marche du porche.

Dans la douce euphorie qui suit un repas succulent partagé avec l'aimée qui l'a apprêté, Thomas savourait la splendeur de l'automne, les yeux tout occupés par Nashawa qui marchait jambes nues dans l'eau claire du rivage.

Cormier ferma les yeux, secoua la tête, risqua un autre regard, en eut le souffle coupé et perdit toute notion de la réalité.

Thomas tapota le fourneau de sa pipe contre la marche et se leva. Cormier se ressaisit à grand-peine, s'éclaircit la gorge et, d'une voix altérée, l'interpella :

« Monsieur... pardonnez-moi cette intrusion... mais... »

Thomas sursauta, pivota sur ses talons. Saisi d'une vague appréhension, mettant sans y penser la main droite à son côté gauche, il détailla en silence l'habit noir de Cormier, qui s'avançait la main tendue. L'homme ne portait pas d'arme et paraissait inoffensif. Thomas descendit lentement les marches à sa rencontre.

Cormier donna libre cours à son effusion.

« Monsieur de Jonzac ! Enfin ! Je suis fort aise de vous trouver au logis ! J'arrive de France et suis porteur d'une lettre qui vous est adressée. (Fouillant dans ses basques, il en tira un pli cacheté de cire rouge qu'il tendit à Thomas, en ajoutant avec un sourire entendu :) Lettre qui ne manquera pas de vous réjouir. »

Interdit, Thomas le dévisagea sans prendre la lettre.

« Vous vous méprenez, Monsieur, je ne suis pas M. de Jonzac...

Cormier était fort bon comédien : son air surpris l'eût fait engager d'emblée à la Comédie-Française.

« Vous n'êtes pas M. de Jonzac ? Mais qui êtes-vous, alors... ou plutôt, où est-il donc ? On m'avait pourtant assuré qu'il demeurait ici même... »

La note d'exaspération était des plus convaincantes, comme si cette lettre lui avait déjà causé bien du tracas.

A peine conscient de son soulagement, Thomas avait saisi la cause du malentendu.

« Je suis le nouveau censitaire. M. de Jonzac était bien établi ici même, mais, hélas, l'infortuné gentilhomme a péri dans l'incendie de sa maison, il y a quelques mois à peine, et M. de Longueuil a bien voulu m'accorder la tenure de cette terre, vu que M. de Jonzac ne laissait aucun héritier. »

Une main blanche pressée sur le cœur comme s'il allait succomber à son tour, Cormier s'écria : « M. de Jonzac mort ! Ah, doux seigneur, que me dites-vous là ! Quel affreux malheur ! Pauvre femme, comment lui annoncerai-je une si triste nouvelle ? »

Lisant sans effort l'inquiétude qui se peignait sur les traits de Thomas, Cormier se hâta d'ajouter : « De grâce, ne craignez rien. Je ne suis pas ici pour vous déposséder de votre bien. M. de Jonzac n'avait en vérité aucun parent, et la lettre m'avait été confiée par une dame... de ses amies. C'est grande pitié, en vérité, mais... »

Thomas l'examina. Redingote noire de bonne coupe et bien brossée ; joues pâles rasées de près ; cheveux poudrés à blanc et proprement roulés sur de petites oreilles ; cravate immaculée. Quelque tabellion, peut-être ; ou quelque laïc au service de l'Église... Thomas se rappela soudain les usages.

« Pardonnez-moi, Monsieur, mon manque de civilité, et accordez-moi l'honneur de... »

Cormier l'interrompit d'un envol de mains blanches. « Non, non. Je ne saurais vous importuner davantage ! C'est à moi de m'excuser pour cette intrusion !

— Brisons-là, Monsieur, j'insiste que vous preniez ici quelque repos. Votre aimable démarche se termine bien tristement pour vous qui avez fait ce long trajet inutile.

— Permettez que je vous contredise, Monsieur, ma visite n'est certes point inutile, puisqu'elle m'a permis de faire votre connaissance ! » Force m'était de constater que Cormier était sincère : son cœur battait à tout rompre, et il s'affala avec un soulagement évident sur le fauteuil qu'on lui désignait. C'est alors qu'il aperçut Nashawa.

Elle remontait lentement du lac, les yeux fixés sur Cormier. Surprise, je compris aussitôt qu'elle avait saisi d'un regard la nature de l'homme et qu'elle s'en alarmait. Sans s'attarder à saluer le visiteur, ni laisser à Thomas le temps de la retenir, elle se dirigea tout droit vers la porte et la referma derrière elle. Cormier dissimula de son mieux sa déception. Thomas, surpris, s'apprêtait à la rejoindre lorsqu'elle reparut avec deux gobelets d'étain et un pichet de vin qu'elle plaça sur le rebord de la fenêtre près de Cormier. Respirant le parfum poivré de la belle, Cormier ne put réprimer une grimace, que Thomas ne remarqua point, bien qu'il cherchât le regard de l'homme.

« A qui ai-je l'honneur ? »

— Cormier. Sébastien Cormier, pour vous servir, Monsieur. » Une brève inclination de tête.

« Thomas de Lodigny, tout à votre service, Monsieur. (Se tournant vers Nashawa, qui les observait tous deux, il crut bon d'ajouter :) M. Cormier s'était chargé d'une lettre pour le malheureux gentilhomme qui m'a précédé ici. »

Sous le regard pénétrant de Nashawa, Cormier baissa les yeux, et il se serait tortillé si elle ne lui avait soudain tourné le dos pour s'enfermer de nouveau dans la maison.

Thomas, vaguement gêné, expliqua :

« Nashawa est encore timide en présence de ceux qu'elle ne connaît point. Notre mariage sera célébré le mois prochain par le père Piquet, dont vous avez entendu sans nul doute parler, car sa mission, à quelque vingt lieues d'ici, est fort connue. Le père Piquet doit se rendre à Montréal pour y saluer notre gouverneur général, M. le Marquis de Duquesne qui rend visite au gouverneur Le Moyne. »

Cormier hocha tristement la tête, suivant des yeux les gestes de Thomas qui remplissait les gobelets d'un vin épais et écarlate comme un sang frais. Il s'attardait sur les amples manches de sa chemise de fine batiste repoussée sur des bras musclés ; sur les lacets dénoués de l'encolure qui révélait un triangle de peau blanche, comme si Thomas ne sentait pas la fraîcheur de la brise. Cormier frissonna. Sa perturbation me répugnait et m'amusait à la fois.

On entendait les cris des bûcherons et leurs coups de hache. Les chevaux piaffaient de plus belle. Lorsque Thomas lui tendit son gobelet, Cormier le prit d'une main tremblante et le leva en silence, cherchant des yeux le regard du jeune homme. Thomas fronçait les sourcils, préoccupé par Nashawa et son étrange comportement. Il prêta une oreille distraite aux propos d'un Cormier modestement disert qui décrivait son poste chez les sulpiciens, sa chambre au grand séminaire et les agréments de la vie à Montréal. Cormier savait doser savamment mensonges et vérités les mieux propres à inspirer confiance. Thomas se prit à l'écouter avec plus d'attention, et je sentis sa méfiance habituelle fondre peu à peu comme neige au soleil à la chaleur de cette affabilité. Je ne savais plus que faire pour entraver les progrès de Cormier.

Je commençai par souffler la prudence à Thomas, à voix de plus en plus haute, sans que l'intérêt qu'il portait aux propos de son visiteur parût en souffrir. En désespoir de cause, je me tournai vers Nashawa. Accroupie devant l'âtre, elle regardait par la petite fenêtre le profil à demi dissimulé de Cormier, toujours aussi consciente du danger qu'il présentait.

Je tentai d'attirer son attention, murmurai doucement son nom à son oreille, mais elle ne parut pas m'avoir entendue. Fort déçue, je ressortis.

Cormier vida son gobelet, refusa d'un geste une autre rasade et, non sans un soupir étouffé, se leva pour prendre congé.

« Eh bien, monsieur de Lodigny, ma visite n'a pas été vaine puisqu'elle m'a valu l'extrême plaisir de converser avec vous. Je vous en prie, rendez-moi visite au grand séminaire, vous y serez mon hôte. Si, si, j'insiste. Si vos affaires vous retiennent un jour à Montréal, je serai trop heureux de vous y procurer logis. J'attendrai ce jour avec impatience. »

Assez surpris d'une telle effusion, Thomas inclina le buste avec une certaine raideur. Cormier se reprit et lui rendit son salut sans ostentation, ajoutant pour la forme : « Veuillez, je vous prie, transmettre mes respects à... madame votre... future épouse. »

Le drôle proféra *in petto* les plus cruelles malédictions à l'endroit de la belle. Alarmée, je la cherchai des yeux. Debout dans l'embrasure de la porte, elle contemplait Cormier de ses yeux impassibles. Et avertis.

Il tourna les talons, trébucha sur les marches et s'éloigna sans se retourner.

Sitôt qu'il fut en selle, Nashawa se rapprocha de Thomas.

« Méchant esprit ! Homme malfaisant, apporter mauvaise médecine ici ! (Ce fut pourtant dans un éclat de rire qu'elle conclut :) Lui mauvais cavalier aussi, regarde ! »

A voir Cormier s'écraser sur sa selle et éperonner cruellement sa monture, Thomas ne fut guère tenté de la contredire.

21

Une neige drue et légère comme un duvet d'oie fraîchement plumée tombait sur Langres depuis le matin. Elle se changerait bientôt en boue grisâtre sous le pas des chevaux et les roues des calèches ; mais pour lors elle parait le triste bourg de sa blancheur magique, étouffait les voix discordantes de la ville.

Je me tenais dans le coin le plus sombre du sombre parloir et je regardais par les hautes fenêtres s'éteindre les dernières lueurs orangées du soleil couchant. Pourquoi me cacher ainsi dans l'ombre ? Ne pouvais-je point espionner impunément qui bon me semblait ? Sophie ne me voyait pas. Le silence et le froid régnaient dans le parloir, éclairé d'un seul bougeoir posé sur la table ronde en bois fruitier qui détonnait dans ce décor austère. La flamme de la chandelle vacillait au moindre souffle d'air. Une humidité glaciale semblait sourdre des murs de pierre, se mêler aux senteurs de cire et d'encens.

Les yeux fixés sur la flamme de la bougie pour ne pas voir la porte s'ouvrir, Sophie frissonnait sous sa mante de laine grise. Un tremblement constant — à peine perceptible — qui l'agitait depuis le matin et auquel elle ne prenait plus garde. Debout, très droite entre la table et l'une des deux chaises à haut dossier qu'on avait écartées de l'alignement du mur, elle attendait. Les grains de son chapelet glissaient entre ses doigts, qui caressaient leur dureté lisse comme une peau aimée. Elle ne priait pas pour autant. Toucher ce buis poli par tant de mains pieuses lui était un réconfort.

Attentive aux battements de son cœur, elle n'entendit point le portail qui venait de se refermer. Des pas le long du corridor la firent sursauter. La porte allait s'ouvrir. Défaillante, elle chercha à tâtons le dossier de la chaise pour s'y accrocher. Je me précipitai comme s'il était en mon pouvoir de lui porter secours. Il entra, et elle ne tomba point.

Je perçus la profondeur de leur détresse et j'en frémis. Tout en pleurant pour Sophie les larmes qu'elle s'interdisait de verser, je me révoltais contre son intransigeante vertu. En vérité, n'était-ce point absurde que de renoncer à un tel amour au nom de lois arbitraires dont on avait jadis farci son esprit et qu'elle avait abandonnées d'elle-même ? Cette obstination me navrait et m'indignait à la fois.

Et pourtant... Se pouvait-elle qu'elle eût emprunté le bon chemin ? Dieu souhaitait-il vraiment nous voir préférer la chasteté au plaisir ? Je refusais d'y croire.

Sophie ne s'était jamais départie de cette insatiable soif de pureté qui empoisonne parfois notre jeune âge, voilà tout. Quant à moi, je n'avais guère sacrifié à ce goût de l'absolu, lui ayant vite préféré quelque accommodement avec le ciel. Avais-je eu tort ?

Bertrand referma la porte et contempla la jeune fille, consterné par l'altération de ses traits. La douleur qu'il lisait sur le visage de son amante lui causait plus de peine que mon trépas, mais je partageais trop cette peine pour lui en tenir rigueur. Sophie était davantage que moi digne de son amour.

Il lui tendit les mains sans qu'elle fît un geste pour les prendre. Les yeux obstinément baissés, elle laissait ses doigts nerveux jouer avec le rosaire.

« Mon cher cœur ! Ma Sophie bien-aimée ! Pourquoi te tourmenter ainsi ? (Il s'avança vers elle sans se soucier de son mouvement de recul.) De grâce, ma Sophie, ne m'abandonne pas... N'abandonne pas la vie ! Je ne souhaite que ton bonheur !

— Dans ce cas, Monsieur, acceptez ma décision et retirez-vous de ce lieu saint où je souhaite, moi, finir mes jours. » Son calme glacial me troublait, malgré les larmes silencieuses qui mouillaient ses joues. « Ah, je n'aurais jamais dû lire vos lettres ! (Elle soupira.) Si j'ai consenti à vous revoir une dernière fois, c'est pour vous faire entendre de ma bouche cette résolution que vous n'acceptez pas de ma plume. Je prendrai bientôt le voile et consacrerai le reste de mes jours à l'expiation de notre péché. »

Étourdi de détresse, Bertrand eut alors vers elle un geste de mendiant, qu'elle repoussa, raidie dans sa rigueur de pénitente. Il se ressaisit, et la colère l'envahit, ce qui me soulagea.

« Tubleu ! Je te défends d'expier mes péchés à ma place ! Je prends sur moi le fardeau de la faute... si faute il y a ! Et je n'en éprouve aucun regret. Tu m'entends ? Je ne regrette point de t'avoir aimée. »

Lui dont les désirs n'avaient jamais été contrariés. Lui qui n'avait pas joui des privilèges découlant de son charme et de sa condition sans en tirer la conviction que toutes les femmes n'étaient que trop heureuses de satisfaire ces désirs, il y renonçait enfin sincèrement. Son esprit n'était plus gouverné que par le souci de sauver Sophie d'elle-même.

Une telle flamme brillait dans son regard qu'elle en fut troublée et lui permit de saisir ses mains dans les siennes. La sentant défaillir, il referma ses bras autour d'elle avec une grande douceur et la serra contre son cœur, osant à peine respirer de peur de la faire fuir. Il murmura :

« Une dévotion qui étouffe les voix de la nature ne saurait plaire à Dieu, Sophie. Comment pourrait-il exiger de toi le sacrifice de ta jeunesse, de ta vie entière, alors que le coupable, si coupable il y a, c'est moi ? C'est moi seul, ma Sophie, qui n'ai pas su résister à la tentation ou la fuir... »

S'arrachant à son étreinte, elle chercha son regard dans la pénombre.

« Vous voyez bien que notre amour est un péché ! Vous en éprouvez du remords tout autant que moi ! »

Fronçant les sourcils, Bertrand nia avec vigueur. « Vous vous méprenez. Je regrette seulement le mal que je vous cause. (Une pointe d'exaspération perçait dans le ton délibérément mesuré.) Je vous connaissais assez pour savoir que votre conscience n'épargnerait ni vous... ni moi. » Il avait recouvré son aplomb. Avec un sourire triste, il frôla la joue pâle de Sophie d'une main caressante sans qu'elle y trouvât à redire. « Le seul péché est ton tourment, ma douce amie. »

Consignée dans l'impuissance de mon étrange état, je cherchais vainement quelque moyen de leur venir en aide, d'empêcher

253

Sophie de gaspiller sa vie en des pratiques stériles, et Bertrand de traîner la sienne d'une alcôve à l'autre *ad nauseam*

Depuis que j'avais lu dans les pensées de Sophie son funeste dessein de s'enfermer au couvent pour y expier ses amours — incestueuses à ses yeux —, je n'avais cessé de lui répéter que son projet était insensé. Mais ni mes objections rationnelles ni mes arguments spécieux n'avaient semblé entamer sa résolution. Pourtant, lorsque l'indignation me poussait à élever la voix dans son oreille, elle s'immobilisait, comme attentive à quelque écho lointain. Sans pour autant renoncer à sa décision. Son esprit était clos.

Un matin d'octobre, sans prévenir personne, elle s'était fait conduire en carrosse jusqu'au couvent de Langres. Avant que la porte ne se refermât sur elle, elle avait remis au laquais qui l'escortait des lettres à l'intention de Bertrand, du comte et de ses sœurs ; elle y implorait leur pardon et leur bénédiction. Dire que Philippe avait fait trembler les murs dans sa colère serait m'en tenir en deçà de la vérité : il avait tempêté toute une semaine au nez des jumelles éberluées et qui n'en pouvaient mais. Il les accusait — avec quelque injustice — d'avoir semé dans l'esprit de Sophie les graines pernicieuses d'un fanatisme qui portait aujourd'hui des fruits bien amers.

Il s'était pourtant abstenu de faire ramener de force sa petite-fille au château.

Bertrand baissait les bras, confondu par tant d'obstination, s'attendant à voir Sophie prendre aussitôt la fuite. Elle n'en fit rien et resta debout devant lui, les yeux baissés comme une vierge à l'heure du sacrifice. J'en bouillais d'impatience.

Mon mari se mit à arpenter le sombre parloir, cherchant désespérément quelque argument qui pût la convaincre. La colère l'avait abandonné, mais il luttait encore pour sauver leur amour comme si sa survie même en dépendait. Il s'accrochait à ses propres croyances, gardait sa foi en la valeur divine de la chair. J'avoue que j'attendais ce qu'il allait dire autant pour ma propre gouverne que pour celle de Sophie.

S'arrêtant brusquement au pied d'un crucifix qui ornait l'un des murs, il le montra d'un geste emphatique. « Regarde, Sophie ! Contemple ton Dieu ! S'il avait méprisé la chair autant que tu le fais, aurait-il choisi de ressusciter dans son corps d'homme ? N'est-il pas vrai qu'il avait mille autres façons de prouver sa divinité ? Il a préféré diviniser son propre corps pour regagner le ciel... Comprends-tu ? La chair n'est point méprisable, Sophie ! Et notre amour n'est pas un péché ! »

Elle l'écoutait, sans fléchir pourtant. Il mesura du regard la force de son entêtement et fut repris d'une colère panique. Il perdit pied.

Le grincement assourdi des roues d'un carrosse troubla le triste silence. L'odeur froide des pierres n'étouffait pas tout à fait le frais parfum de bergamote de Sophie, rassurant comme un rire d'enfant durant un chant funèbre.

Une idée insolite me traversa l'esprit : si, à l'instant même, Bertrand renonçait à elle, elle lui serait rendue... La nécessité de renoncer au désir ? Fallait-il donc en passer par là ?

Mais cette pensée fugace s'envola comme elle était venue. Au reste, le sacrifice de soi n'avait jamais attiré mon beau volage ; il n'avait nulle intention de renoncer à son amante. Je le voyais prêt à abandonner sa nonchalance de séducteur comblé, à lutter férocement pour sauver Sophie du couvent — sort qu'en digne fils de son père il assimilait au martyre.

« Si c'est moi que tu fuis, mon aimée, je partirai. Je quitterai Saint-Onges pour toujours... J'irai rejoindre Thomas au Nouveau-Monde... Songe au moins à la peine que tu causes à mon père. Il s'enferme dans son cabinet et refuse toute nourriture ! »

Il la vit défaillir. L'enserrant dans ses bras sans qu'elle s'y opposât, il berça ses sanglots étouffés, envahi d'une allégresse immense lorsqu'elle s'abandonna enfin à ses caresses. Il murmurait une litanie de mots tendres et pressait ses lèvres contre le front de la jeune fille tandis qu'elle se serrait contre lui.

Mais, avec une force surprenante, elle le repoussa soudain et s'enfuit du parloir sans lui laisser le temps de se ressaisir. Éperdu, il resta planté devant la porte ouverte, scrutant du regard l'obscurité du corridor, incapable de courir après elle. Son désarroi, ses remords me frappèrent. Il s'accusait d'avoir saccagé la sérénité de Sophie, sa vie même. Il ne pensait qu'à elle ; la force d'âme qu'il lui découvrait l'intimidait. Éprouver du respect pour une femme le déroutait. Et rendait la perte de Sophie encore plus intolérable.

« Oh, vous êtes encore là, Monsieur... »

Bertrand sursauta, pris de court par l'apparition de la sœur tourière qui le dévisageait avec curiosité en approchant de lui son bougeoir. Elle le gratifia d'un sourire qui n'était pas dénué d'une sympathie perspicace.

S'éclaircissant la gorge, Bertrand dit d'une voix éteinte : « je m'en allais. »

— Ne vous hâtez donc point de sortir par cette nuit glaciale, Monsieur. Notre Sophie est à la chapelle, il se peut qu'elle souhaite vous entretenir après les vêpres. »

Il secoua la tête sans répondre. Sœur Angélique, la vieille nonne au teint frais, s'écarta pour le laisser passer, levant haut le bougeoir afin de l'éclairer. Je m'attendris à sa vue ; je lui devais mes seuls bons souvenirs du couvent. Elle avait conservé un semblant d'humanité dans cette maison où on faisait profession de l'oblitérer.

Elle accompagna Bertrand jusqu'à la grande porte, bien que les vêpres fussent commencées. Les murs se renvoyaient l'écho du chœur pseudo-céleste des saintes femmes. Bertrand pressa le pas et prit congé de la sœur au portail. L'esprit vide et les sens engourdis, il détacha machinalement les rênes de l'anneau de fer et enfourcha son cheval, qui hennit de gratitude. Je reconnus sa monture avec un pincement au cœur : c'était Beau Sire, que Bertrand montait lorsqu'il se joignait — si rarement — à mes chevauchées.

Je le suivis. Il chemina le long des tristes rues pavées de Langres, s'en remettant à son cheval pour le mener aux remparts, saluant d'un vague signe de tête les ombres qui s'inclinaient sur son passage. Dans le halo diffus des rares lanternes, la neige se pailletait d'or, et je songeai à Danaé ; mais Bertrand n'était plus Zeus pour moi. Son beau visage s'était encore affiné ; la tristesse est seyante aux hommes. Il conviendrait de les faire souffrir plus souvent... Pourtant, il éveillait ma pitié, et je me pris à murmurer des mots de réconfort à son oreille. Lui faudrait-il aussi apprendre la patience ?

De tous les maux qui frappent l'humanité, l'attente est bien le plus cruel, et l'amour en décuple le tourment. J'avais souffert d'attendre Bertrand ; à quoi cela m'avait-il servi ? Non que je lui en voulusse d'avoir fait dépendre ma félicité d'un mot, d'un sourire ou d'une étreinte ; j'avais moi-même placé le fardeau de mon bonheur sur ses épaules. De mon côté du mur invisible, ma félicité ne pouvait plus dépendre de ce que je recevais des autres, mais de ce que j'étais encore capable de leur donner. Et je ne souhaitais plus qu'épargner à Bertrand le tourment que sa bienveillante indifférence m'avait causé jadis.

Une fois hors des remparts, il éperonna sa monture et la lança dans un galop sauvage sur la route boueuse et déserte où le vent du nord balaya ses pensées. La neige ne tombait plus. Des bourrasques effilochèrent les nuages un à un, révélant une lune ronde qui répandait sur le plateau une lumière laiteuse. J'abandonnai Bertrand à ses désirs contrariés et je regagnai le couvent.

Ma mère s'était laissé convaincre de nous infliger, à mon frère Charles et à moi, l'éducation qui convenait à notre condition. Charles irait à Louis-le-Grand, et moi au couvent de Langres. L'entreprise exigeait qu'on mît fin aux leçons dispensées par un vieil abbé quinteux qui nous avait donné le goût de l'étude : il nous avait initiés à la mythologie en nous enseignant, en grec et en latin, les noms des maîtresses de Zeus dans l'Olympe — mais avait toutefois omis de mentionner Ganymède. On me priva donc de cette douce tutelle pour m'enfermer dans cette bastille enjuponnée. Sans que cette incarcération contribuât d'aucune façon à bonifier ma nature.

J'errai dans les humides corridors, respirant encore ces relents de cire et d'encens, cette odeur froide qui évoqueraient toujours pour moi le purgatoire.

Les vêpres s'achevaient dans un crescendo de notes angéliques. Le chœur des pensionnaires frétillait déjà d'impatience, à la pensée de retrouver bientôt la liberté relative de la salle d'étude. Les novices étaient encore à genoux, tête baissée pour la plupart, leur front pur sur leurs mains dévotes. Je cherchai des yeux Sophie. Elle était agenouillée, le dos très droit et les yeux grands ouverts, fixant l'autel sans le voir, s'efforçant de pincer ses lèvres sensuelles sans trop y réussir.

Le gros du bataillon se retira de la chapelle ; les novices, enfin arrachées à leurs extases, fermèrent les rangs. Sophie ne fit pas mine de bouger. Toujours à genoux, toujours perdue dans ses pensées, son voile blanc en plis hiératiques sur ses épaules.

L'œil d'aigle de la mère supérieure ne manqua pas cette irritante anomalie ; le sourcil haussé par l'impatience, elle attendit que la dernière novice eût quitté les lieux saints pour se glisser de biais — étant donné la largeur de ses hanches — entre les rangs de chaises, jusqu'à la trouble-fête.

Sophie ne bougeait toujours pas ; elle ne sembla point remarquer la présence de la mère à son côté. Dans la pénombre, on distinguait à peine les larmes qui coulaient sur ses joues.

« Mon enfant, séchez vos pleurs. Si les vœux que nous prononçons nous obligent à renoncer aux liens nous unissant à notre famille, n'est-ce point pour jouir plus pleinement de notre union mystique avec Notre Seigneur, notre Divin Époux ? Songez aux joies qui vous attendent pour avoir renoncé à ces attaches terrestres ! »

Sophie détourna son visage en étouffant ses sanglots. La mère Ursula continua de plus belle. « Je compatis assurément à votre tristesse, mon enfant. Vous séparer de votre cher aïeul ne peut que vous affliger... » Il me sembla que les pensées de la supérieure s'attardaient un peu trop sur ses propres souvenirs du vieux roué. « Quant à vos saintes tantes, elles ne peuvent que se réjouir de votre décision ; l'amour que vous portez à vos proches en sera sublimé... et fort plaisant à Dieu ! »

Je démêlais à grand-peine les émotions qui se disputaient l'esprit de Sophie. Plus elle se contraignait au renoncement, plus elle se languissait de Bertrand. Les efforts qu'elle déployait pour échapper à sa passion étaient tels que son corps même se révolta. Sans donner à la supérieure le temps de la retenir, elle s'effondra sur le prie-Dieu et son front vint heurter violemment le dossier de la chaise devant elle. La vaine tentative de la mère Ursula pour la soulever ne contribua qu'à son affaissement total entre les deux rangées de chaises. La supérieure se décida à abandonner Sophie aux bons soins du Seigneur pour aller quérir de l'aide au lazaret, qui occupait une des ailes du bâtiment. C'est à ce moment que la vieille sœur Angélique, qui s'inquiétait de Sophie, revint à la chapelle. Elle comprit d'un coup d'œil ce qui s'y passait et, dans un grand remous de jupons et de chapelets, se précipita pour prêter main-forte à la supérieure.

La présence de sœur Angélique m'intimida, comme si elle était susceptible d'entendre les mots que je soufflais à Sophie. Quel droit avais-je donc de détourner Sophie du chemin qu'elle avait choisi ? Céder aux « voix de la nature », comme disait mon volage époux, était-ce vraiment la meilleure voie ?

Suivre mes impulsions naturelles n'avait profité à personne, à moi moins qu'à quiconque. Si la chasteté que m'avaient imposée les absences de Bertrand pouvait justifier que je fusse tombée dans les bras de son père, elle n'excusait point mon aventure avec Thomas. C'était un acte irresponsable, teinté d'un certain ressentiment, et je méritais bien de m'être fait prendre à mon propre jeu... Pourtant, ces humbles conclusions n'ébranlaient pas ma conviction : la place de Sophie était auprès de Bertrand. Leur amour n'était pas une faute, mais l'épanouissement de tout leur être, la floraison du meilleur d'eux-mêmes.

Les deux sœurs allongèrent Sophie sur une rangée de chaises. Angélique lui fit respirer des sels, qu'elle portait toujours sur elle sachant les novices assez portées sur les pâmoisons. Elle repoussa d'une main douce les boucles brunes loin du front de la jeune fille et, sans s'arrêter au froncement de sourcils de la supérieure, dégrafa la guimpe amidonnée. Sophie n'ouvrait toujours pas les yeux ; les deux religieuses échangèrent des regards inquiets. A un bruit de pas dans le corridor, la supérieure s'écria : « Holà, il nous faut de l'aide ici ! »

Une jeune nonne poussa la porte de la chapelle et fouilla la pénombre d'un regard curieux.

« Vite, ma sœur, courez au lazaret et rapportez-en de l'Eau blanche pour le front de cette enfant. »

La sœur obéit aussitôt. Sophie entrouvrit les paupières et fit mine de se redresser. Sœur Angélique l'en empêcha doucement. La supérieure murmura à l'oreille d'Angélique : « De quel mal peut-elle bien souffrir, à votre avis ? »

Elles se regardèrent en hochant la tête à l'unisson.

22

Nashawa leva les yeux vers le ciel d'avril, où une brumeuse promesse de chaleurs à venir émoussait le bleu trop vif de l'hiver.

La neige se retirait à regret, abandonnant en rigoles des étendues de sol détrempé dans lesquelles fondaient des congères persistantes — leur surface érodée de mille ciselures par les rayons de soleil.

Grâce aux chasses de Thomas, aux réserves de Nashawa, et aux soins de Martin et de la généreuse Emma, ils n'avaient point manqué de vivres. Mais la froidure leur avait infligé des tourments. Je m'étais efforcée de ressentir avec eux ses cruelles morsures et de les soutenir dans leur lutte de chaque instant contre bise et frimas, tout en regrettant de ne pouvoir adoucir leur sort.

Les vents de février, qu'ils avaient cru déjouer en entassant la neige autour de la maison, avaient vite découvert les faiblesses de leurs défenses : porte trop mince, fenêtres mal jointes et foyer trop grand ouvert. Le sauvage norois introduisait la neige par les moindres fissures, en longs rubans blancs sur le plancher. La bise s'engouffrait dans la cheminée, rabattant la fumée à l'intérieur jusqu'à provoquer les larmes ; ses furieuses bourrasques faisaient trembler les petits carreaux des croisées, secouaient la cabane jusqu'à ses fondations — et jusqu'à leur grand lit, ce qui leur donnait la nuit prétexte à s'étreindre sous les fourrures.

Ils étaient parfaitement heureux.

Je mesurais l'enchantement de Thomas à son indifférence envers ses chevaux. S'étant assuré que la grange serait construite avant les grands froids — grâce à l'aide de tous les habitants du voisinage, selon la coutume de ces contrées — et que sa provision de foin — payée fort cher aux mêmes habitants — suffirait à nourrir ses bêtes pendant l'hiver, il ne s'était plus guère soucié de leur sort. Ses remords mêmes s'estompaient. C'était comme si la présence de Nashawa à son côté le préservait de toute inquiétude. Il attendait avec impatience la venue du père Piquet qui, n'ayant pu se rendre à Montréal avant l'hiver, ne les marierait qu'au printemps.

Je devais bien admettre que sa belle Indienne était d'agréable compagnie. D'humeur égale, prête à rire de tout et de rien, mais jamais de quelqu'un. Espiègle à ses heures : il lui arrivait de glisser une poignée de neige dans la chemise de son amant, pour se faire poursuivre et rattraper avec des cris de joie, et rouler dans la neige molle en une folle étreinte.

Oui, j'avais partagé les peines et les joies de leur premier hiver, et, malgré mes résolutions, n'avais point cessé de souhaiter être celle que Thomas serrait avec tant d'ardeur dans ses bras. Pourtant, à mesure que les mois s'écoulaient, ma curiosité et mon admiration envers son étrange compagne ne cessaient de grandir.

Avec la bénédiction de son maître, Martin s'était établi à demeure chez la veuve, mais il ne manquait pas de rendre visite aux amants chaque dimanche. Par les pires tempêtes, lorsque le grésil brûlant fouette le visage et que les doigts collent aux boucles de métal, il cognait à leur porte, chargé de miches croustillantes dans un sac de toile blanche, et d'une marmite pleine que Nashawa recevait de ses mains et portait à bout de bras jusqu'à l'âtre, comme si ces mets de visages pâles ne lui inspiraient point confiance.

A la fin de l'été, elle avait persuadé Thomas d'acheter un petit canot indien et lui avait enseigné à récolter le riz sauvage sur les hauts fonds du lac. Il devint vite capable de manœuvrer avec dextérité la légère embarcation, l'approchant des hautes tiges de graminées que Nashawa inclinait au-dessus du canot ; le riz sauvage y tombait en pluie dans son panier plat.

A l'automne, elle lui apprit à poser des collets et à tendre des pièges aux lièvres, aux rats musqués et aux castors. Et quand le lac ne fut plus qu'une vaste et aveuglante étendue blanche balayée de poudre, elle lui montra comment percer la glace avec une tarière pour y pêcher le brochet.

Dès que commença le dégel, Thomas apprit aussi à entailler les érables à sucre pour en recueillir la sève dans de petits godets d'écorce de bouleau ; Nashawa ferait réduire cette sève en sucre dans sa marmite, attisant le feu jusqu'à son évaporation en gros bouillons qui fleuraient la noisette. Son rire matinal sonnait clair lorsque les petits godets sous chaque entaille s'étaient remplis durant la nuit.

Elle s'occupait de l'aube au crépuscule, passant d'une tâche à l'autre comme si chacune lui était une diversion nouvelle : dépecer et conserver la venaison, gratter et tanner les peaux, tailler et assembler les vêtements de fourrure. Elle était fort habile à tresser des paniers, tout autant qu'à broder avec une infinie patience des poches de peau souple qu'elle décorait de perles en piquants de porc-épic. J'observais ses mains expertes avec fascination. Au reste, bien que nombre de ses pensées m'échappassent encore, je savais son esprit tout aussi agile que ses doigts. J'admirais surtout sa sérénité ; le calme l'entourait tel un cocon, et j'y étais moi-même sensible. Je gravitais autour d'elle, comme s'il m'était possible de profiter de cette tranquillité.

Pendant ce temps, il me fallait aussi surveiller Cormier, car ses nouvelles dispositions envers Thomas ne suffisaient point à atténuer mes craintes. L'homme était dangereux, et je devais m'assurer qu'aucun mal ne viendrait aux amants par sa faute. Je continuais donc de pratiquer sur lui mes talents de suggestion. Je le hantais chez les sulpiciens, fondant sur lui, telle une corneille qui défend son nid, pour lui souffler quelque idée bizarre ou lui remettre en mémoire quelque incident humiliant de son passé. Je le distrayais si bien de sa tâche qu'il dispensa de redevances pendant dix ans trois censitaires des bons pères. Je me plaisais aussi à interrompre ses parties de cartes avec ses nouveaux amis en lui rappelant les coups d'étrivière que lui avait jadis administrés un joueur rendu soupçonneux par sa chance. Je le visitais durant la nuit pour brouiller à plaisir ses rêves de Thomas, tout en lui conseillant de l'oublier à jamais. Contribuai-je ainsi au dilemme qui lui fit perdre sommeil et appétit ? Tandis que son esprit retors calculait les profits qu'il pouvait encore tirer de Thomas et de sa famille, ses sens se révoltèrent contre un tel projet. En vérité, je m'étonnai des sentiments dont Cormier était capable ; mais je n'éprouvais, je l'avoue, aucun remords lorsqu'il s'éveillait avec un grand cri et, retombant en sueur sur sa couche, renonçait au sommeil. Le corps agité de tremblements, les yeux grands ouverts, il scrutait alors jusqu'à l'aube la noirceur de sa chambre.

Quant à Pivert, gros et gras dans son cabaret, il ne me causait guère de souci. Il n'avait quitté son coin de salle enfumée que trois fois durant l'hiver, pour mettre le nez dehors ; le froid implacable l'avait vite ramené près de l'âtre.

Il n'interrompait même plus ses parties de cartes pour saluer son ancien complice lorsque celui-ci venait aux nouvelles. Au reste, les visites devenaient de plus en plus rares et brèves, car Cormier ne souhaitait point être aperçu en tel bouge ni en telle compagnie. Il y passait pourtant de temps à autre, pour s'assurer que Thomas était toujours à Vaudreuil, tout en regrettant d'avoir confié à Pivert et à ses affidés le soin de surveiller sa proie.

Lorsqu'il apercevait Cormier, Pivert posait sur la table ses cartes crasseuses — en prenant soin de les cacher aux autres joueurs — et, d'un geste, il désignait à son visiteur un tabouret bancal pour qu'il y prît place. Mais Cormier restait debout derrière Pivert, un mouchoir de linon pressé sur les lèvres, à promener des regards dégoûtés sur la clientèle de l'auberge.

Pivert finissait par empocher ses gains. Il faisait signe aux autres de patienter, se levait paresseusement et se tournait vers Cormier avec un large sourire édenté. Ce dernier, du bout des doigts, le tirait à l'écart par sa manche.

Pivert grommelait : « Or ça, saint Cormier, qu'est-ce qui t'amène à quitter ton sanctuaire pour visiter un pauvre pécheur ? »

Puis, comme ses partenaires de jeu parlaient à voix basse autour de la table, il ne tardait jamais à s'en plaindre, et à remarquer d'un ton geignard : « Lodigny ne bougera guère de son trou avant l'été ; où veux-tu donc qu'il aille ? Les hommes que j'envoie à Vaudreuil se font payer à prix d'or et n'ont rien à rapporter ! Lodigny a passé l'hiver à chasser et... (Pause, clin d'œil et rire gras.)... à montrer à sa squaw de quel bois il se chauffe. Ha, ha, ha ! Pourquoi ne lui rends-tu pas visite ? Il sera sans nul doute fort aise de te revoir. »

Mais ce discours n'amusait pas Cormier.

Il se hâtait donc de retrouver le silence douillet du grand séminaire, appréciant d'autant plus les conforts dont jouissent ceux qui ont renoncé aux biens de ce monde. Et Pivert attendait son départ pour se verser un plein gobelet de piquette ; ensuite, il retournait à ses cartes.

Cependant, l'image de Thomas dans les bras de son Indienne poursuivait Cormier jusque dans sa chambre et ne cessait de l'y tourmenter, tant il est vrai que nous portons en nous-mêmes les instruments de notre torture...

Thomas s'était acclimaté à cette terre enneigée avec autant de facilité que ses chevaux indiens. Il n'avait jamais détesté les froids hivers de Saint-Onges et n'en avait jamais pâti. Je frissonnais pourtant, à le voir chaque matin briser la glace dans le seau de bois pour s'y laver, avant de s'asseoir à la table devant son repas de spartiate, une soupe et du pain brun qui sentait la paille. Il s'éveillait d'ordinaire au lever du soleil et se rendait du pré à l'écurie — où deux de ses engagés étaient déjà à l'ouvrage — pour le plaisir d'y entendre piaffer, hennir et renâcler ses chevaux. S'ils ne lui étaient peut-être plus aussi précieux que Nashawa, il était assurément fier qu'ils fussent sa propriété — et ne l'était-elle pas aussi ?

La robe de ses bêtes, que le froid avait épaissie, était aussi laineuse et terne que le pelage du caribou. L'hiver les engourdissait, les rendait mornes et pesantes, comme si leur vitalité leur suffisait à peine pour endurer les longs mois obscurs et qu'elles dussent la ménager afin de survivre jusqu'au printemps.

Elles survivaient pourtant, et Thomas s'en réjouissait tout le premier. Lui qui, à Saint-Onges, choyait les chevaux du comte tels des princes et défendait en hiver qu'on les sortît sans leurs riches manteaux de drap bleu armorié, il laissait maintenant ses propres chevaux prendre l'air à leur guise, tout en s'émerveillant de leur robustesse. Ces animaux étaient d'une autre trempe que les étalons sans prix qui avaient jadis fait son orgueil. Et peut-être en était-il de même pour lui : il ne s'était jamais senti aussi fort ni aussi heureux.

Au moindre rayon de soleil, les bêtes sortaient par petits groupes de l'énorme grange qui ne méritait guère le nom d'écurie. Elles tapaient du sabot la neige durcie avant de s'aventurer avec précaution sur le pré enneigé saupoudré chaque jour de sciure de bois. A l'abreuvoir, elles attendaient patiemment qu'un des engagés libérât l'auge de la couche de glace qui s'y formait chaque nuit. Elles me semblaient hennir de joie lorsque l'homme la soulevait d'une seule pièce, telle une vitre, et la jetait aussi loin que possible, riant d'en voir les fragments glisser sur la neige dure et miroiter au soleil.

Thomas suivait leurs mouvements d'un œil rêveur, souriait de les voir se secouer ou se bousculer devant l'abreuvoir ; de leurs naseaux fumants, une vapeur légère montait en volutes vers le ciel bleu. Pareille à un encens.

Thomas respirait alors à pleins poumons, ainsi qu'il n'avait jamais respiré de sa vie, laissant les senteurs du printemps emplir son être. Il cherchait des yeux Nashawa et fermait vite ses paupières sur cette vision enchanteresse, comme pour la faire sienne à jamais. Point n'était besoin de lire ses pensées pour connaître son contentement. Au reste, je m'abstenais de fouiller son esprit, de peur de troubler son précieux bonheur.

Dans un château qui comptait dix serviteurs pour chaque maître, mon amant avait régné d'un air maussade sur une armée de valets d'écurie et de palefreniers. Ses voyages et sa suite princière ne lui avaient point convenu. Il avait aimé sans plaisir la femme de son oncle, et l'avait possédée sans joie. La satisfaction que les splendeurs de son existence ancienne ne lui avaient jamais procurée, il la connaissait enfin grâce à une vie rude sur un coin de terre inhospitalière. Allez comprendre la nature humaine...

Le printemps de Vaudreuil me parut bien bref. Quelques semaines à peine de répit verdoyant entre les neiges hivernales et les chaleurs intenses de l'été.

La glace qui emprisonnait le lac ne tarda point à céder au soleil victorieux, et les eaux montantes atteignirent bientôt le pied de la butte sur laquelle s'élevait la maison. Sous les sabots des chevaux ivres de printemps, le pré rassembla à ces jachères fraîchement labourées que nous traversions en novembre au cours de nos folles chevauchées. Juments et étalons soufflaient bruyamment et hennissaient d'impatience tandis que les hommes se hâtaient d'enclore de nouveaux pâturages défrichés à leur intention durant l'hiver.

Outardes et canards s'en revenaient du sud, assez prudents pour ne jamais descendre à portée de mousquet. Assez imprudents aussi pour se poser la nuit sur le sol détrempé des pessières, où les chasseurs les assommaient par surprise.

Avec le printemps coulait un sang nouveau dans les veines des deux amants ; leur désir était arrivé au point que leurs jeux immodestes finissaient par m'éloigner d'eux. La mort dans l'âme.

Par une belle nuit de mai, assise sur un éperon rocheux entre la forêt et le lac, je contemplais le ciel étoilé en me lamentant sur mon sort et ma solitude. Combien de temps me faudrait-il encore demeurer dans cet étrange état, à la fois exclue et prisonnière du monde des vivants ?

Mes regards retournaient malgré moi vers la maison des amants. Soudain, sa forme noire me sembla s'éclairer d'une lueur. La porte s'ouvrit, et Nashawa apparut sur le seuil.

Elle était vêtue d'une tunique blanche, qui me sembla bien fine pour une nuit si fraîche, je fus frappée d'étonnement par la façon dont elle s'avançait dans ma direction, à la fois immobile et mouvante. Elle leva les mains sans qu'aucun tintement accompagnât le glissement de ses bracelets le long de ses bras et, bien qu'elle ne portât point de lanterne, elle semblait se mouvoir dans une lumière blanche. Je me levai, et demeurai pétrifiée de surprise et d'appréhension.

C'est alors qu'elle m'adressa la parole :

« Tu es belle en vérité, Aimée de mon Aimé ; tes cheveux sont pâles comme une lune d'hiver, et tes yeux brillent comme la glace bleue du lac... Quel est ton nom ? »

Je murmurai : « Marianne. Êtes-vous... morte comme moi ? » La douleur que sa mort causerait à Thomas me perça alors le cœur, et je souhaitai ardemment qu'il n'en fût rien.

Mais son sourire me rassura. « Non, Marianne, je ne suis pas morte, et ton nom m'était en fait déjà connu : je l'ai souvent entendu en écoutant battre le cœur de Thomas...

— Comment est-ce possible ? Il ne m'aime plus... j'ai agi fort cruellement avec lui... »

Nashawa continuait de s'approcher. « L'amour s'attarde dans son cœur comme dans le tien, Marianne. Ne crois pas que j'en prenne ombrage, tout au contraire, car l'amour est son salut. Ne crains rien... je ne te veux point de mal. Viens, asseyons-nous ici, et laisse-moi te contempler. Lorsque nous nous sommes rencontrées...

— Mais... je ne vous ai jamais vue. » Au moment même où je les prononçais, je sus pourtant ces paroles mensongères.

« A trois reprises, Marianne, je te vis en rêve auprès de Thomas ; je sus ainsi que nos vies se rejoindraient. La première fois, vous traversiez l'océan à bord d'un navire. Une autre fois, tu veillais sur Thomas au cours d'une chasse à l'orignal. La dernière fois, tu pleurais les caresses de ton amant — et, crois-moi, j'en aurais fait autant à ta place ! Et par trois fois, tu me vis aussi, Marianne, bien que tu ne fusses pas prête alors à accepter cette vision. »

Une profonde confusion me força à admettre qu'elle disait vrai. Une partie de mon esprit avait été sensible à sa présence ; mais l'orgueil et la jalousie m'avaient aveuglée : qu'une telle beauté pût, elle aussi, veiller sur Thomas, m'était alors insupportable.

« Comment... comment pouviez-vous nous suivre ainsi, Nashawa ? Comment est-il possible que vous soyez ici, avec moi, tout en étant vivante ? »

Elle prit place à mon côté sur le rocher plat où je m'étais assise, saisit ma main, et je perçus la peau lisse de sa paume contre la mienne. Une sensation si extraordinaire que je me redressai d'un bond et que mes yeux s'emplirent de larmes.

« J'ai senti votre main ! Nashawa ! J'ai senti ta main dans la mienne ! »

Son regard indulgent me caressa. « Je suis un esprit, tout comme toi, Marianne. J'ai laissé mon corps endormi dans le monde des vivants. Des shamans m'ont enseigné à le quitter ; c'est un art très ancien que certains pratiquent encore pour emprunter le Chemin des Esprits. »

Trop émue pour l'interrompre, j'écoutai son récit.

« Je l'ai parcouru bien souvent. Non sans danger pour mon âme, car nombreux sont les esprits malveillants ; mais je savais que tu n'en étais point, et c'est pourquoi je désirais te connaître. »

Sa beauté m'intimidait ; il fallait bien me rendre à l'évidence : jamais je n'avais vu d'être humain aussi parfait. Sa peau mordorée, les vagues de ses cheveux noirs et soyeux, ses yeux d'ambre comme illuminés d'un reflet céleste... tout en elle tenait de la magie.

« Comment aurais-je pu te voir à bord du navire, Nashawa, tout en ne te voyant pas ?

— Nous ne percevons que ce que nous sommes prêts à percevoir, Marianne »

Elle parlait d'une voix douce. Ou peut-être ne parlait-elle point. Peut-être n'avions-nous nul besoin de voix pour converser. Je ne saurais dire. Peu importe. Nous nous exprimions avec aise, affranchies des entraves d'une langue mortelle.

« Quant à moi, bien qu'incapable de voir ton visage, je sentais ta présence près de nous et ton désir de nous protéger du mal et des méchants — tel cet homme noir qui nous visita dans la saison des brumes. J'étais heureuse de te savoir ici... Les bons esprits sont de précieux compagnons.

— Hélas, Nashawa, ne te méprends point ; loin d'être un bon esprit, je suis une créature dénuée de sens dont l'inconséquence a causé le malheur de celui qui l'a aimée.

Elle secoua la tête. « Le passé est révolu, Marianne, ne le regrette point... Mais surtout, ne crains pas l'avenir car ses innombrables visages peuvent encore te sourire. »

Elle reprit ma main dans la sienne, et son geste me sembla soudain aussi naturel que si je l'avais toujours eue pour amie. Cent questions se pressaient dans ma tête, avec l'espoir insensé qu'elle saurait y répondre. La curiosité me poussa d'abord à l'interroger sur elle-même ; elle me répondit de bonne grâce.

Elle était née parmi les Ojibwas qui vivaient dans une contrée fort éloignée, en direction du soleil couchant. Sa tribu occupait un grand village au bord d'un lac immense. Sa famille appartenait à un clan favorisé dont le *do-daim*, ou symbole, était le huard. Le père de Nashawa était shaman, ou *agouhanna* du village — à la fois guérisseur, juge et guide spirituel. C'était un membre respecté des *midewiwins*, une société secrète dont les rituels les plus mystérieux n'étaient révélés qu'à un petit nombre de mortels. L'*agouhanna* tenait son savoir de son oncle, qui le tenait lui-même de son père. Aucun d'entre eux n'avait jamais mis ses pouvoirs au service du Mal.

Les trois fils de l'*agouhanna* — les frères de Nashawa — lui avaient apporté beaucoup d'honneur. L'aîné avait succombé après avoir vaincu trois ennemis au corps-à-corps — la seule forme de combat honorable pour un brave : et les deux autres, capturés par des Iroquois, avaient survécu trois jours aux tourments atroces qui leur avaient été infligés, en accablant de sarcasmes et de railleries leurs tortionnaires. Ceux-ci avaient tant admiré la bravoure de leurs prisonniers qu'ils leur avaient rendu l'hommage insigne de manger leur cœur, dans l'espoir d'acquérir une partie de leur valeur...

« Nashawa ! Quelle horreur ! Comment peux-tu approuver une pratique aussi barbare ? »

Elle hocha la tête, soupira et me regarda en souriant tristement.

« Je ne l'approuve point, Marianne, je déplore ces coutumes autant que toi. Mais tant que les hommes se laisseront guider par leur orgueil, ils s'écarteront de la sagesse et s'enliseront dans la cruauté. Le sentier de la guerre ne mène le plus souvent qu'à un désert où errent de mauvais esprits, mais les guerriers ne s'en aperçoivent que trop tard. »

N'ayant plus d'héritier mâle, le père de Nashawa — qui percevait en elle des signes favorables — avait décidé de l'instruire dans les pratiques secrètes. Mais l'enseignement ne suffit point : le néophyte doit se montrer digne d'acquérir cette science, en faisant preuve d'une forte inclination pour le Bien et d'une bravoure plus subtile que celle des braves. Nashawa avait donc été instruite et, inspirée par Kitchi Manitou, le Grand Esprit de la Lumière, avait acquis la connaissance secrète.

« J'ai jeûné bien des jours et prié bien des nuits en des lieux sacrés favorisés par les esprits. Une nuit — j'avais quinze ans — le huard sacré, mon propre *do-daim*, m'apparut en songe et me guida pour la première fois jusqu'à la Contrée des Morts. »

Cette année-là, les braves de son village, qui n'avaient pas combattu deux hivers durant, décidèrent d'attaquer une bande d'Assiniboins aventurés sur leur territoire. Quelques femmes devaient accompagner les guerriers pour piller les cadavres et torturer les prisonniers, selon la coutume. Nashawa était du nombre.

« Toi ? Veux-tu me dire que tu allais infliger d'affreux tourments à ces prisonniers ? »

Elle nia une fois de plus en soupirant. « Non, Marianne, je ne l'aurais point fait ; mais chacun doit accepter son lot et ne pas chercher à enseigner autrement que par l'exemple... J'avais choisi de naître ojibwas...

— Choisi de naître ?

— Je t'expliquerai plus tard. »

269

Elle ne le fit cependant point, ou du moins pas ce soir-là. Elle continua de me raconter l'attaque du camp des Assiniboins : prévenus par leurs espions, ceux-ci avaient ménagé un traquenard à leurs assaillants, et remporté la victoire. Ils avaient capturé Nashawa avec les autres femmes ; mais, craignant sa magie, ils l'avaient vendue presque aussitôt à un trafiquant du détroit, pour trois mousquets et une grosse de plumes d'aigle. Un prix considérable pour une esclave, mais que l'homme avait payé sans sourciller : il s'était épris d'elle.

« Pourquoi n'avoir point usé de tes pouvoirs secrets pour échapper à ceux qui t'avaient capturée ?

— Parce que mes pouvoirs secrets, ainsi que tu les nommes, je ne peux en user qu'au profit d'autrui. Si je venais à en tirer moi-même quelque avantage, mon âme en souffrirait grandement. Il nous faut accepter les épreuves que nous envoient cette vie... ou les suivantes.

— Vivons-nous vraiment plus d'une fois ? Cela me semble impossible à croire. »

Pourtant... n'avais-je point éprouvé parfois, en frôlant les murs de pierre du château de mon enfance, l'impression d'y avoir déjà vécu cinq siècles plus tôt ?

Nashawa gardait le silence. La pleine lune s'était levée et faisait chatoyer les eaux du lac. Je suivis le regard de l'Indienne jusqu'à la rive opposée, où de faibles lueurs se mouvaient sur le fond sombre de la montagne d'Oka. Le son des cloches appelant les sulpiciens aux matines nous parvenait avec la brise.

Je crus bon d'insister. « Il m'est impossible d'ajouter foi à une telle croyance, Nashawa ! L'Église ne l'enseigne point. C'est une hérésie que je te conseille de ne pas mentionner au prêtre qui viendra vous marier, Thomas et toi, si tu souhaites lui complaire, car il en serait fort mécontent.

— Ne t'inquiète pas pour moi. Marianne. Ton amitié me touche, et tu comprendras un jour, lorsque le temps sera venu... Dis-moi plutôt qui tu es... »

Et je le lui dis. Je lui racontai Bertrand, Philippe et Thomas. Les tantes et Sophie. Mon enfant. Et j'en fus soulagée. Je me surpris à lui révéler mes sentiments les plus secrets sans la moindre componction ni la moindre crainte. Pour finir, je la mis en garde contre Cormier et Pivert.

Elle m'écouta sans m'interrompre, et elle se taisait encore quand j'en eus fini. Dans un concert de cris et de pépiements, les oiseaux s'éveillaient au sein des arbres noirs.

Elle finit par rompre le silence. « L'aube poindra bientôt, et je dois retourner parmi les vivants. Nous nous retrouverons les jours de pleine lune, car il nous faut unir nos efforts pour protéger Thomas... (Baissant la voix, elle me regarda droit dans les yeux.) De grandes épreuves l'attendent, je le crains.

— Que veux-tu dire ? Quelles épreuves ? »

Mais elle refusa d'en dire plus.

23

Dès qu'elle fut revenue au château, Sophie avoua aux tantes la cause de son retour.

Si l'annonce de cette calamité déchaîna l'indignation de Caroline et si Pauline lui fit écho, les deux sœurs restèrent sans voix en apprenant que son auteur n'était autre que leur parangon de vertu, leur bien-aimé neveu. Consternées, elles débattirent tout un jour de l'attitude qu'il convenait d'adopter à son égard, sans trouver d'autre échappatoire que de l'éviter en enfilant les corridors du château comme deux souris en mal de chat, jetant à droite et à gauche des regards craintifs de peur de tomber nez à nez avec lui.

Elles en vieillirent du jour au lendemain, comme si cette nouvelle épreuve les terrassait pour de bon. Ni leur conscience ni leurs croyances ne leur étaient d'un grand secours. Anéanties, elles demeuraient des heures sans même se quereller, à hocher la tête devant les ruines de leur petit univers naguère si rassurant. Elles ne m'inspiraient plus qu'une profonde pitié.

Quant à Bertrand, il triomphait. Il accueillit Sophie à son retour avec l'humilité d'un vainqueur et, les yeux brillants de gratitude, lui baisa les mains avec la fougue d'un amoureux de quinze ans. Il avait pris la précaution de dépêcher chez un voisin malade le vieux Dr Anthénor, que la sénilité guettait depuis si longtemps qu'elle avait fini par le rattraper. La goutte de l'infortuné voisin risquait fort d'empirer, mais l'absence d'Anthénor augurait bien pour la santé de Sophie et de son enfant à naître.

Si je me retrouvais à Saint-Onges, c'était en partie par souci du sort de Sophie et en partie dans l'espoir que ces lieux familiers m'aideraient à calmer les émotions suscitées en moi par les révélations confuses de Nashawa.

Qu'elle possédât l'étrange faculté de se mouvoir librement du monde des vivants à celui des morts me paraissait déjà fort extraordinaire ; mais elle semblait posséder aussi le don de prédire l'avenir. Ou, du moins, d'en percevoir les formes possibles en de nébuleuses et évanescentes visions.

Agitée de funestes craintes, je l'avais en vain pressée de me révéler ce qu'elle avait vu concernant Thomas ; elle avait argué que la destinée — loin d'être arrêtée à jamais — était en flux perpétuel et pouvait être altérée à tout moment.

En dépit des inquiétudes que suscitaient en moi ses paroles, son regard lumineux m'encourageait à l'espoir. Je n'étais plus seule, et tirais grand réconfort de cette pensée.

Sophie, que l'annonce de sa maternité prochaine avait d'abord atterrée, recouvrait peu à peu son bon sens ; les reproches des tantes n'avaient point entamé son calme, ni ralenti ses premiers pas sur le chemin du retour à la sérénité. Tandis que Caroline, à bout d'invectives, se tordait les mains d'impuissance et que Pauline laissait échapper de petits cris inarticulés susceptibles de passer pour des signes de sympathie, Sophie, tout à la redécouverte des joyeuses richesses qu'elle portait en elle, les contemplait avec indulgence et compassion.

Bertrand, dès qu'il se fut assuré que Sophie ne ferait plus de fugue intempestive et resterait à Saint-Onges pour y être choyée — lui assurant ainsi bien des délices futures —, jugea préférable de mettre quelque distance entre ses tantes et lui. Invoquant les hostilités imminentes entre la France et l'Angleterre, il s'en repartit pour Metz le cœur léger. Le devoir offre aux hommes certains avantages lorsque les circonstances qu'ils ont fait naître — si j'ose dire — se révèlent quelque peu inconfortables.

Loin de moi le désir de porter jugement ; il faut admettre que Bertrand avait pris conscience de ses propres défauts. Les longues heures consacrées à argumenter avec Sophie sur leur péché mutuel l'avaient exaspéré sans le convaincre de partager l'intransigeante vertu de sa maîtresse ; mais la fuite de Sophie et sa décision de prendre le voile lui avaient porté un coup tel qu'il en était venu à remettre en question son propre hédonisme. S'il regrettait ses égarements anciens, il n'était pas résolu à renoncer en faveur de quelque dogme religieux contraignant à sa liberté de pensée. Bertrand ressemblait à son père.

La tentation de se confier au comte avait effleuré son esprit lorsqu'il avait cru perdre Sophie pour toujours ; mais l'orgueil et le ressentiment s'étaient conjurés pour l'en empêcher, et c'est sur un adieu glacial qu'il avait quitté Philippe.

Philippe, emporté malgré lui par le cours de ces événements scabreux, avait éprouvé un immense soulagement au retour de Sophie et n'avait pas caché la satisfaction que lui procurait la nouvelle d'une naissance à venir. Ces amours que, sans encourager, il n'avait certes point désapprouvées, allaient lui donner enfin ce qu'il avait tenté d'obtenir à mes dépens : un héritier digne de Saint-Onges.

Caroline s'en lamentait devant lui d'une voix brisée : « Songez à nos voisins et amis ! Que diront-ils donc ? Et Sophie, que va-t-elle devenir ?

— Mère. C'est là, me semble-t-il, une vocation qui lui convient à merveille. Quant à vos amis, ma chère, ils en seront ravis. Les libertins verront en sa conduite une justification de la leur, et les dévots la confirmation de leur propre supériorité. »

Mais les tantes n'étaient pas entièrement dénuées de sens pratique. Placées devant le fait accompli et la nécessité de vivre avec ses conséquences, elles se mirent en quête des moyens de minimiser le scandale. Pauline suggéra timidement un séjour prolongé dans la capitale, où elles pourraient toutes trois s'établir dans un couvent à la mode. On y demeurerait le temps nécessaire pour attribuer la séduction de Sophie à quelque roué de Versailles qui aurait rompu ses engagements de mariage. A tout le moins, la ruse détournerait de la personne de Bertrand les conjectures des voisins.

Sophie y consentit de bonne grâce.

Son apathie me causait quelque souci. Si elle avait retrouvé l'usage de sa raison, sa capacité de réagir — trop malmenée depuis des mois — l'avait abandonnée. Indifférente à la présence attentive de Toinon ou aux allées et venues incessantes des tantes, elle restait immobile pendant des heures, assise devant sa fenêtre à contempler les branches noires qui reverdissaient lentement.

Caroline et Pauline se chargèrent donc de préparer leur départ. Non sans hâte, car elles craignaient que la disgrâce ne devînt bientôt manifeste pour tout un chacun. L'invention d'un séducteur parisien exigeait qu'on se rendît au plus tôt dans la capitale. En quoi l'ignominie serait moindre si elle avait pour auteur un petit maître plutôt que Bertrand, c'est ce que j'avais le plus de mal à comprendre. Sans doute étais-je dépourvue de sens moral...

On réprouve l'inceste, je vous l'accorde, mais Bertrand n'était que l'oncle de Sophie. M. de Voltaire, qui ne faisait jamais les choses à moitié, témoignait à sa nièce un sentiment plus vif qu'avunculaire sans que son public s'en formalisât — ce penchant était considéré, je présume, comme la moindre de ses offenses. Quant à M. de Choiseul, le ministre du roy, on le savait fort attaché à sa sœur... Mais dans son cas, bien sûr... il était ministre...

Avril et une partie de mai s'écoulèrent avant que les préparatifs du voyage fussent terminés. Les tantes avaient réservé des appartements dans le couvent parisien le plus recherché, dont l'abbesse leur était connue. Le départ fut fixé au 15 mai, l'état de Sophie n'ayant pas encore eu raison de la délicatesse de sa taille.

Elle passait désormais ses jours à lire des livres édifiants ou à écrire à Bertrand des homélies fastidieuses, auxquelles il répondait à l'occasion en s'abstenant de commenter ses préceptes ou de décrire ses propres activités.

J'avais peine à croire que Sophie pût conserver longtemps l'illusion que Bertrand lui serait fidèle à jamais. Alors que j'avais considéré les fredaines de mon époux comme le prix de son amour, Sophie les endurerait sans doute — les yeux au ciel — comme un châtiment bien mérité. La lenteur de son retour à la joie de vivre m'impatientait, je l'avoue.

Le printemps aussi tardait à venir. L'éveil poussif de Saint-Onges me faisait apprécier la joie qui s'emparait de la nature en Nouvelle-France à la fin de l'hiver : le murmure des eaux enfin libérées de leur prison de glace ; les battements d'ailes des oies sauvages en route vers le nord ; les cris et les poursuites frénétiques des écureuils en mal d'amour. Des sons, des couleurs, une fièvre de vie qui gagnait les vivants. Tandis qu'à Saint-Onges même la nature me semblait lasse et désabusée.

Pour contenter son aïeul, Sophie consentait à se promener dans le parc chaque après-midi ; enveloppée d'un long manteau pour se protéger de la froidure persistante et des curieux, elle le suivait à pas tranquille le long des allées fraîchement ratissées, humant la timide fragrance des fleurs de pommier ou des premières roses.

Elle s'éveilla à la vie le matin de leur départ.

Elle se trouvait dans ma chambre verte sans que je sache trop pourquoi, et elle souriait.

Sophie ne comptait pas la légèreté parmi ses défauts — ou ses qualités —, et l'ironie de l'existence lui échappait souvent. Pourtant, tandis que je l'observais ce matin-là, nimbée d'une lumière de mai, une gaieté merveilleusement moqueuse s'épanouit en elle à la pensée du bon tour que lui avait joué le destin. Elle se prit à rire ; un rire sans réserve, chaleureux, contagieux, inextinguible. Un rire qui lui emplit les yeux de larmes et fit accourir Toinon. Et bientôt nous fûmes trois, comme par le passé, à rire à l'unisson des paradoxes du sort.

Sophie avait retrouvé son aplomb, s'était affranchie d'un idéal inhumain et ne doutait plus d'elle-même. Ce don du bonheur, elle avait bien failli le gaspiller, en l'échangeant contre la fausse sécurité de la rectitude. Je regrettais le départ précipité de Bertrand ; il ne profiterait de sa nouvelle allégresse qu'à travers ses lettres. Il serait loin lorsque l'enfant naîtrait ; mais les hommes craignent le mystère de la naissance presque autant que celui de la mort. C'est notre supériorité sur eux. Donner la vie n'est peut-être pas une sinécure, mais le précieux résultat de l'expérience devrait au moins nous inciter à faire confiance à la nature et à affronter la mort sans plus de crainte.

J'avais tiré peu de profit de cette leçon, mais au moins j'en étais consciente.

Tandis que Sophie et Toinon reprenaient leur souffle et essuyaient sur leurs joues les larmes de rire, une vague de tendresse pour le petit être que j'avais mis au monde me submergea soudain, emportant mes regrets, me laissant légère et soulagée. Nashawa disait vrai, le passé était révolu et on ne devait point obscurcir l'avenir par sa vaine évocation.

Toinon encourageait Sophie à faire une dernière promenade jusqu'à la roseraie avant le départ et plaçait sur ses épaules un léger fichu de dentelle. Une impulsion folâtre me fit étendre la main et tirer sur le châle... A mon immense surprise autant qu'à la leur, le fichu me resta un instant en main avant de choir sur le tapis d'Aubusson. Je reculai précipitamment, comme si l'on m'eût surprise en train de voler.

Pétrifiées, Sophie et Toinon se regardaient.

« Que s'est-il passé, Toinon ? »

Toinon se baissa pour ramasser le châle d'une main tremblante. « Je ne sais point, madame Sophie. Quelque courant d'air malin... Il n'y a pourtant guère de vent ce matin... Et puis... c'était sa chambre... »

Sophie secoua la tête. « Toinon ! Croirais-tu aux revenants ? »

Toinon ne répondit pas mais se croisa rapidement avant de refermer la porte de ma chambre. Elles descendirent en silence le grand escalier, et je les suivis en tremblant sur les lieux de la tragédie ; en dépit de mes efforts, je ne pus m'empêcher de la revivre une fois de plus dans ses moindres détails. Souhaiter l'oubli était peut-être exiger trop de moi-même, puisque aujourd'hui encore je ne descends jamais un escalier sans éprouver une vague appréhension... Mais soudain, le sourire de Nashawa me revint en mémoire, effaçant aussitôt mes cruels souvenirs. Et c'est le cœur léger que je pris avec Sophie, Toinon et les tantes la route de Paris.

Il leur fallut cinq jours pour parvenir à la capitale. Quatre nuits de repos dans les meilleures auberges, où elles étaient assurées de trouver gîte et couvert à leur convenance, et surtout — singulière extravagance — deux bonnes chambres. Contrairement à la plupart des voyageurs, qui devaient souvent se contenter de partager le gîte — et le lit même — d'inconnus, les tantes tenaient à leur confort. Quant à Sophie, elle voyageait dans un état d'euphorie tranquille, tout à la joie d'être bientôt mère. Cette pensée l'inondait comme une eau cristalline, la purifiait de ses remords.

J'éprouvais une certaine répugnance envers Paris et Versailles. Le séjour bien trop bref à mon goût que j'y avais effectué avec ma mère et mon frère avant d'être enfermée dans ma prison de Langres m'avait pourtant laissé des souvenirs délicieux. Mais je compris ma répulsion lorsque je m'avouai la rancune que je gardais encore envers ma mère : elle m'avait toujours préféré Charles, m'avait abandonnée aux splendeurs de Saint-Onges et n'avait point jugé bon de se déranger pour mes funérailles.

Or, ma mère se trouvait encore à Versailles. Y triomphait enfin. Après avoir assuré à son fils — grâce à d'heureuses intrigues — des bénéfices considérables, elle venait de conclure ses fiançailles avec une héritière d'excellente condition. La demoiselle était fort laide et avait pris sa future belle-mère en aversion ; une fois mariée, elle ferait sans nul doute son possible pour semer la discorde entre mère et fils. Mais, comme la plupart des victimes d'une obsession, ma mère se souciait fort peu de la réalité et n'attachait guère d'importance aux signes avant-coureurs d'infortune imminente. Ils étaient pourtant tels que j'en fus attristée.

Caroline et Pauline finirent par lui rendre visite — elle avait, après tout, l'oreille de quelques personnages influents —, mais Sophie s'en abstint. Je crois qu'elle partageait mon ressentiment.

En vérité, je retrouvai Paris sans déplaisir.

Que la misère et le crime s'en disputassent les trois quarts, je n'en disconviens pas. J'eus loisir de constater la triste véracité des souvenirs abjects que Pivert conservait de cette ville. Tiraillée entre pitié et dégoût, je ne m'attardais guère dans les ruelles puantes où pauvreté et souffrance n'épargnaient personne. La mauvaise récolte de l'année précédente avait provoqué une telle hausse du prix du pain que famines, émeutes et cruelles répressions en avaient résulté.

Mais l'élégant couvent de Saint-Joseph, rue Saint-Dominique, où les tantes occupaient un appartement spacieux était bien éloigné de ces horreurs. Fondé par une favorite du Roi-Soleil, Mme de Montespan, il abritait dans une aile séparée de la congrégation quelques illustres pensionnaires, entre autres la marquise du Deffand, dont le brillant salon attirait des esprits distingués de toutes provenances.

La journée des tantes s'écoula bientôt fort plaisamment en visites matinales à diverses églises, où certains prédicateurs étaient si verbeux que les dames de qualité s'y faisaient apporter un pot de chambre — un bourdalou — par leur chambrière. L'après-midi se passait aux jardins du Luxembourg, où l'on se rendait en carrosse. Les soirées étaient consacrées aux dîners, aux concerts, au jeu ou à l'opéra.

Une guerre sans merci faisait rage entre compositeurs français et italiens. Caroline et Pauline se jetèrent avec ardeur dans la mêlée et proclamèrent bien haut — comme Mme de Pompadour — la supériorité des musiciens français. Malheureusement, après une représentation de *La Servante maîtresse* de Pergolèse qui l'avait laissée rêveuse, Pauline osa se dédire pour se ranger à l'opinion de Sa Majesté la Reine en défendant les Italiens. L'acrimonie qui en résulta et les querelles incessantes qui s'ensuivirent entre les deux sœurs leur procurèrent plus de satisfaction que toute autre activité parisienne.

Sophie se tenait à l'écart de ce tourbillon mondain, préférant parcourir les allées ombreuses des nombreux jardins de la ville, Toinon à son côté et deux grands laquais en livrée à distance respectueuse.

Elle se plaisait souvent à harceler Toinon de questions embarrassantes.

« Me diras-tu enfin pourquoi tu refuses toujours d'épouser Loisel, qui ne souhaite rien tant que de te prendre pour femme ? »

Toinon riait à gorge déployée. « Ah, Madame, s'il était mon époux, il s'attendrait à être servi ! Pourquoi devrais-je laver ses hardes, et faire reluire ses bottes et les boutons de son habit parce qu'il me baise ? Il prend bien autant de plaisir que moi au déduit. »

— Mais... qu'adviendra-t-il si... s'il t'engrosse ? »

Toinon haussait les épaules. « Je n'en rougirai point, Madame Sophie, c'est la loi du bon Dieu. S'Il nous envoie un enfant, je le recevrai avec autant de joie que j'en aurai eu à le faire. »

Sophie ajoutait avec un sourire espiègle : « Et si Loisel s'engage dans l'armée comme il en formule la menace ? Ne regretteras-tu point de l'avoir refusé ? »

Les rires de Toinon fusaient de plus belle. « Ah, pour ça, je n'ai guère à m'inquiéter ! Le bougre n'est pas plus fait pour la guerre que moi. Il tournera encore longtemps autour de mes jupes avant de commettre cette folie ! »

Et Sophie riait avec elle.

Sa beauté ne manquait pas de lui attirer les hommages audacieux des jeunes cavaliers qu'elles croisaient au long des allées et que ses laquais tenaient à distance. Plus d'un vieux roué en carrosse lui décochait aussi des œillades admiratives et se penchait à la portière pour la lorgner sans vergogne. Elle passait son chemin sans se troubler, dissimulant un léger sourire derrière son mouchoir de dentelle qui fleurait le jasmin. De retour au couvent, elle partageait avec Toinon l'amusement un peu réprobateur que lui causait la hardiesse de ces insolents ; à son avis, Paris était une ruche qui comptait trop de faux bourdons.

Sophie s'était toujours défiée des plaisirs et de ceux qui en font profession ; elle ne les pratiquerait jamais qu'avec une certaine retenue.

Mais le bourdonnement de cette vie oisive et raffinée ravissait mes oreilles autant que la musique de M. Vivaldi. J'aurais volontiers recouvré la vie pour un temps afin de profiter de ce que Paris avait de meilleur à offrir. *Vanitas vanitatum !* La mort ne m'avait point débarrassée de la frivolité qui me faisait priser si fort l'élégance de la mise, la grâce des manières, l'esprit des propos, la délicatesse des sentiments. Et le charme des hommes qui les pratiquent.

Comment concevoir société plus accomplie ? Le poli n'y était point simple façade. Si la licence y était tolérée, on y réprouvait encore le vice. Valeur et vertu y était tenues en grande estime — et pratiquées à l'occasion —, mais c'est à la beauté qu'on rendait le culte le plus sincère. A la beauté sous ses diverses formes. A cette entité indéfinissable qui, lorsque tout est fait et dit, est ce qui demeure d'une civilisation.

24

Quant à l'éden des amants de Vaudreuil, il bourdonnait de mouches noires, de maringouins et autres moustiques.

Une chaleur moite s'était abattue sur le lac, étouffant jusqu'au souvenir des brises printanières et de la senteur des pommiers en fleur.

Ni Thomas ni Nashawa ne semblaient prêter attention à la puanteur du fumier que les engagés amoncelaient près de l'écurie. Thomas avait même conseillé à sa belle d'en mêler de petites quantités au sol sableux de son potager, où elle semait pois jaunes, fèves et blé d'Inde depuis que le gel s'était retiré. Cette méthode, lui avait-il affirmé — sans la convaincre — serait plus efficace que les têtes de poisson pourri qu'on lui avait enseigné à enfouir avec chaque graine. A la grande satisfaction de Thomas, Nashawa avait suivi son conseil ; Thomas se réjouissait d'être écouté, et elle se réjouissait qu'il s'en réjouît. Chacun y trouvait ainsi son compte.

Au reste, tout leur était prétexte à réjouissance.

Aux approches de la pleine lune, je me pris à attendre Nashawa chaque nuit.

Au risque de me répéter, je dirai que l'attente est un enfer. Un petit enfer privé composé de désirs et de besoins, à l'intérieur duquel nous nous enfermons, faisant fi du monde qui nous entoure pour ne plus voir que l'objet de nos désirs. Je ne le savais que trop, moi qui, dès mon enfance, m'étais confinée en diverses prisons : tour à tour, j'avais attendu impatiemment liberté, fiançailles, mariage... et mari. Sans compter le bonheur. En un sens, la mort m'avait délivrée de cette funeste habitude. Mais Nashawa avait surgi dans mon univers de solitude, et le besoin d'amitié me renvoyait de nouveau dans l'expectative.

Lorsque je mesurais les heureux changements que son apparition avait apportés à ma mort — je suis tentée de dire à ma vie —, j'acceptais de bonne grâce la nécessité d'attendre. J'avais une amie. Un guide que j'étais prête à suivre — moi qui n'avais jamais reconnu à quiconque le droit de me guider. Pas même à Bertrand.

Nashawa, qui paraissait pourtant si jeune, me donnait le sentiment de posséder une sagesse infiniment ancienne. Elle semblait douée de pouvoirs bien au-delà de mes connaissances. Ses yeux, son visage, toute sa personne m'inspiraient un respect mêlé de crainte, d'admiration et d'espoir ; c'était comme si son existence même justifiait l'espérance d'une réalité spirituelle.

C'est pourquoi cette attente me paraissait moins pénible que les autres. Toujours assise sur le même éperon rocheux, je contemplais les eaux silencieuses du lac ; un huard, aussi seul que moi, en balayait de son aile les nappes de lune sans pousser son fameux cri de dément. Deux marmottes se poursuivaient dans les hautes herbes avec des petits grognements de plaisir ; l'odeur de leurs ébats n'était point déplaisante, et rappelait à mes sens le temps de mes amours. Mon corps vibrait des langueurs de ces printemps remémorés.

Quand la lune fut pleine, Nashawa apparut sur le seuil.

« Je me réjouis de ta présence, Marianne. Il me semblait que tu nous avais quittés pour un temps. Aurais-tu de mauvaises nouvelles à m'annoncer, que ton visage s'ombrage de tristesse ? »

Sans même tenter de retenir ma langue, je m'écriai : « De tristesse ? Ce n'est point la tristesse qui m'afflige, mais un désir brûlant pour celui qui fut mon amant et qui, hélas, t'appartient désormais ! » Couvrant aussitôt ma bouche d'une main tremblante, de peur qu'il ne m'échappât quelque autre vérité contraire à la bienséance, je baissai les yeux.

Nashawa se contenta d'en rire longuement. « Pourquoi reculer devant la vérité, Marianne ? Il n'y a point de honte à désirer le corps d'un homme qu'on a aimé... qu'on aime encore. Laisse le tien regretter l'amour, même si les caresses dont tu te languis te sont refusées... (Elle sembla hésiter, se reprit et ajouta :) Surtout, ne t'en attriste pas car la tristesse obscurcit ton chemin, alors que le rire l'éclaire. »

282

Bien que le sens de ses paroles m'échappât, la musique de sa voix me rassérénait, et son rire me gagnait. En dépit de ses pouvoirs spirituels, elle me semblait fort attachée aux plaisirs terrestres, et particulièrement — à en croire ses gémissements lascifs et les cris qu'elle poussait dans les bras de Thomas — à ceux de la chair.

Je lui relatai les derniers événements de Saint-Onges et lui posai maintes questions sur sa vie passée. Elle en laissa bon nombre sans réponse, refusant de dévoiler certaines étapes de l'enseignement qu'elle avait reçu des *midewiwins* — dont le nom signifie « actes mystiques » en langage ojibwas. Elle admit toutefois qu'elle avait gravi un à un les échelons ardus des grades terrestres, et atteint le sommet où le pouvoir de guérison est acquis.

« Mais notre capacité de guérir est limitée. Il ne nous est point donné d'accomplir de miracles. »

Les révélations qu'elle voulut bien me faire me parurent si étranges que j'hésitai à la presser de questions. Elle me montra ses herbes magiques, serrées dans un petit sac ; elles n'acquéraient de vertus médicinales que lorsqu'on les cueillait à la nouvelle lune en état de jeûne. La poche richement brodée contenait aussi une poignée de coquillages blancs qu'à son dire des esprits bienveillants avaient dotés de facultés bénéfiques.

« J'ai parcouru à leur recherche le Chemin des Morts... Il est semé de tentations et d'embûches, mais mon *do-daim* ne m'a point abandonnée ; il m'a guidée jusqu'à mes maîtres, et j'ai reçu l'enseignement de bons esprits. (Avec un sourire un peu las, elle ajouta :) Les leçons d'une seule vie ne suffisent jamais à chasser l'ombre et l'ignorance, sans l'aide de la lumière acquise au cours des vies précédentes. »

Ma vanité me poussa à la contredire. « Quel peut être l'intérêt de ces multiples vies, Nashawa, si nous n'en gardons aucun souvenir ? Quelle école est-ce donc là, où l'on oublie la nuit ce qu'on a appris pendant le jour ? »

Mais le débat ne la tentait point, elle se contenta de le clore avec fermeté. « On oublie les circonstances, qui importent peu, et non la leçon qu'on en a pu tirer. Tu es à même de le savoir... n'as-tu point retenu quelques conclusions de ton existence ? »

Je devais en convenir, mais son argument ne suffisait pas à dissiper mes doutes.

Nous nous séparâmes en bonne amitié dès que nous vîmes poindre derrière les collines les prémices dorées d'un jour nouveau. Lorsque ciel et lac s'embrasèrent des feux du soleil levant, Nashawa avait déjà regagné le corps qui reposait auprès de Thomas sur leur couche.

En juillet, Thomas se rendit à Montréal en compagnie de Martin pour répondre à l'invitation de Charles Le Moyne.

Toujours gouverneur de Montréal, Le Moyne avait pris beaucoup d'embonpoint depuis le décès de son épouse. Gros et gras, il suait abondamment, et souffrait de la chaleur estivale dans son habit trop étroit dont le velours bleu et les galons dorés cédaient aux coutures.

« Or ça, monsieur de Lodigny, faut-il vous envoyer la milice pour avoir l'honneur d'une visite ? Nous ne vous avons pas vu depuis que vous êtes venu acquitter vos redevances en janvier... Tubleu, Monsieur, pourquoi vous cantonner ainsi dans vos terres et fuir la société des honnêtes gens ? Quoique l'air de Vaudreuil semble convenir à votre constitution et que vous ayez fort bonne mine, ce n'est point là vie qui convienne à un jeune homme de votre qualité. Les dames de Montréal n'ont-elles donc point d'attraits pour vous ? »

Avec un léger frisson d'appréhension, Thomas se souvint des trois filles laides que le gouverneur n'avait pas encore réussi à établir. Murmurant quelques excuses appropriées, il invoqua les soins exigés par ses chevaux et la difficulté de voyager en hiver.

Il s'abstint de mentionner qu'il était revenu à Montréal en février, accompagné de Nashawa, sur une longue traîne sauvage tirée par deux chevaux fougueux. Ce galop à travers l'étendue glacée du lac, quel ravissement ! Le traîneau filait sur la neige dure entre deux rangées de petits sapins qui avaient été plantés dans la glace pour marquer la piste. Nashawa blottie contre son dos enlaçait Thomas de ses bras ; son souffle tiède lui caressait le cou entre la toque et les fourrures de son grand manteau. Ils étaient seuls sur la piste. Seuls au monde. Il en avait presque souhaité aller ainsi pour l'éternité.

Le Moyne le regardait d'un air surpris. « La chaleur vous incommode-t-elle, Monsieur ? »

Thomas secoua la tête, confus de son inattention. Le Moyne continua d'un air important. « Ainsi que vous le savez sans doute, notre gouverneur général, M. de Duquesne, envoya l'an dernier deux mille hommes et un grand nombre de chevaux jusqu'au lac Érié pour y renforcer les garnisons de nos forts et construire une route jusqu'à l'Ohio. Cette expédition laisse les troupes restantes à court de montures. »

Les coudes sur sa table, le gouverneur louchait sur ses gros doigts joints en flèche de clocher, laissant son silence parler pour lui.

Thomas chercha en vain son regard. « Vous souhaitez donc acheter quelques-unes de mes bêtes ? »

Le Moyne s'éclaircit la gorge, posa les mains sur sa table de travail dégarnie de documents officiels et se pencha en avant tel un conspirateur. « Précisément. On me dit que vous avez ramené un nombre considérable de montures indiennes, et je vous en félicite. Ces animaux ne sont peut-être pas tous de grande qualité, mais nos officiers devront s'en contenter. De combien de montures pouvez-vous disposer ? J'entends, sans délai ? »

Thomas n'hésita qu'un instant. Cinq ou six hongres ne lui étaient d'aucune utilité, et il comptait se débarrasser de quelques juments médiocres.

« D'une douzaine, tout au plus, cette année. Vous comprendrez qu'il me faut garder assez de juments poulinières pour augmenter le nombre et la qualité de mes bêtes. »

Le Moyne approuva d'un sourire, anticipant sur les profits futurs. Sa cravate bâillait sur son col comme s'il venait tout juste de la desserrer, et les replis de son cou ruisselaient de sueur.

« Fort bien. Tel que convenu, vous recevrez le juste prix de ces montures. Quant à leur livraison, je vous saurais gré de les remettre en personne au capitaine Liénard de Beaujeu, à qui elles sont destinées et qui sera fort aise de les recevoir. Il s'efforce de remettre notre petite armée en état de combattre. Je n'envie pas sa tâche. »

Thomas accepta d'un bref signe de tête. Ses chevaux coûteraient sans nul doute à l'armée le double de ce que lui-même en recevrait ; mais l'avidité du gouverneur, qui avait auparavant provoqué sa colère, le laissait étrangement indifférent. Ce goût de posséder, qui avait frisé l'obsession chez mon amant, devait être enfin satisfait, car je sentais que son indifférence n'était point feinte, et qu'il s'estimait assez content de son sort pour ne point reprocher à Le Moyne d'en tirer avantage.

Tandis que le gouverneur n'en finissait pas de gratter de sa plume une feuille de papier ivoirin et de souffler bruyamment, j'observais Thomas. Il avait pour la circonstance suivi les conseils de Martin et revêtu son bel habit bleu à boutons d'or ; sa chevelure, disciplinée de fort élégante façon, brillait comme soie au soleil.

Le Moyne signa la missive et la tendit à Thomas, sans la plier.

« Or donc, vous donnerez cette lettre au capitaine de Beaujeu pour l'informer que les chevaux lui seront remis en mon nom. »

Thomas se hâta de plier la lettre sans la lire et de la tendre au gouverneur pour qu'il la cachetât. Le Moyne la refusa tout en approuvant du chef. « Non, non. Le cachet est inutile. Vous serez toutefois avisé de vous présenter au capitaine de Beaujeu aujourd'hui même, afin de faire sa connaissance, car c'est à lui que vous aurez désormais affaire. C'est un jeune homme de condition, promis à une brillante carrière militaire. »

Le Moyne expédia la fin de l'entrevue en quelques questions pertinentes concernant le domaine. Il s'enquit notamment des progrès du défrichage et des sources d'approvisionnement en foin et en avoine, ce qui incita Thomas à penser qu'il ne tarderait pas à lui en proposer. Puis, sans avoir daigné aborder le sujet du paiement des chevaux, ni préciser quand et où il comptait l'effectuer, le gouverneur congédia Thomas sur une invitation, lui enjoignant avec chaleur de rendre visite à ses filles dès qu'il en aurait l'occasion. Et, à ma grande surprise, Thomas se retira sans en manifester la moindre contrariété.

Je suivis mon amant de la résidence de Le Moyne jusqu'aux casernes — de longs bâtiments mornes en pierre des champs qui bordaient le champ de Mars, vaste esplanade où s'exerçaient quelques soldats accablés de chaleur. Une foule haute en couleur se pressait toujours dans les rues de Montréal : traitants et voyageurs de tout acabit ; religieux hâtant le pas vers quelque service ; belles demoiselles légèrement vêtues sautillant d'un pavé à l'autre pour ne point crotter leurs petits souliers, et que les beaux officiers gratifiaient au passage de sourires enjôleurs. Il me sembla qu'un plus grand nombre de soldats se mêlaient à la foule, et les couleurs brillantes de leur uniforme ne dissipèrent point l'impression funeste que me causa leur présence.

Thomas ne voyait plus la ville avec les yeux d'un proscrit fraîchement débarqué, mais jetait désormais sur ses habitants et elle le regard d'un membre à part entière de la petite communauté canadienne, prospère et insolente. Montréal lui plaisait parce qu'il avait choisi d'y être.

Assis à sa table de travail, derrière un livre de comptes si grand qu'il la couvrait presque, le capitaine Liénard de Beaujeu détailla Thomas de la tête aux pieds en haussant les sourcils. Puis il se leva d'un bond, la lettre de Le Moyne encore en main, contourna son bureau, s'inclina devant son visiteur et lui indiqua un fauteuil. Thomas y prit place après lui avoir rendu son salut, en retenant d'une main son épée pour que le fourreau ne sonnât point sur le sol dallé.

De retour à sa place, Beaujeu s'excusa. « Veuillez me pardonner, Monsieur. Mon secrétaire ne m'avait point informé qu'un gentilhomme était porteur de la lettre de Son Excellence le Gouverneur. Vous me voyez navré de cet accueil si peu digne de... »

Thomas l'interrompit d'un geste, mû par une sympathie immédiate pour le jeune officier. Quant à moi, je le trouvai fort bel homme. Si mon amant ne lui cédait en rien, le capitaine ne manquait certes pas de prestance : ses traits empreints de noblesse, son front large, son menton ferme et ses yeux gris un peu tristes étaient mis en valeur par ses cheveux abondants, poudrés à blanc et bien roulés sur ses oreilles. Il se tenait très droit, et toute sa personne dénotait à la fois un raffinement de bon aloi et une rigueur militaire sans compromis. Sur son uniforme de drap fin — boutonné jusqu'en haut en dépit de la chaleur —, il portait même son haussecol, cette demi-lune de métal que les gradés arboraient au cou en signe de commandement.

« C'est la Providence même qui vous envoie, monsieur de Lodigny. Son Excellence le Gouverneur ne tarit point d'éloges à votre endroit. Vos connaissances en matière équestre nous seront fort précieuses si vous consentez à nous en faire profiter. » Thomas gardant le silence, Beaujeu poursuivit : « Si une carrière militaire dans la cavalerie vous agrée, une charge d'officier vous y est assurée. »

Un frisson d'appréhension me parcourut de la tête aux pieds. Non sans surprise, Beaujeu constata le saisissement de Thomas et sa main crispée sur le pommeau de son épée. Il ajouta avec un certain embarras : « Mes paroles vous auraient-elles offensé de quelque manière, Monsieur ? »

Thomas se ressaisit : « Point du tout. Pardonnez ma surprise, Monsieur. Je n'ai pas encore acquis tous les usages de la Nouvelle-France et ne suis point familiarisé avec les coutumes de ce continent. En France, les charges d'officier sont fort dispendieuses et ne sont point offertes ainsi à tout venant... »

L'amusement de Beaujeu tempéra la rigueur de ses traits.

« Vous n'êtes pas n'importe qui, monsieur de Lodigny. Son Excellence vous tient en haute estime, et je prise fort le jugement de notre gouverneur. Si toutefois vous préférez élever des chevaux plutôt que de les monter à la bataille... A Dieu ne plaise qu'on vous en tienne rigueur ! Aucune bataille n'est encore engagée, et votre occupation présente est fort utile à la colonie.

— La guerre menace donc ? » demanda Thomas. Le léger tremblement de sa voix ne devait rien, hélas, à l'appréhension.

« Ma foi, Monsieur... (Beaujeu semblait hésiter à s'avancer.) Cette éventualité ne peut être écartée. Vous avez sans doute eu connaissance de l'embuscade traîtresse qui coûta la vie à M. de Jumonville ? »

Thomas hocha la tête. La colonie entière était en émoi, et s'indignait de l'assassinat du jeune envoyé et de son escorte par un groupe de soldats anglais sous les ordres d'un lieutenant sans expérience du nom de Washington. La nouvelle de ce forfait était parvenue jusqu'au village de Vaudreuil, et Martin s'était empressé d'en informer Thomas.

« Voyez-vous, Monsieur, Jumonville avait pour mission de délivrer une sommation : il devait intimer aux Anglais de se retirer d'un camp retranché établi par eux dans un territoire qui nous est acquis, à l'ouest des monts Alleghany. Les Anglais et leurs complices indiens fondirent sur la petite troupe, massacrèrent sans merci Jumonville ainsi que neuf de ses compagnons, et se saisirent des autres qu'ils couvrirent de chaînes et emmenèrent prisonniers.

Un seul témoin du massacre en réchappa pour crier bien fort l'ignominie d'une telle attaque.

— Entrerons-nous en guerre pour venger la mort de Jumonville et punir Washington ? s'enquit Thomas, une note d'intérêt dans la voix.

— Point n'est besoin d'entrer en guerre pour se faire justice ! Le frère de Jumonville en personne s'est chargé de venger son aîné avec l'aide de nos fidèles Hurons et de quelques Iroquois gagnés à notre cause. Ils ont assiégé le fort où Washington s'était réfugié, l'ont forcé à capituler et à signer la confession de son crime. »

Dans un éclair de lucidité, je compris soudain que le jeune et naïf Washington — qu'il fût ou non coupable — s'était laissé prendre au piège de sa propre vanité ; il avait signé une confession dont il ne comprenait pas un traître mot, parce qu'il ne voulait pas qu'on sût qu'il ne parlait pas français !

Mais Beaujeu poursuivait d'un ton soucieux. « Hélas, nous avons d'autres sujets d'inquiétude que la poursuite d'un officier parvenu. Le danger qui nous menace nous vient d'ailleurs. »

Par les croisées largement ouvertes, leur parvenaient les échos du terrain d'exercices avec des odeurs de poudre noire, de poussière et de sueur. Et la chaleur de l'esplanade inondée de soleil. Les murs de pierre de la vaste salle au plafond bas conservaient encore un peu de la fraîcheur des nuits, et Thomas s'y trouvait bien. Les commandements aboyés et les ahanements des hommes ponctuaient pourtant de sinistre façon les craintes de Beaujeu.

« Les mauvaises nouvelles nous arrivent d'Angleterre, où le roy vient de nommer un nouveau *major general*, c'est-à-dire un général en chef des forces coloniales, un certain colonel Braddock. Il ne l'aurait pas fait s'il ne s'apprêtait point à reprendre les hostilités sur ce continent.

— En êtes-vous sûr ? lui objecta Thomas.

— Non point, reconnut Beaujeu. Mais la prudence s'impose. C'est pourquoi nous levons une armée et recrutons des officiers... »

La pause délibérée du capitaine semblait offrir à Thomas une dernière chance. Le geste vague de mon amant fut loin d'exprimer le trouble qui l'agitait.

« Je... je ne suis pas soldat. Une carrière militaire m'a tenté jadis, je l'avoue, mais les circonstances ne s'y sont pas prêtées. Et aujourd'hui... »

Beaujeu hocha la tête. « Vous avez d'autres ambitions — ce que je comprends, assurément. Il me semble néanmoins que je pourrais compter sur votre concours si... le besoin s'en faisait sentir. Est-ce là me méprendre ? »

Sans attendre l'assentiment de Thomas, Beaujeu se lança très vite dans une description des multiples tâches qui lui incombaient. Cinq ans de paix avaient érodé la discipline militaire au point que l'armée entière n'était plus qu'une vaste entreprise de négoce plus ou moins licite. Les officiers commerçaient de tout et de rien, allant jusqu'à établir tripots et bordels dans les casernes.

« Il nous faut donc sans plus tarder reprendre l'armée en main et nous préparer à n'importe quelle éventualité. La tâche s'annonce ardue. » Pour un homme de cette trempe, son sourire n'était pas dénué d'une agréable modestie.

Il fut décidé que Thomas amènerait à Beaujeu douze montures en bonne santé au début de septembre — à temps pour servir lors du prochain détachement de troupes vers l'Ohio.

Lorsque Thomas se leva pour prendre congé, Beaujeu l'imita aussitôt et l'escorta jusqu'à la porte de son cabinet. Sur le seuil, il proposa — avec l'assurance de celui qui n'a point coutume de voir ses requêtes refusées : « Puisque vous ne rentrez pas dans vos terres avant demain, Monsieur, nous ferez-vous l'honneur de vous joindre à nous pour souper ? Mon épouse serait ravie de recevoir des nouvelles fraîches de France. (Un discret soupir lui échappa.) Elle est née en Bourgogne et considère encore la Nouvelle-France comme un exil.

— J'ai quitté la France il y a deux ans déjà...

— Bah, c'est bien assez récent... Un soldat va vous raccompagner à votre auberge ; ainsi, il vous conduira ce soir jusqu'à ma demeure, et bouchonnera votre cheval entre-temps. »

Ils se séparèrent fort satisfaits l'un de l'autre.

Un soldat maussade sur ses talons, Thomas traversa l'esplanade toujours aveuglante de soleil, mais maintenant déserte. Il marchait droit devant lui, perdu dans de sombres réflexions. S'il ne partageait pas les préjugés de ses compatriotes, il avait bien conscience de leur réalité : il savait pertinemment que Nashawa, si merveilleuse fût-elle à ses yeux, n'était aux leurs qu'une squaw qu'ils n'admettraient jamais dans leur société. Le gouffre qui la séparait de l'univers où Le Moyne, Beaujeu — et lui-même — avaient leur place serait-il jamais comblé ?

25

Le sixième jour de septembre de l'an de grâce 1754, une grande joie me fut accordée.

Sophie mit au monde une fille. Elle la nomma Marianne.

Bertrand avait jugé préférable de garder ses distances — la naissance étant, après tout, une affaire de femmes —, mais j'étais de la fête. Soulagée et reconnaissante au Ciel d'avoir épargné à Sophie les horreurs que j'avais endurées. Ce soulagement et cette gratitude n'expliquaient pourtant pas l'euphorie qui s'était emparée de moi à la vue de l'enfant. C'était une sensation si neuve que j'ai grand-peine à la décrire : un courant de tendre ferveur me faisait vibrer et m'emportait vers ce petit être, loin, bien loin de moi-même. Je ne pouvais détacher mes yeux de Sophie et de l'enfant qu'elle allaitait, de ce visage rosé qui reposait au creux de son bras, de ces longs cils blonds qui voilaient un regard encore empreint d'éternité. Je me perdais dans ces yeux de sombre lumière, y cherchant l'infini qu'ils venaient de quitter.

Debout près du lit dans sa tenue de ville — mantelet de soie brune orné de zibeline et coiffe de dentelle noire —, Caroline contemplait elle aussi cette Marianne nouveau-née. La main droite crispée sur son missel, la gauche agitée d'un tremblement, elle s'éclaircit la voix sans en chasser la colère. « J'ose espérer que vous ne vous proposez point de nourrir cette... cette enfant vous-même, ma chère ? Ce serait là caprice stupide et malséant. »

Toinon, qui se tenait en vis-à-vis dans l'autre ruelle, lui jeta un regard hostile. Pauline, assise au pied du lit de la jeune mère, ouvrit toute grande la bouche pour intervenir, mais Sophie ne lui en laissa pas le temps. Plongeant son regard dans les yeux pâles de Caroline, elle dit d'une voix faible, mais résolue : « Nourrir ma fille est pour moi un joyeux devoir, et personne ne me convaincra du contraire. Que certains y trouvent matière à médisance, je n'en ai cure ! Je refuse d'envoyer ma petite Marianne loin de Saint-Onges et de la confier à quelque ignorante paysanne chargée d'enfants. Savez-vous combien de nourrissons meurent ainsi chaque année ? Quant à faire venir ici une nourrice, je n'en vois point la nécessité. Pourquoi me priverais-je d'une tâche si douce en faveur d'une étrangère qui n'aurait rien d'autre que son lait à donner à mon enfant ? »

Détournant son regard de Caroline, Sophie reporta délibérément son attention sur l'enfant repue, qui avait lâché le sein et s'était endormie.

Ulcérée de voir ses intentions percées à jour, Caroline serra les lèvres. Elle avait effectivement espéré que l'enfant serait confiée à une quelconque nourrice et qu'on regagnerait Saint-Onges comme si le scandaleux épisode n'avait jamais eu lieu. A force de traiter ses domestiques en êtres inférieurs, Caroline avait fini par oublier qu'ils avaient des yeux, des oreilles et une langue. Et que tout finissait par se savoir. Elle fronça le nez et redressa d'un mouvement brusque son menton.

« Eh bien, ma chère, faites-en donc à votre guise... Je ne vous crois point assez remise de vos couches pour en juger sainement, et prendre une décision que vous ne tarderez point sans nul doute à regretter. Nous aviserons plus tard de la meilleure conduite à adopter. (S'adressant à sa sœur, elle ajouta d'un ton acerbe :) Pauline, vous n'êtes pas en tenue d'église, et nous allons encore manquer l'introït à cause de votre lenteur. Si vous ne vous hâtez pas, je partirai sans vous !

— C'est ce que vous avez de mieux à faire, Caroline, car je n'irai pas à l'église aujourd'hui. Je préfère passer la journée auprès de Sophie et de Marianne. »

Sophie et Toinon redressèrent la tête d'un même mouvement, et je m'arrachai aussi à la contemplation de l'enfant. Quant à Caroline, elle resta sans voix, la bouche aussi béante qu'une carpe centenaire sans qu'aucun son en sortît. Pauline regardait obstinément ses mains jointes dans son giron.

Avec un soupir bien modulé, Caroline, disciplinant ses paniers d'une main impérieuse de peur qu'ils ne frôlassent les courtines du lit — comme si la naissance était un mal contagieux —, tourna les

293

talons et se dirigea lentement vers la porte. Personne ne fît un geste pour la retenir. Avant de sortir, elle jeta négligemment par-dessus son épaule : « Faites-en donc aussi à votre guise, ma sœur. Je prierai pour le salut de votre âme. »

Toinon étouffa ses rires. Pauline leva les yeux pour échanger avec Sophie un timide sourire de conspiration. Le soupir de soulagement qui lui échappa n'était certes pas feint.

« Sophie, ma très chère enfant, Marianne fera la joie de chacun d'entre nous... Même de Madame Caroline, bien qu'elle ne le sache pas encore... et que Toinon semble en douter. Vous verrez que cette enfant est un miracle que le Ciel nous envoie. Ne suffit-il point de la voir pour en convenir ? C'est l'Amour incarné... » Pauline se tut et baissa les yeux comme si ses remarques dépassaient les bornes de la bienséance. Sophie chercha à tâtons sa main sur la courtepointe et la serra.

Cette main me troublait. Elle était si petite et si vulnérable ! Mille rides couvraient sa peau entre les méandres des veines bleutées. Pauline me touchait : elle était vieille et lasse d'être tyrannisée par sa sœur ; mais, hélas, plus on vieillit, plus on hésite à briser ses chaînes pour extirper sa vie des ruines de celle des autres...

Sophie garda la main de Pauline dans la sienne. « Chère tante Pauline, je souhaitais de tout cœur vous voir devenir sa marraine, mais je comprends les raisons qui vous portent à refuser. Il est plus sage en effet de ne point donner à Madame Caroline d'autre sujet de déplaisir. Je regrette aussi de voir notre retour à Saint-Onges retardé jusqu'en fin octobre par la nécessité de mentir... Si je consens à rajeunir ma fille de quelques semaines pour que Bertrand ne soit pas soupçonné d'en être le père, soyez assurée que cela ne me sourit guère. (Tendant à regret l'enfant endormie à Toinon afin qu'elle la déposât dans son berceau, Sophie ajouta :) Je n'attendrai point notre retour à Saint-Onges pour baptiser ma fille... Si un malheur venait à survenir... »

Toinon se pencha vers elle et, tandis que je me demandais en la regardant comment ses seins qui distendaient son casaquin ne l'entraînaient pas en avant, elle s'écria : « Madame Sophie, ne parlez point ainsi ! Votre enfantelette est forte et bien formée. Pourquoi penser à mal ?

— Mais les nouveau-nés sont si fragiles, Toinon ! »

Toinon éclata de rire. « Non pas quand on les aime, Madame Sophie ! N'en doutez point ! »

Fascinées par le céleste sourire qui semblait se jouer sur ses lèvres entrouvertes, Sophie et moi ne quittions pas des yeux l'enfant, endormie dans son berceau.

Les pensées de Sophie se portaient vers Bertrand sans amertume. Il arriverait sans doute bientôt, logerait dans une auberge du voisinage, présenterait ses respects aux tantes, renouvellerait à Sophie l'assurance de son amour et contemplerait son enfant avec la satisfaction abstraite d'un mâle.

Elle étendit le bras jusqu'au berceau, pour glisser un doigt dans le petit poing rose de sa fille. Elle ne se faisait plus guère d'illusions sur la nature de Bertrand. Sans pour cela l'aimer moins. Elle se contenterait volontiers de ce qu'il était capable de donner. Sa sagesse innée, que n'obscurcissaient plus des dogmes nébuleux, la guidait vers un bonheur tranquille. La vie dans l'orbite de Bertrand pouvait en effet offrir bien des joies, à condition de renoncer à en priver les autres femmes ; le bel astre ne brillerait sans doute jamais pour une seule. Mais je n'en aurais pas juré, car en vérité la nature humaine est parfois si surprenante...

Sophie avait assez de ressources intérieures pour supporter de longues périodes de solitude comme prix du bonheur extatique qu'elle connaîtrait au retour de son amant. A Saint-Onges, elle reprendrait vite ses tâches quotidiennes, et occuperait ses jours à la régie du domaine et à l'éducation de sa fille. J'admirai son autonomie.

L'homme pèse souvent sur nous de tout le poids de ses qualités autant que de ses défauts, et rares sont les femmes qui restent fidèles à elles-mêmes en présence de leur amant. Sophie n'était point de celles qui renoncent à leur dignité pour s'en attacher un ; mais elle ne reprocherait sans doute jamais à Bertrand son inconstance, préférant — tout comme moi — les attentions intermittentes d'un superbe volage à la morne fidélité d'un quelconque balourd dénué de charme. Elle aurait toujours pour accueillir Bertrand un sourire de bienvenue — forcé parfois, mais pourtant sincère —, et assez de tendresse pour s'assurer à jamais sinon sa fidélité, du moins sa loyauté.

Assurément, il ne se remarierait jamais, à moins que Sophie — à Dieu ne plaise ! — ne vînt à mourir avant lui. Il se laisserait alors persuader par son père d'épouser la première bécasse venue, qu'une mère ambitieuse aurait sortie du couvent pour la lui jeter entre les bras. Il lui ferait trois fils en autant d'années, et se désintéresserait d'elle le reste de ses jours, tout aux tendres souvenirs qu'il chérirait de Sophie. Et peut-être même de moi.

Mais ce n'étaient là que vaines suppositions, car la mort ne m'avait nullement changée en prophétesse. Tout au plus m'accordait-elle un aperçu des innombrables possibilités qui constituent ce que nous nommons l'avenir, et la conviction que ces virtualités existent quelque part. Dans une autre réalité ou dans notre imaginaire ? Qui était capable de distinguer l'un de l'autre ?

Nashawa, peut-être.

Bertrand arriva la semaine suivante à Paris et tomba nez à nez avec son père qui l'avait précédé.

A Saint-Onges, après le départ de ses sœurs et de Sophie, Philippe s'était enlisé dans l'ennui. Les plaisirs qu'il tirait encore de la coquine soubrette ne suffisaient plus à tromper son spleen ; Sophie lui manquait trop. En sa compagnie, il avait parfois oublié sa propre nature pour apprécier la vie sans arrière-pensée. Lorsqu'il s'était surpris à regretter même l'absence de ses sœurs, il avait jugé la situation inquiétante, et décidé de mettre fin à son isolement. Un voyage à Paris pour féliciter la jeune mère s'imposait.

Une autre raison l'avait attiré vers la capitale : la présence à Versailles de l'intendant Bigot. Son ancien compagnon d'inconduite y passait le plus clair de son temps à défendre sa réputation contre les accusations de fraude et d'extorsion dont il faisait — à juste titre — l'objet à la cour, où il comptait beaucoup d'ennemis. Les lettres que Philippe lui avait adressées étant demeurées sans réponse, il y avait fort à parier qu'elles voguaient encore d'ouest en est — ou d'est en ouest —, Bigot devançant presque toujours son courrier d'une traversée.

Le comte avait donc décidé de profiter du séjour en France de l'intendant pour renouer avec lui et s'assurer son assistance. Bigot saurait bien persuader Thomas d'abandonner son froid refuge afin de regagner Saint-Onges.

Suivi d'une charrette remplie de présents et d'effets, Philippe avait pris un beau matin le chemin de la capitale dans son meilleur carrosse. Élégamment vêtu de drap vert et de soie blanche, son épaisse chevelure blanche disciplinée en parfaits rouleaux sur ses oreilles, il se sentait renaître à la perspective de plaisirs nouveaux.

Il s'était présenté à la porte du couvent où logeaient ces dames, accompagné de deux laquais chargés de cadeaux pour la mère et l'enfant. Laissant libre cours à un émoi très théâtral devant la perfection de son arrière-petite-fille, il avait versé d'abondantes larmes, bien propres à dissimuler une sincère émotion. A ma surprise, il pensait encore à moi, et de tristes regrets venaient troubler sa joie, comme si cette enfant lui rappelait le mien et la cruauté du sort qui nous avait emportés tous deux. Il en maudissait encore plus violemment sa propre vie, aussi corrompue qu'interminable à ses yeux.

La venue de Bertrand ne le troubla pas outre mesure. Père et fils se retrouvèrent dans le salon où les dames avaient coutume d'accueillir leurs visiteurs. Ils se saluèrent d'une brève inclination du torse, en évitant de se regarder.

Tandis que Bertrand, debout à son habitude derrière le fauteuil de Sophie, se laissait charmer par sa fille, Philippe, du bord de son fauteuil, les observait avec plus d'admiration que d'envie. Il ne tarda pas à invoquer l'autre motif de son séjour à Paris pour prendre congé d'eux avant le retour de ses sœurs, qui s'étaient réconciliées le temps d'une messe.

« Bigot me prie à dîner. J'en profiterai pour lui remettre une autre lettre à l'intention de Thomas et le prier de vouloir bien morigéner notre enfant prodigue en mon nom. Mes premiers courriers ne lui sont parvenus ni à Québec ni à Versailles. »

Sophie s'étonna. « Mais comment M. Bigot nous aidera-t-il, puisqu'il est ici ? »

Son grand-père rejeta l'argument d'un geste vague de la main qui fit étinceler les diamants de ses manchettes. « Son intention est de regagner la Nouvelle-France dès que ses ennemis seront confondus et que Sa Majesté lui aura confirmé sa faveur. »

Bigot risquait donc de ne jamais quitter la France. Ce n'était un secret pour personne qu'il avait amassé une immense fortune en détournant à son profit les millions que la Couronne versait à la colonie. En tant que contrôleur des fournitures à l'armée et à la milice, il avait mis au point un système de rapines et de concussions pouvant servir de modèle à des générations d'officiels rapaces.

Je m'arrachai à la contemplation de la petite Marianne pour accompagner Philippe chez l'intendant. Celui-ci était de fort belle humeur. Le matin même, Sa Majesté le Roy, qui se rendait au Conseil, lui avait souri au passage dans la galerie des Glaces — ce qui n'avait pas manqué de jeter la confusion dans les rangs ennemis des courtisans.

Qu'il n'eût point réussi à les faire taire après plusieurs mois de cour assidue à Versailles ne semblait avoir entamé ni le bel optimisme ni la chaleureuse convivialité de Bigot. Il accueillit en effet Philippe à bras ouverts, le combla de civilités et lui rendit sans plus tarder une hospitalité fastueuse en sa demeure parisienne où, disait-on, il entretenait un « sérail ». Son charme et ses manières exquises, qui ne sentaient même plus le bourgeois, l'avaient tiré de plus d'un mauvais pas. Philippe et lui avaient, au reste, d'autres traits communs ; leur talent de prédateurs sur le terrain de l'érotisme, pour n'en citer qu'un. Ce talent devait sans doute être considérable chez l'intendant, pour parvenir à faire oublier sa taille médiocre et son visage tavelé par la petite vérole.

Il écouta avec bienveillance la requête de Philippe.

« Soyez assuré, mon cher commensal d'autrefois, que je m'occuperai en personne de cette affaire. J'aurai l'occasion de me rendre à Montréal dès mon retour à Québec, et manderai aussitôt votre petit-fils... Mais permettez-moi, cher ami, de vous exprimer ma surprise : pourquoi vouloir l'arracher à la Nouvelle-France, une terre qui offre à un jeune homme entreprenant tant d'occasions de faire sa fortune ?

— N'est-il donc pas vrai que les hostilités entre la France et l'Angleterre menacent de reprendre bientôt en Nouvelle-France ? » répondit Philippe.

Bigot eut un sourire entendu. « Assurément, la guerre va reprendre au Nouveau Monde. Et c'est bien pourquoi votre petit-fils devrait y rester. (Avec un clin d'œil complice, il ajouta :) La guerre fait naître de nombreuses occasions... de négoce, dirons-nous. »

Philippe se redressa sur sa chaise. « Mon petit-fils n'a nul besoin de commercer. Sa place est à Saint-Onges, et je tiens à l'y voir avant de mourir. (Se couvrant la bouche d'une main qui ne tremblait point, il s'efforça de tousser, y réussit de façon assez convaincante.) Ma santé est précaire, et mon fils Bertrand retenu aux armées. Le domaine en pâtit ; le devoir de Thomas est d'en assumer la régie. »

Le comte était sincère. Il avait réussi à se convaincre que seul son petit-fils était capable de se charger de cette tâche, qui se révélerait bientôt trop lourde pour Sophie. Il lui fallait se rendre à l'évidence — même s'il lui en coûtait : Bertrand n'abandonnerait pas l'armée pour s'établir à Saint-Onges tant que son père y résiderait.

Bigot demeurait sceptique, mais le sort du jeune Lodigny était bien le dernier de ses soucis. Il se contenta donc de déclarer : « Puisque telle est votre volonté, mon ami, loin de moi l'idée de vous en dissuader. Je ferai mon possible pour persuader le petit-fils prodigue de renoncer aux joies du Nouveau Monde afin de regagner l'Ancien sans plus tarder et d'y remplir ses devoirs. »

Je ressentis soudain un grand vide dans ma poitrine. Si Bigot accomplissait cette mission et que Thomas décidât de rentrer au bercail, qu'adviendrait-il de Nashawa ?

26

Le père Piquet se frottait les mains. Les délices promises par un dîner chez le gouverneur lui mettaient l'eau à la bouche. Charles Le Moyne, baron de Longueuil, prit place au bout de la longue table et invita d'un geste ses invités à l'imiter. Piquet se hâta de s'asseoir sans donner au laquais le temps de tirer son siège.

Se tournant vers le légat de Rome, Le Moyne salua d'un signe de tête respectueux cet invité d'honneur qui, le gratifiant d'un sourire souffreteux, balaya la tablée de vingt convives d'un regard propre à la réduire au silence et se mit à marmonner un obscur et interminable bénédicité. Piquet, qui avait déjà succombé à la tentation d'une bouchée de perdrix dorée à point — que le diable avait fait placer à sa portée —, l'avala illico pour se joindre à la prière et se signer fort dévotement.

Les conversations reprirent, dominant les tintements d'argenterie et de cristal — musique appropriée au ballet des serviteurs. Ceux-ci s'entrecroisaient, chargés de mets délicats, avec des grâces de danseurs ; ils déposaient élégamment dans les assiettes de Sèvres bordées d'or quelque morceau friand de brochet, de truite ou de venaison ; ou ils faisaient couler sans en verser une goutte sur la nappe brodée de longs filets de vin rubis ou topaze dans les verres gravés des convives.

Piquet accorda un bref regard à l'homme qui avait pris place à sa droite et dont le visage de carême eût assurément coupé l'appétit de tout autre que lui ; puis il exorcisa la déplaisante vision en vidant d'un trait son verre de vin de Madère.

Mais Cormier — car c'était lui — ne se souciait guère de Piquet ; il gardait les yeux fixés sur le légat.

J'avais suivi Cormier de façon intermittente depuis mon retour de Paris, pour m'assurer que ses sinistres activités se confinaient au cercle de ses accointances cléricales. Le scélérat s'était poussé dans le monde. Il s'était si bien insinué dans les bonnes grâces — si j'ose dire — du légat que le *Monsignor* avait fait de lui son « éminence grise » et son conseiller particulier. Les sulpiciens honorables — minoritaires, hélas ! — ne manquaient pas de s'étonner de la fortune soudaine de leur employé ; les autres s'en accommodaient, tout en se plaignant qu'il négligeât par trop ses devoirs envers eux et ne tenait plus à jour leurs livres de comptes.

Quoi qu'il en fût, Cormier se retrouvait ce jour-là à la table du gouverneur. Il grignotait du bout des dents un filet d'esturgeon tout en jetant des regards réprobateurs sur sa gauche : un prêtre à la soutane poussiéreuse y attaquait son second chapon, dont il broyait les os de ses puissantes mâchoires.

Entre deux bouchées, le père Piquet — mû par la charité chrétienne, sans doute — décida d'adresser la parole à son voisinage. De sa serviette de lin brodé, il commença par essuyer la graisse qui faisait briller son menton et, se tournant vers sa droite, il s'enquit d'une voix tonnante : « Eh bien, Monsieur, que pensez-vous de l'hospitalité de notre gouverneur ? Les prélats romains trouvent-ils sa pareille au Vatican ? »

Cormier fronça le nez et consentit à se tourner vers l'impossible religieux dont l'odeur commençait à gagner sur les arômes des viandes et les fumets des sauces.

« Fort généreuse, en vérité. Quant à la comparer à ce que Rome peut offrir à Nos Éminences, je regrette de ne pouvoir vous éclairer sur ce point, n'ayant jamais eu l'heur de visiter la Ville sainte. »

Piquet haussa les sourcils et cessa de mâcher le temps de dévisager Cormier.

« Pardonnez-moi, mais n'appartenez-vous point à la suite de Son Éminence le Légat ?

— Oui et non... d'une certaine façon, et pour la durée de son séjour en Nouvelle-France. Je suis employé par messieurs les sulpiciens, et ce sont eux qui m'ont délégué auprès de Son Éminence, dans l'espoir que je lui serais de quelque utilité. C'est un grand honneur pour moi de servir un saint homme tel que lui, et je l'accompagnerai volontiers où il lui plaira de m'emmener. »

Je dressai l'oreille. Si le vœu de Cormier se réalisait, il s'en trouverait éloigné de Thomas. J'observai plus attentivement le légat aux yeux de poisson mort, et résolus — non sans répugnance — de passer quelques nuits à son chevet pour lui chanter à l'oreille les louanges de Cormier. De préférence au petit matin. Lorsqu'il serait seul.

Tout en faisant signe à un laquais de remplir son verre, l'abbé gardait les yeux fixés sur son voisin. Il l'examinait avec tant de sagacité, et en tirait des conclusions si justes que je me demandai s'il possédait des dons similaires à ceux de Nashawa.

« Je vois. Je me suis donc trompé en pensant que vous veniez de débarquer parmi nous. Veuillez me pardonner cette méprise. »

Cormier, que le regard scrutateur du gros prêtre avait mis mal à l'aise, cherchait un moyen de briser là cet échange futile lorsque deux valets ouvrirent le double panneau de la porte pour livrer passage à un invité tardif. Un mouvement de curiosité s'opéra d'un bout à l'autre de la table. Longueuil, qui écoutait en hochant la tête les propos du légat, leva les yeux vers le nouveau venu et fit aussitôt mine de se lever.

« Ah, monsieur de Lodigny ! Vous me voyez très heureux que votre affaire se soit conclue à temps pour vous permettre de vous joindre à nous. » Il approuva du chef tandis qu'un laquais conduisait Thomas à la chaise qu'on lui avait réservée à la droite de la plus laide des filles du gouverneur. « Non, non. Ne vous excusez point. Savourez votre repas tandis que nous profiterons de votre compagnie. »

La fourchette à mi-chemin de ses lèvres blêmes, Cormier contemplait Thomas. Je n'avais nul besoin de lire ses pensées pour comprendre son trouble : le combat que se livraient ses émotions affleurait à son visage couleur de cendre. L'infatuation qu'il avait en vain tenté de surmonter depuis sa visite à Vaudreuil le reprenait de plus belle, et il en frémissait. Il posa sa fourchette avec un soupir si audible que le père Piquet, qui s'efforçait d'attirer l'attention de Thomas en agitant sa serviette, se tourna vers lui avec sollicitude.

« Êtes-vous pris d'un malaise, Monsieur ? Par ma foi, vous êtes fort pâle, et aussi agité que si vous veniez d'apercevoir un spectre ! (Interceptant les regards de Cormier, il demanda sans malice :) Thomas de Lodigny serait-il connu de vous ? »

Cormier s'abstint de répondre et s'épongea le front avec sa serviette encore pliée. Le père Piquet l'observa avec une curiosité

302

croissante. Il toussa discrètement et poursuivit d'un ton léger où perçait une pointe de raillerie : « L'apparence de ce jeune homme n'est pourtant pas telle qu'elle puisse semer la terreur. Ce n'est, à ce que je sache, ni un spectre ni un démon, mais un bon chrétien que je tiens en haute estime. »

Dérouté par la perspicacité du prêtre, Cormier se vit forcé de lui fournir un semblant d'explication. L'air ému et le ton convaincant, il relata donc à Piquet sa visite à Vaudreuil, renouvelant ses mensonges au sujet d'une lettre qu'on l'aurait chargé de remettre à l'ancien censitaire, et ajoutant — pour bonne mesure — que le lieutenant mort dans l'incendie avait été très proche de sa famille. L'apparition de Thomas n'avait fait que lui rappeler, conclut-il avec une tristesse à peine feinte, le sort cruel du jeune homme.

Le père Piquet hochait sa grosse tête avec compassion, bien que certains doutes persistassent en son esprit.

« Je vous l'accorde, cet incendie a été fort tragique ; mais on peut au moins tirer quelque consolation du fait que le domaine de feu votre ami est passé en de bonnes mains. Thomas de Lodigny est aussi honorable que courageux. Il en faudrait plus d'un comme lui dans cette colonie. »

Cormier se hâta d'exprimer son accord. « En vérité ! Bien que je n'aie eu qu'une seule fois l'occasion de lui parler, il m'a semblé être en tous points digne d'estime, et c'est assurément quelqu'un dont je cultiverais volontiers l'amitié et à qui j'aimerais rendre service... »

Gardant ses pensées de par lui, Piquet se contenta d'approuver du menton. Mais la tentation de taquiner la créature blafarde qui commençait à lui gâter l'appétit l'emporta bientôt sur ses élans charitables. Il s'écria avec feu : « Et n'est-il point le plus bel homme qu'on puisse voir ? Ce qui, au reste, n'enlève rien à son mérite. (Marquant une pause, il se permit un demi-sourire.) Il y a deux semaines que j'ai eu l'honneur et le plaisir de célébrer son mariage avec une jeune beauté tout à fait digne de lui... Hé oui, voilà notre gentilhomme nanti d'une charmante épouse... » Cormier blêmissait à vue d'œil ; l'abbé ne sembla point y prêter attention. « Que Dieu bénisse cette union et leur envoie une nombreuse progéniture. » Son rire fit tourner la tête à plusieurs convives. « Si ces deux-là ne nous donnent pas de nombreux petits Canadiens, ce ne sera point par manque d'application à la tâche ! »

Son rire, qui s'acheva par une quinte de toux, finit par attirer l'attention de Thomas. Tandis que Cormier gardait obstinément les yeux fixés sur son assiette et les importants reliefs de son repas, il proposa par signes au père Piquet, dont cinq ou six convives le séparaient, de le voir à la fin du banquet. Mais l'abbé secoua la tête et finit par exprimer ses regrets d'une voix basse qui résonna d'un bout à l'autre de la table, jusqu'aux oreilles du légat.

« Pas aujourd'hui. Je pars pour Québec et ne peux m'attarder davantage. Je vous rendrai visite à mon retour. »

Le prélat romain, tournant et retournant sa croix de rubis entre ses doigts pâles, dirigea son regard froid vers Piquet qui, sans en rien remarquer, s'adressait de nouveau à Cormier.

« Êtes-vous remis de votre malaise, Monsieur ? Mais votre verre est vide... N'avez-vous donc rien bu ? Croyez-en mon expérience, manger diverses viandes sans boire de vin est fort mal avisé. Le vin nous aide à digérer. Tenez, prenez donc le mien... »

Cormier secoua la tête en s'efforçant de sourire. « Non, merci, mon père ! La chaleur est vraiment excessive pour cette saison, c'est ce qui m'incommode. » Mais son aberration le reprit, l'emporta sur sa raison, et il ajouta : « Si vous avez hâte de prendre la route et souhaitez que je me fasse votre messager auprès de votre protégé, j'en serai honoré. J'ai quelque raison de croire que Son Éminence le Légat passera encore plusieurs heures en compagnie de M. de Longueuil et que mes services ne seront pas requis avant ce soir. »

Il était pitoyable. Si violente que pût être mon aversion pour l'homme, je mesurais sa détresse. La flèche d'une passion charnelle déchire toutes chairs avec une égale cruauté.

Moi aussi, je contemplais Thomas, mais avec un amour sans bornes qui transcendait désormais le désir. Le bonheur lui était seyant. Son regard de velours sombre s'éclairait d'une nouvelle vitalité, ses sourires révélaient enfin ses parfaites dents blanches.

Thomas avait conduit le matin même ses chevaux indiens à la caserne, s'attardant à converser fort plaisamment avec Liénard de Beaujeu. Le jeune officier avait renouvelé son offre d'une charge d'officier, et Thomas l'avait courtoisement déclinée. Il avait toutefois accepté l'hospitalité offerte par Liénard et lui avait promis de revenir bientôt à Montréal pour y inspecter pendant quelques jours les montures de l'armée.

Il avait ensuite dirigé ses pas vers le palais du gouverneur, sans grand espoir d'obtenir le paiement de ses chevaux. Mais, à sa grande surprise, à peine avait-il été introduit dans le cabinet de Le Moyne que ce dernier avait abordé le sujet et donné son prix — à peine inférieur à ce que Thomas avait espéré.

« Vous comprendrez, mon cher, qu'il me faut vous payer votre dû en monnaie de carte, le bateau du Trésor n'étant pas encore à quai. »

Thomas avait réprimé une grimace. Sa prudence en matière d'argent le portait à se méfier de ce système inventé pour pallier le manque d'argent liquide dans la colonie. Pour lui, de vulgaires cartes à jouer portant la signature de l'intendant ne remplaceraient jamais les espèces sonnantes et trébuchantes. C'était pourtant la monnaie en usage en Nouvelle-France jusqu'à ce qu'un navire arrive de France avec assez de véritable argent pour s'y substituer. Thomas finit par se dire qu'il disposerait aisément de cette monnaie de cartes pour les fournitures nécessaires au domaine, et il accepta la proposition de Le Moyne. Ainsi que son invitation impromptue à dîner le jour même.

« Je serai très honoré de me joindre aux invités de Votre Excellence, s'il m'est permis de me présenter à une heure plus tardive, car je dois sans plus attendre faire quelques achats indispensables, et compte reprendre le chemin de Vaudreuil dès demain au lever du jour. »

La pensée de ses trois filles inclinant le gouverneur à l'indulgence, il donna permission à Thomas de se présenter dès qu'il le pourrait, et lui indiqua deux ou trois fournisseurs de sa connaissance où il s'approvisionnerait avec un certain profit. Celui du gouverneur, il va sans dire.

C'est ainsi que Thomas s'était retrouvé à la table de Le Moyne, où il appréciait bonne chère, hospitalité fastueuse et plaisante compagnie. Il mangeait de grand appétit tout en devisant avec ses voisins de table d'un ton enjoué qui me faisait l'aimer plus encore. Dieu que je l'aimais !

Et je suppose que Cormier l'aimait aussi à sa manière.

J'étais sur le point d'éprouver à l'endroit du scélérat une certaine sympathie lorsqu'une de ses pensées se précisa soudain et me remplit d'horreur.

Une araignée. Cormier évoqua soudain pour moi une araignée noire et velue guettant mon bien-aimé au centre d'une toile tissée de fiel et de mensonges. Saisie d'une révulsion indescriptible, je m'abandonnai à un désespoir tellement aigu que je me serais évanouie si telles manifestations m'avaient encore été permises. Incapable d'ordonner mon esprit, je me sentais impuissante devant la rouerie de Cormier. Jamais je ne réussirais à contrarier l'odieux projet qu'il avait conçu.

Pourtant, jusqu'à la fin du repas, je hurlai dans son oreille qu'il grillerait en enfer s'il causait le moindre mal à Thomas. Je fouillais aussi dans ses souvenirs afin que leurs remugles les plus nauséabonds troublassent sa résolution. Mais rien n'y fit. Sans quitter Thomas des yeux, il réexaminait les détails de son plan, savourant à l'avance ses multiples avantages.

Faute de pouvoir agir sur Cormier, je décidai de me tenir auprès de mon amant et de le mettre en garde contre le vil personnage.

Ni l'un ni l'autre ne paraissaient percevoir ma voix, mais — sur un cri particulièrement perçant que je poussai — le verre de cristal que le légat levait pour y boire vola en éclats, maculant de vin rouge sa soutane de soie, tandis que le chien du gouverneur s'enfuyait de dessous la table avec des jappements de terreur.

Toute l'assemblée s'en trouva plongée dans la confusion.

Le légat furieux refusa l'aide du gouverneur et des serviteurs, éponge du mieux qu'il put le vin sombre comme du sang, et se leva brusquement de table, signalant ainsi la fin du banquet. Le Moyne repoussa vivement son fauteuil pour le suivre, tandis que les autres convives se dressaient à l'unisson. Piquet se croisa en avalant sa dernière bouchée de gâteau au miel avant de quitter sa chaise.

Je ne savais plus s'il fallait suivre Cormier, rester au côté de Thomas ou courir vers Nashawa pour implorer son aide. Mais, bien qu'elle sentît ma présence lorsque je retournais à Vaudreuil, nous n'avions encore jamais communiqué en dehors de ses visites durant les nuits de pleine lune. Je résolus donc d'accompagner Thomas.

Cormier l'avait rattrapé devant les grilles du palais du gouverneur.

Thomas commença par froncer les sourcils ; le visage de Cormier ne lui était pas inconnu sans qu'il le reconnût d'emblée. Cormier eut un sourire résigné.

« Monsieur de Lodigny ! Vous ne vous souvenez point de moi, ce me semble... Sébastien Cormier. Vous rappelez-vous ma visite à Vaudreuil ? La lettre que je devais remettre à M. de Jonzac... »

Thomas hocha la tête et s'inclina, vaguement irrité sans savoir pourquoi. Moi qui le savais, je me sentis gagnée par une peur sans nom. Avant que Thomas ait eu le temps de prendre congé et de tourner les talons, Cormier allongea la main pour le retenir et, jetant des regards furtifs à droite et à gauche afin de s'assurer qu'aucun passant ne pouvait l'entendre, murmura d'un ton lugubre : « Bien cher Monsieur, il est urgent que je vous entretienne sans témoin d'une triste affaire qui vous concerne... Il me faut vous avouer que j'ai appris par hasard un secret... qui vous touche de près et qui, hélas ! met votre vie en danger... »

Tandis que ces paroles résonnaient dans sa tête comme un glas, Thomas, saisi, laissa Cormier lui prendre le bras et le guider entre les passants.

« Trouvons une table dans quelque cabaret pour y parler, et je vous expliquerai comment j'ai appris le crime qui vous amena ici même... Quelle affligeante tragédie, et comme je vous plains ! »

Thomas s'arrêta soudain et dégagea son bras de l'emprise. La main droite sur le pommeau de son épée, il chercha des yeux le regard fuyant de Cormier sans se résoudre à poser la question qui résumait son immense détresse. D'une voix éteinte, il finit cependant par murmurer : « Le comte ? Mon aïeul ? Il est mort, n'est-ce pas ? »

En exprimant la crainte qui se terrait au fond de lui depuis plus de deux ans, il me sembla qu'il venait de faire éclater un abcès fétide dont le poison se répandait rapidement dans son esprit, en chassant bonheur et espérance pour n'y laisser que les affres du remords.

Cormier continua de fuir ses yeux. « Hélas... oui. Il est mort quelques semaines après... la tragédie. Allons, Monsieur. Il ne faut point parler de ces choses dans un lieu public, le danger est trop grand. »

Je maudissais Cormier. Je maudissais mon impuissance. Je maudissais Dieu même de permettre une telle infamie. Pourtant, tout en les accompagnant jusqu'à la taverne où Cormier conduisit Thomas — qui le suivit sans mot dire —, je priais aussi. J'implorais la Sainte Vierge et le doux Jésus d'intervenir, de ne point abandonner mon amant aux ruses de Cormier.

Une fois assis à une table isolée, dans un recoin de la salle au plafond bas où quelques buveurs devisaient à voix basse, Cormier chuchota : « Vous souvenez-vous d'un certain Pivert, qui fut un temps palefrenier à votre service ? »

Thomas hocha la tête, se remémorant les craintes de Martin. Elles s'avéraient donc justifiées.

« Eh bien ?

— Il est à Montréal... et à court d'argent. Il serait trop long d'expliquer comment j'ai fait sa connaissance... Toujours est-il que, fort pris de boisson, il me confia récemment qu'il avait des dettes pressantes et allait devoir se résoudre à obtenir quelque argent du gouverneur en lui dénonçant un meurtrier, un parricide même, que le gouverneur honorait de son amitié. »

Tandis que ces paroles malignes réduisaient en cendres ses derniers espoirs, Thomas gardait le silence. Cormier continua avec plus d'assurance encore.

« D'après ce que m'en a dit Pivert, j'en ai conclu que ses accusations s'appliquaient à vous-même, Monsieur. (Gratifiant sa victime d'un bref regard de pitié, il n'en poursuivit pas moins ses odieux mensonges.) Quel qu'ait pu être votre crime, Monsieur, je vous tiens pour un homme d'honneur envers qui d'autres avaient peut-être mal agi par le passé. J'ai réussi, non sans mal, à persuader ce Pivert que ses révélations à notre parcimonieux gouverneur ne lui seraient pas d'un grand profit, et que vous ne manqueriez pas d'être plus généreux pour prix de son silence. »

Thomas sursauta. « Mais... vous n'y songez point ! J'ai tué mon aïeul ! Je suis un parricide qui mérite mille morts, et suis prêt à subir le sort que je mérite. Assurément, vous ne vous feriez pas complice de mon crime en me soustrayant à la justice ! »

Cormier leva les yeux au ciel. Il compta machinalement les mouches posées sur les poutres noircies, abaissa son regard et eut un profond soupir. « Ah, Monsieur, il ne m'appartient pas de vous juger. Dieu, dans sa miséricorde, vous accordera sans doute le pardon. Quant à moi, sans être prêtre, je m'efforce de pratiquer les vertus chrétiennes, dont, à mon humble avis, la charité est la plus divine. En vérité, je risquerais volontiers ma vie pour sauver la vôtre et vous donner ainsi le temps de racheter votre faute. »

J'avais peine à croire que Thomas fût assez naïf pour se laisser berner par de telles simagrées ! Mais sa raison l'avait abandonné et, dans l'état où l'avaient plongé ces révélations mensongères, on ne pouvait s'attendre qu'il fît preuve d'une grande perspicacité. Il contemplait son tortionnaire avec une gratitude évidente.

« Monsieur, votre générosité me touche. Vous me connaissez à peine, et pourtant... Mais... cet homme, ce Pivert... à supposer que je lui donne ce qu'il me demandera, comment savoir s'il ne s'est pas confié à d'autres qu'à vous ? Et ne va-t-il point me trahir dès que mon dos sera tourné ? »

D'un geste rapide et audacieux qui lui ôta pendant quelques instants l'usage de sa voix, Cormier posa sa main blafarde sur celle de Thomas — lequel la retira aussitôt en fronçant les sourcils. Cormier, sans se décontenancer pour autant, répondit d'un ton calme :

« Pivert déteste la Nouvelle-France et souhaite rentrer en France au plus tôt. Faites-moi confiance, j'ai quelque expérience de ce genre d'homme, et puis vous assurer que vous n'entendrez plus jamais parler de lui. Je veillerai à ce qu'il ne soit plus en mesure de vous causer la moindre alarme. »

Un frisson d'horreur me parcourut. Moi qui lisais les pensées de Cormier tandis qu'il formulait cette promesse, je savais qu'elle était sincère.

Cormier continua à parler d'une voix sourde et à remplir d'un vin âcre le gobelet de Thomas qui ne l'écoutait plus, n'était plus même conscient de sa présence ni du lieu où ils se trouvaient. Ses pensées l'avaient ramené à Saint-Onges, et sa tristesse était sans bornes.

Lorsque Cormier se résigna à le quitter, après lui avoir fait promettre de revenir le lendemain porteur d'une somme considérable destinée à Pivert, Thomas resta seul devant son pichet de vin âcre et la lie de sa vie.

27

« Non seulement il ne me croira pas, mais il m'accusera de sorcellerie.

— Est-ce là une prédiction, Nashawa, ou l'expression de ton découragement ?

— Les deux. (Son sourire était empreint de lassitude.) Je sentais que de dures épreuves l'attendaient, mais je ne peux intervenir dans son destin. Même si je lui dis, ainsi que tu le souhaites, que son aïeul est sain et sauf et lui a pardonné, cela ne changera rien à sa décision. »

Mon désespoir tourna au ressentiment. La destinée en général et celle de Thomas en particulier me semblaient trop injustes pour m'en remettre à la foi. Quant à la sagesse de Nashawa, elle sentait trop la soumission à mon gré.

« Allons donc, Nashawa ! Lui dire la vérité l'empêcherait au moins de gâcher stupidement sa vie ! A quoi te servent tes pouvoirs surnaturels, si tu n'en fais point usage pour sauver l'homme que tu aimes ? Dieu sait que j'interviendrais volontiers, si cela m'était possible... Vas-tu le laisser mourir sur un champ de bataille ? »

Elle me regarda avec une grande compassion. « La Providence est parfois difficile à comprendre, Marianne, mais il faut que tu l'acceptes et que tu m'écoutes. »

J'acquiesçai à regret et la laissai continuer.

« Tu me dis que Thomas, sitôt qu'il eut remis à Cormier l'argent destiné à Pivert, est allé tout droit aux casernes et s'est engagé comme gentilhomme volontaire dans l'armée, où il servira désormais comme officier...

— Oui. Mes cris et mes larmes ne l'en ont pas dissuadé. » Je ne démêlais pas encore les motifs de sa décision. Était-ce la tentation d'une mort glorieuse pour expier son crime ou la résurgence de son ancienne ambition ? Toujours est-il qu'il avait accepté la charge proposée et se retrouvait lieutenant dans la milice de Liénard de Beaujeu.

Il n'était pas rentré à Vaudreuil de quatre jours.

Lorsque Martin y était revenu avec une charretée de fournitures et un visage aussi sombre qu'un ciel de novembre, Nashawa s'était alarmée. Martin avait refusé de répondre à ses questions ; il s'était contenté de répéter qu'il ne lui appartenait point de parler à la place de son maître et que ce dernier ne tarderait point à rentrer. Nashawa avait senti que ses prédictions s'étaient réalisées, mais sans savoir de quelle façon, et elle avait cherché à me rejoindre par tous les moyens en son pouvoir. Bien que la lune ne fût pas pleine, elle y était parvenue la quatrième nuit, alors que je guettais aux alentours de leur maison.

En lui rapportant la perfidie de Cormier et l'effet que ses paroles mensongères avaient produit sur Thomas, je m'attendais à la voir partager ma rage vengeresse. Il n'en fut rien. Loin de s'emporter contre l'infâme, Nashawa refusa tout net l'idée d'une vengeance.

Je ne réussis pas davantage à la persuader d'avouer à Thomas ses dons surnaturels, de lui parler de ma présence et de l'alliance que nous avions formée.

« Ne laisse pas les craintes au sujet de Thomas brouiller ton jugement. Ne m'as-tu pas dit qu'il avait souhaité plus que tout une carrière dans l'armée ? Eh bien, le voici officier et promis à de nombreuses batailles... Mais as-tu songé qu'ainsi son vœu le plus cher et que, s'il ne l'avait point eu, son amertume aurait empoisonné sa vieillesse ?

— Quelle vieillesse ? Il ne risque point de vivre bien vieux, en restant dans l'armée pour se battre à un contre dix ! »

Son éternel sourire m'irritait de plus en plus. Une colère impuissante me consumait, attisée par sa résignation. Pourquoi refusait-elle d'intervenir pour sauver Thomas de lui-même ? Comme si elle lisait dans mes pensées, elle affirma :

« Il n'est pas dans l'ordre des choses que nous détournions ceux que nous aimons du chemin qu'ils ont choisi. La mort n'est jamais inéluctable, Marianne, tu t'en souviendras un jour. »

311

Prenant ma main dans la sienne, elle me guida doucement jusqu'au rivage.

Le bâtard noir que Thomas avait acheté aux Indiens en route vers le sud gémissait en sourdine près des marches où son maître avait coutume de s'asseoir. L'animal avait fini par s'habituer à ma présence et jappait même joyeusement lorsque je le caressais — ou plutôt que je tentais de le caresser, puisqu'il ne m'était pas donné de toucher une créature vivante. Je crois qu'il m'aimait bien. Contrairement aux chevaux — aux juments, surtout — qui s'affolaient dès que je m'approchais de leur enclos. Nashawa les calmait par quelque incantation chantonnée.

Prêtant l'oreille aux cris plaintifs du chien, elle entonna un chant de gorge au rythme lent. Le chien se tut, et un grand duc perché au faîte de la grange interrompit son hululement le temps de l'écouter.

Quant à moi, je lui jetais des regards courroucés qui la faisaient sourire de plus belle. Sa résignation frisait à mes yeux l'indifférence envers le sort de son mari. Je savais pourtant, au fond de moi-même, qu'elle n'était point indifférente ; son amour pour Thomas était aussi profond que le mien — et meilleur peut-être —, mais différent.

Je me tournai pour contempler le lac. Dominant encore le ciel étoilé, la lune déversait mille reflets sur ses eaux ; mais ce lieu idyllique avait perdu son charme. Thomas était absent, et je tremblais par cette nuit d'été.

J'eus l'envie soudaine d'entrer dans la fluide noirceur du lac. Mon esprit me dépouilla de mes vêtements, je dirigeai mes pas vers le sable grossier. De petites vagues et de tièdes courants caressèrent ma peau nue, et j'entendis comme une rumeur de vie dans les profondeurs de l'obscur élément, quoique seule la lueur lunaire se jouant à leur surface s'offrît à mes yeux. Puis je m'immobilisai, laissant cette eau laver mon esprit des émotions humaines et abolir le temps. Vanité, peur et jalousie me semblèrent s'échapper de ma peau telles des vapeurs blafardes, et se dissoudre en volutes que le courant étirait avant de les emporter loin de moi.

J'étais consciente du regard patient de Nashawa, des mots de réconfort qu'elle continuait de prononcer et qui me parvenaient comme assourdis par la rumeur du lac. Lorsque j'en sortis, elle m'attendait et dit : « La terre, l'air, le feu et l'eau détiennent la

312

réponse, Marianne, si tu connais la question. Mais les sons aussi. Écoute ! »

Deux hiboux hululaient sur des notes différentes. Un chant paisible qui encourageait l'esprit au silence. Cependant, je refusai de me taire.

Je m'enquis de Nashawa. « Es-tu donc heureuse que Thomas ait repris l'armée pour courir les forêts infestées d'ennemis à la peine ? »

Sa réponse ne fut pas dénuée de mélancolie. « La folie humaine est parfois déroutante, mais elle ne doit pas nous détourner de notre propre voie. Il nous faut nous plier aux conditions propres à chacune de nos vies, et en tirer le meilleur parti possible... Thomas reviendra me saluer, dans un ou deux jours... avant de partir vers le sud avec l'armée.

— Lui diras-tu la vérité ?

— Peut-être. Si le moment est propice. (Elle ajouta avec conviction :) Il obtiendra un congé et sera là au printemps, car les tribus ne tiennent pas à se battre à la fin de l'hiver quand la chasse est bonne. Entre-temps, je prendrai soin des chevaux avec l'aide de nos engagés. (Elle se tut et, rejetant d'un geste la sombre cascade de ses cheveux dans son dos, leva les yeux vers les étoiles.) Trois jours. Thomas sera de retour dans trois jours.

— N'en doutons point. Pour te faire admirer son bel uniforme, assurément. » Mais mon sarcasme fondit aussitôt en larmes amères, tandis que Nashawa éclatait de rire.

Dans cette navrante affaire, une seule satisfaction : la déconfiture de Cormier.

Oh, le drôle avait bien empoché l'argent de Thomas avec autant d'alacrité que n'importe quel autre fripon. Il n'y avait rien là qui pût surprendre ; la somme aurait suffi à loger et nourrir quatre familles durant une année entière. Mais l'outrance de sa sollicitude envers sa victime l'avait trahi.

Enhardi par la réussite de son stratagème, il s'était laissé emporter par ses sentiments, avait pressé Thomas d'accepter son hospitalité pour le soir même. Ses regards chavirés, les trémolos de sa voix étaient si grotesques qu'ils avaient tiré Thomas de sa prostration, et qu'il avait dévisagé Cormier d'un œil farouche. Cormier en avait tremblé ; le gladiateur de ses rêves se changeait une fois de plus en fauve courroucé. Mais, tout à ses tristes réflexions, Thomas ne portait déjà plus attention à son messager de malheur, et ne faisait pas mine de le provoquer en duel sur-le-champ. Cormier, reprenant son souffle et ses esprits, s'était retranché derrière une façade courtoise et avait noyé sa gêne dans un flot de promesses rassurantes.

Thomas n'était pas stupide. Il avait percé à jour la rouerie de l'homme, et présumait que Pivert ne toucherait qu'une partie de la somme confiée à Cormier — s'il en touchait un seul denier. Cela ne l'empêcha pas d'ajouter foi au dire du scélérat et de ne point douter de la mort du comte ; peut-être parce qu'il n'avait jamais cessé de la craindre et s'était souvent étonné, depuis qu'il était heureux, que la fortune favorisât ainsi un criminel tel que lui. Que Cormier prît avantage de la situation pour le voler le laissait indifférent ; ce n'était à ses yeux qu'une infime partie de la punition qu'il avait méritée et que le destin ne manquerait pas de lui infliger.

Si étrange que ce fût à mes yeux, Thomas pensait à moi avec une nostalgie amoureuse longtemps réprimée, comme si notre passion et la tragédie qui en avait résulté étaient inséparables dans sa mémoire. Bien qu'il s'efforçât de s'attarder aux tendres souvenirs de nos amours, ses pensées le ramenaient cruellement à son crime. J'en étais d'autant plus navrée que nous avions connu dans les bras l'un de l'autre de forts rares moments de paix et de bonheur.

Thomas n'écoutait plus Cormier, qui continuait à parler d'une voix assagie où perçait le découragement. Dès qu'il fit mine de partir, Cormier se leva précipitamment et se résigna à quitter le cabaret enfumé — la bourse pleine et le cœur vide. Thomas paya au tavernier le vin qu'il n'avait pas touché et dirigea ses pas vers la caserne.

Le plaisir qu'il avait éprouvé la veille à parcourir les rues animées de Montréal s'était envolé. Les yeux baissés, il marchait comme un condamné qui voit arriver la fin d'un bref sursis. Les coups d'œil qu'il jetait à la foule prospère et affairée ne faisaient que confirmer son infortune ; il ne se jugeait plus digne d'appartenir à cette société d'hommes libres.

Dire que Liénard de Beaujeu s'étonna du revirement de Thomas serait contraire à la vérité. Bien qu'il jugeât à propos d'exprimer une surprise polie en même temps que son approbation, Liénard avait, dès leur première rencontre, jaugé avec finesse l'attirance qu'exerçait sur Thomas le métier des armes. En dépit des refus qu'il avait essuyés, il s'était dit que tôt ou tard ce jeune gentilhomme accepterait une charge d'officier. Il se félicitait de sa propre perspicacité autant que de sa nouvelle recrue.

Thomas n'ayant pas jugé à propos d'informer son nouvel ami de son mariage avec Nashawa, Liénard de Beaujeu présuma que des amours malheureuses étaient à l'origine de sa soudaine décision, mais il se garda de lui poser la moindre question.

Thomas reparut à Vaudreuil le jour prévu par Nashawa.

Elle l'attendait sur la route du domaine, vêtue de sa plus belle robe à franges, brodée de perles multicolores. Le ciel d'un bleu éclatant résonnait des cris d'outardes en route vers le sud. Le soleil d'octobre semait des paillettes d'or sur le lac. Arrêtant son cheval dès qu'il l'aperçut, Thomas sauta à terre, s'élança vers elle et la serra contre son cœur.

Il se rendit alors compte qu'il n'avait pas pensé à elle un seul instant depuis l'effondrement de son univers. Quand il était à son côté, Nashawa représentait son bonheur ; il lui devait son plaisir et sa paix. Comment se pouvait-il qu'il l'eût ainsi oubliée pour regretter l'infidèle Marianne, qu'il avait cessé d'aimer ? Honteux de cette déloyauté, il resserrait son étreinte, sans trouver pour son silence et l'inquiétude que son absence avait dû lui causer d'autres mots d'excuses que : « Pardonne-moi, Nashawa ! »

Je renonçai à comprendre jamais la nature des hommes.

« Et pardonne-moi de ne point te révéler ce qui m'a poussé à cette décision... qui m'oblige à te quitter. »

Se dégageant de ses bras, Nashawa recula de quelques pas pour le contempler de la tête aux pieds. J'avoue qu'il était splendide dans son capot blanc à parements bleus galonné d'or. Étendant la main pour suivre du doigt le baudrier de cuir luisant et toucher le métal poli du hausse-col, elle hocha la tête, une pointe d'ironie dans le regard.

« Ne demande pas pardon. Tu es beau, mon guerrier, et tu peux partir en guerre le cœur en paix : ton grand-père est vivant, Thomas, et il pardonne ton crime... »

315

Thomas la regarda, saisi de stupeur. Son mouvement de recul le fit buter contre une souche, et il faillit trébucher. Nashawa reprit d'un ton tranquille : « Le mauvais homme noir est un menteur ; le comte Philippe est vivant. »

Thomas lui emprisonna brusquement les deux bras dans l'étau de ses mains puissantes et plongea ses yeux affolés dans les siens. « Comment... comment as-tu appris cela ? Dis-moi ! Oh, Nashawa, es-tu donc sorcière ? (La lâchant aussitôt, il ébaucha sans même s'en rendre compte un signe de croix, et s'écria :) Nashawa ! Je t'en conjure, dis-moi que ce n'est point de la sorcellerie ! » Il scrutait le visage de sa bien-aimée comme pour y déceler quelque satanique stigmate. Elle se contenta de le caresser de son regard lumineux ; aussi se cacha-t-il soudain le visage dans ses mains et murmura : « C'est le juste châtiment de mon crime ! Toi, toi que je croyais être mon salut ! » Terrassé, il la contempla sans comprendre.

De sa voix la plus mélodieuse — et, en vérité, ensorceleuse —, Nashawa lui parla. Avec les mots simples de l'amour, elle le conjura d'oublier le passé et de ne point laisser les remords le priver de sa force. Je compris pourquoi elle avait décidé de lui révéler la vérité ; il fallait à tout prix lui rendre l'espoir.

Elle était prête à perdre son amour pour lui faire retrouver sa foi en lui-même.

Elle continua de parler avec assurance, et il l'écouta, fasciné. Elle lui affirma qu'il lui appartenait désormais de mener son destin vers la paix et l'amour.

« Crois-moi, Thomas, je dis vérité. Je jure par Kitchi Manitou et par ton Dieu sur la croix. Écoute-moi : pas sorcière. Grand-père vivant, crime pardonné. Tu peux rentrer Saint-Onges. »

Il secoua la tête, plus interdit qu'incrédule. Il ne recula point lorsqu'elle s'approcha de lui et, encerclant sa taille de ses bras nus, posa une joue contre sa poitrine. A son soupir, je compris qu'il était prêt à croire les révélations de Nashawa ; il l'étreignit enfin avec passion, la berçant dans ses bras comme pour la consoler de ses propres doutes.

« Me diras-tu comment... comment tu peux savoir ? Et connaître le nom de mon aïeul ?

— Non. Aujourd'hui, je ne peux pas. Ton grand-père est fort maintenant, je dis vrai et tu peux croire. »

Tel un nageur contemplant l'étendue d'eau dans laquelle il aimerait plonger, Thomas mesurait l'immense soulagement qui s'offrait à lui sans oser encore s'y abandonner.

« Si tu dis la vérité, je rends grâces à Dieu pour sa miséricorde. Mais... comment puis-je te croire, Nashawa ? »

Elle leva son visage vers lui, cherchant son regard. « As-tu une âme, Thomas ?

— Assurément.

— Tu crois père Piquet ? Tu crois anges ? Paradis ? Bons esprits ? »

Il lui fallut bien admettre qu'il y croyait d'une certaine manière. Elle lui sourit.

« Bon esprit me dit comte Philippe vivant et venir voir Thomas quand la neige fond. »

Je ne lui avais rien annoncé de tel ! Elle faisait sa prophétesse mais, tout en appréciant de m'entendre qualifier de « bon esprit », je fus quelque peu vexée qu'elle ne m'eût point touché mot de cette prédiction. De plus, la perspective de voir arriver le vert libertin ne me remplissait pas d'allégresse.

« Comte Philippe ! Saint-Onges ! C'est surnaturel ! » Se dégageant de l'étreinte, Thomas se mit à arpenter la terre sèche du chemin et l'herbe jaunie tel un fauve prisonnier de ses doutes. Il harcela Nashawa de questions auxquelles elle refusa de répondre, se contentant de répéter : « Bon esprit me dit grand-père vivant. »

Peu à peu, la survie du comte s'imposa à l'esprit de Thomas ; mais plus il ajoutait foi aux paroles de Nashawa, plus il sentait monter en lui contre Cormier cette même rage meurtrière qu'il avait éprouvée contre son aïeul. Il ne quittait pas Nashawa des yeux, comme si le visage serein de son aimée pouvait l'aider à maîtriser sa fatale soif de vengeance. La voyant consciente des efforts qu'il faisait pour se dominer, je compris qu'elle lisait dans ses pensées aussi aisément que moi.

Elle tendit les bras vers lui, et il l'enlaça en murmurant : « Ah, mon aimée, puisses-tu dire vrai !

— Bons esprits dire toujours la vérité. »

Il caressa d'une main légère la tête brune de Nashawa et laissa sa douceur apaiser ses esprits, en chasser toute trace, sinon de remords — car il avait souhaité la mort du comte —, du moins d'affliction.

Enlacés, ils se dirigèrent lentement vers la maison. Tout en marchant, Thomas exprima à haute voix leurs communes préoccupations. « Je ne puis renoncer à ma charge et quitter l'armée ; l'honneur me l'interdit, et la guerre va reprendre tôt ou tard... Je dois faire mon devoir d'officier. Dès demain, il me faudra regagner Montréal pour mener un contingent de la milice jusqu'au fort Duquesne, dans la vallée de l'Ohio.

— Quand la sève monte, l'arbre pousse. Tu as choisi le chemin, tu dois le suivre. Nashawa attendra ici. » Elle détourna la tête et entonna quelques mesures d'une de ses étranges mélopées.

Thomas ne se lassait point de la contempler. Il me semblait boire des yeux sa beauté tel un voyageur égaré dans le désert et qui étancherait sa soif à une miraculeuse source vive. Mais il prit soudain conscience des hennissements qui leur parvenaient de l'enclos, et s'aperçut que les chevaux se pressaient contre la clôture comme s'ils attendaient sa venue. Guidant Nashawa, il dirigea ses pas vers le pré, une silencieuse prière d'action de grâces aux lèvres. Ses bêtes ne lui avaient jamais failli ; tandis qu'il leur caressait le chanfrein avec de joyeuses exclamations, Nashawa le regardait faire en souriant.

Pour Thomas, la journée s'écoula dans la plénitude onirique de ces rêves où il nous semble atteindre à la parfaite lucidité.

Il comprit qu'en échangeant sa liberté contre le prestige des armes il s'était placé à la merci de forces qui échappaient à son contrôle. Il avait en quelque sorte abandonné son libre arbitre, poussé par l'image de lui-même qu'il idéalisait depuis l'enfance : celle d'un fougueux officier de cavalerie en grand uniforme chargeant l'ennemi sur quelque champ de bataille et se gagnant ainsi gloire, honneurs et bénéfices.

La désillusion ne s'était point fait attendre : Liénard l'avait informé que les officiers de la milice étaient vêtus à l'indienne durant les campagnes. Et qu'ils se battaient à pied.

Thomas ne quitta pas Nashawa de tout le jour. Elle le protégeait de la colère meurtrière qui couvait en lui contre l'odieux Cormier. Il la suivit jusqu'au lac pour porter ses seaux d'eau, resta près d'elle — sa pipe éteinte à la main — tandis qu'elle préparait leur souper sur les braises rougeoyantes de l'âtre, le visage éclairé tel celui d'une vierge d'église.

Elle tournait la tête de temps à autre pour le regarder, et leurs yeux se rencontraient. Le soleil se coucha, et leur maison devint sombre ; mais Thomas ne bougeait pas, par crainte de briser le charme. Les yeux fermés, il humait la fumée du feu de pin, l'arôme des épices d'une sagamité préparée avec amour, et le parfum musqué de sa belle épouse.

Lorsque vint la nuit, leur amour fut plus tendre et plus passionné que jamais. Thomas étreignit Nashawa avec une ardeur qui me coupa le souffle, et me laissa dévorée par un désir inassouvi que je ne cherchais même plus à tempérer de mes bonnes résolutions.

Jamais je ne pourrais renoncer à Thomas.

28

Thomas prêtait l'oreille aux sons cristallins du silence blanc —
crissements de la neige sous la patte d'un lièvre, bruissements des
aiguilles gelées des grands pins noirs. La nuit était si froide que la
vapeur de son souffle brouillait sa vue, et qu'il se surprenait à le
retenir pour mieux observer la clairière.

La douleur de sa blessure le tenaillait encore et le rassurait : elle
l'empêchait de perdre la notion de son corps engourdi par le froid.
Avec précaution, il ôta son gant de castor et plia ses doigts gourds,
les força à serrer la crosse de son pistolet, en évitant de toucher le
métal froid du canon pour que sa peau n'y adhère point. Satisfait,
il renfila son gant ; il serait prêt assez vite, en cas de besoin. Rabattant son capot de fourrure sur ses épaules, il aspira quelques bouffées d'air glacial et sentit l'odeur lointaine d'un putois.

Les deux soldats les plus proches tournèrent la tête vers son
ombre, leurs yeux inquiets étaient des trous noirs dans la blancheur
du clair de lune. Thomas secoua lentement la tête de droite et de
gauche, et se redressa pour soulager son dos. Avec d'infimes changements de position, les miliciens reprirent sans un mot leur insi-
gnifiante faction. S'ils m'avaient entendue, j'aurais pu leur dire que
leur guet était inutile : l'ennemi était loin et n'attaquerait pas cette
nuit-là. Mais à quoi bon tenter même de les en avertir... ?

De Montréal au fort Lebœuf, du fort Duquesne au lac Érié,
j'avais accompagné Thomas, les hommes de sa compagnie franche
et ses braves Abénaquis ; j'avais suivi d'octobre à février leurs
pas à travers la forêt hostile. Les méandres de leurs patrouilles les
amenaient souvent à engager le combat avec des Indiens demeurés
fidèles aux Anglais, ou avec des Anglais qui ne savaient pas plus

qu'eux pourquoi ils se battaient. Ils se tendaient mutuellement guet-apens et embuscades pour trinquer ensuite à la santé de leurs prisonniers.

En janvier 1755, au cours d'une de ces escarmouches, Thomas avait eu la cuisse transpercée par une flèche. La plaie n'eût pas manqué de s'infecter sans les poudres et les herbes dont l'avait nanti Nashawa ; la blessure n'était pas sérieuse, mais elle lui causait de cruelles souffrances durant les longues marches.

Je souffrais avec lui, j'admirais sa bravoure et son endurance. Capitaine d'armes à la tête d'une soixantaine d'hommes — dont deux sergents, quatre caporaux, un tambour et un fifre —, il était toujours le premier à s'engager dans les étroites pistes forestières semées d'embûches ou à travers les hautes herbes coupantes des prairies. La compagnie ne mangeait que ce que la forêt avait à offrir à ses hommes, bien qu'ils dussent ménager leur poudre et ne point en user trop à giboyer. L'hiver venu, il leur avait souvent fallu se contenter de trous creusés dans la neige pour y prendre quelques heures de repos transi.

Je partageai aussi les pensées de Thomas tout au long de son épopée. Quoique Nashawa lui manquât et qu'il rêvât d'elle chaque nuit, c'était souvent moi qu'il évoquait durant le jour. Les longues étapes fastidieuses portaient ses rêveries vers nos amours avec une nostalgie qui ne laissait pas de me surprendre.

Je percevais aussi la fin de ses illusions : le métier des armes avait perdu tout prestige à ses yeux. Le caractère sournois de la guerre qu'il pratiquait lui répugnait particulièrement. Les hostilités n'étant pas officiellement déclarées, Français et Anglais se livraient à d'étranges et dérisoires chassés-croisés pour faire valoir leurs droits sur un territoire immense auquel seuls les Indiens pouvaient décemment prétendre. Où étaient l'honneur, la courtoisie, la valeur dont Thomas avait si souvent paré ses glorieuses charges de cavalerie imaginaires ? Rôder au plus épais des sombres forêts pour y attaquer par surprise de petits groupes d'ennemis dispersés, était-ce bien là un noble combat ?

Il n'avait pas mis le pied à l'étrier depuis des mois et devait couvrir chaque jour à pied d'interminables lieues. Je fus bientôt aussi lasse que lui de ces pistes indiennes qui les menaient d'un fort à l'autre à travers le territoire de leur illusoire conquête.

Conquête ? Sans être prophétesse ni stratège — les récits militaires m'ont toujours profondément ennuyée —, je voyais fort compromise la victoire des Français. Ils savaient les Anglais capables de lever dix hommes contre un des leurs, et espéraient pourtant, contre toute espérance, endiguer la marée de colons anglais qui s'apprêtait à déferler vers l'ouest... Pour une fois, le pessimisme de Thomas paraissait justifié.

Il accomplissait désormais sa tâche sans la satisfaction de croire à son utilité. Seule la loyauté de ses hommes lui procurait encore un certain contentement. Sauvages aussi bien que miliciens lui avaient vite été acquis, et ne cachaient plus leur admiration pour sa bravoure.

Ses idées reflétaient parfois l'influence de Nashawa. Lutter pour la possession d'un territoire aussi vaste lui paraissait une entreprise futile ; et il était bien près de partager l'avis des Indiens, selon lesquels l'homme ne peut pas plus posséder la Terre que le Soleil et les étoiles.

N'osant jamais le quitter très longtemps, comme si ma présence à son côté contribuait à écarter le danger, je ne retournais à Vaudreuil que les nuits de pleine lune.

Avec l'aide de Martin, Nashawa régissait le domaine et veillait à ce que le défrichage se poursuive. Elle prenait un soin particulier des chevaux et s'assurait que les engagés respectaient les instructions de Thomas.

Je lui donnais des nouvelles de son époux et de l'absurde guerre. Nous passions de longues heures à converser ; elle me parlait des Indiens de sa tribu et des bienfaits que la forêt prodigue à ceux qui vivent en harmonie avec elle. Les esprits des animaux, des plantes, des pierres mêmes, me disait-elle, favorisent le chasseur avisé qui ne détruit pas à plaisir. Elle ne manquait jamais de me rappeler que la patience est une vertu.

« Plutôt que de t'impatienter ainsi, réjouis-toi, Marianne, ajoutait-elle. Thomas tirera de cette guerre une précieuse leçon.

— En quoi le fait de tuer des Anglais peut-il le rendre plus sage ? Ils sont, je te l'accorde, stupides et arrogants ; mais ce n'est point là raison suffisante pour les priver de vie ! »

Elle riait de bon cœur. Je préférais son rire à ce sourire indulgent qui frisait la condescendance et m'irritait au plus haut point.

« Tu sais bien que ce n'est point là le sens de mes paroles, et tu joues avec les mots et les idées. Un homme doit réaliser son rêve pour en comprendre la futilité. »

Je ne retournais à Saint-Onges que pour y admirer la petite Marianne et m'assurer qu'elle continuait de s'épanouir grâce à l'amour qui l'entourait. La contempler me procurait une joie toujours renouvelée, dont j'emportais le souvenir en rejoignant Thomas au cœur de la forêt ; l'écho de son babil et son sourire céleste me rendaient moins pénible la vue de ces pauvres imbéciles d'hommes qui perdaient leur vie à se poursuivre d'un arbre à l'autre dans les bois sombres. Décideraient-ils un jour d'en sortir ? Grâce au bébé de Sophie, j'en gardais l'espoir.

Entre-temps...

Thomas balaya la clairière du regard. Trois épicéas couverts de neige se dressaient entre lui et l'orée du bois ; telle une avant-garde de l'armée des arbres, ils étendaient leur ombre lunaire sur la neige scintillante. Thomas frissonna, et sa bouche s'emplit d'une salive amère. Une branche surchargée se cassa soudain avec un bruit sec et un glissement de neige qui firent sursauter les soldats. Thomas les distinguait tous dans la pénombre des taillis, et voyait briller par endroits les insignes dorés qu'ils persistaient à porter sur leurs vêtements indiens, en dépit de ses avertissements répétés. Il lui faudrait sévir.

A la vérité, il n'avait nul besoin de guetter ainsi près de ses hommes. Il avait posté huit sentinelles autour du camp, et les éclaireurs qu'il avait dépêchés n'avaient rapporté la présence d'aucun détachement de la milice de Virginie dans les alentours. Mais le sommeil le fuyait lorsqu'il sentait l'ennemi à proximité, et il se languissait du corps de Nashawa. En vérité, autant que ses charmes, il regrettait le réconfort qu'elle seule savait dispenser ; tout lui semblait si simple auprès d'elle !

323

Pourquoi pensait-il aussi souvent à moi ? La passion que je lui avais inspirée avait exacerbé ses défauts, alors que l'amour de Nashawa faisait éclore ses qualités. Il avait payé de bien des tourments nos heures de plaisir charnel, alors qu'elle lui en prodiguait sans jamais rien exiger d'autre. Il ne manquait pourtant point de lucidité et reconnaissait sa propre aberration à mon endroit ; mais plus il en était conscient, et plus il se montrait indulgent à mon égard ; sa rancune fondait comme neige à la chaleur de ses tendres souvenirs.

J'en restais déconcertée.

Se peut-il que le bonheur tranquille ne satisfasse point un homme ? Lui faut-il donc les affres d'une passion malheureuse pour se sentir en vie ? Vivante ou morte, j'étais bien incapable de répondre à semblables questions.

Vers la fin février, alors que je me trouvais à Vaudreuil, Martin vint s'enquérir de la santé de Nashawa et des tâches à accomplir durant la semaine. Il apportait à Nashawa un lièvre à pattes blanches qu'il avait acheté à son intention à un chasseur du village. Elle le remercia gracieusement et s'abstint de mentionner qu'elle ne manquait jamais de viande fraîche, grâce aux collets qu'elle posait autour de la maison.

Il se dandinait timidement devant elle, hésitant à se retirer, se grattant la nuque sous sa nouvelle toque de castor. Elle chercha ses yeux et dit : « Le maître bientôt ici. »

Martin s'était accoutumé à ses étranges façons ; Emma, s'étant prise d'affection pour la curieuse épouse de Thomas, chantait sans cesse ses louanges. Il hocha la tête sans oser demander à Nashawa d'où elle tenait la nouvelle et s'enquit d'un ton qui se voulait détaché : « Si le maître rentre bientôt, il me faut quérir l'avoine pendant que le lac est encore gelé et que les routes sont praticables... Il n'en reste plus guère au fond du coffre... Le maître sera de méchante humeur si ses juments n'en ont point au temps du poulinage. (Comme Nashawa l'approuvait du regard, Martin s'enhardit :) Avec votre permission, je prendrai la traîne à deux chevaux pour traverser le lac. »

Percevant l'amusement de Nashawa, je me demandai derechef si elle lisait dans toutes les pensées. Le voyage à Montréal tentait Martin depuis de longues semaines sans qu'il osât emprunter le traîneau pour s'y rendre, muni de la longue liste d'achats nécessaires à sa chère Emma. Nashawa l'observait. « Hiver très long, avoine très rare. Coûte beaucoup argent... » Mais elle n'eut pas le cœur de prolonger son désappointement. « Va, Martin. Juments et poulains très importants. Maître content si tu vas. »

Une de ces journées radieuses qui ponctuent les horreurs de février par un éblouissement de bleu intense et de neige immaculée, Martin se lança sur les étendues gelées du lac des Deux Montagnes à l'allure rapide de la longue traîne que tiraient deux roussins fringants. Sifflotant d'aise à la pensée d'une ou deux journées dans la grande ville, il mena bon train son équipage. Non qu'il regrettât d'avoir passé l'hiver à se faire dorloter par Emma, mais le brusque départ de son maître aux armées l'avait alarmé de plus d'une façon. Thomas lui en avait appris la cause avant de le renvoyer à Vaudreuil : la mort du comte. L'intervention de l'homme en noir trop zélé, la nécessité d'acheter le silence de Pivert, tout cela ne disait rien de bon à Martin. Alors que son maître semblait croire que l'ancien palefrenier ferait voile vers la France et garderait désormais le silence, Martin ne pouvait se défaire de l'appréhension qui l'avait saisi en apercevant Pivert à Louisbourg. Si l'homme était capable de chantage, il ne se contenterait pas d'un seul paiement.

Pauvre Martin ! C'était pitié que Thomas eût rejoint sa compagnie sans l'avoir rassuré en lui confiant les révélations de Nashawa. Quoiqu'en vérité elles l'eussent sans doute surtout convaincu que l'épouse de son maître s'adonnait bel et bien à la magie.

En route pour Montréal, Martin revivait — non sans une pointe de regret — les beaux jours de son célibat. Je décidai de le suivre, pour m'assurer que l'infâme Cormier ne méditait point quelque autre méfait, mais était au contraire en bonne voie de récolter sa récompense.

Une fois franchis les murs de la ville, Martin s'engagea dans le dédale des rues animées et glissantes pour trouver de l'avoine. Cette quête occupa le plus clair de sa journée en le faisant courir d'un entrepôt de grain à l'autre afin d'y acquérir, de peine et de misère, dix sacs de la précieuse céréale. Le soir venu, il était si fourbu qu'oubliant toute idée de réjouissances il chercha une écurie afin d'y loger ses chevaux et d'y louer trois stalles ; deux pour ses bêtes et une pour lui, car il avait décidé d'épargner à son maître le prix d'une chambre en couchant sur la paille.

Le lendemain, il se lança à la recherche des nombreux articles exigés par Emma. Lorsqu'il arriva au bout de sa liste, il n'était plus temps de reprendre le chemin de Vaudreuil. Traverser de nuit le lac gelé ne le tentait guère ; il avait très souvent été réveillé en pleine nuit, alors qu'Emma sommeillait à son côté, par les hurlements des loups affamés, et trouvait Vaudreuil un peu trop proche de la forêt à son goût.

Mais s'il était trop tard pour regagner Vaudreuil, il était encore assez tôt pour s'accorder quelques plaisirs de citadin. Avec un petit frisson d'anticipation qu'il n'avait pas ressenti depuis des mois, Martin décida de s'offrir un bon repas et — une fois n'est point coutume — une nuit dans une auberge convenable.

Par chance, une auberge d'assez belle mine était mitoyenne à l'échoppe où il venait d'acheter quelques aunes de drap des Flandres. C'est en descendant les trois marches qui menaient à la salle commune que Martin tomba nez à nez avec Pivert.

Les deux hommes s'arrêtèrent tout net à la vue l'un de l'autre.

Martin resta figé sur place tandis qu'un frisson lui parcourait le dos ; son alarme était si clairement lisible sur son visage que les yeux de Pivert en brillèrent d'amusement. Pour ne point lui permettre de filer sans demander son reste, l'ancien palefrenier agrippa Martin par sa manche en s'écriant d'un ton jovial : « Hé là, mon compère ! Tu ne vas pas me fausser compagnie sans me payer à boire ! »

Plus mort que vif, Martin se laissa entraîner jusqu'à une table sans même chercher à s'esquiver. Bien que Pivert se fût fort empâté, son grand corps faisait encore impression lorsqu'il s'en donnait la peine.

« Or ça, Martin, mon gars, tu offriras bien un pot de vin à un vieil ami ? »

Pivert était de fort belle humeur. La chance continuait de lui sourire. Non seulement il avait changé de logis, mais il avait consacré

326

une partie de ses gains à l'achat d'un habit neuf, dont le gilet flamboyant avait déjà perdu quelques boutons. Ses cheveux sales et clairsemés s'enroulaient élégamment sur ses tempes et conservaient quelques traces de poudre.

Tout en appelant la souillon d'un geste d'habitué, il se pencha vers Martin avec fausse bonhomie. « Qu'est-ce qui t'amène ici, valet fidèle ? Cherches-tu un nouveau maître depuis que le tien est parti en guerre ? »

La gorge serrée, Martin murmura : « Comment... comment sais-tu que mon maître est parti... Tu... »

Avec un grincement qui pouvait passer pour un rire, Pivert l'interrompit aussitôt. « J'en sais plus que tu ne penses, Martin. J'en sais assez pour vous envoyer à la potence, toi et ton arrogant Lodigny, tout officier et capitaine d'armes qu'il soit. Mais tu ne souhaites pas que j'aille en toucher mot à Mgr le Gouverneur, n'est-ce pas, mon gars ? Alors, à combien estimes-tu ta liberté ? »

A ces mots, une colère aussi soudaine que violente s'empara de Martin, balayant sa peur et décuplant ses forces. Avec un cri de rage qui fit se retourner tous les buveurs, il sauta de sa chaise, agrippa la douteuse cravate de Pivert et se mit en devoir de l'étrangler.

« Vas-tu donc bien cesser de persécuter mon maître, fils de putain vérolée ! » Tirant des deux mains sur la cravate, il forçait Pivert à plonger son grand nez dans les assiettes sales qui encombraient la table. « Que le diable t'emporte, verrat scrofuleux ! Avec tout l'argent que t'as déjà fait cracher à mon maître, t'as l'audace d'en demander encore ! T'auras pas un sol de plus, sale vermine ! Disparais d'ici ou, par ma foi, j' te fendrai ton gros ventre comme une baudruche et j' t'étranglerai avec tes tripes ! »

Toute la salle partit à rire. Martin sentit confusément qu'il avait manqué de discrétion. Sans desserrer sa prise, il redressa la tête de Pivert, approcha son visage du museau de la fouine qui commençait à tirer la langue et murmura entre ses dents : « On t'a payé, ordure ! Retourne à tes latrines et restes-y ! »

Il relâcha si brusquement sa prise que Pivert faillit tomber à la renverse et demeura quelques instants anéanti avant de se tâtonner le cou d'une main aux ongles noirs. Puis s'étant prudemment éclairci la gorge, il cracha deux fois dans la sciure de bois du plancher avant de trouver la force de croasser : « Qu'est-ce que tu me chantes là, Martin ? Payé ? Je n'ai jamais reçu un denier de ton maître ! »

Martin haussa les épaules et respira profondément ; il pouvait disposer de ce gros sac de lard comme en se jouant. « Bien sûr que tu ne l'as pas reçu de lui, canaille, puisque c'est l'homme en noir qui t'a apporté l'argent que mon maître lui avait donné pour toi, pour que tu nous laisses en paix ! Il m'a tout dit avant de partir. L'homme en noir t'a donné l'argent, alors tu vas tenir parole, sinon... »

Martin n'eut qu'à se pencher vers Pivert ; l'homme eut un mouvement de recul et avala nerveusement sa salive. Mais il recouvra peu à peu son aplomb, et se hasarda à demander d'une voix plus assurée : « Cet homme qui, d'après toi, m'a remis l'argent de ton maître, connais-tu son nom ? »

Martin se gratta le nez tout en gardant Pivert sous la menace de son regard. « Pour sûr, mon maître me l'a dit, mais... Bormier ? Dormier ?

— Cormier ? »

Martin hocha la tête. « Oui... Je crois que c'est son nom. Cormier ? Oui, c'est bien ça. »

Avec une exclamation grossière, Pivert renvoya le pichet de vin que la servante s'apprêtait à poser sur la table ; mais la souillon lui tira la langue et planta si violemment le pot devant lui qu'elle éclaboussa son gilet bariolé. Sans même y prendre garde et sans chercher à dissimuler la rage froide qui le faisait trembler, Pivert explosa :

« Le scélérat ! Martin, je te jure sur la tombe de ma défunte mère que je n'ai pas touché un sou de l'argent extorqué par ce bougre malodorant à ton maître ! Et jamais je n'aurais dénoncé Lodigny... ni toi non plus, d'ailleurs ; mes menaces n'étaient que plaisanterie ! Cette canaille de Cormier nous a tous bernés ! »

Son agitation était telle que Martin ne douta pas qu'elle fût sincère et justifiée ; il se garda d'interrompre la litanie de griefs.

« Après tout ce que j'ai fait pour lui ? Quand je pense que j'ai même été jusqu'à recruter des petits garçons pour le chœur de son évêque, ou de son cardinal... Drôle de chœur, en vérité ! Je te le dis, Martin, Cormier est un ruffian de la pire espèce ! (Il plaida sa cause du regard, tandis que Martin impassible savourait son humiliation.) Écoute, il faut me croire. Tout ça a commencé en France, quand le jeune Lodigny, je veux dire ton honorable maître, a pris son aïeul pour cible et a jugé plus sage de décamper en ta compagnie. Les deux vieilles folles... Hé, tout doux, mon gars, cesse tes violences... Bon, bon, les respectables tantes, sœurs de Mgr le Comte Philippe, n'ont rien trouvé mieux que de dépêcher Cormier aux trousses de Lodigny... euh... de ton noble maître. »

Martin le considéra d'un air dubitatif. « Pour quoi faire ? »

Pivert haussa les épaules. « Qui diable le sait ? Pour le ramener sous leur coupe ou lui infliger quelque autre horrible punition du même acabit ! »

— Et alors ?

— Eh bien, Cormier n'a point tardé à découvrir où vous étiez, et m'a dépêché en Nouvelle-France pour vous tenir à l'œil jusqu'à sa venue.

— C'est donc ce que tu faisais à Louisbourg, maudit espion ! » Pivert hocha la tête sans l'interrompre. « Mais pourquoi t'avoir envoyé à sa place ?

— Parce qu'il a le froid en horreur. M. Cormier est de nature fort délicate, grinça Pivert.

— Tu as été payé pour nous espionner ! »

Pivert haussa les sourcils. « Il faut bien vivre. Mais je peux t'assurer que le ladre ne m'a point entretenu richement ; une fois réglé mon passage pour Louisbourg, j'ai dû mettre ma montre en gage pour manger. Et puis, c'était il y a trois ans déjà, et l'argent venait des deux sorcières... euh, des charmantes tantes, et non de ton maître. »

Pour bonne mesure, Martin lui mit son poing sous le nez avec assez de conviction pour attirer l'attention des buveurs et — *a fortiori* — celle de Pivert, et lui déclara calmement : « Peu importe qui a reçu l'argent de mon maître. Tu fermes ta grande gueule, entends-tu ? sangsue sans vergogne ! Ou je t'écrase comme la limace que tu es ! »

La longue face de Pivert se fendit d'un sourire ironique. « En vérité, mon compère, que veux-tu bien que je dise ? Il n'y a rien à rapporter à quiconque... »

Martin le regarda sans comprendre. « Que veux-tu dire ?

— Ce que je veux dire, répondit Pivert en ricanant, c'est que l'aïeul de ton maître se porte à merveille, et qu'il n'a d'autre souhait que de voir son assassin chéri regagner le bercail. Tout est pardonné, et le vieux est prêt à tuer le veau gras pour le petit-fils prodigue. Voilà. Tu es satisfait ? Je gage que ce n'est point ce que Cormier a raconté à ton maître, hein, mon gars ? »

Martin secoua la tête sans pouvoir ordonner ses pensées. « Doux Jésus ! Dis-tu vrai ?

— Pourquoi mentirais-je ? C'est la vérité, et c'est Cormier qui en a menti. Vous n'avez rien à craindre de lui. (Entre ses dents, il ajouta :) Par contre, il a tout à craindre de moi... »

Je n'avais jamais été complice d'un criminel, mais dorénavant Pivert pouvait compter sur mon aide. Pour ce qu'elle valait.

29

Si grande était sa hâte de retrouver Nashawa et son domaine que Thomas ne descendit de cheval qu'une seule fois — pour changer de monture — entre La Présentation et Vaudreuil, et qu'il couvrit la distance de plus de quarante lieues en moins de douze heures.

Le congé promis en février ne lui avait été accordé qu'à la fin de mars par M. de Contrecœur, commandant du fort Duquesne. En dépit des renforts dépêchés aux forts de la vallée de l'Ohio, le besoin d'officiers se faisait sentir, d'autant que bien peu d'entre eux se montraient capables de parlementer avec les Indiens alliés.

Durant ses mois de patrouilles et d'escarmouches, Thomas s'était acquis une réputation de bravoure et de rectitude auprès des tribus favorables aux Français. On lui connaissait le respect des coutumes indiennes et une pratique du langage algonquin qu'il devait à Nashawa. Il n'avait jamais rien appris de moi, sinon à se défier des serments d'une femme. Je lui avais enseigné que, si les hommes sont parfois portés à la violence, les femmes savent, elles, être délibérément cruelles.

Lorsque le renom de Thomas parvint aux oreilles du commandant de Contrecœur, celui-ci le chargea aussitôt de négocier une entente avec un important détachement de Delawares qui parlaient l'algonquin. Nouvellement arrivés, ces sauvages hésitaient encore à se joindre aux Français.

Trois semaines durant, Thomas harangua leurs chefs, leur offrit des colliers de *wampum* et des barils d'eau-de-feu pour les persuader de se montrer dignes fils d'Onionto et de suivre les traces de leurs frères hurons, abénaquis, nipissings et outaouais sur le sentier de la guerre contre les perfides Anglais.

Mais il n'avait pas le cœur à l'ouvrage ; l'armée ne captivait plus son imagination. Ces palabres interminables le lassaient un peu plus chaque jour. A quoi bon attirer les Indiens dans un conflit entre deux peuples étrangers dont le dessein ultime n'était autre que de les spolier de leurs territoires ?

Une fois les accords conclus, M. de Contrecœur se résigna à laisser Thomas partir pour un congé d'un mois, dont une bonne partie serait consacrée au voyage. Ce fut à peine si le serviteur de Thomas eut le temps de se procurer quelques provisions de bouche avant que son maître ne l'entraînât sur la route de Vaudreuil.

Les pistes indiennes qui sillonnaient la sylve sans bornes lui étaient désormais familières, mais le dégel les rendait plus ardues et presque impraticables par endroits. Venir à bout des congères, de la glace et de la boue n'était que moindre épreuve ; encore fallait-il passer à gué des rivières que la fonte des neiges avait rendues intraversables, en espérant que la force des montures serait supérieure à celle du courant. Dormant quelques heures par nuit sous un abri de branchage, Thomas secouait avant l'aube son serviteur bougonnant et le forçait à repartir au lever du soleil.

Il s'arrêta pourtant quelques heures à La Présentation afin d'y saluer le père Piquet. Le prêtre l'accueillit avec sa jovialité coutumière.

« Or ça, mon garçon, tu n'as plus que la peau sur les os ! Les vivres manqueraient-ils au fort Duquesne ? Par ma foi, je devrais bien te tenir ici une couple de jours pour t'engraisser avant de t'envoyer rejoindre ta belle épousée ! »

Victuailles et breuvages ne faisaient certes point défaut à La Présentation. Presque à son corps défendant, Thomas se vit forcé de partager un copieux repas de venaison sous l'œil vigilant du prêtre, qui remplit lui-même l'assiette et le gobelet de son visiteur tout en maintenant le feu roulant de son monologue durant le repas. Il se déclara satisfait du nombre croissant de ses catéchumènes, s'enquit des hostilités et — avec discrétion — des raisons qui avaient poussé Thomas à y participer.

Thomas s'en tint à des réponses vagues. Il ne se sentait point d'humeur à se confesser ; la confession exige une entière vérité, sous peine de pécher par omission. Un reste de honte le retenait encore, mais aussi la crainte de devoir mentionner au prêtre les révélations de Nashawa et ses croyances hérétiques. Il ne profita de l'hospitalité de Piquet que le temps de prendre un bref repos. Il fut décidé que son ordonnance resterait à la Présentation jusqu'à son retour de Vaudreuil, et qu'ils rejoindraient ensemble fort Duquesne.

Thomas remercia le père Piquet, reçut sa bénédiction et reprit avant l'aube le chemin de Vaudreuil.

Il y arriva à la tombée du jour, devançant de quelques heures une tempête qui s'en venait par l'ouest ; épuisé, baigné de sueur, crotté de la tête aux pieds. Et enflammé de passion pour Nashawa.

Elle l'attendait depuis plusieurs heures déjà, ayant prédit son retour pour le jour même avant que je le lui eusse annoncé. Elle ouvrit la porte comme il conduisait à l'écurie ses chevaux fourbus, et attendit patiemment sur le seuil, indifférente à la morsure du froid.

Il courut le long du sentier que les pas avaient creusé entre la grange et la maison, dans la neige encore profonde, trébuchant de hâte et de fatigue. Nashawa s'écarta en silence pour le laisser rentrer, et Thomas se dirigea vers l'âtre sans même ôter ses bottes.

Ils n'échangèrent pas un mot. Elle referma la porte et s'approcha de lui. Avec des gestes lents, elle desserra la large ceinture qui lui ceignait la taille, écarta le gilet de castor, le capot de laine et la chemise, et plaça ses deux mains sur la poitrine de Thomas, laissant ses doigts percevoir la musique du cœur qui battait pour elle. Un long frisson le parcourut et leurs yeux se cherchèrent. Ils se contemplèrent de longs moments en silence, puis Nashawa se mit à lui ôter sa tenue indienne, tout comme elle l'aurait fait pour un brave de sa tribu. Elle tira ses bottes de veau marin maculées de boue, détacha ses mitaines et fit glisser son capot de ses épaules. Il passa sa chemise de toile grossière par-dessus sa tête, entraînant le lien qui retenait ses boucles brunes, tandis que son brayer dénoué tombait à ses pieds.

Le regard de Nashawa caressa le corps amaigri de son amant, s'attardant à la cicatrice rosâtre qui lui barrait la cuisse gauche. D'un seul mouvement, elle tomba à genoux et posa ses lèvres sur la blessure. Avec un long soupir, Thomas ferma les yeux et rejeta la tête en arrière. Alors Nashawa se releva, détacha les agrafes de sa longue robe et la laissa choir à ses pieds.

Thomas redressa la tête. Leurs regards se joignirent comme si leur vie, leur amour, leur âme même s'y trouvaient confondus. Puis, foulant au pied les vêtements qu'ils avaient rejetés, ils se précipitèrent dans les bras l'un de l'autre, et se fondirent en une triomphante étreinte.

Leur désir primitif et son assouvissement m'étaient insupportables ; leur silence trop éloquent, leurs soupirs puis leurs cris trop mortifiants me mirent à la torture. Incapable d'endurer plus longtemps ce supplice, je ne parvins pourtant pas à m'y soustraire. Mais lorsque Nashawa entreprit de préparer un bain pour son guerrier et déversa dans la baignoire en cuivre des chaudronnées d'eau chaude, tandis que ledit guerrier se remettait de leurs ébats, un sursaut de révolte me fit quitter leur chaumière en claquant — mentalement — la porte. Trop, c'est trop !

O le pouvoir de la chair ! Il se fait sentir sur les esprits mêmes... Si sincère que fût mon vœu de renoncer à Thomas et aux extases charnelles, j'en étais bien incapable. Je désirais Thomas, et souhaitais ardemment son désir.

Je me demandais parfois si c'était Thomas que je regrettais ou l'étreinte d'un homme. Les tendres souvenirs que j'avais conservés des retours nocturnes de Bertrand me revenaient aussi, et je ne les repoussais point car ces moments parfaits sont de précieux joyaux qui ne perdent jamais leur valeur.

J'avais, en vérité, aimé ces deux hommes avec une égale ardeur. Je l'admettais sans repentir. Quant à Philippe, je ne lui gardais point rancune, mais rougissais encore de lui avoir cédé.

Dès qu'il apprit le retour de son maître à Vaudreuil, Martin brava l'agonie sauvage de l'hiver pour se rendre à pied du village au domaine ; trébuchant sur les branches abattues, s'enfonçant dans les congères, le visage fouetté par la bise coupante et le grésil, il fit le trajet sans y prêter attention, tout à la pensée de ce qu'il allait apprendre à son maître.

Il arriva, haletant et transi, devant la porte de Thomas comme celui-ci s'apprêtait à sortir pour briser la glace qui s'était reformée sur l'abreuvoir des chevaux. Thomas le fit entrer aussitôt. Le valet, dont le grand nez était blanc de froid, tenait serré contre son étroite poitrine un énorme jambon boucané au sirop d'érable.

Ils se saluèrent en amis, s'installèrent confortablement devant la cheminée, se réchauffant les mains contre leurs gobelets de vin chaud aux épices dont la fragrance chatouillait mes narines, attendant chacun que l'autre entamât la conversation. Thomas, sentant l'impatience de Martin, lui laissa la parole ; et Martin, que quelques bonnes lampées avaient considérablement réconforté, se lança à vive allure dans le récit de sa rencontre avec Pivert afin d'en arriver le plus vite possible à ce qu'il croyait être pour Thomas une nouvelle aussi surprenante que bienvenue.

« Sa Seigneurie le comte Philippe, votre aïeul, est bien vivant, Monsieur ; et pardieu cet homme, ce Cormier, vous a berné. »

Thomas n'avait nul besoin qu'on le lui rappelât. Le regard qu'il jeta à Martin fit trembler le pauvre valet, qui — se rappelant la nature colérique de son maître — concentra son attention sur sa tasse fumante. Mais l'ire de Thomas n'avait d'autre objet que Cormier. Au prix d'efforts considérables, il réussit à juguler la rage aveugle qui s'emparait de lui chaque fois qu'il pensait à la rouerie de Cormier et à sa propre crédulité. Il sourit tristement à Martin.

« En vérité, Martin. En vérité, je me suis laissé berner. »

Depuis les révélations de Nashawa, l'idée de vengeance avait occupé bon nombre de ses veilles, mais la vie précaire au sein de la forêt n'était guère propice à ce genre de ressentiment ; la nature y était trop vaste et trop noble pour qu'on s'y attarde à de mesquines rancunes. Thomas avait fini par abandonner à la Providence le soin de le venger : la nature même de Cormier assurerait sa perte.

« Qu'y puis-je maintenant ? soupira-t-il. Ce qui est fait est fait... »

Martin le regardait, surpris par la résignation de ce maître à l'ordinaire si impétueux. Sa déconvenue le poussa à demander : « Vous me croyez, Monsieur ? Vous croyez c'que je dis ?

— Assurément, Martin, et je te suis fort obligé d'être venu pour m'en parler ; mais me venger ne changerait en rien l'état des choses. De plus, l'homme est sans doute de retour en France, et hors de notre atteinte...

— Nenni, Monsieur ! Il est à Québec, à c't' heure ! A faire la chattemite auprès d'un *monsignor*, à ce que m'en a dit Pivert. (Satisfait de l'intérêt que Thomas manifestait soudain, Martin avala

335

son vin d'un trait et ajouta avec empressement :) Pivert m'a dit que Cormier ne partirait pas pour Rome avant le mois d'avril. Le mois prochain. (Il se prit à rire.) Si Pivert ne lui fait pas son affaire entre-temps ! Oh, Monsieur, si vous aviez vu Pivert ! Il était fort en colère contre son compère ! Je prierais bien tous les saints du paradis pour que ces deux vilains bougres se prennent dans les pieds l'un de l'autre et tombent sur leur face croche ! Peut-être bien que vous pourriez leur faire recracher votre argent... ? »

Thomas écarta d'un geste fataliste cette éventualité. « N'y songe point, Martin. J'offre à Dieu une prière d'action de grâces pour avoir épargné la vie du comte et m'avoir ainsi accordé la chance de vivre en paix. Quel que soit mon mépris pour le fourbe qui m'a trompé, je n'ai pas l'intention de chercher vengeance... Je préfère laisser au Ciel le soin de le punir. »

Martin s'agita sur son fauteuil en lui jetant des regards furtifs.

« Euh... Avez-vous le goût de rentrer à Saint-Onges, Monsieur ? Pivert dit que votre grand-père veut vous y voir. »

Thomas le considéra d'un air pensif. « Et toi, Martin ? Comptes-tu y retourner ?

— Oh, pour ça non, Monsieur ! Que Dieu m'en préserve ! » Plus transi par cette perspective que par les pires rafales de neige, il se hasarda à ajouter timidement : « Faudrait-il donc que j'y retourne ?

— Non, bien sûr. Tu es libre. Mais tu viens de répondre à ma place. »

Dans le rire qu'ils partagèrent, je perçus une pointe de tristesse.

Les affirmations de Nashawa étaient donc confirmées.

Thomas comprit alors qu'il avait cru sa femme par amour plutôt que par conviction. Il avait ajouté foi à ses dons extraordinaires avec la même confiance qu'il accordait à la bonté divine et à la survie de l'âme : sans en exiger la preuve. Détenir cette preuve, avoir la confirmation des pouvoirs surnaturels de son aimée le déroutait quelque peu.

Un retour à Saint-Onges ? Il y avait songé maintes fois durant les mois de privation qu'il venait de vivre. Pourtant, quelles qu'eussent été les épreuves infligées par cette bizarre campagne, elles ne l'avaient jamais incité à tout abandonner pour rentrer en France et y retrouver les fastes d'une vie de privilégié. Jamais.

Ce qu'il désirait avant tout, c'était la paix. Paix en Nouvelle-France, afin de pouvoir se dégager sans déshonneur de ses obligations militaires et regagner son domaine ; paix en son cœur pour jouir de l'existence heureuse qu'il se promettait auprès de Nashawa.

En d'autres termes, il demandait l'impossible.

Car, en vérité, s'il fallait en juger par ma propre vie et par celle de tous ceux que j'avais croisés en chemin, la paix est un état précaire sur cette Terre.

Je souhaitais avec ferveur que son vœu se réalise, mais je craignais l'influence de Philippe. Thomas n'avait jamais pris conscience du poids que l'opinion du comte faisait peser sur ses épaules. Si son aïeul le suppliait de rentrer à Saint-Onges, refuserait-il ?

Lorsque j'arrivai à Saint-Onges, où je n'étais pas retournée depuis quelque temps, je trouvai la maisonnée sens dessus dessous.

Philippe s'étant enfin décidé à entreprendre le voyage en Nouvelle-France, il avait assigné tous les domestiques aux préparatifs du voyage. Il régnait au château une agitation fébrile.

Le comte avait fini par renoncer à tirer quelque assistance de Bigot. L'intendant général continuait d'ourdir ses intrigues à la cour et renâclait devant la nécessité de tourner le dos à ses ennemis pour rejoindre son poste à Québec. Il remettait son départ de jour en jour et de semaine en semaine. Philippe, qui s'était installé à demeure chez Bigot — soit qu'il trouvât divertissantes ses machinations, soit qu'il hésitât à regagner Saint-Onges, où Bertrand avait rejoint Sophie et la petite Marianne —, comprit que l'intendant avait d'autres soucis en tête que le sort de Thomas, et qu'on ne pouvait se fier à lui pour obtenir le retour de l'enfant prodigue.

Lorsque Bigot — peut-être las d'un invité quelque peu encombrant — lui offrit la possibilité de faire voile vers le Nouveau Monde en avril, Philippe accepta tout de go.

La guerre non déclarée entre la France et l'Angleterre avait atteint une passe dangereuse sur le continent américain. Le *major general* Edward Braddock avait bel et bien été nommé — ainsi que Liénard de Beaujeu en avait informé Thomas — commandant en chef des troupes anglaises d'Amérique. Le gros de ces forces devait lever l'ancre en avril et atteindre le Nouveau Monde avant la fin mai. Les escarmouches, qui n'avaient cessé de s'intensifier, feraient bientôt place à une guerre ouverte. Liénard avait vu juste.

Les Français — pour ne point être en reste — décidèrent d'envoyer en Amérique les régiments de la reine, d'Artois, de Bourgogne, de Languedoc, de Guyenne et de Béarn. On hâta les préparatifs du départ afin que ces troupes s'embarquassent, elles aussi, en avril.

Les Anglais, que cette nouvelle ne mettait point de belle humeur, ordonnèrent secrètement à Boscawen, amiral de la flotte anglaise, d'attaquer tout vaisseau de la flotte française. L'ambassadeur de France en Angleterre ayant eu vent de cet ordre et s'étant plaint auprès de Saint-James, on l'assura fort courtoisement que les rumeurs qui lui étaient parvenues à ce sujet étaient dénuées de fondement.

Ledit ambassadeur, qui avait mis plus d'une fois à l'épreuve la bonne foi d'Albion, conseilla à son gouvernement de doubler les canons sur les vaisseaux français et de hâter leur départ.

Ce fut le moment que choisit Bigot pour offrir — fort généreusement — à son invité et à toute sa suite un passage gratuit sur l'un des transports de troupe en partance. Philippe, séduit par l'idée de se présenter à l'improviste devant la porte de Thomas, passa outre aux inconvénients de partager le navire avec vingt officiers et deux cents soldats.

Il mobilisa donc aussitôt une armée de chambrières, de laquais, de palefreniers et de maroufles de tout acabit, et les dépêcha aux quatre coins du domaine, de la province et du pays entier pour en rapporter ce qu'il jugeait nécessaire au voyage. Le temps pressait. Les cuisiniers couraient la campagne, en quête des meilleurs jambons, des confits d'oie et des fromages affinés dont le comte comptait faire son ordinaire à bord du navire. Les régisseurs de la cave s'attardaient en Beaujolais pour en rapporter quelques fûts du meilleur juliénas. Les filles de cuisine plumaient à longueur de journée des canards et des oies pour confectionner oreillers et courtepointes du plus fin duvet. Des serviteurs, dépêchés chez les orfèvres et les tailleurs parisiens, en rapportaient des nécessaires de toilette en vermeil aux armes du comte et la douzaine d'habits qu'il avait commandés. Les quatre laquais choisis pour escorter Philippe et son valet Lafleur avaient été équipés de pied en cap et se pavanaient dans leur nouvelle livrée rutilante.

Quelques doctes traités sur le Nouveau Monde, sa faune et sa flore — achetés à prix d'or et dont Philippe lui-même surveilla l'emballage dans de la toile cirée —, allèrent bientôt rejoindre les auteurs favoris du comte dans trois grandes caisses de chêne.

Les tantes restaient coites de saisissement devant l'amoncellement de paniers, couffins, caisses, cassettes et malles qui encombraient déjà l'ancienne bibliothèque.

Caroline ne décolérait pas. Le jour de mon arrivée, son chocolat matinal lui avait été monté avec trente-trois minutes de retard par une souillon des cuisines dont le visage terreux lui était inconnu. Sa propre femme de chambre avait disparu ; ses propres valets s'étaient volatilisés. Quant aux deux laquais qu'elle avait interpellés dans le corridor, ils s'étaient esquivés en marmonnant de vagues excuses.

N'y tenant plus, Caroline entra en trombe dans la chambre de Pauline comme si elles s'adressaient encore la parole.

« C'est proprement intolérable ! Pauline, il vous faut m'accompagner chez Philippe et joindre vos protestations aux miennes ! Son projet insensé bouleverse la maison entière. Dieu sait si j'ai hâte de le voir partir ; mais, de la façon dont on nous traite, je ne survivrai point jusque-là ! »

Se laissant choir sur un fauteuil, elle se mit à s'éventer furieusement avec un éventail exquis que je reconnus — non sans indignation — pour être celui dont m'avait fait présent Bertrand, mon époux !

Pauline ferma son livre, en prenant soin d'y glisser un signet pour marquer sa page, le posa sur son giron et regarda sa sœur en silence.

Le bref coup d'œil que Caroline jeta au titre de l'ouvrage lu par sa sœur colora de honte ses joues flasques. Voltaire ! Pauline lisait un roman de M. de Voltaire ! C'en était trop. Et Sophie y était sans doute pour quelque chose. Caroline serra les dents ; elle n'avait pas dit son dernier mot au sujet de la révolte ouverte de sa sœur et de l'impudence de sa nièce. On aviserait dès que Philippe aurait quitté les lieux.

« Qu'avez-vous donc à me regarder ainsi, Pauline ? Je vous ai dit de m'accompagner chez Philippe de ce pas ! Allons nous plaindre du comportement inadmissible des serviteurs. »

Mais Pauline refusa tout net de se laisser entraîner, et repoussa avec une fermeté digne de louanges les assauts de Caroline. Tandis que celle-ci continuait de tempêter, elle rouvrit son livre et reprit sa lecture, se contentant d'un petit salut du menton pour signifier à sa sœur que leur entrevue était terminée.

Caroline quitta la chambre de Pauline comme elle y était entrée et se dirigea à grands pas vers les appartements de son frère.

Sophie s'y trouvait déjà en compagnie de la petite Marianne et de Toinon. Caroline, prise de court, renonça à ses doléances ; elle ne tenait pas à étaler ses griefs devant Sophie et sa vulgaire chambrière.

Dans les bras de sa mère, le bébé gazouillait, à la grande joie de son trisaïeul. L'œil pétillant, la joue rosie par la fièvre du départ, Philippe riait comme un jeune homme en balançant une montre en or au bout de sa chaîne, et l'enfant tendait ses mains potelées vers l'objet brillant hors de sa portée en poussant de petits cris ravis.

Quant à Sophie, qui riait aussi tout en caressant de ses lèvres la soie pâle des cheveux de sa fille, elle me parut sereine, épanouie et plus belle que jamais.

Caroline salua le plafond d'un « Bonjour ! » qui n'augurait rien de bon pour le jour en question. Lorsqu'on lui eut rendu son salut — la révérence de Toinon frisait l'insolence —, elle s'approcha de l'enfant et déposa sur sa joue un baiser tout sec. Gratifiant Sophie d'un vague sourire, elle prit son air de patience-mise-à-la-torture pour écouter pérorer Philippe — lequel expliquait à la ronde que, pour tirer agrément des voyages, il suffisait d'emporter le strict minimum.

La petite Marianne troublait Caroline. On ne pouvait nier sa grande beauté ; mais une telle vivacité, un tel charme, chez une enfant de quelques mois à peine semblaient presque malséants à la tante. Elle faisait de son mieux pour y résister. A son avis, Sophie n'aurait jamais dû la nommer Marianne ; c'était donner à l'enfant un bien mauvais exemple à suivre. Ils seraient tous bien punis, pensait-elle, si cette enfant déjà espiègle devenait en grandissant l'émule de sa tante décédée : une effrontée libertine.

Caroline méritait décidément une bonne leçon ! Je m'efforçai de la lui donner en lui arrachant des mains mon éventail. Sans grand succès, hélas ! Après une dizaine de vaines tentatives, riant de ma gaucherie de fantôme, j'essayai une dernière fois, et... le bel éventail s'envola de la main de Caroline pour choir aux pieds de Toinon. Celle-ci se baissa machinalement pour le ramasser et le tendre à Caroline avec une révérence, sans quitter des yeux la petite Marianne.

Ma plaisanterie avait fait long feu. Caroline, trop occupée à s'apitoyer sur elle-même, n'y accorda pas la moindre attention. Au reste, les autres n'en accordaient guère plus à elle-même : elle se sentit soudain si seule que ses yeux s'emplirent de larmes.

C'est alors que l'enfant la remarqua, chercha son regard de ses yeux rieurs et lui sourit. Tendant les mains vers Caroline, elle s'agita dans les bras de sa mère avec un babil fort éloquent. Sans laisser à la tante le temps d'esquisser un geste de refus, Sophie lui tendit Marianne.

Comme je lui enviai la joie de tenir la fillette dans ses bras ! De la bercer contre son cœur, et de l'entendre rire et gazouiller !

Mais peut-être cette joie était-elle encore plus nécessaire à Caroline qu'à moi.

30

Lorsque Philippe, las et désorienté, débarqua à Québec, Thomas avait déjà quitté Vaudreuil et chevauchait vers le fort Duquesne.

Je le regrettai, autant pour l'un que pour l'autre.

La traversée de l'Atlantique avait fait vivre au comte des moments fort intenses. Lui qui n'avait jamais franchi d'autre mer que la Manche s'était émerveillé de l'immensité à laquelle se mesurait leur faible navire ; un défi bien propre à lui plaire. Il en avait éprouvé des émotions nouvelles, dont il avait tiré — au profit du capitaine qui l'écoutait d'un air bonasse — maintes réflexions philosophiques.

Durant les premières semaines de la traversée, il s'était donc montré fort satisfait de l'aventure. Les manœuvres du bord le distrayaient. Il examinait avec curiosité les matelots qui chaque matin sablaient le pont en le frottant avec des briques ; écoutait, surpris, le chant des marins qui actionnaient les pompes ou grimpaient dans les hauts avec une incroyable agilité. Il se tordait le cou à observer les gabiers — dont certains avaient bien son âge — accrochés aux barres de hune du grand mât pour ferler les voiles avec une surprenante rapidité. Il tirait aussi quelque divertissement des punitions infligées chaque jour sur le coup de onze heures à tous ceux qui avaient commis une infraction.

Il y avait assurément trop d'hommes à bord ; mais soldats et équipage se tenaient à leur place, et quelques officiers étaient d'un commerce tolérable. Quant au capitaine Lejeune, une fois écarté le risque d'apoplexie qui avait failli l'emporter à la vue des bagages et de la suite de son passager, il s'était comporté en parfait gentilhomme. Érudit et disert à ses heures — un verre de juliénas en main —, il se montrait digne en tous points de tenir tête à Philippe au cours des interminables joutes oratoires qui occupaient leurs veillées.

Si ce n'étaient l'exiguïté des appartements, l'inévitable puanteur qui montait de la sentine et l'absence de femmes à bord — omission qu'il se promettait de réparer au retour —, Philippe ne voyait donc rien à redire à la vie en mer. Au reste, le beau temps semblant vouloir se maintenir, il passait le plus clair de ses jours sur la dunette.

Mais les jours se succédèrent, tous semblables, sur l'étendue sans fin de ces eaux dont les reflets aveuglants le faisaient cligner les yeux. Sans autre distraction que de regarder les matelots embarquer les cordages, escalader les gréements ou livrer leur dos au fouet du maître d'armes, le comte commença à trouver fastidieuse la routine du bord. N'ayant jamais enduré au cours de sa vie la moindre monotonie, il se prit à compter les jours avec une impatience croissante et finit, en désespoir de cause, par ordonner qu'on ouvrît une de ses caisses de livres, et qu'on installât sur le pont de dunette un des lourds fauteuils en chêne sculpté que le capitaine avait gracieusement fait porter dans sa cabine. Il y resta pendant des heures en compagnie de ses auteurs favoris, indifférent à la houle qui faisait osciller le navire bord sur bord, ne levant les yeux d'une page de Diderot ou de Crébillon fils que pour froncer les sourcils lorsque les marins le dérangeaient en courant pieds nus le long du bastingage. Il perdit toutefois le goût d'une si paisible occupation quand un coup de vent soudain fondit sur le navire et le jeta à quatre pattes sur les planches du pont, son fauteuil sur le dos.

Il passa les jours suivants dans sa cabine, courbatu et en proie à un violent mal de mer.

Un matin, alors que le navire se trouvait à mi-chemin de sa destination, la vigie aperçut au loin un vaisseau qui cinglait vers eux à vive allure et s'écria : « Voile à tribord ! »

Le capitaine, qui devisait avec Philippe le long du tillac, leva sa longue-vue pour en balayer l'horizon brumeux — sans y rien voir.

« De quel bord ?

— Au vent ! Au vent ! »

Le capitaine l'aperçut enfin et l'indiqua du doigt à Philippe. Ce n'était qu'un point presque imperceptible à l'horizon ; mais au bout de deux heures il devint évident que le vaisseau approchait rapidement, que c'était une frégate anglaise, et que son allure n'augurait rien de bon. Le capitaine Lejeune fit aussitôt sonner le branle-bas de combat. Une agitation fébrile s'empara du navire dans les heures qui suivirent. L'anglais gagnait toujours sur eux. Tandis qu'on ouvrait les écoutilles des canons, qu'on distribuait des armes à la ronde et qu'on préparait les lourdes pièces, Philippe observait, fasciné, le vaisseau qui — toutes voiles dehors — se rapprochait peu à peu.

Les deux navires furent bientôt assez proches pour que Lejeune pût interpeller au porte-voix le capitaine anglais, qu'on distinguait clairement sur la dunette, en grand uniforme.

« Sommes-nous en guerre ou en paix ? s'enquit Lejeune.

— En paix ! En paix ! » répondit l'Anglais... dont les paroles furent immédiatement suivies d'une assourdissante et meurtrière bordée de ses canons de babord.

Pétrifié de surprise, Philippe contemplait sans songer à fuir la fumée noire qui s'échappait des canons de l'anglais, tandis qu'autour de lui le tumulte frisait la panique. Non loin de lui, deux marins et un soldat avaient été emportés par des boulets. A ses pieds, un jeune lieutenant assis dans une mare de sang regardait fixement l'endroit où aurait dû se trouver sa jambe gauche.

Il me sembla alors que le navire entier sombrait dans le chaos.

Il n'en était rien. Chacun connaissait son devoir, et l'accomplit aussitôt. Tandis que les canonniers français boutaient feu aux vingt-quatre pièces de tribord et tiraient à boulets ramés, non point vers les sabords de l'anglais, mais contre son gréement et sa voilure, les officiers, hurlant les ordres du capitaine, faisaient donner toute la toile pour ne point laisser à l'ennemi la chance de recharger ou de virer de bord, ce qui lui aurait permis d'user de ses pièces de tribord. Les marins indemnes étaient déjà dans les haubans ; les gargoussiers couraient vers les batteries avec leurs charges de poudre, en jurant contre les soldats qui entravaient leur passage ; le chirurgien du bord et son assistant volaient d'un blessé à l'autre.

Voiles faseyantes, le navire anglais vira de bord pour tenter de courir vent arrière, tandis que des éclairs rouges et des nuages de fumée grise s'échappaient de ses grosses caronades et que leurs boulets faisaient jaillir des trombes d'écume de chaque bord du navire français, arrosant d'embruns les blessés. Philippe sentit les planches du tillac trembler sous ses pieds lorsque les pièces de soixante livres répliquèrent au feu ennemi. Trois grandes voiles du vaisseau anglais semblèrent soudain s'envoler sous mes yeux et disparaître dans les flots, laissant le bas du mât de misaine dégarni de toile et les marins anglais désespérément agrippés aux hautes vergues.

Le navire français, touché en deux endroits au-dessus de la ligne de flottaison, et une fois sur le haut du mât d'artimon, gagnait cependant de vitesse son adversaire, démuni d'une bonne partie de sa voilure. Le vent, qui avait forci soudainement et poussait devant lui une brume légère, lui facilita la fuite. A la faveur du brouillard qui succéda bientôt à la brume, la frégate anglaise, privée d'une partie de son gréement et incapable de prendre le navire français en chasse, renonça à le poursuivre.

Témoin invulnérable de ce bref combat, j'en avais apprécié la violence ; l'effervescence qui régnait me portait à comprendre ce que les hommes recherchent dans la guerre, cette ivresse qui s'empare des combattants. J'aurais aimé, je crois, les dangers d'une vie de marin.

Lorsque Philippe reprit ses esprits, l'ennemi avait déjà disparu dans le brouillard, en quête d'autres proies.

« Par ma foi ! s'écria le capitaine Lejeune. Si j'étais maître d'un vaisseau de ligne à trois batteries, je prendrais ce fourbe mangeur de rosbif en chasse et lui donnerais une leçon !... Bah, ce n'était qu'un bien poussif adversaire, sans doute en mer depuis longtemps, et ralenti — pour notre salut — par les bernacles de sa coque. »

Les dommages causés par l'anglais seraient aisément réparés ; mais sept marins et quatre soldats avaient péri, emportés par des boulets ou transpercés par des éclats de bois. Bon nombre de ceux qui se trouvaient sur le pont au moment de l'attaque avaient été blessés ; le chirurgien du bord leur prodigua des soins rudimentaires qui contribuèrent maigrement à leurs chances de survie. Il me fallut bien en conclure que — tout compte fait — les batailles navales n'étaient point une forme souhaitable d'amusement.

Il y eut un bref moment de tumulte lorsque des craquements violents annoncèrent la chute partielle du mât d'artimon avec sa voilure, qui s'effondra sur le pont dans un enchevêtrement de toiles, de vergues et de cordages. Dieu merci sans faire de victimes.

Si la plupart des marins gémissaient pitoyablement, c'était surtout sur la perte d'un tonneau de tafia offert par le comte à l'équipage ; le boulet qui l'avait fait éclater avait inondé le pont d'une marée de bon rhum martiniquais dont les effluves enivrants provoquaient force reniflements entre deux lamentations.

La bataille avait quelque peu ébranlé le bel aplomb de Philippe ; il se demandait encore pourquoi la mort l'avait une fois de plus épargné. Tout en aidant le chirurgien à secourir le jeune lieutenant qui pleurait — comme l'enfant qu'il était encore — la perte de sa jambe, le comte réfléchissait à l'injustice du sort. Pourquoi punir ce garçon et me laisser indemne ? Pourquoi, mon Dieu ?

Le docteur avait étanché le flot de sang assez promptement pour le sauver ; mais, faible et exsangue, le jeune homme était tombé dans un état de prostration inquiétant. Deux marins s'apprêtaient à le transporter à l'infirmerie sur une civière improvisée de deux écouvillons et d'une toile. Dans l'entrepont obscur qui servait de poste de secours, une presse vociférante de blessés légers se bousculait déjà pour recevoir les soins d'un infirmier. D'un geste, Philippe arrêta sur le seuil les deux matelots et murmura au docteur :

« Faites-le porter dans ma cabine. Sans les meilleurs soins, il est perdu. »

Le chirurgien haussa les sourcils noirs qui lui barraient le front, mais donna ordre aux brancardiers de transporter le blessé à la cabine du comte.

Sans chercher à en comprendre les raisons, Philippe se fit un point d'honneur de la guérison du jeune homme, et se jura de mettre tout en œuvre pour y parvenir.

Il se contenta le restant du voyage du trou sombre et malodorant que le lieutenant avait occupé, refusant tout net la cabine du second que Lejeune lui offrit fort généreusement — sans consulter le second, il va sans dire.

« Non, capitaine. En toute justice, c'est moi qui aurais dû subir cette atroce amputation. Quelques semaines de mortification ne nuiront pas à mon âme. »

Non seulement il exigea qu'on servît au blessé ce que ses ressources personnelles en victuailles comptaient de meilleur, mais encore il vint chaque jour s'enquérir de son état. Il ne resta d'abord que le temps de raconter au blessé quelque anecdote amusante ou quelque grivois potin de cour, qui finissait toujours par faire naître un sourire sur le visage creusé du lieutenant. Il l'encouragea à parler longuement de sa famille — une galerie de bourgeois mortellement ennuyeux établis dans une bourgade qui l'était plus encore. Enfin, il lui apporta des livres, lui parla des trésors qu'on y trouve et lui en lut des passages. C'est ainsi qu'il sema dans l'esprit de l'enfant blessé les germes de sa guérison. Car les blessures du corps ne sont que peu de chose quand l'âme veut guérir.

La générosité de Philippe n'alla pas jusqu'à se passer de ses serviteurs. Son valet Lafleur, qu'il avait chargé de veiller au bien-être du malade, n'eut plus un instant de repos et courut d'une cabine à l'autre les bras chargés de linges bien pressés, de chemises immaculées, de plateaux de victuailles, de volumes pesants ou de vin fraîchement tiré. Ses jours s'écoulèrent dans l'entrepont à pester contre son maître, et à jurer qu'on ne le reprendrait plus jamais à voyager. En réponse, Philippe lui assurait en riant qu'un brin de mortification ne nuirait point à son âme.

Lorsque le vaisseau jeta l'ancre en rade de Louisbourg, Philippe était d'humeur chagrine. Il déclara l'endroit — noyé dans ses brumeux effluves de morue — invivable, et refusa catégoriquement de mettre pied à terre. En proie à une morosité aussi pesante qu'irrationnelle, il s'interrogeait soudain sur les raisons de ce voyage. Alors qu'il approchait du but, il en venait à se demander s'il n'eût pas mieux fait de laisser Thomas en paix. De plus, son protégé se remettait de sa blessure et n'avait plus besoin de ses soins.

Quand le navire arriva au pied de la falaise de Québec, Philippe leva les yeux vers l'imposante forteresse et s'apprêta d'un air maussade à débarquer. Le jeune lieutenant, qui acceptait désormais son sort avec un joyeux courage, lui fit ses adieux sur le tillac avec des remerciements émus.

Le comte écarta cette gratitude d'un geste négligent. « Allons donc ! Ce n'est rien que tout cela. Je m'ennuyais, et votre compagnie m'a fort diverti. Promettez-moi seulement de ne point oublier mes leçons ; tirez donc profit de votre nouvel état auprès des dames. Elles ne manqueront point d'éprouver de la pitié à votre endroit, et il n'y a nulle honte à encourager ce sentiment pour en tirer quelque plaisant avantage. »

Sur les quais de Québec, Philippe bâilla discrètement durant le discours de bienvenue de l'aide de camp de Mgr le Marquis de Duquesne, gouverneur général du Canada, et le suivit tête basse jusqu'au carrosse doré qui le conduirait au château Saint-Louis, palais du gouverneur, où il serait reçu en hôte de marque. Tandis que ses gens gravissaient à pied la pente raide qui menait au château, Philippe contemplait par la portière du carrosse le panorama du fleuve où un énorme vaisseau de ligne faisait voile en direction de l'océan vers des destinations inconnues. Pivert était à son bord.

Qu'était-il donc advenu de ce tricheur ?

Aucune bataille imminente ne menaçant Thomas au fort Duquesne, je décidai de satisfaire ma curiosité en m'attardant auprès de Pivert et en fouillant sa mémoire.

En dépit des menaces qu'il avait proférées et de la rancune virulente qu'il gardait à Cormier, l'apathie de Pivert l'avait emporté sur sa soif de vengeance. Il était assurément pris de fureur à la pensée que son ancien complice avait usé de son nom sans lui faire partager les profits de la friponnerie pour tromper le jeune Lodigny ; mais il hésitait à quitter les tables de jeu pour se lancer à la poursuite de Cormier. Montréal demeurait pour lui un véritable eldorado, un pays de cocagne où les moutons se laissaient tondre sans bêler. Et puis, en avril, il faisait encore trop froid pour voyager.

Un traitant qu'il avait volé sans trop de ménagements l'aida à prendre sa décision. Il attendit Pivert au coin d'une ruelle sombre, avec deux de ses compères, et le rossa copieusement, non sans lui conseiller de quitter la ville au plus tôt s'il tenait à sa misérable carcasse.

Fort marri — dans sa personne et dans sa bourse, car les trois gaillards avaient retourné ses poches pour le délester de leur contenu — Pivert se résigna à traquer Cormier jusqu'à Québec et à en exiger son dû.

Mais Cormier n'était plus le minable greffier de Langres. En tant qu'homme de confiance d'un légat pontifical, il était désormais *persona grata* dans la colonie. Le légat, qui occupait des appartements somptueux dans le palais de l'évêque, l'y avait fait loger. Cormier était donc à même d'interposer entre sa personne et les visiteurs — bienvenus ou non — nombre de laquais stylés dont la morgue suffisait d'ordinaire à écarter les indésirables. Pivert étant du nombre, il avait été proprement éconduit. Quatre fois de suite.

Mais Pivert était capable de persévérance, et son tempérament colérique s'accommodait mal d'un tel traitement. Une semaine durant, il se présenta au palais, matin, midi et soir, réclamant à voix de plus en plus haute une entrevue avec Cormier. Les laquais commençaient à murmurer entre eux, Cormier jugea finalement plus sage d'accéder à sa requête.

Sur les pas d'un serviteur muet, Pivert enfila donc d'interminables corridors blanc et or pour se retrouver dans un cabinet exigu meublé d'un gigantesque crucifix, de deux chaises et d'un prie-Dieu. L'endroit manquait d'air et sentait le moisi ; il y régnait un silence de tombeau que seuls troublaient par instants les échos lointains d'un chœur de voix enfantines. Pivert s'affala sur une des chaises et respira profondément sans parvenir à apaiser la fébrilité qui lui battait les tempes.

Cormier entra sans bruit et, se frottant les lèvres d'une main blanche pour en effacer un sourire satisfait, toussota. Ce qui fit sursauter Pivert. Mais il ne lui laissa pas le temps de parler et demanda :

« Or ça, frère Antoine, quel bon vent vous amène ? (Le fourbe s'autorisa une grimace.) Un repentir tardif vous pousserait-il à renouer vos liens avec notre Sainte Église ? »

Pivert se redressa et, conscient de l'avantage que lui conférait sa haute taille, affronta hardiment Cormier. « Détestable bougre ! Tu as empoché l'argent de Lodigny en mon nom sans m'en montrer la couleur ! J'ai toujours su que tu étais un scélérat sans foi ni loi, un sournois de la pire espèce, mais me faire un tel coup à moi, ton vieux camarade ! Tu ne l'emporteras pas au paradis, misérable fripon ! »

Cormier soupira profondément. « Vous vous méprenez, mon cher Pivert. Un homme de votre intelligence devrait comprendre la nécessité de saisir une occasion lorsqu'elle se présente. Ah, l'occasion, mon bon ami... où serions-nous sans elle ? Tandis que le commun des mortels la regarde passer sans en tirer parti, nous autres, hommes de discernement, savons en profiter. »

Pivert ouvrit la bouche, mais ne put poursuivre sa diatribe. D'un air plein de componction, Cormier reconnut en effet : « J'ai saisi l'occasion, et soulagé notre jeune benêt d'une partie de sa fortune — fortune bien peu méritée, soit dit en passant. Ne l'eussé-je point fait que vous seriez en droit de me le reprocher... » Bouche bée, Pivert le regardait fixement. Cormier tira une chaise et s'y installa en prenant soin de relever artistiquement les basques de son habit de soie noire sur ses cuisses moulées de brocart façonné. « Vu que je nous ai assuré à tous deux un pécule — si modeste soit-il — en agissant de la sorte, je ne comprends pas la virulence de vos invectives, et j'avoue que votre ingratitude me blesse au plus profond du cœur. »

Pivert avala avec bruit sa salive. « Mais... Mais... Tu ne m'as pas donné un sou de cet argent, coquin ! Depuis huit mois que tu as détroussé Lodigny ! Huit mois ! Non seulement tu ne m'as rien donné, mais tu t'es bien gardé de me prévenir, vilain corbeau ! » Pivert avait beau élever la voix, il se sentait pris au piège par Cormier, et il se débattait comme une mouche engluée dans une toile d'araignée. Il se rassit brusquement, dos au crucifix. Sur le rebord de la fenêtre, deux pigeons roucoulaient.

Cormier parut atterré. Il soupira profondément. « Je sais. C'est impardonnable à vos yeux. Cependant, si je vous énumérais les tâches qui m'incombent, mon cher Pivert, vous auriez peine à me croire, et m'accorderiez non seulement votre pardon, mais encore votre pitié. (Baissant la voix, il murmura d'un ton de confidence :) Servir un monseigneur, mon cher, est un véritable esclavage que je ne souhaite à personne. Croyez-moi, n'eussé-je point été retenu auprès de Mgr le Légat par des responsabilités de plus en plus onéreuses que j'eusse fait diligence et vous eusse remis en personne la petite somme qui vous revient...

— Petite somme ? » Pivert lui jeta un regard soupçonneux.

« Hélas, oui. Ce jeune Lodigny avait fort imprudemment gaspillé le gros de son avoir et ne disposait plus que d'une quantité d'argent assez médiocre dont il nous faut nous contenter, je le crains. Étant donné les circonstances, j'ai jugé préférable d'accepter cette modeste contribution à notre fortune... Les petits ruisseaux font les grandes rivières, n'est-il pas vrai, mon cher Pivert ? » D'une poche de sa redingote, il tira une bourse en maille qui parut à Pivert assez bien remplie. Il tendit la main, et Cormier lui remit la bourse d'un geste expansif, en détournant modestement la tête. « Prenez, mon cher. Ceci vous appartient de droit. »

Pivert eut une seconde d'hésitation, puis se saisit du petit sac et le fit disparaître dans ses basques.

Cormier se leva dans un soupir. « Je regrette de devoir vous quitter. Mes fonctions m'appellent. Me direz-vous toutefois d'où vous tenez votre information ? Qui vous a touché mot de mon stratagème ? »

Un éclair de satisfaction illumina brièvement le terne regard de Pivert. « Oh, pour ça, je te le livrerai volontiers : c'est le valet de Lodigny, ce maroufle de Martin. Et tu ne pourras plus tirer un sou de son maître, car je lui ai dit que le vieux coquin de comte était vivant et qu'il ne gardait point rancune à son assassin.

— Fort bien. » Cormier se leva, lissa ses basques d'une caresse de ses mains blanches et tourna le dos à Pivert pour tirer le cordon de soie d'une cloche.

Tout en tâtant la bourse qui alourdissait sa poche, Pivert se leva à son tour et s'apprêta à suivre le laquais qui ouvrait la porte du cabinet. Mais il se retourna pour décocher sa flèche du Parthe. « Prends garde, Cormier. Je ne serais pas surpris que le comte lui-même vienne chercher son enfant prodigue... Et, tel que je connais le vieux rusé, il ne te pardonnera jamais d'avoir joué un vilain tour à ce cher petit-fils qui a failli le dépêcher dans l'autre monde. C'est un homme puissant que le comte... Mais je présume qu'un ennemi de plus n'est point pour t'effrayer... »

Sans répondre, Cormier suivit des yeux la retraite de son complice ; mais à peine Pivert avait-il fait quelques pas qu'une brusque volte-face le ramena devant Cormier, sous le nez duquel il se mit à agiter la bourse ouverte. « De l'argent ! Tu ne me donnes que des pièces d'argent, Cormier ! Dix misérables pièces d'argent ! » La voix entrecoupée par la rage, indifférent à la curiosité du valet, il faisait tinter les pièces devant le visage impassible de Cormier. « Me prends-tu pour un imbécile ? Je veux de l'or, tu m'entends ? Tu n'es qu'un bougre de ladre vérolé, Cormier, et, foi de Pivert, je vais te rendre la vie difficile dans cette ville... On t'en chassera bientôt comme le rat galeux que tu es ! J'y veillerai ! »

Le serviteur leur jetait des regards inquiets. Cormier prit le bras de Pivert, le serra fortement et siffla entre ses dents : « Reviens demain. Après les vêpres. J'aurai quelque chose pour toi. » Virant

351

sur ses talons, il tourna le dos à Pivert et se dirigea d'un pas mesuré vers l'autre extrémité du corridor.

Pivert haussa les épaules et, rempochant la bourse, suivit le valet jusqu'à la sortie.

Le lendemain matin, alors qu'il quittait une auberge de la basse ville, deux détrousseurs lui tombèrent dessus et, après l'avoir rossé, le jetèrent dans une rigole fangeuse. L'élégance de sa tenue s'en trouva fort compromise, d'autant que les larrons avaient vidé sur son gilet bariolé le contenu d'un flacon de rhum.

La malchance voulut qu'un groupe d'enrôleurs de la marine royale — en mal de recrues — passât au moment où Pivert se relevait, et qu'il n'eût pas la force de résister à leurs arguments persuasifs. La marine française manquait d'hommes, et ne regardait point de trop près à la qualité de ses « volontaires ». Un ivrogne de plus faisait son affaire ; une fois à bord, on saurait bien l'amariner. Les enrôleurs remercièrent le valet de Cormier qui avait si aimablement signalé cette recrue à leur attention, et embarquèrent l'ivrogne.

Lorsque je le rejoignis sur la frégate *Fortune*, Pivert venait d'être fouetté et mis aux fers dans la batterie haute pour insolence envers un officier.

Il allait avoir tcut le temps d'apprendre son nouveau métier.

31

Il va sans dire que je ne m'apitoyais guère sur le sort de Pivert. Le coquin n'était pas sans ressources et finirait par se tirer d'affaire à son avantage. Mais j'étais assez déçue par ce dénouement dont Cormier sortait indemne ; j'avais espéré que Pivert lui ferait payer sa fourberie.

Pivert avait quand même causé quelque alarme à Cormier, qui garda de leur affrontement une vague inquiétude. Certes, Pivert eut été incapable de lui nuire à Québec : il n'était qu'un pauvre diable sans influence, juste apte à se nuire à lui-même. Mais les circonstances présentes — fort délicates — où se trouvait Cormier exigeaient une grande prudence. Le moindre incident pouvait faire pencher la balance du mauvais côté. A la vérité, l'attitude du légat à son égard causait bien du souci à Cormier.

Monseigneur venait encore de reculer son départ de deux semaines. Qu'il souhaitât s'attarder ainsi à Québec alors qu'ils auraient dû voguer vers l'Italie était déjà assez inquiétant ; mais Cormier avait de nombreux autres motifs d'appréhension. Après avoir promis de le garder à son service, le Révérendissime découvrait mille raisons de ne point l'emmener à Rome : Cormier n'était pas prêtre ; il ne parlait pas italien ; son latin était par trop rudimentaire ; Sa Sainteté ne tolérerait pas la présence d'un autre Français au Vatican...

Combattre un à un ces arguments spécieux épuisait Cormier. Il hésitait pourtant à recourir à son *modus operandi* habituel.

L'arrivée de Pivert l'avait donc fort contrarié. Mais il y avait pire : les menaces de son ancien complice s'étaient révélées prophétiques. Le jour où Pivert s'était retrouvé matelot, le comte Philippe débarquait à Québec pour y séjourner quelque temps au château Saint-Louis.

Une rencontre malencontreuse serait sans doute évitable à Québec, si le légat n'insistait pas pour être accompagné par Cormier le jour où le noble visiteur lui serait présenté. Mais, tôt ou tard, le comte rejoindrait son petit-fils et apprendrait la vérité. Comme de raison, Cormier pourrait toujours jurer qu'il n'avait point reçu les lettres du comte et rejeter le blâme sur Pivert. Il affirmerait que l'ancien palefrenier l'avait induit en erreur en lui faisant croire à la mort du comte. Il protesterait de sa bonne foi dans cette malheureuse affaire, où il avait seulement servi d'émissaire entre le malheureux jeune homme et cette canaille de Pivert qui avait disparu avec son argent. Pivert ne serait pas là pour le contredire.

Mais le comte Philippe n'était pas aussi naïf que son petit-fils. Il était de plus assez riche et puissant pour satisfaire sa vindicte. Quitter la Nouvelle-France au plus tôt était assurément le meilleur parti qui s'offrait à Cormier. Et de préférence dans les meilleures conditions possibles, en tant qu'homme de confiance d'un légat pontifical.

Écartant les feuillets qui encombraient sa table de travail, Cormier planta ses coudes pointus sur le cuir finement damasquiné dont elle était recouverte et reposa son long menton sur ses poings. Le regard perdu dans la verdure du jardin que sa fenêtre ouverte lui permettait d'entrevoir, il fronça le nez à l'odeur du lilas en fleur qui lui chatouillait les narines. Il avait abandonné l'une après l'autre les stratégies malfaisantes qui s'étaient élaborées dans sa tête et ne savait plus à quel diable se vouer.

Un coup discret frappé à la porte le tira de sa détestable rêverie.

« Entrez.

— Son Éminence souhaite la présence de Monsieur à la chapelle avant les vêpres. »

En réponse, Cormier se contenta d'un signe de tête. Le bruit des pas du laquais dans le corridor lui rappela — non sans quelque encouragement de ma part — la prison de Langres où il avait enregistré les dernières volontés de plus d'un condamné à mort lorsqu'il était greffier. Il frissonna.

Il s'accorda quelques instants de grâce pour réfléchir à son dilemme, et se rassura en songeant à ses triomphes passés : se prêter aux vices des grands était en vérité le meilleur moyen de partager leurs secrets... et de leur soutirer des faveurs. Cela exigeait, certes, assez de subtilité ; Cormier se targuait de n'en point manquer. Il sortit de son gousset sa nouvelle montre en or, l'ouvrit et soupira. On ne faisait pas attendre le Révérendissime. Cormier ferma la porte de son bureau et s'en fut, tête baissée.

Devant les hauts panneaux sculptés des portes de la chapelle, le légat attendait en laissant ses doigts nerveux jouer avec sa superbe croix pectorale. Présage inquiétant que confirmait son regard acéré.

« Qu'est-ce qui vous a retenu, Cormier ? » Le ton était glacial à souhait. « N'importe, mais ne prenez point l'habitude de me faire attendre. Vous allez rédiger sans délai une lettre au gouverneur général. Il s'est mis en tête de me présenter quelque courtisan en visite à Québec et me prie demain soir à l'un de ses fastidieux soupers pour y rencontrer ce... *talon-rouge*. » Le sourire qui tordit ses lèvres exprima son opinion sur les habitués de la cour de Louis XV.

« Quelle excuse dois-je invoquer, Monseigneur ? »

Les yeux du légat étincelèrent brièvement. « Que sais-je, Cormier ? Quelque prétexte approprié. (Il eut un soupir de lassitude.) Vous n'êtes point à court de mensonges ingénieux, que je sache. Il est hors de question que je perde mon temps à ces agapes frivoles dont ce gouverneur abuse décidément. Je sens que je serai demain affligé d'une fièvre bénigne... (Un mince sourire apparut sur ses lèvres.) Duquesne aussi, sans doute. Sa santé se délabre, et je gage qu'il ne survivra même pas jusqu'à l'arrivée de Vaudreuil, son successeur.

— Fort bien, Monseigneur. Vous apporterai-je la lettre à signer ?

— Allons donc, c'est bien inutile. Mettez-y mon sceau et portez-la au château Saint-Louis. Vous la remettrez en mains propres à l'aide de camp du gouverneur. »

Cormier s'inclina avec déférence. Le légat ferma un instant ses paupières, comme un lézard dans un rayon de soleil, et murmura : « Ah, Cormier, je suis las des intrigues de cette colonie. L'Église y est impuissante à assurer son autorité sur la populace, et ceux qui devraient donner l'exemple se gaussent de la bienséance. »

Cormier respira profondément avant de répondre. « Votre Éminence n'aura plus à endurer bien longtemps ce pénible état de choses. Il ne reste que deux semaines avant notre départ pour Rome.

« — *Notre* départ, mon fils ? » L'accent mis sur l'adjectif était léger, mais sans équivoque. « L'emploi du collectif n'est-il point prématuré ? Et présomptueux ? »

Cormier — il faut lui accorder son dû — soutint sans baisser les yeux l'ironie du pâle regard. « Non. Tout au contraire. La générosité de Son Éminence m'est assez connue pour que je puisse m'y fier. Une générosité qui assure la loyauté de tous ceux qui le servent... et leur silence. »

Personne d'autre que moi ne pouvait percevoir les battements du cœur de Cormier. Le cardinal baissa les yeux le premier.

D'une voix parfaitement unie, il s'enquit : « Quelle raison vous pousse à croire que je tienne à m'assurer votre silence, mon fils ? »

Cormier s'autorisa un vague sourire. « Oh, la mémoire de Son Éminence est assez fidèle pour lui permettre de répondre à sa propre question... »

Le prélat serrait sa croix de ses longs doigts aux phalanges exsangues.

« Est-ce une menace, Cormier ?

— Monseigneur se méprend sur mes intentions. Son Éminence connaît assez mon attachement à sa personne, et sait que mon vœu le plus cher est de rester à son service aussi longtemps que je vivrai ! »

Le légat l'observait de ses yeux terribles. Eussé-je été à la place de Cormier que j'aurais sauté par la fenêtre la plus proche et me serais enfuie à toutes jambes le plus loin possible de ces yeux-là. Mais — fort heureusement pour la justice — les scélérats de la trempe de Cormier finissent toujours par succomber à un excès de confiance en leurs talents.

Cormier laissa le silence entre eux devenir insupportable. Le légat y mit fin.

« Soit. Vous serez du voyage, Cormier. Mais qu'il soit entendu que je ne saurais garantir votre place au Vatican. Cela dit, ne m'importunez plus. Allez. »

Le regard qu'ils échangèrent n'était pas un sceau d'alliance.

Si Cormier avait pu lire les pensées du prélat, ainsi que je le faisais, il aurait tremblé bien davantage. Il se contenta de tourner les talons et de s'éloigner d'un pas digne en se disant qu'une fois en Italie il saurait amadouer l'homme et s'assurer un avenir douillet. Il lui faudrait néanmoins surveiller ses manières. Et ses arrières.

C'est alors que je me surpris à prendre Cormier en pitié.

L'absence du légat au souper fut dûment notée par l'entourage du gouverneur général. Les familiers de sa petite cour y virent une nouvelle preuve que le prestige de Duquesne achevait de perdre son éclat ; il était temps qu'il cédât la place à son successeur, le marquis de Vaudreuil, homme fort bien considéré à Versailles, et mieux apte à leur procurer pensions et bénéfices.

La vingtaine de mornes invités qui étaient assemblés se composait de femmes laides et d'hommes prétentieux. Philippe, que l'absence du dignitaire ecclésiastique ne peinait point outre mesure, partageait son attention entre les propos du gouverneur et la chère délectable de sa table ; il se réjouissait que son palais fût encore capable d'en apprécier le raffinement, après deux mois du monotone ordinaire que ses provisions de bord lui avaient assuré sur le bateau.

Quant à Dusquesne, bien qu'il fît des efforts louables pour se montrer civil avec son invité, il semblait souffrir d'une amertume rentrée. Tout en poussant et repoussant dans son assiette de Sèvres les bouchées d'écrevisse qu'il ne se décidait pas à avaler, il s'épanchait discrètement dans l'oreille attentive de ce voyageur qui lui était encore inconnu le matin même, mais qu'il avait d'emblée jugé digne de ses confidences.

« Ah, Monsieur, la France nous envoie trop de coquins de basse naissance. » (Il hocha tristement la tête.) C'est fort dommage, car les Canadiens méritent mieux. C'est une race fière et intrépide dont on n'encourage guère l'esprit d'entreprise. Malheureusement, ils ne sont point en nombre suffisant pour tenir tête aux colons anglais. »

Philippe savoura une bouchée de salmis de bécasse avant de faire observer à Dusquesne : « Vous avez pourtant considérablement étendu notre emprise sur ce continent, Monseigneur, en établissant tous ces forts jusqu'à l'Ohio. C'est une entreprise remarquable, et il est juste que l'un de ces forts porte votre nom. » Le comte leva son verre et salua son hôte d'une inclination de tête.

Duquesne eut une moue. « Bah. Ce ne sont là que symboles de notre présence dans ces contrées hostiles. On peut, à la rigueur, conquérir un si vaste territoire avec des soldats, mais jamais le coloniser, mon cher Saint-Onges. Pour ce faire, il faut de braves et vigoureux colons prêts à s'y établir. (Une gorgée de vin le fit grimacer.) Au lieu de quoi, nous y dépêchons des traitants rapaces, débauchés et paresseux.

— Mais lorsque les Anglais auront été chassés de ces régions..., insista Philippe.

— Que Dieu vous entende ! S'ils le sont, ainsi que je l'espère, au cours des mois à venir, ce ne sera qu'une victoire temporaire. Ils reviendront. En nombre... Non, croyez-moi, je n'éprouve nulle honte à l'avouer, je n'ai rien accompli d'utile. Je souhaite à M. de Vaudreuil, mon successeur, de savoir mobiliser les bons éléments de cette colonie pour le bien commun, ce que je n'ai pas su faire... » Son geste fataliste conclut ses aveux.

« Mais si les hostilités sont sur le point de reprendre, il est d'autant plus essentiel que je me hâte de rejoindre mon petit-fils au fort Duquesne ! Pourquoi vous efforcez-vous donc de me décourager d'un tel voyage ? »

Duquesne considéra Philippe sans aménité. « Mais, Monsieur, pour un homme qui a failli périr en mer au cours d'une bataille navale, vous ne semblez pas saisir la gravité de la situation ! La guerre n'est peut-être pas déclarée, mais l'armée du général Braddock est prête à se mettre en branle, justement dans le dessein de s'emparer du fort Duquesne... Ne soyez donc pas surpris, ... nous avons des espions dans les rangs ennemis. Croyez-moi, le moment est assez mal choisi pour vous rendre à ce fort ! Qui plus est, les renforts que j'ai envoyés là-bas sont sous les ordres du capitaine Liénard de Beaujeu ; il tient votre petit-fils en haute estime pour sa bravoure, et il ne manquera pas de lui annoncer votre présence ici. »

Duquesne se tut et essuya avec sa serviette brodée les gouttes de sueur qui perlaient à son front avant d'ajouter : « Beaujeu va remplacer M. de Contrecœur, le commandant de la place ; votre petit-fils servira donc sous ses ordres. »

Philippe garda le silence. Il venait de décider d'abréger son séjour à Québec et de prendre dès le lendemain matin la route de l'Ouest.

Thomas était resté moins de deux semaines auprès de Nashawa, le long trajet entre le fort Duquesne et Vaudreuil ayant dévoré la meilleure part de sa brève liberté.

A Vaudreuil, l'allégresse du printemps n'avait point fait fondre son ressentiment. Trop replié sur lui-même pour jouir du renouveau de la nature, il ressassait pendant des heures sa colère contre Cormier. La sève avait beau monter dans les érables de son érablière, les canards et les oies avaient beau s'ébattre à portée de son mousquet et ses juments s'apprêter à mettre bas, il ne partageait point l'allégresse générale. Au lieu d'apprécier son éden, il se confinait dans son aveuglement d'atrabilaire.

Il me venait souvent l'envie de le secouer vigoureusement.

Il faut dire que je ne jouissais pas, comme la patiente Nashawa, de fougueuses compensations nocturnes. La passion et la tendresse de leurs nuits lui faisaient passer outre les humeurs chagrines de Thomas durant le jour.

Bien qu'elle fût consciente de la rage qui le minait, elle me semblait fort lente à intervenir. Enfin, un matin qu'il contemplait la débâcle des glaces d'un œil encore plus maussade qu'à l'ordinaire, elle se décida à lui dire : « Rancune est mauvaise chose, mon époux, et mange l'amour dans ton âme. Oublie la vengeance ! »

Otant sa longue pipe de sa bouche, il se tourna vers elle avec un air surpris.

« Comment sais-tu que la vengeance occupe mes pensées, ma belle magicienne ? »

Elle sourit et caressa d'une main délicate les boucles brunes de son amant — pourquoi ne pouvais-je me résigner à dire « son époux » ?

« Je sais. Écoute-moi : tu pars bientôt. Emporter homme noir dans ta tête, c'est mauvaise médecine ! Homme noir est homme de mauvais sort ! »

Thomas la contemplait en hochant la tête. Posant sa pipe à ses pieds, il attira vers lui sa taille souple et soupira. « Mon aimée, comment ne pas être triste à la pensée de te quitter bientôt ? Comment ne pas haïr l'homme qui est cause de notre séparation ? »

Se dégageant de son étreinte, Nashawa lui fit face. « Non. Pas blâmer homme noir. Thomas veut être soldat, Thomas est soldat ! »

Il se figea. Deux petites flammes de colère dansaient dans ses yeux d'ambre. « Que dis-tu là ? » Elle soutint son regard, et soudain il me sembla voir le visage taciturne de mon amant s'éclairer de soulagement ; tandis que le rire qui bouillonnait en lui s'échappait de ses yeux et de ses lèvres, il s'écria : « Pardieu, ma mie, tu dis vrai ! Et je ne suis qu'un lâche, à blâmer ainsi ce coquin de ma propre folie ! Il te faudra me le rappeler aussi souvent que je l'oublierai, ma sagace petite sorcière ! Pardonne-moi... Mais qu'as-tu, ma mie ? »

Nashawa, qui regardait fixement l'orée du bois, leva la main. Le chien de Thomas se mit à aboyer avec fureur et à tirer sur la chaîne qui le retenait à un pieu de clôture. Thomas se retourna ; un cri de surprise émerveillée lui échappa. Je suivis leurs regards et m'exclamai à mon tour.

Un énorme félin débouchait de la forêt et s'approchait de Nashawa à pas mesurés. C'était un loup-cervier. Je n'en avais jamais vu, mais je sentais d'instinct que c'en était un — et fort grand, au reste. Son pelage duveteux était moucheté de fauve, de noir et de blanc ; ses oreilles pointues se terminaient par deux aigrettes de soie noire. Il avançait avec la grâce tranquille d'un chat divin ; son regard de topaze semblait chercher celui de Nashawa tandis qu'il se frayait avec délicatesse un chemin sur l'herbe verdissante, laissant l'empreinte de ses pattes griffues sur les dernières étendues de neige. Je percevais en lui une vitalité exquisement sauvage.

Il s'approchait du couple immobile.

Thomas fut le premier à agir. Il eut un geste vague vers la maison ; Nashawa y lut son intention d'y quérir une arme, et elle lui saisit le bras pour le retenir.

« Attends, Thomas ! C'est très bon esprit ! Pas ennemi ! »

L'animal n'était plus qu'à quelques pieds d'eux lorsqu'il s'arrêta, leva sa splendide tête et huma le vent. Un bruit soudain le fit se retourner vers la route, et ils aperçurent Martin qui, à pied, tirait sur les rênes d'un âne réfractaire. Le chien de Thomas se déchaîna de plus belle.

Le loup-cervier gronda. Son corps se tendit, et il me sembla qu'il allait d'un bond fondre sur le malheureux valet. Martin, l'ayant enfin aperçu, avait lâché les rênes et s'apprêtait à s'enfuir dans le bois.

Nashawa ne lui en laissa pas le temps. Elle fit un pas en avant, se jeta à genoux devant le loup-cervier et plongea son regard dans ses yeux jaunes et lumineux. Il se coucha docilement devant elle ;

un sourd ronronnement s'échappa de ses babines roses. Se penchant vers l'animal, elle lui entoura le cou de ses bras minces et lui murmura des paroles étranges dont je ne saisissais point le sens. Le loup-cervier se mit à lécher de sa langue râpeuse les bras de Nashawa. Son odeur musquée me troubla étrangement.

Thomas et Martin restaient figés de surprise.

Le grand félin s'étira sur la neige pour mieux se prêter aux caresses que lui prodiguait Nashawa. Elle gratta son large front, entre les touffes noires des oreilles, et elle rit.

« Bonne médecine, Thomas ! Kitchi Manitou très content de mon brave époux. Kitchi Manitou envoie bon esprit, bonne magie pour tous... » Son geste large engloba la petite maison, le pâturage, les chevaux, les immenses pins et les parties encore blanches du lac en plein dégel.

Thomas reprit sa respiration et se baissa pour caresser à son tour le félin. Laissant l'animal mordiller les doigts de sa main gauche, il leva la droite pour faire signe à Martin d'approcher. Les yeux agrandis de terreur, le valet hésitait encore à prendre ses jambes à son cou. Il s'éclaircit la gorge et expliqua d'une voix rauque :

« J' venais vous demander permission d' coucher dans la grange... R'en que pour queuques nuits... C'est que... vu que j'ai aidé la femme du meunier à chercher sa vache et qu' ça nous a pris jusqu'au matin, Emma, elle est un peu fâchée cont' moi. A m'a j'té un pot de cidre à la face. (En dépit de sa peur, il ne put retenir un clin d'œil complice.) A ma manqué, aussi... Mais, j' préfère encore m'en retourner au village, après tout. Emma, elle est p't-être ben un peu colérique, mais... C'est bon, j' vas prendre le risque. »

Sur ces mots, il saisit les rênes de l'âne, tourna les talons et tira avec une extrême vigueur le malheureux animal. Celui-ci se mit à braire si fort que je n'entendis plus les rires des amants. Le loup-cervier demeurait couché entre eux, à ronronner de plaisir.

J'ai toujours aimé les félins et je me suis toujours sentie en harmonie avec eux. A quinze ans, j'avais un chaton noir que je chérissais. Mais les chats donnant des vapeurs aux tantes, je dus m'en séparer le jour de mon mariage et il mourut dans la semaine... Où est-il aujourd'hui ? Cherche-t-il comme moi son chemin, et miaule-t-il désespérément d'être ainsi privé de chaleur humaine ?

Je m'approchai du loup-cervier et étendis timidement la main vers le glorieux animal, souhaitant qu'il me fût possible de caresser son poil soyeux. A ma grande allégresse, non seulement je sentis sous mes doigts la douceur de son pelage, mais il me rendit ma caresse de la façon la plus surprenante. Il se redressa sur ses pattes d'un mouvement souple, et sembla repousser Thomas et Nashawa pour venir se frotter contre ma jambe en ronronnant plus fort que jamais.

Nashawa se releva et son regard rieur se porta dans ma direction.

Le grand félin passa bien une heure auprès de nous, puis il reprit le chemin de la forêt, se retournant deux ou trois fois pour nous contempler avant de s'enfoncer dans les taillis.

Nous restâmes tous trois pendant un long moment à regarder l'endroit où il avait disparu.

Eût-il mieux connu le général Braddock que le gouverneur Duquesne se fût sans doute réjoui de le savoir à la tête de l'armée ennemie.

Braddock alliait la brutalité à l'arrogance. Ces défauts sont parfois considérés comme des qualités chez un général, mais encore faut-il que ce soit l'ennemi qui en pâtisse. Or, Braddock réservait ses insolences et sa cruauté à son propre camp. Depuis son arrivée sur le sol américain, il n'avait perdu aucune occasion de se faire des ennemis parmi les civils, les milices, les sauvages et les troupes régulières. A la veille de sa campagne, il se retrouvait universellement détesté par ceux qu'il était venu défendre.

Ce général m'intriguait. Aigri par la pauvreté — il avait longtemps vécu aux crochets d'une noble maîtresse qu'il avait abandonnée après l'avoir ruinée — et par une corruption politique dont il bénéficiait trop rarement, il n'était pourtant pas dénué d'un certain panache. Sa bravoure et ses rares élans de générosité le sauvaient de l'abjection.

Non qu'il m'attirât en tant qu'homme — il était vieux et laid —, mais il s'apprêtait à mettre le siège devant le fort Duquesne, et j'étais curieuse d'en savoir plus long sur celui que Thomas allait devoir combattre.

En théorie, Braddock était à la tête des forces anglaises — régiments débarqués et milices locales — qui attaqueraient les Français en quatre points. En pratique, les colons influents, qui se prenaient tous pour de grands stratèges, s'étaient dévolu la plupart des postes de commandement, ne laissant au général que deux mille hommes pour s'emparer du fort Duquesne. On lui avait de surcroît adjoint le jeune Washington, dont la réputation de balourdise était désormais bien établie.

Que ces assauts simultanés fussent lancés en temps de paix ne troublait guère les consciences anglaises. Tout aussi aptes que les Français à déguiser leur cupidité sous des oripeaux empruntés à un droit de leur invention, ils justifiaient aisément leur agression en invoquant la nécessité de repousser les « envahisseurs » français. Quant à ces derniers, ils s'accrochaient avec autant d'âpre mauvaise foi à leurs pitoyables places fortes en clamant bien haut leurs droits sur le continent. Dans le même temps, les Indiens, dont les droits étaient au moins antérieurs à ceux des autres, n'étaient que trop heureux de s'adonner à leurs activités favorites — combats, massacres et tortures pour s'inquiéter du sort que leur réservait le vainqueur éventuel.

S'étant fait abhorrer de tout un chacun, Braddock s'aperçut assez vite qu'on s'ingéniait à lui rendre la tâche impossible. On allait même jusqu'à refuser de lui vendre — à plus forte raison de lui procurer gratis — la moindre fourniture. Il avait beau rager et tempêter à loisir devant un Washington confus et silencieux, son aide de camp ne pouvait rien pour lui — sinon serrer les lèvres et pâlir un peu plus à chaque nouvelle invective.

« Je refuse de mettre l'armée en branle dans de telles conditions, *Goddammit* ! Nous n'avons ni chevaux ni fourrage ! Qui s'attellera aux quelques charrettes qui ont encore leurs quatre roues ? Pas ces fainéants de Virginiens, je gage ! C'est proprement intolérable ! Vos compatriotes, lieutenant, ne sont que des pisse-vinaigre qui ne méritent point qu'on les défende ! »

Washington acquiesçait sans conviction. « En vérité, ils devraient être punis de ne point fournir de vivres à leur défenseur, mais c'est que bon nombre d'entre eux ne considèrent point les Français comme leurs ennemis et qu'ils ne prennent pas votre expédition au sérieux. »

Braddock reniflait de mépris. « Du train où nous allons, cette expédition n'aura jamais lieu... »

Les colonnes finirent pourtant par s'ébranler et par prendre la route du fort Duquesne.

C'est avec une appréhension croissante que je me mis à suivre la lente progression de l'armée le long du Potomac. Je l'observais du haut des airs — une façon de considérer la Terre et ses occupants que je venais de découvrir et qui m'offrait souvent des spectacles aussi nouveaux qu'insolites. Plus je les considérais à distance, et plus les activités humaines me paraissaient pitoyables et absurdes ; mais nulle part la folie des hommes ne me sembla plus évidente que dans leurs préparatifs de guerre. Cette expédition m'en fournit l'exemple tout en m'attristant fort.

Des jours durant, la colonne, étirée sur une demi-lieue tel un monstrueux serpent moucheté d'écarlate, se fraya un passage entre le miroir de la rivière tranquille et le moutonnement de la dense forêt. Hommes, bêtes et canons cheminant inexorablement vers la mort.

A Wills Creek, un ancien poste de traite, la troupe fit halte. On rebaptisa l'endroit fort Cumberland pour la circonstance ; on en fit un quartier général avec toutes les déprédations qu'exige une présence militaire. Des centaines de chênes centenaires furent abattus pour en dégager les approches et y construire un fortin. La destruction des arbres servant de prélude à la destruction des hommes.

De mon point d'observation, je contemplais l'étendue défrichée, fourmillante d'insectes bariolés dont le soleil faisait étinceler par instants les armes et les insignes. Foule absurde de miliciens bleus, de sauvages ocre et d'Anglais écarlates, courant de droite et de gauche entre chevaux, vaches, chèvres, charrois et canons. Je ne vis bientôt plus qu'une petite tache humaine dans l'immensité verdoyante, le cœur serré par la certitude que ces envahisseurs dérisoires auraient un jour raison de la noble forêt.

Trois cents hommes armés de haches étaient déjà à l'ouvrage pour ouvrir une route à travers les bois en direction de fort Duquesne.

Informé au jour le jour par ses éclaireurs et ses espions, M. de Contrecœur, commandant du fort Duquesne, suivait l'avance inexorable de l'ennemi. Certes, la progression était lente — l'armée couvrait à peine plus d'une lieue par jour —, mais elle se poursuivrait jusqu'au fort. Un matin, en s'éveillant, Contrecœur découvrirait au pied de ses remparts une armée anglaise, Braddock en tête, qui exigerait sa reddition immédiate.

Assurément, il ne capitulerait point sans combattre, mais

combien de temps pouvait-il espérer tenir ? La place était certes bien fortifiée ; ses murs, épais de dix pieds et hauts de douze, s'élevaient sur une éminence au confluent de la rivière Monongahéla et de la rivière Alléghény, et s'entouraient de glacis. Mais ses quatre bastions n'étaient armés que de pièces d'artillerie légère guère propres à mettre en fuite l'assaillant.

A la grâce de Dieu ! Contrecœur était prêt à se battre et s'en remettait à la Providence. En vérité, ce matin-là, il se préoccupait davantage du comportement de ses Indiens et de l'attitude de Lodigny à leur égard. Le jeune lieutenant, que tous — soldats et officiers — semblaient apprécier fort, s'était très vite gagné son estime par sa bravoure ainsi que ses talents de négociateur et d'interprète. Contrecœur regrettait de devoir se montrer sévère envers lui, mais l'enjeu était trop grave pour faire preuve d'indulgence.

Abaissant ses jumelles, le commandant jeta un bref regard au jeune homme qui se penchait à son côté par une meurtrière du chemin de ronde et observait lui aussi la troupe de sauvages rassemblés dans un champ de blé d'Inde à l'orée du bois. Lodigny s'efforçait à l'évidence de maîtriser sa colère. Sans y parvenir.

L'esprit en furie, en vérité, Thomas ne quittait pas des yeux les deux longues files de guerriers qui piétinaient les jeunes pousses vertes en poussant des cris belliqueux.

Contrecœur secoua la tête d'un air chagrin. « Ces sauvages vont détruire notre blé d'Inde qui s'en venait à merveille et nous aurait donné une bonne récolte. »

Thomas lui jeta un regard incrédule, tandis que sa main cherchait la crosse de son pistolet. « N'est-ce point là le moindre de nos soucis, Monsieur, et ne devrions-nous pas intervenir sans plus tarder ? La vie du prisonnier est en jeu ! »

Contrecœur laissa échapper un soupir excédé. « Écoutez-moi, lieutenant, vous qui nous prêchez sans cesse le respect des coutumes indiennes, nous serions fort mal avisés de les priver de leur amusement. Vous savez aussi bien que moi que l'appui de ces guerriers nous est plus que jamais nécessaire, et vous en avez déjà offensé plus d'un en empêchant leur chef de scalper ce jeune prisonnier anglais... »

Une exclamation de son aide de camp lui coupa la parole :

« Regardez, Monsieur, ils ont commencé ! »

Sous le ciel de plomb, la petite enclave humaine au sein de la forêt résonnait déjà de clameurs funestes. Deux lignes d'Ojibwas, de Shawnees et de Mingoes qui s'étaient formées dans la clairière s'écartèrent pour livrer passage à un jeune homme torse nu que deux terribles guerriers jetaient en pâture aux braves hurlant. Le prisonnier se releva, il porta ses regards vers les remparts du fort où se pressaient une foule de soldats, comme s'il en espérait quelque secours. Il n'eut droit qu'au vacarme des décharges de mousquet que les Français firent retentir pour encourager les Indiens.

Contrecœur fronça les sourcils ; il ne lui plaisait guère que ses hommes se réjouissent ainsi du sort cruel réservé au prisonnier. La main de Thomas se resserra sur la crosse de son pistolet, ce qui n'échappa point au commandant.

« Je ne tolérerai aucune intervention naïve de votre part, Lodigny, tenez-vous-le pour dit ! Les compagnons de ce jeune homme ont tous péri de la main des sauvages, estimez-vous satisfait qu'on lui accorde au moins une chance de sauver sa vie ! »

Le « Allons donc ! » de Thomas frisa l'insubordination. Et il ajouta avec indignation : « Une chance ! Quelle chance a-t-il d'échapper à la mort, entre deux rangs de sauvages qui s'efforcent de lui fendre le crâne ? »

Contrecœur soupira de nouveau. « Ils sont armés de gourdins, non de haches. Et puis, la guerre est sans merci, lieutenant, et ces gens ne connaissent point les subtilités polies qui agrémentent les combats dans les pays civilisés d'Europe... Tudieu, jeune homme, ce n'est point une guerre en dentelle que nous menons ici, mais un combat pour notre survie ! Combat que nous ne pouvons espérer gagner sans l'aide de nos alliés indiens ! »

La colère gagnait le commandant, signe évident que des doutes agitaient sa conscience. Le spectacle qui s'offrait à leurs yeux lui répugnait autant qu'à Thomas ou à moi-même.

Le captif était lancé ; il courait — torse baissé, coudes vainement relevés pour se protéger la tête, chancelant un peu plus à chaque nouveau coup — entre les deux lignes de braves nus et hideusement peinturés qui poussaient des clameurs de triomphe chaque fois que leurs massues portaient. Miraculeusement, il parvint à atteindre l'extrémité des lignes ondulantes. Les guerriers outaouais qui fermaient les rangs levaient déjà bien haut leurs gourdins pour lui porter les derniers coups lorsqu'il trébucha soudain, s'effondra dans la poussière et fut incapable de se relever. Furieux de se voir privés de leur plaisir, les Outaouais convergèrent sur lui en masse avec des cris à faire frémir. Tandis que certains d'entre eux lui jetaient du sable dans les yeux à pleines poignées pour l'aveugler, d'autres se disputèrent l'honneur de lui porter l'ultime coup.

La décharge de pistolet tonna dans la clairière et prit les Indiens par surprise. Intrigués par le sifflement du plomb si près de leurs oreilles — Thomas avait visé plus haut que leurs têtes —, ils levèrent les yeux vers les remparts, interrompirent leur jeu. Si Contrecœur furieux ne l'avait point retenu, Thomas aurait couru à la poterne pour se précipiter vers la clairière en brandissant son épée. Mais le commandant l'avait agrippé par la manche de son capot et n'entendait point le relâcher.

« Avez-vous perdu la raison, Lodigny ? Vous êtes aux arrêts, Monsieur ! Et soyez assuré qu'une punition sévère vous sera infligée ! Vous n'aurez désormais aucun commerce avec les Indiens. Je trouverai bien un autre interprète pour parlementer avec les Ojibwas. M'entendez-vous ? » Contrecœur haletait. Il détacha comme à regret sa main de la manche de Thomas et ajouta avec emportement : « Morbleu ! Si les Indiens nous abandonnent par votre fait, je vous en tiendrai responsable... et vous ferai pendre haut et court pour trahison ! »

Thomas acquiesça du menton en replaçant dans sa ceinture son pistolet fumant. « A vos ordres, Monsieur. Dépêcherez-vous un chirurgien auprès du prisonnier ?

— Plus un mot, Lodigny ! Retournez à vos quartiers et restez-y jusqu'à nouvel ordre... Euh, envoyez-moi d'abord le capitaine Beaujeu. »

Sans répondre, Thomas salua et, après un dernier regard sur la clairière, tourna les talons pour se diriger vers les marches étroites qui menaient du chemin de ronde aux baraquements.

Avec une inconstance d'enfants espiègles, les Indiens s'étaient déjà lassés de leur amusement et avaient abandonné leur victime entre les pousses vertes à demi piétinées. Par petits groupes gesticulants, ils regagnaient leurs wigwams à l'orée du bois, ou, ramassant les mousquets qu'ils avaient jetés dans la poussière, partaient chasser dans la forêt dense qui cernait le fort.

Le commandant fit signe d'approcher à son discret aide de camp

368

et l'envoya quérir le chirurgien pour le dépêcher avec deux soldats et une civière auprès du prisonnier blessé.

Contrecœur était bien las, et l'incident avait laissé dans sa bouche un goût amer. Il avait hâte maintenant de se décharger du commandement sur Beaujeu ; mais, le moment étant peu propice, les deux hommes avaient, d'un commun accord, décidé de remettre la passation des pouvoirs à plus tard, lorsque la menace d'un siège serait écartée... Contrecœur soupira de plus belle.

Thomas déchantait tout autant. Il n'était pas encore parvenu à trancher son dilemme : autant il admirait les Indiens et partageait leur respect de la nature, autant il abhorrait leur cruauté. Au reste, il s'en indignait davantage que ses compagnons d'armes, plus endurcis, qui raillaient souvent une délicatesse de conscience à leurs yeux exagérée. Beaujeu lui-même, que Thomas admirait et dont il respectait le jugement, prônait un laisser-faire surprenant.

« Qu'attends-tu donc de ces braves, Lodigny ? Qu'ils saluent bien bas leurs ennemis et les prient de frapper les premiers ? »

Les deux autres capitaines, Ligneris et Dumas, joignirent leurs rires au sien. Ligneris renchérissait : « J'ai combattu en France, à Fontenoy, et tudieu, je sais ce qu'il en est ! Les officiers font peut-être assaut de politesse de part et d'autre, mais on finit quand même par s'étriper ! Et tous les moyens sont bons : mousquets, bombardes, mitraille... Les Indiens, eux, considèrent que seul le combat corps à corps est honorable et digne d'un brave...

— Mais pourquoi faut-il qu'ils torturent leurs prisonniers ? insistait Thomas. Ou plutôt, pourquoi faut-il que nous les laissions faire ? »

Beaujeu finissait par déclarer : « J'en conviens, Lodigny, et tu sais que je fais mon possible pour réprimer leur cruauté ; mais, hélas, notre autorité sur les nations indiennes est précaire — tout autant que celle des Anglais sur les tribus qui se déclarent leurs alliés. Le faible ascendant que nous avons sur ces gens ne nous permet point d'exiger qu'ils renoncent à leurs coutumes. »

C'était bien là ce qui troublait Thomas. Déçu par la carrière militaire, soupirant après Nashawa, il n'avait qu'une hâte : quitter ce fort lugubre et retrouver Vaudreuil, ses chevaux et sa belle. Il aurait tout donné — fors l'honneur — pour serrer Nashawa dans ses bras. Une ombre, pourtant, assombrissait cet élan amoureux : Nashawa appartenait à la nation des Ojibwas dont la sauvagerie le révoltait.

Les questions qui lui déchiraient l'âme à ce sujet restaient sans réponse, et il oscillait entre tendresse et révulsion ; loin d'être rassuré par les dons étranges de son épouse, il s'en faisait une nouvelle source d'appréhension.

Une troupe d'Ojibwas, sous les ordres du terrible Pontiac, campait justement à la lisière du bois, prête à combattre sous la bannière française si les présents qu'on leur remettrait avant la bataille lui agréaient. Thomas, chargé des palabres par Contrecœur, avait évité de penser à Nashawa en voyant les innombrables scalps dont Pontiac ornait sa ceinture.

Dans son trouble, mon amant se tournait souvent vers mon souvenir, et sa mémoire me parait d'une douceur fort seyante et totalement imméritée. Comme s'il se rebellait contre l'amour même qu'il portait à Nashawa, contre l'emprise qu'elle avait sur lui et le respect émerveillé qu'elle lui inspirait, il se remémorait avec plaisir mes rares moments de soumission, laissant dormir au fond de ses souvenirs les cruelles humiliations que mon dédain lui avait infligées. Pauvre Thomas.

Pauvres hommes. Sont-ils donc incapables d'admirer une femme sans éprouver de ressentiment envers elle ? Donnent-ils donc toujours la préférence à celles dont l'infériorité évidente flatte leur amour-propre et confirme à leurs yeux leur propre supériorité ?

Thomas possédait Nashawa et rêvait de Marianne !

Les hommes méritent décidément de vivre sur Terre.

J'avais promis à Nashawa de lui donner des nouvelles de Thomas le plus souvent possible. Je retournais donc à Vaudreuil avec diligence, mais pour des veilles souvent solitaires, car Nashawa ne venait pas toujours me rejoindre en esprit sur la grève. Je m'occupais alors à contempler le lac étincelant et son écrin de forêts, et je comprenais pourquoi les Canadiens ne souffraient point de cette prétention dédaigneuse si commune chez les Français : vivre devant des sites si grandioses met vite un terme à la plus virulente des arrogances.

Un soir que je me trouvais une fois de plus au bord du lac éclaboussé par la lune, je pressentis que Nashawa se joindrait à moi, et j'en conçus une joie qui me surprit. Assurément, je m'étais prise d'affection pour elle, mais pas au point de souhaiter sa venue avec une telle impatience ! Elle parut enfin, et c'est avec un nouvel élan d'allégresse que je vis la lueur irisée de sa silhouette se détacher sur le fond sombre des bois. Quelque chose avait changé en elle, et ce changement indéfinissable me réjouissait grandement. Je n'attendis pas son salut.

« Nashawa ! Pourquoi me sembles-tu différente ? Et pourquoi ta présence me réjouit-elle tant ? »

Elle me tendit les mains avec ce sourire secret qui ne m'irritait plus.

« C'est peut-être la présence de celui qui m'accompagne qui te réjouit, chère Marianne, plutôt que la mienne...

— Celui qui t'accompagne ? Tu portes un enfant, Nashawa ? »

Elle hocha la tête en silence, tandis que des émotions contradictoires m'agitaient. Je m'écriai : « Pourquoi devrais-je en être si heureuse ? » Je ne voyais, en vérité, aucun sujet de réjouissance dans cette maternité. Un enfant consoliderait les liens qui unissaient Nashawa à Thomas et, en dépit de mes bonnes résolutions, je ne pouvais encore me défaire d'un fond de jalousie. Pourtant, la joie m'envahissait.

Elle sembla hésiter à m'en dire plus, se décida enfin : « Vois-tu, Marianne, cet enfant t'est fort précieux car... »

Je ne lui permis pas d'en dire plus. Je savais. « Mon fils ! L'enfant que je n'ai point aimé ? Que j'ai laissé mourir d'un manque d'amour ? Oh, Seigneur, pardonnez-moi ! » Secouée de violents sanglots, je versai des larmes aussi bienfaisantes qu'intarissables, jusqu'au moment où Nashawa posa sur mon épaule une main rassurante. Il me sembla alors que la rémission de mon passé m'était enfin accordée, et j'en fus merveilleusement soulagée.

Le rire clair de Nashawa acheva de dissiper mes remords.

« Marianne, l'heure n'est plus aux vains regrets ! Réjouis-toi !

— Comment cela est-il possible ? Comment l'enfant qui m'était né et qui est mort peut-il renaître de toi ? »

Me faisant asseoir à son côté, Nashawa se mit en devoir de m'expliquer patiemment. « L'enfant, ainsi que tu le nommes, est en vérité une âme bienfaisante et fort avisée qui a choisi ce moyen de revivre sur Terre. Ainsi que tu le sais déjà — bien que ta raison s'oppose encore à cette vérité —, il nous faut connaître de nombreuses vies avant d'atteindre la sagesse, mais il nous est donné de choisir la mère qui nous enfantera...

— A supposer que tu dises vrai, comment sais-tu tout cela, Nashawa ?

— J'ai maintes fois parcouru le monde des esprits. On n'y trouve d'ordinaire que ce qu'on y apporte. Le lieu que les robes noires nomment l'enfer comme celui qu'ils appellent le paradis sont tels que nous les imaginons. J'y ai rencontré des âmes qui souffraient d'être incapables d'imaginer le Bien ; j'en ai vu d'autres en extase pour s'être toujours écartées du Mal... Mais toutes doivent poursuivre leur chemin et accepter le cycle des épreuves que nous imposent les vies sur Terre... (Elle se leva, lissant d'un geste machinal sa tunique de peau blanche frangée de queues de vison, comme si son corps en était véritablement vêtu.) C'est ainsi que celui qui avait choisi de naître ton fils renaîtra bientôt de moi. Crois-moi, Marianne, cet esprit généreux ne te garde nulle rancune de l'avoir mal aimé. »

Je m'en réjouis. Mon enfant aurait enfin une mère digne de lui. Je me levai pour tendre les bras à Nashawa et la serrer sur mon cœur en leur souhaitant à tous trois — mère, père et enfant — tous les bonheurs possibles sur cette terre. Nashawa s'écarta en riant.

« Parle-moi du comte Philippe.

— De Philippe ? (Je la regardai avec surprise.) Que veux-tu donc savoir de lui ? Je ne lui ai guère prêté attention depuis son départ de Québec où l'avait retenu une mauvaise fièvre ; je lui ai préféré, tu t'en doutes, la compagnie de Thomas au fort Duquesne ! »

Il me sembla qu'elle tirait de sa ceinture un papier. Une lettre.

« Tu m'avais annoncé son départ pour Montréal, n'est-il pas vrai ? Eh bien, il y est rendu et souhaite me rencontrer. Sa lettre est arrivée hier, et Martin a fait de son mieux pour me la lire. (Elle rit de plus belle.) Le comte me paraît être un homme de grand raffinement... »

Mon rire fit écho au sien. « Oh, pour cela, il n'en manque point ! Mais d'un genre qui ne serait sans doute pas de ton goût, Nashawa ! »

Une pensée friponne me chatouillait l'esprit : la vie de Thomas était peut-être menacée au fort Duquesne, mais la vertu de Nashawa ne le serait pas moins à Vaudreuil si Philippe y mettait les pieds.

Cependant, elle ajouta avec un sourire espiègle : « Le huard ne craint pas le loup, Marianne, car il nage et s'envole ; le loup déteste l'eau et ne saurait voler. Je serai fort aise d'accueillir le comte à Vaudreuil et de lui donner des nouvelles de Thomas. »

33

Dans son manteau de drap des Flandres à double capeline, son tricorne galonné d'or et ses bottes de cuir fin qu'il n'avait cure de crotter sur les pavés inégaux, Philippe arpentait les rues de Montréal depuis le matin, suivi de Lafleur et de ses quatre laquais haletant. Jetant autour de lui des regards d'oiseau curieux, sa première impression favorable se confirmait au fil des heures : Montréal rachetait Québec.

Il faut avouer que Québec lui avait été quelque peu funeste. Juste au moment de prendre la route, une fièvre intempestive l'avait terrassé, le forçant à accepter l'hospitalité du gouverneur Duquesne, tandis que son bagage faisait voile vers Montréal avec deux de ses laquais. Philippe avait dû, tout au long de sa convalescence, prêter une oreille aux doléances fastidieuses du gouverneur dont il partageait les repas.

Bien que fort affaibli, il avait fait en sorte de trouver passage sur un autre navire, et était arrivé — avec un soulagement évident — à Montréal, où la vue des accortes Montréalaises dans leurs jupes si révélatrices avait hâté sa guérison.

Philippe avait appris le mariage de Thomas par la bouche du gouverneur de Montréal, lequel tenait lui-même la nouvelle du père Piquet, mais ne savait rien de l'épousée sinon qu'elle était fort belle.

Le Moyne avait accueilli le comte avec la courtoisie de rigueur, et Philippe s'avoua favorablement impressionné par sa résidence en pierre de taille, aux proportions harmonieuses et au jardin à l'anglaise plutôt de bon goût. L'ameublement lui parut acceptable, et la table bien dressée. Le tout était d'un assez grand raffinement. Pour la colonie.

Le gouverneur semblait tenir Thomas en haute estime. Il avait félicité l'aïeul de la bravoure du petit-fils et — d'un ton soudain lugubre — l'avait informé du récent mariage de ce dernier.

Philippe n'avait pas cherché à celer sa surprise.

« Marié ? Thomas ? Voilà une nouvelle des plus... plaisantes ! Et qui donc a-t-il épousé ? »

Dans l'incapacité de répondre, Le Moyne avait promis à Philippe d'inviter le père Piquet, qui séjournait justement à Montréal, au banquet qu'il se proposait de donner le surlendemain en l'honneur de son visiteur. Il n'avait pas manqué d'offrir poliment à Philippe une hospitalité que celui-ci avait déclinée tout aussi poliment : après trois semaines des mornes confidences de Duquesne, il se méfiait à juste titre des invitations des gouverneurs.

Il avait donc estimé préférable de s'assurer un logement adéquat pour un séjour à Montréal qu'il espérait bref — car il était pressé de poursuivre sa route vers le fort Duquesne —, et avait loué tout le premier étage de la meilleure auberge de la ville, qu'il jugeait fort médiocre. Il n'y aurait certes point logé ses pur-sang, mais il fallait bien faire certaines concessions puisqu'on se trouvait dans une colonie.

Ayant adressé à l'épouse de son petit-fils une courte lettre fort convenablement tournée qui débutait par « Madame » et se terminait par l'expression de son profond respect, Philippe attendit qu'elle se déclarât prête à le recevoir.

Poussé par la curiosité, le comte arriva parmi les premiers au banquet du gouverneur. Le père Piquet ne s'y trouvait point ; Philippe en fut fort dépité.

Durant les dix services du repas, l'allègre compagnie but à la santé du roy, de la reine, du dauphin, de Mme la Dauphine, de M. le Duc de Bourgogne et de toutes les princesses royales. Philippe sentit sa bonne humeur lui revenir.

Mais à la fin du repas, alors que la plupart des invités prenaient congé de leur hôte et se retiraient, un retardataire fit une entrée intempestive. Sans laisser aux laquais le temps de l'annoncer, Piquet, car c'était lui, surgit dans la salle et, expédiant ses excuses au gouverneur, se précipita en soufflant vers le comte. Philippe leva un sourcil élégant en voyant approcher ce gros prêtre rougeaud, qui ne refusa pas un verre de bourgogne au passage ; il le toisa de son air le plus hautain.

Piquet n'en parut nullement affecté. « Ah, monsieur de Saint-Onges ! Vous me voyez fort heureux de cette rencontre ! Permettez-moi de me présenter : je suis le père Piquet, humble religieux qui a l'honneur et le privilège de connaître votre noble petit-fils... Lequel vous ressemble, au reste, d'étonnante façon ! »

J'allais protester — il va sans dire sans espoir d'être entendue — contre cette comparaison que je jugeais bien peu flatteuse pour Thomas quand je m'aperçus que Piquet disait vrai. Comment ne m'en étais-je point rendu compte ?

Philippe accepta en tout cas la remarque comme un compliment, et il s'apprêtait à l'en remercier du bout des lèvres lorsque Piquet ajouta avec encore plus de chaleur : « Vous êtes-vous rendu à Vaudreuil ? Y avez-vous fait la connaissance de son épouse ?

— Plaît-il ? » Philippe ne s'était pas départi de sa morgue, et regrettait sans doute de ne point avoir sa lorgnette pour étudier cet étrange spécimen de la gent ecclésiastique, dont l'odeur commençait à l'incommoder. « A qui ai-je l'honneur, Monsieur ? »

Piquet serra visiblement les mâchoires et ne les desserra que pour rétorquer d'une voix claironnante : « Je viens de vous le dire, Monsieur, je suis le père Piquet. Est-ce votre ouïe qui défaille, ou votre entendement ? »

Philippe décida sur-le-champ que l'homme lui plaisait.

« Ni l'un ni l'autre, *Monsieur*. Ainsi, vous vous nommez Piquet. Quant à être père, vous n'êtes certes point le mien... Cela dit, vous désirez savoir si Mme de Lodigny m'est connue... Non, *Monsieur*, elle ne l'est point, mais il m'a été rapporté que vous aviez béni son union avec mon petit-fils, et je ne doute point que vous puissiez m'éclairer à son sujet. »

Piquet opina, s'efforçant de retenir les élans de son enthousiasme. « J'ai eu, en vérité, l'honneur et la joie d'unir M. de Lodigny et sa belle et noble épouse indienne...

— Indienne ! Ai-je bien entendu ? Vous avez dit indienne ? » Le silence qui suivit me parut de mauvais augure. Pourtant, deux petites flammes de gaieté brillaient dans les yeux de Philippe lorsqu'il ajouta : « Voilà qui est fort amusant... Mon petit-fils marié à une sauvagesse ! »

Piquet eut du mal à ne pas lâcher les rênes de son indignation. Les yeux rivés sur ceux du comte, il serra son verre de bourgogne à l'en briser sans même songer à y tremper ses lèvres. Quelques gouttes de vin ajoutaient déjà leur enluminure écarlate aux sombres taches qui maculaient sa soutane.

« C'était, en vérité, une sauvagesse ; mais, par ma foi, Monsieur, nul n'est plus fortuné que son époux. Croyez-m'en lorsque je vous dis qu'il lui eût été impossible de faire meilleur choix ! »

La voix du prêtre vibrait d'une telle conviction que Philippe dressa l'oreille.

« Quel est son nom ?

— Elle se nommait Nashawa chez les Ojibwas, mais elle a pris le nom de Madeleine le jour de son baptême.

— Pourquoi ? s'enquit Philippe d'un ton innocent. Était-ce donc une pécheresse repentie ? »

Piquet sursauta. « Monsieur ! Sachez que Nashawa, je veux dire Madeleine, est une jeune femme vertueuse et dévote qui n'eût point déparé un couvent ! »

Ce dernier trait de caractère ne sembla susciter qu'une faible admiration chez Philippe, dont la curiosité était néanmoins éveillée.

« Dites-moi, *Monsieur*, cette noble dame est-elle restée à Vaudreuil ou a-t-elle suivi son époux à la guerre — ainsi qu'il est coutume dans les tribus indiennes, à ce que l'on m'a dit ? »

Bien que chaque mot de Philippe érodât un peu plus sa patience, Piquet jugea préférable de continuer à brider son irritation. « Elle est restée à Vaudreuil pour y assurer la régie du domaine. Ne commettez point l'erreur, *Monsieur*, de sous-estimer cette remarquable jeune femme : en vérité, elle exerce une influence bénéfique sur tous ceux qui ont le bonheur de la connaître. »

Le sourire de Philippe se teinta d'ironie. « Et vous jugez que j'ai grand besoin d'une telle influence, ce me semble, *mon père*. » Piquet réprima un sourire. Comme il gardait le silence, Philippe ajouta joyeusement : « Tudieu, *Monsieur*, vous serez bientôt satisfait car, sans savoir la qualité de celle à qui je m'adressais, j'avais prié Mme de Lodigny de bien vouloir me recevoir, et elle m'a fait savoir hier, en termes assez choisis du reste, qu'elle attendait ma visite. J'ai donc l'intention de me rendre à Vaudreuil dès demain.

— En ce cas, Monsieur, permettez-moi de vous y accompagner. Je reprends moi-même le chemin de ma mission ; nous pouvons donc faire ensemble une partie du voyage. Un petit détour par Vaudreuil ne me retardera guère, et me procurera la satisfaction de saluer Nash... Madeleine.

— J'en serai fort honoré. » Philippe gratifia Piquet d'un de ses plus gracieux saluts de cour. De ceux qu'il adressait aux courtisans sans crédit. « Mais, dites-moi, faut-il me munir de quelque pacotille pour offrir à la jeune épousée ? Quels sont donc les usages en de telles circonstances ? (Suivant des yeux un valet à la chevelure abondante, il ajouta d'un ton léger :) Point de scalps, j'ose espérer. »

Ils s'affrontèrent du regard. Je n'avais nul besoin de lire leurs pensées pour savoir que ces deux-là s'entendraient à merveille.

Après m'être assurée que l'armée de Braddock n'avait guère progressé et ne posait aucun danger immédiat au fort Duquesne, je me rendis aux sombres baraquements afin d'y visiter Thomas. Il était toujours aux arrêts dans sa petite chambre et acceptait sa punition avec indifférence. Lorsque je le rejoignis, il était seul et lisait paisiblement à la lueur d'une chandelle. Son visage attentif me parut plus beau que jamais, et je m'accordai le plaisir de le contempler et d'en caresser du regard les traits aimés. Lorsqu'il quittait son livre des yeux et relevait le menton pour réfléchir à ce qu'il venait de lire, ombre et lumière jouaient sur sa peau brunie par la neige et le soleil, révélant par instants son cou lisse et si doux à mes lèvres. Je ne résistai point à la tentation d'y placer un léger baiser, qui ne me procura, hélas, nul plaisir charnel ; mais Thomas, lui, sursauta, ferma brusquement son ouvrage, jetant vers la pénombre des regards troublés tandis que sa mémoire le rendait à mon étreinte. J'en ressentis une honte extrême.

A quoi bon ces jeux pervers ? Ils ne pouvaient que nuire à mon aimé sans que j'eusse rien à y gagner. Quand donc renoncerais-je à Thomas une fois pour toutes ?

Le laissant à ses souvenirs amoureux, je décidai de rendre visite à Cormier afin de découvrir si la Providence tolérait toujours ses iniquités.

Cormier avait quitté Québec en compagnie du légat alors que Philippe se morfondait chez le gouverneur.

Le légat avait semblé prendre son parti de la présence de Cormier à son côté, sans toutefois lui accorder le moindre répit. Cormier devait retranscrire page sur page de préceptes, sermons et homélies — rédigés de l'écriture illisible du prélat — pour les lui relire ensuite à haute voix d'un ton proprement compassé. Cormier s'en accommodait, se félicitait même de son audace. Avoir tenu tête au légat lui valait un passage gratuit vers l'Europe et la perspective d'une sinécure à Rome, siège — quoi qu'on en dît — d'un pouvoir aussi temporel que lucratif. En vérité, il pouvait s'estimer satisfait ; dans la doublure de son manteau noir, il avait cousu une lettre de change d'un montant respectable dont il se proposait de faire meilleur usage que n'en eût fait ce benêt de Lodigny.

La traversée était plaisante. La brigantine cinglait vers l'Europe sous un ciel sans nuages sans que les vents favorables incommodassent ses passagers. Ils approchaient des côtes de France lorsque je les rattrapai, espérant toujours voir la fourberie de Cormier se retourner contre lui.

Or, le lendemain même, à l'aube d'une journée radieuse et alors que la côte de France était bien visible à l'horizon, le légat fit appeler Cormier. Encore engourdi de sommeil, le coquin se vêtit en hâte dans l'étroit recoin qui lui tenait lieu de cabine et se présenta devant les somptueux quartiers du prélat. La porte lui fut ouverte par un valet furtif fort prisé de son maître. Cormier fut surpris de voir le capitaine, debout derrière le fauteuil du légat ; le gros marin dansait d'un pied sur l'autre comme s'il eût préféré être ailleurs. Il s'immobilisa lorsque le légat s'enquit d'un ton glacial, en fixant Cormier de ses yeux morts :

« Est-ce ainsi que vous me témoignez votre gratitude, mon fils ? »

Cormier sentit un froid soudain l'envahir. L'expression de martyr du prélat et l'air embarrassé du capitaine n'auguraient rien de bon. Il se redressa et fit front.

« Qu'ai-je donc à me reprocher ? Aurais-je causé quelque contrariété à Son Éminence ? Elle m'en voit fort contrit... » Son sourire candide ne le para point du regard acéré de Son Éminence, dont les lèvres blêmes s'entrouvrirent pour laisser échapper un soupir dolent. Cormier ajouta en hâte : « Que Monseigneur ait donc la bonté de me dire de quelle façon je l'ai offensé !

— Hélas, mon fils, est-il besoin de le dire... ? »

Le gros capitaine avait repris son manège et jetait des regards anxieux vers la porte, où des coups furent soudain frappés, coupant court aux protestations de Cormier. Le second fit irruption dans la cabine avant même d'y avoir été prié et, saluant bien bas le légat, lui tendit un petit sac de velours noir fermé d'un cordon doré.

« Voici, Monseigneur. Votre Éminence avait vu juste, je l'ai trouvé parmi les effets de cet homme. » Le geste du second, qui désignait clairement Cormier, amena sur les traits exsangues du légat une expression d'intense chagrin. De ses doigts cadavériques, il tira de la poche de velours une longue chaîne d'or au bout de laquelle se balançait sa croix en rubis.

« Puisse le Seigneur, dans sa grande miséricorde, pardonner à votre âme de pécheur, mon fils ! Je n'aurais jamais cru qu'une telle ingratitude fût possible de la part d'un homme qui jouissait de notre estime et de notre confiance ! »

Le valet du légat leva pieusement ses yeux au ciel et soupira bien haut.

La panique s'empara de Cormier sans qu'il l'eût senti venir. Les yeux dilatés, la bouche ouverte, il se mit à gesticuler follement comme pour chasser les mille terreurs qui l'assaillaient telles des guêpes en furie. « Monsieur, je vous en prie ! Par la Sainte Croix ! Je n'ai rien volé... C'est un odieux mensonge ! Je le jure devant Dieu ! »

Le légat secoua la tête. Il essuya un coin d'œil sec d'un doigt alourdi par son anneau. « N'invoquez point en vain le nom du Seigneur, Cormier ! Le capitaine lui-même avait remarqué l'admiration que vous portiez à ma croix. L'envie est un péché mortel, mon fils ! Doublement mortel lorsqu'on y allie la cupidité. »

Cormier jetait vers la porte des regards de fauve traqué, comme si la fuite eût été possible. Malheureusement pour lui, un énorme matelot s'y encadrait déjà, baissant la tête pour pénétrer dans la cabine.

Le capitaine sembla se ressaisir à sa vue et lui ordonna d'un ton sans appel : « Saisissez-vous de cet homme, emmenez-le à fond de cale et mettez-le aux fers. (Se tournant respectueusement vers le triste légat, il ajouta :) Il y restera jusqu'à La Rochelle, Monseigneur, où nous le remettrons au prévôt qui veillera à ce que justice soit faite. Un tel vol sera sévèrement puni. »

Le second se grattait la tête ; les yeux baissés, il s'adressa au capitaine : « Euh, c'est que... à fond de cale, les rats... Euh, ils grugent fort nos provisions et ont déjà mordu deux marins... Peut-être que... »

Le capitaine haussa ses massives épaules. « Descendez-le toujours. Pour ce qui est des rats, nous aviserons. »

Cormier poussa un cri perçant quand le matelot lui saisit les deux bras dans l'étau de ses mains. Étirant son cou maigre vers le légat, il cracha son venin. « Vieille charogne dépravée ! Vieux paillard de Torquemada ! Je dirai tout, tu entends ! Tout ! Je te ferai rendre gorge, monstre lubrique et dévoyé que tu es ! Tu ne te débarrasseras pas de moi si aisément ! »

Tandis que le matelot et le second traînaient Cormier, qui se débattait en hurlant, vers un sort peu enviable, le prélat, encore sous l'empire d'une triste émotion, remerciait le capitaine d'un petit signe de tête.

Une fois seul, le légat s'autorisa l'ombre d'un sourire.

Quel que pût être mon ressentiment envers l'infâme Cormier, je ne lui avais point souhaité un tel sort. J'osais croire en une certaine justice, mais ne recherchais pas la vengeance ; loin d'être douce, la vengeance est un acide qui ronge la sérénité. Toutefois, connaissant la rouerie du misérable, j'avais le pressentiment qu'il finirait par se tirer de ce guêpier. En y laissant son goût pour le chantage et tous ses gains mal acquis. Entre-temps...

Avant de retourner au fort Duquesne, je décidai de me rendre à Vaudreuil pour y être témoin de la première rencontre entre Philippe et Nashawa.

A l'aube du troisième jour de juillet, Philippe et le père Piquet se mirent en route pour Vaudreuil dans une voiture de louage. Le comte ordonna au cocher de les mener d'abord au village. Ayant l'intention d'y séjourner quelques jours, il jugeait préférable de s'assurer logis avant toutes choses.

Lorsque la voiture s'arrêta devant la modeste auberge, Philippe envoya un de ses laquais quérir l'aubergiste, un demi-solde à la jambe de bois qui s'approcha du carrosse en claudiquant. Sans se donner la peine de se mettre à la portière, le comte s'enquit : « Combien te rapporte ton établissement dans les bons mois, quand tes chambres sont pleines de voyageurs gourmands ? »

L'homme restait interdit, avalant sa salive. Philippe s'impatienta.

« Je veux ton auberge pour la semaine. Je serai de retour en soirée et j'entends trouver le lieu prêt à me recevoir. Sans voyageurs. Ton cuisinier et tes servantes peuvent rester si leur service est prompt et discret. Voici trente livres, que mon valet va te payer sur-le-champ. M'as-tu bien entendu ? »

Le père Piquet, qui avait écouté bouche bée, ne put s'empêcher de se pencher à la portière pour recommander : « Et assure-toi que tes serviteurs ne baptisent point ton vin, aubergiste. » L'homme hocha la tête en silence. Il empocha la bourse et regarda la voiture s'éloigner en soulevant des nuages de poussière dans les ornières du chemin de terre qui menait à la forêt. Les deux valets accrochés à l'arrière du carrosse se gaussèrent insolemment de sa mine éberluée.

Par la portière, Philippe aperçut bientôt, entre les énormes fûts des pins blancs, des éclairs de soleil que reflétait l'eau du lac. Il n'avait jamais vu d'arbres aussi gigantesques. Il lui sembla que le paysage devenait de plus en plus sauvage à chaque tour de roue.

Il avait jusqu'à ce jour prêté peu d'attention aux sites traversés. Les collines verdoyantes et les fermes prospères de la vallée du Saint-Laurent lui rappelaient la Normandie dans ses beaux jours et méritaient à peine qu'on traversât l'Atlantique pour les admirer. Mais Vaudreuil le dépaysait. Le chemin cahoteux — où la voiture manquait à tout moment verser — s'était engagé dans un tunnel de verdure opaque où régnait un silence de crypte que le grincement des roues et les cris sporadiques d'un oiseau inconnu ne rendaient pas moins impressionnant. Le cœur de Philippe battait plus vite, il se sentait tour à tour charmé et oppressé. Le père Piquet, qui s'était assoupi, se réveilla tout de go.

« Ah, voici la croix. C'est ici que la voiture doit nous attendre, car il nous faut faire à pied le reste du chemin, ne vous en déplaise, Monseigneur. La route devient trop étroite pour notre carrosse. »

Il s'adressait désormais à Philippe avec des « Monseigneur » outrés auxquels le comte répondait par des « Mon bon père » tout aussi sarcastiques. Hormis ces inoffensives escarmouches, la paix régnait entre eux, et ils avaient conversé fort agréablement tout au long du chemin. Piquet avait tenté de dissuader Philippe de rejoindre Thomas au fort Duquesne.

« L'immensité de ce continent dépasse l'entendement, Monseigneur, et vous ne sauriez concevoir les épreuves qui vous attendent si vous entreprenez un tel voyage !

— Balivernes que tout cela ! Ce que Thomas peut faire, pourquoi ne le ferai-je pas, mon bon père ? »

Piquet avait haussé les épaules une dernière fois avant de s'assoupir.

Lorsque le cocher arrêta les chevaux devant le calvaire, à la croisée des chemins, l'abbé fut le premier à descendre, en sautant à pieds joints dans la poussière sans donner au laquais le temps de déplier le marchepied. En trois enjambées, il fut au pied de la croix, tomba à genoux sur l'herbe sèche et, se croisant rapidement, entonna une prière en un *sotto voce* tonitruant. Tête baissée, les laquais se tinrent près du carrosse et marmonnèrent à l'unisson, tandis que le cocher rejoignait le prêtre en oraison au pied du calvaire.

Philippe, resté seul au milieu du chemin, dans ses beaux habits de voyage, se sentit écarté et — pour une fois — ne tira aucune satisfaction de cet isolement. Je me sentis bien proche de lui, en cet instant. Aussi vulnérable qu'un enfant perdu, il m'inspira une tendresse posthume qu'il n'avait certes point méritée de mon vivant. Il leva un regard égaré vers le soleil qui dansait dans le feuillage des cimes, et éprouva le désir soudain de s'abandonner à quelque chose.

Lorsque Piquet le rejoignit, il s'était repris, et se mit en marche d'un pas rapide et insouciant. Pourtant, dans la clairière, il était si pensif qu'il n'aperçut point Nashawa. Piquet avait déjà pris dans les siennes les mains de la jeune femme et marmonnait : « Ma chère enfant ! Ma chère enfant ! » d'une voix étranglée par l'émotion, quand Philippe comprit enfin la réalité de cette vision de rêve.

Nashawa portait ce jour-là une longue robe, d'une étoffe couleur d'eau qui ondoyait à la lumière. La bordure frangée en était ornée de broderies représentant fort habilement les animaux de la forêt. Ses longues nattes entremêlées de rubans verts et de fleurs de seringa encadraient son visage serein. Ses bracelets d'argent bril·

laient au soleil, mais moins que ses yeux lorsqu'ils se posèrent sur Philippe.

Privé de l'usage de ses sens mais habité par une indicible allégresse, le comte demeurait planté devant elle. Il ne la saluait point. Enfin, sous l'œil éberlué de Piquet, il tendit une main timide vers Nashawa et murmura, comme pour lui seul : « Vous êtes un ange, n'est-il pas vrai ? » Immobile, elle laissa son sourire caresser le visage de Philippe comme un rayon de soleil. Il ferma un œil, le rouvrit et dit : « Vous êtes l'ange que je cherche depuis toujours. »

34

Le 8 juillet 1755, sur le coup de onze heures, un de ses éclaireurs outaouais vint avertir M. de Contrecœur que l'avant-garde de l'armée anglaise avait atteint le ruisseau aux Tortues, à moins de trois lieues du fort Duquesne. Certes, l'arrivée des « grands couteaux », comme les appelaient les Indiens, ne prenait pas la garnison par surprise, et il y avait beau temps qu'on les attendait ; mais il fallait aviser.

Contrecœur convoqua aussitôt ses officiers, levant pour la circonstance la punition infligée au lieutenant de Lodigny.

Une chaleur étouffante s'était abattue sur le fort et ses occupants, incommodant bêtes et gens, et aggravant l'inquiétude qui y régnait. En émergeant de l'ombre des baraquements, Thomas cligna les yeux, aveuglé par l'incandescence du soleil. Par les fenêtres d'une des salles, la voix forte de Contrecœur résonnait dans le silence de la cour surchauffée. Trois jeunes recrues y étaient étendues, torse nu, dans un recoin ombreux ; elles ne firent aucun geste pour saluer l'officier à son passage. Thomas fut tenté de les réprimander, mais les accents de Contrecœur l'incitèrent plutôt à presser le pas. Les enfants-soldats le suivirent des yeux sans se départir de leur apathie.

Prenant discrètement sa place au fond de la salle, Thomas nota d'un coup d'œil rapide la présence d'une trentaine d'officiers et de cadets.

« Telle est donc la situation, Messieurs. L'avant-garde de Braddock est forte de douze cents hommes environ, et se compose de troupes anglaises et de soldats des milices coloniales. Elle est commandée par le général en personne... (Contrecœur se permit une pause d'orateur avant d'ajouter :) ... accompagné de son aide de camp, Washington. »

Un prévisible courant d'indignation parcourut l'assemblée. Nul n'avait oublié la mort de Jumonville et la « confession d'assassinat » signée par Washington. Contrecœur attendit le retour du silence pour poursuivre. Il aperçut Thomas, debout au fond de la salle, et détourna les yeux avant de reprendre la parole.

« D'après l'information dont je dispose, il semblerait que l'intention de Braddock soit de traverser à gué la rivière Monongahéla. » D'un bref hochement de tête, il accorda la parole à Liénard de Beaujeu, qui brûlait d'intervenir.

Le jeune capitaine se leva d'un bond et, s'adressant à l'assemblée tout entière, s'écria : « N'attendons plus, Messieurs ! Laissons l'audace gouverner nos actions ! Fondons sur l'ennemi alors qu'il ne nous attend point et nous croit terrés derrière nos murs, tremblant de peur à son approche ! »

Au premier rang, son ami Dumas approuva ; mais Ligneris — porte-parole de la raison — tendit la main pour demander à s'exprimer et se leva à son tour.

« Avec moins de cent hommes aguerris ? Ce serait folie, Beaujeu ! » En appelant à Contrecœur, il ajouta : « Nos jeunes recrues, Monsieur, n'ont point reçu leur baptême du feu, et je ne compterais point sur eux pour attaquer un bataillon de troupes anglaises ! (Il s'adressa à Beaujeu et insista :) Que savez-vous de l'entraînement de ces habits rouges ? Avez-vous une idée de la discipline de fer qu'on leur impose et de leur âpreté au combat ? Ils ne feront qu'une bouchée de nos rétifs conscrits ! »

Beaujeu fronça les sourcils, cherchant en vain un argument. Thomas s'avança lentement et s'arrêta près d'une fenêtre ; Contrecœur ne pouvait manquer de le voir. Un rayon de soleil éclairait son visage pensif. Beaujeu lui jeta un regard curieux et reprit sa tirade.

« Écoutez-moi ! Nous nous sommes montrés trop indulgents envers nos alliés indiens, au point de faire violence à notre conscience et à l'honneur même en fermant les yeux sur leurs massacres de civils innocents. N'est-il point temps qu'ils nous prouvent leur loyauté ? Avec six cents braves à nos côtés, nous pouvons infliger à l'avant-garde de Braddock des pertes sévères, si nous les attaquons alors qu'ils passent à gué !

Un silence s'était fait dans l'assistance. On percevait le rythme sourd de lointains tambours plutôt qu'on ne l'entendait, tel le battement d'un second cœur. La chaleur était accablante.

Contrecœur se donna le temps de répondre. Se tournant vers Thomas, il demanda : « Que vous en semble, lieutenant de Lodigny ? Plus qu'aucun d'entre nous, vous avez l'oreille des chefs indiens. Sont-ils prêts à combattre à nos côtés ? »

Thomas répondit sans hésiter. « Je le crois. Tant que nous n'exigeons pas d'eux qu'ils se battent hors des bois. Ils ne s'aventureront jamais dans la clairière qui longe la rive. (Il échangea avec Ligneris un bref regard d'entendement.) Ils ont le canon en horreur et craignent plus que tout la mitraille ; jamais ils n'affronteront l'artillerie à terrain découvert. »

Dumas appuya sa remarque. « C'est la vérité, Monsieur, et nous le savons tous. Si braves que soient ces guerriers, le boulet les met en déroute. »

Mais Beaujeu ne s'avoua pas vaincu. « Nous n'avons d'autre alternative que de les persuader ! Une sortie en masse et l'effet de surprise restent notre seul espoir et peuvent jouer en notre faveur. Allons-nous donc permettre à Braddock de camper sous nos murs et de nous arracher une reddition ? »

Contrecœur laissa s'exprimer l'ardeur soudaine des officiers avant d'annoncer d'un ton calme : « Le capitaine de Beaujeu et le lieutenant de Lodigny s'efforceront de convaincre le Conseil des Chefs de la nécessité d'une telle action. Aucune décision n'est possible sans l'assurance que les Indiens nous soutiendront. Entre-temps, que chacun regagne son poste et fasse son devoir avec conscience et célérité. »

Beaujeu et Thomas sortirent ensemble, bien décidés à plaider leur cause auprès de chacun des chefs sans leur donner le temps de se concerter.

Dès l'après-midi, ils les avaient tous avisés, sauf deux d'entre eux qui chassaient dans les bois. Le Grand Conseil avait été convoqué pour le soir même, et les chefs avaient promis leur réponse peu après le coucher du soleil.

Précédés de deux soldats portant des torches fumantes, les deux officiers se dirigeaient donc en silence vers l'orée du bois. Beaujeu tenait cérémonieusement la hache de guerre. La nuit était moite et obscure, mais une lune presque pleine ne tarderait pas à s'élever au-dessus des cimes qui cernaient la clairière, telles des vagues noires sur le point de déferler.

La fraîcheur de la forêt les surprit. Au centre de chaque cercle de huttes d'écorce, un feu brûlait, autour duquel les braves se rassemblaient. La réponse du Grand Conseil fut concise : « Si vous souhaitez vous engager sur le sentier de la Mort, n'espérez point nous voir vous y suivre ! » Et il refusa la hache de guerre.

Comme ils s'en retournaient, tête basse, vers le fort, Thomas agrippa soudain la manche de Beaujeu. « Écoute, les Indiens font grand cas des présages qui leur viennent durant le sommeil. Or, ils n'ont point dormi avant de prendre une aussi grave décision. Qui sait si certains d'entre eux ne feront point cette nuit quelque rêve favorable à notre entreprise ? Il me semble que nous devrions les consulter demain matin dès l'aube. Peut-être en convaincrons-nous quelques-uns qui entraîneront les autres. »

Beaujeu décida de suivre ce conseil et fit informer les chefs de la visite matinale qu'il se proposait de leur faire.

Je passai auprès de Thomas les heures qui suivirent. Il employa une bonne partie de la nuit à rédiger à l'intention de Philippe une longue lettre qui ne conservait aucune trace de sa vanité passée ni de l'amertume qui avait jadis vicié ses pensées. Pour la première fois de sa vie, il remettait en question les mobiles de son existence et son attitude envers ceux qui la peuplaient. Il acceptait ses propres faiblesses et celles de Philippe. Son aïeul n'était plus l'idole de son enfance, mais un homme faillible qui avait — peut-être — lui aussi aimé Marianne. Et qui avait failli payer sa candeur de sa vie.

J'étais si présente pour Thomas et sa mémoire m'illuminait d'un jour si flatteur que j'en fus confuse et en ressentis une certaine honte envers Nashawa ; elle méritait une loyauté sans partage.

Mais Thomas tentait d'exprimer simplement — sans abolir tout à fait la distance exigée par la bienséance — l'évolution de ses sentiments. Il n'y parvint d'abord pas. Trois ou quatre ébauches furent déchirées avant que les mots ne lui vinssent, mais enfin la lettre fut écrite. Il la termina en recommandant Nashawa à la générosité du comte, la cacheta et s'endormit satisfait.

Je le veillai, luttant contre la tentation de m'abandonner aux désirs qu'il m'inspirait encore ; je ne connaissais que trop leur futilité. Jamais, pourtant, je n'avais eu autant de raisons d'aimer cet homme !

Certes, je n'avais jamais douté de sa droiture, pour naïve qu'elle fût parfois, mais cette nuit-là je mesurai la noblesse de ses sentiments. Cette rigueur envers lui-même le distinguait de Bertrand, dont l'hédonisme et la légèreté faisaient tout le charme. Je lui souhaitais du fond du cœur la paix, l'amour et le bonheur qu'il avait mérités.

Lorsqu'aux premières lueurs de l'aube son ordonnance vint l'éveiller, il le trouva vêtu, et prêt à rejoindre Beaujeu.

Tout en franchissant le terrain dénudé qui séparait le fort des campements indiens, Thomas enjoignit la prudence à Beaujeu. « Il conviendrait de leur demander si leur *do-daim* s'est montré satisfait de leur refus d'aider leurs frères dans le besoin, car il m'a semblé que trois ou quatre d'entre eux en éprouvaient grande honte. Tu pourrais ensuite t'enquérir de leurs songes de la nuit dernière... en espérant que certains ont bel et bien rêvé de glorieuses batailles. »

Beaujeu suivit son conseil à la lettre. Thomas traduisit à l'intention de ceux qui ne comprenaient pas le français.

Deux des chefs étaient sur le point de céder, mais ils n'en firent rien devant l'attitude évasive des autres, qui cherchaient à s'esquiver sans même répondre. Beaujeu, à bout de patience, s'écria avec force : « J'affronterai donc seul les Anglais, puisque mes frères m'abandonnent ! »

Thomas sentit la colère l'envahir et, pour une fois, ne chercha point à la réprimer. Foudroyant les chefs du regard, il leur parla en leur langue du ton le plus méprisant :

« Vos *do-daim* vous ont ordonné de combattre aujourd'hui, mais votre couardise vous retient tremblants auprès de vos squaws ! La honte s'attache à celui qui laisse son frère seul devant l'ennemi ! »

Ses accents les touchèrent sans doute, car deux des chefs se portèrent aussitôt vers Beaujeu pour lui prendre des mains la hache de guerre. L'humiliation eût été trop cuisante pour ceux qui n'eussent pas suivi leur exemple ; tous — y compris le redoutable Pontiac —

entourèrent bientôt les deux officiers en poussant d'affreux cris de guerre.

Faisant foin du décorum, Beaujeu et Thomas coururent à toutes jambes avertir le commandant de la nouvelle. Ils se débarrassèrent en hâte de leur uniforme, revêtirent aussitôt leurs hardes indiennes et — sous les directives d'un Ojibwas — peinturèrent sur leur visage et leur dos les symboles propices à leur victoire. M. de Contrecœur n'exigeait de ses officiers que le port du tricorne et du hausse-col, insignes de leur grade.

Le branle-bas régna autour du fort pendant les heures qui suivirent, et le tumulte ne prit fin que lorsque les derniers braves s'enfoncèrent dans la forêt à la suite des Français. Les combattants devaient franchir trois lieues d'escarpements rocheux, de fourrés à peine pénétrables, de ravines comblées d'un entrelacs de souches, de troncs abattus et de branchages pourrissants. Terrain familier à ces hommes, et qu'ils eussent couvert à temps pour surprendre l'avant-garde de Braddock au gué, si trois cents des Indiens de Beaujeu n'avaient point décidé en forêt d'abandonner les Français à mi-chemin de la rivière. Le retard que causa cette défection fit qu'un détachement de l'avant-garde de Braddock avait déjà traversé quand ils arrivèrent en vue du gué ; il fallait renoncer à l'embuscade.

Bien dissimulés derrière les frondaisons, ils observaient bouche bée le déferlement de l'ennemi sur la grève. Et je n'en croyais moi-même pas mes yeux. Là, au cœur de ce site vierge et sauvage, une parade militaire se déroulait ! Une de ces somptueuses cavalcades associées dans l'esprit de Thomas à la carrière militaire. Sous le ciel d'un bleu d'étendard, la longue procession que j'avais observée du haut des airs se changeait en un spectacle saisissant.

Aux premiers rangs venait la musique : tambours, cymbales, triangles et fifres faisaient résonner la forêt et les eaux de leur musique martiale et entraînante.

Suivaient les porte-enseigne, qui marchaient d'un pas cadencé en levant bien haut les hampes de leurs drapeaux, fanions et bannières aux cent couleurs relevées de franges d'or et d'argent.

Puis se présentaient les officiers, resplendissants dans leurs habits rouges ; roides et fiers en selle sur leurs beaux étalons. Ils précédaient un détachement de cavalerie légère : deux cents jeunes hommes de belle mine montés sur de superbes pur-sang, qui passèrent le gué à vive allure en faisant jaillir des gerbes irisées sous leurs sabots. Derrière eux, un corps de marins escortait des tombereaux chargés de munitions et les grosses pièces d'artillerie.

Enfin parut la garde du général. Braddock était parmi ses membres, ne regardant ni à droite ni à gauche. Un cri vite étouffé échappa aux guetteurs français ; au côté du général chevauchait une splendide créature en tenue d'amazone. Sur sa haquenée somptueusement caparaçonnée, elle étincelait de tous les feux de ses diamants. Je ne pouvais détacher mes yeux de cette femme si belle, et me rapprochai d'elle pour mieux l'examiner tandis qu'elle guidait avec délicatesse sa monture à travers le courant de la rivière.

Mais le gros de la troupe approchait. Une masse rouge. Compacte. Belliqueuse. Auréolée de l'éclat des baïonnettes au clair. Retentissant des féroces cris de guerre des grenadiers en capots écarlates, ceints de bandoulières blanchies à la craie et coiffés de bizarres mitres noires qui leur conféraient la fausse dignité d'évêques malfaisants. Thomas entendit l'exclamation de Dumas, caché près de lui derrière le tronc d'un frêne géant.

« Sacrebleu ! Voyez-moi ces rangs, Lodigny ! Pas un ne s'écarte de la ligne ! Par ma foi, ils se pensent à la parade ! Le diable en personne ne prendrait pas ces bougres-là par surprise ! »

Thomas gardait le silence, conscient des murmures d'admiration des Outaouais dissimulés autour d'eux. Braddock avait, sans le savoir, joué une carte maîtresse : son défilé impressionnait aussi bien les Français que les sauvages.

Le courant écarlate semblait intarissable, tel un flot de sang qui inondait déjà la clairière et ne tarderait point à s'épancher dans la forêt. Poussée par la curiosité, je m'élevai assez haut dans les airs — sans en tirer grand plaisir, cette fois — pour voir jusqu'où s'étendait la colonne. Le bleu des milices de Virginie succédait au rouge des troupes anglaises. Elles n'avaient certes point la prestance des habits rouges, mais elles me parurent plus humaines.

Ayant surmonté son insidieuse admiration, Thomas observait le corps des troupes qui franchissaient le gué, tandis que l'arrière-garde — les charretons, bêtes de somme, bétail et autre bagage — s'étirait en file interminable. Je suivis sa lente progression jusqu'à ce que l'armée entière eût franchi la rivière et se retrouvât sur la rive. L'avant-garde se mit bientôt en branle vers la forêt où les bûcherons étaient déjà à l'œuvre pour lui ouvrir un passage.

Je rejoignis Thomas. Dumas n'était plus à son côté. Après un dernier regard en direction des ennemis encore massés sur la grève, Thomas fit signe à ses hommes de s'avancer davantage après lui dans les bois, le long de la piste que l'avant-garde allait emprunter. Je compris que les Français cherchaient à garder secrète leur présence jusqu'à ce que les Anglais se fussent profondément engagés dans l'étroit pertuis du chemin qui menait au fort Duquesne et que leurs haches n'élargissaient guère. La course rapide et silencieuse de Thomas le mena à un large ravin où Dumas et une vingtaine de soldats français avaient pris position.

Lorsque Dumas aperçut Thomas, il lui indiqua du geste un éperon rocheux pour s'y dissimuler, et lui souffla à l'oreille : « Les Algonquins sont revenus à nos côtés, Dieu seul sait jusqu'à quand... A tout le moins nous donnent-ils la chance d'embusquer les buveurs de thé ! Cet âne de Braddock enfourne son armée entière dans le bois sans s'être donné la peine d'y envoyer des éclaireurs en reconnaissance ! »

Je retournai vivement dans la clairière. Dumas avait dit vrai ; la troupe entière se coulait dans la forêt par la piste. Je regagnai le ravin. On n'y voyait plus trace des Français. Ils n'avaient point quitté leur poste, mais s'étaient si bien dissimulés derrière rochers, troncs et buissons qu'ils en étaient devenus invisibles ; derrière chaque arbre, un mousquet. Tous guettaient le chemin au bout duquel quelques taches rouges venaient d'apparaître.

Ils attendaient, immobiles et silencieux, et j'attendis avec eux. Combien de temps, je ne saurais le dire...

Des voix se faisaient entendre sur la piste, dominant de plus en plus le bruit sourd des haches et les craquements des arbres abattus. On entendait encore par instants le cri aigre des corneilles ou l'appel modulé d'un autre oiseau. L'avant-garde entière était maintenant engagée dans la forêt ; soudain, ses guides apparurent au niveau du ravin, accompagnés de six Virginiens en uniforme bleu montés sur d'énormes chevaux. A une portée de mousquet suivaient trois cents hommes avec deux canons et un tombereau de munitions.

Dumas siffla entre ses dents : « Prions pour que les Indiens ne nous abandonnent pas de nouveau en voyant ces canons ! »

Mais Beaujeu avait compris le danger.

Bondissant de sa cachette comme un démon avec ses peintures de guerre et son hausse-col étincelant, il courut sur la piste au-devant de l'avant-garde rouge, brandit son chapeau d'une main et son épée de l'autre, et hurla à pleins poumons l'ordre d'ouvrir le feu.

Tout au long de la colonne anglaise, la forêt retentit aussitôt du vacarme assourdissant des détonations et des cris effroyables des Indiens. Les soldats, à l'affût depuis plusieurs heures, visaient froidement leurs cibles rouges, tiraient et rechargeaient comme des automates, avec aux lèvres un sourire qui me glaçait.

Les Anglais ripostèrent promptement et se hâtèrent de mettre en batterie leurs canons, dont la vue sema aussitôt la panique chez les jeunes recrues de Dumas. Ils abandonnèrent leur poste pour la plupart et s'enfuirent au plus profond des bois, laissant Dumas — qui n'en fut pas autrement surpris — avec les seuls Indiens.

Reprenant sa course à travers l'enchevêtrement de broussailles qui déchiraient au passage sa peau nue, Thomas, ses hommes derrière lui, chercha à se rapprocher de Beaujeu pour lui prêter main-forte. Il déchargea son pistolet chaque fois qu'il aperçut un habit rouge dans sa ligne de tir, rechargea aussitôt, et arriva enfin devant Beaujeu, à bout de souffle et ruisselant de sueur.

« Les Outaouais nous soutiennent ! »

C'était vrai. Tout au moins jusqu'à la première bordée de canon. Celle qui faucha Beaujeu.

Lorsqu'il s'effondra, le crâne fracassé par la mitraille qui avait miraculeusement épargné Thomas, il me parut soudain environné d'une lueur aveuglante ; mais celle-ci se dissipa aussitôt, ne laissant sur la piste qu'une jeune corps sans vie sur lequel Thomas et moi nous penchâmes, saisis de douleur et d'indignation.

Autour de nous régnait un tumulte infernal. D'autres canons mis en batterie ponctuaient de leur tonnerre les détonations des mousquets et les cris des blessés et des mourants. Par deux fois, des boulets firent jaillir devant nous des gerbes de terre, tandis que le sol tremblait sous nos pieds et qu'une pluie de brindilles tombait des cimes. Je vis plus d'un homme s'effondrer à mes pieds et se tordre de douleur avant de rendre l'âme.

Horrifiée, j'avais peine à suivre Thomas, qui courait comme un dément. J'avais l'impression d'étouffer dans les tourbillons de l'âcre fumée noire à travers laquelle on distinguait à peine les éclairs de feu des mousquets. Il me sembla perdre l'usage de mes sens ; je n'entendis plus les clameurs de la bataille, et je crois que je perdis connaissance.

Lorsque je rouvris les yeux, Thomas avait disparu. Saisie d'une affreuse crainte, je me mis à courir çà et là, le cherchant derrière chaque arbre et chaque buisson sans repérer sa trace. Je rencontrai en chemin bon nombre de soldats rouges ; ils erraient dans les rangs de leurs ennemis, le regard fixe et les traits figés en une expresssion de douloureuse perplexité. Je crus d'abord que la souffrance causée par leurs blessures les avait privés de leur raison, et je m'étonnai qu'ils fussent encore capables de marcher. Mais l'un d'entre eux, presque un enfant, m'adressa la parole :

« *Prithee, my Lady*, me direz-vous où je dois me rendre ? Les autres ne me parlent plus... »

Mon cœur déborda de pitié pour cette vie si précocement fauchée, et des larmes emplirent mes yeux. Je tendis la main pour caresser sa joue froide et répondis : « Ne crains point la mort. Écoute ton cœur, il te guidera plus sûrement que je ne saurais le faire. Tu trouveras le chemin... »

Il hocha gravement la tête et s'éloigna, se retournant une fois pour m'adresser un pâle sourire. Je fus tentée de le suivre, mais il me fallait à tout prix retrouver Thomas.

Je le découvris enfin, en train de recharger fiévreusement son pistolet derrière le tronc d'un chêne. La mort de Beaujeu l'avait plongé dans la furie du désespoir. Il se démenait, aveugle au danger, hurlant tel un dément, et poursuivait sa course dans la puanteur de poudre noire et de sang.

L'épée au clair, il avait rallié les Outaouais repliés en désordre à la mort de Beaujeu, et les encourageait maintenant à harceler sans répit les flancs de la colonne anglaise, tandis que les Français attaquaient de front l'avant-garde.

Les balles meurtrières des tireurs invisibles avaient causé d'affreux ravages dans les rangs anglais. Des deux côtés de la piste, Français et Indiens les décimaient à loisir. Enfin, leur propre artillerie, saisie par Dumas et ses hommes, se retourna contre eux et leur cracha la mort. Prise au piège, son avance barrée par ses propres canons, et sa retraite interdite par ordre de son général, qui refusa même aux Virginiens la permission de combattre à l'indienne, l'armée anglaise ne fut plus qu'une seule et même victime sacrifiée au monstrueux dieu de la guerre.

Deux heures durant, les Anglais resserrèrent leurs rangs sur les corps de ceux qui s'effondraient. Puis, se sentant perdus, un flottement les parcourut, et la troupe entière s'abandonna à la panique.

Le carnage fut affreux, et je ne tenterai point de décrire les horreurs de ce jour. Les fameux habits rouges y périrent en grand nombre ; et — à l'inverse des Virginiens qui combattirent stoïquement jusqu'au bout — ils comptèrent parmi eux quelques lâches qui bafouèrent l'honneur au point de faire feu sur leurs propres officiers et de s'enfuir comme des rats en abandonnant armes, bagage, et leur général même, tout mortellement blessé qu'il fût. Un petit groupe d'officiers se chargea cependant de mener Braddock en lieu sûr et de veiller, la mort dans l'âme, son agonie.

Le combat tirait à sa fin. Je n'avais quitté Thomas que quelques instants, et j'avais atteint ce que je croyais être les limites de la révulsion. Une affreuse exhalaison s'élevait du champ de bataille tandis qu'une rumeur étrange tintait à mes oreilles, mêlant les gémissements des blessés aux lamentations des morts.

Je me tenais auprès de mon bien-aimé — comme lui la tête vide et le cœur meurtri — lorsqu'une détonation très proche retentit et me fit sursauter. Portant la main à sa poitrine, Thomas regarda avec surprise le sang qui lui coulait entre les doigts. Sans entendre le cri que je poussai, il s'écroula de tout son long dans les fougères piétinées.

Avec une indicible horreur, je vis dans son dos la fleur écarlate d'une plaie ouverte. Je tombai à genoux près de lui et, secouée de sanglots, me pris à maudire et à implorer le Ciel, sans autre pensée que sa survie !

« Que faites-vous ici, *my Lady* ? Ce n'est point la place d'une femme. Quittez sans plus tarder ces lieux maudits ! »

Je levai les yeux vers l'officier anglais qui se tenait debout devant nous. Sa poitrine n'était plus qu'un trou béant dont il ne semblait point avoir conscience ; il me contemplait avec une douce sollicitude.

« Vous êtes mort, Monsieur, ainsi que je le suis ; mais ce jeune homme n'est que blessé et peut encore être sauvé. Que faire ? Si vous le savez, je vous en prie, dites-le-moi ! »

Mais l'officier soupira tristement en secouant la tête et me tourna le dos pour poursuivre son chemin à travers les frondaisons en murmurant : « Tant de vies perdues ! Tant de vies ! »

Thomas respirait encore. Un suprême effort de volonté me rendit mon calme. Plaçant mes mains sur la plaie, je priai. Je n'avais jamais été douée pour la prière ; si l'action de grâces me paraissait à la rigueur justifiée — Dieu, il faut bien le reconnaître, nous a fait don de la vie —, quémander ses faveurs m'avait toujours semblé malséant.

Eh bien, je quémandai, je mendiai, j'implorai ce jour-là, jetant dans la balance tout ce que je pouvais offrir en contrepartie de la vie de l'aimé. Je jurai de renoncer à son amour et d'accepter sans me plaindre ma solitude, dût-elle durer l'éternité. Alors que je scellais de larmes amères ma promesse, un léger bruit de brindilles brisées m'annonça la venue de deux Indiens, qui firent soudain irruption devant moi. Pontiac, le chef des Outaouais, accompagné d'un de ses braves, était en quête de nouveaux scalps.

Les deux hommes s'arrêtèrent net à la vue de Thomas et se penchèrent sur sa forme inanimée. Le sang des chevelures dégoulinantes pendues à leur ceinture tomba sur son dos en lourdes gouttes sombres. Tout mon corps fut pris de tremblements à la pensée de ce que les Indiens s'apprêtaient à faire.

Mais, grâce à son hausse-col et aux symboles objibwas qui ornaient son dos, ils avaient reconnu Thomas. Ils échangèrent quelques mots d'algonquin, s'assurèrent que le blessé respirait encore et partirent en hâte quérir du secours. Ils ne tardèrent pas à reparaître en compagnie de deux soldats français qui portaient une litière de fortune.

Ces soldats commencèrent par se quereller. L'un des deux prétendait emmener le blessé en charrette jusqu'au fort Duquesne, tandis que l'autre affirmait qu'il ne survivrait point aux cahots de la piste. Ils finirent par se mettre d'accord pour le transporter jusqu'à un poste de secours établi à proximité.

Je me joignis à la triste procession, trop abattue pour prier, retenant mon souffle comme si cela était susceptible de soulager Thomas, dont la respiration se faisait de plus en plus rauque à chaque pas des brancardiers.

A la nuit tombée, il n'avait point repris connaissance.

Il me fallait pourtant le quitter. La lune serait pleine ce soir-là, et seule Nashawa pouvait encore le sauver.

35

« Conduis-moi auprès de lui, Marianne. Non, sois sans crainte, je suis capable de te suivre fort loin. Souviens-toi que je vous ai visités, Thomas et toi, sur le navire et en deux autres occasions. (Nashawa me contempla longuement avant d'ajouter :) Toutefois, sache que je ne pourrai peut-être pas le sauver... sans ton aide. »

Je m'étonnai. « En quoi t'aiderai-je ? Je n'ai aucun pouvoir surnaturel — encore moins que tout autre celui de guérir ! Je ne peux rien pour lui, hélas ! Toi seule peux le sauver. Je t'en conjure, Nashawa, fais qu'il vive !

— Je ferai de mon mieux, sois-en sûre, mais tes vœux ont plus de pouvoir que tu ne penses, et contribueront à sa guérison ou à...

— Ou à quoi donc ? (J'eus un frémissement.) Que veux-tu dire ? »

Elle soupira. « Son âme est consciente de ta présence à ses côtés, Marianne, car il t'aime encore profondément... Non, non, ne t'agite point ainsi, ma chère sœur, cet attachement ne retire rien à l'amour qu'il me porte, bien au contraire ! Toutefois, une partie de lui-même souhaite encore être près de toi... »

Ses paroles me bouleversaient. Nashawa me regardait de ses yeux illuminés de compassion, et j'hésitais à exprimer ma pensée.

« Veux-tu dire que... Thomas et moi pourrions être... réunis dans la mort ? »

Elle hocha la tête. « Oui. Pour un temps. Mais il faudra bientôt vous séparer pour donner à chacun de vous la chance de poursuivre sa destinée. »

Je fermai les yeux afin de me recueillir un instant. « Dans ce cas, qu'attendons-nous ici ? Ne perdons point un temps précieux, allons tenter notre possible pour qu'il survive ! Il faut qu'il survive, entends-tu ! Je le veux. »

C'est alors que l'enfant que Nashawa portait me revint en mémoire, et je m'en inquiétai. Mais elle se hâta de me rassurer. « Le corps terrestre de l'enfant est encore mien et repose en mon sein. Son âme restera libre jusqu'à ce que ce corps soit prêt à la recevoir. »

Le transport de Thomas jusqu'à l'infirmerie du fort avait provoqué un nouvel épanchement de sang, ainsi qu'une fièvre qui agitait son corps de longs frissons et son esprit de sanglants souvenirs de la bataille. Le souffle court, il grimaçait de douleur à chaque respiration. Son visage exsangue et son halètement de nageur qui s'épuise n'auguraient rien de bon.

L'esprit de Nashawa plaça ses deux mains sur les bandages qui enserraient la poitrine du blessé. Ses paupières tremblèrent, et il ouvrit les yeux. Il dut nous voir, car ses regards effarés allèrent de l'une à l'autre, et il tenta de se soulever sur sa couche. Mais la douleur, ou la pression des mains de Nashawa, l'en empêcha, et sa tête retomba sur l'oreiller ; il referma les yeux tandis qu'une écume rosâtre mouillait ses lèvres. Je ne pus retenir un gémissement qui fit lever la tête de Nashawa. Elle eut un geste rassurant et se mit à chanter. C'était un chant très doux, bien différent de ses incantations habituelles ; une sorte de berceuse, au son de laquelle les traits du blessé se firent sereins. Plus elle chantait, et plus la douleur semblait se retirer du visage émacié de Thomas. Mais il devint bientôt évident qu'elle s'épuisait à cette tâche ; sa vitalité tout entière, elle en faisait don à son époux.

Timidement, je lui demandai s'il m'était possible de la remplacer.

« Hélas, non, Marianne. Mais tu lui viendras en aide d'autre façon. Il me faudra bientôt regagner Vaudreuil, et tu devras alors le veiller. Souviens-toi que ton amour est une magie — une "médecine", comme nous disons — puissante, et que l'âme de Thomas est consciente de ta présence... » Elle s'interrompit soudain pour laisser fuser un de ces éclats de rire déroutants dont elle ponctuait parfois ses propos les plus graves et qui m'agaçaient fort.

Je lui jetai un regard courroucé. « Comment peux-tu rire ainsi, Nashawa ? Je ne trouve point ici matière à réjouissance !

— Ah, Marianne, accorde-moi ton indulgence... Certains traits de la folie humaine ne manquent jamais de m'amuser. Le comte Philippe... Il me faudra lui annoncer la nouvelle avec ménagement, sans doute. Sais-tu qu'il ne me quitte point de l'aube au crépuscule depuis qu'il est établi à Vaudreuil ! »

Ses mains caressaient doucement la poitrine du blessé, qui eut un profond soupir et dont la respiration me sembla plus paisible.

« Nashawa ! Philippe te courtiserait-il ? »

Toujours penchée sur le corps de Thomas, elle secoua la tête en riant de plus belle. « Non. Tout au contraire, sa conduite est irréprochable, et il me marque le plus grand respect. J'irai même jusqu'à dire qu'il me... révère. Je crois être pour lui à la fois Ève et la Sainte Vierge ! Je t'assure que ces sentiments, si nouveaux pour lui, l'intriguent fort ! »

Je le croyais volontiers, mais les états d'âme de Philippe étaient bien les moindres de mes soucis.

Nashawa reprit son sérieux sans que ses lèvres eussent perdu cet indéfinissable sourire d'indulgente dérision. Enfin, elle retira ses mains de la blessure, et m'assura qu'en dépit de la distance qui allait nous séparer il serait possible à nos esprits de se joindre par la pensée, si le besoin s'en faisait sentir. « J'entendrai ton appel durant mon sommeil, Marianne, et je te répondrai en songe. »

Lorsque le chant lancinant de l'engoulevent se fit entendre peu avant l'aube, elle eut pour Thomas un dernier regard d'amour et disparut.

Elle ne serait de retour qu'à la prochaine lune ; je restai seule, tout aussi impuissante qu'auparavant à sauver mon aimé.

Le chirurgien du fort était un brave homme qui connaissait les limites de ses connaissances et ne se formalisait point que les officiers eussent parfois recours aux remèdes indigènes plutôt qu'à ses prescriptions.

Dumas, qui avait eu l'occasion de se louer d'une potion curative concoctée par l'une des squaws de Pontiac, la dépêcha au blessé avec la permission de son époux. C'était une grande femme, taillée comme un guerrier, dont le visage creusé de mille sillons s'éclairait de deux yeux d'ambre qui me rappelaient ceux de Nashawa. Elle dénuda les plaies brunâtres pour les couvrir d'un emplâtre d'herbes visqueuses. Thomas ouvrit les yeux sans paraître la voir ; d'un regard sans expression, il fixait les poutres noircies du plafond bas. L'infirmier tendit à la femme des linges propres pour en recouvrir les plaies. Mais elle s'esquiva prestement, lui laissant le soin de panser le blessé ; ce qu'il fit en bougonnant. Thomas referma les yeux ; la sueur perlait sur sa peau grisâtre.

Je demeurai seule à son chevet douze jours durant. Non seulement je ne décelai dans son état aucun signe d'amélioration, mais ses forces me semblèrent décliner un peu plus chaque jour. Il passait d'un sommeil fébrile à une apathie qui donnait à craindre qu'il n'eût perdu l'usage de ses sens et de sa raison. Les mots de Nashawa me hantaient ; se pouvait-il que — sans même m'en rendre compte — je souhaitasse sa mort ? Alors que je croyais sincèrement lutter pour sa survie, étais-je en train de l'attirer vers moi ? Plus je fouillais dans mes émotions, et moins j'y voyais de preuves de ma sincérité.

Vite lassée par ce futile examen de conscience, je me mis à rassembler tous les souvenirs que je gardais de Thomas en un merveilleux bouquet qui embauma ma mémoire. Des images longtemps oubliées me revinrent : Thomas jeune garçon, montant à cru un affreux roussin ; Thomas à quinze ans, les yeux brillants d'admiration devant Bertrand qui, l'épée au clair, lui démontrait une botte ingénieuse ; Thomas le jour de mes noces, me tendant timidement les rênes de son splendide présent, ma jument d'Yvetot. Au fur et à mesure que mes souvenirs me rapprochaient du temps de notre passion, je comprenais combien sa présence à Saint-Onges avait compté dans ma vie, et je lui rendis tardive grâce de sa délicatesse.

Et il ne m'était même pas donné d'humecter avec un peu d'eau ses lèvres fiévreuses.

Le matin du treizième jour, Thomas ouvrit les yeux et sourit à la vue de deux papillons qui se poursuivaient dans un rayon de soleil. Il les suivit du regard jusqu'à la fenêtre ouverte.

La fièvre était tombée. Il eut bientôt assez de forces pour s'asseoir et réclamer à manger.

Contrecœur, qui était passé plusieurs fois devant son lit sans s'y arrêter, comme par crainte de l'y trouver au plus mal, fut aussitôt prévenu, et ne tarda pas à venir en personne le féliciter de sa bravoure et l'informer des suites de la bataille.

« Le général Braddock a péri par son propre entêtement, lieutenant. Il a combattu bravement, j'en conviens ; mais, en refusant de renoncer aux tactiques du Vieux Continent, il a perdu son armée. Ce qu'il en reste s'est retiré assez loin pour que nous n'ayons pas à craindre son retour imminent... Je suis fier de ma garnison, lieutenant. Certes, nos jeunes recrues n'ont guère fait d'éclat ; mais bon nombre d'habits rouges ont, eux aussi, fui lâchement, abandonnant les Virginiens qui ont continué de se battre seuls. (Il hocha la tête, comme si telle couardise dépassait son entendement.) Bien des braves soldats sont tombés ce jour-là — et même une noble dame, quoique vous ayez tenté de lui épargner la vie à ce que m'en ont dit Dumas et Langlade. Oui, hélas, la maîtresse du général... On a retrouvé son corps, encore paré de tous ses bijoux. Ah, Seigneur... La guerre est bien cruelle. »

Se levant brusquement, Contrecœur recommanda d'un ton sévère à Thomas de reprendre ses forces et sortit de la salle sans se retourner.

Avec un pâle sourire, Thomas comprit alors qu'il avait définitivement renoncé à la guerre. Restait à savoir si la guerre avait renoncé à lui...

Des images de la bataille avaient hanté son délire ; elles le poursuivirent durant les veilles maussades de sa convalescence. Bon gré mal gré, mon amant revoyait les soldats ennemis qu'il avait abattus ; et il se demandait pourquoi, alors qu'on l'aurait pendu pour avoir porté la main sur un aïeul corrompu, on le décorerait pour avoir occis tant de jeunes hommes dont le seul délit était le port d'un uniforme rouge. S'il avait éprouvé du remords pour son crime, n'aurait-il point dû en ressentir plus encore pour son action d'éclat ?

Il reçut le lendemain une lettre du comte qui l'informait de sa présence à Vaudreuil, et de son intention d'y demeurer jusqu'à ce qu'il fût de retour. Philippe y exprimait ses regrets de ne pouvoir se rendre jusqu'au fort Duquesne ; il avait fini par abandonner ce projet, sur les conseils de Le Moyne et de Nashawa.

Le comte avait réservé ses meilleurs effets de style pour chanter les louanges de cette dernière, qu'il comparait tour à tour à une déesse et à un ange. Je craignis un moment que cet enthousiasme ne causât quelque crainte à l'époux, mais il n'en fut rien. Thomas, dont l'esprit était sans nul doute plus pur que le mien, n'y trouva rien à redire.

Rongeant son frein, il se vit contraint — sur ordre du commandant — de rester au fort jusqu'à sa guérison complète. Contrecœur lui accordait volontiers un congé de trois mois, mais ne tenait nullement à le voir succomber aux rigueurs d'un voyage jusqu'à Vaudreuil. Le mois d'août tirait à sa fin lorsque Thomas reprit enfin la route de son domaine, toutes ses pensées tournées vers Nashawa.

Sans qu'il s'en doutât, elle avait hâté sa guérison en revenant par deux fois lui prodiguer ses soins. Une autre fois, inquiète d'une rechute fiévreuse du blessé, je l'avais appelée à l'aide. Bien qu'elle eût entendu mon appel, sa réponse ne m'était jamais parvenue.

Martin jubilait. Revêtu de son meilleur manteau de drap et de ses bas de soie blanche, il faisait les cent pas dans l'allée du domaine, tandis que Philippe, songeur et un peu roide dans son habit des grands jours, se balançait doucement dans le fauteuil de Thomas, sorti dans le pré à son intention.

Emma, la veuve, avait craintivement demandé la permission d'assister au retour du maître de céans, et était arrivée les bras chargés de friandises de sa confection. Philippe les dégustait déjà avec de petites mines d'appréciation et des coups d'œil appuyés aux rondeurs de la veuve. Coups d'œil que Martin n'interceptait pas sans froncer les sourcils.

Le père Piquet, qui avait retenu Thomas deux jours pleins à La Présentation, avait fait savoir à Vaudreuil, par un messager onondaga, qu'il escorterait son jeune ami durant la dernière étape du voyage, et qu'ils feraient de leur mieux pour arriver avant la tombée de la nuit.

Mais les jours raccourcissaient, et le soleil rougeoyant allait disparaître derrière les cimes des pins lorsque les voyageurs pénétrèrent enfin dans l'allée du domaine. A regret, Philippe se préparait à regagner jusqu'au lendemain l'auberge de Vaudreuil avec sa suite. Un de ses laquais lui avait tendu les rênes d'un superbe pur-sang — capturé aux Anglais — que Le Moyne lui avait vendu à prix d'or et qu'il comptait offrir à Thomas lors de son retour. Philippe avait le pied gauche à l'étrier quand Thomas déboucha dans la clairière en clignant les yeux devant les rayons obliques du soleil couchant.

Frappé une fois de plus par la beauté de ces lieux qui faisaient désormais partie de lui-même, il se figea dans une contemplation silencieuse. Le vert sombre des pins, l'or des hêtres et surtout l'émeraude du pré brillaient dans la lumière dorée d'un éclat irréel que reflétaient les eaux tranquilles du lac. Sa maisonnette lui parut encore plus blanche.

La joie silencieuse de ceux qui l'attendaient le tira de sa rêverie aussi sûrement que l'eût fait un chant de bienvenue. Il sauta de sa monture.

Philippe tendit à son valet les rênes de son cheval pour se précipiter à la rencontre de son petit-fils. Ils s'étreignirent sans un mot. Le comte pleurait sans honte, tandis que Thomas ravalait ses larmes. Martin, Lafleur et les laquais les contemplaient bouche bée ; Emma tapotait ses gros yeux avec un petit mouchoir. Quant à Nashawa, radieuse, elle les couvait du regard avec un sourire où je ne décelais plus la moindre trace de dérision.

Absorbés par la touchante scène, tous en avaient oublié la présence du père Piquet. Du haut de son énorme monture, l'apôtre des Iroquois se rappela vite à leur attention d'une voix qui résonna sans doute jusqu'à l'autre rive du lac. Mettant prestement pied à terre, il courut en trois enjambées serrer d'un seul geste Thomas et Philippe contre sa large poitrine. Philippe fronça le nez, et Thomas noya son émotion dans un éclat de rire. Mais Piquet les relâcha aussitôt pour saluer Nashawa.

Je doute que son intention eût été de l'étreindre. C'est pourtant ce qu'il fit, avec une expression de surprise mêlée d'embarras ; puis il se recula vivement, la considéra un instant comme s'il la voyait pour la première fois, et se mit à hocher la tête d'un air entendu.

Thomas cherchait des yeux Nashawa ; ils échangèrent un regard qui les isola aussitôt, tandis que les voix et les rires des autres se faisaient toujours entendre autour d'eux. Thomas franchit la distance qui les séparait et tendit les mains vers celles de Nashawa, qu'il porta à ses lèvres, pressant sa belle bouche sensuelle contre la douceur de leur paume. Je crois qu'ils auraient pu rester ainsi le temps de quelques éternités, si Philippe n'avait jugé bon d'interrompre leur félicité par une toux discrète.

Que dire encore ?

Septembre s'écoula, puis octobre, sans que j'aie le courage de m'arracher à Thomas pour aller là où vont les fantômes lorsqu'ils cessent de hanter les vivants.

Novembre nous trouva, Philippe et moi, toujours établis à Vaudreuil.

Le comte avait renoncé à ramener le jeune couple à Saint-Onges, mais remettait comme moi son départ de jour en jour. Il se targuait de respecter l'intimité de son petit-fils et de Nashawa, et attendait d'ordinaire une invitation pour leur rendre visite ; ce qui nécessitait pour les malheureux laquais des courses fréquentes entre le domaine et l'auberge de Vaudreuil. Philippe finit par décider qu'il rentrerait en France au printemps suivant, lorsque Nashawa aurait donné naissance à son enfant. Il ne s'était point départi de son respect envers elle, au point qu'il en venait à considérer comme un véritable sacrilège les démonstrations d'affection de Thomas envers son épouse.

Pour tromper son ennui, le comte avait entrepris d'embellir l'auberge de Vaudreuil — un programme qui causait l'ébahissement de l'aubergiste autant que sa prospérité. Il se tourna ensuite vers le domaine de Thomas, avec la ferme intention de lui voir construire un manoir digne de son nom. En dépit des protestations de son petit-fils, il avait fait dessiner — par l'architecte de Le Moyne, qui s'en frottait les mains — les plans d'une demeure grandiose qu'il voyait déjà s'élever face au lac au printemps prochain. Entre-temps, il jugeait nécessaire de tracer lui-même le plan des massifs et des allées du futur parc.

Ne trouvant aucun manouvrier capable de transformer le pré en jardins à la française, il avait enrôlé ses quatre laquais, aussi frileux que peu enthousiastes à l'idée de sarcler et de bêcher par la bise glaciale de novembre, et les poussait à l'ouvrage avec une persistance impitoyable.

Il se rendait heureusement à Montréal chaque semaine, pour y faire visite à Le Moyne et y cultiver l'amitié d'une jeune veuve dont les petits moyens et les charmes abondants l'avaient touché. Il espérait la convaincre de rentrer en France en sa compagnie.

Il passait des heures dans ses appartements de l'auberge — nouvellement tapissés de brocart jaune —, à écrire à Sophie de longues lettres destinées à Bertrand.

Souvent, il levait sa plume d'oie du papier et interrompait son courrier avec un sourire, en songeant à la petite Marianne qu'il retrouverait sans nul doute encore embellie. Il les imaginait tous à Saint-Onges. Bertrand, son Jason de légende, y reviendrait un jour et n'en partirait plus. La vie suivrait son cours ; Marianne l'illuminerait de sa joie, et tous — même Caroline — en seraient touchés. Avec un pincement au cœur, il acceptait le destin de Thomas. Thomas n'avait plus besoin de lui. Qui, d'ailleurs, avait encore besoin de lui ? La jeune veuve, peut-être...

Je restais de longs moments auprès de Philippe. Le spectacle du bonheur des amants — dont je me réjouissais pourtant — et du goût toujours aussi vif qu'ils avaient l'un pour l'autre aggravait ma solitude, et je cherchais consolation chez le comte. Il ne soupçonnait point ma présence, mais la sienne me soulageait. Le besoin d'être près de Thomas me le rendait plus proche, et sa compagnie m'égayait. Il ne me causait aucun souci ; comme bien des hommes de son acabit, il vivrait fort vieux, demeurerait fort vert, et profiterait jusqu'à sa dernière heure de la vie aux dépens de son entourage.

Mais la paix continuait de me fuir.

Nashawa me rendait encore visite les nuits de pleine lune. Son terme était proche, et cette nuit-là serait notre dernière rencontre avant la naissance de « notre » enfant.

Un vent glacial et sans merci roulait et déroulait de gros nuages argentés d'un bout du ciel à l'autre, dévoilant par instants des lueurs lunaires. J'étais d'humeur chagrine, et suivais ces jeux d'ombre et de lumière en attendant sans impatience Nashawa. Elle parut enfin, baignée d'un halo de lumière qui me parut plus brillant qu'à l'ordinaire, et prit mes mains dans les siennes. Aussitôt, je ressentis la plus inexplicable et la plus profonde tristesse.

« Marianne, chère Marianne, le temps est venu de nous dire adieu.

— Qu'entends-tu par là, Nashawa ? Faut-il que je vous quitte ? Serais-je bannie loin de vous à jamais ? Oh, je t'en supplie...

— Non, ma chère sœur, c'est moi qui vais devoir te quitter... Chut ! Sèche ces larmes et écoute-moi. J'ai vécu maintes vies sur cette terre, et j'y ai reçu et donné de précieuses leçons. Mais bien d'autres mondes existent, qu'il nous faut aussi connaître ; bien d'autres leçons qu'il nous faut apprendre aussi. Ne verse pas de larmes sur mon sort, Marianne, car le lieu où je vais ne connaît point le mal, et tout n'y est que lumière. » La gorge serrée par ma détresse, je ne cherchai point à l'interrompre.

« La décision t'appartient, Marianne. La Providence t'accorde une nouvelle vie sur cette terre, mais tu devras la vivre dans mon corps. La boucle de ton destin s'est refermée, et tu peux de nouveau donner naissance à ton fils... »

J'ouvris la bouche sans qu'aucun son en sortît. Levant la main pour me faire signe de patienter, Nashawa ajouta : « Une autre existence m'attend, et je dois quitter ce corps terrestre. Je mourrai donc en donnant naissance à l'enfant... à moins que tu ne choisisses de revivre en moi, car, cette nouvelle vie qui t'est donnée, il te faudra la vivre dans mon corps...

— Dans ton corps ? Mais Nashawa, comment cela est-il possible, je ne suis pas toi !

— Et tu ne le deviendras jamais, en vérité ! Tu seras toujours toi-même, Marianne. Tu hériteras de l'habileté acquise par mon corps au cours des années, et il te servira fidèlement ; mais ton âme t'appartient pour l'éternité, et il en sera toujours ainsi. »

Comme je gardais le silence, trop bouleversée pour parler, elle reprit : « L'existence ne te sera pas toujours légère, Marianne. Cette terre est sans pitié, et tu n'as qu'une faible idée des épreuves qu'elle nous impose ; mais tu les surmonteras, et ton âme en sera enrichie, je t'en fais la promesse. Quant au bonheur... Thomas et toi, vous savez désormais distinguer ce qui est important de ce qui ne l'est point.

— Mais... Thomas ? Comment pourrais-je lui mentir ainsi ? Car ce serait en vérité le pire des mensonges que d'usurper la place de celle qu'il aime ! Jamais je n'oserai le tromper de la sorte !

— Thomas ne sera point trompé, Marianne. Son âme reconnaîtra la vérité, même si sa raison refuse d'en convenir avant longtemps. Crois-moi, il saura qui tu es, et ne te reprochera jamais de l'aimer ni d'avoir choisi de vivre à son côté. Fais-moi confiance. »

J'étais dans un état de confusion telle que je restai sans voix. Je fermai les yeux et cherchai au fond de moi-même ce petit point de lumière où par le passé j'avais trouvé espoir et gouverne.

Vivre. Je voulais revivre. Je voulais aimer.

La pensée que je pourrais encore connaître l'amour de Thomas et le lui rendre me plongea dans un ravissement qui n'échappa pas à Nashawa.

« Mais oui, Marianne, réjouis-toi et continue à aimer pour vivre... (Elle ajouta avec un sourire espiègle :) ... plutôt que de vivre pour aimer, ainsi que tu le faisais. »

Je ne chercherais point à égaler Nashawa, mais son inspiration me guiderait et m'aiderait à agir du mieux possible. Quand tout est fait et dit, peut-on exiger plus de nous ?

Lorsqu'elle sentit que son heure était proche, Nashawa supplia Thomas d'accompagner Philippe à Montréal. Il hésitait à partir, quoique l'idée d'être présent au moment de la naissance lui causât quelque appréhension.

Nashawa l'assura qu'il pouvait s'absenter le cœur léger. Elle serait entourée des soins d'Emma et d'une sage-femme de ses amies. Elle rappela à son époux que les femmes de sa nation partaient toujours seules dans les bois pour donner naissance à leurs enfants, et s'en revenaient à pied au village, portant leur nourrisson dans leur dos.

La nuit du départ de Thomas, bien que la lune eût commencé à décroître, elle vint à moi, baignée de lumière et d'allégresse.

« Sais-tu que j'aurai bientôt regagné mon domaine, Marianne ? (Elle serrait mes mains dans les siennes.) Je t'en supplie, ne pleure pas, chère sœur ! Vois comme je suis joyeuse à l'idée de me retrouver dans ce lieu où rien n'existe que l'amour. Sois sans crainte, je ne vous abandonnerai jamais, toi et l'enfant. Je veillerai sur vous durant les épreuves à venir. Une bataille a été gagnée, qui en a semé bien d'autres... Mais Thomas et toi survivrez. Vous aurez une vie longue et prospère, aussi heureuse que vous le souhaiterez. Un jour peut-être, lorsque le grand bouleversement aura pris fin, votre fils se rendra à Saint-Onges, et qui sait si tu ne choisiras pas d'y finir tes jours sur Terre... ? »

La tristesse de notre séparation imminente me gâtait la joie qu'auraient dû me causer ses prophéties de bon augure. Au moment même où j'allais la perdre, je reconnaissais qu'elle avait éclairé ma voie : sans elle, elle aurait été bien sombre, en vérité.

Mais, percevant mes pensées, elle me rassura. « Tu es sur la bonne route, Marianne. Tu garderas le souvenir de tes épreuves dans cette vie comme dans la suite... Oui. C'est un rare privilège, car bien peu se rappellent leur vie précédente. Or, tu te souviendras d'avoir vécu deux fois — dans le corps de Marianne et dans celui de Nashawa. »

Sans me laisser le loisir de lui poser d'autres questions, elle me pria de la suivre jusqu'à la maison et disparut aussitôt.

Lorsque je pénétrai dans la chambre, elle était étendue sur sa couche et ressentait déjà les premières douleurs de l'enfantement. Elle me fit signe d'approcher et murmura : « Tu dois te préparer à la douleur, Marianne. Elle sera brève, ne la crains pas. »

J'étais en proie à une telle émotion que je me précipitai vers Nashawa, et la serrai dans mes bras en versant des pleurs de peine et de joie. Il me sembla alors que je perdais toute notion du temps et de la réalité.

Lorsque je revins à moi, j'étais étendue à sa place, et elle se tenait debout près du lit dans toute la gloire de sa vérité.

Les douleurs familières qui distendaient mon corps m'arrachaient des gémissements. Je crus bien en mourir une seconde fois ; mais Nashawa, qui lisait mes pensées, se hâta de me rassurer : « Non, tu ne mourras point. L'enfant sera sain et vigoureux. Tu en auras d'autres... Aime-les. »

Dans un grand cri, je laissai l'ultime déchirement donner la vie à cet enfant qui était nôtre. Nashawa demeura près de nous jusqu'à ce que mon nouveau-né tète le lait de mon nouveau corps. Alors seulement, elle déposa un baiser sur le front de mon fils et sur le mien. Puis elle disparut avec un lumineux sourire.

Laissant dans la chambre la plus merveilleuse des fragrances.

Achevé d'imprimer en février 1997
sur presse Cameron
par **Bussière Camedan Imprimeries**
à Saint-Amand-Montrond (Cher)

N° d'édition : 3518. N° d'impression : 1/493.
Dépôt légal : février 1997

Imprimé en France